PLAYING FOR KEEPS

BECKA MACK

consider ME

Aus dem Englischen von Franzi Berg

CARLSEN

Für meinen kleinen Jungen.
Du bist das Ausrufezeichen am Ende des glücklichsten Satzes.
Danke, dass du mein Wunder und mein wahr gewordener Traum bist.

VORBEMERKUNG

Liebe Leser*innen,

dieser Roman enthält potenziell triggernde Inhalte. Aus diesem Grund befindet sich hier eine Content Note. Am Romanende findest du eine Themenübersicht, die Spoiler enthält.

Entscheide bitte für dich selbst, ob du diese Warnung liest. Gehe während des Lesens achtsam mit dir um. Falls du auf Probleme stößt und/oder betroffen bist, bleibe damit nicht allein. Wende dich an deine Familie und an Freunde oder suche dir professionelle Hilfe.

Wir wünschen dir alles Gute und das bestmögliche Erlebnis beim Lesen dieser besonderen Geschichte.

Becka und das Carlsen-Team

DIE »CONSIDER ME«-PLAYLIST

SOMETHING LIKE OLIVIA – John Mayer
GOOD FOR YOU – Josh Gracin
CONSIDER ME – Allen Stone
I'M WITH YOU – Vance Joy
CAN I KISS YOU? – Dahl
SHAPE OF YOU – Ed Sheeran
YOURS IN THE MORNING – Patrick Droney
SATURDAY SUN – Vance Joy
YOU & ME – James TW
CROSS ME – Ed Sheeran, ft. Chance the Rapper & PnB Rock
HALF OF MY HEART – John Mayer
CONVERSATIONS IN THE DARK – John Legend
LET'S STAY HOME TONIGHT – Needtobreathe
COULDA LOVED YOU LONGER – Adam Doleac
IF IT WEREN'T FOR YOU – Finmar
SLOW DANCING IN A BURNING ROOM – John Mayer
TRY LOSING ONE – Tyler Braden
PLEASE KEEP LOVING ME – James TW
SPEECHLESS – Dan + Shay
UNTIL YOU – Ahi
MILLIONAIRE – Chris Stapleton
YOURS (WEDDING EDITION) – Russell Dickerson

EINS

DREIZEHN IST KEINE GLÜCKSZAHL

CARTER

»Fuck.«

Ich rolle mich auf den Rücken, atme scharf ein und recke den Arm über den Kopf. Ich bin echt alle, verschnaufe kurz, bevor ich die Beine über die Bettkante schwinge, mich aufsetze und dabei das Kondom von meinem erschlaffenden Schwanz ziehe. Mit der Zunge fange ich den Schweißtropfen auf, der sich an meiner Oberlippe gebildet hat, und fahre mir mit den Händen durchs Haar.

»Nein«, quengelt Laura und schiebt die Unterlippe vor. Fast wirft sie sich quer übers Bett, um mich am Aufstehen zu hindern. »Bleib doch noch ein bisschen liegen, Carter.«

Ich halte das Kondom hoch. Das sollte als Erklärung reichen, oder? »Ich schmeiß nur eben das hier weg, Laura.«

Sie zieht die hellen Brauen zusammen. »Lacey.«

Ich muss ein Lachen unterdrücken. Ups. »Stimmt. Sorry, Lacey.«

»Wir könnten gleich weitermachen«, ruft Lacey, als ich das Kondom in den Badezimmermülleimer werfe.

Ich lehne mich mit dem Unterarm an die Wand, während ich pinkle. Und ob wir weitermachen könnten. Ich mag Sex. Ich *liebe* Sex. Umso mehr noch mit blonden Granaten wie Laura.

Fuck. *Lacey.*

Lacey, die vom Cover der *Maxim*-Augustausgabe. Daran erinnere ich mich sehr deutlich, weil sie das gestern in der Bar nur so um die dreizehn Mal erwähnt hat. Als ihr das *M*-Wort zum dritten Mal über die Lippen gekommen war, habe ich angefangen mitzuzählen.

Wir könnten absolut in die zweite Runde gehen, aber mir ist eher danach, die Tür hinter ihr zufallen zu sehen. Weil ich mir ein bisschen Alleinsein verdient habe. Entgegen dem, was alle von mir denken, schätze ich das Alleinsein, auch wenn diese Zeit besser genutzt wäre, um gewisse Körperteile in Frauen zu stecken, die zu irgendeinem Zeitpunkt ihres Lebens bereits überwiegend nackt auf dem Cover eines Magazins abgebildet waren.

Versteht mich nicht falsch, Lacey ist die Art Frau, mit der man, ohne zu zögern, ins Bett steigt, wenn man ein bisschen Spaß will. Deshalb haben wir ja auch gerade eine halbe Stunde lang wie die Karnickel gevögelt, nachdem ich sie schon im Lift einmal erfolgreich gefingert hatte.

Vielleicht war ich großzügig gewesen oder in der Stimmung, doch in Wahrheit wollte ich einfach nur, dass sie die Klappe hielt. Ich meine, ich hatte es schon bei den ersten zwölf Erwähnungen kapiert – sie war mal auf dem Cover eines Magazins.

Ich habe immer gedacht, die Dreizehn ist eine Glückszahl und kein schlechtes Omen.

»Geht nicht«, sage ich schließlich, während ich mir die Hände wasche und mich im Spiegel betrachte. Meine geschwollene Unterlippe ist aufgerissen. Dabei hatte ich noch Glück, im Gegensatz zu dem anderen Typen. »Muss morgen ziemlich früh zum Flughafen.«

Unser Flug geht erst mittags, ich will bloß einfach nicht, dass sie bleibt.

Ich verschränke die Arme vor dem nackten Oberkörper, lehne mich gegen den Türrahmen und beobachte, wie sie es sich im Bett gemütlich macht. Nope, keine Chance, Süße.

»Du solltest dich auf den Weg machen.«

Ich fische ihr Kleid vom Boden und halte es vor mich, damit sie nicht sehen kann, was ich für ein Gesicht mache. Die meisten meiner Unterhemden haben mehr Stoff als dieses Teil. Versteht mich nicht falsch, sie sah darin umwerfend aus. Es ermöglichte mir einen herrlichen Blick auf ihre Titten und ihren Arsch, als sie an unserem Tisch vorbeischlenderte und mir »Fick mich«-Vibes schickte.

Ich werfe es zu ihr aufs Bett. Mehr hatte sie nicht an. Keinen BH, keinen Slip.

Fuck, spätestens da hätten meine Alarmglocken schrillen müssen, oder?

Ich ziehe meine Boxerbriefs wieder an und betrachte sie mit in die Seiten gestemmten Händen. Warte. Sie rührt sich nicht, starrt mich einfach nur mit großen blauen Augen an. Sie scheint zu glauben, je größer sie die werden lässt, desto eher lenke ich ein. Sie könnte nicht falscher liegen.

Ich kratze mich am Kopf. Wippe auf und ab, schlage mir ein paarmal mit der Faust in die geöffnete Hand, schnalze mit der Zunge und warte darauf, dass sie irgendwas *macht.*

So fucking unangenehm.

»Kann ich heute Nacht hierbleiben?«, fragt sie dann doch schließlich leise.

Wieder diese Frage. Die kriege ich jedes Mal zu hören. Ich kapier's nicht. Wollen die wirklich bleiben oder hofft echt jede Braut, mit der ich rummache, insgeheim, dass sie die Eine ist, die Carter Beckett ändern kann? Dass ich für sie mein Singledasein aufgebe? Manchmal frage ich mich, ob da heimlich Wetten mit einem hohen Preis laufen, wer das Rennen machen wird.

Oh, Moment, es gibt ja einen Preis. Nämlich den Mannschaftskapitän der Vancouver Vipers mit einem achtstelligen Gehalt.

Meine Antwort ist immer dieselbe. »Ich biete keinen Übernachtungsservice.«

»Aber ich …« Ihr Kinn beginnt zu zittern, ihre Augen füllen sich mit Tränen. Verdammt noch mal. Was soll das denn jetzt? Wir kennen uns gerade mal zwei Stunden, was gibt es da zu heulen? »Ich dachte, wir verstehen uns. Ich dachte … ich gefalle dir.«

»Mir hat es gefallen, Zeit mit dir zu verbringen«, sage ich angestrengt und reibe mir den Nacken. Der Sex war eine glatte Sieben von Zehn. »Das war echt gut mit dir.«

Die Vergangenheitsform wähle ich absichtlich, um zu unterstreichen, dass das jetzt vorbei ist, dass sich unsere Wege hier trennen und höchstwahrscheinlich nie wieder kreuzen werden, doch offenbar versteht sie genau das Gegenteil.

Ihr Gesicht fängt an zu strahlen. »Vielleicht könnten wir ja zusammen ausgehen? Ein richtiges Date?«

Ach, du lieber …

Ich unterdrücke das Bedürfnis, mir die Hand ins Gesicht zu klatschen. Aber wieso eigentlich? Ich ziehe die Hand langsam bis zum Kinn und wieder hoch. Immerhin das Stöhnen lasse ich sein. Dafür verdiene ich ein paar Gummipunkte, finde ich.

»Wir leben in unterschiedlichen Ländern.« Nicht mal an der gleichen Küste. Wir könnten fast nicht weiter voneinander entfernt wohnen. Sie in Florida, ich in Vancouver.

»Also, ich könnte vielleicht … nach Van–«

»*Nein.*« Langsam werde ich sauer. Mit angespanntem Kiefer wende ich mich ab und hebe meine Hose auf, die ich an der Tür fallen gelassen habe, als wir ins Hotelzimmer gestolpert sind. Ich ziehe mein Handy aus der Tasche und öffne die Uber-App. »Ich date nicht. Tut mir leid. Ich will gerade nichts Ernstes.«

Ich verstehe nicht, wieso ich das überhaupt noch sagen muss. Was mein Privatleben angeht, bin ich nicht schüchtern.

Nein, das ist Quatsch. Niemand weiß was über mein Privatleben außer meinem Team und meiner Familie. Bloß was die Stunden zwischen den Spielen und dem Moment betrifft, in dem ich allein in meinem Bett einschlafe, bin ich nicht schüchtern. Ich werde jedes Wochenende mit anderen Frauen fotografiert. Die Mädels wissen, worauf sie sich bei mir einlassen. Es gibt sogar Foren, in denen sie sich darüber beklagen, dass ich sie behandle wie One-Night-Stands, während sie sich insgeheim einen zweiten Ritt erhoffen.

Dabei sind sie nichts anderes für mich. Alles One-Night-Stands. Das wissen sie von vornherein, trotzdem ziehen sie enttäuscht ab, wenn der Abend genau so verläuft.

Ich stecke das Handy zurück in die Tasche und richte meine Aufmerksamkeit wieder auf die Frau, die in meinem Hotelbett liegt. Sie fährt mit den Händen über die rote Seidenbettwäsche, ihr Blick ruht auf mir.

»Ich habe dir ein Uber bestellt«, sage ich. »Ist in fünf Minuten unten.«

Ihr fällt die Kinnlade herunter. Ob aus Überraschung oder weil sie diskutieren will, weiß ich nicht. Ich weiß nur, dass sie sich dringend anziehen muss, damit ich sie vor die Tür setzen und endlich allein sein kann, bevor mein Kopf explodiert.

»Lauren, pass auf –«

»*Lacey.*«

»Stimmt, Lacey, sorry. Also, Lacey, ich hatte echt ’ne Menge Spaß mit dir, aber der Abend endet hier. Ich bin viel zu oft unterwegs, um eine ernsthafte Beziehung zu führen.«

»Und das ist der einzige Grund?« Sie schiebt ihre Hand in meine, sodass ich sie aus dem Bett ziehen kann. Mein Blick wandert über ihren Körper, ich bin schließlich nicht blind – und sie sieht echt fucking heiß aus. Lange, gebräunte Beine, umwerfende Titten, flacher Bauch. »Du hast keine Zeit wegen dem Hockey?«

»Ja«, lüge ich. »Ich habe einfach keine Zeit.« Ich könnte sie mir nehmen, schätze ich. Wenn ich denn wollte. Aber ich will nicht. Für keine.

»Oh.« Das scheint sie immerhin endlich zufriedenzustellen.

Vielleicht macht es sie weniger verlegen. Keine Ahnung, ist mir eigentlich auch egal. Die einzigen beiden Frauen, an denen mir etwas liegt, sind meine Mom und meine Schwester. Und Cara, schätze ich. »Bekomm ich dann deine Nummer?«

Vergiss es. »Niemand bekommt meine Nummer.«

Bevor sie was erwidern kann, piepst die Tür meiner Suite und geht auf.

»Bist du noch wach, Beckett? Ich hab Bock auf ein schnelles Spiel, bevor – *waah, Scheiße, ey.*« Mein Teamkollege und bester Kumpel Emmett Brodie bleibt wie angewurzelt im Eingang stehen, sein Blick huscht von mir zu Laaa… Lacey. Er reißt eine Hand hoch, um die Augen von ihr abzuschirmen. Vermutlich glaubt er, Cara würde ihn kastrieren, wenn er eine andere Frau auch nur ansieht. Möglich, dass er damit nicht ganz falschliegt, sie ist echt wild drauf. »Genau deshalb teile ich mein Zimmer mit Lockwood.«

Und das macht er nun schon seit fast einem Jahr. Bevor er Cara kennengelernt hat, waren wir immer zusammen untergebracht. Hin und wieder kann ich ihn noch dazu überreden, aber er und Lockwood sind beide in festen Beziehungen, weshalb sie nicht gerade scharf darauf sind, dass irgendwelche nackten Mädels im Zimmer rumspringen, wenn wir Auswärtsspiele haben. Kapier ich schon. Glaube ich. Ich verstehe halt nix von Beziehungen, egal ob fest oder nicht.

»Sie wollte gerade los«, sage ich Emmett, der an seiner Hand vorbeilugt, um Lacey anzusehen. Sie ist noch immer nackt. Dass Emmett da steht, scheint sie nicht im Geringsten zu stören. Sie mustert ihn sogar von Kopf bis Fuß.

Das ist das Problem. Mädels – gewöhnliche und auch solche, die auf dem *Maxim*-Cover waren – schlafen eigentlich mit jedem, solang er auf einer Spielerliste steht und Millionen verdient. Deshalb nennt man sie auch Puck-Bunnys, weil sie von einem Spieler zum anderen hüpfen.

»Dein Fahrer ist da«, sage ich zu Lacey. »Solltest dich vielleicht mal anziehen.«

»Nun, ich …«

»Er hat eine Freundin und ich kein Interesse.« Mein Ton ist genervt. Ich will mit meinem Kumpel *Call of Duty* spielen und danach friedlich pennen. Sie muss gehen. Jetzt sofort.

Lacey blinzelt mich an. Dann streift sie sich endlich das Kleid über den Kopf, die rote Seide umhüllt ihre schmale Taille perfekt. Fuck, sie ist schon krass heiß. Sobald sie durch die Tür ist, erinnere ich mich vermutlich nicht mehr an ihren Namen, aber daran … daran werde ich mich erinnern.

»Darf ich dir meine Nummer geben? Dann kannst du mich anrufen, wenn du das nächste Mal in der Stadt bist oder du deine Meinung änderst und willst, dass ich –«

»Klar«, unterbreche ich sie, weil ich absolut nicht will, dass sie diesen Satz zu Ende spricht. Ich deute zu dem vom Hotel bereitgelegten Notizblock auf dem Nachttisch, weil ich sie ganz sicher nicht in die Nähe von meinem Handy lasse. Das Letzte, was ich brauche, ist eine so hochgradige Klette, die mir ewig schreibt oder – schlimmer noch – meine Nummer im Internet verbreitet. Ich gebe meine Nummer nie raus, an keine. »Schreib sie auf.«

Emmetts Augen werden groß, seine Mundwinkel krümmen sich leicht nach oben, während er sich an mir vorbei ins Bad schiebt.

Lacey folgt mir zur Tür und ich wuchte sie auf. Da steht sie und schaut mich an wie ein Welpe, der sich verirrt hat. Sie kann noch so schmollen, ich ändere meine Meinung nicht.

»Danke … für den schönen Abend. Hoffentlich sehen wir uns wieder.«

»Hoffentlich.« Unwahrscheinlich.

Sie lächelt derart strahlend, dass sie mir fast leidtut. Aber dann beugt sie sich vor, um mir einen Kuss auf den Mund zu geben. Im letzten Moment drehe ich mich weg und ihre Lippen landen auf meiner Wange.

»Tschüss, Lauren.« Die Tür fällt ins Schloss und ich schließe ab.

»*Lacey!*«, brüllt sie aus dem Flur.

Emmett kommt aus dem Bad, bebend vor Lachen. »Du bist so ein Arsch, Carter.«

Ich folge ihm zur Couch, wo er schon die Xbox anwählt, lasse mich ans andere Ende plumpsen und packe mir sortierend in den Schritt. »Die kapieren es einfach nicht. Ich will keine Beziehung.« Ich schnappe mir die halb leere Oreo-Packung vom Tisch, drehe einen Keks auf und lecke die Füllung ab. »Wieso glauben die denn alle, sie können sich durch einen One-Night-Stand einen festen Freund angeln?«

»Dann sind dir ihre Träume, einen Mann zu finden, der sie liebt und mit dem sie ein glückliches Leben haben können, scheißegal?«

Ihre Träume? Was zur Hölle? »Cara macht dich langsam zu einem Waschlappen. Die können gern so lang träumen, wie sie wollen. Nur eben nicht von mir.«

»Weil du dich nie auf eine einlassen wirst?«

Ich hebe eine Schulter, lasse sie wieder fallen. »Keine Ahnung. Vielleicht, vielleicht auch nicht. In nächster Zeit jedenfalls definitiv nicht.«

Er lacht kopfschüttelnd und wirft mir einen Controller zu. »Eines Tages wird ein Mädchen in dein Leben marschieren und deine ganze Welt auf den Kopf stellen, und dann wird dir nichts anderes übrig bleiben, als auf die Knie zu fallen und sie anzuflehen, dich niemals zu verlassen.«

Nickend stecke ich mir noch einen Keks in den Mund. »Und das wird der Tag, an dem ich mich auf eine einlasse.«

ZWEI

BETT > SEX

CARTER

Der absolute Nachteil internationaler Reisen im Winter ist hundertprozentig der Schock für den Körper, wenn man Mitte Dezember nach ein paar Tagen am Strand in Florida und North Carolina wieder in British Columbia aus dem Flieger klettert.

Wir kratzen hier an Tiefkühlerbedingungen, schlimmer noch, fast minus 18 Grad. Mal davon abgesehen, dass dies für die Westküste schon sehr ungewöhnlich ist, hat der Winter nicht mal offiziell angefangen. Ich wohne in North Vancouver, wo man normalerweise nur den Hauch eines typisch kanadischen Winters mitbekommt, nicht so was. Fühlt sich an wie ein schlechtes Omen, aber für gewöhnlich ignoriere ich derart offensichtliche Zeichen.

Trotzdem ist es einfach arschkalt, ich habe einen leichten Kater, gerade einen fünfeinhalbstündigen Flug mit meinem Team hinter mir, wo wir Euchre gespielt haben und ich jede fucking Runde verloren habe abgesehen von einer erbärmlichen. Heute ist einer der seltenen Samstage, an denen fürs Team kein Hockey existiert, doch statt zu Hause im Jogger abzuhängen, alte Disney-Filme zu gucken und allein eine riesige Pizza in mich reinzustopfen, werde ich hier durch die eiseskalte Nacht gescheucht, weil ich zu einer Überraschungsparty muss.

»Ich bin echt fertig, Alter«, stöhne ich und ramme die Hände tiefer in die Taschen meines Wollmantels, während wir über den

Bürgersteig latschen. Mit den Zähnen ziehe ich mir den Schal übers Kinn.

»Ich auch, ey«, brummt Garrett Andersen, mein Rechtsaußen. Er näselt ein bisschen, sein Ostküstendialekt schimmert immer nur durch, wenn er müde oder betrunken ist. Gerade wegen Ersterem. »Konnte mich fast nicht aufraffen, aber …« Er packt sich in den Schritt. »Die würde ich halt doch gern behalten, vielen Dank.«

Seine Sorge ist nicht unbegründet. Das Geburtstagskind hat uns schon bei weit milderen Vergehen mit Kastration gedroht. Nichts liegt mir ferner, als Cara an ihrem fünfundzwanzigsten Geburtstag zu verstimmen. Sie ist schon an jedem anderen Tag Furcht einflößend genug, ohne dass man den Teil einer Party verpasst hat, wo alle aufspringen und »*Überraschung!*« rufen. Ich verlasse mich darauf, dass sie mindestens drei Drinks intus hat und sich genug über die glitzerpinke Geschenktüte an meinem Arm freut, um zu vergessen, dass sie wütend auf uns ist.

»Und wir wissen schließlich alle, dass du keine Möglichkeit auslässt, einen reinzumachen«, fügt Garrett hinzu und nickt zu der Bar auf der anderen Straßenseite, auf die wir zusteuern.

Normalerweise nicht, stimmt, aber ich bin arschmüde. Habe schon beschlossen, dass ich früh verschwinden werde, um zu meinem Bett zurückzukehren, auf das ich jetzt vier Nächte verzichten musste, ganz ohne warmen Ort, in dem ich meinen Schwanz versenken könnte. Die Vorstellung, in meinem Bett zu schlafen, ist einfach zu verlockend. Nennt mich verrückt, aber kein Sex der Welt kann mit einer ordentlichen Mütze Schlaf mithalten, wenn man die wirklich nötig hat.

»Vielleicht benehme ich mich heute ja ausnahmsweise mal«, erwidere ich und grinse, während er die Augen über mich verdreht. »Eine Nacht halte ich auch ohne durch.«

Er joggt voran und über die Straße, als sich eine Lücke im Verkehrt auftut. »Unwahrscheinlich.«

»Ups«, flüstere ich, weil mein Ellbogen *versehentlich* in seine Seite stößt, als ich an ihm vorbei zur Tür greife. Lächelnd halte ich sie ihm auf und mache eine einladende Geste, damit er vorgeht.

Die Bar sieht genauso aus, wie ich geahnt habe: pink bis unters Dach und voller als voll. Normalerweise liebe ich das Chaos, was vielleicht der Grund dafür ist, dass ich mich wie von selbst aufrichte, als ich das ausgelassene Lachen und die laute Musik höre, doch heute würde ich mich am liebsten nur in eine Ecke verziehen und mit meinen Teamkumpels ein kaltes Bier trinken. Oder zwei.

Außer Pink wimmelt es noch von Gold- und Blumenscheiß. Ein Glück gibt es Caras beste Freundin, fast hätten wir uns nämlich um die Deko kümmern müssen, bis Emmett Entwarnung gab. Ich habe sie noch nicht kennengelernt, aber es erfordert schon 'ne Menge Mut, freiwillig die Deko einer Party zu übernehmen, wenn das Geburtstagskind selbst Eventplanerin ist. Ich möchte niemals in die Verlegenheit geraten, Cara zu enttäuschen, siehe vorhin erwähnte potenzielle Kastration.

»Gare-Bear! Carter!«

Direkt nach dem Kreischen wirft sich jemand so heftig in meine Arme, dass mir kurz die Puste ausgeht.

»Herzlichen Glückwunsch, Cara«, singe ich, während das Geburtstagskind an mir herunterrutscht, um dann Garrett halb totzuquetschen.

Caras Blick fällt auf die kleine pinke Geschenktüte in meiner Hand und sofort wippt sie noch mehr auf den Ballen als sowieso schon durch die himmelhohen Absätze. »Uhhh, gib schon her!«

»Na, na«, tadele ich und halte die Tüte in die Luft. »Wo sind denn deine Manieren?«

Sie verdreht die Augen und renkt sich fast den Arm aus. »Gib mir *bitte* mein verdammtes Geschenk.«

Ich schnaube und lege es in ihre gierigen Hände. »Von Gare-Bear und mir.«

Dann zwinkere ich Garrett zu, denn seine runtergezogenen Mundwinkel und tiefen Falten an der Stirn verraten mir, was ich schon längst weiß: Die einzigen Menschen, die diesen Spitznamen unbeschadet nutzen dürfen, sind seine kleinen Schwestern und Cara.

Cara verliert keine Zeit, reißt die Tüte auf und schmeißt das Seidenpapier über die Schulter. Kreischend öffnet sie das kleine Samtkästchen, zieht die Platinkette mit dem diamantenbesetzten C-Anhänger heraus. »Leg sie mir um, leg sie mir um!«

Sie dreht sich vor mir und fasst ihre hüftlangen goldenen Locken über der Schulter zusammen. Meine Augenbrauen wandern unwillkürlich hoch, während mein Blick an ihrem Rücken hinunter zu ihrem vollen Hintern gleitet. *Rückenfreies Kleid. Nice.*

Hey, sie ist die Freundin eines meiner besten Kumpel, ich würde sie niemals anfassen, trotzdem habe ich Augen im Kopf. Ich kann den Anblick einer gut aussehenden Frau genießen, ohne dass da was laufen muss.

Garrett rammt mir den Ellbogen in die Rippen, ich sacke mit einem »*Uff*« zusammen. Dann nimmt er Cara die Kette aus der Hand, legt sie ihr um den Hals und schließt sie.

Sie kreischt noch immer, die Hände vor der Brust gefaltet, und dann gibt sie uns einen schnellen Kuss auf die Wange. Nachdem sie sich bei uns untergehakt hat, bringt sie uns zur Bar.

»Ihr werdet den Spaß eures Lebens haben, so viel ist klar. Meine Freundinnen sind genial, besonders meine beste Freundin. Ich kann's nicht erwarten, dass ihr sie kennenlernt!« Dann wirft sie mir einen Blick zu, der mir sagt, ich soll keine Scheiße bauen, obwohl ich noch gar nichts gemacht habe. »Zeig dich bloß von deiner besten Seite heute.«

Ich reiße die Hände in die Luft. »Was soll das denn heißen?«

»Du weißt genau, was das heißen soll. Keine Dummheiten mit Liv, hörst du?«

»Wer ist Liv?«

Sie schnaubt. »Olivia! Meine beste Freundin!«

»Ohhhh, okay, okay.« Irgendwie verpassen wir uns seit einem Jahr, wobei ich glaube, dass Emmett da die Finger im Spiel hat. Er hat mal so was gesagt wie, dass ich einmal mit ihr vögeln und ihr damit das Herz brechen würde, weshalb Cara ihn ganz automatisch abservieren würde, was dann ja schlussendlich meine Schuld wäre. Ich schätze also, sie ist tabu für mich.

Mir egal, zumindest heute. Ich habe eine Reihe Nachrichtenanfragen von Lacey in meiner Instagram-Inbox, eine oberdeutliche Mahnung, warum ich mal eine oder zwei Wochen Pause bei den Ladys einlegen sollte. Schwer, sie zu vergessen, wenn sie dreizehn verfickte Nachrichten in nur einer Stunde schickt. Dreizehn! Genauso oft, wie sie betont hat, auf dem *Maxim*-Cover gewesen zu sein. Zufall? Wohl kaum.

Je mehr ich darüber nachdenke, desto weniger Lust habe ich darauf, heute jemanden abzuschleppen. Das verfestigt nur umso mehr den Entschluss, schnellstmöglich nach Hause zu kommen und mit dem Gesicht in einer Packung Oreos einzupennen.

Cara lässt uns mit dem Versprechen zurück, später zu uns zurückzukehren, und tanzt dann quer durch den Raum zu ihren Freundinnen. Garrett und ich entdecken den Rest unseres unbändigen Teams in der Ecke der Bar. Allem Anschein nach sind sie schon fast alle strack, Drinks schwappen über, weil sie die Gläser gegeneinanderknallen und lauthals lachen. Für meine Jungs gibt es halt nichts Besseres als einen freien Samstag.

»Wie seid ihr denn um den Überraschungsteil herumgekommen?« Adam Lockwood, unser Tormann, klatscht mich kurz ab, bevor er das Bier an den Mund setzt. »Ihr Glücklichen.«

Ich nicke dem Barkeeper zu und forme »*Mill Street*« mit den Lippen. Mit einem Nicken greift er zu einem Bierglas und füllt es. »Meine Mom hat mich nicht gehen lassen«, erkläre ich und ziehe den Mantel aus. »Ob das so viel besser ist?«

Mein Fehler war, direkt nach der Landung bei meiner Mutter vorbeizufahren. Sie gehört zu den Leuten, die sich in dem Moment, in dem man gehen möchte, an alles erinnern, was sie dir noch erzählen wollen, was *nie* bis zum nächsten Telefonat warten kann. Sie hört nie auf zu reden. Es war schon sieben, als ich endlich loskam, aber dann musste ich ja noch nach Hause und duschen.

»Hey, Woody.« Ich stupse ihn mit dem Ellbogen an. »Wo ist dein Mädchen?« Während ich das Bier vom Tresen nehme, fällt mir nämlich auf, dass die Rothaarige, die sonst immer an seinem Arm hängt, gar nicht da ist. Wenn ich so drüber nachdenke, hat sie sich in letzter Zeit immer seltener blicken lassen. Kann mich gar nicht daran erinnern, wann ich sie zuletzt gesehen habe.

Er fährt sich mit der Hand durch die dunklen Locken und räuspert sich. »Ach, Court hatte was anderes vor. Cara versucht, sich nichts anmerken zu lassen, aber toll findet sie das nicht, das ist klar.«

Ich komme nicht dazu, was darauf zu erwidern, dass seine Freundin sich mal wieder drückt und dann auch noch vor einer Party, die seit mindestens zwei Monaten feststeht, weil eine schwere Hand auf meine Schulter klatscht und Bier aus meinem Glas schwappt.

Ich weiß, dass es Emmett ist, weil eine dieser Umarmungen folgt, die dir komplett die Luft rauspressen. Außerdem weiß ich sofort, dass er betrunken ist, weil er lallt und mir seine Worte heiß und extrem bourbonhaltig entgegenschlagen. »Du bist zu spät.«

»Sorry, Alter.« Ich wuschle ihm durchs Haar, einfach weil es Spaß macht, einen so massigen, stämmigen Kerl anzustacheln. »Schon bisschen besoffen, Großer?«

Er schlägt meine Hand weg und schaut sich dann um. »Hat

Cara dir schon gesagt, dass du mit keiner ihrer Freundinnen vögeln darfst?«

Stöhnend lass ich den Kopf nach hinten fallen. »*Ja, doch.*« Ich verdrehe die Augen. Dann wandert mein Blick durch die Bar, über die Menschenmenge, die sich rhythmisch auf der Tanzfläche bewegt. »Ist eh irrelevant. Mir ist nicht … äh, ich bin nicht …« Die Wörter verrecken auf meiner Zunge, als mein Blick auf *ihr* verharrt und Verlangen durch mich hindurchschießt. »Äh … heute nicht.« Die Fingerspitzen lösen sich vom Glas, weil ich ins Nirgendwo deute. »Die Sache.«

»Wie bitte?«

Ich sehe Emmett an, dann wieder sie. Ich vergesse, was ich eigentlich sagen will, aber es kann sowieso nicht so wichtig sein wie die zierliche, gnadenlos schöne Brünette, die mit Cara tanzt.

Wenn ich ehrlich bin, ist *tanzen* auch nicht das richtige Wort, um zu beschreiben, wie die beiden sich zusammen bewegen. Ich habe keine Ahnung, wie man das beschreiben könnte, aber … *Scheiße.*

Cara legt schützend einen Arm um ihre winzige Freundin, zieht sie an sich, und mir klappt ganz buchstäblich die Kinnlade runter, während ich den beiden zusehe.

Mein Blick folgt jeder Kontur ihres Körpers, jeder Bewegung. Diese umwerfende Schönheit schleudert sich das dunkle Haar über die Schulter und fährt sich mit der Zunge über die Oberlippe. Dann wirft sie die Arme in die Luft und dreht den Kopf zur Seite, damit sie hören kann, was auch immer Cara ihr ins Ohr flüstert. Ich sehe gebannt zu, wie sie den Kopf in den Nacken legt und strahlend in Gelächter ausbricht.

Ich bin hingerissen, berauscht, besessen, kann den Blick gar nicht abwenden, und als Cara die Hände an die Flanken ihrer Freundin legt und langsam hinunterwandern lässt, muss ich ein Stöhnen unterdrücken, weil ich das auch gern machen will.

»Denk nicht mal drüber nach, Carter.«

Ich kann mich doch irgendwie losreißen, sehe Emmett an. »Was?«

»Ich habe gesagt: Denk nicht mal drüber nach, verdammt!« Er schüttelt den Kopf. »Nein. Die nicht.«

Die nicht? Wieso? Wer ist sie denn? Als ich zurückschaue, zieht gerade ein Mann, den ich nicht kenne, sie an seine Brust.

Ihr Freund? Fuck.

Ein triumphales Geräusch vibriert hinten in meinem Hals, weil sie ihn verlegen ansieht und den Kopf schüttelt. Ihr Mund sagt: *Danke, nein,* dann schiebt sie seine Hand weg und dreht ihm – und mir – den Rücken zu.

Und heilige Scheiße, was für ein Hintern. Seidige Schultern verschmelzen im Licht des Stroboskops mit einem geschmeidigen Rücken. Die sanfte Taille weitet sich zu wohlgeformten Hüften. Ihr schwarzer Lederrock ist so eng, dass er jede ihrer Kurven betont. Sofort frage ich mich, wie sie da überhaupt reingekommen ist und wie zur Hölle ich sie später daraus befreien soll.

Schere, beschließe ich. Ich werde ihn einfach aufschneiden und ihr danach Geld für einen neuen in die Hand drücken.

Garrett streckt den Arm aus, legt mir einen Finger unters Kinn und macht meinen Mund zu. »Himmel, Beckett. Alles okay?«

Ich wedele mit der Hand in ihre Richtung, fühle mich benebelt. »*Alter.*« Mehr kriege ich nicht raus. Sehen die nicht, was ich sehe?

Garrett folgt meinem Blick und summt anerkennend, aber Emmett ruiniert alles mit einem fast hörbaren Augenrollen.

»Carter, ich meine das todernst. Wenn du die auch nur anfasst, lässt Cara dich deine Eier fressen.«

»Mit Cara werd ich schon fertig.«

Emmett schnaubt, Garrett lacht und Adam rammt sich die Faust gegen die Brust, weil er so husten muss. Niemand wird mit Cara fertig. Nicht mal Emmett. Die Hälfte der Zeit wird nicht mal *Cara* mit Cara fertig.

Nach einem Räuspern setze ich das Bierglas an meine Lippen. »Wie heißt sie?«

Emmett schüttelt noch immer den Kopf. »Nein. Ich sage nichts.«

Ich sehe zu, wie sie sich das Haar aus der feuchten Stirn streicht, wie sie sich die offenen, dunklen Locken über die Schulter streift. Sie tippt Cara an und stellt sich auf die Zehenspitzen, um ihr etwas ins Ohr zu flüstern, wendet sich dann ab und schlendert über die Tanzfläche, ihre Hüften wogen von rechts nach links, bis sie – mit Mühe – einen Barhocker erklimmt und den Barkeeper angrinst. Als er ihr mit einem Augenzwinkern ein Bier hinschiebt, wird sie rot und senkt den Blick. Süß.

Ich bin wie gefesselt, als sie ein Bein über das andere schlägt, dann das Glas ansetzt und in einem langen Zug zur Hälfte leert, als bekäme sie das bezahlt. Weil sie sich in der Bar umsieht, mache ich mich ein bisschen größer. Ihr Blick wandert über mich, dann weiter.

Zuckt zu mir zurück.

Röte kriecht ihren Hals hinauf und färbt auch ihre Wangen, weil ihr bewusst wird, dass ich sie beobachte. Also schenke ich ihr mein charakteristisches schiefes Grinsen, das meine Grübchen so schön in Szene setzt, und lache, denn sie fixiert sofort den Fernseher hinter der Bar und tut so, als hätte sie mich nicht bemerkt.

»Dann muss ich's wohl selbst herausfinden.« Ich klopfe meinem Freund auf den Rücken und zwinkere meinem Team zu. »Entschuldigt mich, Jungs.«

»Alles klar. Viel Glück, Beckett.« Emmett ertränkt sein entnervtes Lachen in seinem Drink. »Aber ich verspreche dir, sie hat kein Interesse an dir. Die kriegst du niemals rum.«

Niemals? Unwahrscheinlich. Ich bin der Kapitän unserer

Hockeymannschaft und gehöre zu den höchstbezahlten Spielern der NHL aller Zeiten. Ich kann nicht mal Milch kaufen, ohne mindestens eine Telefonnummer oder einen Heiratsantrag zu bekommen. Auch ein Grund dafür, dass ich mir meine Lebensmittel mittlerweile liefern lasse.

Ich lege mir die flache Hand an die Brust und entferne mich rückwärts von ihm – mit einem fetten Grinsen. »Dabei weißt du doch, wie sehr ich Herausforderungen liebe.«

Seine Reaktion verstehe ich nicht in Gänze, weil ich mich schon abgewendet habe, nur die Wörter *Beerdigung* und *deine Eier gekocht,* die definitiv abschreckend sind.

Aber nicht abschreckend genug, um mich aufzuhalten.

DREI

ERSTE MALE SIND BESCHISSEN

CARTER

Von ihr strahlt eine ziemliche Wärme ab, merke ich, als ich mich neben sie quetsche. Die Röte, die noch immer auf ihren Wangen steht, schreibe ich mal mir zu, auch wenn es der einzige Hinweis darauf ist, dass ihr meine Nähe bewusst ist.

Ihr kann es zumindest nicht *nicht* bewusst sein, trotzdem tut sie so, als hätte sie keine Ahnung, dass ich direkt neben ihr stehe, und als wäre sie voll auf die Werbung konzentriert, die gerade im Fernsehen läuft. Es ist einer dieser Imagefilme einer Tierschutzorganisation, dieser zeigt Sarah McLachlan und einen Haufen niedlicher Welpen, doch sie wirkt gerade eher so, als wäre es eine Qual, weiter auf den Bildschirm zu gucken. Ich gehe schwer davon aus, dass sie zu der Sorte Frau gehört, die normalerweise heult, wenn sie so was sieht. Den Typ kenne ich gut, weil meine Mom und Schwester jedes Mal bei diesen Filmen losflennen. Letztes Jahr hat meine Schwester sich meine Kreditkarte gemopst und fünfzehnhundert Dollar gespendet.

Summend setze ich mich auf den Stuhl neben ihr und als ich die Beine spreize, berührt mein Oberschenkel ihren. Sie gibt sich Mühe, das zu ändern, aber dann wandert ihr Blick langsam auf diese Verbindung zwischen uns und zu meiner großen Überraschung kann sie sogar noch röter anlaufen. Ich beobachte, wie ihre Wangen tiefrot werden, während sie ihre Aufmerksamkeit wieder auf den Fernseher richtet.

Keine Ahnung, was das für ein Spielchen ist, aber ich mache mit. Ich kann sie den lieben langen Tag anglotzen.

Ich stütze mich mit dem Ellbogen auf die Bar, lege das Kinn auf die Faust und stelle mich darauf ein, ihr Gesicht genauer zu studieren, als ich je etwas studiert habe.

Lange, dichte Wimpern umrahmen hübsche Augen, die warm und groß sind wie zwei Tassen Espresso. Blasse Sommersprossen bedecken ihre Wangen und Nase, genauso niedlich wie der Rest von ihr. Die geschwungenen Lippen, die kirschrot angemalt sind und deren Enden demonstrativ nach unten zeigen und den perfekt mürrischen Blick abrunden. Wie bedauerlich, sie würden toll aussehen um meinen –

»*Was ist?*«

Bei ihrem beißenden Ton, gepaart mit dem spitzen Blick, mit dem sie mich anstarrt, ziehe ich die Brauen hoch.

Ihre Wimpern zucken, während sie kurz die Augen schließt und lautlos seufzt, als bräuchte sie einen Moment, um sich zu sammeln.

»Sorry«, entschuldigt sie sich dann und rutscht auf dem Barhocker herum. »Ich wollte nicht unhöflich sein. Kann ich irgendwie behilflich sein?«

Ich hebe das Glas an die Lippen. »Nein.«

Jetzt dreht sie sich in meine Richtung und schiebt so mein Knie mit ihren beiseite. »Nein? Dann bist du nur rübergekommen, um mich anzustarren?«

»Ganz genau.« Ich lasse den tiefen Ausschnitt ihres schwarzen Spitzentops auf mich wirken, sehe, wie schnell sich ihr Brustkorb hebt und senkt. Himmel, sie ist wirklich umwerfend. Mit wachsender Arroganz stelle ich fest, dass sie auch mich mustert. »Darf ich dir was ausgeben?«

Sie schreckt auf, war offenbar zu sehr damit beschäftigt, mich zu mustern, doch sie fängt sich schnell und schüttelt leicht den Kopf. Ich glaube jedoch, das gilt mehr ihr selbst als mir.

»Nein danke.« Sie setzt ihr Bier zu einem weiteren großen Schluck an den Mund. Kurz erscheint ihre Zunge, um einen Tropfen der bernsteinfarbenen Flüssigkeit aufzufangen, der sich an ihrer Oberlippe gesammelt hat. »Hab schon was.«

»Und wenn das leer ist?« Was es in vermutlich zehn Sekunden sein wird, so wie sie es runterkippt.

»Ich kann meine Drinks selbst zahlen«, zischt sie, fügt dann leiser hinzu, »aber danke.« Als würde das den stechenden Ton abschwächen. Sie trommelt mit den Fingern auf die Holztheke, während sie weitertrinkt und den Blick durch die Bar schweifen lässt, als würde ich magisch verschwinden, wenn sie mich nicht ansieht. Ich bin nicht ganz sicher, warum, aber ich muss lächeln.

»Ich wollte damit nicht andeuten, dass du das nicht kannst. Ich wollte dich eigentlich nur gern zu was einladen und dann hier bei dir sitzen, während du das trinkst.«

»Aber das machst du doch so auch schon.« Sie legt den Kopf schief und mustert mich mit so viel Misstrauen, dass ich bereit bin, ein Verbrechen zu gestehen, das ich nicht begangen habe.

Ein leises Lachen entkommt mir, zusammen mit einem »Shit«. Offenbar weiß sie nicht, wer ich bin. »Woher kennst du Cara?«

»Sie ist meine beste Freundin«, erwidert sie so gleichgültig, als würde sie buchstäblich alles lieber tun, als sich mit mir zu unterhalten.

Ah, die unbekannte beste Freundin. Jetzt ist mir auch klar, warum Emmett wollte, dass ich mich von ihr fernhalte.

Sie dreht sich weg, scannt die Bar, vermutlich auf der Suche nach Cara. Wenn nicht das, dann versucht sie wohl hauptsächlich, *mich* nicht direkt anzusehen. Doch es ist unschwer zu erkennen, dass ihr Blick auch über mich wandert, über meinen Körper.

»Ach, echt? Eine Schande, dass wir uns noch nicht begegnet sind, oder? Dann nimmt Cara dich ganz allein in Beschlag.« Ich halte zwei Finger in die Luft, bis der Barkeeper guckt, dann deute ich zum Glas meiner neuen Freundin. »Wie heißt du?« Ich bin ziemlich sicher, dass Cara das schon mal erwähnt hat, aber da war es mir egal. Jetzt nicht mehr.

Sie macht ein argwöhnisches Geräusch, als das frische Glas Bier vor ihr abgestellt wird. Ich weiß, dass sie Bier mag, also hat sie wohl tatsächlich keine Lust auf mich. Was mein Interesse an ihr nur steigert.

»Das wäre nicht nötig gewesen«, sagt sie, »aber danke.«

Ich unterdrücke den Impuls zu lachen, weil mir das bei ihr auch nicht weiterhelfen wird. Es ist unterhaltsam, ihren inneren Kampf – sollte sie mir lieber den Kopf abbeißen oder weiter nett und höflich sein? – zu beobachten.

Und ich warte ja noch immer auf eine Antwort, also bleibe ich einfach schweigend sitzen, nippe an meinem Bier, weil ich weiß, dass ich was Bescheuertes sagen würde, sollte ich jetzt den Mund aufmachen, und damit wäre alles verkackt. Mir wurde schon häufiger gesagt, dass ich keinen Filter habe, anders als gewöhnliche Leute. Aber ich bin halt nicht gewöhnlich, ich bin Carter Beckett.

Noch ein Seufzer von ihr. Sie hat wohl verstanden, dass ich nicht einfach aufstehen und gehen werde, nur weil sie nicht leicht nachgibt. Ich gebe das ja ungern zu, aber ich wollte mich noch nie so wenig vom Fleck bewegen wie gerade.

»Olivia.« Der Name weht sanft zu mir herüber und leise summend lasse ich ihn mir durch den Kopf gehen, teste ihn gedanklich aus.

»Schön, dich kennenzulernen, Olivia. Du kannst dich gern später für das Bier bedanken, wenn du willst.« Ich zwinkere ihr zu und breite die Beine aus, mache es mir gemütlich.

Ihre braunen Augen folgen der Bewegung und sie schnaubt. Ich glaube, es hat noch nie ein Mädchen vor mir geschnaubt. Das ist irgendwie … niedlich?

»Lieber stecke ich den Kopf draußen in eine Schneewehe.« Sie trinkt noch einen Schluck, bevor sie das Glas kurz hochhält. »Aber das behalte ich trotzdem, weil ich nicht viel davon halte, gutes Bier zu verschwenden, trotzdem wirst du dich mit dem Dank zufriedengeben müssen, den ich vorhin ausgesprochen habe.«

Uhhh, die mag ich wirklich. Mit dem Feuer zu spielen, macht immer Spaß, aber je weiter dieses Spielchen geht, desto mehr begreife ich, dass Emmett – *wage ich es, das auszusprechen?* – recht hatte. Sieht so aus, als hätte ich hier zu tun. Aber die Herausforderung nehme ich gern an. Keine Ahnung, wann ich zuletzt was investieren musste, um eine in die Kiste zu kriegen. Wäre ja dumm, mein Talent verkümmern zu lassen, und ich kann mir auch kaum jemanden vorstellen, der den Aufwand mehr wert wäre als diese freche Brünette, die mich noch immer finster anfunkelt.

»Du weißt nicht, wer ich bin, oder?«

Olivias dunkle Augen mustern mich über den Rand des Glases hinweg. »Glaub mir«, sagt sie langsam mit leicht belustigtem Ton, während sie sich etwas zu mir beugt, »ich weiß ziemlich genau, wer du bist.«

»Und wer bin ich, Süße?«

»Carter Beckett.« Ich bin mir nicht sicher, ob ich meinen Namen schon mal derart unenthusiastisch ausgesprochen gehört habe, und ich weiß nicht, ob ich darüber schmollen oder lachen soll, dass sie sich wieder dem Fernseher zuwendet, als wäre es ihr mehr als scheißegal, wer ich bin. »Kapitän der Vancouver Vipers. Und das ›Süße‹ kannst du gern behalten und dir in den Hintern schieben.«

Ich verschlucke mich am Bier, trommle mir mit der Faust gegen die Brust. Gut möglich, dass ich hier gerade ersticke, aber die Andeutung eines Lächelns sehe ich trotzdem auf ihrem Mund, was mich nur weiter anstachelt.

»Kein Hockeyfan, was?«

»Oh, ich liebe Hockey. Hab selbst fünfzehn Jahre lang gespielt.«

Meine Brauen schießen in die Höhe. »Ach was.« Ich fahre mir mit dem Daumen übers Kinn. Die Vorstellung, mit einer rumzumachen, die nicht nur was von Hockey versteht, sondern selbst gespielt hat! Wie verlockend. »Als Hobby?«

Wieder schnaubt sie. So unfassbar niedlich.

»Okay, das werte ich mal als Nein.« Ich lasse den Blick noch einmal über ihre Kurven gleiten, die straffen Waden, die schwarzen Riemchenschuhe. »Du bist ziemlich winzig. Hast du auf dem Eis nicht ordentlich gelitten?«

»Keine Sorge, Mr Beckett. Ich schlage mich ganz gut.«

»Musstest auch mal auf die Strafbank, was?«

»Fast so oft wie du«, verkündet sie amüsiert, ihre Schokoaugen funkeln vor Erheiterung, während sie zu der Platzwunde an meiner Lippe schaut, die ich mir gestern beim Spiel geholt habe.

Jetzt muss ich noch breiter grinsen. Von wegen sie interessiert sich nicht für mich.

Ich neige mich zu ihr, kann ihrer Anziehungskraft nicht widerstehen. »Zu meiner Wohnung ist es nicht weit.«

»Wie praktisch für dich.«

»Maximal zehn Minuten zu Fuß.«

Olivia hebt das Glas erneut an diese so einladenden Lippen. »Das ist nah.«

»Ich könnte uns ein Uber bestellen, wenn dir das lieber wäre.«

Sie muss lachen, schlägt sich die Hand vor den Mund, um nicht überall Bier hinzuspucken. Ich bin wie gebannt von ihr, sehe zu, wie sie sich erst den Mund abwischt und dann die Theke. Das amüsierte Funkeln in ihren Augen lässt meine Zuversicht wachsen, dass das hier in die richtige Richtung läuft – geradewegs in meine Wohnung.

»Oh, Mr Beckett. Du bist so naiv wie hübsch.« Sie legt mir

die Hand auf die Brust und tätschelt sie gönnerhaft. »Das Letzte, was ich heute tun werde, ist mit dir nach Hause gehen.«

»Aber warum nicht?« Ich komme noch näher und so entgeht mir der Moment nicht, in dem ihr kurz der Atem stockt. Ihre Zunge zuckt für eine Sekunde hervor, benetzt ihre Unterlippe, was mich darin bestärkt, Folgendes zu flüstern: »Ich möchte dir das Hirn rausvögeln. Vielleicht landest *du* ja zur Abwechslung auf der Strafbank.«

Olivia fängt an zu kichern, was fast so niedlich ist wie das Schnauben. »Du willst mir nicht ernsthaft erzählen, dass du Frauen mit solchen Sprüchen rumkriegst.«

»Nein, natürlich nicht.«

»Wundert mich nicht.«

Ich grinse. »Normalerweise reichen mein Name und mein hübsches Gesicht.«

Eine ihrer dunkelbraunen Strähnen ist so verlockend nah, ich drehe sie um meinen Finger und sehe, dass sie von einem leichten Karamellton durchzogen ist. Sie hat schöne Haare. Und schöne Augen. Schöne Lippen. Schöne Schenkel. Schöne Titten. Fuck, sie ist einfach *schön*.

Sanft ziehe ich an der Locke, ziehe sie zu mir und muss grinsen, weil sie gar nicht zu merken scheint, dass sie nachgibt.

»Wir könnten es auch in acht Minuten schaffen, wenn ich dich huckepack nehme.« Ich schaue demonstrativ zu ihren Beinen und lecke mir die Lippen, als ich ihr in die unschuldigen, weit aufgerissenen Augen blicke. »Dann kannst du deine schönen Beine erst um meine Hüften schlingen, bevor ich sie mir um den Kopf lege.«

Wärme strömt in Wellen von ihr aus, ihr Mund öffnet sich leicht, weil sie so abgehackt einatmet. Dann zuckt sie zurück und bringt genug Abstand zwischen uns, dass die Luft um mich abkühlt.

Mit einem Räuspern holt sie ihr Handy aus der Handtasche

und scrollt ziellos durch Instagram, als würde sie sich zu Tode langweilen. »Furchtbare Vorstellung.«

»Das sehe ich anders.«

Ihre Augen funkeln boshaft, als unsere Blicke sich treffen. »Eigentlich hast du recht. Meine Füße tun vom vielen Tanzen ziemlich weh. Huckepack klingt super.« Sie lächelt über mein Schmunzeln, fügt dann jedoch in wesentlich ernsterem Ton hinzu: »Aber ich lasse mich nicht auf One-Night-Stands ein, Carter.«

Scheiße. Mehr gibt mein Repertoire leider nicht her.

Ich fahre mit den Zähnen über meine Unterlippe und habe genau im Blick, wie ihre Finger gegen das Glas trommeln, wie sie immer wieder aufschaut, um zu prüfen, ob ich sie weiter ansehe, wie ihr langsam wieder die Röte in die Wangen kriecht, weil ich es tue. Ihre Körpersprache, die Nervosität, mit der sie durch meine Aufmerksamkeit zappelt, passt nicht zu ihren bissigen Antworten, und irgendwie macht sie das nur noch faszinierender.

»Okay«, sage ich, bevor mein Kopf überhaupt wirklich zugestimmt hat. Aber, scheiß drauf, warum eigentlich nicht? Wenn es eine Frau gibt, die ich mal wiedersehen möchte, dann könnte das definitiv diese Olivia sein. »Wieso auch nach einer Nacht aufhören? Ich hab so im Gefühl, dass du wie ein Ohrwurm bist, den ich mir gern durch den Kopf gehen lasse.« Möglich, dass ich für sie sogar das streng geltende Übernachtungsverbot aufhebe. Wir könnten es morgen den ganzen Tag lang treiben, bevor ich sie ihres Weges ziehen lasse. Mit der flachen Hand schlage ich auf die Theke und rucke das Kinn Richtung Tür. »Dann los, Schönheit.«

Ihr bleibt der Mund offen stehen. »Das ist jetzt ein Scherz, oder?«

»Ich lade dich morgen sogar zum Frühstück ein.« Und dann schenke ich ihr das Lächeln, von dem ich schon oft gehört habe, dass es besonders charmant ist.

Sie schlägt die Hand vors Gesicht und flüstert dabei etwas, das erstaunlich nach *oberdreistes Arschloch* klingt. Der Blick in ihren Augen, als sie die Hand langsam sinken lässt, ist schwer zu deuten. Will sie mich lieber auslachen oder schlagen? Vielleicht sogar beides.

»Offenbar hast du mich falsch verstanden.« Sie leert das Glas und springt dann von ihrem Stuhl. Himmel, sie ist so winzig. Selbst sitzend überrage ich sie noch um Längen. Sie baut sich direkt vor mir auf, obwohl ich trotzdem zu ihr runtergucken muss. Sie riecht gut. Ein bisschen wie frisch gebackenes Bananenbrot. Ist das komisch? Ich würde sie einfach gern probieren.

»Ich habe absolut kein Verlangen danach«, sagt sie sehr langsam und betont jedes Wort, damit ich auch mitkomme, »eine weitere Kerbe in deinem Bettpfosten zu sein. Ich kann mir gut vorstellen, dass deine verwuschelten Haare, die schönen grünen Augen und das schiefe Grinsen sonst dafür sorgen, dass dir die Slips zu Füßen liegen, dieser allerdings nicht.«

Meine Finger haben ein Eigenleben, legen sich auf ihre Hüfte und ziehen sie zwischen meine Beine. Lächelnd neige ich mich zu ihr. »Dann gibst du es also zu! Du findest mich schön.«

Olivia verdreht die Augen. »Wieso wundert es mich nicht, dass du ausgerechnet den Teil gehört hast?« Sie deutet über ihre Schulter. »Du kannst hier jede haben, die du willst. Such dir eine andere, die du zum Frühstück einladen kannst.«

So läuft das nicht. Das Frühstücksangebot galt exklusiv für sie.

»Aber ich will dich«, wimmere ich spielerisch, nehme ihre Hand und verschränke meine Finger mit ihren. Sie ist so warm und weich und winzig, sie verschwindet in meiner Pranke, und Olivia betrachtet meinen Daumen, der über ihre Haut streichelt. »Du siehst unerhört gut aus und riechst umwerfend. Außerdem verstehst du was von Hockey. Du hast mir mindestens dreimal unmissverständlich gesagt, dass ich mich verpissen soll, und ich kann mich nicht daran erinnern, wann ich zuletzt jemanden so attraktiv fand.«

Ihre Hand entspannt sich, während sie sich nähert. Ihre Handfläche fährt über meinen Oberschenkel, ihre Fingerspitzen tanzen meinen Arm hinauf, bis sie warm an meinem Kinn entlangstreicht. Sie hebt den Kopf im selben Moment, in dem ich meinen senke, das Feuer in ihrem Blick verspricht eine unvergessliche Nacht.

Ihr Atem streichelt meine Lippen und als ich darüberlecke, kann ich sie schmecken.

»Hat es jemals eine geschafft, dich abblitzen zu lassen?«, flüstert sie.

Stolz schwellt meine Brust. »Noch nie.«

Da wächst ein riesiges Grinsen auf ihrem Gesicht. »Tja, wie sagt man so schön: Es gibt für alles ein erstes Mal.«

Meine Stirn legt sich in Falten, während ich sie anblinzle. Sie zieht ihre Hand aus meiner und tritt zurück. »Was?«

»Viel Spaß noch«, ruft sie über die Schulter, bevor sie sich durch die Menge schiebt, und weg ist sie.

Leck mich am Arsch. Das gefällt mir kein bisschen.

VIER

DANKE, ABER NEIN DANKE

OLIVIA

Sonntage und Kater sind wie gemacht für zwei Dinge: Junkfood und Schlaf.

Eigentlich will ich einen fettigen Cheeseburger so groß wie mein Kopf und eine riesige Portion Pommes. Stattdessen sitze ich bei Starbucks und schlürfe Mitte Dezember einen Iced Latte, als würde ich ohne jämmerlich sterben, und esse dazu irgendwas mit der Aufschrift *gesund*, und das nur, weil McDonald's erst in fünfzehn Minuten was anderes als Frühstück anbietet.

Meine beste Freundin Cara hebt beim Anblick meines Getränks eine ihrer perfekt geformten Augenbrauen. »Es ist schweinekalt, Liv.«

Ich summe nur zustimmend, weil ich gerade am Strohhalm sauge, aber schiebe die Hände in die Ärmel meines Pullis. »Der Winter naht.«

»Der Winter ist *da*.« Mein *Game-of-Thrones*-Zitat hat genau den Effekt auf sie, den ich erwartet habe – gar keinen. »Und du trinkst einen verdammten Eiskaffee.«

»Iced Latte«, verbessere ich sie und stochere mit dem Finger in meiner Käse-Frucht-Protein-Box. Drücke auf das hartgekochte Ei. Mal im Ernst, was ist das? Nix für mich jedenfalls. So was esse ich Montag bis Freitag, aber doch nicht an einem Sonntagmorgen, nachdem ich mir am Vorabend mein halbes Körpergewicht in Bier einverleibt habe. Mit einem Seufzer klemme ich den Deckel wieder auf die Box. Ich gebe auf und werde Cara bitten, auf dem Rückweg zu ihrer Wohnung noch durch den Drive-in zu fahren.

»Mir egal, was da drin ist, Ollie, aber es ist fucking Eis.«

Eigentlich bin ich Teetrinkerin, aber nur entkoffeinierten. Cara sagt immer, ich bin eine Psychopathin, doch von Koffein bekomme ich einfach Magenschmerzen und Herzrasen. Kaffee zu trinken, ist für mich echt Furcht einflößend. Aber heute Morgen brauch ich ihn. Hab das Gefühl, nicht richtig zu funktionieren. Heißen Kaffee hasse ich aber noch mal mehr, was meine Wahlmöglichkeiten noch weiter beschränkt hat, als wir vor zehn Minuten bestellt haben. Der Barista hat mich angesehen, als hätte ich fünf Köpfe, und gebeten, meine Bestellung zu wiederholen.

»Mein Kopf tut weh.« Ich mache einen Schmollmund und setze dazu den perfekten Dackelblick auf.

Cara geht in Konkurrenz, schiebt ihre Unterlippe so weit vor, wie sie kann, und dann legt sie noch den Kopf schief. »Och, Süße. Du hast zu hart gefeiert.«

»Meine Füße bringen mich um.« Ich brauche dringend ein Fußbad oder – besser noch – eine Fußmassage. Dieser Idee folgend hake ich mein Bein um Caras Knöchel und reibe den Fuß an ihrer langen Wade auf und ab.

Sie schüttelt mich ab. »Ich werde dir sicher nicht die Füße massieren. Aber vielleicht übernimmt Em das, wenn wir zurück sind.«

Ich verziehe das Gesicht. »Ich frage garantiert nicht deinen Freund, ob er mir die Füße massiert.«

»Wieso nicht?« Sie steckt sich eine Weintraube in den Mund. »Er hat die perfekten Hände. Groß. Stark.« Sie wackelt mit den Augenbrauen. »*Magisch.*«

»So was will ich nicht wissen.« Ich werfe mit dem Strohhalmpapier nach ihr.

Cara rückt etwas zurück und schlägt die Beine übereinander. Mit schmalen Augen mustert sie mich. »Sprechen wir noch über den Elefanten im Raum?«

Ich nippe an meinem Kaffee. Himmel, der ist fantastisch. Möglich, dass ich tagelang nicht mehr schlafen kann. »Welchen Elefanten?«

»Elefant ist vielleicht nicht ganz das richtige Wort. Treffender wäre wohl der eins neunzig große sexy Muskelmann, der ein Marvel-Superheld sein könnte oder ein griechischer Gott.«

Ich lasse den Blick durch den Laden wandern. »Sehe ich hier auch nicht.«

Sie drückt sich die Zunge in die Wange und ihre Mundwinkel heben sich. »Ich spreche von Carter Beckett, Liv.«

»Ah, *der* Elefant.« Ich begutachte meinen Nagellack. »Über den haben wir doch schon gesprochen.« Um ehrlich zu sein, hatte ich es gerade geschafft, seine nervige, narzisstische Visage aus meinem Kopf zu verbannen.

»Da hatte ich mindestens drei Mojitos und fünf Tequila intus, ich erinnere mich an keine Silbe.«

Sehr viel haben wir eigentlich auch nicht geredet. Vielmehr hat Cara mich in den Schwitzkasten genommen und so weit wie möglich von Carter Beckett, dem Kapitän der Vancouver Vipers, dem Multimillionär, dem Ausnahme-Playboy, weggezerrt. Man muss ihr zugutehalten, dass sie mir eine Handvoll Gründe präsentieren wollte, um mich von ihm fernzuhalten, allerdings hat sie so gelallt, dass sie an sich schon schwer zu verstehen gewesen wäre, wenn sie sich nicht noch ständig irgendwelche Häppchen in den Mund gesteckt hätte, wann immer ein Kellner vorbeikam.

»Du hast gesagt, ich soll auf Abstand gehen, und ich habe dir gesagt, dass ich schon ordentlich Abstand zwischen uns gebracht habe.« Da war ein Moment, ein sehr kurzer, als er meine Hand hielt, als er mich tief mit seinen smaragdgrünen Augen ansah, in dem ich darüber nachgedacht habe. Ich gebe dem Alkohol die Schuld für den fast begangenen Fehler.

Carter Beckett ist die Definition von sexy. Er ist teuer gekleidete Arroganz mit geschmeidigen, harten Muskeln und einem charmanten Lächeln. Vermutlich ist er außerdem das Werbeposter für Chlamydien, wer kann das schon sagen. Wahrscheinlich trifft er Vorsichtsmaßnahmen, aber er kommt auf jeden Fall viel rum.

Cara stützt ihr Kinn in die Hand. »Hätte mir klar sein müssen, dass er dich mag.«

»Dass er mich mag? Ha. Der mag mich nicht. Der will mit mir in die Kiste. Und ich mach dir keinen Vorwurf, dass du darauf nicht gekommen bist. Ich bin buchstäblich das Gegenteil von den Ladys, mit denen er so fotografiert wird.«

»Bist du nicht!«

»Bin ich wohl.«

Cara wischt auf ihrem Handy rum und zeigt mir dann ein Foto von Carter und einer langbeinigen Brünetten, den Arm um ihre Taille geschlungen, während sie an seinem Hals saugt. Bonuspunkte dafür, dass sie es offenbar trotzdem geschafft haben, auf dem Bürgersteig zu bleiben und nicht in den Verkehr zu stürzen.

»Siehst du? Ihr habt beide braune Haare.«

Ich verdrehe die Augen. »Und sie ist ungefähr einen Meter größer als ich, Cara. Ach, und guck!« Ich tippe auf ihre verlinkte Instagram-Seite und werfe Cara einen vielsagenden Blick zu. »Sie ist Cheerleaderin der Dallas Cowboys.«

Ich ziehe nicht die *Ich-bin-anders*-Karte, dabei ist das die Wahrheit: Ich sehe ganz anders aus als die Frauen, mit denen dieser Mann sonst abgelichtet wird.

Wenn man sich auf das, was die Medien so reproduzieren, verlässt, dann bevorzugt Carter Frauen, die wie Cara aussehen: Beine bis zum Himmel, lange, schlanke Körper, seidiges, glattes Haar. Um ganz ehrlich zu sein, glaube ich, dass die beiden nur aus einem einzigen Grund nicht zusammen sind: Sie sind sich zu ähnlich – großmäulig, prahlerisch und unglaublich stolz. Klingt doch nach einer explosiven Kombi.

»Meinetwegen.« Sie wedelt abwehrend mit der Hand durch die Luft. »Okay, du bist klein.« Sie kichert, weil ich sicher nicht gerade begeistert aussehe. »Um nicht winzig zu sagen. Und okay, du bist kein Model. Aber du bist Sportlehrerin, das ist ja fast das Gleiche …«

»Das ist nicht im Entferntesten vergleichbar.«

»Aber du bist genauso hinreißend wie die.« So, wie sie das sagt, klingt es sogar einigermaßen überzeugend, allerdings war sie schon immer meine größte Unterstützerin.

Ich tippe ihr über den Tisch hinweg gegen die Nasenspitze. »Danke, aber du bist meine beste Freundin. Du musst so was sagen.« Ein müdes Seufzen kommt mir über die Lippen, während ich durch das große Fenster die Leute betrachte, die draußen mit Einkaufstaschen an den Armen vorbeilaufen.

Irgendwann verlassen auch wir den Laden. Cara hakt sich bei mir unter und so schlendern wir zurück durch die Mall. Ich kann nicht sagen, wieso ich mich habe überzeugen lassen, sie heute Morgen zum Shoppen zu begleiten. Ich sollte einfach aufhören, nach durchzechten Nächten bei ihr zu pennen. Sie hat sich auf mich gestürzt, bevor ich mich überhaupt an meinen eigenen Namen erinnern konnte, geschweige denn wusste, wo mein Rückgrat ist. Und genau deshalb bin ich hier gelandet, beim Shoppen an einem Sonntagmorgen und – das ist eigentlich das Schlimmste – ohne mein Katerfrühstück von McDonald's.

Auch nur eine weitere Fehlentscheidung wegen Alkohol.

»Ich hab Hunger«, brummele ich und verschränke die Arme vor der Brust, während Caras Daumen über das Display ihres Handys huschen. »Auf was Richtiges.«

»Perfektes Timing, Babe.« Sie steckt das Handy weg. »Emmett ist wach und bestellt zum Mittagessen Pizza.«

Etwas in mir fängt an zu strahlen wie ein Spielautomat. Möglicherweise mein Magen. »Mit Bacon?«

»Mit *extra viel* Bacon.«

***

Cara verkündet ihre Ankunft zu Hause, wie sie ihre Ankunft überall verkündet: *mit Flair.*

Als wir reinkommen, breitet sie die Arme aus, dreht sich und schleudert alle sechs Einkaufstaschen zu Boden. »Wir sind zu Hause, Babe! Liv braucht 'ne Fußmassage!«

»Brauche ich nicht«, rufe ich gleich hinterher und versuche, mich aus meinen Stiefeln zu befreien. Ich mag Emmett echt, trotzdem wäre es seltsam, mir vom Freund meiner besten Freundin die Füße massieren zu lassen. Gerade kriege ich nicht mal die verfickte Socke richtig angezogen. Sie hängt vorn an meinen Zehen und ich hüpfe auf einem Bein durch den Flur, dem Geruch von Salami und Bacon folgend, während ich versuche, ihn über meinen Fuß zu ziehen.

Ich hasse Socken. Ich hasse Stiefel. Ich hasse Winter.

Meine Nase reckt sich von ganz allein in die Luft, ich atme tief ein und reibe mir mit der freien Hand über den Bauch. »Boah, riecht das gut, Em. Komm zu Mama.«

Ich bekomme endlich einen Finger in die Socke und kann sie über die Ferse ziehen, doch dann verliere ich das Gleichgewicht. Der rutschige Marmorboden hilft nicht, zusätzlich waren weiche Wollsocken auch einfach eine bescheuerte Idee … und so stolpere ich mit ein paar gepflegten Kraftausdrücken rückwärts, wedele mit den Armen und packe das Nächstbeste, was ich in die Finger kriege.

Es sind ein Paar starke Arme. Besonders muskulös. Durchtrainiert. Uh, diese Unterarme sind herrlich. Sie schlingen sich um meine Taille, bevor ich überhaupt richtig stürzen kann. Wärme strahlt von meinem Bauchnabel aus, als sie mich aufrichten. Ich starre die außerordentlich große Hand an, die meinen Oberkörper stützt, und ein erwartungsvoller Schauer überläuft mich, als mir ein paar Worte direkt ins Ohr geflüstert werden.

»Hi, Mama.«

Meine Hand gleitet langsam über seinen Arm, was den Unterschied nur noch hervorhebt. Wo ich hell und weich bin, ist er golden und fest.

Heißer Atem trifft auf meinen Nacken und ich schließe die Augen, weil mich ein verlockender Geruch umfängt. Eine Spur Citrus gemischt mit irgendwas Natürlichem. Vielleicht Limette und moschusartiges Zedernholz.

Ich weiß ziemlich genau, wessen Arme mich da umfangen, wessen Hände mich halten, wessen Lippen in der Nähe meines Kinns verharren. Das alles weiß ich, aber es hält mich trotzdem nicht davon dem ab, was ich als Nächstes tue.

Er hält mich ja noch immer in den Armen, das Einzige, was ich wirklich bewegen kann, ist mein Kopf. Und den drehe ich in Zeitlupe. So richtig langsam. Exorzismusmäßig. Ich bin nicht sicher, ob mein Unterkiefer je so tief hing. Vermutlich könnte ich gerade locker meine Faust in den Mund nehmen. Mein Bruder hat mal behauptet, ich könne das nicht, da war ich neun, und es war eine Wonne, ihn vom Gegenteil zu überzeugen.

Als die grünen Augen in mein Blickfeld kommen, das wilde kastanienbraune Haar, das schiefe, sexy Grinsen, das mich so wütend macht, zeige ich die einzig logische Reaktion: Ich kreische.

Dann stoße ich Carter Beckett von mir weg und husche so schnell ans andere Ende der Küche, dass meine Füße in unterschiedliche Richtungen wegrutschen. Ich knalle voll auf den Schritt. Emmett schießt zu mir und hilft mir auf, lacht dabei aber schallend. Mein Schritt tut so weh, dass ich am liebsten zusammensacken und in Ruhe weinen würde – mit meinem Stück Pizza, versteht sich.

»Hätte ich das doch gefilmt«, keucht Cara und wischt sich die Lachtränen von den Wangen. »Carter, ich wette, so ist noch keine vor dir weggerannt, was?« Sie deutet mit einem Stück Pizza von mir zu Carter. »Das war großartig.«

Ich bekomme Ganzkörpergänsehaut, als ich mir einen Teller nehme und versuche – aber erbärmlich scheitere –, so zu tun, als würde mir Carter Beckett nicht über die Schulter schauen, während ich mir ein Stück aussuche.

Seine Körperwärme umfängt mich, so dicht hängt er über mir, die Hände rechts und links von mir auf den Tisch gestützt. »Würdest du dich mal entscheiden, du Zwerg? Dieser große Kerl hat Hunger.«

»Ich muss das Stück mit dem meisten Bacon finden. Hetz mich nicht, *großer Kerl.*«

Das amüsiert ihn offenbar. Sein Gesicht kommt noch näher, sein Atem trifft auf meinen freiliegenden Halsansatz, als er flüstert: »Ich käme nicht im Traum auf die Idee, dich zu hetzen. Im Gegenteil, ich möchte mir unbedingt Zeit mit dir lassen, Olivia.«

»Verdammt noch mal.« Ich wende mich an Cara und Emmett, stemme eine Faust in die Seite. »Wer von euch beiden hat mir denn verschwiegen, dass er zum Mittagessen vorbeikommt?«

Cara wirft die Hände in die Luft. »Ich hatte absolut keine Ahnung.«

Emmett lacht. »Als ob. Ich habe dir geschr–« Jedes weitere Wort erstirbt hinter der Hand, die Cara ihm vor den Mund schlägt.

Die Frau steht auf Dramen und ich gehe schwer davon aus, dass das der einzige Grund dafür ist, dass sie mich bereitwillig wieder mit Carter zusammengeführt hat. Oder sie will einfach zusehen, wie ich ihm einen ordentlichen Dämpfer verpasse. Man sollte den Leuten geben, was sie wollen, oder?

Carter beobachtet mich, wartet auf eine Reaktion, also beiße ich so viel von dem Stück Pizza ab wie menschenmöglich und schaue ihm dabei ungerührt in die Augen. Dann marschiere ich an ihm vorbei und lasse mich aufs Sofa plumpsen. Wie es das Glück will, lässt er sich ganze fünfzehn Sekunden später neben mich fallen, ein fettes Grinsen im Gesicht.

Seine tiefen Grübchen sind absolut hinreißend. Wie ich sie hasse.

Er stupst mich mit der Schulter an. »Ich hab mehr Bacon.«

»Hast du nicht.« Ich lehne mich rüber und mustere seinen Teller. Nur aus Neugier, klar. »Verdammt«, flüstere ich, als ich es auch sehe.

Er lacht leise, schiebt sein Stück auf meinen Teller und nimmt sich mein weniger baconlastiges. Eine echt liebe Geste, was mich sofort argwöhnisch macht. Er hat mir gestern ein Bier ausgegeben und es klang so, als erwarte er, dass ich mich dafür später mit meinem Mund an einem seiner Körperteile revanchiere.

»Das ist nur Pizza, Olivia. Wenn du nicht willst, ess ich das.«

Ich reiße das Stück an meine Brust. »Nix da, Beckett.«

Cara kommt vorbei und stellt mir einen Dip auf den Teller. Ich verteile die ganze Packung auf meiner Pizza. Carter beobachtet mich permanent, ich spüre richtig, wie mein Gesicht unter seinem Blick brennt.

»Kann ich dir irgendwie helfen?«, frage ich schließlich.

Einer seiner Mundwinkel hebt sich. »Nee, alles gut.«

Er isst vier Stücke, geht wieder zum Tisch, holt sich zwei weitere und hat auch die verdrückt, bevor ich überhaupt mit meinem fertig bin.

»Du isst langsam«, bemerkt er, beugt sich vor und stellt seinen leeren Teller auf den Couchtisch. Ich versuche, nicht auf die Muskeln zu achten, die sich so deutlich unter seinem Oberteil abzeichnen, aber, verdammt, sie fallen mir natürlich trotzdem auf.

Ich will gerade sagen, dass nicht ich langsam esse, sondern er wie ein Müllschlucker, doch die Worte bleiben mir im Hals stecken, weil er meine Füße zu sich auf den Schoß nimmt und mir die Socken auszieht. Er presst die Daumen in meine Fußsohle und ich bin unglaublich dankbar, dass Cara und ich gestern Morgen noch im Spa waren.

Carter tippt gegen den roten Nagellack an meinen Zehnägeln. »Hübsch.«

»Was machst du da?«, frage ich, muss dann aber unwillkürlich stöhnen, weil er einen besonders schmerzhaften Punkt erwischt.

Durch das Geräusch tritt kurz ein abwesender Blick in Carters Augen, bevor er die Stelle nur noch fester massiert. »Cara hat gesagt, du brauchst 'ne Fußmassage, also gibt's 'ne Fußmassage.«

Sollte ich dankend ablehnen? Vermutlich. Aber … er hat riesige Hände, breite Fingerspitzen mit sehr viel Kraft, außerdem habe ich gestern zu viel getrunken, weshalb ich zu viel getanzt habe. *Und es fühlt sich so verdammt gut an.* »Mein Gott«, wimmere ich unabsichtlich, weil ich eben doch einknicke. »Danke.«

»Ach, keine Ursache. Wenn du so ein großer Fan von Massagen bist, könnten wir zu mir gehen und –«

»Und schon ist der Moment kaputt.« Ich zerre ihm die Füße aus den magischen Händen und setze mich darauf. »Warum musst du so was Herrliches ruinieren?«

Sein Blick wandert an mir hinunter und wieder herauf. »Ich warte auf meine Gelegenheit, dich zu ruinieren, und – glaub mir – das wird gut.« Mein schockierter Gesichtsausdruck scheint ihn zu amüsieren, denn er lacht und fängt dann den Xbox-Controller, den Emmett ihm zuwirft. »Du wirst ziemlich schnell rot, Olivia.«

Cara schnaubt am anderen Ende des Zimmers. »Das ist sicher

schwer zu begreifen für dich, Carter, aber sie hat kein Interesse an dir.«

Er zuckt mit den Schultern. »Das bezweifle ich, aber okay.«

Er und Emmett spielen *NHL*, weil sie, wenn sie mal nicht tatsächlich auf dem Eis stehen, wohl virtuell weitermachen müssen. Obwohl er sich total auf das Spiel konzentriert, hört er nicht auf, mir Fragen zu stellen.

»Magst du Schnee, Winzling?«

»Nicht wirklich.«

»Warum nicht?«

»Weil ich dann Socken anziehen muss.«

»Frühling oder Sommer?«

»Sommer.«

»Süß oder salzig?«

»Süß.«

»Wie bist du gestern Abend nach Hause gekommen?«

»Ich hab hier geschlafen.«

Ein Summen lässt seine Kehle vibrieren und ich würde so gern seinen Hals anfassen, um es zu spüren. »Wenn ich das gewusst hätte, wäre ich auch hergekommen, statt zu mir zu gehen. Dann hätten wir uns weiter unterhalten können.«

Meint er das ernst? Erinnert er sich nicht an das Mädel, das schon eine halbe Stunde nach meiner Flucht vor ihm an seiner Seite klebte? Das Grinsen inklusive Zwinkern, das er mir danach gezeigt hat, kann er jedenfalls nicht vergessen haben. *Das hättest du sein können*, sollte mir das sagen, davon bin ich überzeugt.

»Na, dabei hattest du doch mit der hübschen Blondine alle Hände voll zu tun.«

Zum ersten Mal löst er den Blick vom Spiel, um mich anzusehen. »Nicht so hübsch wie du.«

Soll das ein Kompliment sein? *Das Mädel, mit dem ich letzte Nacht was hatte, nachdem du mich hast abblitzen lassen, konn-*

te nicht mit dir mithalten, aber gevögelt hab ich sie trotzdem. Er ist ein unverbesserlicher Aufreißer und ich habe keinerlei Interesse daran, eins seiner Puck-Bunnys zu sein, das er einmal fickt und dann entsorgt. Also verdrehe ich angewidert die Augen.

»Ich hab sie nicht mitgenommen, Olivia.«

Da kann ich nur ungläubig schnauben. Außerdem könnte mich das nicht weniger jucken. »Das bezweifle ich, aber was soll's?«

»Du klingst eifersüchtig.«

»Bin ich nicht, das kannst du gern glauben.«

»Konnte mich nicht dazu durchringen. Schließlich hatte ich den ganzen Abend nur Augen für dich.« Er macht ein Tor und flüstert »Fuck, yeah«, während Emmett ohne Punkt und Komma flucht, bevor er verkündet, mehr Pizza zu brauchen.

»Mir egal.«

Carter legt den Controller in seinen Schoß und wendet sich mir zu. Sein Gesichtsausdruck ist undurchdringlich, fast leer, während er mich betrachtet. Das gefällt mir nicht. Ich ziehe den Kopf ein, würde mich so gern verstecken. Wenn ich ihn nicht lesen kann, soll er auch mich nicht lesen können.

»Das bezweifle ich«, flüstert er schließlich.

Seine Finger streifen meinen Oberschenkel, genau an der eingerissenen Stelle etwas oberhalb des Knies. Die Berührung ist so sachte, dass ich mir fast nicht sicher bin, ob er mich wirklich berührt. Einen Moment lang genieße ich, wie sich seine warmen, schwieligen Hände anfühlen. Einen Moment lang möchte ich mehr.

Einen Moment lang. Bis sich mein Hirn wieder einschaltet.

Was zur Hölle mache ich hier denn bitte? Wieso unterhalte ich dieses selbstgefällige Arschloch? Ich könnte zu Hause sein, ohne BH, schlafend.

»Ich hau ab«, rufe ich über die Schulter. »Danke fürs Essen.«

»Was? Jetzt schon?« Caras Spiegelung in der Terrassentür deutet aufgebracht zu Carter.

»Ja, muss noch zu Jeremy.« Das ist halb gelogen. Ich muss erst in ein paar Stunden bei ihm sein.

Ich gebe Cara einen Kuss auf die Wange, umarme Emmett und meide Carter. Was sich als unmöglich entpuppt, denn er steht auf und folgt mir durch den Flur. Schaut mir dann zu, wie ich die kniehohen Stiefel anziehe.

»Wer ist Jeremy? Dein Freund?«

Ich zögere kurz. Dann lüge ich. »Ja.«

»Du fährst zu deinem Bruder?«, ruft Emmett quer durch den Flur. »Sag Jeremy, dass ich ab zehn online bin, falls er Bock auf ein Spiel hat!«

Verdammt. *Emmett*. Komm schon.

Ich grinse Carter schuldbewusst und mit zusammengebissenen Zähnen an.

Er verschränkt die Arme vor der breiten Brust und hebt eine Augenbraue. »Du kleine Lügnerin.«

Tja, so ist das Leben. Ich hebe unschuldig die Schulter und lasse sie wieder fallen. Dann schlüpfe ich in meinen Mantel. Carter packt mich beim Kragen und zerrt mich zu sich. Kurz habe ich Panik, dass er mich küssen will, umso größere Panik, dass ich ihn nicht aufhalten werde, doch stattdessen knöpft er meinen Wollmantel zu.

Carter Beckett knöpft meinen Mantel zu.

»Gibst du mir deine Nummer?«

Ich blinzle ihn an. »Äh …« Eigentlich wollte ich Nein sagen. Keine Ahnung, warum das Wort nicht rauswill.

Er sieht mein Zögern als Gelegenheit, kommt mir immer näher, ich weiche jedoch mit jedem seiner Schritte zurück. Mein Rücken stößt gegen die Eingangstür und mein Puls fängt an zu jagen, als seine Brust meine berührt. Du lieber Gott, er fühlt sich so gut an. Warm und straff, breit und stark. Und groß. Shit, er ist so unfassbar groß. Meine Vagina fängt an zu tanzen, meint wohl, es geht gleich rund. Sie könnte nicht falscher liegen.

Seine Hand gleitet an meiner Flanke hinauf und mein Herz schlägt noch schneller, als er meine Haare aus dem Mantel zieht und mir über die Schulter legt.

»Okay, pass auf. Ich geb dir einfach *meine* Nummer. Und die gebe ich nie raus. Du bist die Erste, die sie bekommt.« Seine Art, diese Selbstgefälligkeit, die ihn umfängt, verrät mir, dass er meint, damit habe er mich am Haken. Müsse mich nur noch einholen. »Weil du was Besonderes bist, Olivia.«

Aha. Was Besseres fällt ihm nicht ein? Es ist mir ein absolutes Rätsel, wie er so viele Frauen rumkriegt.

Ich lege eine Hand an sein Schlüsselbein und übe leichten Druck aus. Fest genug, dass er einen Schritt zurückweicht. Nun gehe ich auf ihn zu. Lächle ihn an – ganz besonders klebrig süß, extra für ihn –, woraufhin sein Grinsen breiter wird, mit tiefen Grübchen und einem Strahlen wie von einem Stadionscheinwerfer.

Er ist so davon überzeugt, erfolgreich zu sein.

Ich kann es nicht erwarten, ihm einen Dämpfer zu verpassen.

»Ja …« Ich lasse die Fingerspitze über den Ausschnitt seines T-Shirts wandern. Meine Hand schließt sich um seinen Nacken, damit ich seinen Kopf zu mir führen kann. Sofort landen seine Hände in meiner Taille, packen mich fest, während meine Lippen an seinem Ohrläppchen entlangfahren. Ich hasse, wie gut er riecht. Ich habe den irrationalen Impuls, an ihm zu lecken wie an einer Eiswaffel. »Danke, aber nein.«

Ich sehe zu, wie ihm das selbstgefällige Grinsen einfriert und dann von seinem so hübschen Gesicht schmilzt, bevor es verschwindet, weil ich ihm die Tür vor der Nase zuschlage.

Mann, das hat gutgetan.

FÜNF

IST DAS MEIN GESICHT?

OLIVIA

Normalerweise komme ich mit meiner geringen Größe gut klar. Auf der Arbeit habe ich immer einen Tritthocker in Griffnähe und zu Hause in der Küche bin ich schnell auf der Arbeitsfläche, wenn ich mal an die oberen Schränke zu den Sachen muss, die ich nicht so oft benutze. Mein Problem ist, dass ich es selbst nach all den Jahren noch vergesse. Wie oft habe ich mir schon was gezerrt, weil ich an Wänden hochgeklettert bin, um zu sonst unerreichbaren Regalbrettern zu gelangen, weil ich mich auf die Zehenspitzen gestellt habe, um *das kleine bisschen* länger zu sein, oder weil ich einen auf Spider-Man gemacht und mich am Volleyballnetz hochgehangelt habe, um es abzunehmen.

Heute kommt es wieder zu einer dieser Konfrontationen zwischen mir und dem Volleyballnetz. Die Geräusche, die ich dabei mache, sind absolut unselig, grenzen fast an das, was ich sonst nur im Schlafzimmer in Gesellschaft meines vibrierenden Taschenfreunds von mir gebe. Immer wieder schiele ich über die Schulter zu meinem Büro am anderen Ende der Sporthalle, zu dem verdammten Tritthocker, der in der Tür steht, damit ich ihn nicht vergesse.

Offenbar ist mir ein bisschen zu Kopf gestiegen, dass heute der letzte Schultag vor den Weihnachtsferien ist und ich zwei Wochen entgegensehe, in denen es wenig Grund dafür gibt, einen BH zu tragen.

»*Miss Parkerrr.*« Belustigt wird mein Name gesungen und ich bin wenig überrascht, dass – *mal wieder* – einer meiner Oberstufenschüler noch geblieben ist, um mich aufzuziehen. »Haben Sie Lust, am Wochenende zu einer Party mitzukommen?«

Ich mache mir nicht mal die Mühe, zu dem hellblonden Jungen zu schauen, der in der Tür zur Jungsumkleide steht. »Hör auf, mich zu deinen Partys einzuladen, Brad. Ich bin deine Lehrerin.«

»Ja, meine *beste* Lehrerin.« Brad schlendert mit aller Selbstsicherheit der Welt zu mir, die mich gleich an Carter Beckett erinnert. Was für eine entsetzliche Vorstellung, dass da einer nachwächst, der genauso arrogant sein wird. Woher nehmen die denn dieses bodenlose Selbstvertrauen? »Und ich würde gern mal mit Ihnen feiern. Die anderen genauso.« Er nickt zur Umkleide und leckt sich über die Lippen. Keine Ahnung, ob absichtlich oder nicht. Aber wahrscheinlich schon, diese Jungs sind mutige kleine Schweinchen.

Ich habe das sonderbare Bedürfnis, ihm das Knie an eine empfindliche Stelle zu rammen, doch ich widerstehe und konzentriere mich auf die Aufgabe, die vor mir liegt: das beschissene Seil aus der beschissenen Halterung zu lösen, damit ich das beschissene Netz verstauen und bis nächstes Jahr vergessen kann. Eine Sekunde später ist Brad hinter mir, sein Oberkörper streift meinen Rücken und ich habe die liebe Not, nicht an seinem Aftershave zu ersticken. Ein Sprühstoß hätte gereicht, sieben versetzen mich sofort zurück in die achte Klasse und zum Frühlingsfest, wo ich zum ersten Mal geknutscht habe. Es war berauschend gewesen, nicht der Kuss an sich, sondern in der Wolke billigen Rasierwassers gefangen zu sein.

Brad beendet das Elend, löst das obere Seil und ich sehe zu, wie eine Seite des Netzes zu Boden sinkt.

»Danke«, sage ich leise und falte das Netz. So bewege ich mich langsam durch die Halle. Er bummelt an mir vorbei und lehnt sich gegen den Pfosten, an dem das andere Ende des Netzes noch immer befestigt ist. »Machst du das auch noch ab?«

»Wollen Sie es nicht erst selbst versuchen?«

»Nein, will ich nicht. Das wäre ja ziemlich sinnfrei, findest du nicht?« Ich verschränke die Arme vor der Brust und verlagere mein Gewicht. Manchmal komme ich vermutlich etwas schroff rüber, allerdings könnte ich sonst als Sportlehrerin an der Highschool gar nicht bestehen. Meine Kids kommen mit meiner frechen Art klar und ich mit ihrer. »Mach es ab.«

Brad grinst und löst auch hier das Seil. »Pfft, launisch.«

Er folgt mir zum Geräteraum und lehnt sich neben der Garagentür an die Wand, während ich das Netz wegräume.

»Ich habe am dritten Januar Geburtstag. Wenn wir uns nach den Ferien wiedersehen, bin ich achtzehn.«

Und ich bin immer noch fünfundzwanzig, seine Lehrerin und absolut nicht interessiert. »Schön für dich. Herzlichen Glückwunsch vorträglich.« Ich ziehe die Tür zu und schließe ab, dann stiefele ich los zu meiner kleinen Umkleide und werfe noch ein »Fröhliche Weihnachten, Brad« über die Schulter.

Aber Brad versteht den Wink nicht. Das tut er selten. Deshalb stöhnt er aus tiefster Kehle und dackelt mir nach wie ein treudoofer Welpe. »Wann hören Sie auf, mich zappeln zu lassen?«

»Bist du mein Schüler?«

»Ja.«

»Dann nie.«

»Okay«, ruft er aus der Tür zur Umkleide. »Aber in sechseinhalb Monaten bin ich nicht mehr Ihr Schüler!«

»Das wird auch nichts ändern, Brad«, flüstere ich mehr zu mir, weil ich hoffe, dass er sich endlich vom Acker gemacht hat. Doch ein schneller Blick verrät: Hat er nicht. Vielmehr lässt er mit unverhohlenem Genuss den Blick an mir hinabgleiten. Ich stemme die Hände in die Hüften. »Ist das dein Ernst? Verschwinde, und wenn du im Januar wiederkommst, vergiss diesen

Mist. Diese Flirterei ist nervig, unangenehm und extrem unangemessen.«

Sein Grinsen verrät mir, dass er nicht beabsichtigt, sich über die Ferien zu ändern und erwachsen zu werden. »Bye, Miss Parkerrr«, flötet er und verschwindet dann mit seinen Kumpels um die Ecke.

Pubertäre Jungs. Denken immer mit dem Schritt, nicht mit dem Kopf. Und dann werden sie zu Männern, die noch genau dasselbe tun.

Ich stecke den Laptop in die Tasche, ziehe den Mantel über und holte das Handy raus, bevor ich die Umkleide abschließe und durch die Halle in den Schulflur gehe.

Schnell scanne ich die Nachrichten. Sie sind relativ unwichtig, wie eigentlich immer. Eine von meiner Mutter, die mir einen schönen letzten Schultag wünscht. Dann eine von meinem Bruder, der bettelt, dass ich zu Weihnachten Blueberry Pie, sein liebstes Dessert, machen soll, dicht gefolgt von einer Reihe Emojis von betenden Händen. In der von meiner Nichte Alannah sind eigentlich nur bekloppte Emojis, auf die ein *Ich hab dich lieb, Tante Ollie* folgt. Sie ist erst sieben, aber Grandma und Grandpa verhätscheln sie nach Strich und Faden – vermutlich, weil sie sie nur alle paar Monate sehen –, so hat sie jedenfalls ein iPad zum Geburtstag bekommen und schreibt mir seither jeden Tag. Macht mir aber nichts aus, Nachrichten, in denen *Ich hab dich lieb* steht, erfreuen mein Herz.

Dann sehe ich eine Reihe von Textnachrichten von Cara, die alle genau zum letzten Läuten der Schulglocke angekommen sind. Ich komme nicht mal dazu, sie zu lesen, weil mein Handy losklingelt.

»Wie machst du das?«, frage ich und klemme mir das Handy zwischen Schulter und Ohr, während ich nach meinem Autoschlüssel suche. »Woher weißt du immer, wenn ich das Handy in der Hand hab?«

»Vielleicht ein Zwillingsding«, sagt Cara.

»Wir sind keine Zwillinge. Wir sind nicht mal verwandt.«

»Wir sind Seelenverwandte, Liv, das weißt du genau.«

Ich steige in meinen Wagen, starte den Motor, der aber nur ein Brummen von sich gibt, mehr nicht. »Fuck«, stöhne ich. Versuche es noch mal.

»Du brauchst ein neues Auto.«

»Brauche ich nicht. Red Rhonda funktioniert noch hervorragend, nicht wahr, mein Mädchen?« Ich tätschele das Armaturenbrett, schicke ein Stoßgebet zum Himmel und starte noch mal. Der Motor springt an und ich lehne mich erleichtert zurück, warte, bis es warm wird.

»Irgendwann hast du die gute alte Rhonda auf dem Gewissen.« Cara lacht. »Hör mal, ich hab noch ein Ticket für das Hockeyspiel heute Abend. Willst du mitkommen? Wir gehen danach noch was trinken.«

Hockeyspiel? Was trinken?

Eine gefährliche Vorstellung. Dann müsste ich ja den ganzen Abend so tun, als gäbe es Carter nicht, was allein schon deshalb hart ist, weil er die Mannschaft anführt. Nach dem Spiel wird mindestens ein Mädel an ihm kleben und mir ist schon jetzt klar, dass mich das aufregen wird, obwohl ich ja weiß, was für ein Aufreißer er ist. Außerdem wird er sich nicht an meinen Namen erinnern, worüber ich mich nur noch mehr aufregen werde. Und irgendwann ist meine Geduld für arrogante Arschlöcher aufgebraucht und dann knallt's.

»Ich bin ziemlich k. o.«, ist also die Antwort, die ich Cara liefere.

Was nicht ganz stimmt, doch die Aussicht darauf, meinen BH aus- und die gemütlichsten Klamotten anzuziehen, um mich dann mit einem versauten Buch auf die Couch zu fläzen oder vier Stunden Netflix zu glotzen, ist einfach zu verlockend.

»Och, komm schon, Ol«, quengelt sie. »Hast du vergessen,

wie viel Spaß wir letztes Wochenende hatten? Du hast jetzt Ferien! Lass uns feiern!«

Ob ich vergessen habe, wie viel Spaß ich hatte? Welchen Teil genau meint sie wohl? Wie ich mich auf der Tanzfläche an ihr gerieben habe, weil es so erschöpfend ist, fünf Tage die Woche seriös zu sein, und ich dringend die Sau rauslassen musste? Oder wie Carter Beckett sagte, er würde mir gern das Hirn rausvögeln und mich zum Frühstück einladen? Vielleicht auch das zweistündige Schläfchen, das ich nach der Pizza und dem Carter-Intermezzo dringend brauchte, oder die drei Stunden *Brooklyn 99*, die ich Sonntagabend noch geschaut hab, nachdem ich von meinem Bruder nach Hause gekommen bin.

Okay, also Spaß hatte ich schon irgendwie.

»Livvie? Bitte, Babe. Tu's für mich.« Ich kann ihren Schmollmund praktisch hören. »Dann bin ich deine beste Freundin.«

»Bist du doch schon«, sage ich, aber dann wimmert sie derart übertrieben, dass ich nur seufzen kann. »Du bist so lächerlich.«

»Und du bist so leicht rumzukriegen. Du solltest dir angewöhnen, ab und zu mal Nein zu mir zu sagen.« Ihr Kreischen schrillt mir in den Ohren, als sie längst irgendwelche Sachen für heute Abend runterrasselt. Und dann legt sie ganz plötzlich auf – bevor ich es mir anders überlegen kann.

***

»Wie kann es hier denn schon überall kleben?! Das Spiel hat doch noch nicht mal angefangen.« Mit gerümpfter Nase höre ich meine Chucks bei jedem Schritt schmatzen. »Und dann auch noch hier unten.«

Ich lasse den Blick durchs Stadion gleiten, während wir uns durch die Reihe schieben und unsere Plätze einnehmen. Wir sitzen direkt hinter der Spielerbank – einer der Vorteile, wenn man den Vizekapitän datet, schätze ich –, hier haben sich also nicht fünfhundert Leute vor uns durchgeschoben, um an ihre Plätze zu kommen. Weshalb sich eben die Frage aufdrängt: Warum zur Hölle kleben meine Schuhe an allem fest?

»Der Boden ist hier immer eine Katastrophe.« Cara öffnet eine Bierdose und steckt sie in meine wartenden Hände. »Deshalb trage ich zu Spielen auch keine High Heels mehr.«

»Das ist dir sicher total schwergefallen, schließlich sind Heels ja sonst genau das Richtige für Hockeyspiele.«

Sie schnippt mir gegen die Schläfe und ich greife kichernd in den riesigen Popcorneimer auf ihrem Schoß.

»Carter hat Em nach dir gefragt.«

Ich hämmere mir mit der Faust gegen die Brust, weil mir was von dem Popcorn im Hals stecken bleibt. »Wie bitte?«

»Carter«, wiederholt sie und reißt eine Tüte Skittles auf. Dann kippt sie sich mindestens ein Drittel davon in den Mund und deutet zum Eis. »Beckett.«

Ich folge ihrem Blick und sehe zu, wie die Vipers zum Aufwärmen auf die Eisfläche laufen. Es fällt mir nicht schwer, Mr Beckett höchstselbst ausfindig zu machen, seine riesige Silhouette ist ja nicht zu übersehen. Er springt Emmett auf den Rücken und schlingt die Arme um ihn, ihr schallendes Gelächter echot durch die Halle, bevor Emmett ihn abschüttelt. Das ist ein interessanter Anblick, denn es ist möglich, dass Google mir verraten hat, ein gewisser Carter sei gute drei Zentimeter größer als Emmett.

»Das hatte ich schon verstanden.« Ich reiße den Blick von ihm los, bevor er mich entdeckt. »Aber ich muss mich verhört haben. Mir war, als hättest du gesagt, dass er nach mir gefragt hat.«

»Das ist ziemlich genau, was ich gesagt habe. Mehrfach sogar.« Jetzt reißt sie eine Tüte Lakritz auf und beißt in eine Stange, bevor sie damit herumwedelt. Ich bin mir ziemlich sicher, dass sie die ganze Snackbar aufgekauft hat. »Offenbar singt er pausenlos ein Lied über dich.«

Ich höre auf, die Locke um meinen Finger zu drehen, wo sie sowieso schon den Blutfluss unterbindet, und verstecke meine rot anlaufenden Wangen hinter meiner kalten Bierdose. »Was?«

»Mein Mädchen hat ziemlich Eindruck auf ihn gemacht am Wochenende.«

Ich lache schnaubend. »Weil er noch nie einen Korb bekommen hat?« Sogar zwei, an aufeinanderfolgenden Tagen. Sein überraschter Gesichtsausdruck, weil er mal nicht gekriegt hat, was er wollte, gehört noch immer zu meinen größten Errungenschaften.

»So in der Art.«

»Ich bitte dich, der Typ hatte schon zwanzig Minuten später die Nächste am Hals.«

»Aber da ist nichts gelaufen, was äußerst erstaunlich ist. Der ist allein nach Hause, direkt nachdem Emmett uns beide ins Uber gesetzt hat.«

Ich wedele abwehrend mit der Hand. Hat Carter mir am folgenden Tag genau das Gleiche erzählt? Ja. Habe ich ihm geglaubt? Nein. Glaube ich es jetzt? Noch immer nicht. Aber das ist so oder so egal. Wir sprechen hier von Carter Beckett, millionenschwerer Hockeystar. Und mir, Olivia Parker, dauerpleite Highschoollehrerin. Uns trennen Welten. Ach was, wir schwirren nicht mal in derselben Umlaufbahn.

Selbst wenn das anders wäre, sind One-Night-Stands und Polygamie absolut nicht mein Ding. Genauso wenig bin ich scharf darauf, mir eine Geschlechtskrankheit einzufangen, falls wir uns doch zu nahe kommen sollten. Ich habe ja schon mal erwähnt, dass ich nicht gerade die besten Entscheidungen treffe, wenn ich betrunken bin.

Ich bin kein Fan von diesem ganzen Datingkram. Cara versucht schon ewig, mich mit einem von Emmetts *netteren* Teamkollegen zu verkuppeln, ihr Wort, und letztens hab ich sie dabei erwischt, wie sie ein Profil bei so einem Online-Dating-Portal für mich angelegt hat. Meine Möglichkeiten, jemanden kennenzulernen, sind begrenzt, außerdem bin ich überzeugt, dass es passieren wird, wenn es passieren soll. Ich habe keine Eile und bin gerade ganz zufrieden allein. Da warte ich lieber auf einen, der ähnliche Vorstellungen hat wie ich. Ich muss nicht daten, nur um nicht allein zu sein. Und ich muss nicht rumvögeln, um mich gut zu fühlen.

Genau dafür wurden ja die batteriebetriebenen Bettgenossen erfunden, meiner wartet immer treu in der Nachttischschublade auf mich. Wo ich ihn Sonntag sofort herausgeholt habe, nachdem ich Carter mit offenem Mund stehen gelassen hatte. Und ja, ich habe dabei an sein dummes Gesicht gedacht. Dafür schäme ich mich nicht.

Erzählen werde ich es trotzdem niemandem.

Statt weiter über Carter Beckett nachzudenken, konzentriere ich mich auf das, was vor meinen Augen passiert. Im Stadion ist es zwar warm, trotzdem wirbeln die Spieler kalte Luft auf, während sie übers Eis sausen und aufs Tor schießen. Alles ist hier intensiver, das scharfe Kratzen der Schlittschuhe auf dem Eis, das Krachen, wenn Schläger und Puck aufeinandertreffen, der daraufhin durch die Luft saust, der Geruch buttrigen Popcorns, das Blitzen von Lichtern und das Gemurmel rund um uns, das trotzdem unverständlich ist.

Sofort habe ich wieder Sehnsucht, selbst Hockey zu spielen. Auf frisch bearbeitetem Eis zu laufen, hat einfach was. Die kalte Luft auf den Wangen, der Adrenalinschub, wenn man mit dem Puck vorn am Schläger auf das Tor zusaust. Ich stehe jede Woche mit dem Team meiner Nichte auf dem Eis, aber das ist nicht dasselbe, wir sprechen schließlich von achtzehn Jahren Altersunterschied und außerdem bin ich da hauptsächlich damit beschäftigt, einen Haufen Siebenjähriger zu bändigen.

Cara zieht mit einem tiefen Seufzer meine Aufmerksamkeit

wieder auf sich. »Jedenfalls hatte er den ganzen Abend lang nur Augen für *dich.*«

»Gar nicht.« Ich stemme die Füße gegen die Plexiglasscheibe, damit ich meine Schuhe anstarren kann, statt auf dem Eis nach dem Mann zu suchen, um den sich diese Unterhaltung dreht.

»O doch, du Kröte. Ich war zwar ziemlich besoffen und trotzdem hab ich mitbekommen, wen der berühmteste Typ permanent angeglotzt hat.«

Wie ich es hasse, dass mir Hitze ins Gesicht steigt. Das Letzte, was ich will, ist wegen einem Kerl rot anlaufen, der vermutlich den falschen Namen brüllt, wenn er kommt. Ich möchte zumindest den Eindruck haben, dass ich jemandem was bedeute und nicht nur eine Herausforderung für ihn bin, weil ich die Erste bin, die ihm nicht gleich zu Füßen liegt.

Also, ich würde lügen, wenn ich behaupten würde, dass ich nicht ein winziges bisschen Bock darauf gehabt hätte, Carters Angebot anzunehmen. Mein letztes Mal ist eine Weile her und es spricht ja nun nicht viel dagegen, ordentlich durchgevögelt zu werden. Laut Caras Aussage haben diese Hockeymänner eine ziemliche Ausdauer und können die ganze Nacht. Und einer, der so viel Erfahrung hat wie er, muss ja unfassbar gut im Bett sein. Mich besinnungslos vögeln können oder so. Würde mir ganz gut passen, hab eh noch Schlaf aufzuholen.

Ich werde es nie herausfinden. Sollte ich zumindest nicht. Oder?

Nein. Nein, Olivia, verdammt.

»Er wird schon schnell drüber hinwegkommen. Wenn er das nicht längst ist.« Das ist die lahme Antwort, die ich Cara liefere.

Jemand knallt vor mir gegen die Plexiglasscheibe und ich packe Cara vor Schreck ans Bein.

»Lieber Gott«, keuche ich, eine Hand auf dem rasenden Herzen.

Cara schnaubt. »Aha. Schnell drüber hinwegkommen. Klar.«

Sie stupst mich an und deutet dann zur Scheibe, an die geklopft wird. »Da will jemand deine Aufmerksamkeit.«

Ich weiß, wer. Ich kann ihn spüren. In meinem Bauch flattert es und mein Herzschlag macht sich plötzlich zwischen meinen Beinen bemerkbar. Warum? Ich kann es mir nur so erklären: Der Typ ist einfach purer Sex auf Kufen und jetzt bin ich sauer, weil ich nachher nach Hause gehen und selbst für einen gerade so befriedigenden Orgasmus sorgen muss, während ich an diesen unfassbar sexy Mann denke, der um meine Aufmerksamkeit kämpft.

Cara verzieht amüsiert den Mund. »Du guckst nicht hin?«

Ich schüttle den Kopf, lege die Stirn in Falten. »Nein. Kann nicht.«

»*Olivia!*«, brüllt Carter Beckett. Wie unnötig, Mann, ich sitze doch direkt vor ihm.

Wieder dieses bescheuerte Klopfen. Je länger ich ihn ignoriere, desto lauter wird es. Ununterbrochen, nervtötend. Alle um mich rum werden immer aufgeregter, weil sie nicht verstehen, weshalb er meine Aufmerksamkeit will. Mehr noch: wieso ich sie ihm verweigere.

Sie kapieren es halt nicht. Seine Art, so achtlos Frauen zu sammeln, ist der absolute Abturner, aber auch mein Widerstand hat Grenzen. Ich gebe es ungern zu, doch es scheint möglich, dass dieser Kerl mich mit seinem Charme rumkriegt. Wenn es einer kann, dann er.

»Liv, Liv, Liv, Liv, Liv«, skandiert Carter und tippt dazwischen rhythmisch mit dem Schläger gegen die Scheibe.

»*Was denn?*« Es ist mehr geflüstert als gerufen, dazu reiße ich die Hände in die Luft und sehe ihn schließlich an.

Sein Grinsen ist explosiv, attraktiv, sexy, macht mich rasend. Er hängt auf der Bande und starrt mich an, die Spitze seines Schlägers ruht an der Scheibe. »Hi.«

Lieber Gott, ich kann nicht mehr. *Was geht hier ab?*

Carter sieht zu, wie mir nur seinetwegen die Röte ins Gesicht steigt. Ich kann noch so unnahbar tun, dieser Kerl ist wesentlich aufmerksamer, als er scheint. Er weiß, dass mir gefällt, was ich sehe, und was ich sehe, ist ein Mann, der sich komplett in seiner Haut wohlfühlt und absolut selbstsicher ist, der mich auf diese alberne, leicht rasend machende und doch so niedliche Art angrinst und dessen beeindruckende smaragdgrüne Augen amüsiert, aber auch arrogant funkeln.

Carter weiß, was er tut, und das wird mir noch zum Verhängnis.

Er beugt sich zu mir und ich hasse mich dafür, aber ich tue es ihm gleich, als würde ich erwarten, dass er mir ein Geheimnis verrät.

Carters Mundwinkel hebt sich zu einem Grinsen, das mir das Höschen auszieht. Dazu stützt er das Kinn auf die behandschuhte Hand. »Ich mach ein Tor für dich.« Da liegt eine Gewissheit in seinem Ton, eine Arroganz, durch die sich in mir alles zusammenzieht. Mit einem Zwinkern und wiegenden Hüften fährt er rückwärts, lässt sich auf die Knie fallen, spreizt die Beine und drückt den Schritt vor, dabei macht er eine riesige rosa Kaugummiblase und lässt mich keine Sekunde aus den Augen.

»Sieht aus, als würdest du's dir überlegen«, spricht Cara mit einem Mund voller M&M's.

Da gelingt es mir endlich, den Blick von Carter loszureißen. Eine wahre Leistung, weil er mich noch immer anstarrt und ich ihn mit den Augen ausziehe, wobei ich mich natürlich unweigerlich frage, wie groß sein anderes Spielgerät ist. Ich wette, es ist riesig. Wie alles an ihm. »Hm?«

»Ich habe gesagt, dass es so aussieht, als könnte er mit seiner Mission, dich ins Bett zu kriegen, doch noch Erfolg haben.«

Das verbittert jede Spur von Verlangen in mir, ich rümpfe die Nase und verschränke die Arme vor der Brust. »Ich bin weder das Ziel einer Mission noch im Geringsten scharf darauf, die

Nächste zu sein, die an seiner Seite abgelichtet wird, weil sie sich mit Kapitän Syphilis eingelassen hat.«

Die Hälfte des Popcorns kullert aus dem Eimer, weil Cara schallend lachend nach vorn fällt. »Eigentlich ist er ein ziemlich niedlicher Trottel, wenn er dir nicht gerade an die Wäsche will.«

»Tja, woher soll ich das dann wissen?« Ich stemme wieder die Füße gegen die Scheibe, so, dass ich seine Visage nicht sehen muss. Aber er lehnt sich nach links, noch immer dämlich grinsend. »Was ist denn plötzlich los mit dir? Du hast mir an deinem Geburtstag doch permanent in den Ohren gelegen, was für ein schlimmer Finger er ist und dass ich mich doch bitte bloß nicht in ihn verknallen soll. Irgendwie bekomme ich hier gerade widersprüchliche Signale.«

»Ach, ein schlimmer Finger ist er definitiv. Ich lieb den echt sehr, aber wäre ich single, ich würde ihm wahrscheinlich den Schwanz abreißen und tief in den Hals stecken.« Sie wedelt mit der Hand in Richtung ihres Schoßes und tut dann so, als würde sie sich einen imaginären Penis in den Mund stecken. »Und dann macht er plötzlich so was.« Sie wirft Popcorn über die Scheibe und Carter fängt es mit der Zunge auf, von dem pinken Kaugummi keine Spur mehr. Dann flötet er ein Dankeschön und packt Emmett, um ihn fest zu umarmen. Die beiden fallen zusammen aufs Eis und als sie endlich wieder stehen, pfeffert Carter ihm den Schläger auf den Hintern. »Manchmal hab ich das Gefühl, ich habe zwei Kinder.«

Ein Kichern entkommt mir unerlaubterweise und ich bin ganz dankbar, dass der Spielbeginn diese Unterhaltung vorerst beendet, weil Cara damit beschäftigt ist, bei jedem Spielzug zu kreischen. Bevor sie Emmett kannte, hatte sie keinen blassen Schimmer von Eishockey, und jetzt schimpft sie in einer Tour über die Schiris.

»Komm schon, du blinder Vogel!« Sie trommelt mit der Faust

gegen die Scheibe. »Hast du keine Frau zu Hause, der du es besorgen kannst? Hör auf, meine Jungs zu ficken!«

Carter springt über die Bande, grinst mich an, dreht sich dann um und lässt sich auf die Bank fallen.

Zwei Minuten später steht er auf dem Eis zum Bully, vorgebeugt, Schläger quer vor sich, perfekter Hockeyhintern in der Luft. Und lächelt mich an.

Er läuft vor der Spielerbank vorbei. Lächelt mich an.

Spritzt sich Wasser in den Mund. Lächelt mich an.

Ich kann mich auf nichts als seinen großen, breiten Körper konzentrieren, der sich so geschmeidig bewegt. Wie flink und spielend leicht er die Füße voreinandersetzt, während er übers Eis jagt, den Puck an der Schlägerspitze. Er brüllt die ganze Zeit rum, verlangt Aufmerksamkeit, führt sein Team, reißt Witze mit den Spielern seiner und der Gegenmannschaft.

Und wenn er nichts davon macht, dann sieht er mich an.

Nach der Hälfte der zweiten Halbzeit hämmert Carter mit dem Schläger auf die rote Linie, verlangt den Puck. Dann zischt er ab wie der Blitz, schaltet den Verteidiger aus, verlagert das Gewicht auf den vorderen Fuß, während er ausholt, und dann lässt er den Puck abheben. Mein Mund bleibt offen stehen, als der Puck am Kopf des Torwarts vorbeizischt, sein Arm ist den Bruchteil einer Sekunde zu spät. Das Tor ist längst gewertet und die warme Stelle zwischen meinen Beinen längst feucht.

Ich meine … was? Nein. Das Eis ist feucht. Ich … nicht. Das … das wäre ja albern.

Ich presse die Oberschenkel zusammen und schaue zu, wie Carter die Hände in die Luft reckt und dazu einen Schrei ausstößt, der durchs ganze Stadion gellt. Seine Mitspieler quetschen ihn jubelnd gegen die Bande. Er läuft an der Bank vorbei, klatscht alle Spieler dort ab und lässt geschabtes Eis regnen, als er spontan bremst.

Sein elektrisierender Blick trifft auf meinen.

Dann hebt er wie in Zeitlupe den Schläger, deutet mit der Spitze. Auf mich. Carter Beckett deutet mit der Spitze seines blöden Schlägers auf mich.

Und dann zwinkert er. *Er zwinkert, verdammt noch mal.*

Für dich, formt er mit seinen perfekten Lippen.

Oh. Nein.

Die Kameras drehen sich in meine Richtung, ich kann nichts mehr sehen, weil mich die Scheinwerfer derart blenden. Sofort rutsche ich so tief, wie der Sitz es zulässt, schlage mir die Hände vors Gesicht, verberge es, so gut es geht.

Aber Carter ist noch nicht fertig. Natürlich nicht. Er wäre nicht Carter Beckett, wenn er es dabei belassen würde.

Er springt auf die Bank, presst die Handschuhe gegen die Scheibe und grinst mich an. »Hat dir das gefallen, Olivia?«, grölt er. »Das hab ich für dich geschossen!«

Was daran am schlimmsten ist?

Mein puterrotes Gesicht auf dem verfickten Riesenmonitor bei der Anzeigetafel.

SECHS

STREICHEL MEIN EGO

CARTER

Ich schwebe auf dem Gewinnerhigh, laufe auf Wolken und fühle mich unbesiegbar. Es ist ein berauschendes, süchtig machendes Gefühl, ein Hunger, den ich stillen will, und – bei Gott – ich weiß genau, wie.

Emmett macht mir jedoch keine großen Hoffnungen.

»Liv wird dir die Augen auskratzen«, sagt er, als wir uns in der Umkleide abtrocknen.

Zuzutrauen wäre es ihr, trotzdem frage ich: »Warum?«

»Was glaubst denn du?«

Mir fallen ziemlich viele Gründe ein. Alles, was ich mache, scheint sie ja auf die Palme zu bringen. Aber wenn ich mich auf eine Sache festlegen müsste … »Dass meinetwegen eine Großaufnahme von ihr gemacht wurde?«

»Bingo.«

Ich strecke die Arme aus. »Ich hab doch nur der Welt gezeigt, wie wunderschön sie ist.«

Adam schnaubt. »Der ist gut. Sag ihr das, wenn sie dir die Augen auskratzen will. Könnte deine Rettung sein.«

Emmett schüttelt den Kopf, aber lacht. »Außerdem hast du der ganzen Welt ihren Namen verkündet.«

»Och, jetzt kommt.« Ich stemme die Hände in die Hüften, weil, mal ehrlich, wenn ich ihren Namen beim Interview nach dem Spiel nicht nennen darf, wenn der Reporter mich danach fragt, was soll der ganze Zirkus dann? »Welches Mädchen fände das nicht cool?«

Ich versuche, hier ein paar Gummipunkte zu sammeln, und finde, dass ich das ganz gut angestellt habe. Ihre Wut war im Umkreis von einem Kilometer zu spüren. Und warum war sie wütend? Weil ich nicht nachlasse und sie in den Wahnsinn treibe? *Möglich.* Aber hauptsächlich – und davon bin ich überzeugt –, weil sie mich will und sich genau dafür *hasst.*

»Sprechen wir hier von dem Mädel, das dich letztes Wochenende hat abblitzen lassen?«, fragt Garrett.

Emmett grinst. »Gleich zwei Mal.«

»Sie hat mich nicht abblitzen lassen.« Ich rubble mir mit dem Handtuch übers Haar, ziehe dann eine Mütze über.

»*Zwei Mal.*« Die beiden Finger, die er mir vors Gesicht hält, sind übertrieben.

»Wir lernen uns gerade erst kennen.« Ich zucke mit den Schultern. »Sie zögert einfach ein bisschen.«

»*Alter.* Als du ihr deine Nummer angeboten hast, war ihre Antwort: ›Danke, aber nein danke.‹ Und dann hat sie dir die Tür vor der Nase zugeknallt.«

Garrett wiehert vor Lachen. »Echt? Krass. Das hat dich sicher die ganze Nacht wach gehalten, was?«

Okay, lustig war es schon. Nachdem ich erst mal kurz sprachlos war, bekam ich das Grinsen nicht mehr aus dem Gesicht. Irgendwas an Olivia reizt mich einfach. Nicht mal so sehr ihre freche Art oder ihr Sarkasmus, sondern diese Sanftheit, die man darunter erahnen kann. Ich wette, sie spuckt nur so viel Feuer, damit ihre Entschlossenheit nicht um sie wegbröselt wie eine Sandburg. Ich schätze, für sie zählt einfach alles oder nichts, weshalb sie mit One-Night-Stands auch nichts anfangen kann.

Mir egal. Ich will doch nur, dass sie mit *mir* was anfängt.

Vielleicht ist das der Grund dafür, dass mein Blick als Allererstes auf die wilde Schokolockenmähne mit den Karamellsträhnen fällt, als wir in die Bar kommen. Sie sieht aus wie ein Softeis und ich will einfach nur von ihr probieren.

Ich schiebe mich durch die Leute, ignoriere, wer immer versucht, mich anzusprechen, folge einfach nur dem Geräusch von zwei Streithähnen – Cara und Olivia.

»Tu einfach so, als wäre nichts passiert.«

»*Uhhh*, super Idee, Cara. So tun, als wäre nichts passiert. Cool, alles klar.« Olivia schiebt sich aus der Nische. »Ich *tue* so, als hätte Carter Beckett nicht im Fernsehen meinen Namen gesagt. Ich *tue* so, als hätte er mir nicht vor ganz Nordamerika ausdrücklich ein Tor gewidmet.«

Cara hebt eine Augenbraue und grinst dazu, was mir verrät, dass sie genauso großen Spaß an Olivias Ausbrüchen hat wie ich. »Okay, okay. Wohin willst du denn?«

Olivia wedelt mit der Hand über die Schulter, bevor sie davonstampft. »Ich brauch noch 'nen Drink.«

Shit, ich mag sie. Mag es, ihr nachzusehen …

Ganz buchstäblich. Ich lehne mich nach rechts, um ihren schwingenden Hüften nachsehen zu können, die sich quer durch die Bar bewegen. Ihre Kurven sind mörderisch, dazu noch dieser fantastische runde Hintern. Die Jeans, die sie trägt, sitzt wie eine zweite Haut und erzählt verheißungsvoll von dem, was ich vielleicht bald mal selbst erkunden darf.

Emmett rammt mir den Ellbogen in die Seite, als ich mich in Bewegung setze, um ihr nachzugehen. »Benimm dich.«

Könnte ich, ja, aber das liegt halt nicht in meiner Natur.

Wie sie da mit den Ellbogen auf der Theke lehnt, den Hintern im Takt der Musik wippen lässt, das könnte ich mir stundenlang ansehen. Aber ich will diese Fassade einreißen, die sie so sehr um sich aufrechterhalten will, deshalb schlendere ich zu ihr. Ich muss grinsen, als Olivia erstarrt, als könnte sie mich spüren.

Ich nähere mich mit dem Mund ihrem Ohr und genieße es, wie sie erschaudert. »Kalt?«

Sie fährt so schnell herum, dass sie einen der Barhocker rammt, als unsere Blicke sich treffen. Sie streckt einen Arm nach mir aus, damit sie das Gleichgewicht nicht verliert, und ich greife nur zu gern zu, lege ihr gleich den Arm um die Hüfte. Mit großen Augen schaut sie mich an, ihr Brustkorb hebt und senkt sich spürbar. Ich lege keinen gesteigerten Wert darauf, schon wieder von ihr zusammengestaucht zu werden, also behalte ich diese Beobachtung für mich.

Aber freuen kann ich mich ja trotzdem über die Show.

Und mit Show meine ich, wie der Blick aus ihren braunen Augen hasserfüllt über mein Gesicht wandert, dann meinen ganzen Körper hinunter, bis er langsam – *so unfassbar langsam* – wieder nach oben kriecht. Wie sie dabei auf ihrer Unterlippe kaut, wie sich ihre Fingernägel dabei in meinen Unterarm bohren.

»Bist du jetzt fertig?«

Sie schaut zu mir auf, sieht vom einen ins andere Auge, die Stirn in tiefe Falten gelegt.

»Bist du fertig, Olivia?«, wiederhole ich und löse den Arm, der um ihre Taille lag, pflücke ihre Hand von meinem Unterarm. Ihre Nägel haben Spuren hinterlassen, aber das macht mir nichts aus. Sie darf gern ihren Namen in meine Haut kratzen, wenn ich dann kriege, was ich will. Und was ich will, ist sie. »Hast du mich ordentlich genug abgecheckt?«

Ihr Mund öffnet sich, sie schüttelt den Kopf. »Ich ... ich ... Moment, was? Ich hab ... dich gar nicht abge... was?«

Leck mich am Arsch, Mann. Das höre ich auch zum ersten Mal. Sie hat echt ein Händchen dafür, mein Ego zu streicheln, wenn das gar nicht nötig ist.

Jetzt fällt ihr Blick auf mein selbstbewusstes Grinsen, weshalb dieser Augenblick schneller vergeht, als mir lieb ist. Sie wendet sich abrupt ab und tut so, als wäre es ihr Job, mich zu ignorieren.

Selbstverständlich stelle ich mich direkt neben sie, einfach weil es Spaß macht, sie zu provozieren. Und weil ich gern in ihrer Nähe bin. Sie riecht gut und sie ist so warm. Außerdem liebe ich es einfach, wenn sie mein schäbiges Verhalten mit ihrem so niedlichen Augenverdrehen belohnt. Ich hatte noch nie so sehr das Gefühl, etwas verdient zu haben.

Sie macht einen Schritt beiseite und stemmt dann das Kinn in die Hand, damit sie mich finster anstarren kann. Ich nutze die Gelegenheit, zum hundertsten Mal an diesem Tag ihr Outfit zu begutachten. Einfach, weil sie damit so hammermäßig aussieht. Enges T-Shirt, das den Blick auf einen Streifen Haut am Bauch über der ausgefransten Hose freigibt, dann ein Karohemd, das sie sich umgeknotet hat, und zur Abrundung noch Chucks an den Füßen.

Dann fällt mein Blick zu ihrer Taille, weil sie eine Hüfte vorschiebt, und dann weiter zu ihren fabelhaften Brüsten, vor denen sie jetzt die Arme verschränkt. Die würde ich heute Nacht auch gern noch ficken.

Als sie eine perfekt geformte Braue hebt, muss ich wieder grinsen.

»Was? Du darfst glotzen, aber ich nicht?« Nun stemme ich das Kinn in die Hand. »So was nennt man Doppelmoral, Olivia. Schon mal was von Gleichberechtigung gehört?«

Sie schürzt die Lippen, als müsste sie sich zwingen, ein Grinsen zu unterdrücken. Dabei wünschte ich, sie würde es einfach zulassen. Ich habe sie beim Spiel lächeln sehen und ungelogen, es geht dann ein richtiges Strahlen von ihr aus. Würde mir nichts ausmachen, selbst mal so ein Strahlen zu entfachen.

Ich nehme die Ärmel des zusammengeknoteten Hemds in die Hände und ziehe sie sanft zu mir. Sie folgt bereitwillig, lässt die Finger über meine Unterarme streifen.

»Wie kann es denn sein, dass du in diesen Sachen noch besser aussiehst als so rausgeputzt, wie du letztes Wochenende warst? Karohemd, zerrissene Jeans und Chucks? Ich mein, *hallo*«, stöhne ich und lasse den Kopf in den Nacken fallen. »Du bist ein Meisterwerk. Ich würde dich sofort mit nach Hause nehmen und den ganzen Abend mit dir auf der Couch kuscheln. Wie heißt das noch mal? Netflix and Chill?« Ich drehe die Ärmelenden um mein Handgelenk und neige mich zu ihr. Unsere Nasenspitzen berühren sich, weil sie mir ihr Gesicht zuwendet. »Olivia, komm schon. Gib dir einen Ruck.«

Ich tippe ihr gegen den Mundwinkel, der gerade leicht zuckt.

»Wenn ich es nicht besser wüsste, würde ich sagen, dass du dir gerade so verzweifelt auf die Unterlippe beißt, damit du nicht lächeln musst. Komm schon, Liv. Lass es raus. Strahl mal für mich.«

Und dann tut sie genau das, ihr Gesicht explodiert förmlich. Dann kichert sie total niedlich und legt sich eine Hand über den verräterischen Mund. »Ach, fuck«, flüstert sie und wendet sich ab.

Ich fange den Barkeeper ab, bevor sie ihn sieht. Leider dreht sie sich genau in dem Moment wieder zu mir, als ich gerade für die Getränke zahle, die er auf die Theke gestellt hat. Sofort verschwindet das Strahlen von ihrem Gesicht.

»Hey! Die sind für Cara und mich.«

»Du kannst sie haben, wenn du mich nicht länger links liegen lässt.«

»Da verzichte ich lieber. Außerdem kann ich selbst für meine Getränke zahlen.« Fäuste werden in die Seiten gestemmt. Diese whiskeybraunen Augen werden gefährlich schmal. Olivia hat es echt in sich. »Ich hab schließlich einen Job.«

»Bekommst du da auch dreizehn Millionen im Jahr?«

»Mir ist ziemlich egal, wie viel du verdienst.«

Sie sieht tatsächlich aus, als könnte sie das nicht weniger interessieren. Trotzdem springt sie an mir hoch, weil ich die Getränke hoch über ihren Kopf halte.

»Was genau machst du denn beruflich?«

Olivia murmelt etwas, ich kann aber nur die Wörter *Gott*, *Arschloch* und *sexy* ausmachen. Schade, ich wüsste gern, was sie wirklich gesagt hat.

»Vergiss es, dann bestell ich vom Tisch aus.« Sie wirft die Hände in die Luft, als wäre sie fertig mit mir.

Das Ding ist halt nur, dass ich alles andere als fertig mit ihr bin. Deshalb folge ich ihr mit nur einem Schritt Abstand zu Cara.

»Hast du mich gerade einen geilen Bock genannt?«, frage ich, während ich mich neben sie auf die Sitzbank schiebe, wo ich noch den Rest des Gesprächs aufschnappe.

»So was würde ich nie tun«, beharrt sie und nimmt mir ein Bier aus der Hand.

»Nee, genau.« Cara nimmt mit einem Lächeln ihr Bier entgegen. »Sie hat dich notgeilen Bock genannt.«

Olivia verbirgt ihr schuldbewusstes Grinsen hinter dem Glas. »Das ist ja was ganz anderes.«

Ich kneife ihr in den Oberarm. »Du bist echt eine ziemliche Mistkröte, kann das sein?«

»*Ich?* Du bist es doch, der nie aufhört.«

»Ich bin wie ein Welpe«, sage ich ihr.

»Nervtötend, nicht stubenrein und sehr arbeitsintensiv?«

Ich beuge mich zu ihr und sage mit leiser Stimme: »Ich bin außerordentlich süß und drehe bei Aufmerksamkeit richtig auf.«

Wieder dieses Kichern, ehrlich, niedlich und so leicht, ich muss lächeln.

»Damit sind es zwei«, sage ich.

»Zwei was?«

»Zwei Lacher, die ich heute schon von dir bekommen habe.«

Sie hebt die Augenbrauen und nippt an ihrem Bier. »Hm. Du zählst mit?«

»Klar. Mein Ziel sind zehn.«

»Dann viel Glück, mein Freund. Das war der letzte für heute.«

»Das werden wir ja sehen«, murmle ich, den Blick auf Emmett gerichtet, der zu uns kommt.

»Ollie! Zweites Wochenende in Folge?« Er rupft sie förmlich von der Sitzbank und begräbt sie in einer Umarmung, die mich ziemlich neidisch macht. Ich wüsste auch echt gern, wie sie sich anfühlt, wenn ich sie in den Armen halte. Er gibt ihr einen lauten Schmatzer auf die Wange, und als er sie wieder absetzt, kippt sie seitlich weg und packt mein Bein, um sich festzuhalten.

Es kostet mich wirklich alles, sie einfach nur mit einer Hand auf dem unteren Rücken sanft aufzurichten, statt ihr vorzuschlagen, diese Anspannung runterzuvögeln, die da seit einer Woche zwischen uns herrscht.

»Ollie?«, wiederhole ich nachdenklich und sofort fängt Cara an, sämtliche Spitznamen an der Hand abzuzählen.

»Ach, das ist nur einer von vielen. Liv, Livvie, Ol, Ollie, Ollie Wallie. Und mein liebster …« Sie wirft den Kopf in den Nacken und stöhnt: »*Oh, Miss Parkerrr.*«

Hitze strahlt von der kleinen Frau neben mir ab, die ihr Gesicht in beiden Händen vergräbt.

Ich fahre mir mit dem Finger über die Unterlippe und beobachte sie. »Bist du Lehrerin, Miss Parker?«

Sie schirmt ihr Gesicht mit den Händen ab, den Blick auf den Tisch gerichtet. »Nein?«

»Highschool«, sagt Clara. »Sämtliche Oberstufenschüler wollen ihr an die Wäsche.«

»Kein Schüler wird mir je an die … Brrrrrr.« Wieder ihre Hände, diesmal reibt sie sich übers Gesicht.

Himmel, sie ist genau die Art Lehrerin, die ich mir in meiner Schulzeit gewünscht hätte. Wunderschön inklusive perfektem Hintern und einer bissigen, sarkastischen Persönlichkeit.

»Da bin ich ganz deiner Meinung, Ollie. Abgesehen von dem, was ganz offensichtlich dagegenspricht, brauchst du einen

Mann, der weiß, wie er's dir besorgt.« Meine Finger wandern ihren Oberschenkel hinauf, während ihre sich in meinen Oberarm krallen, damit sie nicht schon wieder seitlich wegkippt, einfach weil die sexuelle Anziehung so überwältigend ist. »Einen, der weiß, wie man die richtigen ... *Punkte* findet.«

Für einen Moment ist da eine vielsagende Stille zwischen uns, während ich ihrem Blick standhalte, in dem Faszination liegt, selbst wenn sie auch das niemals zugeben würde.

»Okay ...« Aus dem Augenwinkel sehe ich, dass Emmett mit dem Finger abwechselnd auf mich und Olivia deutet. »Was läuft denn hier?«

Olivia blinzelt, der Bann ist gebrochen und sie rückt ein Stück von mir ab.

»Nichts«, sagt sie und ich füge hinzu: »Ollie tut so, als wäre sie schwer rumzukriegen.«

Cara schaufelt mit einem Nacho Sour Cream aus dem Schälchen und deutet dann damit auf mich. »Sie tut nicht nur so, sie *ist* schwer rumzukriegen.«

Olivia knufft mir gegen die Schulter. »Nenn mich nicht Ollie. Wir kennen uns kaum.«

»Okay.« Ich stehe auf, lockere meine Krawatte und werfe sie auf den Tisch. Olivias Mund bleibt offen stehen, als ich mich abwende, und ich muss grinsen, weil sie einfach eine unverbesserliche Lügnerin ist, die ich plane zu überführen.

»Bist du offen für Wünsche?«, frage ich den DJ in der Ecke. »Ich hab noch was vor.«

Zurück am Tisch sieht Olivia mir verwirrt dabei zu, wie ich die Ärmel bis zu den Ellbogen hochkremple und die oberen Hemdknöpfe öffne.

Dann strecke ich die Hand aus. »Wenn ich bitten darf.«

»Wie bitte?«

Ich winke sie mit den Fingern zu mir. »Wenn ich bitten darf.«

Ihre Wangen werden wutrot. »Ich habe dir schon mehrfach

gesagt, dass ich nicht mit dir nach Hause gehe. Du bist echt unmöglich.«

Ich klatsche mit den Händen auf den Tisch, stöhne und neige mich tief hinunter, damit ich ihr in die Augen sehen kann. »Ja, das war unmissverständlich. Aber, ganz wie du sagst, wir kennen uns kaum, deshalb lernen wir uns jetzt kennen. Tanz mit mir.«

»Aber ich … ich …« Hilfe suchend schaut sie zu Cara, weil die aber nicht eingreift, platzt sie heraus mit: »Ich tanze nicht.«

»Von wegen. Ich hab dich doch letztes Wochenende die ganze Nacht tanzen sehen. Glaub mir.« Ich reibe mir die Augen, sodass meine nächsten Worte fast untergehen. »Konnte fast nicht wegsehen.«

»Sie ist gern schon ein bisschen angetrunken, bevor sie ihren herrlichen Hintern schwingt, Carter«, flötet Cara. »Das ist erst ihr zweites Bier.«

»Okay, du tanzt also nicht.« Ich wickle mir den Ärmel ihres Karohemds um die Hand und ziehe sanft daran, werfe ihr einen einladenden Blick zu. *Komm schon, Liv.* »Lässt du dich auch nicht herausfordern?«

Da ist es: Sie beißt sich auf die so verlockende Unterlippe, ihr Mundwinkel zuckt und langsam zeigt sich das Lächeln, das ihr ganzes Gesicht strahlen lässt.

Dann legt sie ihre Hand in meine. Und ich weiß Bescheid.

Damit hab ich sie.

SIEBEN

SO LEICHT ZU VERARSCHEN

OLIVIA

Natürlich fühlt es sich toll an, meine Hand in seiner. Lange, breite Finger, die sich um meine schließen und mich von der Bank ziehen, auf die bevölkerte Tanzfläche. Der Größenunterschied unserer Hände allein ist überwältigend und sofort habe ich vor Augen, wie er diese Hände einsetzen könnte.

Der Gedanke allein jagt mir einen wohligen Schauer über den Rücken und genau deshalb habe ich mich auch verweigert. Keine Ahnung, warum es sich so gut anfühlt, wenn er mich berührt, warum ich mich so von diesem blöden Grinsen angezogen fühle, von seiner sorglosen Art, immer selbstbewusst und Herr aller Dinge. Wenn wir zu lang allein sind, werde ich zulassen, dass er meine Mauern einreißt, die definitiv nicht stabil genug ist, um ihn fernzuhalten.

Dabei gehört er nicht auf die Innenseite, da sollte es keine emotionale Verbindung geben, denn das ist das Letzte, was man mit einem Mann eingehen sollte, der alles andere als sich binden will.

»Madame.« Mit einem charmanten Lächeln, das seine schönen Grübchen in Szene setzt, verneigt er sich kurz vor mir, bevor er mich an sich zieht. Seine warme Hand legt sich auf meinen unteren Rücken und ich muss mich daran erinnern, weiterzuatmen, als er mir ein »Ist das so okay?« an den Hals haucht.

Meine Kehle ist dermaßen eng, dass ich nur ein »Mhm« rausbringe.

»Wie hat dir das Tor gefallen, das ich heute gemacht habe?«

»Das war ein hervorragendes Tor«, gebe ich seufzend zu. Er wurde mit gerade mal achtzehn in der ersten Runde für die Profiliga rekrutiert und mit zweiundzwanzig war er schon Mannschaftskapitän. Heute ist er einer der höchstbezahlten Spieler aller Zeiten. Carter ist wahrlich ein Wunder der Hockeywelt.

Er strahlt vor Stolz. »Und dass ich es dir gewidmet habe?«

Sofort krampft sich alles in mir zusammen, ganz wie in dem Moment, als mein Gesicht auf dem Riesenmonitor erschien. »Hm, wie fand ich, dass ich plötzlich auf der Anzeigetafel zu sehen war? Wie fand ich, dass sich plötzlich alle um mich herum fragten, wer ich bin und ob du dich endlich entschlossen hast, mal was Ernsthaftes einzugehen? Oder als *Sportsnet* gesagt hat, dass ich ja ganz okay aussehe, aber keins deiner sonst üblichen Bademodenmodels bin?«

Sofort hat er einen leicht entrückten Ausdruck. »Du könntest ein Bademodenmodel sein, wenn du wolltest.«

Er kapiert es einfach nicht.

»Mir ist klar, dass du das als Kompliment verstehst, mich macht es nur noch wütender. Offenbar ist das nur ein lustiges Spielchen für dich, eine kleine Rache dafür, dass ich dir letztes Wochenende einen Korb gegeben habe. Aber ich bin ein Mensch mit Gefühlen und null Interesse daran, im Fernsehen objektifiziert zu werden.« Ich ignoriere mal, dass es mir vor Verlegenheit in den Ohren kribbelt, und mache einen Schritt weg von ihm. »Nicht alle lieben und suchen Aufmerksamkeit, Carter. Manche meiden sie bewusst.«

Noch ein Schritt zurück. Ich will ihm gerade für den Tanz danken und mich verabschieden, da nimmt er meine Hand.

»Hey. Es tut mir leid, Olivia. Ich wollte dich nicht in Verlegenheit bringen. Hab mich einfach gefreut, dich zu sehen, und wollte, dass du das weißt. Große Gesten sind irgendwie mein Ding und … äh …« Er schiebt einen Finger unter seine Mütze, kratzt sich am Kopf. »Ehrlich gesagt hab ich keine Ahnung, was ich hier eigentlich mache.«

Ich auch nicht. Aber das kann nicht seine übliche Masche sein, denn sonst würde das sicher anders laufen.

Carters Kehle arbeitet, als er den Blick auf unsere Hände senkt, dann wieder mir in die Augen sieht. Wortlos fragt er, ob ich weiter mit ihm tanze. Der zögerliche Schritt, den ich auf ihn zu mache, lässt sein Gesicht wieder strahlen und schon reißt er mich an sich. Das nächste Lied fängt an und eine sehr vertraute Gitarrenmelodie legt sich um uns, die mich erstarren lässt.

Dann muss ich laut lachen, denn John Mayer fängt an, über eine Frau namens Olivia zu singen.

»Hast du dir diesen Song gewünscht?«

Er grinst, statt zu antworten, zu gleichen Teilen stolz und schuldbewusst, während unsere Körper verschmelzen. Ich muss die Augen schließen, als sein Mund plötzlich direkt an meinem Ohr ist. Alle Nervenenden in mir summen, als er sich meine Arme um den Hals legt und dann jedes Wort leise und mit so, so tiefer Stimme direkt in meine Schulter singt.

»Ich höre das Lied seit einer Woche in Dauerschleife. Magst du John Mayer?«

Meine Hände fahren über seine breiten Schultern, über die ausgeprägten Muskeln, die unter seinen Sachen spürbar sind. Als ich ihm die Hand in den Nacken lege, muss ich den Impuls unterdrücken, tief in die kastanienfarbenen Haare zu greifen, die unter seiner Mütze herausschauen. »Ich liebe John Mayer.«

»Was ist dein Lieblingslied?«

»Ich habe zwei.«

»Sag mir erst deinen absoluten Favoriten.«

»*Slow Dancing in a Burning Room.*« Ein langsamer, trauriger Song über ein Paar, das niemals zusammen funktionieren wird, wahrscheinlich so ziemlich die Situation, die sich hier zwischen uns abspielt. Das wird ja unter keinen Umständen gut enden. Es wird in Flammen aufgehen, was machen wir uns denn vor?

Aber Carter scheint das anders zu sehen, denn er gibt einfach nur ein zufriedenes Geräusch von sich und flüstert dann: »Und dein zweitliebster?«

»*Bigger Than My Body*.«

Ihm gelingt es absolut nicht, sein verdammtes Kicherschnauben zu unterdrücken, das seinen so enorm großen Körper unter meinen Händen zum Zittern bringt.

Ich funkle ihn an. »Hör schon auf.«

»Kann« – *kicherkicher* – »nicht.« Jetzt bricht er richtig in Gelächter aus, lässt die Stirn auf meine Schulter sacken und klammert sich mit beiden Armen an mich, zuckt richtig. Als er sich wieder aufrichtet, wischt er sich über die Augen und mich durchfährt ein ganz sonderbares Gefühl von Stolz. Lacht er auch so mit anderen Frauen? »Da bist du echt selbst schuld. Dir ist schon klar, dass du ziemlich winzig bist, Ollie. Oder?«

»Ich bin nicht …« Ich recke das Kinn in die Luft. »Meinen Mangel an Größe mache ich mit Persönlichkeit wett.« Das behauptet mein Vater zumindest immer und irgendwie bin ich da seiner Meinung.

»Was du nicht sagst«, ist Carters sarkastischer Kommentar. »Wie groß bist du?«

»Eins sechzig«, lüge ich.

»Bullshit.« Er lacht und zieht mich wieder an sich. »Du bist doch maximal eins fünfundfünzig.«

Darüber kann ich nur grummeln. »Verdammt.«

Wieder dieses Lachen und ich weiß echt nicht, warum ich das so mag. Oder das Funkeln in seinen Augen, als er mich dreht und wieder an seine harte Brust zieht.

»Dann …« Sein Zögern verrät mir, dass er Small Talk echt nicht gewohnt ist. »Dann bist du also Highschoollehrerin?«

»Bin ich.«

»Wie alt bist du?«

»Fünfundzwanzig seit Oktober.« Cara hat mich für vier Tage nach Palm Springs entführt, dank Emmetts Kreditkarte. Es war nicht ganz leicht, meine Sonnenbräune zu erklären, als ich Montag wieder in der Schule auftauchte, nachdem ich mich donnerstags krankgemeldet hatte.

»Fünfundzwanzig? Also bist du praktisch noch ein Baby.«

»Gar nicht. Dein Geburtstag ist im Februar, du bist also nicht mal drei–« Ich presse die Lippen aufeinander, weil mir bewusst wird, was ich gerade verraten habe. Carter grinst triumphierend. »Shit.«

»Da hat mich offenbar jemand intensiv gegoogelt, Miss Parker.«

»Hab ich nicht.« *Selbstverständlich.* Schieben wir es auf krankhafte Neugierde.

»Was hast du sonst noch rausgefunden?«

Abgesehen davon, dass sein Lächeln immer blendend ist und diese Grübchen zum Sterben? »Dass du Frauen sehr magst.«

Er lacht leise. »Was unterrichtest du?«

Dass er einfach über meine Netzfunde hinweggeht, ruft mir noch mal in Erinnerung, warum ich mich so dringend von ihm fernhalten wollte. Wenn man Dinge mit Menschen teilt, die sich nur so lange dafür interessieren, bis der Nächstbeste vorbeikommt, wird es gefährlich, auf der Stelle zu treten. Aber als ich eine Lücke zwischen uns entstehen lasse, zieht Carter mich nur wieder näher zu sich, neigt sich ein bisschen runter und gibt mir … einen flüchtigen Kuss auf den Kopf.

»Olivia?« Er legt mir zwei Finger unters Kinn und schließt meinen offen stehenden Mund. »Was unterrichtest du?«

»Mach dich nicht über mich lustig«, warne ich. »Ich unterrichte Sport und Gesundheit.«

»Wieso sollte ich mich lustig machen? Das ist doch cool.«

»Ach ja? Mein Bruder sagt immer, das ist kein richtiges Fach.«

»Klingt, als wäre dein Bruder ein Arsch.«

Ich muss lachen, weil, ja, manchmal ist er das. Jeremy ist vier Jahre älter als ich und das, was wir am besten können, ist streiten. Er würde wahnsinnig werden, wenn er mich gerade sehen könnte, aber erzählen werde ich ihm nichts davon. Und bislang hat er sich noch nicht gemeldet und gefragt, was es zu bedeuten hat, dass Carter Beckett mir ein Tor widmet, das muss er also verpasst haben. Ein Glück. Jeremy ist ein riesiger Fan von Carter, hätte allerdings beträchtliche Probleme damit, wenn ich eins der Mädels wäre, die dabei abgelichtet werden, sich von ihm abschleppen zu lassen.

Paradoxerweise hat Jeremy mit gerade mal zweiundzwanzig eine völlig Fremde bei einem One-Night-Stand geschwängert. Es entpuppte sich als Wink des Schicksals, so richtig wie im Märchen oder Liebesroman. Sie haben sich verliebt, geheiratet und Anfang des Jahres ihr zweites Kind bekommen. Eigentlich läuft das im wahren Leben ja zu neunundneunzig Prozent anders.

Ich lächle Carter an und spiele nun doch mit den Haaren in seinem Nacken. »So schlimm ist er auch nicht. Er ärgert mich halt nur gern.«

Da liegt etwas in seinem Blick, eine Zärtlichkeit, die ich nicht zuordnen kann, die mir jedoch einen Schwarm Schmetterlinge durch den Bauch jagt, auch weil so viel Verletzlichkeit darin liegt. Er lässt seine Hand an meiner Flanke hinaufwandern, legt sie mir sanft ans Gesicht. Sein Daumen streift meine Unterlippe und meine Knie geben fast nach.

»Ich mag es, wenn du lächelst«, flüstert er. »Da will ich gleich mitlächeln.«

Ich weiß nicht, wie ich darauf reagieren soll. Er ist absolut nicht so, wie die Medien ihn darstellen oder wie er sich letztes Wochenende gegeben hat. Er wirft mich aus der Bahn und Instabilität bin ich nicht gewohnt. Meine Welt ist schon jetzt gerade so im Gleichgewicht.

»Okay, du bist also fünfundzwanzig, eins fünfundfünzig, hast einen Bruder, hast fünfzehn Jahre Hockey gespielt, unterrichtest Sport und Gesundheit, liebst Sarkasmus …« Er unterbricht sich kurz, weil ich lachen muss. »Was noch? Hast du nur Hockey gespielt oder noch was anderes?«

Ich nicke eifrig. Ich hatte das große Glück, dass meine Eltern genug Geld hatten, um uns alle möglichen außerschulischen Aktivitäten zu ermöglichen. Mein Dad erzählt heute noch, dass ich mal Schauspielunterricht genommen habe und deshalb solche Dramen veranstalte. Dabei habe ich in Wahrheit fast nur Sport gemacht in meiner Freizeit und Hockey war definitiv mein absoluter Lieblingssport. Eigentlich erstaunlich, wenn man sich überlegt, dass es damit anfing, dass mein Bruder mich in eine viel zu große Torwartmontur steckte und dann in unserer Auffahrt ins Tor stellte, da war ich gerade vier, und schließlich Mal um Mal aufs Tor feuerte, bis meine Mom schreiend aus dem Haus gerannt kam.

»Softball, Fußball, Volleyball –«

Schallendes Gelächter unterbricht mich, Carter hat dazu sogar den Kopf in den Nacken gelegt. Als dieser Riese danach die Stirn auf meine Schulter sacken lässt, kann ich nur meine runzeln.

»*Volleyball*«, keucht er. »Du hast Volleyball gespielt?«

»Volleyball ist ein wahnsinnig cooler Sport. Ich coache unsere Oberstufenmädchenmannschaft.«

»Das ist ja super.« *Hat er wieder Tränen in den Augen?* »Echt cool, Ol.« Er wischt sich über die Wangen. *Er hat tatsächlich wieder Tränen in den Augen!* »Ich schätze, ich … du weißt schon …«

Ich trete einen Schritt zurück, damit ich die Arme verschränken kann. »Nein, ich weiß nicht.«

Wieder blubbert Gelächter aus ihm heraus und er legt sich die Hand auf den Bauch. Es schüttelt ihn am ganzen Körper und er schafft es immer noch nicht, sich in den Griff zu kriegen.

»Kommst du überhaupt ans Netz?«, presst er irgendwie hervor.

»Was bist du doch witzig.« Mit beiden Händen an seiner harten Brust schubse ich ihn. Er packt mich an den Handgelenken. »Ich habe starke Beine und bin gut zurechtgekommen, keine Sorge.«

Er zerrt mich wieder an sich, seine Finger fahren genau in dem Moment durch meine Haare, in dem meine über seine weichen Strähnen streicheln. »Hmmmm, starke, *kurze* Beine.«

»Du bist echt nervtötend.«

Carter nimmt mein Gesicht in beide Hände und streicht mir über den Wangenknochen. Träumerisch betrachtet er meine Lippen. »Und dennoch werde ich das Gefühl nicht los, dass ich dich langsam für mich gewinne.«

Mein Atem geht sehr schnell, weil er nun seine Hände auf meine Hüften legt und meine Nasenspitze mit seiner antippt. »Ich mag dich nicht«, bringe ich gerade so heraus. Sein Lächeln lässt mein Herz rasen.

»Möglich, aber dein Körper ziemlich sicher. Die Art, wie du dich an meine Haare klammerst, spricht Bände.«

Da wird mir erst bewusst, wie das aussehen muss, wir beide so dicht beieinander, sein Mund nur wenige Zentimeter entfernt. Was noch schlimmer ist: Wir tanzen weiter zu diesem langsamen Song, der schon weiß Gott wie lange vorbei ist, während um uns herum die Menge tobt.

»Oh.« Ich lasse seine Haare los, mache einen Schritt zurück. »Oh.«

»Hey.« Er kichert leise. »Komm her.« Dann nimmt er meine Hand und bringt mich zur Bar, wo wir uns hinsetzen. »Fang jetzt nicht an zu grübeln.«

»Mach ich nicht.« *Mach ich vielleicht doch.*

»Du fängst schon an zu grübeln, Ollie. Ich muss wirklich nicht alles über dich wissen, man kann dir ansehen, dass du der Typ Mensch bist, der ständig zu viel nachdenkt.«

Ich streiche mir die Haare hinters Ohr. »Der Druck ist so hoch.«

»Welcher Druck?«

Welcher Druck wohl? Druck, nachzugeben. Druck, nicht nachzugeben. Druck, in die Form all jener Frauen zu passen, die es vor mir gab, die nach mir kommen werden. Druck, anders und einzigartig zu sein, ohne komplett aus der Norm zu fallen.

Mit Carter an meiner Seite stehe ich unter ständiger Beobachtung. Im Stadion durch die Fans. Hier in der Bar durch sein Team. Egal, wohin ich sehe, immer schaut uns wer zu, will wissen, was als Nächstes passiert. Ich weiß nicht, wie ich das in Worte fassen soll.

Langsam schaue ich auf, unsere Blicke treffen sich. Und irgendwie scheint er doch zu wissen, was ich meine.

Er nickt zur Tür. »Wollen wir abhauen?« Er hält mir sofort den Mund zu. »Nicht zu mir. Irgendwo was essen oder so.«

»Ich hab vorhin schon gegessen«, platzt es aus mir heraus.

»Erzähl keinen Quatsch. Cara hat die halbe Snackbar aufgefuttert, aber du höchstens eine Handvoll Popcorn. Ich hab dich das ganze Spiel über nicht aus den Augen gelassen und dafür nach dem Spiel ordentlich Ärger bekommen.« Er lacht und fährt mit dem Finger die Umrisse meiner Hand nach. »Coach hat gesagt: *Wir zahlen dir keine dreizehn Millionen, damit du hübschen Brünetten schöne Augen machst.*« Jetzt nimmt er meine Hände und legt sie sich an die Brust. So viel Hoffnung im Blick. »Komm schon. Geh mit mir essen. Muss ja nichts Ausgefallenes sein. Mir reicht auch was vom Foodtruck. Hier drin ist es so laut, ich unterhalte mich so gern mit dir.«

Ähm.

»Bitte, Ollie. Bitte, bitte, bitte, bitte.« Bei jedem *Bitte* tippt er mir sanft gegen die Wange. Dann fasst er mir ans Kinn und rüttelt meinen Kopf ein bisschen. »Biiittteeee.«

»So unfassbar nervtötend«, murmle ich und schlage seine Hand weg.

Er stemmt den Kopf in die Hand und wackelt mit den Augenbrauen. »Nervtötend oder niedlich?«

»Definitiv nervtötend.« Seufzend lasse ich die Schultern hängen, was Carter sofort als Sieg verbucht. Er springt auf und reckt die Faust in die Luft.

»Yeah! Ich hab sie geknackt!« Er packt mich, wirft mich hoch, stellt mich auf den Boden und dann … bedeckt er mein ganzes Gesicht mit Küssen. Danach nimmt er meine Hand und bevor ich überhaupt verstanden habe, was gerade passiert ist, zieht er mich schon mit. »Das wirst du nicht bereuen, Ollie, das verspreche ich dir.«

Ich habe ein ernsthaftes Problem mit dem Kichern, das mir aus der Kehle blubbert, und ich muss die Situation dringend unter Kontrolle kriegen, bevor ich mit diesem Kerl allein irgendwohin gehe.

»Ich komme nicht mit zu dir nach Hause.«

Er hebt zwei Finger zum Schwur. »Ich werde nicht mal drum bitten.«

»Okay, aber erst muss ich noch aufs Klo.«

Er küsst meine Wange. »Ich hole unsere Jacken.«

Im Bad spritze ich mir kaltes Wasser auf die glühenden Wangen in dem vergeblichen Versuch, das in mir lodernde Feuer abzukühlen. Erfolglos. Mir ist heiß. Überall. Meine Vagina reibt sich schon mal – metaphorisch gesprochen – die Hände, weil sie meint, heute noch Action zu sehen. Was gerade durchaus wahrscheinlich ist. Wenn Carter bis hierhin kommt, kommt er auch noch weiter. Die Vorstellung ist gleichzeitig Furcht einflößend und verheißungsvoll.

Ich muss Carter nicht suchen, als ich aus der Toilette komme, seine Größe und seine Persönlichkeit sind unübersehbar. Unsere Mäntel hat er noch nicht.

Stattdessen klebt eine rotblonde Frau mit Beinen bis zum Himmel an seiner Seite, ihre glänzenden schwarzen Nägel kratzen langsam an seinem Rücken hinunter. Er neigt sich ihr entgegen, bis sein Ohr vor ihrem Mund ist, und sie schmiegt sich an ihn, flüstert ihm etwas ins Ohr. Als ich sehe, welches Lächeln er ihr schenkt, wird mir ganz flau.

Mein Beinahe-Fehler und die absolute Fehleinschätzung brennen wie ein Schlag ins Gesicht. Als ich gerade in ein Taxi steige, poltert er aus der Bar und ruft meinen Namen.

Zu spät. Ich habe echt genug Selbstachtung, um mich nicht auf so einen Playboybullshit einzulassen. Er geht heute definitiv nicht mit mir nach Hause, aber allein sicher auch nicht.

Offen gestanden ist es mir ziemlich egal, mit wem Carter Beckett schläft. Meinetwegen kann er sich auch gern selbst ficken.

ACHT

SACKWÄRMER & ZIMTSCHNECKEN

CARTER

Es ist schon wieder arschkalt.

»Was ist denn das für ein beschissener Winter?« Adam rammt die Hände in seine Manteltaschen und begräbt sein Gesicht bis zur Nase in seinem Schal.

»Das hat echt Ostküstenpotenzial«, murmelt Garrett. »Dafür bin nicht aus Nova Scotia hergezogen! Die Westküstenwinter sollen doch mild sein!« Eine kleine Hand zieht an Garretts Mantel, Garrett grinst und geht vor dem Jungen in die Hocke. »Hey, du. Na, bist du Hockeyfan?«

Dies ist eine meiner absoluten Lieblingsveranstaltungen des Jahres, aber die Jungs haben recht – normalerweise ist es nicht so kalt. Die Luft ist eisig und wir haben uns von den Heizpilzen entfernt, um Pause zu machen. Also, mehr oder weniger. Mein Blick wandert zu Garrett, der eins seiner Trikots signiert. Hier kann man gar nicht richtig Pause machen und keinem von uns würde es einfallen, Kinder abzuweisen.

»He, Woody.« Ich stupste Adam an. »Was haltet ihr davon, das nächstes Jahr im Sommer zu veranstalten? Dann ist die Gefahr geringer, dass wir uns die Eier abfrieren.«

Er lacht und schaut über den vollgepackten Park. »Gerade brauchen sie das Geld am dringendsten. Wenn du dir so krasse Sorgen machst, zieh dir einen Sackwärmer an.«

Jetzt muss ich lachen. »Sackwärmer.«

Jedes Jahr veranstalten wir am ersten Tag unserer Weihnachtspause eine Spendenfeier rund um die feierliche Enthüllung des Weihnachtsbaums. Dieses Jahr fällt sie auf den Dreiundzwanzigsten. Das *Family Project* ist Adams ganzer Stolz, dank ihm richtet unser Team die Feier zum vierten Mal in Folge aus. Alle Einnahmen gehen an das *Second Chance Home*, ein Heim, in dem Kinder auf ihre Adoption warten. Jedes Jahr gibt es eine Menge echt cooler Aktivitäten. Wettkämpfe mit Minihockeyschlägern, Geschicklichkeitsprüfungen, Fotos mit den Spielern und so viel mehr. Am meisten liebe ich das Lebkuchenhauswettbauen. Ich »verliere« jedes Mal, weil ich mehr Teile esse, als ich verbaue, aber ich bin mir ziemlich sicher, dass man beim Keksessen nur gewinnen kann.

»Achtung.« Emmett nickt zu dem Kameramann und der Reporterin, die sich in unsere Richtung bewegen. »Packt eure Sackwärmer mal eben weg und benehmt euch.«

»O Mann. Benehmen! Wie ich das hasse.« Ich grinse sie breit an, als sie bei uns ankommen. »Wollt ihr meine gute oder meine bessere Seite?«

Adam verdreht die Augen. »Niemand interessiert sich für deine Fresse, Carter.«

»Oh, da bin ich anderer Meinung.«

»Weil dein Ego größer ist als ganz Nordamerika und weil du gern Kontra gibst.« Er legt mir und Emmett die Arme um die Schultern und zieht uns an sich. Dann nickt er Garrett zu, damit er sich auch zu uns bequemt. Mit einem Lächeln für die Kamera fragt er: »Was möchtet ihr wissen?«

Und so stehen wir da mehrere Minuten lang, während Adam erzählt, wofür das *Family Project* steht, von den Eltern berichtet, die ihn mit offenen Armen empfingen, ihn liebten und ihm eine zweite Chance gaben – auf ein Leben und eine Familie –, und davon, wie seine kurze Zeit im Pflegeheim ihn zu seinem Engagement animiert hat.

»Und, Carter«, sagt Tracy, die Reporterin. »Sieht ganz so aus, als fehlten nur noch fünfzehnhundert Dollar, bis das heutige Ziel von zwanzigtausend Dollar erreicht wird. Ein Ziel, dass dich etwas kosten wird, nicht wahr?«

Ich lege mir eine Hand auf die Brust. »Eine Torte im Gesicht nehme ich dafür gern jederzeit in Kauf.«

Hinter dem Kameramann blitzen schokofarbene Locken mit Karamellsträhnen auf. Ich lehne mich etwas nach links, damit ich der dunkelhaarigen Schönheit mit dem Blick folgen kann, die über den Bürgersteig geht.

»Fuck, ich fasse es nicht.«

Tracy legt die Stirn in Falten. »Wie bitte?«

»Ach, nichts. Ich habe bloß …« Ich schaue zu, wie Olivia in der Bäckerei verschwindet, und löse mich aus den Armen meiner Teamkollegen. »Ich muss noch was erledigen. Die Jungs übernehmen gern für mich.«

Nachdem ich nach rechts und links geschaut habe, jogge ich über die Straße. Das Glöckchen an der Tür klingelt, als ich reinkomme, doch Olivia schaut nicht auf, um zu sehen, wer da zu ihr gestoßen ist. Sie blickt sehnsüchtig in die Auslage, eine Hand auf der Glasscheibe, die andere umschließt ihr Portemonnaie.

»Darf es sonst noch etwas sein?«, fragt der Mann hinterm Tresen, während er etwas in eine weiße Schachtel legt.

»Hm …« Ihre Finger tippen gegen das braune Lederportemonnaie, dann schüttelt sie den Kopf. »Nein, ich –«

»Oh, krass. Ist das Oreo-Käsekuchen? Da könnte ich mich reinlegen. Davon nehmen wir noch zwei Stücke.«

Olivia fährt herum und stößt mir keuchend gegen die Brust. »Mein Gott, Carter.« Sie knufft meine Schulter. »Du hast mich erschreckt, Mann. Was machst du hier?« Sie lächelt den Bäcker an und zieht einen Fünfdollarschein aus dem Portemonnaie. »Kein Käsekuchen, danke.«

Ich schiebe meine Kreditkarte über den Tresen. »Doch, auch den Käsekuchen, bitte.«

»Carter …«

»Wieso kaufst du denn bloß eine Zimtschnecke?«, frage ich, weil ich in die Schachtel linse, während der Bäcker zwei Stücke von dem Kuchen abschneidet.

Irre, wie extrem schnell Olivia rot anläuft. Ich kann gar nicht sagen, warum, aber es ist unfassbar niedlich. Besonders, wenn sie dabei eine Strähne um den Finger zwirbelt.

»Meine Mom macht die immer morgens am ersten Weihnachtstag. Ich weiß nicht, wie das geht, deshalb kaufe ich mir eine. Jedes Jahr.«

»Du hältst zwei Tage durch, ohne die zu essen? Wow. Wie soll das gehen?«

»Weil ich …«, sie verfällt in Schweigen, da ich ein Stück abreiße und mir in den Mund stecke, »… mich beherrschen kann.«

»Oh, ich nicht«, murmle ich und schlucke runter. »Fuck, ist die gut.« Ich reiße noch ein Stück ab und der Mann hinterm Tresen lacht. »Wir nehmen gleich noch sechs davon, bitte.« Ich grinse Olivia ins wütende – *aber erstaunlich wenig überraschte* – Gesicht. »Du siehst gut aus.«

Sie schaut an sich hinab. Leggins, klobige Lederstiefel, übergroßer Kapuzenpulli, der unter ihrem offenen Wollmantel hervorlugt. Und dann – ja, richtig geraten – wird sie rot.

Ich zupfe leicht an einer ihrer Strähnen. »Am besten gefällt mir aber die Mütze.« Ich muss lachen, als ihr ein Handschuh aus der Tasche fällt. Ich beuge mich runter und hebe ihn an einem Öhrchen auf. »Und die Hundehandschuhe.«

Sie nimmt die Schachteln entgegen und bedankt sich übertrieben bei dem Mann dafür, dass er trotz meines Verhaltens so nett war. Dann folgt sie mir nach draußen.

»Macht deine Mutter denn keine Zimtschnecken mehr an Weihnachten?«, frage ich und biete ihr was von der an, die ich gerade esse. Da sie den Kopf schüttelt, stecke ich mir den Rest in den Mund und lecke mir die klebrige Glasur von den Fingern.

»Meine Eltern wohnen in Ontario, deshalb sehen wir uns an Weihnachten nicht.«

»Kannst du sie denn nicht besuchen?«

»Könnte ich, aber sie sind im Halbruhestand und den ganzen Winter über unterwegs. Mein Bruder lebt ja hier, also feiere ich Heiligabend bei ihm und seiner Familie.«

»Dann bist du am ersten Weihnachtstag allein? Ist das nicht schrecklich einsam?«

»Ich bin's ja gewohnt.« Sie betrachtet mich neugierig. »Was machst du hier, Carter?«

Ich nicke zur anderen Straßenseite. »Spenden sammeln.«

»Und was machst du dann *hier*?«

»Äh, ich hab gesehen, wie du in die Bäckerei bist, also …« Ich kratze mich an der Schläfe. »Warum hast du mich am Freitag einfach stehen lassen?« Ein ungewohntes und unangenehmes Gefühl zieht mir den Bauch zusammen. »Ich dachte, wir wollten noch was essen gehen.«

Olivia starrt mich sehr lange schweigend an. »Ist das dein Ernst? *Du* hast mich stehen lassen.«

»Was meinst du? Du warst auf einmal weg, ohne was zu sagen.«

Sie verdreht die Augen. »Weil da eine andere Frau an dir geklebt hat, Carter, als ich vom Klo kam.«

»Hä, was?« Ich runzle die Stirn, jedoch nur bis mir Breanna wieder einfällt. Oder vielleicht hieß sie auch Brenda. Oder Brynn? Shit, keine Ahnung. Ich weiß nur noch, dass sie rote Haare hatte. »Oh, die Rote? Deshalb warst du sauer?«

»Du kannst dir ernsthaft nicht vorstellen, warum es mir was ausmacht, wenn da eine andere Frau an dir rumgrabbelt, nachdem ich gerade zugestimmt habe, Zeit mit dir allein zu verbringen?«

»Also, doch, glaub schon, aber …« Ich reibe mir den Nacken. Ist sie jetzt echt angepisst? Das will ich nämlich nicht. »Ich hab nichts gemacht. Das passiert einfach, egal wo ich auftauche.« War das wohl die richtige Antwort? Schwer zu sagen, auch wenn's die Wahrheit ist. Allerdings wirkt sie jetzt eher beängstigt. »Bist du eifersüchtig?«

Sie senkt den Blick. »Nein.«

»Ich glaube schon.« Ich zupfe an den Bändern ihrer Kapuze. »Und ich glaube, das gefällt mir.«

Olivia schlägt meine Hand weg. »Ich muss mich nicht mit anderen Frauen vergleichen und permanent daran erinnert werden, dass ich ihnen nicht das Wasser reichen kann, okay?«

Was? Nicht das Wasser reichen? Was ist das denn für ein Scheiß? »Es wäre nicht fair, dich mit denen zu vergleichen. Du bist auf einem ganz anderen Level.«

»Das weiß ich selbst sehr gut, vielen Dank«, murmelt sie, den Blick immer noch zu Boden gerichtet.

»Die sind ungefähr hier.« Ich halte die Hand auf Olivias Bauchnabelhöhe, dann recke ich den Arm so weit über ihren und meinen Kopf, wie ich kann. »Und du hier.«

Ein niedliches, schüchternes Lächeln umspielt ihre Lippen. »Für einen, der praktisch vom einen Fettnäpfchen ins andere tritt, kannst du manchmal echt süß sein.«

»Das ist nur eins von vielen Talenten, die Gott mir gegeben hat.« Ich schiele zum Park, in dem ja noch immer ordentlich was los ist. »Hey, willst du noch ein bisschen mitkommen?«

»Oh, nein, ich …« Sie schiebt ihren Ärmel hoch, um einen Blick auf … ihr Handgelenk zu werfen. »Shit, ich hab gar keine Uhr.«

Ich lege ihr den Arm um die Schultern, drücke sie an meine Seite und schiebe sie langsam über die Straße. »Du stehst manchmal ganz schön neben dir, hm? Komm, das wird lustig.«

»Definiere lustig.«

»Wenn wir zwanzigtausend Dollar zusammenkriegen, bekomme ich 'ne Torte ins Gesicht, und ich weiß, wie sehr Adam Lockwood sich schon darauf freut, das besagte Ding auf mich zu werfen.«

Olivia kichert. »Und wenn ihr die nicht zusammenkriegt?«

»Dann spende ich den offenen Betrag *und* bekomme eine Torte ins Gesicht.«

»Wie viel müsste ich Adam wohl zahlen, damit ich das mit dem Werfen übernehmen darf?«

Ich grinse sie an und drücke sie noch fester an mich. »Komm schon, Winzling.«

***

OLIVIA

Ich bin es ja gewohnt, die Kleinste zu sein. Neunundneunzig Prozent der Kids, die ich unterrichte, sind größer als ich. Selbst die Jüngsten.

Aber *das hier* ist Furcht einflößend.

»Bin ich außergewöhnlich klein oder deine Freunde einfach nur außergewöhnlich groß?«, flüstere ich, als wir uns seinem Team nähern. Er futtert gerade die zweite Zimtschnecke, Glasur klebt an seinen Fingern, trotzdem wirft er mir einen amüsierten Blick zu.

»Beides. Keine Sorge, die beißen nicht.« Er zwinkert mir zu. »Ich aber vielleicht.«

Ich habe keine Ahnung, wie ich hier gelandet bin. Ich war eigentlich fest entschlossen, Carter aus dem Weg zu gehen und ihn – falls wir uns aus unerfindlichen Gründen doch begegnen sollten – zu ignorieren. Freitag hat mir auf fiese, aber notwendige Weise noch mal vor Augen geführt, was er für ein Typ ist, und das nur, weil ich ihn versehentlich hinter meine Schutzmauern habe blicken lassen.

Jetzt bin ich mir da nicht mehr so sicher.

Nicht falsch verstehen, der Kerl ist definitiv so arrogant, wie die Medien ihn darstellen. Er sagt, ohne zu zögern, alles, was ihm in den Kopf kommt, sobald es ihm in den Kopf kommt. Aber das macht ihn halt besonders ehrlich, auch wenn es manchmal wehtut.

Ich zum Beispiel – also eine, der er an die Wäsche will – müsste nicht wissen, dass sich Frauen überall sofort an ihn heften, egal, wo er aufkreuzt. Natürlich bin ich froh um die Erklärung, dass das, was ich am Freitag gesehen habe, nicht das war, wofür ich es hielt, doch die Wahrheit war irgendwie genauso einschüchternd wie mein Irrglaube Übelkeit erregend.

Der größte von allen Anwesenden dreht sich um und ich erkenne sofort, dass es Adam Lockwood ist, Vancouvers Superstar im Hockeytor. Er breitet die Arme aus und kommt auf uns zu.

»Wo warst du denn auf einmal? Ich dachte schon, du holst dir 'nen Sack…« Da fällt sein Blick auf mich und sofort läuft er rot an. »…wärmer.« Er räuspert sich und winkt mir schüchtern zu. »Hi. Ich … Adam. Nein, fuck.« Er fährt sich kurz mit der Hand übers Gesicht, bevor er sie mir reicht. »Adam. Ich bin Adam. Tut mir leid, ich bin gerade nur so verlegen, weil ich vor dir *Sackwärmer* gesagt habe.«

O mein Gott, der ist ja niedlich. Unfassbar attraktiv, hellblaue Augen und dunkle Locken, die praktisch darum betteln, angefasst zu werden.

Ich gebe ihm die Hand. »Du kannst gern so oft Sackwärmer vor mir sagen, wie du willst.«

Carters Mund kommt näher. »Ich auch?«

»Nein.« Ich lege ihm die Hand quer übers Gesicht und schiebe ihn weg.

»Verdammt.« Er deutet auf mich. »Das ist Olivia.«

Adams Augen fangen an zu strahlen. »Oh. Caras Freundin!«

Carter verdreht die Augen. »Schon okay, sie ist freiwillig mitgekommen.«

»Äh, Moment, das stimmt so eigentlich nicht. Du hast mich mitgezerrt –«

Sofort schlingt er einen Arm um meinen Kopf und ruckt mich an sich, sodass meine Worte von seinen Sachen verschluckt werden. »Pscht.«

Adam grinst, sein Blick wandert zwischen Carter und mir hin und her. Bevor ich richtig Panik bekommen kann, weil wir hier mal wieder so intim erscheinen, taucht Emmett auf.

»*Ollie!*« Er reißt mich aus Carters Umklammerung und in eine seiner festen Umarmungen. Die sind mir die liebsten, ungestüm und fast erstickend. »Cara hat gar nicht erzählt, dass du herkommen willst. Die ist bei 'nem Meeting.«

»Wollte ich auch gar nicht. Ich habe ein paar Last-Minute-Erledigungen gemacht und wurde gegen meinen Willen hergezerrt.«

Ein hübscher blonder Mann erscheint an Emmetts Seite und lächelt mich schüchtern an. »Carter gibt sich selten mit einem Nein zufrieden.«

»Ja, ein Konzept, das ihm fremd ist.«

Seine türkisen Augen funkeln fröhlich, als er meine Hand nimmt, um sich vorzustellen, obwohl ich genau weiß, wer er ist. »Garrett. Ich wette, mich fändest du netter.«

»Ich wette, da liegst du ganz richtig.«

»Wer kann dem auch widerstehen?« Er deutet fast gelangweilt auf sein Gesicht. »Mein Ostküstencharme.«

»Hey, lass das«, schnaubt Carter und zieht mich weg. »Sie ist *mein* Date.«

Äh. »Das ist kein Date.«

»Ich bin ziemlich sicher, das ist ein Date, Ollie.«

Ich verschränke die Arme vor der Brust. »Ich bin ziemlich sicher, dass man jemanden auf ein Date einladen muss, *Carter.*«

»Ach, einladen, mitschleppen, ist doch dasselbe.« Er nimmt meine Hand und zieht mich hinter sich her. »Komm mit, Winzling. Wir lassen uns schminken.«

»Ich bin fünfundzwanzig, ich lasse mich garantiert nicht schminken.«

***

Ich habe mich schminken lassen.

Ich will nicht drüber reden.

»Du siehst so gut aus.«

»Ich habe deine verdammte Rückennummer auf der Wange, Carter!«

Im Versuch, sein schuldbewusstes Grinsen zu unterdrücken, saugt er die Lippen ein. »*So* gut.«

Vertrau mir, hat er gesagt. Nun, das habe ich somit offiziell das letzte Mal getan. Ich habe mich mit unbemaltem Gesicht hingesetzt und bin mit einer #87 in Grün und Blau auf der linken Wange wieder aufgestanden. Das Schlimmste ist das pinke Herz, das drum herum gemalt ist. Immerhin nicht Olaf, könnte ich sagen, aber Carter scheint sehr stolz auf den Cartoon-Schneemann, der auf seiner Wange prangt.

Er deutet zu einer niedrigen Mauer. »Wollen wir uns setzen und den Käsekuchen essen?«

»Du hast schon zwei Zimtschnecken und einen Corn Dog gegessen. Wie kannst du noch hungrig sein?«

Er tätschelt seinen Bauch. »Ich bin halt groß.«

Das ist er allerdings. Der Corn Dog ist das Einzige, was ich seit dem Frühstück zu mir genommen habe, weshalb ich es zulasse, dass er mich zu sich auf die Mauer zieht, wo wir schweigend den Nachtisch genießen.

»Wie kommst du nachher nach Hause?«, fragt er nach einer Weile. »Ich bring dich gern.«

In meinem Bauch zuckt es ganz merkwürdig, ich kann gar nicht genau sagen, warum. Vielleicht, weil ich die Vorstellung, später allein mit Carter in einem Auto zu sitzen, gleichzeitig aufregend und beunruhigend finde. Vielleicht aber auch, weil ich nicht will, dass er sieht, wo ich wohne. In diesem winzigen Haus, das perfekt zu mir passt.

»Nein danke. Ich muss sowieso jetzt los.«

»Was? Schon? Nein, das geht nicht.« Er deutet zu der riesigen Tanne, die gerade mit Lichterketten geschmückt wird. »Du musst definitiv noch bleiben, bis die Lichter feierlich angezündet werden. Und danach könnten wir noch was unternehmen. Noch irgendwo hingehen oder so.«

»Es ist schon spät.«

»Aber du musst doch morgen nicht arbeiten«, hält er dagegen. Obwohl es fast jämmerlich klingt. Dazu macht er einen kleinen Schmollmund. »Du hast Ferien.«

»Hm, ich weiß nicht …« Ich bin schon viel länger hier, als ich wollte.

Ich habe gesehen, wie Carter ans Mikrofon ging und die Menge unterhielt. Ich habe gesehen, wie er jedem Kind, das an seinem Ärmel gezupft hat, seine Wünsche erfüllt hat. Sei es nun ein Autogramm oder ein Selfie oder einfach nur ein kurzes Gespräch mit ihm. Ich habe gesehen, was für ein guter Freund er ist, was für ein guter Kapitän, was für ein guter Mensch. Und dabei hat er permanent aufrichtig gelächelt. Um ehrlich zu sein, bin ich nicht sicher, ob ich bereit dafür war, diese Seite von ihm kennenzulernen, obwohl Cara ja darauf gepocht hat, dass es sie gibt. Gut versteckt unter dem ganzen egoistischen Playboygehabe.

Und das ist es wohl. Seine alberne, trottelige Seite löscht die Playboyseite ja nicht aus. Man kann beides sein, man kann beides haben. Aber ich will nicht beides. Je länger ich bleibe, je mehr ich sehe, desto größer die Gefahr, ihm zu verfallen.

Und Fallen ist eben gefährlich, wenn niemand da ist, um mich aufzufangen.

»Das halte ich für keine gute Idee«, sage ich schließlich.

Enttäuschung blitzt in seinen Augen auf. »Warum wehrst du dich so dagegen, Zeit mit mir zu verbringen?«

»Darum geht es doch gar nicht …« Ich kaue auf der Unterlippe und starre auf meine Füße. »Ich habe einfach kein Interesse an einem One-Night-Stand. Das hab ich doch schon gesagt.«

»Dann willst du also ein Date?«

Jetzt kann ich ihn nicht mehr nicht angucken. »Carter Beckett datet nicht.«

»Stimmt. Normalerweise. Aber das war nicht die Frage, Olivia.«

Ich kann mich nicht konzentrieren. Es ist, als hätte ich Nebel im Kopf, durch den ich nicht mal die andere Straßenseite sehen kann. So ist es ja eigentlich auch. Ich höre seine Worte, weiß jedoch nicht, was dahintersteckt. Das ist ein bisschen, wie von etwas runterzuspringen, ohne den Boden sehen zu können.

»Liv?« Carter drückt meine Hand. »Gehst du mit mir auf ein … Date?« Dicht gefolgt von einem kaum hörbaren *Fuck* und einem Blick in den Himmel. Dann überstreckt er den Nacken nach rechts und links, es knackt hörbar. Offenbar ist es sehr schwer, fast schmerzhaft, dieses Wort mit nur vier Buchstaben auszusprechen.

Was ja nur wieder eins zeigt: Ein Date mit ihm wäre reine Zeitverschwendung. Für ihn und mich.

»Ich habe absolut kein Interesse an einem Date mit dir, wenn klar ist, dass du am Ende sowieso bloß mit mir vögeln willst, nur damit ich dann am nächsten Tag dasitze und zusehen kann, wie du mit der Nächsten am Arm herumstolzierst, und ich mich benutzt und abgelehnt fühle.«

Ein simples *Nein* hätte gereicht, was ich auch eigentlich sagen wollte, als ich den Mund aufgemacht habe. Stattdessen ist das aus mir gequollen, wofür ich mich jetzt ein bisschen schäme, weil ich ihm direkt offengelegt habe, wie er mich verletzen kann.

Leider ist es aber die Wahrheit. Und ich kenne ihn nicht gut genug, um zu einem anderen Entschluss zu kommen. Carter hat mit seinen Absichten nicht hinterm Berg gehalten. Abgesehen davon, dass er sehr eindeutig gesagt hat, mich ins Bett kriegen zu wollen, breitet dieser Mann auch sein Privatleben nur zu stolz in den Medien aus. Was soll ich denn von ihm denken? Er ist schließlich derjenige, der dieses Narrativ über sich steuert, und dieses Narrativ schreit förmlich: *Fuckboy.*

»Tut mir leid, ich wollte nicht unsensibel sein. Ich –«

»Was anderes kannst du gar nicht über mich denken. Kein Grund, sich zu entschuldigen.« Carters Daumen streicht über meine Fingerknöchel. Ich sehe zu, wie er jeden Finger nachzeichnet. »Du willst also keinen One-Night-Stand, aber auch kein Date? Ich kann nicht ganz folgen.«

»Schon okay«, sage ich, vielleicht etwas zu bockig. »Eigentlich reicht es ja, wenn ich meine Entschlüsse nachvollziehen kann. Außerdem kannst du jede haben, die du willst, Carter.«

Darüber lacht er flach, seine langen Finger fahren über sein kantiges Kinn. »Offenbar kann ich genau das nicht. Ich will ja dich, Olivia.«

»Das glaubst du nur, weil ich abgelehnt habe und du das nicht gewohnt bist. Deshalb bin ich für dich interessant, weil du meinst, ich bin endlich mal eine Herausforderung.«

Er kaut auf seiner Lippe. »Das hab ich anfangs auch gedacht, jetzt bin ich mir nicht mehr so sicher. Wer weiß, vielleicht wäre ich ja sogar gut für dich.«

Ich höre, was er sagt, und versuche echt, mich darauf zu konzentrieren, trotzdem kann ich ein Kichern nicht länger unterdrücken. »Tut mir leid. Ich weiß, das ist ein ernstes Gespräch, aber du hast da halt diesen bescheuerten Schneemann im Gesicht.«

Carter senkt den Kopf und verbirgt sein Lächeln hinter der Hand. »Bleibst du wenigstens noch, bis die Lichter am Baum leuchten? Wir haben doch Spaß. Wieso ausgerechnet jetzt aufhören? Ich bestelle dir nachher auch ein Uber, das dich nach Hause bringt, damit du dir keine Sorgen machen musst, allein mit mir in einem dunklen Auto zu sitzen.«

»Ich mache mir keine Sorgen –«

»Doch, tust du, Ollie. Du bist echt leicht zu durchschauen. Weil ich vermutlich versuchen würde, dich zu küssen. Und du es vermutlich zulassen würdest.« Er lehnt sich zurück und atmet tief aus. »Und wer weiß schon, wie es dann weitergehen würde.« Ein sanftes, lockeres Lächeln. »Bleib doch, bitte. Ich mach auch keine Dummheiten, versprochen.«

Offenbar ist das Einzige, was ich wirklich standhaft ablehnen kann, sein Wunsch, mich in sein Bett zu locken. Er kann wahnsinnig überzeugend sein, besonders, wenn er seine Grübchen oder den Dackelblick einsetzt.

So kommt es, dass ich zwei Stunden später noch neben ihm stehe, lange nachdem Adam ihm nicht eine, nicht zwei, sondern *drei* ganze Torten ins Gesicht gepfeffert hat, während die Sonne allmählich mit dem Horizont verschmilzt und wir zu dem gigantischen Baum aufschauen, wartend.

Mein Atem bildet in der frostigen Luft kleine Wölkchen. Mir klappern die Zähne, weil mich ein Schauer überkommt. So ohne Sonne ist es noch eisiger.

Carter verschwindet aus meinem Sichtfeld, einen Augenblick später legt er die Arme um mich, zieht mich an sich und ich bin umfangen von seiner Wärme. Erst versteife ich mich bei dem Körperkontakt, doch in mir drin leuchtet jede Nervenzelle auf.

Meine Arme heben sich, schlappohrige Welpenhandschuhe legen sich auf seine Unterarme, die sich vor mir kreuzen, und ich gebe mich dem Moment hin, klammere für diesen Augenblick alle Erwartungen, alle Ängste, alle Grenzen aus.

Carter lacht und stützt sein Kinn auf meinen Kopf. »Echt die niedlichsten Handschuhe, die ich je gesehen habe.«

Dann kommt Leben in die Lichter, der ganze Baum funkelt und glitzert in unterschiedlichen Farben, erhellt die finstere Dezembernacht, und um uns herum sind viele *Ooohs* und *Aaaahs* zu hören.

»Wunderschön«, flüstere ich.

Carter schließt mich fester in die Arme. »Allerdings.«

Der Baum ist geschmückt und hell erleuchtet, der Park leert sich langsam. Carter bringt mich zu dem an der Straße wartenden Wagen.

Ich bestaune den schicken pechschwarzen SUV. »War ja klar, dass du die Luxusoption nimmst.«

»Nur das Beste für dich, Winzling.«

Ich grinse. »Danke für heute, Carter. Das war schön.«

Er nickt, reibt sich den Nacken. »Was … äh … was machst du an Silvester? Wir schmeißen 'ne Teamparty. Cara und Emmett sind dabei. Vielleicht kannst du ja auch kommen.«

»Oh, ich kann nicht –«

»Hast du denn schon andere Pläne?«

»Nein, aber –«

»Dann kommst du.« Er faltet die Hände unterm Kinn. »Bitte, Ollie. Das wird lustig.« Er verstellt mir die Autotür. »Ich lass dich erst weg, wenn du Ja sagst.«

Ich verdrehe die Augen. »Okay, ich komme.«

Er reckt eine Faust in den Himmel. »Yeah!«

»Das ist aber kein Date«, erinnere ich ihn schnell und tippe ihm gegen die Schulter.

Er schüttelt den Kopf, reißt die Hände in die Luft. »Kein Date.« Dann öffnet er mir die Tür und als ich sitze, schnallt er mich an. Zuletzt legt er die Schachtel mit den restlichen Zimtschnecken auf meinen Schoß, richtet sich wieder auf und kratzt sich dann am Kopf. »Ähm, Ollie?«

»Ja?«

»Tut mir leid, dass ich dich am Freitag enttäuscht und dir das Gefühl gegeben habe, ich hätte dich stehen lassen.«

»Tut mir leid, dass ich dich tatsächlich hab stehen lassen.«

»Mir tut nicht leid, dass du eifersüchtig warst.«

»Ich war nicht eifersüchtig.«

Carter grinst. »Gelb steht dir gut.«

»Halt die Klappe.« Ich lächle ihn an. »Dann bis Silvester.«

Er nickt. »Kein Date.«

»Kein Date«, wiederhole ich.

Dann schlägt er die Tür zu, tut so, als hätte er Pistolen in den Händen, und drückt ab. »Abgemacht.«

NEUN

HUNDE > FREUNDINNEN AN WEIHNACHTEN

CARTER

Mit Weihnachten verbindet mich eine gewisse Hassliebe.

Als Kind war es meine absolute Lieblingszeit. Ja, nicht nur Weihnachten an sich, sondern der ganze Advent.

Das fing immer schon im November an, wenn es in Vancouver kalt genug war, dass mein Vater den Ofen anschmiss. Sobald der Remembrance Day vorbei war, lief bei uns zu Hause Weihnachtsmusik. Die Halloweendeko war kaum abgehängt, da holte Mom schon die Weihnachtsdeko vom Dachboden.

Und dann ging das Backen los. Sie startete immer mit Erdnussbutterbällchen, und das, obwohl sie jedes Vorjahr geschworen hatte, diesmal nicht so früh mit dem Backen anzufangen. Je eher es damit losging, desto mehr aßen wir, und dann flippte sie meist zwei Wochen vor Weihnachten aus, weil nichts mehr da war.

Aber am meisten mochte ich den ersten Sonntag im Dezember. Wir waren alle immer auf Achse, weil meine Schwester und ich beide professionell Sport trieben, schon als Kinder. Aber an diesem ersten Sonntag nahmen wir uns alle frei. Dann starteten wir mit einem Besuch bei unserem Lieblingsrestaurant in den Tag, wo ich immer die Oreo-Pancakes nahm. Danach ging es weiter zu *Merry Tree Farms*, wo wir durch die Reihen stapften auf der Suche nach dem perfekten Weihnachtsbaum.

Dad hatte seine ganz eigenen Vorstellungen, was Weihnachtsbäume betraf. Nie kleiner als zweieinhalb Meter und groß genug, dass wir alle drum herumsitzen konnten. Er musste *ganz genau* ins Fenster unseres Wohnzimmers passen. Oft begutachtete er einen Baum minutenlang und sagte dann abrupt *Nope,* um weiterzusuchen. Meine Schwester und ich kämpften darum, den perfekten Baum zu finden, den Baum, der Dad beeindrucken würde. Einmal kaufte er zwei, weil er fand, dass wir beide den perfekten gefunden hatten.

Als ich zehn war, brachte er mir bei, wie man die Säge benutzt, und dann fällten wir ihn zusammen. Ich half ihm, das Teil zum Pick-up zu schleppen, wo wir ihn auf die Ladefläche legten.

Sobald wir zu Hause waren, drehte Mom die Weihnachtsmusik voll auf, machte Sandwiches und dann schmückten wir vier gemeinsam den Baum. Wenn wir fertig waren, hauten wir uns mit heißem Kakao und einem Teller voller Leckereien aufs Sofa und schauten *Santa Clause – Eine schöne Bescherung*. Als ich jünger war, hoffte ich immer, dass Dad für den Weihnachtsmann einspringen würde wie Tim Allen in dem Film. Er hat mir versprochen, dass er mich mitnehmen würde zum Nordpol, sollte das je der Fall sein.

Ich habe einfach alles an Weihnachten geliebt.

Aber seit wir Dad vor sieben Jahren verloren haben, ist es einfach nicht mehr dasselbe.

In der Auffahrt meines Elternhauses angekommen schalte ich den Motor aus und schaue zu dem glanzlosen Gebäude. Kein einziges Licht, keine Deko, die darauf hindeutet, welches Fest gerade ansteht. Jedes Jahr biete ich meiner Mutter an, die Lichterketten anzubringen, flehe ich sogar fast, aber sie lächelt immer nur traurig und sagt: »Vielleicht nächstes Jahr.«

Trotzdem versucht sie, uns das Weihnachten zu bescheren, von dem sie glaubt, dass wir es uns wünschen. Selbst wenn sie dafür den Schmerz überspielen muss, wie sehr es sie innerlich killt, Weihnachten ohne Dad feiern zu müssen. Ich hasse es, sie so zu sehen. So kaputt, dabei verdient sie doch nichts als Liebe.

»Was glotzt du denn an?«

Die leise Stimme lässt mich zusammenzucken, weil ich fast vergessen habe, dass er mit im Auto sitzt. Ich lächle meinen alten Freund an, seine müden blauen Augen bewegen sich langsam über die Auffahrt, als würde er versuchen zu sehen, was ich sehe. Dabei kann er das gar nicht.

»Woher willst du wissen, dass ich überhaupt was anglotze, alter Knabe?«

Hank ist dreiundachtzig Jahre jung und verlor mit fünfzehn schleichend das Augenlicht, weil er Lebersche Optikusatrophie hat. Angefangen hat es mit seinem linken Auge, wenige Monate später dann auch das rechte. Er kann zwar noch Schatten erkennen, trotzdem gilt er seit kurz vor seinem sechzehnten Geburtstag als blind.

Hank tippt sich mit dem Zeigefinger zwischen die Brauen. »Drittes Auge. Manche nennen es auch mütterliche Intuition.«

»Du bist keine Mutter«, erinnere ich ihn, falls er das vergessen haben sollte.

Tiefe Lachfalten erhellen sein altes Gesicht, dazu lacht er herzlich. »Hat deine Mutter dich dieses Jahr Lichter aufhängen lassen?«

»Nein.« Ich seufze und steige aus dem Wagen in den fallenden Schnee. Dann lasse ich Dublin, Hanks Assistenzhund, von der Rückbank, bevor ich Hank aus dem Auto helfe.

»Es ist hart«, sagt er leise und schiebt seine Hand in meine, damit ich ihm Dublins Leine geben kann. »Ohne seine Seelenverwandten zu leben. Feiertage ohne sie. Silvester ohne sie. Geburtstage ohne sie. Himmel, selbst die Nachrichten ohne sie zu hören ist hart. Alles ist hart, Carter.«

Das weiß ich natürlich. Ich sehe meine Mom ja seit Jahren damit kämpfen. Und Hank weiß es, weil er seine Jugendliebe vor vierzehn Jahren an den Krebs verloren hat, genau am selben Tag, an dem ich sieben Jahre später meinen Vater verlor. Da haben Hank und ich uns kennengelernt. Am schlimmsten Tag meines Lebens.

Ich schüttle den Schnee von meiner Mütze und klopfe mir den Schnee von den Schuhen, bevor ich das Haus betrete. Dublin wartet geduldig an Hanks Seite, bis ich Hank aus dem Mantel geholfen habe, und ich muss grinsen, weil er trotzdem auf nichts mehr wartet als die Freigabe, in die Küche rennen zu können. Er ist der liebste Golden Retriever der Welt, aber vermutlich der am schlechtesten erzogene Assistenzhund.

Wobei, vielleicht war er mal besser erzogen und Hank ist nur zu lax mit ihm. Dublin ist stets für ihn da, wenn er ihn braucht, Hank lässt ihn nur ungern zu lange im Arbeitsmodus. Er sagt immer, Hunde müssen auch Hunde sein dürfen. Hank ist noch ziemlich selbstständig unterwegs, ich vermute mal, dass Dublin überwiegend einfach Gesellschaft für ihn ist, emotionale Unterstützung.

Hank reckt die Nase in die Luft und schnuppert. »Wenn du glaubst, du bekommst vor mir was von dem Truthahn, Dubs, dann irrst du dich gewaltig.« Kaum hat er seinen Stock parat, gibt er seinem Hund einen Klaps. »Na, dann lauf.«

Dublin jagt über die alten Holzdielen, schlittert am Eingang zur Küche vorbei, dreht dann aber schnell um und schon ist er darin verschwunden. Lachen dringt heraus, weil meine Mom und meine Schwester ihren liebsten Hund begrüßen.

Kurz darauf erscheint Mom im Wohnzimmer und strahlt mehr als der halbherzig aufgestellte Weihnachtsbaum in der Ecke. Ihr Blick wandert über Hank und mich, während sie sich über die Haare streicht, dann schaut sie demonstrativ hinter uns.

»Oh.« Sie runzelt die Stirn. »Nur ihr beiden?«

»Nur wir beide? Erwartest du sonst noch wen?« Ich schließe sie fest in die Arme. Sie riecht nach Zimt und Sirup, Bacon und

Truthahn – wie jedes Jahr. Insofern startet der Feiertag zumindest schon mal gut, auch wenn sie über meine Frage seufzt.

»Nein, niemanden sonst.« Sie stellt sich auf die Zehenspitzen, um mir einen Kuss auf die Wange zu geben. »Fröhliche Weihnachten, mein Schatz.« Dann umarmt sie Hank. »Fröhliche Weihnachten, Hank. Schön, dass du herkommen konntest.«

»Wo sollten Dublin und ich denn Weihnachten feiern, wenn nicht mit den beiden schönsten Frauen Vancouvers? Danke für die Einladung, Holly.«

Meine jüngere Schwester erscheint in der Tür und lehnt sich gegen den Rahmen, das typische Beckett-Grinsen im Gesicht, das wir unserem Vater zu verdanken haben. »Mom hat gehofft, du bringst zur Überraschung deine Freundin mit.« Jennie steckt sich ein Schoko-Erdnussbutterbällchen in den Mund. »Ich glaube, ihre genauen Worte waren: ›Wäre das nicht das schönste Weihnachtsgeschenk aller Zeiten?‹«

Ich sehe meine Mutter mit schief gelegtem Kopf an und hebe die Augenbrauen. Sie hat so ein halb schüchternes, halb verlegenes Lächeln im Gesicht, da ist ein Funke Hoffnung, trotzdem schlägt sie mir gegen die Schulter.

»Ach, jetzt guck mich nicht so an, Carter. Ich *kenne* diesen Blick, den hab ich *erfunden*! Du verheimlichst uns was.«

»Ich verheimliche rein gar nichts.« Ich greife an ihr vorbei und nehme Jennie in den Schwitzkasten, aus dem sie gleich – erfolglos – versucht sich zu befreien. »Ich habe keine Freundin.«

Jennie rammt mir die Faust in den Bauch und schwingt sich dann den Pferdeschwanz über die Schulter. »Das war genau meine Antwort. Dich will sowieso niemand daten.«

»Ich bitte dich. Ich bin heiße Ware. Alle wollen was von mir.«

Sie verdreht die Augen und schließt dann auch Hank zur Begrüßung in die Arme. »Ja, wie heißt das noch gleich? Alimente.« Sie lacht mir direkt ins Gesicht und weicht mir kreischend aus, versteckt sich hinter Dublin.

»Aber, wo wir dank Jennie schon beim Thema sind …« Mom schiebt sich die Brille hoch, ihr hoffnungsvoller Gesichtsausdruck scheint unerschütterlich und sie wippt auf den Zehen. »Wer ist denn diese junge Dame, mit der du immer wieder fotografiert wirst?«

»Welche junge Dame?« Ich gehe in die Küche, wo das Weihnachtsgebäck schon bereitsteht. Als Erstes verschwindet ein Schoko-Erdnussbutterbällchen in meinem Mund, dicht gefolgt von einem Plätzchen in Schneemannformat. »Ös sinso viele«, sage ich mit vollem Mund, bevor ich schlucken kann. »Ihr wisst ja, ich mag die Abwechslung.«

»Carter, sprich gefälligst nicht mit vollem Mund. Und du weißt genau, welche junge Dame ich meine.«

Weil ich mit den Schultern zucke, stemmt sie die Hände in die Seiten und schürzt die Lippen.

»Hör mit dem Schwachsinn auf. Seit zwei Wochen sehe ich nur noch Fotos von euch beiden. Beim Tanzen in einer Bar letztes Wochenende und dann vor zwei Tagen bei dieser Spendenveranstaltung.« Sie hebt die Augenbraue. »Aber auch wenig überraschend, dass du die erst vorholst, nachdem deine Schwester und ich weg sind.«

Na ja, ganz so war es nicht. Ich habe Olivia ja erst entdeckt, *nachdem* sie gefahren waren.

Dann zeigt sie mit beiden Händen auf mich. »*Und* du hast ihr das Tor gewidmet.«

»Ach, *die*.«

»Ja, *die*. Und in dem Interview nach dem Spiel hast du gesagt: ›Das ist Olivia.‹«

»Stimmt.« Ich tippe ihr an die Nase. »Das ist Olivia.«

Etwas Gefährliches und Furchteinflößendes huscht über ihr Gesicht und dann schnipst sie mir direkt zwischen die Augen.

»Au! Womit hab ich das denn verdient?«

»Ich *weiß*, dass das Olivia war, weil du das im Interview gesagt hast, du Klugscheißer! Ich will wissen, *wer* Olivia ist. Weil du noch nie jemandem ein Tor gewidmet hast.«

»Das stimmt so nicht.« Ich deute auf die beiden einzigen Frauen in meinem Leben, auch wenn ich mit dem Gedanken spiele, eine weitere dazuzunehmen. Warum sind es nicht mehr? Weil sie verdammt kompliziert sind. Diese beiden sind dafür ja das beste Beispiel. »Ich hab euch schon eine ganze Menge Tore gewidmet.«

Mom schlägt mit einem Geschirrtuch nach mir, als ich mir ein weiteres Plätzchen nehmen will. »Du gehst mir in letzter Zeit gehörig auf die Nerven, junger Mann.«

»In letzter Zeit erst?«

Einen Moment lang betrachte ich sie intensiv. So viel ihrer Begeisterung ist weg, eine Enttäuschung macht sich breit, zerrt ihre Mundwinkel nach unten, lässt das Funkeln in ihren Augen erlöschen. Es gefällt mir gar nicht, dass ich so nachhaltig das bisschen Freude zerstört habe, das sie heute irgendwo hergezaubert hat.

Ich stupse sie an. »Du hast nicht ernsthaft gedacht, dass ich hier mit einer Freundin aufkreuze, oder?«

Ihre Wangen röten sich ein bisschen, dann winkt sie ab. »Natürlich nicht.« Ihr Blick wandert zum Esstisch und wieder zu mir. Ich schaue ebenfalls hin. Sie hat für fünf gedeckt statt nur für vier.

»Och, Mom.«

Sie eilt zum Tisch und sammelt schnell alles zusammen. »Keine Ahnung, was ich mir gedacht habe. Vielleicht …« Sie winkt noch einmal ab. »Keine Ahnung. Wahrscheinlich habe ich versehentlich für den Hund mitgedeckt.«

Jennie stellt sich neben mich und zupft mir am Ohr. »Würdest du dir endlich mal eine Freundin anlachen? Du brichst Mom das Herz. Da draußen muss es doch eine geben, die über deine vielen, riesigen Fuckboyfehler hinwegsehen kann.«

»Jennie!« Mom hält sich eine Hand an die Stirn. »Würdest du deinen Bruder bitte nicht Fuckboy nennen?«

»Er zieht Frauenheld vor«, steuert nun Hank bei.

»*Und ob*«, juble ich. »Das ist mein Mann!«

»Frauenheld ist nur ein netteres Wort für Fuckboy.«

Jennie kichert und führt Hank in die Küche, weshalb Mom und ich erst mal allein zurückbleiben.

»Weißt du, Carter, ich habe noch nie was dazu gesagt, dass du … so …« Wieder diese wedelnde Hand, diesmal vor ihrem Gesicht, als würde ihr das dabei helfen, eine nettere Umschreibung dafür zu finden, dass ihr Sohn in der Gegend rumvögelt. »Dass du mit so vielen unterschiedlichen Frauen unterwegs bist«, sagt sie schließlich. »Mir tut nur die Vorstellung weh, dass du dadurch was Besonderes verpassen könntest.« Sie hebt eine Schulter und lächelt dabei gleichzeitig schüchtern, traurig und nostalgisch. »So was, wie dein Vater und ich hatten.«

Ich ziehe sie an mich und halte sie einen Moment. »Wie geht es dir, Mom?«

»Ganz okay.« Dann atmet sie ein bisschen abgehackt ein und umso abgehackter aus, was ihre Aussage Lügen straft. »Mir fehlt dein Vater, Carter. So, so sehr.«

Jetzt muss ich die Augen schließen – als könnte das gegen den Schmerz helfen. Dabei ist das unmöglich. Wir teilen denselben Verlust.

»Ich weiß, Mom. Er fehlt mir auch sehr.« Ich gebe ihr einen Kuss auf den Kopf und drücke sie etwas fester an mich. Aber ich muss ein bisschen über die großen blauen Kisten lächeln, die sich bei der Treppe stapeln. *Weihnachten* steht darauf. »Die Kisten haben es ja dieses Jahr vom Dachboden geschafft.«

»Aber aufmachen konnte ich sie nicht«, gibt sie zu. »Hab sie einfach nur angestarrt. Aber das ist ein Fortschritt, oder? Wenn auch nur ein kleiner.«

»Klarer Fortschritt.«

Und während wir so schweigend dastehen, Arm in Arm, und Weihnachtsmusik um uns dudelt, gebe ich ihr das einzige Versprechen, das ich ihr geben kann.

»Wenn ich etwas so Besonderes finde, wie du und Dad hattet, werde ich alles daransetzen, es nicht wieder zu verlieren.«

ZEHN

CARTERS LIEBESPALAST

OLIVIA

Sein Haus ist eins dieser Häuser, die man aus Zeitschriften kennt. So eins, von dem man sein Leben lang träumt. Denn nur in der Fantasie ist es nicht ganz so unmöglich, dass man eines Tages wirklich mal selbst eins besitzt.

Es steht in einer geschlossenen Wohnanlage in North Vancouver und allein in der Auffahrt würde meine gesamte Highschool Platz finden. Das ausladende, zweistöckige Gebäude sitzt am Fuß von Mount Fromme. Eine Mischung aus großem grauem Stein, schieferblauer Verkleidung und Holzsäulen macht dieses Haus zu einem Meisterwerk. Und die Kulisse – das Meer aus dunkelgrünem, schneebedecktem Wald, Berggipfeln und einer Trilliarde Sternen, die man nirgendwo sonst sehen kann – ist atemberaubend.

»Willst du den ganzen Abend da rumstehen oder kommst du rein?«

Ich reiße den Blick von der wunderschönen Natur und versuche, die Schmetterlinge zu ignorieren, die sofort in meinem Bauch herumflattern, als ich Carter auf der Veranda entdecke, wo er an einer der Holzsäulen lehnt, Hände in den Hosentaschen, Lächeln auf dem Gesicht.

Ich habe mich noch nie so sehr von ihm angezogen gefühlt wie in diesem Moment. Dunkle, enge Jeans, grün-blaues Karohemd, aber nicht in die Hose gesteckt, und die Ärmel hochgerollt. Haselnussbraunes Haar wellt sich wild auf seinem Kopf. Er ist einfach so mühelos schön, dass es fast wehtut.

»Cara und Em haben dich hier dir selbst überlassen«, sagt er.

»Und da dachtest du, du musst mich retten?«

Sein Lächeln wird breiter, je näher ich ihm komme. »Nee, ich bin ja der, der dir gefährlich werden könnte.«

»Ach, stimmt. Der große, böse Carter.«

Er lässt die Oberarmmuskeln spielen, gibt sich selbst einen Kuss darauf und hebt ein paarmal die Augenbrauen. »Groß bin ich allerdings.«

Ich nehme die beiden Stufen zur Veranda hinauf und mag es, wie seine Augen zu funkeln anfangen, als ich direkt vor ihm stehe. »Böse aber natürlich kein bisschen?«

»So böse«, flüstert er.

»Ach ja?« Ich fahre mit der Fingerspitze an seinem Kragen entlang. »Ich habe ein Foto von dir mit Olaf auf der Wange, das irgendwie was anderes suggeriert.«

Sein Blick trübt sich. »Erinnere mich bloß nicht daran, dass du letzte Woche meine Nummer auf der Wange hattest.«

Ich kralle mich in seinen Kragen und ziehe ihn zu mir, flüstere dann: »Die hab ich sofort abgeschrubbt, als ich zu Hause war.«

Ein fast animalisches Geräusch dringt aus seiner Kehle und seine Augen werden schmal. Kichernd gebe ich ihn frei und schaue mich um.

»Dieses Haus ist der Wahnsinn.«

»Ich weiß.« Sein Blick wandert zu meinem Kleid, das unter meinem offenen Mantel zu sehen ist. »Dein Kleid genauso.« Er hält seinen Ärmel vor meinen Bauch. »Guck mal, wir passen zusammen.«

»Sieht ganz so aus.« Ich werde ihm aber nicht sagen, dass ich mich heute für dieses Kleid entschieden habe, weil ich bei der Farbe an seine Augen denken musste.

»Komm.« Er legt mir einen Arm um die Schultern und führt mich zur Tür. »Bevor du noch erfrierst und ich dich ausziehen und nackt warmkuscheln muss.«

»Carter Beckett kuschelt nicht«, erwidere ich und schaue mich staunend in dem riesigen Eingangsbereich um. Dieses Haus ist von innen genauso prächtig wie von außen und alles fühlt sich so … richtig an. Warm und gemütlich, wie der einzige Ort, an dem man sich bei einem Schneesturm sicher fühlen könnte – im Schlafanzug auf dem Sofa mit einem heißen Kakao und einem Disney-Klassiker und den Menschen um sich, die einem am meisten bedeuten.

»Du ziehst echt alle Register.«

Statt darauf zu antworten, hilft er mir aus dem Mantel. Ich habe eine Schachtel dabei, die ich dadurch von der einen in die andere Hand wandern lasse.

»Was ist das?«, fragt er und nimmt sie mir ab, nachdem er meinen Mantel aufgehängt hat.

»Nichts Besonderes. Wasserkastanien im Baconmantel, würzig-süß bestrichen. Die sind …« Ich unterbreche mich mitten im Satz, weil er sich schon summend eine in den Mund steckt.

»Saulecker«, schwärmt er und leckt sich über die Unterlippe.

»Du bist ein Fass ohne Boden, was?«

Sein schiefes Grinsen setzt meinen gesamten Unterleib in Brand, seine nächsten Worte ersticken das Feuer jedoch sofort wieder. »Ich kann die ganze Nacht durchhalten, Baby.«

Ich räuspere mich. »Die sind für den Gastgeber. Cara hat gesagt, das Essen wird geliefert, aber ich dachte, ich bringe trotzdem was mit. Als Dankeschön.«

»Oh, dann danke ich ebenfalls. Und du bist hier herzlich willkommen.« Er nimmt meine Hand und will mich gerade aus dem Eingangsbereich führen, doch ich bleibe abrupt stehen.

»Moment, wie bitte?« Dann schaue ich mich noch einmal bewusster um, betrachte auch die Fotos an den Wänden. Obwohl er auf den meisten wesentlich jünger ist, könnte ich ihn doch überall erkennen. »Das ist dein Haus?«

»Mhm. So überwältigend wie ich, findest du nicht auch?«

»Es … es ist echt schön. Wieso hast du nicht gesagt, dass du mich zu dir einlädst?«

»Habe ich nicht?« Er zuckt mit den Schultern, nimmt wieder meine Hand und zieht ein bisschen daran. »Auch egal, lass uns –«

»Warte.«

Carter erstarrt, den Blick zu Boden gesenkt. Er wirkt nervös und vorsichtig, als er sich zu mir umdreht, ganz so, als wüsste er genau, was ich als Nächstes fragen werde.

»Ich dachte, du hast 'ne Wohnung in der Innenstadt. Du hast doch gesagt, du könntest mich huckepack in acht Minuten hintragen.«

»Ja, stimmt. Das habe ich gesagt.«

»Oder irre ich mich?«

»Nein, nein, äh …« Er reibt sich den Nacken. »Ich habe in der Tat eine Wohnung in der Innenstadt. Aber ich wohne da nicht. Ich wohne hier.«

Ich ziehe die Brauen zusammen. »Wozu dann die Wohnung?«

Es ist nicht zu übersehen, dass er darauf nicht antworten will. Aber vielleicht weiß er auch einfach nicht, was er sagen soll. Der Mann steht da wie ein Reh im Scheinwerferlicht.

Ich schaue ihn auffordernd an, so intensiv, dass ich fast nicht mitbekomme, dass Garrett die Treppe herunterkommt. »Carter? Warum hast du eine Wohnung, in der du gar nicht wohnst?«

»Wohnung?«, wiederholt Garrett und nimmt mich zur Begrüßung in den Arm. »Meinst du etwa Carters L…« Dann hält er sich den Mund zu und schaut zwischen Carter und mir hin und her.

»Carters was?«, frage ich.

»Garrett«, warnt Carter. »Untersteh dich.«

Schweigen lastet für einen Moment auf uns, die Anspannung spürbar.

»Liebespalast«, flüstert Garrett. »Carters Liebespalast.« Er schrumpft förmlich unter Carters stechendem Blick und joggt dann schnell weg. »Tut mir leid, okay?«, ruft er über die Schulter. »Ich kann nicht lügen, wenn mir jemand die Pistole auf die Brust setzt. *Tu mir nicht weh!*«

Mit verschränkten Armen schaue ich Carter in die Augen. Er wirkt gleichzeitig amüsiert und besorgt. Amüsiert sollte er nicht sein, besorgt schon eher, weil ich ihm gern eine verpassen würde.

»Mal aus reiner Neugierde: Was hättest du mir denn erzählt, wenn Garrett nicht zufällig aufgekreuzt wäre und erwähnt hätte, dass du einen Liebespalast hast, wohin du all deine besonderen Freundinnen abschleppst?«

»Das sind keine besonderen Freundinnen. Sie sind nicht mal Freundinnen. *Du* bist meine Freundin. Und du bist besonders.«

Ach, du liebes … »Carter.«

Er zuckt ein bisschen zusammen. »Vielleicht hätte ich gesagt, dass ich sie verkauft habe.«

»Aha, dann hättest du also gelogen?«

»Was? Hmpf.« Er seufzt und lässt die Schultern hängen. »Nein, gelogen hätte ich nicht.«

»Also hättest du die Wahrheit gesagt? Dass du eine Wohnung in der Innenstadt hast, damit du nach 'nem Spiel schnell mal noch 'ne Runde vögeln kannst?«

»Nein, ich … Ahhhh.« Er schlägt sich die Hände vors Gesicht, zieht sie langsam runter. »Das fühlt sich an wie eine Falle. Dir hätte ja weder die eine noch die andere Antwort gefallen.« Er atmet ganz langsam aus. »Ich hätte dir gesagt, dass du die erste Frau bist, die ich je hierher, in mein Zuhause, eingeladen habe, mit der ich nicht verwandt bin oder die nicht die Freundin eines Freundes ist. Dass ich froh bin, dass du hier bist, nicht dort, und dass ich mich darauf freue, heute Zeit mit dir zu verbringen, um dich besser kennenzulernen.«

Ich weiß, was er da macht. Er will vom Negativen ablenken, will das mit seiner Fickhöhle ins Positive drehen, weil ich ja so besonders bin, dass ich gar nicht erst dort, sondern gleich hier gelandet bin. Das scheint er gut zu können, das Positive zu sehen, selbst wenn er es in diesem Moment tut, um seinen Arsch zu retten. In Wahrheit war ich jedoch nie gut darin, optimistisch zu sein. Eine Pessimistin bin ich auch nicht wirklich, zumindest glaube ich nicht, dass ich das bin. Eher eine Realistin.

Er klemmt sich die Schachtel unter den Arm und nimmt meine Hand. »Kannst du heute Abend einfach mal den ganzen Bullshit, den du über mich gehört und gelesen hast, vergessen? Nur einen Abend lang, Ollie? Ich weiß, dass ich einen ganz bestimmten Ruf habe, und ich weiß auch, dass ich kein Engel bin. Tun wir doch einfach so, als gäbe es nichts davon, genießen wir unser Date.«

»Das ist kein Date.«

»Und dann tun wir so, als wärst du nicht eifersüchtig.«

Seufz. Bis gerade hat er sich eigentlich ganz gut gemacht.

Ich schnipse ihm gegen das Schlüsselbein und lasse ihn dann stehen. »Nimm dich nicht so wichtig, Beckett.«

Sein herzliches Lachen folgt mir und von dem, was er leise vor sich hin murmelt, schnappe ich nur *Hintern* und *Kleid* auf.

Ich fahre herum. »Was hast du gesagt?«

So, wie er mich daraufhin angrinst, muss ich mich wirklich fragen, ob er der Teufel ist, fein aus Marmor geschlagen. In diesem durchtrainierten Körper steckt kein einziger unschuldiger Knochen.

»Ich habe gesagt, dass du umwerfend aussiehst in diesem Kleid.« Das ist nicht mal im Ansatz das, was er gesagt hat.

Lange Finger schließen sich um meine Hand und dann zieht er mich hinter sich her.

»Komm mit, Winzling. Ich besorg uns was zu trinken.«

Mir fällt nichts Schlimmeres, Leichtsinnigeres und Verlockenderes ein.

Deshalb folge ich ihm natürlich bereitwillig.

***

Wenn ich in dieser Küche sterben würde, es wäre ein glücklicher Tod.

Die nachtblauen, ausladenden Schränke, die Rückwand aus Backstein, der doppelwandige Ofen, die blitzenden Marmorarbeitsflächen, dazu noch der Steinkamin im Wohnzimmer, den man von hier aus sehen kann … Ich sage nur, wenn ich hier meinen letzten Atemzug täte, das wäre okay.

»Du siehst aus, als wärst du im Himmel.«

Ein sprudelndes rotes Getränk erscheint vor mir, obenauf wippen Cranberrys und Limettenscheiben. Ich verliere keine Zeit, setze das Glas sofort an die Lippen, und Carter stützt sich mit den Ellbogen auf die Kücheninsel.

»Ich bin ziemlich sicher, dass ich so eine Küche bei Pinterest unter *Traumküche* gespeichert habe.«

»Was ist Pinterest?«

»Was ist …?« Seufzend schüttle ich den Kopf. »Nicht so wichtig.«

Carters Lächeln verliert an Selbstbewusstsein, als er eine Schublade öffnet. Ein kleines braunes Paket verschwindet in seinen Händen und er räuspert sich. »Du, das ist jetzt vielleicht ein bisschen schräg, aber ich habe dir –«

»*Olivia!*«

Carter knallt die Schublade wieder zu, seine Wangen puterrot, während Adam mich an sich reißt. Ich behalte Carter jedoch fest im Blick, weil ich so dringend wissen will, was er gerade vor mir versteckt.

»Carter hat gesagt, dass du kommst, aber keiner hat ihm geglaubt.«

Garrett hebt die Hand. »Doch, ich. Habe mit allen um hundert Dollar gewettet.« Er holt ein kleines Bündel Hunderter aus seiner Hosentasche und fächelt sich damit Luft zu. »Danke, dass du da bist.«

Emmett zieht einen der Scheine aus dem Bündel und reicht ihn mir. »Den hat Ollie verdient, schließlich hat sie auch einen Anteil.«

Cara nimmt sich ebenso einen Schein. »Und ich bekomme auch einen, weil ich sie hergebracht habe.« Sie klopft Adam auf die Schulter. »Weißt du eigentlich, dass du Livs Lieblingsspieler bist?«

Sofort strahlt er übers ganze Gesicht und reibt sich stolz über die Brust. »Echt? Ich?«

»Yep.« Ich ignoriere den Blick, den Carter mir daraufhin zuwirft. Als grenze das an Verrat. »Du bist einfach eine Mauer auf dem Eis.« Außerdem ist er ziemlich niedlich. Immer wenn er in den Interviews nach Spielen ein Kompliment bekommt, wird er ganz schüchtern und wendet den Blick ab.

»Ollie hat selbst fünfzehn Jahre lang gespielt«, verrät Carter ihm.

»Ehrlich? Jetzt möchte ich natürlich hören, dass du im Tor gestanden hast, aber du bist so klein.« Adam kneift sich den Mund zu. »Sorry, das sollte jetzt nicht so klingen, als wäre es schlimm, klein zu sein. Bloß …«

»Im Tor ist es nicht gerade von Vorteil, schon klar. Das hab ich mit acht mal ein Jahr lang probiert.« Ich rümpfe die Nase. »Es war furchtbar. Ich habe die Schuldgefühle nicht ausgehalten, die diese Position mit sich bringt. Irgendwie bin ich da zu verletzlich und konnte eine Niederlage nicht von mir trennen. Hab auf dem ganzen Rückweg nur geheult, weil ich mich so verantwortlich gefühlt habe.«

»Versteh ich gut. Manche Niederlagen sind schwerer zu ertragen als andere, aber es ist auf jeden Fall leichter, wenn man so Kumpels wie die hier hat, die einen danach aufbauen können.«

»Ist deine Freundin hier? Ich hab sie noch gar nicht kennengelernt.«

»Oh, äh …« Er reibt sich den Nacken. »Nein, das wäre ihr zu viel geworden. Vielleicht nächstes Mal. Du würdest ihr gefallen.«

Du würdest sie hassen, formt Cara hinter ihm mit den Lippen, und die Mienen der anderen – inklusive Carter – verraten, dass sie alle derselben Meinung sind.

»Ich freu mich schon drauf.« Dann stupse ich Garrett an. »Und du? Gibt's da jemanden?«

»Nö.« Er grinst mich an und zwinkert. »Warum? Suchst du noch wen, der dich um Mitternacht küsst?«

Carter schnaubt. »Du kannst doch um Mitternacht nicht mein Date küssen!«

»Mann, Carter, das ist kein Date.«

»Du kannst nicht mein Ist-kein-Date-obwohl-es-ein-Date-ist küssen!«

Garrett lehnt sich zu mir, Mund an meinem Ohr. »Um ganz offen zu sein: Ich habe fünfhundert Dollar darauf gesetzt, dass du ihn um Mitternacht küsst.«

Bevor ich irgendwie reagieren kann, wird im Esszimmer gejubelt, und Garrett klatscht in die Hände.

»Komm, Liv. Wir spielen Beerpong.« Er nimmt mich mit in den vor Menschen überquellenden Raum, in dem ein prächtiger, gestockter Ahorntisch steht, der von roten Bierbechern und Tischtennisbällen übersät ist. »Du bist in meinem Team. Wir machen Carter und Adam fertig.«

Carter dackelt hinter uns her, Hände in den Taschen, den Blick finster auf Garretts Hand gerichtet, die an meiner Taille liegt.

Ach was. Mr Beckett ist eifersüchtig.

Unsere Blicke treffen sich, während er mit wild entschlossener Miene zu mir kommt. Garrett und Adam füllen je sechs Becher mit Bier und stellen sie dreiecksförmig an den gegenüberliegenden Tischenden auf.

Sein glühender Blick brennt Löcher in jede Stelle meines Körpers, auf die er trifft. »Wollen wir das Ganze ein bisschen interessanter machen?«

Ich lasse die Finger an der Knopfleiste seines Hemds hinaufwandern. »Was schwebt dir so vor?«

Er konzentriert sich auf meinen Mund. »Wenn ich gewinne, küsst du mich um Mitternacht.«

Ich höre Cara hinter mir kichern. Es ist zwar schon ein bisschen her, aber an der Uni waren Cara und ich die Königinnen des Beerpongs. Drei Jahre lang ungeschlagen.

»Und wenn ich gewinne?«

»Wirst du nicht. Meine Motivation ist zu hoch.«

Ich muss zugeben, ich bewundere ihn für seine Hartnäckigkeit. Mein Finger wandert wieder an ihm hinunter und verharrt kurz über dem Knopf seiner Jeans. Der eine Drink scheint mir direkt zu Kopf gestiegen zu sein, weil ich ernsthaft darüber nachdenke, später noch meine Hand darin verschwinden zu lassen. »Oh, komm. Mir zuliebe.«

»Wonach ist dir denn?«

Eine Fußmassage und dann ins Neue Jahr gevögelt zu werden, wäre toll, wenn ich ganz ehrlich bin, doch der Wunsch, der über meine Lippen kommt, ist so viel zahmer. »Du musst mich ins Kino einladen. *Die Eiskönigin II.*« Den will ich sowieso dringend sehen und ich schätze mal, er hat alles andere als Bock darauf, mit einer Frau im Kino gesehen zu werden, wo er einen Disney-Prinzessinnenfilm guckt.

Die Leute um uns stöhnen, als wüssten sie was, das mir unbekannt ist.

Carter grinst nur, voller Grübcheneinsatz. »Abgemacht.« Er streicht mir die Haare aus dem Gesicht hinters Ohr und legt mir die Hand in den Nacken. »Tja, hoch gepokert, hoch verloren.« Er gibt mir einen sanften Kuss auf die Wange, der mich erschaudern lässt. »Ich liebe Disney-Filme. Also, entweder bekomm ich einen Kuss oder darf mit dir auf ein Date. Klingt so, als könnte ich gar nicht verlieren.«

Wie zu erwarten war, ist Carter gut. Adam und Garrett auch.

Aber ich bin besser.

Als Garrett und ich gewinnen, verkündet Carter schnell, dass es um zwei Gewinnsätze geht. Und kaum haben wir das zweite Spiel gewonnen, geht es um drei.

Nachdem ich den ersten Ball der dritten Runde versenkt habe, hebt Garrett mich hoch und wirbelt mich rum, während alle anderen jubeln.

»Ich habe noch nie erlebt, dass Carter so oft hintereinander verliert«, flüstert mir Garrett ins Ohr, die Hand auf meinem unteren Rücken.

Carter beobachtet uns vom anderen Ende des Tischs aus, finsterer Blick, zusammengebissene Zähne. Ich kann nicht sagen, ob die Reaktion dem Verlieren geschuldet ist oder der Tatsache, dass Garrett permanent so demonstrativ mit mir flirtet.

Tischtennisbälle sausen durch die Luft, während wir abwechselnd Punkte machen, bis auf jeder Seite nur noch zwei Becher stehen. Die Spannung ist spürbar, Carter ist als Nächstes dran und Emmett ruft mir was zu.

»Äh, Ollie, warte. Dir ist da was runtergefallen.« Seine Augenbraue zuckt und ich folge seinem Finger, der ins Nichts zeigt. Dann zwinkert er mir zu.

Kapiert.

Ich bin eine Frau. Okay, ich bin klein, aber den Mangel an Körpergröße machen meine Kurven wett. Wie oft ich schon gehört hab, was für einen fantastischen Hintern ich habe. Cara erinnert mich nur zu gern daran, wann immer sie an mir vorbeigeht, indem sie ihn kurz tätschelt.

Mich macht das alles manchmal eher verlegen, weil meine Rundungen durchaus auf eine eher ungesunde Besessenheit von Desserts und Backvideos von Instagram zurückzuführen ist, die ich alle nachmachen muss. Aber in Wahrheit finden die meisten Männer just diese Kurven unwiderstehlich.

Und Carter Beckett? Gehört definitiv zu den meisten Männern.

Gerade hängt er über dem Tisch, sein Blick wandert von dem Bierbecher, den er anvisiert, und mir hin und her. Wenn ich lächle, lächelt er zurück, sehr sanft und niedlich. Fast tut mir leid, was ich als Nächstes machen werde.

Fast.

»Ups.« Ich drehe ihm den Rücken zu und bücke mich, bleibe einen Moment so. Lang genug, um zu hören, was ich hören wollte.

Pong … pong … pong.

»*Fuck!*«

Adam wirft einen Tischtennisball vom Tisch. »Du machst mich fertig, Beckett. Du lässt dich von einem *Hintern* ablenken!«

Carter fährt sich mit beiden Händen übers Gesicht und deutet dann auf mich. »Aber es ist ein ziemlich krasser Hintern.«

Carters Ball rollt bis zu mir und sofort richte ich mich auf, halte ihn über den Kopf. »Hab ihn!«

Adam hämmert sanft die Stirn gegen die Wand und stöhnt. Carter sieht unfassbar sexy aus mit seinem finsteren Gesichtsausdruck. Der Alkohol in meinem Körper lässt mich fast rübergehen, um ihm die Miene wegzuküssen.

Emmett nimmt meine Hand und lacht schallend. Garrett gibt mir einen lauten Schmatzer auf den Kopf. Er versenkt seinen Ball problemlos in dem Becher, reibt dann meine Schultern, während er mir motivierende Worte ins Ohr flüstert.

»Lass dir Zeit. Hol tief Luft. Überstürz nichts. Wir haben das im Sack. Such dir einen Becher aus, egal welchen, Liv.«

Cara gibt mir einen Klaps auf den Hintern. »Los, Baby.«

Ich entscheide mich für einen Becher, visiere ihn an. Ich bin zuversichtlich, und das auch zu Recht.

»Ach, Carter? An der Uni war ich hundertacht Spiele lang ungeschlagen.« Ohne den Blick von ihm zu nehmen, werfe ich den Ball und grinse, als ich das so wohlvertraute *Plopp* höre, mit dem er ins Bier plumpst. Um uns bricht Jubel aus.

Adam sinkt zu Boden, Carter packt die Tischkante und lässt den Kopf hängen, Garrett nimmt mich in die Arme.

So betrunken, wie ich bin, merke ich doch, dass das, was ich für Carter empfinde, viel mehr ist als nur Interesse an seinem sexy Aussehen. Aber ich weiß nicht, was ich mit dieser Erkenntnis anfangen soll. Logisch wäre, die Beine in die Hand zu nehmen, bevor sich mehr entwickelt, bevor dieser Kerl mir das Genick bricht. Unlogisch wäre es, die Arme in die Luft zu werfen und zu sagen: *Scheiß drauf, probieren wir's aus.*

Ich bin unsicher, welchen Weg ich einschlagen werde, gerade marschiere ich jedoch einfach mutig zu ihm, schlinge ihm die Arme um den Hals und sage: »Wie fühlt es sich an, zu verlieren, Großer?«

Etwas Einschüchterndes und Wildes blitzt in seinen Augen auf, und als er ganz sanft die Hände um meinen Hals schließt und mich zu sich zieht, weiß ich eins auf jeden Fall: dass seine nächsten Worte die Wahrheit sein werden.

»Ich habe gerade alles andere als verloren, glaub mir.«

ELF

DER LETZTE COUNTDOWN

CARTER

»Du hast haushoch verloren.«

»Dreimal hintereinander.«

»Wie ist das so für dich, Carter?«

Ich klatsche irgendwem eine Hand ins Gesicht. Keine Ahnung wem, weil jeder meiner Kumpels seit dreißig Sekunden direkt vor meinem Gesicht rumlungert, seit sich die Badezimmertür hinter Olivias Hintern geschlossen hat. »Halt die Fresse. Hab ich nicht. Mir geht's gut. Ich hab nicht – sie hat nicht – fuck.« Ich halte die Hände in die Luft. Halbes Schulterzucken, halbe Kapitulation. »Okay, aber nennt man das wirklich verlieren, wenn –«

»*Ja.*«

»Okay, okay. Aber ihr müsst euch ja nicht so offensichtlich freuen.« Ich sehe Cara an, die plötzlich großes Interesse an ihren roten Fingernägeln zu haben scheint. »Du hast es gewusst.«

»Was hab ich gewusst, Fuckboy?«

»Dass sie gewinnen wird.«

»Klar hab ich das gewusst. Sie war vier Jahre lang meine Beerpong-Partnerin. Das Mädel kann auch wie ein Profi im Handstand aus dem Fass trinken.« Sie tätschelt meine Schulter. »Sorry, kein Kuss für dich.«

»Oh, ich werde sie so was von küssen, wenn wir im Kino sind.«

»Ha! Wenn du meinst, dass ich dich allein mit ihr ins Kino

lasse, täuschst du dich aber. Em und ich kommen mit.« Sie zeigt auf Adam und Garrett. »Ihr auch?«

Garrett stöhnt. »Ich musste den erst an Weihnachten mit meinen Schwestern sehen.«

»Perfekt, dann bist du schon mal dabei. Und …«

»Niemand kommt mit«, brumme ich. »Du vertraust mir.« Wenn ich so klinge, als wäre ich mir damit sicher, springt das Gefühl eventuell auf Cara über.

Cara lacht. Dieses dramatische Lachen, bei dem sie sich auf die Oberschenkel schlägt und sich danach Tränen aus den Augenwinkeln wischen muss. »Carter, ich lieb dich echt, aber das Letzte, was ich tue, ist, dir mit meiner besten Freundin zu trauen.«

Ich strecke die Arme aus. »Was? Fuck. Warum nicht?« Aber ehrlich gesagt würde ich mir selbst auch nicht trauen. Ist nicht so, als hätte ich schlimme Absichten, bloß … weiß ich selbst nicht so recht, welche Absichten ich eigentlich mit ihr habe. Abgesehen davon, Zeit mit ihr verbringen zu wollen.

»Ich will nicht gemein sein.«

»Raus damit, Cara. Ich bin schon ein großer Junge.«

Sie seufzt. »Wenn es einen Wörterbucheintrag für *Fuckboy* gäbe, würdest du dich selbst als Model für das Foto zur Verfügung stellen. Wenn Olivia mit dir ins Kino geht, dich küsst oder sonst was, dann macht sie das, weil sie Gefühle für dich hat und die genauer erkunden will. Du machst das alles zum Spaß mit Leuten, die dir nichts bedeuten. Was ja in Ordnung ist. Wenn du das willst, mach so weiter. Ich sage nur, solang ihr euch da nicht einig seid, wirst du sie unweigerlich verletzen, wenn du das tust, was du immer tust.«

»Und wenn ich das nicht tue? Wenn ich … wenn ich …« Himmel, ich kann das nicht mal aussprechen. Allein beim Gedanken an etwas, das über schlichten Sex hinausgeht, stellen sich mir die Nackenhaare auf.

Was, wenn ich's versaue? Wenn ich richtig scheiße darin bin? Wenn ich sie verletze?

»Wieso sieht der plötzlich so aus?«

»Wie so ein Welpe, der sich verlaufen hat.«

»Eher als hätte er plötzlich Verstopfung.«

Adam legt mir den Arm um die Schultern. »Jetzt ist aber mal gut. Mein Junge ist einfach verknallt, mehr nicht.«

Verknallt? Mir drückt es die Kehle zu. »Pfft. Bin ich nicht.« *Oder doch?*

»Bist du wohl, Carter. Genau deshalb hast du seit Wochen keine Frau mehr mit nach Hause genommen.«

»Vielleicht brauchte ich einfach mal 'ne Pause. Ich war ziemlich k. o.«

»Deshalb hast du Olivia letzte Woche Zimtschnecken und Käsekuchen gekauft und sie überredet, sich deine Nummer auf die Wange malen zu lassen. Deshalb hast du mit ihr im Arm dagestanden, als sie die Lichter am Weihnachtsbaum eingeschaltet haben, einfach nur, weil sie gefroren hat. Und deshalb hast du sie zu dieser Party zu dir nach Hause eingeladen, wo du nie eine nur für eine Nacht herbringen würdest. Weil Olivia dir was bedeutet. Du, mein Freund, bist verknallt.«

Shit. Möglich, dass er recht hat.

Aber was zur Hölle tut man denn bitte, wenn man verknallt ist?

***

Man folgt seiner Angebeteten ins Bad. Das tut man.

Also, natürlich nicht *ins* Bad. Sie ist ja schon drin, ich warte davor, um sie zu überraschen.

Die Tür geht auf, Olivia kommt heraus, den Kopf gesenkt.

»Er ist nur ein Mann«, sagt sie leise zu sich selbst. »Ein unfassbar attraktiver und nervtötender Mann.«

Oh, mir gefällt die Richtung, die das hier nimmt. Ich schlinge die Hände um ihre Taille, genauer gesagt nur eine, denn mit der anderen halte ich ihr den Mund zu, damit sie nicht schreit. So schiebe ich sie zurück ins Bad und schließe uns dort ein.

»*Carter!*« Sie schlägt mir gegen den Oberarm. »Warum musst du dich immer so anschleichen?«

»Warum kommen wir nicht direkt zurück auf das, was du über diesen unfassbar *attraktiven* Mann gesagt hast?«

Ich sollte mal mitzählen, wie oft sie die Augen über mich verdreht oder die Arme in die Seiten stemmt. Damit betont sie die genau richtigen Bereiche ihres Körpers, die mich nur auf dumme Gedanken bringen.

Ihre Augen sind vom wärmsten Braun, das man sich vorstellen kann, mit winzigen goldenen Flecken, wie flüssige Schokolade, und als sie zu mir aufschaut, stelle ich mir ganz unweigerlich vor, wie sie unter mir aussähe, wenn ich sie bis kurz vor die Schwelle bringe, bevor wir beide gemeinsam darüberkippen.

Und dann diese Hüften – *fuck, diese Hüften.* Breit und voll, die sich darüber zu einer winzigen Taille verjüngen, darunter zu diesem einzigartigen runden Hintern verbreitern. Ich will nichts lieber als danach greifen, meine Finger in ihre Haut graben, sie auf eine Matratze pinnen und in sie stoßen, mich in ihr bewegen und dabei zusehen, wie sie um Atem ringt, aber nur mein Name über ihre Lippen kommt.

»Das andere Wort war nervtötend. Oder hast du diesen selektiven Hörsinn? Und übrigens.« Sie klatscht vor meinem Gesicht in die Hände und zeigt dann auf ihr eigenes. »Meine Augen sind hier oben, Beckett.«

»Ich bestaune nur dein Kleid.« Das mache ich zum vielleicht hundertsten Mal an diesem Abend. Der Stoff ist waldgrün, umschmeichelt jede ihrer Kurven und überlässt wenig der Fantasie. Es lässt nur die Frage offen, ob sie am ganzen Körper errötet, aber das werde ich ja eines Tages vielleicht noch herausfinden.

»Und dafür musstest du mich ins Bad sperren?«

»Nein, das hab ich bloß gemacht, weil du mich nie von selbst hereingebeten hättest.« Ich lehne mich ans Waschbecken und nicke zur Badewanne. »Jetzt hock dich hin, damit wir reden können.«

Sie setzt sich tatsächlich auf den Wannenrand, lässt sich jedoch unheimlich viel Zeit damit. Ich muss über ihre nackten Füße grinsen, ihre in glänzendem Gold lackierten Zehennägel. Sie hat ihre High Heels ungefähr nach drei Sekunden Beerpong ausgezogen und ich habe die Vermutung, dass sie sie nicht wieder anziehen wird.

»Du bist nicht gern weit vom Boden entfernt, kann das sein?«

Ihre Nase kräuselt sich auf die niedlichste Art, wenn sie kichert. »Ich hasse High Heels. Ich hab den Großteil der Ferien in Joggingklamotten verbracht und ich wünschte, ich wäre darin hergekommen.«

»Kannst dich gern umziehen, Joggingklamotten hab ich auch. Wenn wir hochgehen, zeige ich sie dir.«

»Wie aufmerksam von dir. Ich nehme an, sie sind in deinem Schlafzimmer?«

»Jep. Sie werden dir ein bisschen zu groß sein. Ich müsste dir natürlich beim Anziehen helfen, damit sie auch passen.«

»Natürlich.«

»Wir wollen ja nicht, dass dir versehentlich was runterrutscht.«

»O guter Gott, nein. Das wäre ja eine Katastrophe. Dann würde ich im Schlüpfer dastehen.«

Ich fahre mir mit der Hand übers Kinn und zucke mit den Schultern. »Und dann müsste ich dich schnell an mich pressen und wieder ins Schlafzimmer tragen, damit dich niemand sehen kann. Ich bekomme schon von der Vorstellung schlimme Gänsehaut. Wahrscheinlich wäre es besser, wenn wir sofort im Schlafzimmer bleiben würden, einfach sicherheitshalber.« Ich stehe auf und reiche ihr meine Hand. Mit einem tiefen Seufzer sage ich: »Komm, Ol. Gehen wir.«

Ein breites Grinsen formt sich auf ihrem Gesicht, lässt sie strahlen, und dann schlägt sie meine Hand weg, also setze ich mich lachend neben sie.

Olivia sieht zu, wie ich meine Hand direkt neben ihre lege, und als mein kleiner Finger ihren berührt, zieht sie ihren nicht weg. Nein, sie leckt sich sogar über die Lippen. »Garrett hat gewettet, dass wir uns küssen.«

»Ja, ich weiß. Ich hab nicht mitgewettet.«

»Oh, Mr Selbstsicherheit hat nicht gewettet, dass er mich um Mitternacht küsst? Wie kommt's?«

»Weil ich nicht gegen mich selbst wette und weil ich superungern verliere. Ich werde aus dir einfach nicht schlau. Erst hast du das direkte Gegenteil von allem getan, womit ich gerechnet habe. Du hast mir 'nen Korb gegeben, mir die Tür vor der Nase zugeschlagen und gesagt, das Letzte, was du willst, ist, Zeit mit mir zu verbringen. Aber ich werde langsam besser, kann dich ein bisschen lesen. Ich glaube, ich weiß, was in dir vorgeht, außerdem lächelst du mehr und lachst viel, aber eigentlich heißt das nur, dass ich sehe, wie verwirrt du bist. Du weißt selbst nicht, was du tun wirst, bis du es tust. Deshalb kann ich rein gar nichts einschätzen.«

»Aha. Und was verwirrt mich?«

Ich zucke mit den Schultern. »Ich. Vielleicht fragst du dich, welche Version von mir die echte ist und ob es okay ist, diese Version zu mögen.«

Olivia starrt zu ihren Füßen und kaut auf ihrer Unterlippe herum. »Hmm.«

Ich stupse sie mit der Schulter an. »Hab ich den Nagel auf den Kopf getroffen oder liege ich total daneben?«

Große Augen betrachten mich, suchen in meinen. »Du magst mich nicht, Carter.«

»Doch, ich denke schon.«

Sie lacht. Es klingt müde und frustriert. »Du kannst es ja nicht mal sagen.«

Ich schlucke, weil mir die Kehle eng geworden ist. Was ist das? Angst? Und dann versuche ich es noch mal: »Ich mag dich, Olivia.«

Irgendwas an ihrem Gesichtsausdruck erschüttert mich. Sie schaut so sanft und doch vorsichtig, so verloren und doch flehend, gefunden zu werden. Sie will Antworten, ist aber unsicher, ob sie mir glaubt. »Was macht dich so sicher, dass du mich magst?«

»Abgesehen von der Tatsache, dass es mir jedes Mal einen Stich versetzt hat, wenn Garrett dich berührt hat?«

»Du warst eifersüchtig?«

»Ich war noch nie eifersüchtig, deshalb kann ich das nicht mit Sicherheit beantworten, aber ich habe kurz darüber nachgedacht, meinen Rechtsaußen zu enthaupten, insofern gehe ich mal davon aus, ja.«

Plötzlich wird ihr Blick weich, warm. »Das tut mir leid. In diese Lage hätte ich dich nie vorsätzlich gebracht. Aber du bist dir schon der Ironie bewusst, oder? Du hast jetzt einmal gesehen, wie ein anderer Mann mich berührt hat. Aber die beiden Male, als du Interesse an mir bekundet hast, haben dich kurz darauf zwei andere Frauen berührt.« Sie hält eine Hand hoch, bevor ich etwas entgegnen kann. »Das passiert dir einfach, ich weiß. Aber es passiert eben, weil du dieses Narrativ für dich erschaffen hast, Carter. Mal ehrlich, mit wie vielen Frauen hast du geschlafen, seit wir uns kennen?«

»Keiner«, antworte ich wahrheitsgemäß, ohne zu zögern.

Sie schnaubt ungläubig. »Schwachsinn.«

»Wieso sollte ich dich anlügen?«

»Um mich ins Bett zu kriegen.« Das *Was denn sonst?* hängt zwischen uns in der Luft.

»Ich musste noch nie lügen, um eine Frau ins Bett zu kriegen.« Kaum hab ich das gesagt, höre auch ich, wie das klingt. Olivia ist schon halb aus der Tür, als ich ihr Handgelenk zu fassen kriege. »Warte, bleib bitte.« Ich fahre mir nervös durchs Haar. »Hör zu, ich weiß nicht, wie man über so was spricht. Mir fällt das schwer, weil ich nicht richtig nachdenke, bevor ich rede. Gib mir einen Moment, dann versuche ich es noch mal.«

Ich warte, bis sie sich wieder gesetzt hat, dann starte ich einen neuen Anlauf.

»Was ich eigentlich meinte, ist, dass ich noch nie lügen musste, was die Zahl der Frauen angeht, mit denen ich was hatte. Das war nie ein Geheimnis, weil ich mein Leben einfach so geführt habe. Frauen wissen, womit sie bei mir rechnen müssen. Du ja auch, sonst würdest du mich nicht meiden, als hätte ich die Pest. Warum sollte ich jetzt mit dem Lügen anfangen? Das bringt mich doch erst recht nicht weiter. Du würdest nur noch *Lügner* auf die Liste mit den Pros und Kontras setzen.«

Sie knabbert an ihrer Lippe. »Ich … ich führe keine Liste.«

»Das ist Schwachsinn und das weißt du selbst. Ich hatte von Anfang an sauschlechte Karten. Vom allerersten Moment an, als ich dich angesprochen hab.«

»Also, fairerweise …«

»Ja, ich hab dich sofort gefragt, ob wir zum Vögeln zu mir gehen, ich weiß. Nicht der beste erste Eindruck. Wenn ich könnte, ich würde es zurücknehmen.«

»Echt, warum?«

»Dann könntest du vielleicht über den ganzen anderen Scheiß hinwegsehen und das mit uns könnte weitergehen.«

Sie schaut maximal verwirrt drein. Und sie macht gar keine frechen Kommentare. Ich fürchte echt, dass ich sie kaputt gemacht habe. »Wovon redest du?«

Ich deute von ihr zu mir. »Von dem hier. Zwischen dir und mir.« Dann mache ich eine Pfeilgeste mit der Hand. »Vorwärts.«

»Gibt es da was zwischen dir und mir, Carter? Gibt es ein Vorwärts?«

»Ich … ich finde schon.«

»Du findest schon«, wiederholt sie langsam. »Dafür habe ich keine Zeit. Und ich habe auch keinen Nerv abzuwarten, bis du herausfindest, was du eigentlich von mir willst. Besonders nicht, wenn die Chancen ziemlich hoch sind, dass dir in ein paar Wochen, wenn ich längst bis über beide Ohren drinstecke, klar wird, dass du eigentlich gar keine Beziehung willst.«

Mir scheint meine Enttäuschung in all ihren Nuancen ins Gesicht geschrieben zu stehen, denn sie legt mir ihre warme Hand an die Wange und dreht meinen Kopf so, dass ich ihr in die Augen schauen muss.

»Tut mir leid, das sollte nicht gemein klingen. Ich weiß bloß nicht, ob dir bewusst ist, dass Welten zwischen uns liegen, Carter.«

Mein Blick streift über ihr Gesicht, über ihre Wangenknochen, die schwachen Sommersprossen auf ihrer Nase. Sie ist so wunderschön, manchmal tut es fast weh. »Welten?«

»Ja, Welten. Wir wollen so unterschiedliche Dinge.«

»Und wenn nicht?«

»Willst du mir ernsthaft sagen, dass du eine ernste, feste Beziehung willst? Weil … auf was anderes lasse ich mich nicht ein. Dafür bin ich nicht gemacht und ich will meine Zeit nicht mit etwas verschwenden, das gar nicht vorwärtsgehen kann.«

»Ich weiß nicht«, gebe ich zu. »Ich weiß nur, dass es sich gut anfühlt, mit dir zusammen zu sein. Letzte Woche hat es sich doch auch gut angefühlt. Für dich nicht?«

Zwischen uns herrscht Schweigen und mein Herzschlag dröhnt in meinen Ohren, während ich auf ihre Antwort warte, darauf, dass sie sagt, ich bin nicht allein damit.

Sie streicht mir eine Strähne aus dem Gesicht und lächelt. »Doch. Aber soweit ich das überblicke, ist das so ziemlich das

Einzige, in dem wir uns einig sind, Carter. Ist das irgendwie nachvollziehbar?«

Ich nicke, langsam. Lecke mir über die Lippen. »Aber heißt das, wenn ich es mit einer Beziehung versuchen würde, dann dürfte ich es mit dir versuchen?«

Sie lacht, ein bisschen angespannt, aber auch ein bisschen genervt. »Dir ist schon klar, dass das jetzt nach Testlauf klingt, oder? Eine Beziehung ist etwas, das zwei Leute zusammen probieren, ja, aber eigentlich bin ich mir zu schade dafür, dein Versuchskaninchen zu sein, wenn du mal schaust, ob das Beziehungsleben etwas für dich sein könnte. Du musst dir erst mal klar sein, was du willst, bevor du jemandem nachstellst.«

»Und wenn mir nur klar ist, dass ich dich will?«

Sie streichelt mir mit dem Daumen über das Kinngrübchen. »Manchmal reicht es nicht, etwas nur zu wollen.«

***

Ich rede mir in den folgenden zwei Stunden ein, dass mein Blick nicht genau da ist, wo er ist: immer auf Olivia gerichtet.

Ich beobachte, wie mühelos sie sich mit all meinen Freunden versteht. Ich beobachte, wie sie die Heels anzieht, nur um sie zwei Minuten später in meiner Küche wieder links liegen zu lassen. Ich beobachte, wie sie tanzt und trinkt und spielt, und ich beobachte, wie sie *lacht*. Fuck, sie ist einfach atemberaubend, wenn sie lacht. Kopf im Nacken, Augen geschlossen, ihre so milchige Haut leicht rosa, während ihre Locken über ihren Rücken wippen.

Ich reibe mir über die Brust, um die Enge dort zu lösen, wenn ich sehe, wie einer aus meinem Team ihren unteren Rücken berührt oder ihr ganz dicht ins Ohr flüstert. Diese ganze Eifersucht, die ich an diesem Abend fühle, bringt mich total aus dem Lot. Ich weiß nicht, wie ich damit umgehen soll.

Aber dann sieht Olivia mich an, ihr einer Mundwinkel hebt sich, während sie sich einen Schritt von ihm entfernt, und aus irgendeinem Grund begreife ich es da. Aus irgendeinem Grund weiß ich, dass ich gar nicht anders kann, als mich auf sie einzulassen.

Einfach, weil ich weiß, dass ich besser sein kann. Für Olivia. Für Olivia will ich besser sein.

Vielleicht habe ich deshalb diese verrückte Idee, als Ryan Seacrest im Fernsehen verkündet, dass es nur noch zwei Minuten sind bis Mitternacht. Obwohl ich die Wette verloren habe.

Vielleicht richte ich mich deshalb auf und schaue Olivia in die Augen. Ich kann ihr ihre Hektik ansehen, ihre Hände hängen in der Luft, als hätte sie keine Ahnung, was sie tun soll. Sie bewegt sich Richtung Flur, doch Cara packt sie am Arm und reißt sie zurück.

Olivias und mein Blick treffen sich.

Und plötzlich sind es nur noch dreißig Sekunden bis Mitternacht.

Ich setze mich in Bewegung.

Und sie bekommt Panik, steht da wie angewurzelt, Augen groß wie Untertassen, die mit jedem Schritt, den ich mich nähere, nur noch größer werden.

Fünfzehn Sekunden.

»Carter«, flüstert Olivia und greift nach meinen Handgelenken, als ich ihr Gesicht in beide Hände nehme. »Was … was machst du?« Ihr Blick wandert zwischen meinen Augen hin und her, ihre vollen roten Lippen lassen ihre Zunge kurz aufblitzen, sie befeuchten, denn sie weiß *genau*, was ich mache.

Zehn.

»Ich … ich … Carter, ich –«

»Entspann dich, Ollie.« Ich fahre ihr mit den Händen durch die weichen Locken und als ich ihr Kinn umschließe, kann ich ihr Herz schlagen hören.

Fünf.

Mit dem Daumen streiche ich über ihre Unterlippe. Ihre Augenlider flattern. »Darf ich?«

Vier.

Drei.

Zwei.

Eins.

»Ja.«

ZWÖLF

»HER MIT DEN MONETEN.« – GARRETT

CARTER

Ich würde ja gern behaupten, dass nichts passiert, als unsere Lippen endlich zum ersten Mal aufeinandertreffen. Dass es so ist wie immer: keine Funken, keine Flammen. Dass mich innerlich eine Enttäuschung nach unten reißt wie ein Anker, der so schnell zu Boden sinkt, wie er kann, weil klar ist, das hier ist doch nichts Neues. Dass ich sofort wieder daran zweifle, dass es eine Liebe wie die zwischen meinen Eltern für mich gibt, dass ich sie nie finden werde. Und dass das okay ist für mich, ganz wie das Leben, das ich jetzt seit Jahren führe.

Ich würde das echt gern behaupten.

Aber ich kann nicht.

Denn als ich Olivia zu mir ziehe, als ihre Hände meine Arme hinaufwandern, über meine Schultern, als sie die Finger in meine Haare krallt, als sich unsere Lippen berühren – *fuck, endlich* –, fühlt sich mein ganzer Körper plötzlich lebendig an. Meine Welt explodiert vor Farbengewalt, meine Hände auf ihrem Gesicht fangen an zu zittern – vor Verlangen, vor Schock. Ich will mehr. *Brauche* mehr. Sofort ist da die Überzeugung, dass ich davon nicht genug kriegen kann. Von ihr. Von uns. Sie ist wie eine Droge und ich sofort abhängig, direkt nach dem ersten Kontakt.

Ein Seufzer öffnet ihren Mund, Vanille und brauner Zucker

flehen meine Zunge an, von ihr zu kosten. Wir treffen aufeinander, so heiß und drängend, dass ich stöhne, und dann lasse ich mich gegen sie sinken, bis nicht mal mehr Luft zwischen uns passt.

Alles um uns herum verschwimmt, mein dröhnender Herzschlag übertönt jedes andere Geräusch. Nichts zählt mehr, nur noch diese Frau in meinen Armen, unsere Münder bewegen sich wie im Einklang, ich schlucke jedes Wimmern von ihr.

Olivia presst sich an mich, drängt mich rückwärts, bis ich gegen einen Stuhl stoße. Meine Beine knicken ein, schon sitze ich und sie klettert auf meinen Schoß, ihre Hände rastlos, fordernd in meinen Haaren, als hätte sie absolut keine Absicht nachzulassen.

Meine Hände wandern ihren Rücken hinunter, umschließen ihre Taille, und als ihr so unersättlicher Mund meinen bedeckt, wird mir plötzlich bewusst, wie still es geworden ist. Ich öffne ein Auge und sehe Caras überraschtes und leicht irritiertes Gesicht. Emmett schaut nervös zwischen mir und seiner Freundin hin und her. Adam reckt zwei Daumen in die Luft und Garrett sammelt seinen Gewinn ein.

Ich lege meine Finger um Olivias, die noch immer in meinen Haaren wühlen, dann senke ich sie zu meiner Brust. Drücke ihr noch einen Kuss auf die Lippen.

Noch einen letzten.

Okay, noch *einen*. Einfach, weil sie wie die süße Sünde selbst schmeckt.

»Ollie«, flüstere ich, als sie sich einen weiteren holen will. »Ollie, wir haben Zusch–«

»*Fuck, yeah*«, jubelt Garrett. »Ich bin fünfhundert Dollar reicher!«

Olivia reißt die Augen auf, wirkt durch und durch entsetzt. »Oh.« Sie legt sich ihre zitternden Finger an die Lippen, ihre Wangen röten sich schon. »O mein Gott.«

»Hey.« Ich fahre ihr mit der Hand über den Rücken. »Alles okay. Nur ein Kuss. Kein großes Ding.«

»Tut mir leid«, flüstert sie. Bevor ich fragen kann, was genau, rutscht sie von meinem Schoß und verschwindet mit Cara.

»Kümmert euch um euren eigenen Scheiß«, sage ich fast tonlos ins Nichts, während ich das Zimmer durchquere, Emmett dicht auf meinen Fersen.

»*Du hast sie geküsst!*«, zischt er.

»*Sie hat gesagt, ich darf*«, zische ich zurück.

Er schubst mich. »Magst du sie?«

Ich ramme ihm den Ellbogen in die Rippen. »Ja, Mann, ich mag sie.«

»*Pssst!*« Er drückt mir eine Hand auf den Mund und presst mich gegen die Wand. Dann legt er sich einen Finger an den Mund und deutet den Flur hinunter, durch den Caras Stimme zu uns dringt.

»Du magst ihn.« Es klingt anklagend.

»Natürlich mag ich ihn, Cara. Er ist charmant und witzig und bringt mich immer wieder zum Lachen durch seine nervtötende Art. Ich verliere hier den Verstand, weil ich dabei bin, mich in Carter Beckett zu verknallen.«

Aber hallo. Charmant? *Stimmt.* Witzig? *So was von.* Sie zum Lachen bringen? *Wichtigster Punkt auf meiner Liste.* Emmett verdreht die Augen, als er meine Siegerfaust sieht.

Ich linse um die Ecke, sehe aber nur noch, dass Cara mit Olivia und all ihren Komplimenten weggeht. Etwa fünf Minuten später kehrt sie ohne meine Lieblingsbrünette zurück.

»Ist sie abgehauen?« Shit. Ich hab's irgendwie verbockt, oder?

Cara gibt ein genervtes Geräusch von sich. »Worum geht es dir hier, Carter?«

»Worum es mir geht?« Was ist das denn für eine Frage? Ich wollte sie küssen, also habe ich sie geküsst. Ich mag sie, sie mag mich. Wieso machen alle so ein großes Ding daraus?

»Ja, Carter, worum geht es dir? Was ist dein Plan?«

»Ich will …« Ich kratze mich am Kopf. Ich will sie wiedersehen. Ich will mit ihr in diesen Disney-Film gehen. Ich will weiter mit ihr knutschen, vielleicht auf dem Sofa kuscheln, während wir vor dem Kamin sitzen und einen Film gucken und ich mit ihrem Haar spiele, das so weich ist und so gut riecht. »Ich will Olivia.« *So simpel.*

»Du willst *jede.*«

»Cara, das ist nicht dasselbe. Mit ihr ist es anders.«

Eigentlich ging es mir bisher immer nur darum, ein Verlangen zu stillen, mich kurzzeitig über eine Leere hinwegzutrösten. Die Wahrheit ist, dass ich, obwohl ich meiner Mutter versprochen habe, mir eine Liebe wie zwischen ihr und Dad nicht durch die Lappen gehen zu lassen, nicht nur nicht glaube, dass ich sie je finde, nein, ich dachte sogar, dass ich das gar nicht will. Wenn man jemanden so sehr liebt, macht das so schwach. Man setzt Teile von sich aufs Spiel, deren Verlust man gar nicht verschmerzen kann.

Mit Olivia fühlt sich die Leere nicht mehr so überwältigend an. Ich kann das nicht mal erklären, aber ich weiß, dass der Gedanke allein mir schon eine Scheißangst macht.

Ich kann nicht sagen, was Cara in meinem Gesicht sieht, doch ihre Miene wird gleich weicher. Sie seufzt und drückt meinen Arm. »Ollie ist oben, um mal durchzuatmen. Gib ihr ein paar Minuten, okay?«

Okay. Ich gebe ihr fünf Minuten. Zehn. Je länger ich so tue, als wäre ich an einer der Unterhaltungen interessiert, desto unruhiger werde ich. Als ich zum fünften Mal ohne Grund den Kühlschrank geöffnet habe, seufzt Adam.

»Geh einfach zu ihr, Mann.«

Mit einem Sixpack in der Hand nehme ich zwei Stufen auf einmal und schaue in jedes Zimmer, finde sie aber nirgendwo.

Am Ende des Flurs fällt ein goldener Lichtstreif durch den

Spalt der angelehnten Tür, dazu kann ich schwach brennendes Kirschholz riechen. Langsam betrete ich mein Schlafzimmer.

Auch hier ist Olivia nicht, doch ein kalter Windhauch dringt durch die offene Balkontür, die durchsichtigen Vorhänge bauschen sich auf. Ich folge dem Geruch eines Feuers nach draußen.

Dort, auf der Outdoorliege gegenüber vom steinernen Kamin, liegt unter einer Decke genau die Person, die ich suche.

Orange Flammen beleuchten ihre sanften Gesichtszüge, ihren sich hebenden und senkenden Brustkorb, ihre vollen weinroten Lippen. Mit den Händen unterm Kopf schläft Olivia tief und fest, ein so schöner Anblick, bei dem mir fast das Herz schwer wird.

Ich hatte noch nie eine Frau hier, von der ich was wollte. Ich habe noch nie zugelassen, dass es sich eine Frau – weder hier noch in meiner Wohnung – so gemütlich macht, dass sie einschlafen könnte. Ich musste noch nie so sehr das Verlangen unterdrücken, mich hinter sie zu legen, sie nah zu mir zu ziehen und einfach nur zu … sein.

Bis Olivia kam.

Während ich mich zu ihr setze, frage ich mich, ob das jetzt für immer so bleiben wird. *Bis Olivia kam*. Ob dies der Wendepunkt meines Lebens ist. Der Gedanke ist so aufregend, wie er Furcht einflößend und verwirrend ist.

Olivias Zehen pressen sich gegen meinen Oberschenkel und sofort spüre ich die Eiseskälte. Ich ziehe die Decke darüber und dann versuche ich, sie ein bisschen warm zu reiben, bevor dieser harte Winter permanente Schäden an den niedlichsten Zehen hinterlassen kann, die ich je gesehen habe.

Ihre Füße strecken sich in meinen Händen, dann reckt sie die Arme über den Kopf wie ein schläfriges Kätzchen. Dunkle Wimpern zucken, geben den Blick frei auf verschlafene Augen. Als die Verwirrung nachlässt, presst sie stöhnend das Gesicht ins Kissen.

»Bitte sag mir, dass du mich nicht schlafend auf deinem Balkon vorgefunden hast, der von deinem Schlafzimmer abgeht.«

»Ich habe dich nicht schlafend auf dem Balkon gefunden, der von meinem Schlafzimmer abgeht.«

Sie lacht und setzt sich auf. »Ich hab nicht rumgeschnüffelt oder so.«

»Wie bist du denn in meinem Schlafzimmer gelandet und dann auf meinem Balkon unter meiner Decke, die, wenn ich mich recht erinnere, auf meinem Bett gelegen hat?«

»Ich … ich …« Ihre Wangen laufen rot an, während sie Luft holt. »Ich war so überfordert und konnte nicht klar denken, deshalb bin ich hier hochgekommen, um ein bisschen Ruhe zu haben, und dann bin ich neugierig geworden, und hier brannte Licht, und dann war dein Schlafzimmer absolut nicht das, was ich erwartet hätte, und dann habe ich das hier entdeckt, und die Kohle war noch warm, und dann dieser unfassbare Ausblick, Carter, der ist wirklich so krass schön. Ich hab mich hingesetzt und einfach nur geglotzt, und ich hoffe, du bist nicht sauer, weil ich in deinen heiligen Hallen rumgerannt und dann eingepennt bin.«

Sauer? Auf sie? Ich bin nicht sauer, überhaupt nicht. Und ich glotze doch gerade sie an, dieses atemberaubende Meisterwerk, das so sehr im Kontrast zu dem Wesen steht, das sonst mit Feuer und Sarkasmus um sich wirft, obwohl ihr viel zu wichtig ist, was andere über sie denken.

Und ganz ehrlich? Ich vergöttere sie.

Ich nehme ihre Hände in meine und drücke sie. »Hey, Winzling. Hol mal Luft. Dir muss rein gar nichts leidtun.« Ich deute zu dem knisternden Feuer, dem Meer an funkelnden Sternen am Nachthimmel, den endlos vielen Kiefern, die bis zu den Berggipfeln reichen. Genau dieser Anblick war es, weshalb ich das Grundstück vor vier Jahren gekauft habe. »Ich versteh dich. Es ist nicht leicht, sich nicht zu verlieren, wenn man das alles betrachtet. Da begreift man erst mal, wie klein und unwichtig unsere Probleme sind. Hier komm ich am liebsten hin, wenn ich ein bisschen Ruhe brauche.« Wenn ich vergessen muss, was die Welt über Carter Beckett denkt, und mich daran erinnern will, wer ich wirklich bin. Oder sein will.

Olivia betrachtet mich aufmerksam und ich frage mich, was sie sieht. Kann sie an dem Image vorbeischauen, das ich so leichtsinnig für mich geschaffen habe? Ich glaube schon. Aber ihre Entscheidungen werden sicher trotzdem davon beeinflusst.

Sie deutet zu dem Bier, eine wortlose Frage, und ich nicke, sehe dann zu, wie sie zwei davon öffnet, eins für mich, eins für sich. Sie nippt schweigend daran, bis sie fragt: »Warum bist du mir nachgekommen?«

»Weil du mir schon den ganzen Abend nicht aus dem Kopf gehst. Wenn ich ganz ehrlich bin, gehst du mir nicht aus dem Kopf, seit du mich in der Bar stehen gelassen hast.«

Sie kaut auf ihrer Lippe. »Weißt du, was mir Angst macht, Carter?«

Alles vermutlich. Aber hoffentlich kann ich ihr etwas davon nehmen. »Was?«

»Dass ich nicht sagen kann, ob du das gerade ernst meinst oder alles nur eine Masche ist, um mich rumzukriegen.«

»Das ist doch gar nicht gestrickt.« Dazu zupfe ich an ihrem Ärmel. Ihre unbeeindruckte Miene verrät mir, dass dies nicht der richtige Zeitpunkt für blöde Scherze ist.

Die kurze und ehrliche Antwort ist, dass eigentlich beides zutrifft. Mir liegt wirklich was an ihr, aber ich würde auch auf die Knie fallen, wenn sie mich an sich ranlassen würde, um von mir das Hirn rausgevögelt zu bekommen.

Und das meine ich auf die respektvollste Art und Weise.

»Du bringst mich zum Nachdenken«, gebe ich zu.

Darüber verdreht sie halb die Augen. »Weil du es nicht gewohnt bist, ein bisschen Eigeninitiative zeigen zu müssen?«

Himmel. Ich meine, ich versteh's ja. Niemand traut mir mit Olivia, sie selbst eingeschlossen, weil ich rumhure. Niemand glaubt, dass ich mich ändern kann, mehr will, ein Mädchen richtig behandeln kann.

Ich leere mein Bier und stelle die Flasche auf den Tisch. Dann reibe ich mir übers Gesicht. Ich weiß nicht, was ich tun soll, und das macht mich wahnsinnig. Auf dem Eis zweifle ich nie an mir. Ich habe verdammt hart daran gearbeitet, dass mein Team mich respektiert. Ich gebe alles, um sie nicht zu enttäuschen, gerade habe ich bloß das Gefühl, mich selbst zu enttäuschen. Ich weiß nicht, was der nächste Schritt ist. Wie bekomme ich sie dazu, dass sie mir genug traut, um mir eine Chance zu geben?

Olivia berührt mich am Knie. »Tut mir leid, Carter. Ich bin nur aus Selbstschutz so bissig.«

»Verstehe.« Das tu ich wirklich.

»Und das, was ich vorhin gesagt habe, meine ich ernst. Ich mag dich. Ich kann dir bloß …«

»Nicht trauen. Schon klar. Wieso auch? Wieso sollte mir irgendwer trauen?«

Olivia blinzelt, senkt dann den Blick. Zögerlich greift sie nach meiner Hand. »Es tut mir wirklich leid, Carter.«

Sie hat gar keinen Grund, sich zu entschuldigen. Ist doch meine Schuld. Emmett hat immer gesagt, dass ich irgendwann die Rechnung für mein Verhalten serviert bekomme. Ich dachte, er meint damit eine ungewollte Schwangerschaft, obwohl ich ja aufpasse wie ein Luchs. Pille und Kondom, sonst läuft nix. Ich hätte mir im Leben nicht ausgemalt, dass er damit meinte, dass die einzige Frau, mit der ich je wirklich was anfangen würde, mich genau wegen dieses Verhaltens nicht haben will.

Aber da sitzt sie jetzt, hat mir schon ihre Gefühle gestanden, und das Einzige, was zwischen uns steht, ist meine Beziehungsunfähigkeit.

Dann muss ich sie wohl überzeugen, ihr zeigen, dass sie mir

trauen kann, selbst wenn es das ganze verdammte Jahr lang dauert. Dann bin ich eben erst ein Freund und benehme mich.

Für Olivia.

DREIZEHN

OPRAH & UPSI

CARTER

»Das heißt dann wohl, dass wir nicht in der letzten Reihe im Kino knutschen?«

Sie kichert. »Wir müssen das gar nicht wirklich machen.«

»Was? Ich bitte dich. Es geht hier um *Die Eiskönigin II*! Den gucken wir uns definitiv an.« Ich zücke mein Handy und werfe einen Blick in die Kino-App. »Lass uns gleich was ausmachen, dann reservier ich schon mal Tickets.«

»Aber …«

»Ollie, sagst du mir, dass das hier nie passieren wird, oder meinst du, es gäbe eine Möglichkeit, irgendwann in der Zukunft, wenn ich dir beweise, dass du mir trauen kannst?«

»Hmm … Ich habe dich dreimal hintereinander geschlagen …«

»Ich hab dich gewinnen lassen«, lüge ich und halte ihr den Mund zu, weil ich sehen kann, dass sie widersprechen will. »Okay, wir haben ein paar Auswärtsspiele, deshalb bin ich in zwei Tagen erst mal weg. Geht also erst danach.«

Sie nimmt meine Hand von ihrem Mund, legt sich unsere beiden Hände dann aber in den Schoß und rückt näher zu mir, um aufs Display sehen zu können. Dann tippt sie auf ein Datum. »Der Freitag wäre gut, wenn du da Zeit hast.«

»Hab ich.« Das ist unsere freie Woche, wir müssen ja regelmäßig vorgeschriebene Pausen machen. Und das Wochenende wird ziemlich hektisch werden, aus Gründen, die weder Cara noch Olivia kennen, bisher. Das wird sich morgen ändern.

»Aber es ist halt ein Freitag. Wenn du also schon … andere Pläne hast, verstehe ich das.«

Sie verstummt, als ich auf *Reservieren* drücke.

Ich tippe ihr gegen die Nase. »Gebucht, Winzling. Damit haben wir ein Date. Und jetzt trink noch ein Bier und erzähl mir, wo in Ontario bist du aufgewachsen?«

Olivia sinkt mit einem wehmütigen Seufzer an meine Seite. »Ich bin aus Muskoka.«

»Ah, Land der Cottages. Kein Wunder, dass du hier gleich eingepennt bist.«

»Wir haben ja keine Berge. Das hier ist … *wow*. Das ist das erste Mal, dass ich hier so viele Sterne sehe wie sonst nur zu Hause.«

»Wie bist du denn in Vancouver gelandet?«

Sie stellt ihr Bier ab und wippt förmlich hin und her, als wäre das ihre Lieblingsgeschichte.

»Okay, also, mein Bruder – der ist vier Jahre älter als ich«, sie berührt meine Hand, »er ist hier zur Uni gegangen und hat beschlossen, nie wieder nach Hause zu ziehen. Als ich mit der Highschool fertig war, bin ich hergekommen, um den Sommer hier mit ihm und seiner Freundin zu verbringen – sie war schwanger, One-Night-Stand, aber jetzt sind sie verheiratet.« Sie wedelt mit der Hand. »Du weißt schon, wahre Liebe, Märchenbullshit. Egal, nebensächlich.«

Ich könnte ihr ewig zuhören.

»Also, ich bin hergekommen und hab mich einfach in die Gegend verliebt. Ich bin zwei Monate nur gewandert und hab alles erkundet und wollte nicht wieder weg. Eigentlich wollte ich im September in Toronto anfangen, aber Kristin – meine Schwägerin, sie ist echt fantastisch – hat an der Uni gearbeitet und konnte für mich was drehen. Sie hat mir einen Termin bei der Zulassungsstelle organisiert und ich hatte einfach mächtig Glück. Am Vortag hat jemand die Zusage zurückgezogen und ich hab den Studienplatz bekommen. Bin gleich am nächsten Tag nach Hause geflogen, hab mein Leben eingepackt und bin drei Tage später mit meinem Dad hergetuckert. Cara und ich wurden in ein Zimmer gesteckt und damit war alles geritzt. Sie würde mich nie wieder gehen lassen.«

»Ja, Cara würde den nächsten Flieger nehmen, dich egal wo aufspüren und bei den Haaren zurückzerren, wenn du je abhauen solltest.«

»Meine Mom hat ein paarmal versucht, mich zurückzulocken. Sie tut noch immer so, als wäre sie sauer, dass ich weggezogen bin. Ich war siebzehn, total stiller Typ, richtige Stubenhockerin. Allein die Vorstellung, nach Toronto und von meinen Eltern wegzuziehen, hat mir tierische Angst gemacht, und dann, plötzlich, bin ich quasi aus einer Laune heraus ans andere Ende des Landes gezogen.«

Sie beugt sich vor und nimmt meine Hand. Keine Ahnung, warum sie so aufgedreht ist, wenn sie erzählt, aber es gefällt mir total. Außerdem habe ich das Gefühl, sie lässt ihre Schutzmauern fallen, was ich nur unterstützen kann.

»Mom hat sich geweigert, sich von mir zu verabschieden, als wir damals losgefahren sind. Wollte mich nicht mal ansehen, umarmen oder sonst was. Aber dann ist sie uns nachgerannt, hat gebrüllt, wir sollen anhalten. Sie hat siebenundzwanzig Minuten in meinen Armen geweint, Dad hat die Zeit gestoppt.«

Ich verziehe das Gesicht, worüber sie nur noch mehr kichern muss. »Klingt wie meine Mom.« Ich seufze. »Niemand wird dich je so lieben wie eine Mutter, die es zu gut meint.« Oder ein Dad, der für dich durchs Feuer geht. Typ größter Fan. So einen hatte ich und er fehlt mir.

Anderthalb Stunden später ist das Bier ausgetrunken und

Olivia glücklich an meiner Seite, ein faules Grinsen auf ewig ins Gesicht gezeichnet.

»Ich glaube, meine Party ist vorbei«, sage ich, weil ich Autotüren zuschlagen höre. Dazu natürlich auch noch ein paar grölende Stimmen von meinen Kumpels, bevor sie in Taxis steigen.

Olivia seufzt und legt mir den Kopf in den Schoß. Ich greife sofort in ihr Haar, drehe eine Strähne um den Zeigefinger und versuche, nicht darüber nachzudenken, wie es sich anfühlen würde, eine richtige Handvoll zu umschließen und mit einem gewissen Körperteil tief in sie einzudringen.

Ich *versuche,* nicht darüber nachzudenken, aber ich bin ein Mann und sie einfach eine umwerfende Frau.

»Ich wollte dich gar nicht allein in Beschlag nehmen«, sagt sie.

Ich grinse sie an. »Kann mir keine bessere Art vorstellen, ins neue Jahr zu starten.«

»Ich will irgendwie nicht fahren«, gibt sie leise zu.

Fan-fucking-tastisch, ich will sie nämlich irgendwie auch gar nicht verabschieden.

»Dann bleib. Kannst ja hier pennen.«

Sie schleudert einen Arm hoch und kneift das Erste, was sie von mir in die Finger bekommt, was leider mein Nippel ist.

»Au, du Mistkröte.« Ich presse mir die Hand auf die schmerzende Brustwarze. Olivia sieht nicht das geringste bisschen schuldbewusst aus, deshalb beuge ich mich über sie und fange an, sie zu kitzeln. Sie kreischt und zappelt auf meinem Schoß herum, bis sie nur noch keuchen kann und ihr fast Tränen über die Wangen kullern. Ich halte ihre Handgelenke fest, weit über ihrem Kopf. Dann neige ich mich zu ihr, bis unsere Nasenspitzen sich berühren.

»Nicht kneifen«, flüstere ich.

Ich möchte sie so gern küssen, aber es geht von ihr aus. Unsere Lippen berühren sich nur kurz. Gerade lang genug, um mich daran zu erinnern, wie schön es ist, sie zu küssen. Wie anders das ist als alles, was ich bisher erlebt habe.

Ich nehme ihre Hand und bringe sie in mein Schlafzimmer.

»Nennen wir es einfach eine Pyjamaparty. Wir könnten noch einen Film zusammen gucken und dann kannst du in meinem Bett schlafen. Ich gehe ins Gästezimmer.«

Ich ziehe sie bis zum Bett und mag es, wie sie hinter mir herstolpert, als müsse sie verbergen, wie gern sie mitkommen will.

»Los, Ollie.« Ich klopfe auf die Matratze. »Probier mal.«

Mit großen Augen schaut sie von mir zum Bett. Ich stelle mich hinter sie und drücke ihre Hände in die Matratze.

Meine Lippen berühren ihr Ohr. »Das ist ein Hypnos. Oprah hat auch so eins.«

Aus ihrem Mund kommt ein tiefer, kehliger Laut, den ich hoffentlich eines Tages mal höre, wenn wir uns zusammen, nackt, am liebsten in just diesem Bett, herumrollen. Sie sieht mich über die Schulter hinweg an und leckt sich über die Lippen, bevor sie anfängt, auf ihrer Unterlippe zu kauen.

»Aber … ich habe … keinen Schlafanzug mit … Und eine Zahnbürste auch nicht.«

»Hol ich dir.«

Ihre Finger wandern vorsichtig über das weiche Bettzeug, ihr Oberkörper nähert sich langsam der Matratze, weil ich sie sanft mit der Hand runterdrücke.

»Ich mach dir morgen Frühstück. Und dann können wir vielleicht … einfach noch ein bisschen … weiterreden?«

Sie kommt auf die Zehenspitzen und stemmt ein Knie in die Matratze. »Was machst du denn zum Frühstück?«

»Waffeln. French Toast. Bacon. Eier. Was immer du willst. Ich würde sogar einen Truthahn machen. Aber jetzt leg dich schon hin.«

Olivia kichert und greift mit beiden Händen ins Laken. Ich packe sie und werfe sie aufs Bett. Sie rollt sich auf den Rücken, breitet sich wie ein Seestern aus.

»Oh, *fuck*«, stöhnt sie und streckt die Arme noch weiter. *Oh, shit.* Mein armer Schwanz zappelt hinterm Reißverschluss. »Das ist der Wahnsinn.«

Das weiß ich natürlich. Hat ja auch fünfzehn Riesen gekostet, inklusive Steuern. Ist aber jeden Cent wert.

Mit den Händen in den Taschen und einem Lächeln auf dem Gesicht beobachte ich sie, wie sie auf der Matratze herumrollt. Sie lässt sich nicht davon stören, dass an der Türklinke gerüttelt wird. Auch nicht von Caras Rufen.

»Livvie? Bist du da drin?«

»Mhm.«

»Mhm? Dann schwing gefälligst deinen Arsch zu uns, wir wollen nach Hause.«

Olivia setzt sich auf, schaut erst zur Tür, dann zu mir, als wüsste sie nicht, was sie machen soll. Wenn's an mir läge, ich würde sie erst wieder gehen lassen, wenn sie zur Schule muss. Bis dahin wären wir permanent nackt und würden das ein oder andere Work-out einschieben.

»Wenn du nicht bleiben willst, ist das völlig okay«, sage ich leise.

Sie legt den Kopf schief, mustert mich. »Ähm, ich werde …« Ihr Mundwinkel hebt sich. »… bleiben.«

Ich klatsche in die Hände und rufe ein stilles *Ja!*, bevor ich zu ihr aufs Bett springe, sie in die Arme schließe und so halb umarmt mit ihr auf der Matratze herumrolle, während sie kreischend lacht. Dann jogge ich zu meiner Kommode und hole ein T-Shirt und eine Jogginghose heraus. Halte beides fragend hoch, darin wird sie ja versinken. Sie verzieht das Gesicht und schüttelt den Kopf.

»WTF? Carter Beckett, bist du da drin?« Cara rüttelt an der

Klinke. »Carter, mach sofort auf! Em, tritt die Tür ein! Wehe, du steckst deinen Schwanz in meine beste Freundin!«

Ich werfe das T-Shirt zu Olivia aufs Bett, dann schließe ich auf und öffne die Tür. Mit ausgestrecktem Arm deute ich an mir hinunter. »Ich bin komplett angezogen und mein Schwanz ist in meiner Hose, wo er hingehört. Vielen Dank auch.«

Cara wirkt gleichzeitig unbeeindruckt und schockiert. Emmett hingegen grinst von Ohr zu Ohr. Als er Olivia in meinem Bett entdeckt, fängt er an zu lachen. Der ist ziemlich besoffen, wie mir scheint.

»O mein Gott«, sagt Olivia, die mitten auf meinem Bett kniet und sich das T-Shirt vor den Körper hält. »Cara, guck mal! Er hat mir eins seiner Shirts gegeben zum drin Schlafen. Für mich ist das ja ein Kleid!«

Cara hält die Hand hoch. »Was zur Hölle geht hier vor?«

»Ich werde hier schlafen.« Olivia wirft das T-Shirt beiseite, hebt die Bettdecke hoch und verschwindet darunter. Ihr Kopf ist zwischen den Kissen kaum noch auszumachen, wirklich sichtbar wird sie erst wieder, als sie die Arme in die Luft streckt. »Ich habe Carter Beckett aus seinem eigenen Bett geworfen. Los, mach mal ein Foto! Das ist doch sicher noch nie passiert!«

Ist es auch nicht. Ich mache eine ganze Menge für Olivia, wozu ich noch nie das Verlangen hatte.

Emmett springt mit Anlauf zu Olivia, kuschelt sich an sie, hält das Handy über ihre Köpfe und macht ein paar Selfies, während sie kichern. Irgendwie würde ich mich gern dazulegen.

Nee, streich das. Ich will mich *wirklich* gern dazulegen. Und meinen besten Freund verbannen.

Cara wedelt bedrohlich mit dem Finger vor meinem Gesicht. »Ich bin zu betrunken, um dich anzubrüllen. Wenn du ihr wehtust, frisst du deinen Schwanz, kapiert? Wie ich höre, ist der riesig, gut, dass du den Hals eh nicht vollkriegst.« Ein durchgeknallter Blick trifft mich. »Kapiert, Beckett?«

Ich halte zwei Finger in die Luft. »Ich, Carter Beckett, schwöre feierlich, dass ich Olivia Parker nicht verletzen werde.«

Sie klopft mir auf die Brust und schaut dann zum Bett, auf dem ihre beste Freundin und ihr Freund sich noch immer herumwälzen. »Manchmal ist es echt, als hätte ich Kinder.« Sie stakst zu ihnen, zerrt Emmett vom Bett und gibt Olivia einen Kuss auf die Wange. »Viel Spaß, pass auf dich auf und mach nichts Unüberlegtes.«

Olivia salutiert. »Jawohl, Mom.«

Cara verdreht die Augen, lacht aber trotzdem. Emmett schließt die Tür hinter ihnen, wackelt jedoch vorher noch mit den Augenbrauen. Kurz darauf höre ich die Haustür, dann ist es plötzlich gespenstisch leise.

Ich hätte nicht gedacht, dass ich heute allein mit Olivia sein würde, erst recht nicht, dass sie in meinem Bett sitzt.

Ihre Locken gleichen einer wilden Mähne, die Bettdecke bauscht sich um ihre Hüften. Sie wirkt wie der Antichrist da in meinem Bett, alles an ihr ist dunkel – Haare, Blick, Kleid –, ein solcher Kontrast zu der fluffigen, hellen Bettwäsche. Ich habe nur schmutzige, geradezu sündhafte Gedanken. *Antichrist.*

Ich räuspere mich. »Also schläfst du einfach in deinem Kleid?«

Ganz langsam breitet sich ein Lächeln auf ihrem Gesicht aus, dann steigt sie aus dem Bett. »Ich habe nur gewartet, bis Cara weg ist.«

Ich schlucke schwer, weil sie jetzt mit aller Selbstsicherheit der Welt auf mich zukommt. Ich muss dringend hier weg.

»Okay, dann … äh …« Ich deute zur Tür. »Lass ich dich mal allein.«

Ich greife nach der Klinke, doch Olivia rammt die Hand gegen die Tür, die sofort wieder zuschlägt. Sie schließt ab und sofort ist die Stimmung im Raum so angespannt wie mein Reißverschluss, der gegen dreiundzwanzig stramme Zentimeter ankämpfen muss.

Ich atme schwer aus und sacke ein bisschen zusammen, als ich die Badezimmertür hinter mir zugehen höre. Dann sinke ich erst mal auf die Bettkante und starre an die Decke, flehe um Selbstbeherrschung.

»Äh, Ollie«, rufe ich, aber es klingt schwächlich. Ich fahre mir mit den Händen übers Gesicht. »Wir sollten reden …« *Fuck, ist das schwer.*

»Ich mag dich«, platzt es aus mir heraus, zum mindestens zweiten Mal. Ich spreche mit einer Tür. »Ich dachte … vielleicht könnten wir … vielleicht könnte ich … vielleicht kannst du mir ja trauen, wenn du mir eine Chance gibst, wenn ich dir zeige … dass du mir trauen kannst …« Eigentlich ist es fast nur noch ein Flüstern, weil ich echt keine Ahnung habe, was ich hier eigentlich mache.

Stille.

Und dann: »Morgen.«

Ich springe auf. »Was?«

»Wir können morgen reden. Nachdem du mir einen Truthahn zum Frühstück gemacht hast.«

Fuck, ja! Ich sehe an mir hinunter, betrachte mein bestes Stück. Das wird erst mal nicht wieder kleiner werden. Es ist ungefähr so aufgeregt wie ich. »Hörst du das, Kumpel?«, flüstere ich vorfreudig. »Das wird heute endlich was.«

»Carter?«, ruft Olivia. »Kannst du mir helfen?«

Ich flitze quer durchs Zimmer und stehe dann vor der Badezimmertür, will gerade fragen, ob ich reinkommen kann, da reißt sie schon die Tür auf und zieht mich zu sich hinein. Was folgt, gleicht einem Mordversuch.

»Hilfst du mir aus dem Kleid?«

Fuck. *Fuck, fuck, fuck, fuuuuck.*

»Carter.« Olivias Finger umschließen meine. »Du musst mich schon ansehen, um mir helfen zu können.«

Oh, klar. Gerade schaue ich zu Boden. Ich muss lachen. Es

klingt total angespannt und hoch. Ich reibe mir mit der Hand über den Brustkorb und mache dann eine Kreisbewegung mit dem Finger in die Luft. »Dann dreh dich mal um, Schönheit.«

Unsere Blicke treffen sich im Spiegel und sie lächelt. Sehr niedlich und ein bisschen aufgedreht. Als sie sich auf die Unterlippe beißt, muss ich grinsen. Sie macht mich fertig und dessen ist sie sich nur allzu bewusst.

Ich streiche ihre Locken über ihre Schulter nach vorn und fahre mit dem Finger ihren Hals hinunter bis zu ihrem Kleid, wo der …

»Äh, Ol. Hier … hier ist gar kein Reißverschluss. Dein Kleid ist …« Ich ziehe an dem weichen Stoff, der sofort den Blick auf ihren makellosen Rücken freigibt. »… sehr dehnbar.«

»Ach, stimmt ja.« Ihre tiefroten Lippen formen ein strahlendes, albernes Lächeln. »Ups.«

Ups?

In dem Moment bemerke ich den rosa Satin-BH, der auf dem Rand des Waschbeckens liegt.

Oh, fuck. Mit Ups *liegt sie fucking richtig.*

Das wird ein ziemlich großes Ups.

VIERZEHN

DOOMSDAY

OLIVIA

Ich bin nicht so ganz bei Sinnen.

Ein bisschen liegt das am Alkohol, zum Großteil aber an der wahnsinnigen, unbestreitbaren Anziehungskraft des Mannes, der gerade ob des Anblicks vor seinen Augen mit offenem Mund hinter mir steht.

Der Anblick bin ich, ohne BH, die darum bittet, ausgezogen zu werden.

Nur für den Fall, dass die Aufforderung unklar war, führe ich seine Hände zu meinen Hüften, sogar weiter an meine Taille. »Vielleicht kannst du es dann einfach abstreifen?«

Wer bin ich? Keine Ahnung. Eine, die das Leben bei den Eiern packt, offenbar. Oder Carter Beckett. Ich werde Carter Beckett bei den Eiern packen.

Das könnte so was Unüberlegtes sein, vor dem Cara mich gewarnt hat, bevor sie abgehauen ist.

Die Sache ist bloß … ich will ihn. Ich mag ihn, trotz allem.

Anscheinend habe ich mich damit abgefunden, die Konsequenzen zu tragen, denn schließlich stehe ich hier, in Carters Bad, und bitte ihn, mich auszuziehen.

Vielleicht lag es an seiner niedergeschlagenen Miene, als er davon sprach, dass ihm niemand traut. Vielleicht an der Frage, ob ich bleibe. An dem Versprechen, einen Film zu gucken und mir morgen Frühstück zu machen. Vielleicht daran, dass er mir so gefesselt zugehört hat, während ich einfach nur vor mich hin gebrabbelt habe. Da war er nicht Carter Beckett, egoistisches Hockeyausnahmetalent und Frauenheld. Er war einfach … Carter.

Und so mag ich ihn. Ohne all die Schutzmauern. Vielleicht hat er mir auch einfach das Gefühl gegeben, was Besonderes zu sein. Vielleicht hat es seine Worte unterfüttert. Vielleicht … vielleicht traue ich ihm ein bisschen mehr als vor ein paar Stunden, als ich durch seine Tür gekommen bin.

Keine Ahnung. Ich weiß nur, dass ich mich nicht länger dagegen wehren kann. Ich bin müde.

Er verharrt über mir, seine Fingerspitzen bohren sich in meine Seiten, als würde er endlich etwas in den Händen halten, was er schon ewig berühren wollte. Diesen Anblick möchte ich nie vergessen. Wie er die Augen nicht von unserem Spiegelbild lösen kann. Wie tief er plötzlich atmet, als könnte er sich kaum noch zurückhalten.

Davon abgesehen macht es fast den Eindruck, als hätte er Angst vor dem nächsten Schritt, als würde er zögern. Also lege ich den Kopf in den Nacken, lasse die Finger seinen Nacken hinaufwandern. Jetzt neigt er den Kopf, lächelt.

»Darf ich dich küssen?«, flüstert er.

Ich nicke und sofort nähert sich sein Mund. So sanft und zart, so neckend und forschend, so zögerlich. Ich will mehr. Mehr davon. Mehr von ihm. Ich greife in seine Haare, ziehe ihn näher und als seine Zunge gegen meine stößt, verschluckt er das Wimmern, das mir entkommen will, direkt an der Quelle.

Seine Hand gleitet an meinem Körper hinauf, über meine Brust und legt sich dann sanft um meinen Hals, hält mich dort, mein Mund ist ganz sein, um ihn zu erkunden.

Dann löst er sich, sieht mich an. Sein Blick ist ganz feurig und berauscht, als wäre ich das Einzige, was er gerade sehen kann, was mir ein falsches Gefühl von Sicherheit gibt. Ich möchte ihm meinen Körper überlassen und ich möchte so tun, als wüsste er, wie er ihn beschützt.

»O Mann.« Er streichelt mir über die Unterlippe. »Du bist so klein und zart, ich habe Angst, dich zu zerbrechen.«

»Ich bin nicht aus Glas, Carter. Du musst nicht behutsam mit mir umgehen. Ehrlich, mir wäre sogar das Gegenteil lieber.«

Keine Sekunde später ist mein Hintern auf dem Waschbecken, Beine um seinen Unterkörper geschlungen. Er hat sich meine Haare um die Hand gewickelt und zieht daran, dass es spannt. Sein Mund ist so dicht vor meinem, dass ich nicht sagen kann, wessen wilder Atem von wem stammt.

Raue Finger kratzen meine Oberschenkel hinauf, tauchen unter den Saum meines Kleids, schieben es hoch, bis es sich um meine Hüften ballt. Er legt eine Hand an meine Taille und sofort zittert mein ganzer Körper.

Carters hitziger Blick wandert an mir hinunter bis zu der feuchten Stelle an meinem Slip und sein Kehlkopf wippt. Er betrachtet mich ganz genau, während er mit dem Daumen über meine Klitoris streicht, die lustvoll, erwartungsvoll zuckt.

»Carter«, wimmere ich und sein Mund trifft auf meinen.

Er presst sich an mich, reibt sich langsam, mir kippt unweigerlich der Kopf in den Nacken. Sein Mund wandert an meinem Hals hinauf, heiße, feuchte Küsse, die Bewegung in meine Hüften bringen, weil ich die Reibung brauche. Er gibt sie mir, schiebt seine Hände unter mich, knetet meinen Hintern und zieht mich an sich.

Sanft beißt er sich an meinem Kiefer entlang bis zu meinem Ohr. »Wenn wir diesen Schritt jetzt gehen, Olivia, gibt es kein Zurück mehr.«

Keinen Schritt zurück von was? Wenn wir das machen, ist es der Anfang von etwas. Etwas Intimem und Animalischem, vielleicht auch etwas mehr, aber wahrscheinlich eher der Anfang vom Ende.

Eine leise Trauer meldet sich schon in meiner Brust, erinnert mich daran, dass das hier gar nicht wirklich ich bin, dass ich so viel mehr möchte als flüchtige Nächte und Abschiede. Aber mein schneller Herzschlag sagt mir, dass ich den Kampf für einen Abend aussetzen kann, dass ich das hier als das genießen kann, was es ist: eine Nacht voller Leidenschaft mit einem Mann, der mir nicht aus dem Kopf will.

Unter all dem ist der Teil von mir mit den sehr realen Ängsten und Unsicherheiten, der Teil, der sich permanent mit all den Frauen verglichen hat, die er auf Fotos im Arm gehalten hat.

Aber die Chemie zwischen uns summt wie Strom und verhindert jeden klaren Gedanken. Ich weiß nur, was ich will, und zwar diesen Mann – in mir, überall an mir, der mich nimmt, wieder und wieder.

Also sage ich: »Wenn du mich willst, kannst du mich haben.«

Mit nur einer geschickten Bewegung bin ich auf den Beinen, den Rücken gegen seinen Oberkörper gepresst. Mein Kleid ist irgendwie in der frei stehenden Badewanne gelandet, die direkt neben der makellos sauberen Duschkabine steht. Raue Hände packen meine Hüften, sein Blick fährt über mich wie heiße Kohlen. Sanfte Lippen verteilen zärtliche Küsse auf meiner Schulter, meinen Rücken hinunter, während Carter die Daumen in meinen Slip hakt, langsam in die Knie geht und ihn mir dabei auszieht.

Sein warmer Mund bewegt sich auf der Rückseite meines Oberschenkels wieder herauf, und als eine seiner Hände ihren Weg zwischen meine Beine findet, wo mir der Herzschlag hingerutscht ist, muss ich die Augen zukneifen und mich am Waschbecken festkrallen.

»Du bist nervös«, flüstert Carter.

Nervös, betört von ungezügeltem Verlangen, zu Tode verängstigt von so vielen aufrichtigen Gefühlen, die in mir toben … All das wirbelt in mir, packt mein Herz und legt sich wie eine eiserne Faust darum.

»Fucking atemberaubend.« Die Wörter sind nicht mehr als ein bewunderndes Flüstern, als seine Finger von hinten durch die Feuchtigkeit zwischen meinen Beinen gleiten. Er steht auf, küsst meinen Nacken und sieht mir in die Augen. »Makellos.« Eine Hand umschließt eine meiner Brüste, spielt mit meinem aufgerichteten Nippel. Seine Zähne streifen mein Ohr. »Wie feucht bist du?«

»O Gott.« Die Antwort ist *nass* und das weiß er genau. »Berühr mich«, flehe ich. »Bitte, Carter.«

»Sieh mich an.« Und als ich es tue, zieht er einen Finger durch meine Mitte und versenkt ihn in mir. »Fuck.« Sein Mund an meiner Schulter, als ich seinen Namen stöhne. »Was für eine unglaublich feuchte Pussy.«

Seine Finger schließen sich um meine Kehle, während er den Finger in mich stößt, so quälend langsam, dass ich nach mehr flehe. Flammen schlagen aus in meinem Bauch, als stünde ich kurz vor einem Vulkanausbruch.

Er stößt einen weiteren Finger in mich, füllt mich nun angenehm aus und findet einen guten Rhythmus, der allmählich schneller wird, wilder, bis sein Handgelenk mit jedem Stoß gegen meinen Hintern klatscht.

In seinem Oberkörper brummt es zustimmend, weil ich alles so bereitwillig annehme, was er mir bietet. Selbst die Wörter, die er mir in den Mund haucht, bevor er ihn mit seinem verschließt. »Gutes Mädchen.«

Alles in mir kocht über, als er den Griff an meinem Hals lockert, um sich dem dichten Nervenknoten zu widmen, der dort sitzt, wo meine Beine zusammenlaufen. Er lächelt, als sein Name von meinen Lippen explodiert.

Ohne zu zögern, wirft er mich über seine Schulter, eine Hand auf meinem Hintern, und so marschiert er in sein Schlafzimmer, wo er mich aufs Bett fallen lässt. Er grinst, weil ich kichere und mit den Armen über das Bettzeug streiche und dann mein Gesicht in den Kissen vergrabe.

»Ich will dieses Bett nie wieder verlassen.«

Er zieht sein Hemd über den Kopf, steigt aus der Hose und ist über mir, küsst meinen Mundwinkel, bevor ich Gelegenheit habe, ihn in seiner gesamten Nacktheit zu bewundern. »Musst du auch nicht. Ich glaube, ich möchte dich für immer behalten.«

Ich unterdrücke das Gefühl, das daraufhin meinen Brustkorb erfüllt und in meinem Bauch brennt, weil es gefährlich ist, darüber nachzudenken, wie er das meinen könnte. Möglich, dass ich leicht betrunken bin, aber ich bin mir zu hundert Prozent sicher, dass Carter Beckett ein Mann ist, in den ich mich verlieben könnte.

Ich bin keine Frau für eine Nacht. Das habe ich ja schon gesagt. Für mich kommen erst die Gefühle, dann der Sex. Was ich bisher nicht gesagt habe: dass ich selten Gefühle entwickle. Das ist Segen oder Fluch, da bin ich noch unentschieden. Ich bin auf der Suche nach einer echten Verbindung, und die sind schwer zu finden. Was bedeutet, dass ich in meinen fünfundzwanzig Lebensjahren bisher erst mit zwei Männern geschlafen habe, ein ziemlicher Kontrast zu Carters langer Liste.

»Hey.« Er sucht meinen Blick. »Wo warst du denn gerade? Plötzlich warst du weg.« Sanfte Lippen küssen sich an meinem Kiefer entlang, dann vergräbt er sein Gesicht in meinen Haaren. »Warum riechst du immer so verdammt gut? Wie frisches Bananenbrot. Ich will dich auffressen.«

Verlangen flattert wie Schmetterlinge durch meinen Bauch und zwischen meinen Beinen macht sich ein Ziehen bemerkbar.

»Mein einziges Problem ist: Ich weiß nicht, wo ich anfangen soll. Ich will überall gleichzeitig sein.« Seine Fingerspitzen tanzen über meine Brüste, seine Daumen fahren über meine Nippel. »Hier.«

Dann nimmt er einen in den Mund, bearbeitet ihn mit der Zunge. Wenn ich nicht schon tot wäre, wäre das jetzt mein Ende.

»Aber auch …« Sein Mund gleitet folternd langsam an meinem Bauch hinunter, jede meiner Zellen zittert erwartungsvoll. »Hier.«

Sein Mund setzt seinen gemächlichen Weg fort, saugt an meinem Hüftknochen, hinterlässt rote Flecken. Dann verschwindet sein Gesicht zwischen meinen Beinen. Er leckt und küsst sich auf der einen Seite an meiner Oberschenkelinnenseite hinunter, auf der anderen wieder herauf.

»Und hier«, flüstert er, als er den Punkt erreicht, an dem meine Beine aufeinandertreffen.

»Fuck.« Sein Atem knistert wie das Feuer draußen und ich kann nicht mehr atmen. »Hier, Olivia. Hier will ich am meisten sein.«

Gemächlich leckt er von unten nach oben und dann – *fuckfuckfuck* – saugt er an meiner Klit. Ich kann nicht mehr. Ich greife in seine Haare, während er sich meine Beine über die Schultern schiebt, damit er sein Gesicht dazwischen vergraben und genau das tun kann, was er versprochen hat: mich auffressen.

Wie ein wildes Tier, das seit Tagen hungert. Heiße Schläge seiner Zunge gepaart mit sengenden Küssen seiner Lippen, und ich klammere mich an ihn, presse mich gegen sein so perfektes Gesicht.

»Fuck«, stöhne ich, drücke den Rücken durch, als er zwei Finger in mich schiebt. »Carter, ich … ich kann nicht …«

»Doch, kannst du.«

Er ist unerbittlich, absolut entschlossen, keinerlei Gnade walten zu lassen, während er mich bis an den Rand treibt, bis ich drüberkippe und mir eine Hand auf den Mund pressen muss, damit ich nicht laut schreie.

Carter reißt meine Hand weg, streckt meine Arme über den

Kopf und stemmt sie dort in die Matratze, baut sich über mir auf. »Wenn du dir noch mal den Mund zuhältst oder es auch nur versuchst, binde ich deine Hände an den Bettpfosten. Ich will, dass du meinen Namen schreist, wenn du mit mir in dir kommst. Verstanden?«

Oh, Shit. Ja. Ich nicke, ich nicke fünfhundertmal, und er grinst.

»Keine freche Bemerkung? Was ist da los, Ol? Hab ich dich kaputt gemacht?«

Ich presse meine Lippen auf seine, flüstere dann. »Noch nicht. Aber ich hoffe, wenn ich artig bin, kommt das noch.«

»Fuck.« Er umklammert meinen Kiefer, finsterer Blick auf mich gerichtet. »Ich gebe dir, was immer du willst.«

»Dann mach mich fertig, Carter.«

Unsere Münder treffen ekstatisch aufeinander. Zähne knirschen, Zungen schlagen, Berührungen, die Abdrücke hinterlassen. Ich stoße ihn auf die Matratze und setze mich rittlings auf ihn, weil ich einen Moment brauche, um dieses Meisterwerk namens Carter Beckett zu betrachten. Er ist so massig und durchtrainiert, feste Muskeln bewegen sich geschmeidig unter goldener Haut. Ich lasse den Finger durch den kleinen Graben wandern, der sich mittig über seinen Oberkörper zieht, immer weiter, bis zu den weichen Haaren, die unter dem Gummi seiner Boxerbriefs verschwinden.

»Du bist so wunderschön«, flüstere ich.

»Ich?« Da ist was in seinem Blick, etwas Unklares und doch so Verletzliches, als wollte er, dass ich es sehe, ohne zu wissen, wie er es mir zeigen könnte. »Du bist fucking makellos, Ollie.«

Mein Herz rast, Nervosität klemmt mir die Luft ab. Wäre da nicht dieses reine Verlangen, mich ihm voll hinzugeben und seine Lust in mir zu spüren, gemischt mit den Drinks, die unsere Hemmschwelle so sehr gesenkt haben, ich würde erst mal auf Pause drücken. Wir müssen reden, aber gerade habe ich nur Augen für diesen Körper unter mir, für diesen verwegenen Blick, und ich weiß nicht mehr, wie man spricht.

»Hey«, flüstert er. »Was ist los? Wenn du aufhören willst, können wir aufhören. Ich bin auch vollends zufrieden, wenn wir jetzt einfach kuscheln und einen Film gucken.«

»Ich habe erst mit zwei Männern geschlafen«, platzt es aus mir heraus. »Ich schlafe nur mit Menschen, die mir was bedeuten.«

Falls ihn das überrascht, lässt er es sich nicht anmerken. Er legt mir einfach nur eine Hand an die Wange, küsst mich sanft und sagt: »Das kann ich von mir leider nicht behaupten. Aber wenn ich nur Sex mit Leuten gehabt hätte, die mir was bedeuten, dann würde ich heute Nacht mit siebenundzwanzig erst meine Unschuld verlieren.«

Das kann ja nicht stimmen. Unter keinen Umständen bin ich der erste Mensch, der ihm …

»Ich hatte noch nie solche Gefühle für einen anderen Menschen, Ollie. Noch nie. Ich möchte einfach nur, dass du mir eine Chance gibst. Mehr will ich gar nicht. Überleg's dir, Ol. Eine Chance.« Dann gibt er mir einen sanften Kuss auf die Hand. »Lass uns morgen früh weiterreden.« Er hebt mich von sich, zieht mich nah an seinen Oberkörper und deckt uns zu. Dann vergräbt er sein Gesicht an meinem Halsansatz und flüstert. »Bananenbrot.«

»Carter.« Ich bin schwer verwirrt, was ich absolut nicht gebrauchen kann, wenn ich so angeturnt bin wie gerade. »Was machst du?«

»Kuscheln.« Unverkennbar. Und nicht mal schlecht. Ich bin überrascht, denn das macht er vermutlich auch zum ersten Mal. »Hab ich noch nie probiert.« *Jetzt geht das wieder los.* »Aber offenbar bin ich ein Naturtalent.« *Hallo, Arroganz.*

»Du machst das beeindruckend gut, ja. Aber *was genau* machst du?«

»… aufhören? Ich dachte … War das nicht, was du wolltest?«

»Wann hab ich gesagt, dass ich aufhören will?«

»Du hast … Ich … Also … Anscheinend hast du das nicht gesagt.«

»Genau. Hab ich nicht.« Ich schwinge mich wieder rittlings auf ihn, reibe mich an seinem Schwanz, der sich so gern aus dem Stoffgefängnis freikämpfen will.

Carter bleibt der Mund offen stehen, kurz ballt er die Hände an den Seiten zu Fäusten, dann packt er meine Hüften, stoppt mich. Er schiebt mich ein Stück runter, gerade genug, dass klar wird, dass ich seine Boxerbriefs komplett durchnässt habe. Ich fahre mir mit zwei Fingern durch die Pussy. Sie sind total nass, als sie wieder zum Vorschein kommen, und als ich sie mir in den Mund stecke, bin nicht ich es, die stöhnt, sondern Carter.

»Du hast gesagt, ich soll deinen Namen schreien, wenn ich komme. Fängst du dann mal an? Weil, wenn du der Herausforderung nicht gewachsen bist, übernehme ich das selbst.«

Ohne Vorwarnung wirbelt er mich auf den Rücken, presst mich mit seinem vollen Gewicht in die Matratze. Seine Zähne schaben meine Kehle hinauf bis zu meinem Ohr. »Was für ein Großmaul. Ich soll dich also fertigmachen? Ja? Ich kann dafür sorgen, dass du hier nicht aufrecht rausgehst, wenn du das wirklich willst.«

»Beweise es.«

Bevor ich überhaupt nachvollziehen kann, wie das passiert ist, bin ich auf allen vieren und Carter knallt mir die Hand auf den Arsch. Schmerz und Lust schießen durch meinen Körper, laufen zwischen meinen Beinen zusammen.

»*Fuck*, diese Pussy!« Er steigt aus dem Bett und zerrt mich an die Kante. Ich höre, dass seine Unterwäsche zu Boden fällt, spüre aber nur seine Finger, die wieder tief in mich eindringen. Ich kann bloß keuchen und mich ins Laken krallen. Er zieht sie wieder raus und verteilt meine Feuchtigkeit auf meiner Hüfte, bevor er mich auf den Rücken wirft. Und dann kann ich nicht mehr denken. Sein Anblick, wie er da nackt vor mir steht, Schwanz in der Hand, löscht alles aus meinem Hirn.

»*Holy Shit.*« Ich glaube, *fertigmachen* ist nicht ganz das treffende Wort für das, was Carter mit mir anstellen wird. Zerstören wird er mich. Komplett vernichten. Er hat ein derart krass selbstgefälliges, selbstsicheres Grinsen im Gesicht, das nur noch breiter wird, je weiter ich die Augen aufreiße, weil er jetzt auf mich zukommt. Seine enormen Oberschenkelmuskeln zeichnen sich dabei alle überdeutlich unter seiner Haut ab.

Ich krabble rückwärts, als seine Knie auf die Matratze sinken, dieses *Ding* baumelt zwischen seinen Beinen, gleitet über das Laken. Abgesehen von meinem wilden Herzschlag höre ich nur, wie es sich langsam auf mich zubewegt und mir meinen Untergang verkündet.

»Ich … ich …« Himmel, was will ich eigentlich sagen? Ich verlasse mich nicht länger auf Wörter, recke einfach nur beide Arme in die Luft, die Handflächen aneinander. Dann mache ich ein kleines O mit dem Zeigefinger und Daumen, schüttle den Kopf und zucke mit den Schultern. »Das wird nicht passen.«

Carters Lachen ist viel zu unheilvoll für meinen Geschmack und ich krabble noch immer vor ihm weg. Meine Hand rutscht ab und ich falle fast über die Bettkante, Beine in der Luft. Carter packt mich, bevor ich mir etwas tun kann, das diesen Höllen-Himmel-Trip vorzeitig beenden könnte, dem ich so entgegensehe, obwohl Carter eine verdammte Rakete hat, die mich zerfetzen wird.

Er zieht mich an den Füßen unter sich, sein Schwanz streift meine schon gereizte Klit. Dann legt er sich auf mich und reibt sich so langsam an mir, dass mir die Luft wegbleibt. Er greift mir in die Haare und zerrt meinen Mund zu seinem. Seine glühende Zunge mindert nicht die Sorge, die sein folgendes Versprechen aufwirft.

»Dann machen wir's passend.«

Er spreizt meine Beine weiter, führt seine Finger tief in meine tropfnasse Pussy und reibt dann meine Säfte auf seinen Schwanz. Der Anblick ist so versaut, so wunderschön, dass ich fast sein Grinsen verpasse, als er fragt: »Letzte Worte?«

Ich schüttle den Kopf.

»Gut. Festhalten.«

Dann verschwindet sein Lächeln, eine finstere Lust, eine sehr finstere Lust tritt in seine Augen. Und als er mit einem einzigen mörderischen Stoß in mich eindringt, verdunkelt sich die Welt. Ich öffne den Mund, aber er schluckt meinen Schrei, bevor er entkommen kann.

»O mein Gott«, brülle ich, kratze Furchen in seine Schultern, klammere mich an ihn, während er mich ausfüllt. »Moment, Carter«, flehe ich.

Er erstarrt, zitternd, und umschließt dann meine Kehle, als müsse er sich irgendwo festhalten, aus Angst, sich sonst nicht kontrollieren zu können.

Er ist so groß, so dick, so voll, jeder Millimeter von mir ist bis zum Bersten gespannt.

Er legt die Stirn an meine, sein Oberkörper bebt. »Sorry, Ollie.«

Der Schmerz lässt nach, eine herrliche Fülle breitet sich wie Feuer aus, Hitze zündelt auf meiner Haut. Ich beiße mir auf die Unterlippe, krümme mich stöhnend, empfange mehr von ihm, während ich mich an seine Größe anpasse. Meine Nägel kratzen über seine Arme, meine Augen verdrehen sich und dann kommt Bewegung in seine Hüften, ein langsamer Rhythmus, der jeden Knoten in mir löst, bis alles befreit ist.

Sein besorgter Blick sucht mich ab, sucht nach Anweisungen, Erlaubnis, *Kontrolle*. Kontrolle, die ich nur zu gern abtrete.

»Fick mich, Carter. Bitte.«

Ein Knurren dringt tief aus seiner Kehle, als er sich auf die

Matratze fallen lässt und genau das tut, worum ich gebeten habe: *mich ficken.*

Unsere Körper klatschen aufeinander, während er sich in mir bewegt, so tief in mich stößt, ich schwöre, ich spüre ihn im Bauch. Seine Berührung ist grob, ein Feuer, das mich überall versengt, mich als seins kennzeichnet. Jede Bewegung seines Beckens sendet Funken durch meine Klit, jeder Stoß tiefer und härter als der vorherige, bis ich mich völlig schwerelos fühle. Ich bestehe nur noch aus Knochen und blühender Lust, die von Kopf bis zu den Zehen in mir brennt, die mich von innen und außen strahlen lässt.

Carters Finger verfangen sich in meinen Locken, bohren sich in meine Hüfte, halten mich an Ort und Stelle, während sein Körper meinen dominiert.

»Fuck«, stöhnt er an meinem Hals. »Ich liebe es, dich zu ficken.« Er drückt mir einen feuchten Kuss auf den Mund. »Ich will mehr, Ollie. Ich nehme es mir.«

Ich weiß nicht, ob ich noch mehr geben kann, doch da hebt er mein Bein, legt es sich über die Schulter, hält sich dann am Kopfende fest und gibt alles, was er hat.

»Pille«, grunzt er. »Nimmst du –?«

»*Ja.*«

»Darf ich –«

»Gott, *ja.*«

Ein kehliges, zufriedenes Summen und er wird noch schneller. Ich rufe seinen Namen, fahre mit den Händen über seinen so muskulösen Rücken. Eigentlich kann es gar nicht weitergehen, aber als meine Hände seinen Hintern finden, presse ich ihn trotzdem näher an mich. Es ist ein Flehen. *Härter.*

»Noch härter? Im Ernst? Ich will dich doch behalten, nicht zerstören.«

Ich drehe uns, drücke ihn auf die Matratze und lasse mich auf ihn sinken, bevor er widersprechen kann. Mein Kopf fällt wie von selbst in den Nacken, damit ich ganz ungehemmt meine Lust hinausschreien kann. Carter zischt, hebt mich an und rammt mich dann wieder und wieder auf seinen Schwanz.

Sein Mund sucht meinen Nippel und so reite ich ihn, bis ich ihm fast die Haare ausreiße. Der Blick, den er mir zuwirft, als er das nächste Mal ausholt und meine Klit streift, schickt mich sofort über die Schwelle und ich komme auf seinem Schwanz.

»Noch einen«, verlangt er und wirft mich auf den Bauch, zieht an meinen Haaren und reißt meinen Hintern hoch, bevor er wieder in mich eindringt. »Einen gibst du mir noch.«

Noch einen? Schaff ich nicht. Ich falle auf die Matratze, ausgehöhlt und schlapp, aber Carter packt mich, flüstert mir ins Ohr. »Wir sind erst fertig, wenn ich sage, dass wir fertig sind.«

»Carter«, wimmere ich.

»Ich liebe es, wenn du meinen Namen sagst.« Sein feuchter Mund gleitet über meinen Nacken, Zähne senken sich in mein Ohr. »Und jetzt schrei ihn.«

Er versenkt sich in mir. Einmal, zweimal, dreimal, und als er den Punkt trifft, den ich selbst nie finden kann, zuckt und zischt jedes meiner Nervenenden. Ich reiße das Laken vom Bett und tue, was er von mir verlangt hat: Ich schreie seinen Namen.

Carter explodiert in mir und ich schwöre, ich habe noch nie was Schöneres gesehen als diesen Mann beim Orgasmus, der in meinen verschwitzten Nacken brüllt.

Er zieht seinen Schwanz raus und reißt mich an sich, als er sich auf die Matratze fallen lässt. Die Leere in mir ist überwältigend, ich frage mich, ob ich mich je wieder voll fühlen werde.

Ich lege ihm die Hand auf die Brust, spüre seinen gleichmäßigen Herzschlag. Carter legt seine Hand auf meine und eine überraschende Wärme strahlt von dort in das eine lebenswichtige Organ, das ich so dringend beschützen wollte.

»Darf ich dich behalten?«, fragt er.

»Ja.« Mein Herz hört abrupt zu schlagen auf, weil mir diese

undurchdachte Antwort einfach so über die Lippen gekommen ist. Erst als Carter meinen Kopf zu sich dreht und meinen Mund mit einem Kuss erobert, fängt es wieder zu schlagen an.

Und in diesem Moment wird mir erst bewusst, wie unfassbar gefickt ich bin.

FÜNFZEHN

IST DAS KARMA? DANN GEFÄLLT ES MIR NICHT.

CARTER

»Oh, Shit. Fuck. Shit, Shit, Shit, Shit.«

Ich öffne ein Auge und versuche zu orten, woher Olivias panische Stimme kommt. Wache gerade aus dem besten Traum auf. Olivia unter mir, Olivia über mir. Ihre Lippen, ihre Hände, ihre Titten. Je eher ich sie finde, desto eher lässt sich der Traum in die Wirklichkeit umsetzen.

Ich rolle mich auf den Rücken und strecke den Arm aus. Die Stelle neben mir ist noch warm, aber leer. Alles riecht noch nach ihr – wie frisch gebackene Plätzchen. Ich möchte sie sofort vernaschen.

»Komm wieder ins Bett, Ollie.« Ich reibe mir die Augen und gähne herzhaft, setze mich aber erst auf, als ich ein lautes Krachen höre, dicht gefolgt von einer Reihe von Flüchen.

Eine splitterfasernackte Olivia liegt am Boden.

Ich lege mich quer übers Bett, lächle sie an. »Was machst du da unten, Baby?«

Ihr Mund öffnet sich aus – nein, das kann es nicht sein – Entsetzen? Und sie reißt sich die Arme vor die so hervorragenden Brüste. Mit Schüchternheit habe ich nicht gerechnet, aber so ganz ohne Alkohol im Blut kann ich das schon irgendwie nachvollziehen.

Halb vom Bett hängend stütze ich mich mit einer Hand auf

den Boden, die andere halte ich ihr hin. Ich muss sie wieder ins Bett kriegen, damit ich sie erneut in den Schlaf vögeln kann.

Ich schwöre, ich hatte so was wie eine Erleuchtung letzte Nacht, als mein Donnerschwert dreiundzwanzig Zentimeter tief in der fantastischsten Frau steckte, mit der ich je was hatte. An keinem Punkt wollte ich abhauen und selbst heute Morgen will ich das nicht. Ich hoffe, das ist okay für sie, denn jetzt hat sie definitiv einen zweiten Schatten.

Mich. Ich werde an ihrem Bein kleben wie ein geiler, unkastrierter Rüde. Lange. Vielleicht für immer. Keine Ahnung. Ich weiß nur, dass ich erst mal nicht lockerlassen werde.

Aber sie weicht zurück, kneift die Lippen zusammen. »Ich bin *nicht* dein Baby.«

Okay, Olivia ist also definitiv kein Morgenmensch.

»Brauchst du einen Kaffee?«

Ups, falsche Frage.

Ich widerstehe der Versuchung, mich unter der Bettdecke zu verstecken. Stattdessen biete ich ihr ganz mutig mein charmantestes Lächeln, das sie hassliebt. Aber es scheint nicht den erwünschten Effekt zu haben.

Olivia springt auf und reißt mir die Decke weg, um sich darin einzuwickeln.

Sofort macht sie ein sehr kehliges Geräusch, weil ihr Blick aus aufgerissenen Augen an mir klebt.

An meinem Schwanz. Der sehr froh darüber ist, sie zu sehen, und ihr gleich mal salutiert.

»Guten Morgen«, sage ich lachend und bewege die Hüften, sodass er ein bisschen tanzt. »Alles an mir ist froh, alles an dir zu sehen.«

Mann, die ist heute echt 'ne harte Nuss. Nicht mal ein Lächeln, sie schlägt sich nur die Hand vors Gesicht.

Ich hebe eine Braue. »Dir ist schon klar, dass der dich seit gestern so ziemlich in- und auswendig kennt.«

Olivia gibt an diesem Morgen definitiv eine Menge Geräusche von sich. Dieses jetzt ist eine Mischung aus Wimmern und Stöhnen, und dann stürzt sie wie besessen ins Bad, wo sie die Tür hinter sich zuknallt.

Aber ich bin nicht schüchtern. Also stehe ich auf und spaziere direkt hinter ihr durch die Tür.

Ich fahre mit der Hand über meinen Oberkörper, kratze mich ein bisschen, bevor ich den Schaft meines besten Freunds umschließe, während ich das wunderschöne Mädchen betrachte, das in meine Decke gewickelt dasteht, ihr Kleid in der einen, ihr Handy in der anderen Hand, ihre riesigen braunen Augen auf mich gerichtet.

»Was soll das? Wir sollten im Bett liegen und kuscheln.« *Oder vögeln.* »Und das hier …« Ich fahre ihr mit dem Finger vom Schlüsselbein bis zu ihrer Hand, mit der sie die Bettdecke festhält. »Mir ist egal, worauf es hinausläuft, solang es auf was hinausläuft.«

Ich reiße ihr die Bettdecke weg, lasse sie zu Boden fallen. Dann packe ich mit beiden Händen nach ihrem Hintern und wuchte sie hoch, lege mir ihre Beine um und presse sie gegen die Glaswand der Dusche. Ich muss ein Stöhnen unterdrücken, als ich ihre heiße, feuchte Pussy an mir spüre.

»Du musst deine Pläne für den Rest das Tages canceln.« Langsam küsse ich mich von ihrem Halsansatz hinauf, beiße leicht in ihr Kinn. Dort hat sie ein winziges Grübchen, genau in der Mitte, und ich liebe es. »Ich will dich heute ganz für mich haben.«

Olivia öffnet den Mund, als wollte sie was sagen, vielleicht wieder mit mir diskutieren, aber dann treffen doch nur wieder unsere Lippen aufeinander. Sie klammert sich an mich, die Hände in meinen Haaren, den Rücken durchgedrückt, die Hüften bewegen sich.

»Perfekt«, murmle ich. »Himmel, Ollie, du bist echt fucking perfekt.«

Sofort setzt ihre Atmung kurz aus und sie presst die Hände gegen meinen Oberkörper, schiebt mich weg.

Ich bin verwirrt, aber das ist ja nichts Neues bei ihr, schließlich kann ich nicht ihre Gedanken lesen.

Moment. Vielleicht ist das ja nur … »Oho, willst du es ein bisschen härter?«, frage ich grinsend und neige den Kopf zu ihr. Ich bin dabei. Ich bin bei allem dabei, solang sie auch mitmacht. Wenn sie mich rumschubst, schubse ich gleich zurück.

Also, spielerisch. Aber nicht zu spielerisch.

»Bitte was?« Sie schüttelt den Kopf, streckt die Arme aus. »Nein, Carter, hör auf. Bitte.«

Aufhören? Was? Nein. Will ich nicht. Tue ich aber, natürlich.

»Alles okay?« Ich betrachte sie genauer, lasse den Blick langsam an ihr hinabgleiten. Insgesamt dreimal, weil sie mich so anmacht. »Hab ich dir wehgetan letzte Nacht?«

Ich berühre ihre rechte Hüfte, streichle über die vier runden blauen Flecken, die genau meine Fingerspitzen abbilden. Ich drehe sie um, entdecke meinen Daumenabdruck auf ihrem Hintern. Außerdem ist sie von unzähligen kleinen Knutschflecken übersät, was mich stolz knurren lässt.

Meine, schreit mein Hirn förmlich und sofort zuckt mein Schwanz zustimmend.

»Nein, hast du nicht …« Sie hält kurz inne, schlägt die Hände vors Gesicht und schiebt sich dann an mir vorbei, während sie sich das Kleid überstreift. »Ich muss los.«

Auf den BH verzichtet sie, hängt ihn sich bloß über den Arm und sucht offensichtlich nach dem Tanga, den ich ihr letzte Nacht ausgezogen habe, nehme ich an. Ich verschweige ihr mal, dass er in der Tasche meiner Jeans steckt, die halb unterm Bett liegt.

Ich kratze mich am Kopf. »Los? Wohin? Hast du was vor? Ich dachte, du bleibst zum Frühstück.«

Olivia ignoriert mich, scheint die Suche nach ihrer Unterwäsche aber aufzugeben. Stattdessen stürmt sie zur Tür, reißt sie auf und rennt durch den Flur. Ich bin schwer verwirrt.

Schnell ziehe ich mir eine Jogginghose über und laufe ihr nach. Auf der Treppe erwische ich sie, drehe sie zu mir. »Sprichst du nicht mehr mit mir?« Ihr Blick bleibt auf meinen Oberkörper gerichtet. »Kannst du mich mal ansehen?« Ich mache ein frustriertes Geräusch und fahre mir mit den Händen durchs Haar. »Fuck, Ollie, ich bin hier echt ratlos.«

»Ich muss los«, flüstert sie.

»Aber wohin denn?« Es platzt viel lauter aus mir raus als beabsichtigt. Olivia zuckt zusammen. Ich hole tief Luft und nehme ihre Hände, versuche es noch mal. »Tut mir leid, ich bin einfach so verwirrt. Du hast gesagt, wir würden heute noch mal reden und –«

»Das hast *du* gesagt, nicht ich.«

Ich blinzle. Sie sieht mich immer noch nicht an.

»Du-du-du–« Scheiße, kann es denn wahr sein? Jetzt fange ich an zu stottern? »Du hast doch zugestimmt! Du hast gesagt, wir reden nach dem Frühstück!«

»Wir haben beide zu viel getrunken.« Das ist eine verdammt lahme Ausrede, und das weiß sie selbst. »Wir wussten beide nicht, was wir tun.«

Schwachsinn. »Sieh mich gefälligst an, wenn du mich anlügst, Olivia.«

Sofort trifft mich ein knallharter Blick und auch sonst gefällt mir nicht, was ich da sehe. Rot geränderte Augen, dazu zittert ihre Unterlippe. Was zur Hölle ist denn los? Das ist alles supersimpel, kein Grund zu weinen. Ich bin doch genau hier, ich will sie wie schon im ersten Moment, in dem ich sie gesehen habe. Auch ohne großartige Beziehungserfahrung weiß ich, dass das, was ich fühle, nicht einseitig ist. Diese Situation, in die sie uns gerade bringt? Die will weder sie noch ich. Und trotzdem macht sie weiter.

»Dann war's das? Einfach nur ein One-Night-Stand? Danke für den Sex, auf Nimmerwiedersehen?«

»Das ist es doch, was du willst«, sagt sie mir und presst sich das Handy gegen die Brust.

»Du hast offenbar keinen blassen Schimmer, was ich will. Denn hättest du den, würdest du jetzt nicht so schnell von hier verschwinden wollen und behaupten, dass das nur Sex war, der mir nichts bedeutet hat. Oder dir. Das ist doch totaler Schwachsinn, das weißt du genauso gut wie ich.« Ich habe keine Angst, mit ihr zu diskutieren. Das mach ich den lieben langen Tag, wenn ich davon überzeugt bin, dass sie sich irrt, und gerade irrt sie sich halt gewaltig.

Sie duckt sich an mir vorbei und steuert die Küche an, um ihre Schuhe anzuziehen, die sie dort zurückgelassen hat. »Ich muss los, Carter.«

»Nein, musst du nicht. Du verweigerst dich. Ich bin hier und will mit dir reden, will verstehen, was hier gerade abgeht zwischen uns, und du willst wegrennen.«

»Da geht nichts zwischen –«

»Sag nicht, dass da nichts zwischen uns abgeht!« Ich werde schon wieder laut und hasse mich dafür. Ich kann mich so schnell aufregen und gerade bin ich noch dazu echt verunsichert. Mir ist Kontrolle wichtig und im Moment entgleitet mir alles. Ich gehöre diesem Mädchen praktisch – *aus irgendeinem Grund* – und ich werde nicht zusehen, wie sie die falsche Entscheidung für uns beide trifft.

Deshalb marschiere ich zu ihr, dränge sie an die Wand. Ihr erschütterter Blick aus den so braunen Augen trifft mich und ich streiche ihr die Haare aus dem Gesicht.

»Hör auf. Hör auf, so zu tun, als hättest du nicht selbst gerade eine Scheißangst. Als wäre das nicht das Einzige, was dich schon die ganze Zeit zurückhält. Ich sehe, was vor mir steht. Oberdeutlich. Dich. Eine wunderschöne, sarkastische, kluge, starke, sensible Frau, die eine Scheißangst hat, weil sie Gefühle für jemanden hat, für den sie niemals Gefühle haben wollte.«

Ihr rutscht das Handy aus den zitternden Händen und ich fange es, bevor es auf den Boden knallen kann. Mein Gesicht füllt das Display, aber nicht nur mein Gesicht. Fotos über Fotos von mir mit dem Arm um eine andere Frau, immer auf dem Weg in meine Wohnung, in ein Hotel.

Das Schlimmste ist aber die Überschrift mit dem heutigen Datum darunter.

Neues Jahr, alter Carter: Carter Becketts zwölf heißeste Eroberungen und was uns dieses Jahr erwarten wird

Ich schaue Olivia an. Ihr innerer Kampf lastet so schwer auf ihr. Alles ist so schwer, ihre Gefühle für mich, die Angst, dass es sie runterzieht. Ihre Mundwinkel, ihren Blick.

»Das bin nicht ich.« Ich schiebe einen Finger unter ihr Kinn, hebe es an, damit sie mich ansieht. »Das muss ich nicht länger sein.«

»Wie kannst du das versprechen?«, flüstert sie, ihre Stimme bricht. »Wir kennen uns doch kaum. Du hast doch erst gestern Nacht doch erst gesagt, dass du nicht weißt, ob du wirklich eine Beziehung willst.« Sie schüttelt den Kopf und nickt zu ihrem Handy. »Da kann ich nicht mithalten. Nicht mal in meinen kühnsten Träumen, wo es am wichtigsten wäre. Du kannst gern glauben, dass ich stark bin, ich gebe trotzdem sofort zu, dass ich allein den Gedanken, mit wie vielen sagenhaften Frauen du was hattest, Furcht einflößend finde. Ich hätte permanent Schiss, dass ich dir nicht genug bin.« Sie legt sich die Finger an die Stirn, als hätte sie Kopfschmerzen. »Du hast eine Wohnung nur für Sex.«

Das ist nicht wirklich der Grund für die Wohnung, aber mit der Erklärung werde ich mal keine Zeit verschwenden.

»Keine dieser Frauen hat mir was bedeutet, Olivia.«

»Ich hab mich gestern so von dir einlullen lassen, hab so die Kontrolle verloren. Wir haben nicht mal ein Kondom benutzt! Das ist fahrlässig.«

Ich reibe mir den Nacken. »Ich habe nie Frauen hier, Olivia. Nie. Das war nicht gelogen.« Vielleicht ist das eine miserable Ausrede, aber deshalb habe ich auch keine Kondome im Haus. Eins sollte in meinem Portemonnaie sein, aber das lag ja im Flur auf der Kommode, und im Eifer des Gefechts ... »Nimmst du nicht die Pille?« Fuck. Hab ich das nicht gefragt?

»Doch, aber ...« Sie spricht nicht weiter, schielt in meinen Schritt.

»Ich passe immer auf«, sage ich leise und klinge echt niedergeschlagen. Sie wird nie über meine Vergangenheit hinwegkommen. »Das ist das erste Mal, dass ich ...« Dass ich es ungeschützt getrieben habe. Aber das sage ich nicht laut. »Ich lasse mich regelmäßig testen.« Meine Kehle ist eng und trocken. »Ich will nicht, dass du gehst. Ich mag dich und du hast gesagt, du magst mich auch.«

»Ich *mag* dich ja auch. Ich mag alles, was du bisher mit mir geteilt hast, aber da ist so viel anderes ...« Sie kneift die Augen zu und schüttelt den Kopf. »Ich wünschte, ich könnte über all das hinwegsehen und einfach direkt mit dir loslegen. Aber ich weiß nicht wie, Carter. Wenn ich nach unten gucke, ist da kein Boden unter meinen Füßen. Ich will kein Chaos, keine Angst. Ich will Stabilität und Sicherheit.«

Stabilität und Sicherheit, klar. Kann ich. Krieg ich hin.

»Ich weiß, dass ich nicht so wirke, als würde ich zur festen Beziehung taugen, aber ich kann es versuchen. Ehrlich. Das wird schon. Ich ... ich ...«

Sie legt mir eine Hand an die Brust, damit ich still bin. »Ich will nicht, dass du dich für mich änderst, Carter. Das hier, wir ... das war ein Fehler.«

Autsch. Ich mache einen Schritt zurück, reibe mir über die Brust, damit der plötzliche stechende Schmerz nachlässt.

Olivias Blick wird weicher. »Ich will dir nicht wehtun.«

»Fühlt sich aber anders an«, zische ich, weil alles fucking wehtut.

»Tut mir leid, wirklich.«

»Dir muss rein gar nichts leidtun. Du musst mir einfach nur trauen.«

Sie lässt die Schultern hängen. »Ich wünschte, das wäre so einfach.« Sie nimmt meine Hand, drückt sie an ihre Brust. »Wir sind nicht füreinander gemacht.«

»Was macht dich da so sicher? Alles fühlt sich richtig an, seit ich dich kennengelernt habe. Nicht leicht, aber richtig.«

Zu glauben, dass es leicht würde, wäre naiv. Dass wir einfach so eine Beziehung aufnehmen könnten. Aber gestern Nacht hatte ich den Eindruck, sie würde es zumindest in Erwägung ziehen. Mich in Betracht ziehen. Ich gebe mir hier echt Mühe. Ich habe mich entschieden, ich weiß jetzt, was ich will. Soll die Entscheidung nicht eigentlich das Schwierigste sein?

Aber ich verstehe ihr Zögern, ihre Angst. Wie könnte ich das nicht verstehen? Die Medien übertreiben nicht, mein Ruf eilt mir nicht umsonst voraus. Und sie darf ja Angst haben. Hab ich doch auch. Für mich ist das doch totales Neuland. Ich habe Angst, ihr wehzutun. Ich habe Angst, dass ich nicht weiß, wie ich ein Partner sein soll. Ich habe Angst, dass das … funktionieren könnte. Ich habe Angst, sie könnte meine Ewigkeit sein. Scheiße, das ist Furcht einflößend.

Aber gerade ist meine größte Angst, dass sie durch diese Tür marschiert und nie zurückkommt.

»Keine Ahnung«, gibt sie zu. »Ich weiß gerade eigentlich nichts mit Sicherheit. Nur, dass ich mich nicht auf was einlassen will, das doch nur mit Herzschmerz enden wird. Da kann ich ja gleich in ein brennendes Haus rennen. Carter, wir sind einfach zu anders, zu verschieden, das kann nur in der Katastrophe enden.«

»Manchmal ist anders doch gut«, entgegne ich. »Ich mag anders.«

Ihr Mundwinkel hebt sich, sie lächelt traurig, und da weiß ich es. Sie wird gehen, obwohl eine leise Stimme sie anfleht zu bleiben. Obwohl ich sie anflehe zu bleiben.

»Wir hätten nicht miteinander schlafen sollen«, flüstere ich. Gestern Nacht hat sie gesagt, sie traut mir nicht genug, um den nächsten Schritt zu gehen. Trotzdem habe ich irgendwie gehofft, nachdem die ganzen Sorgen, die ganzen Unsicherheiten für ein paar Stunden in den Hintergrund getreten sind, dass sie dort einfach für immer bleiben würden.

Aber Ängste verschwinden nicht über Nacht, das weiß selbst ich.

»Nein«, stimmt sie mir zu und drückt meine Hand. »Hätten wir nicht. Und es tut mir leid, weil es meine Schuld ist. Ich hab gestern die Gelegenheit genutzt und mir etwas genommen, das ich wollte, aber mir selbst verboten habe. Du hättest mich nie dazu gedrängt.«

Und dann wären wir jetzt nicht hier, sie würde mich nicht einfach stehen lassen, als gäbe es nichts Wichtigeres, als möglichst viel Abstand zwischen uns zu bringen. Abstand, den ich überhaupt nicht will. Wenn ich sie gehen lasse, wird sie dann je zurückkehren?

»Ist das ein Abschied?«, frage ich sie, während sie ihren Mantel anzieht. »Für immer?«

Tränenvolle Augen suchen meinen Blick, Stille hängt schwer zwischen uns. Ich höre nichts als das schnelle Klopfen meines wütenden, verletzten Herzens. Sie will keinen Abschied für immer, aber ich sehe ihr an, dass sie meint, so müsste das enden. Deshalb spreche ich weiter, bevor sie was sagen kann.

»Dass du jetzt fährst, ändert nichts an meinen Gefühlen für

dich. Und an deinen wird es auch nichts ändern. Du hoffst, dass sie verschwinden werden, nur weil du dich nicht damit auseinandersetzen willst, wie ich mein Leben bisher gelebt habe. Aber sie werden nicht verschwinden. Renn ruhig vor dem weg, was dir Angst macht, aber weit wirst du nicht kommen.«

Ich gehe in die Küche und ziehe die Schublade auf, die ich gestern so schnell wieder zugeknallt habe, als Adam Olivia in seine Arme riss. Dann nehme ich das kleine Geschenk heraus, das in braunes Papier mit winzigen weißen Sternen eingeschlagen und an dem mit Geschenkband ein kleines Glöckchen befestigt ist. Ich habe ungefähr fünfmal versucht, es einzupacken, bis ich meine Schwester um Hilfe gebeten habe.

An der Haustür stoße ich zu Olivia und sofort bildet sich ein Kloß in meiner Kehle, als ich sie ein letztes Mal betrachte. Auch wenn sie mich verlässt, sie ist und bleibt wunderschön.

»Kann ich dir ein Taxi oder so was organisieren?«, frage ich.

»Danke, aber ich hab mir ein Uber bestellt.«

Ich nicke, während sie schon auf die Veranda tritt.

»Ollie?«

Das Zittern ihrer Hände verrät mir, dass es ihr gerade alles abverlangt, nicht auf der Stelle zusammenzubrechen.

»Nur, um das festzuhalten: Du bist es, die mich gerade stehen lässt. Das ist nicht, was ich will.«

Ich lege ihr das kleine Geschenk in die Hand und sehe, wie sich ihre Stirn in überraschte Falten legt. »Fröhliche Weihnachten.«

SECHZEHN

MEINE ÄNGSTE SCHÜREN

OLIVIA

Mein Leben droht gerade wegen meiner Unentschlossenheit aus dem Gleichgewicht zu geraten. Meine Sehnsucht zieht mich auf die eine, meine Angst auf die andere Seite. Beide wiegen schwer, aber richtig zu packen bekomme ich keins. Sie zerren an mir, alles droht zu zerbersten, bevor es zwangsläufig in Flammen aufgeht.

Aber vielleicht ist auch schon längst alles in Flammen aufgegangen.

Ich kann weiter dem Alkohol die Schuld für die Entscheidungen geben, die ich getroffen habe, dabei kenne ich den eigentlichen Grund sehr genau: Ich habe mich schwach gefühlt. Ich habe einen Mann erforscht, den ich allmählich besser kennenlernte, und dann habe ich ganz bewusst nachgegeben. Der magnetischen Anziehungskraft, dem ungezügelten Verlangen, der aufrichtigen Verbindung. Ich habe mich von meinem Körper und meinem Herzen leiten lassen.

Ich habe die Augen geschlossen und bin gesprungen. Kurz bevor ich einschlief, während sein Körper sich dicht um meinen schloss und mich warm hielt, mahnte ich mich, tief ein- und auszuatmen, weil wir das am nächsten Morgen schon gemeinsam lösen würden.

Aber als dann die Morgensonne meine Haut wärmte und mich weckte, schlug mein Herz einfach so besorgt wegen der

Hand, die auf meinem Bauch lag, wegen des Gesichts, das sich an meinen Hals schmiegte. Meine Hände zitterten, doch ich schloss die Augen und zwang mich, keine Angst zu haben.

Ich schlängelte mich aus seiner Umklammerung und wollte am Handy spielen, bis er aufwachte, aber das Erste, was ich auf Instagram sah, war, wie er lächelnd eine langbeinige Brünette in den Eingang eines Hochhauses führte, eine Hand auf ihrem Hintern. Dann machte ich den Fehler, den Artikel anzuklicken, in dem sie Carters zwölf heißeste Eroberungen des Jahres vorstellten, alle bewertet nach so trivialem Scheiß wie Gesichtszüge, Figur, Modestil und Job.

Meine Angst flüsterte sofort, dass ich da niemals mithalten könne.

Die Angst rief mir auch in Erinnerung, dass er eine Wohnung hat, extra für seine One-Night-Stands.

Die Angst brüllte mir ins Gesicht, dass ich niemals genug bieten können werde, um das Interesse eines Mannes wie Carter zu halten.

Die Angst sagte mir, dass ich mich vom Acker machen solle, bevor er mich verletzen könne.

Die Angst ist ein lustiges, launisches Ding. Es gibt sie, um dich zu beschützen, um dafür zu sorgen, dass du nicht verletzt wirst. Sie rät dir zum Rückzug, bevor es zu spät ist. Aber gleichzeitig belastet sie dich so sehr, dass sie dich am Vorankommen hindert. Und meist wird man trotz allem verletzt. Oder noch schlimmer, man verletzt den Menschen, an dem einem was liegt, gleich noch mit.

Also, ich darf ja Angst haben. Aber dann stand Carter halt da, flehte mich an, zu bleiben, mit ihm zu reden, ihm eine Chance zu geben. Und statt mich erst mal allein mit meiner Angst zu beschäftigen, verlieh ich ihr Flügel, band mich an sie und ließ mich von ihr mitreißen. Ich habe zugelassen, dass sie die Kontrolle übernimmt, und das gefällt mir gar nicht.

Aber in Wahrheit weiß ich nicht, wie es anders gehen sollte. Ich weiß nicht, wie ich mein Herz für einen Typen aufs Spiel setzen soll, der sich noch nie für Beziehungen interessiert hat. Ich weiß nicht, wie ich mich jemandem gegenüber öffnen soll, der das schlussendlich gar nicht erwidern will, der mein Herz nicht schützen kann.

Ich … weiß es einfach nicht. So ist das halt manchmal im Leben.

Ich wische mir eine Träne von der Wange, denn trotz aller Unentschlossenheit fühlen sie sich grundlos an. Aber jedes Mal, wenn ich die Nachricht wieder lese, brennt es in meinen Augen. Ich müsste dringend die Karte weglegen, doch sie riecht so stark nach Zedernholz und Citrus, einem Duft, von dem ich mich noch nicht trennen möchte.

Also lese ich die Nachricht ein siebtes Mal.

> *Olivia,*
> *fröhliche Weihnachten und ein frohes Neues Jahr.*
> *Es wird das beste Jahr aller Zeiten, das weiß ich*
> *jetzt schon, weil ich dich kennengelernt habe.*
> *Carter*

Der Burner? Das kleine Herz, das er neben seinen Namen gekritzelt hat.

Der Kloß sackt aus meinem Hals in meine Brust, die sofort eng wird. Ich lege mir die Hand auf die Stelle, die wehtut, will so dafür sorgen, dass der Schmerz nachlässt, aber vergeblich.

Also gebe ich auf und bewundere stattdessen die rotgoldene Kette in meiner Hand. Es ist keine Halskette, sondern ein Band für meine Schul-ID. In die zarte Kette sind alle paar Zentimeter diamantenbesetzte Ringe eingelassen und dazu passend gibt es noch eine rotgoldene Trillerpfeife an einem Extrahäkchen.

Mein Daumen reibt über die Wörter, die in den Anhänger graviert sind, der Kette und Häkchen verbindet. *Miss Parker* steht auf der einen Seite. Ich drehe ihn um und dann verschwimmt schon das vor meinen Augen, was auf der anderen Seite eingraviert ist: *Heißeste Lehrerin der Welt.*

Was ich am meisten daran liebe? Den kleinen Hockeyschuhanhänger, der neben der Trillerpfeife baumelt. Ein so durchdachtes, sinnvolles, wunderschönes Geschenk, und ich hab ihn einfach stehen lassen, sodass er allein in das brandneue Jahr starten musste, obwohl er mich nur gebeten hat, zu bleiben, ihm zu trauen.

Dabei geht es gar nicht so sehr um seine Absichten. Ich kenne ihn gut genug, um zu wissen, dass er in dem Punkt nicht lügt. Würde er das, wäre er vermutlich besser darin, mit Frauen im Allgemeinen und mir im Besonderen zu sprechen. Tatsache ist, wenn er gelogen hätte, hätte ich mich vermutlich bereits in der Nacht, in der wir uns kennengelernt haben, in seinem Bett wiedergefunden.

Ich glaube ihm, dass er es versuchen will. Ich weiß nur nicht, ob ich darauf vertraue, dass er das wirklich durchdacht hat, dass in den letzten zwölf Stunden etwas passiert ist, das ihn so gravierend verändert hat, dass er plötzlich bereit ist für eine Beziehung.

Ich will keine sein, deren Gesicht in den Klatschzeitungen abgedruckt und in den sozialen Medien geteilt wird. Abgestempelt und verurteilt, falls er doch seine Meinung ändert. Ein gebrochenes Herz heilt ja so schon schwer genug, das will ich nicht auch noch öffentlich durchmachen müssen.

Mein Handy leuchtet auf und ich muss schlucken, als Caras Gesicht auf dem Display erscheint. Sie wird Details wollen, Details, die ich nicht teilen will. Denn dann muss ich zugeben, wie tief ich gesunken bin, was ich aus Angst gemacht habe und dass ich nicht weiß, wie ich es wiedergutmachen soll, weil ich nicht weiß, ob ich mutig genug bin, mich darauf einzulassen.

Cara hat nie Angst, vor nichts. Sie weiß, was sie will, und dann holt sie es sich, ohne zu zögern. Ich wünschte, ich wäre so selbstsicher.

Ich räuspere mich und halte mir dann das Handy ans Ohr. »Hi, du.«

»Hey, Babe! Bist du noch bei Carter? Wir sind unterwegs. Zieht euch was an. Und erzähl mir bloß nicht, dass da nichts gelaufen ist. Deine schlimmen Absichten standen dir ins Gesicht geschrieben, als du gestern auf seinem Bett rumgehüpft bist.«

Bei dem Lachen, das ich mir abringe, muss ich selbst das Gesicht verziehen. Obwohl mein Vater ja darauf schwört, dass ich ach so dramatisch bin und eine super Schauspielerin abgäbe, bin ich in Wahrheit hundsmiserabel. Wenn ich was fühle, dann immer zu groß, zu viel, weshalb sich das schlecht runterschlucken lässt.

»Ich bin zu Hause, Cara.«

Es bleibt so lange still, dass ich einen Blick aufs Display werfe, um zu gucken, ob die Verbindung nicht abgebrochen ist. Ist sie nicht. Leise höre ich, dass sie Emmett sagt, er solle zu mir fahren statt zu Carter, dann speit sie förmlich.

»Was hat er getan? Sein Arsch ist fällig, Liv, ich bring ihn um. Ich schwöre. Ich gehe in den Knast für dich.«

Ihre unerbittliche, beschützende Art macht sie zu einer so guten Freundin, zu einem Menschen, den man immer auf seiner Seite wissen will. Ich bin mir bloß nicht sicher, ob sie gerade auf meiner Seite sein sollte. Sie würde mich nie sitzen lassen, sie steht mir immer bei und ich ihr, aber sie würde mir auch nicht zustimmen, wenn sie den Fehler bei mir sieht.

»Ich weiß das wirklich zu würdigen, Cara, aber Carter hat nichts falsch gemacht.«

»Warum bist du dann traurig?« Sie klingt plötzlich so leise und zart, krasser Gegensatz zu ihrem Ausbruch kurz zuvor. »Ich bin mir ziemlich sicher, dass Carter den ganzen Tag mit dir verbringen wollte. Em und ich haben was von einem Truthahn gehört.«

Ein echtes Lachen dringt meine Kehle hinauf. Ich muss eine Träne wegwischen. »Er hat mir Truthahn versprochen. Und Filme und Kuscheln und Reden.«

»Trotzdem bist du nicht bei ihm.«

»Nein.«

»Es ist okay, Angst zu haben, Ollie«, versichert sie mir, weil sie mich mal wieder liest wie ein offenes Buch. »Die haben wir alle. Wir packen das. Wie auch immer es sich gestaltet.«

Mein Herz quillt über, ich bin so dankbar für so viel Liebe. »Danke, Cara.« Ich räuspere mich und wedele abwehrend mit der Hand. »Egal, genug von mir und meinen selbst verschuldeten Problemen. Was ist los? Wieso seid ihr unterwegs?«

Sofort ist da eine Lebhaftigkeit in ihr, eine so spürbare Energie, dass sie fast aus dem Handy sprudelt. »Mach die Tür auf und finde es heraus.«

Die Verbindung ist im selben Moment getrennt, in dem jemand an die Tür klopft.

Nein, es wird nicht geklopft, ich bin mir ziemlich sicher, dass sich da jemand mit voller Wucht gegen die Tür wirft.

Ich rutsche aus dem Bett und gehe durch den Flur. Kaum habe ich geöffnet, kollidiert schon ein Körper mit mir. Lange Glieder klammern sich an mich, reißen mich zu Boden. Ich ertrinke fast in Caras blonden Locken.

Sie löst sich ein bisschen, ihre blauen Augen funkeln aufgeregt, während sie mir ihre Hand fast ins Gesicht drückt. Ein gigantischer und atemberaubender Diamant berührt meine Nasenspitze.

»*Hallo, Trauzeugin!*«

SIEBZEHN

OREOS, SEELENVERWANDTE UND FUCK-UPS

CARTER

Ich bin ein beschissener Schauspieler. Wenn das noch nicht klar gewesen sein sollte, haben es die letzten Tage definitiv bewiesen. Ich weiß nicht, wie ich diese Gefühle loswerden soll – die Verwirrung, die fucking Seelenqual. Ich fühle mich wie ein verirrter Welpe und ich fürchte, so sehe ich auch aus.

Eigentlich weiß ich das sogar, denn Garrett sagt das immer, wenn er mir gegen die Wange stupst, weil ich wieder so finster gucke. Was gerade ziemlich oft vorkommt. Ich habe keine Ahnung, wie ich mit meinen Kumpels darüber reden soll. Die haben offenbar alle damit gerechnet, dass ich die Sache abhake und weitermache. Um ganz ehrlich zu sein, hab ich das auch.

Ich muss ja kein Experte sein, um zu wissen, dass Beziehungen hart sind. Ich muss mir eigentlich nur hier in der Bar meine Kumpels angucken. Kerle, die ihre Freiheit nicht aufgeben wollen. Kerle, die keine finden, die wirklich an ihnen und nicht an ihrer Kohle interessiert sind. Von den wenigen, die verheiratet oder in festen Beziehungen sind, sind die wenigsten treu. Manchmal habe ich den Eindruck, es gibt wesentlich mehr Gründe, die dagegensprechen als dafür.

Ein Funke Neid schlägt in meiner Brust aus, als ich zusehe, wie Emmett in sein Handy grinst. Manchmal denke ich, ich will, was er hat. Wenn ich nicht auf dem Eis stehe, nur mit der Frau unterwegs sein, die mich glücklich macht, bei der ich ich selbst sein kann.

Aber dann sehe ich Adam, der zum x-ten Mal an diesem Abend auf sein Handy glotzt und sich offensichtlich über die ausbleibenden Nachrichten seiner Freundin wundert. Derselben Freundin, die seit über einem Monat bei keinem Heimspiel mehr war und die das neue Jahr allein eingeläutet hat, weil sie nicht mitkommen wollte. Adam hatte, was Emmett hat, und jetzt sieht es ganz so aus, als wäre es … vorbei.

Ich stupse ihn mit dem Ellbogen an, weil er das Handy wieder wegpackt. »Alles okay mit dir und Court?«

Er seufzt und fährt sich mit der Hand durchs Haar. »Um ehrlich zu sein, ich habe keine Ahnung. Sie ist total distanziert. Will nichts mehr unternehmen, und wenn ich unterwegs bin, antwortet sie praktisch nicht mehr auf meine Nachrichten. Sie hat ja gesagt, sie hatte keinen Bock auf deine Party. Als ich nach Hause gekommen bin, war sie total besoffen und selbst gerade erst wieder zurück von da, wo auch immer sie gewesen ist.«

Fuck. »Hast du sie mal drauf angesprochen?«

»Ich hab's versucht. Sie meinte, ich mache unnötiges Drama, hat dann aber im Gästezimmer geschlafen und sich am nächsten Morgen geweigert, mit mir drüber zu sprechen.«

Ich weiß nicht, was ich sagen soll. Ich habe echt null Erfahrung mit Liebesbeziehungen, so viel ist mittlerweile klar. Ich habe mich ja praktisch völlig sorglos durch meine Zwanziger gevögelt, bloß drauf geachtet, dass mein Schwanz gut verpackt ist, bevor ich ihn in eine heiße, feuchte Stelle stecke. Es gibt nichts Wertvolles, was ich zu dieser Unterhaltung beitragen könnte. Deshalb halte ich besser die Klappe, denn wenn ich was sage, dann geht das vermutlich Richtung: *Vergiss sie.*

Also sage ich nur, dass es mir leidtut.

Und genau deshalb lasse ich die Finger von Beziehungen. Sie

sind kompliziert und schwierig, und ich habe den Eindruck, dass die Leute zu neunundneunzig Prozent unglücklich, eifersüchtig, wütend oder besorgt sind.

Gibt halt einen Grund dafür, dass ich mich nur auf so was einlassen würde, wie meine Eltern es hatten.

Das war echt und schön. Da war nichts Hässliches, es gab keinen ewigen Groll oder giftige Worte. Mom hat immer gesagt, dass das Geschmeidige mit der Zeit kam, dass nichts von Anfang an perfekt ist und dass sie und Dad – selbst wenn sie rückblickend perfekt wirken – das selten sind. Aber auf mich wie vermutlich jeden anderen Außenstehenden wirkte das schon alles ziemlich perfekt.

Ich habe mein Leben lang zusehen können, wie mein Dad meine Mom jeden Tag durch die Küche schwang, bis ich ausgezogen bin. Ich habe ihre Geschichten gehört, ihr Lachen. Sie waren schwer verliebt, und das war spürbar. Und sehen konnte man es auch.

Doch jetzt lebt meine Mutter seit sieben Jahren mit einem gebrochenen Herzen. Wobei *leben* auch nicht ganz das richtige Wort ist. Sie überlebt, gerade so.

Und das ist Furcht einflößend. Ich will mir gar nicht vorstellen, wie das ist. Jemanden so sehr zu lieben, dass man das Gefühl hat, einen Teil von sich zu verlieren, ohne den man kaum weiterleben kann. So was will ich gar nicht am eigenen Leib erfahren. Ich kriege es ja schon kaum hin, meine Mom über Wasser zu halten.

Jetzt sitzt Adam hier, der netteste Kerl, den ich kenne, mit dem größten Herzen, und sieht so aus, als würde er das alles bereits durchmachen, dabei ist er noch mit seiner Freundin zusammen.

Vielleicht war es also doch ganz gut, dass Olivia einfach abgehauen ist. Das Letzte, was ich brauche, ist, mich zu verknallen – oder was auch immer man in Beziehungen macht –, nur um dann irgendwann so zu enden wie Adam. Oder schlimmer noch: wie meine Mom.

Ich will nicht so zerbrechen. Ich will ganz sein. Vielleicht kriegt man das ja besser allein hin.

Der Gedanke löst ein ungutes Gefühl in meinem Körper aus, als würde er dagegen kämpfen, mir sagen, dass ich es weiter versuchen soll, doch mein Gehirn weiß nicht wie. Als die Jungs und ich ins Hotel zurückkehren, weiß ich nicht, ob ich ein bisschen über Olivia hinweg bin oder es irgendwie hinbekommen habe, dieser Frau noch mehr verfallen zu sein, die ich nun seit Tagen weder gesehen noch gesprochen habe.

»Irgendwie stehst du gerade besonders auf Oreos, kann das sein?« Adams Augen funkeln, als er mich dabei beobachtet, wie ich eine Packung aufreiße und mir zwei in den Mund stecke, während ich mir gleichzeitig die Jogginghose anziehe.

Wir haben die Calgary-Mannschaft ordentlich abgezogen, aber der Erfolg ging definitiv nicht auf mein Konto. Ich bekam sechs Strafminuten aufgebrummt und eine ordentliche Moralpredigt vom Coach, weil ich ein beschissener Mannschaftskapitän war. Jetzt, mit einem Bier und einer Portion Nachos intus, habe ich keinen anderen Wunsch, als mich mit Süßkram vollzustopfen und auf dem Sofa zu versacken.

»Kann nicht anders«, murmle ich, den Mund voller Kekse. Heute mal mit Fudge-Überzug. Ich mag Abwechslung und die schmecken ja alle gut. Außer Möhrenkuchen. Also, ich liebe Möhrenkuchen, aber der hat doch in einem Keks nichts verloren.

»Er isst seine Gefühle«, sagt Garrett und tätschelt meinen Bauch. »Nicht war, mein Großer?«

Ich verpasse ihm einen Judoschlag, als er mir ins Gemächt packen will. »He, Finger weg.« Dann stemme ich mein Bein zwischen uns, um ihn auf Abstand zu halten.

»Gib mir was ab«, wimmert er und versucht, an meine Kekse zu kommen. »Ich will auch welche.«

Ich verdrehe die Augen und werfe dann einen Keks in die Luft. Garrett fängt ihn mit dem Mund. Emmett lacht, lässt sich aufs Sofa fallen und zückt sein Handy.

Zwischen ihm und mir war es in letzter Zeit ein bisschen angespannt. Er hat gesagt, Olivia und ich hätten nicht miteinander schlafen sollen, und das sehe ich ja auch so, doch hinterher ist man halt immer schlauer. Aber noch dazu ist er mittlerweile superzurückhaltend. Wir reden hier von dem Kerl, mit dem ich nach unserem NHL-Debüt durch Vancouver gezogen bin und eine Unmenge Alkohol gesoffen hab. Dieser Typ ist nicht zurückhaltend.

»Emmy!«, flötet Caras Stimme aus Emmetts Handy, sie scheinen zu facetimen. »Du fehlst mir. Zeig mir deinen Schw–«

»Ich bin nicht allein«, unterbricht er sie. »Sprich einfach nicht weiter.«

Cara zieht einen Flunsch, aber nicht lange, weil sie mich hinter Emmett entdeckt. »Hast ganz schön scheiße gespielt, Carter. Was machst du die ganze Zeit auf der Strafbank?«

Ich zeige ihr den Mittelfinger und drehe den nächsten Oreo auseinander.

»Was machst du, Schatz?« Emmett schiebt sich eine Hand unters Shirt, reibt sich den Oberkörper. Scheint was zu bedeuten, denn er grinst Cara an und hebt die Augenbrauen.

Sie fährt mit dem Finger ihre Lippen nach, hört dann aber abrupt auf und schüttelt den Kopf. »Livvie pennt heute bei mir, wir betrinken uns mit Wein.«

Beim Klang ihres Namens setzt mein Herz aus, meine Hand erstarrt auf dem Weg zu meinem Mund, der speichelnd auf den Keks wartet, während ich auf einen Blick auf Olivia hoffe. Stattdessen sehen wir den Couchtisch mit Weinflaschen, leeren Essensschachteln und Junkfood.

Ein verschlagenes Grinsen zeigt sich auf Caras Gesicht, bevor sie das Handy dreht. »Sag Hallo, Ol!«

Olivia hat die Haare mitten auf dem Kopf zusammengefasst, schlampiger als meine Schwester das für gewöhnlich tut, und der sage ich immer, sie hat ein Vogelnest auf dem Hirn. Sie trägt den ollsten Kapuzenpulli, den man sich vorstellen kann, übersät von Farbflecken und Löchern, trotzdem ist sie so schön, dass es *wehtut*.

Der Blick aus ihren aufgerissenen Augen landet auf mir, ihre Wangen werden rot, ihre Hand verharrt in der Luft, in der sie ein …

Sie hat einen fucking Oreo in der Hand!

Die Frau ist meine Seelenverwandte, verdammt.

Die Stille ist ohrenbetäubend, alle glotzen, wie es weitergeht. Garrett reißt in Zeitlupengeschwindigkeit eine Tüte Tortilla-Chips auf, sein Blick saust zwischen mir und dem kleinen Handydisplay hin und her, während er sich mit der Geschwindigkeit einer Jahrtausende alten Schildkröte einen Tortilla-Chip in den Mund steckt. Das folgende oberlaute Kauen löst unzählige Gewaltfantasien bei mir aus. Adam bebt am ganzen Körper, weil er so sehr sein Lachen unterdrückt. Emmett macht dieses Hustschnarchgeräusch, auch sein Körper bebt, bis er es nicht mehr länger aushalten kann.

Emmett und Adam lachen schallend, und Olivia zieht sich den Kragen ihres Pullis bis zur Nase, lässt den Blick und die Hand mit dem Keks sinken. Mein Herz wird mit jedem Zentimeter, den sie sich von mir entfernt, schwerer und dabei ist sie ja nicht mal wirklich hier.

»Ich geh mal aufs Klo«, sagt sie leise und huscht davon. Ich frage mich sofort, wann ich sie wohl wiedersehen werde.

Schon erscheint wieder Cara auf dem Display. »Dafür killt sie mich gleich.«

Garrett schaufelt sich eine Handvoll Tortilla-Chips in den Mund und zuckt mit den Schultern. »Du wolltest sie doch so dringend wiedersehen.«

Sie wiedersehen? Sie kann mich ja nicht mal angucken. So hab ich mir das absolut nicht ausgemalt.

Alles an dieser Situation ist beschissen.

***

Ich stapfe vom Eis, bevor der Buzzer überhaupt erst richtig verklungen ist. Kaum bin ich in der Umkleide, pfeffere ich die Handschuhe auf den Boden.

»*Fuck!*« Ich reiße mir den Helm runter und gehe zum Waschbecken, wo ich das Wasser auf eiskalt stelle und erst in mein verschwitztes Gesicht schleudere, als fast Eiswürfel aus der Leitung kommen. Meine Haut brennt und ich bin so angespannt, dass ich Knoten in der Brust habe.

»*Beckett!*«

Sofort lasse ich den Kopf hängen und packe das Waschbecken so fest, dass meine Fingerknöchel ganz weiß werden.

»Mitkommen. Sofort!«

Ich folge Coach durch die Umkleide, vorbei an den besorgten Blicken meiner Mannschaft, bis wir um die Ecke sind, die ein falsches Gefühl von Abgeschiedenheit vermittelt. Sehen können die uns hier nicht, aber aus Erfahrung weiß ich, dass sie jedes Wort dieser Verbalkeule mitbekommen werden.

»Was zum Teufel ist mit dir los?« Coaches Blick glüht, sein Gesicht ist rot und verzerrt. »Wir haben gerade mal zwanzig Minuten gespielt, von denen du schon fünf auf der verdammten Strafbank warst!«

»Kommt nicht wieder vor, Sir.«

»Sag das deinem Team. Du bist ihr Kapitän und du lässt sie hängen. Wir liegen ein Tor im Rückstand, weil du da draußen nur Scheiße baust!«

Seine Wut ist absolut berechtigt. Ich bin abgelenkt, sogar noch schlimmer als letzte Woche. Olivia vorgestern bei dem Videocall zu sehen, als sie nicht schnell genug abhauen konnte, hat mir mehr zugesetzt, als mir lieb ist.

Ich habe jede Frau abblitzen lassen, die sich nach den Spielen an mich rangemacht hat. Ich habe mir solche Mühe gegeben, war so brav – alles in der Hoffnung, dass sie es mitbekommt, dass sie sieht, wie ich mich verändere, damit ihre Angst nachlässt. Aber es funktioniert nicht, und dass sie trotzdem so eine krasse Ablenkung ist, dass ich gefühlt Watte im Kopf habe, macht mich wahnsinnig.

Eine Nacht. *Eine verfluchte Nacht* mit diesem Mädchen und ich bin hinüber. Wieso kriege ich sie nicht aus dem Kopf?

Keine Ahnung, was Coach in meinem Gesicht sieht, aber irgendwas scheint darauf geschrieben zu sein – Niedergeschlagenheit vermutlich –, denn sein Blick wird sanfter.

»Carter, ich seh doch, dass irgendwas los ist. Das bist doch nicht du. Normalerweise bist du der gelassenste Typ auf dem Eis. Immer der zuverlässige Anführer, aber in letzter Zeit bist du mit dem Kopf woanders. Das muss sich ändern.«

Das versuche ich doch, verdammt.

»Ich weiß nicht, was du geändert hast, aber was auch immer es ist, mach es rückgängig. Das Neue funktioniert nicht, das Alte war dein Ding. Finde zurück zu dem Carter Beckett, den wir kennen und lieben.«

Und wenn ich diese Version von mir nicht liebe? Wenn ich nicht länger *dieser* Carter Beckett sein will?

Aber nach dem scheinen sich ja alle zu sehnen, also gebe ich ihnen, was sie wollen.

Ich reiße mir im zweiten und dritten Spieldrittel den Arsch auf. Mir gelingt es, nicht wieder auf der Strafbank zu landen, außerdem mache ich ein Tor, eine Torvorlage und führe das Team damit erneut zum Sieg. Coach ist glücklich nach dem Spiel, ich nicht.

»Carter! Bekommen wir ein Interview?«

Ich will die Reporter im Flur auf dem Weg zur Umkleide gern links liegen lassen, doch Coach packt mich am gepolsterten Ellbogen und hält mich auf.

»Selbstverständlich bekommen Sie ein Interview.«

Ich kann kaum mein Stöhnen unterdrücken, während mir schon Mikros und Kameras ins Gesicht gehalten werden und mir meine Privatsphäre verweigern.

»Sie hatten ja im ersten Drittel schwer zu kämpfen, Carter«, sagt ein Reporter. »Das scheinen Sie in letzter Zeit häufiger zu müssen.«

Ich fahre mir mit der Hand durchs verschwitzte Haar und seufze. »Äh, ja. Ich stand ein bisschen neben mir. Irgendeine Magen-Darm-Sache. Aber jetzt bin ich wieder in der Spur«, füge ich mit einem gezwungenen Lächeln hinzu.

»Im zweiten und dritten Drittel haben Sie das Ruder noch mal rumgerissen. Was ist passiert?«

»Ich, äh …«

»Liegt es an Olivia?«

Eigentlich hab ich mir mit der Hand übers Kinn gerieben, doch sofort erstarre ich. »Wie bitte?«

»Olivia. Die junge Dame von vor ein paar Wochen. Sie haben ihr ein Tor gewidmet und wurden am selben Abend tanzend gesehen. Und bei der Spendenveranstaltung für das *Family Project* hat sie Sie ebenfalls begleitet, seither wurde sie jedoch nicht mehr gesehen.«

Ich beiße die Zähne zusammen. »Was genau ist Ihre Frage?«

»Haben Sie sich getrennt? Waren Sie zusammen? Oder war sie einfach nur eine weitere –«

»Ich spreche nicht über Olivia.«

»Verraten Sie uns ihren Nachnamen? In welchem Verhältnis stehen Sie? Was macht sie beruflich?«

»Unglaublich.« Ich kneife die Augen zusammen, ein finsteres Lachen in der Kehle. Ich mache einen Schritt vor und schaue auf den Typen runter, der doch tatsächlich dagegenhält. Ich mag es nicht, wenn jemand dagegenhält, und das begreift er wohl auch, als er ein bisschen rückwärtsstolpert. »Olivias Privatleben geht niemanden was an. Vergessen Sie ihren Namen, sonst knallt es beim nächsten Mal.« Dann schiebe ich mich durch die kleine Gruppe zur Umkleide. »Das Interview ist vorbei.«

Aber mein Kriegszug ist es noch lange nicht. Im Gegenteil. Mein Frust steigert sich weiter, genauso meine Wut und meine Verwirrtheit. Wie ich das hasse, aber ändern kann ich daran auch nichts.

So bin ich nicht, da hat Coach recht. Ich muss was tun, und zwar schnell. Deshalb steuere ich sofort Cara an, als wir nach dem Spiel die Bar betreten.

Bloß Emmett ist schneller, schließt sie fest in die Arme, woraufhin sie ihm die Hände ans Gesicht legt und ihn innig küsst. Sie sind jetzt etwas über ein Jahr zusammen und unverändert verknallt. Ich glaube, die sind eins der wenigen glücklichen Pärchen, bei denen das auch so bleiben wird. Bei denen von Anfang an alles glattläuft.

Cara legt ihr Handy auf den Tisch, bevor die beiden an die Bar verschwinden, und ich setze mich auf ihren Platz. Stolz bin ich nicht darauf, aber ich nehme ihr Handy, weil ich mir eigentlich Olivias Nummer mopsen will. Vielleicht ist das Glück zur Abwechslung ja mal auf meiner Seite, ihre letzten Nachrichten sind nämlich noch zu sehen.

Cara: Bleibt dein Date zum Frühstück?

Olivia: Ist es ohne überhaupt ein Date?

Blut rauscht mir in den Ohren. Die Wörter jagen mir einen heftigen Schmerz durch die Brust, als ich kapiere, was da steht. Sie hat das, was auch immer da zwischen uns war oder eben nicht war, abgehakt. Weil, eigentlich war es ja gar nichts, oder? Abgesehen davon, dass die Chemie stimmte und es eine definitive körperliche Anziehung gab, dazu noch die bescheuerte Annahme, dass eine Beziehung etwas sein könnte, das ich will. Dass Olivia und ich funktionieren könnten.

Warum hab ich das überhaupt jemals für eine gute Idee gehalten?

Coach hat recht. Dieses neue Ich funktioniert nicht. Den alten Carter Beckett würde das so was von nicht kümmern. Der würde seine Gefühle in etwas Heißem und Feuchtem versenken.

Und genau das werde ich jetzt tun.

Ich lasse den Blick durch die Bar schweifen, von hoffnungsvollem Augenpaar zu hoffnungsvollem Augenpaar, bis ich finde, was ich suche.

Groß. Platinblond. Zwinkert mir zu und lockt mich mit dem Finger.

Das genaue Gegenteil von Olivia.

»Mr Beckett.« Sie fährt mit einem glänzend schwarzen Nagel über meine Krawatte, bevor sie mir die Arme um den Hals schlingt. »Wenn du mal nicht umwerfend aussiehst.«

Meine Augen schließen sich wie von selbst, als wollten sie nicht mitansehen, welche Katastrophe ich da gerade selbst fabriziere. »Wollen wir uns von hier zurückziehen?«

Sie packt meine Krawatte und zieht mich zu sich. Ihr Parfum ist erstickend. »Ich hab ein neues Tattoo«, flüstert sie.

»Cool.« Ich muss schlucken, weil meine Kehle plötzlich ganz eng ist. »Kann's nicht erwarten, das zu sehen.«

Also eine Wiederholungstäterin. Brandy oder Mandy oder Candy. Keine Ahnung und mir eigentlich auch egal. Ich weiß bloß, dass ich sie schon mal gevögelt habe und das schon okay war. Hoffentlich okay genug, um mich aus diesem verfickten Gedankenkarussell zu schleudern, in dem ich gefangen scheine und das ich keine Sekunde länger ertragen will.

»Dann los.« Ich hasse mich schon, als ich ihr auf den Hintern schlage, und das steigert sich nur, als ich ihre Hand nehme und sie zur Tür hinausziehe.

Dieser Winter macht mich fertig. Bergeweise Schnee, außerdem eisige Kälte, die dich praktisch ohrfeigt. Beides absolut nicht typisch für die Westküste. Ein bisschen habe ich den Winterblues für meine Gefühle verantwortlich gemacht, von dem immer alle reden. Aber während ich mit dieser Candy Brandy an der Hand die Straße hinunterschlendere, merke ich oberdeutlich, dass das nicht der wahre Grund ist. Ich halte schlicht die falsche Hand.

Nichts fühlt sich richtig an.

Ich habe keinen Plan, was ich da gerade mache, wie ich darauf komme, dass mir das aus meinem Gefühlschaos helfen soll. Kein Wunder, dass Olivia sich nicht darauf verlassen wollte, dass ich mich ändern kann. Das hier zeigt ja nur, dass ich noch immer derselbe Typ bin, der seine Probleme vermeintlich wegvögelt. Die Erkenntnis, dass mein Vater unfassbar enttäuscht von mir wäre, trifft mich wie ein Schlag.

Der Eingang zu meiner Wohnung erscheint am Ende der Straße und beim Anblick der davor wartenden Kameras läuft es mir eiskalt den Rücken hinunter. Sie wollen ablichten, wen ich heute mit nach Hause nehme. Ich habe es so satt, mein Foto überall zu sehen, dass mein Privatleben überall zur Schau gestellt wird. Ich will so nicht mehr leben, so leichtsinnig. Ich möchte zuverlässig sein, jemand, auf den man zählen kann. Ich möchte auf mich selbst zählen können.

Ich fahre mir mit den Händen durchs Haar, ziehe an den Enden und bleibe stehen. »Was zur Hölle mache ich hier?«

Brandy – *Mandy?* – schiebt mir eine Hand unter den Mantelkragen. »Hoffentlich machst du's mir in ein paar Minuten.«

Ich schüttle den Kopf, plötzlich bin ich total verspannt. Ich stemme mich gegen die Häuserwand, vor der wir stehen geblieben sind, hole immer wieder tief Luft. Dann hämmere ich leicht mit der Stirn gegen die Wand. Vielleicht komme ich ja so zur Vernunft.

»Tut mir leid, ich kann das nicht.«

»Wie bitte? Du bist doch –«

»Das war ein Fehler.« Ich nehme ihre Hand und gehe zurück Richtung Bar. »Komm, ich bring dich zurück.«

Sie macht genauso schnelle Schritte wie ich. Als ich sehe, wie sie mich verstohlen mustert, weiß ich wieder, warum ich sie für eine zweite Runde überhaupt erst in Betracht gezogen habe. Obwohl sie mich kaum kennt, sieht sie mich doch als Menschen, nicht nur als Geldschleuder. »Alles okay?«

»Ich … ich … Ach, keine Ahnung. Ich hab verschissen.«

»Kannst du es wieder zurechtbiegen?«

»Wie soll ich meine Vergangenheit zurechtbiegen?«

Sie grinst. »Oh, beißt dir deine Playboyvergangenheit in den Hintern?«

»Jupp.« Ich stöhne und schließe die Augen, da wird uns nachgerufen. Außerdem kann ich die Schritte von den Leuten hören, die uns nachrennen, Kameras blitzen. »Fucking skrupellos«, flüstere ich.

»*Carter! Hier!*«

Als wir bei der Bar ankommen, bin ich so geblendet von den Kamerablitzen, dass ich nichts mehr sehen kann.

»Die erste Frau, mit der Sie dieses Jahr gesichtet werden! Ist es mit Olivia vorbei?«

»Wer ist die neue Schönheit?«

Ich schirme meine Augen ab und taste nach der Tür.

Bloß Mandy scheint mit ihnen sprechen zu wollen.

»Sandy«, sagt sie mit einem breiten Grinsen und winkt in die Kameras. *Na bitte, nah dran.* »Mit ie. Sandie mit ie.« *Verdammt noch mal.*

Ich rucke an ihrer Hand. »Los, komm mit.« Ich muss dringend nach Hause und mir ein paar wichtige Gedanken machen, bevor mir das Hirn explodiert.

»Dann ist an den Gerüchten nichts dran?«, ruft ein Reporter. »Über Sie und Olivia? Dann war sie nichts weiter als eine Ihrer –«

»*Es reicht!*«, brülle ich und fahre herum. In mir wütet eine solche Rage, dass ich gar nicht weiß, wie ich mich kontrollieren soll. Mein ganzer Körper bebt, weil sie so dringend rauswill, und wenn die noch ein Mal ihren Namen sagen … »Kein Wort mehr über Olivia! Den Namen nehmen Sie, verdammt noch mal, nie wieder in den Mund!«

Sandie schiebt mich in die Bar. »Und nur so nebenbei«, ruft sie über die Schulter, »hier ist nichts gelaufen. Er war einfach nur ein Gentleman und hat mich zur Bar begleitet. Suchen Sie sich einen richtigen Job.«

»Äh …« Ich blinzele sie an. »Danke.«

»Kein Ding. Und jetzt musst du mich entschuldigen, da ruft ein Martini nach mir.« Sie schlendert davon, bleibt aber noch mal stehen und dreht sich zu mir um. »Ach, und, Carter? An deiner Vergangenheit kannst du nichts ändern, aber wenn du eine andere Zukunft willst, musst du dich nur dafür entscheiden.«

Ich spüre die Blicke aller Anwesenden auf mir lasten. Selbst ansehen kann ich niemanden, ich würde die Enttäuschung nicht ertragen, nicht wenn ich schon selbst im Selbstmitleid ertrinke. Also verschwinde ich direkt durch den Hinterausgang, diesmal ist die kalte Luft mehr als willkommen. Ich lehne mich an die Wand und *atme* einfach mal nur.

Ich höre die Tür klicken und ohne die Augen zu öffnen, weiß ich, wer es ist. Sie lassen mich einen Moment mit meinen Gedanken allein, sagen nichts.

Als ich die Augen schließlich öffne, ist da nichts als Mitgefühl in ihren Blicken, was mich total aus der Bahn wirft.

»Sie hat ein Date.« Ich klinge erschütterter, als angemessen wäre.

Cara runzelt die Stirn. »Liv?«

Ich nicke. »Ich hab dein Handy gesehen«, gestehe ich. Sofort wandelt sich das Mitgefühl bei ihr in Verärgerung. »Sie hat geschrieben, dass sie mit ihm frühstücken wird.«

»Ach, was bist du doch für ein fucking Idiot …« Seufzend holt sie das Handy aus der Tasche. »Carter, manchmal könnte ich …« Dann hält sie mir das Display vor die Nase. Zu sehen ist ein Foto von Olivia und einem kleinen Mädchen, das ihr erstaunlich ähnlich sieht und in die Kamera lächelt. »Das ist ihr Date. Ihre siebenjährige Nichte. Sie werden zusammen frühstücken, weil sie das Wochenende bei ihr verbringt.«

Eine Welle der Erleichterung überkommt mich. »Dann hat sie keinen Neuen?«

»Nein, du Spinner. Sie steht total auf dich und kämpft sich gerade durch ihre Selbstzweifel und versucht, mit der Unsicherheit klarzukommen, die dein bisheriges öffentliches Leben bei ihr auslöst.«

Ich lasse den Kopf hängen. »Sie wird mich hassen.«

»Wieso?« Garrett zieht die Augenbrauen zusammen. »Mit dem Mädchen eben ist doch nichts gelaufen. Das hat sie ja laut genug herumposaunt. Hättest du überhaupt erst mit ihr losziehen sollen? Vermutlich nicht, weil du so gut wie wir weißt, dass du das eigentlich gar nicht willst.«

Adam hebt eine Schulter. »Das Wichtigste ist ja, dass du dich selbst gestoppt hast, bevor du was getan hast, was du bereut hättest.«

»Sie wird mir doch jetzt erst recht nicht trauen können. Niemand glaubt, dass ich gut genug bin für sie.«

Emmett hält kopfschüttelnd die Hand hoch. »Das stimmt so nicht. Wollten ein paar von uns anfangs nicht, dass du ihr zu nahe kommst? Absolut, das gebe ich gern zu. Weil dieses Verhalten hier total untypisch ist für dich, zumindest wenn es um Frauen geht. Du bist seit zehn Jahren mein bester Freund und ich habe noch nie erlebt, dass du überhaupt einen Funken Interesse an was Ernstem zeigst.«

Ich reibe mir den Nacken. »Du hast in letzter Zeit kaum mit mir gesprochen. Hab schon gedacht, du bist sauer auf mich.«

»Ich bin nicht sauer auf dich. Und ich finde absolut nicht, dass du nicht gut genug für Olivia bist. Im Gegenteil. Ich stehe nur ein bisschen zwischen den Stühlen, was sich richtig kacke anfühlt, weil ich euch beide so mag und ihr beide leidet. Mir ist klar, warum sie so große Angst hat, aber gleichzeitig sehe ich, wie viel dir an ihr liegt. Ich möchte, dass ihr glücklich seid, und es wäre richtig cool, wenn ihr zusammen glücklich wärt, aber ich glaube nicht, dass es gut ist, Olivia zu etwas zu drängen, zu dem sie noch nicht bereit ist.« Er hebt und senkt die Schultern. »Kacksituation.«

»Dann hilf mir«, flehe ich. »Ich gebe doch alles. Ich hasse diesen Zustand. Ich habe entschieden, was ich will. Sollte es danach nicht leichter sein?«

Cara lässt den Kopf in den Nacken sinken und lacht etwas verzweifelt. »Ich liebe dich echt, Carter, aber bist du wirklich so ein Volltrottel, was Beziehungen angeht? Nur weil *du* entschieden hast, dass du sie willst, ist doch nicht plötzlich alles geritzt.«

»Aber bei euch war das doch so.«

»Carter, nimm's mir nicht übel, aber hätte Em nur im Ansatz deinen Ruf gehabt, hätte er sich gehörig mehr ins Zeug legen müssen. Dass wir von Anfang an so verknallt waren, heißt ja nicht, dass es nicht schwierig war. Wir mussten uns jeden Tag von Neuem füreinander entscheiden, unsere Unterschiede ausklammern und zusammen an Kompromissen arbeiten, damit ein Zusammenleben klappt. Vielleicht sieht es so aus, als wäre das bei uns ein Klacks gewesen, aber wir mussten hart dafür arbeiten. Aber für eine gute Beziehung macht man das halt. Man nimmt zwei eigenständige Leben und führt sie zusammen. Das bedeutet eben Arbeit und ehrlichen Einsatz. Willst du das wirklich?«

»Ja.« Komisch, was ein so winziges Wörtchen bewirken kann, wenn man es mit solcher Überzeugung ausspricht. Die Last ist sofort wie weggeblasen, als ich es endlich kapiere. Ja, ich möchte mich immer wieder für Olivia entscheiden. Ich möchte für uns arbeiten. An uns. Ich möchte besser sein, nicht nur für sie, sondern auch für mich.

Cara hakt sich bei mir unter. »Dann holen wir uns dein Mädchen zurück, Mr Beckett.«

ACHTZEHN

DON'T GO BACON MY HEART

OLIVIA

Viele glauben vermutlich, es gibt keinen Grund, während des Zwölftklässler-Sportunterrichts *unbedingt* seine bessere Hälfte küssen zu müssen, aber da liegen sie falsch.

Noch nicht mal achtzehn und schon ein besseres Liebesleben als ich.

»Och, muss das sein?« Ich hebe die Braue, weil mein Einwand nur dazu führt, dass sie noch intensiver knutschen. »Okay, Ladys, jetzt ist mal genug.«

Ich stemme mir die Hände in die Seiten, aber Lucy und Joan ignorieren mich einfach weiter. Das ist allein meine Schuld, ich bin einfach zu nett und nachsichtig. Das ist einer der Fälle, in denen das mal nach hinten losgeht. Ich weiß gar nicht, wie häufig ich schon öffentliche Liebesbekundungen unterbunden habe.

»Nein. Nein, nein, nein, nein, nein.« Ich klatsche sicher fünfhundertmal in die Hände, bis sie aufhören. »Ich hätte da eine Idee: Wartet doch bis zur Pause.«

Lachend lösen sie sich voneinander, dann legt Lucy mir einen Arm um die Schultern. »Sorry, Miss Parker. Sie sind die einzige coole Lehrerin hier an der Schule.«

»Du musst mir keinen Honig ums Maul schmieren.« Ich drücke ihr ein paar Hütchen in die Hände. »Stell die an der roten Linie auf.«

»Boah, nee.« Joan stöhnt. »Bitte keine Kurzsprints.«

»O doch. Kurzsprints. Dies ist ein Fitnesskurs, Miss Ross, zu dem du dich freiwillig angemeldet hast.«

Sie verschränkt die Arme vor der Brust, den Blick auf den Boden gerichtet, wo sie mit dem Fuß herumschabt. »Lucy hat mich gezwungen.«

»Ach, was tun wir nicht alles aus Liebe.«

Lucy joggt zu uns zurück, nachdem sie die Hütchen verteilt hat. »Alles okay mit Ihnen, Miss Parker? Sie machen neuerdings einen so … keine Ahnung …« Sie wedelt mit der Hand vor meinem Gesicht. »… traurigen Eindruck.«

»Ich? Traurig? Nein, mir geht es bestens. Allerbestens.« *Allerbestens, Ladies and Gentlemen.*

Paul schlendert herbei, stützt sich mit dem Ellbogen auf Lucys Schulter. »Ja, was ist los? Sie haben praktisch über keinen meiner Witze gelacht.«

»Vielleicht musst du dein Material noch mal überarbeiten.«

»Ich bitte Sie, ich bin verf–« Er unterbricht sich, weil ich die Brauen hebe. »Wahnsinnig … ich bin wahnsinnig witzig.«

»O-kay, also …« Da fliegt die Tür auf, und ich kann nur seufzen und mir die Hand übers Gesicht legen, weil eine umwerfende Blondine mit megalangen Beinen hereinstolziert und alle Blicke auf sich zieht, während sie sich die übergroße Sonnenbrille in die Haare schiebt. »Verfickt noch mal, *Cara*! Du kannst hier doch nicht einfach reinplatzen! Ich bin mitten im Unterricht!«

Sie wedelt mit der Hand. »Ihr könnt abtreten.«

»Was? Nein! Ihr bleibt schön hier.« Ich deute auf meine Schüler. Alle einundzwanzig Augenpaare richten sich abwechselnd auf Cara und mich. »Ihr bleibt!«

Cara sackt theatralisch in sich zusammen. »Och, Miss Parker. Das ist die letzte Stunde für heute. Gönn den Kids mal ein bisschen Spaß. Sei mal cool.«

»Ich bin cool! Wir haben hier eine Menge Spaß!« Ich sehe mich um, suche Bestätigung. Als keine kommt, verschränke ich die Arme vor der Brust. »Also gut, haut ab. Aber wer morgen zu spät kommt, macht erst mal Burpees.«

Ich klopfe mit dem Fuß auf den Boden, während meine undankbare Truppe meine beste Freundin abklatscht. Das passiert nicht zum ersten und sicher auch nicht zum letzten Mal. Cara richtet sich nur nach ihrem eigenen Terminkalender und mein Direktor steht voll auf sie, weshalb sie hier ein und aus gehen kann, wie sie will.

Cara bedenkt mich mit einem Grinsen, das sie selbst vermutlich für charmant hält, und deutet dann zu meiner Umkleide. »Würden Sie kurz in mein Büro kommen, Miss Parker?«

»Wenn, dann ist das ja wohl *mein* Büro«, zische ich und stürze in dem vergeblichen Versuch vor, sie zu überholen.

Sie setzt sich in meinen Stuhl und dreht sich hin und her, dabei tippt sie sich ans Kinn. »Was verschafft mir die Ehre?«

»Du gehst mir echt ordentlich auf den Keks, weißt du das?«

Sie grinst. »Weiß ich, ja, aber ich finde, ein Besuch bei dir auf der Arbeit war längst überfällig. Außerdem lieben mich die Kids.«

»Weil sie freihaben, sobald du aufkreuzt.«

»Ich wäre eine tolle Lehrerin.« Ihre Augen funkeln und die Art, wie ihr Blick auf mir lastet, verunsichert mich. Cara konnte mich schon immer direkt durchschauen. »Was ist dein Plan fürs Wochenende? Du kannst ihm nicht aus dem Weg gehen, das ist dir schon klar, oder? Er wird auch da sein.«

Ich lasse mich gegenüber von ihr auf den Stuhl fallen, schwinge die Beine über die Lehne. »Mann, wer schafft es denn, gerade mal zwei Wochen nach seiner Verlobung eine so extravagante Party zu schmeißen?« Ich erwähne mal lieber nicht, dass morgen eigentlich der Tag war, an dem Carter und ich ins Kino gehen wollten.

»Ich habe halt gute Connections.«

So ist das eben, wenn man selbstständige Eventplanerin und

im Planungsmodus absolut unaufhaltsam und extrem überzeugend ist, wenn sie noch etwas braucht, was sie nicht hat – wie einen Veranstaltungsort in letzter Minute. Und mit überzeugend meine ich nicht etwa charmant oder flirty, ich meine Furcht einflößend.

»Da er der Trauzeuge ist, muss du dich darauf einstellen, dass ihr bei der Hochzeit zusammen zum Altar geht.«

Die Geräusche, die ich von mir gebe, sind keine direkte Antwort. Eigentlich sind es nur alle Schimpfwörter, die ich kenne, aneinandergereiht, worüber Cara grinsen muss.

»Okay, spuck's aus, was geht dir durch den Kopf? Du behältst so viel für dich in letzter Zeit, du musst mich mal wieder einweihen.«

Ich zupfe an den Ärmeln meines Pullis. »Ich weiß, dass zwischen ihm und dieser Sandie nichts gelaufen ist, und er darf tun und lassen, was er will. Ich hab ihn ja stehen lassen. Trotzdem macht mir das Angst. Er wollte schließlich mit der in die Kiste. Das war sein direkter Reflex.« Ich wende den Blick ab. »Ich frage mich halt, ob er mir immer wehtun werden will, wenn er wütend auf mich ist, obwohl ich ihn zuerst verletzt habe.«

»Klingt für mich, als hättet ihr beide aus Angst gehandelt.«

»Es ist wie ein Teufelskreis. Ein Karussell, das nicht anhält. Ich will so gern aussteigen, aber ich weiß nicht wie.«

»Doch, weißt du. Du musst dich entscheiden. Willst du alles beim Alten belassen oder oder den nächsten Schritt wagen?« Sie geht zu dem Whiteboard an der Wand und nimmt sich einen der Stifte. »Wir machen jetzt Folgendes.« Sie krakelt *Carter Beckett* oben in die Mitte, dann zeichnet sie ein Strichmännchen mit einem riesigen Penis. Ich muss das sofort wieder wegwischen. Dann folgt noch ein Herz auf der linken und ein unglücklicher Smiley auf der rechten Seite.

»Wir machen *keine* Pro-und-Kontra-Liste.«

»Sagen wir, es ist eine Übersicht über das, was du magst, und das, was du nicht magst.« Sie tippt auf den Smiley. »Also, Dinge, die du nicht –«

»Er ist ein Playboy.«

»Angst … vor … Bindung«, schreibt sie, was absolut nicht das ist, was ich gesagt habe.

»Er ist arrogant, dreist und protzig.« Als der Stift aufs Whiteboard trifft, stoppe ich Cara. »Warte. Ich glaube, das gefällt mir sogar. Er ist … stolz. Charismatisch. Selbstsicher. Ich würde sagen, das sind gute Eigenschaften. Ich wünschte, ich wäre so selbstsicher wie er.« Dann wären wir vermutlich gar nicht erst an diesem Punkt hier gelandet.

»Hm. Interessant.« Sie schreibt alles unter das Herz. »Außerdem fühlst du dich körperlich extrem von ihm angezogen.«

»Pfft. Ich würd ihn gern besteigen.«

»Witzig ist er auch.«

Ich nicke, fahre mir mit dem Finger über die Unterlippe. »Ich muss oft über ihn lachen, er ist ein ziemlicher Clown. Außerdem fühle ich mich wohl mit ihm. Er ist schrecklich ehrlich und ich mag, wie er riecht. Und wie er mit meinen Haaren spielt. Und wenn er mich ansieht … wenn er mich ansieht, habe ich das Gefühl, es gibt nur uns beide. Ich mag, wie er mich ansieht. Ich mag, dass sein Haus sein Zufluchtsort ist, dass er gern in die Sterne schaut und den Lärm der Welt vergisst. Er hat das schönste Lächeln und die großartigsten Grübchen, außerdem war er so lieb zu all den Kindern bei dieser Spendenaktion, und dann hat er sich Torte ins Gesicht schmeißen lassen ohne einen Mucks. Und er ist ein guter Freund und –« Mein Herz klopft so schnell, dass ich aufhören und mir die Hand auf die Brust legen muss. Cara beobachtet mich die ganze Zeit mit einem sanften Lächeln.

»Ich wette, kuscheln kann er auch noch.«

Wärme strahlt von meinem Bauch aus, als ich zurückdenke. Wie Carter mich nach jedem Mal an sich gepresst hat, sein Gesicht an meinem Halsansatz, während seine Lippen mich mit Küssen übersäten. Seine Hand an meiner Kehle, um mich genau da zu halten, wo er mich wollte, einen Arm um mich gelegt, als hätte er Angst, ich könnte ihm entkommen.

Cara berührt den kleinen Hockeyschuhanhänger, der an meinem Schlüsselband hängt. Lächelnd deutet sie zum Whiteboard. Unter dem Herzen ist kein Platz mehr, ein ziemlicher Kontrast zu der Seite mit dem unglücklichen Smiley. »Sieht so aus, als hättest du deine Antwort.«

Ich ringe mit den Händen, meine Kehle ist eng. »Ich weiß. Aber das macht das alles doch nicht weniger furchteinflößend. Seine Vergangenheit war noch vor einem Monat seine Gegenwart. Meine Ängste sind doch nachvollziehbar und berechtigt. Oder etwa nicht?«

»Ich kann dich verstehen, Liv. Die Warnzeichen kann man unmöglich ignorieren, besonders nicht, wenn sie an jeder Ecke prangen. Carter steht zu seinen Entscheidungen, schon immer, und es ist ihm egal, wie groß die abgedruckt werden. Das ist erschreckend und es ist absolut verständlich, dass du seine Intentionen infrage stellst. Aber letztendlich lässt du dir das Leben von deiner Angst diktieren.« Sie greift nach meinem Pferdeschwanz und zieht leicht daran. »Sind deine Ängste berechtigt? Absolut. Doch es liegt an dir, ob du sie überwindest, ob du deine Komfortzone verlässt und das mit Carter versuchst. Was sagst du?«

Ich sacke in dem Stuhl zusammen, Kinn in die Hand gestützt. »Ich kann nicht aufhören, an ihn zu denken. Alles fühlt sich so natürlich an mit ihm. Er bekommt mich immer dazu, mich zu öffnen. Für jemanden, der so durchsetzungsfähig ist wie er, war er echt geduldig mit mir. Ich glaube … ich glaube, ich würde es echt gern mit ihm versuchen, wenn er noch will.«

Cara schnaubt und zückt ihr Handy. Dann zeigt sie mir einen Nachrichtenverlauf, den sie mit *Der nervigste Mann der Welt* überschrieben hat.

ist ollie okay? ich will nicht, dass sie sich wegen diesem mädel den kopf zerbricht

hasst sie mich?

meinst du, sie wird bald mal wieder mit mir sprechen?

vielleicht sollte ich ihr blumen schicken??? rosen? sonnenblumen? schätze, sie steht auf farbenfrohe blumen?

ich glaub, sie fehlt mir, cara. mann, das ist so ätzend.

»Ich schätze, ich kann dir versichern, dass er noch will, Liv.« Sie lehnt sich gegen meinen Tisch und stupst meinen Schuh mit ihrem an. »Ich bin stolz auf dich. Es klingt immer so leicht, seinem Herzen zu folgen, aber manchmal macht das halt Scheißangst. Dadurch, dass du noch mal ein paar Schritte zurück gemacht hast, konntest du dir über deine Gefühle klar werden, sehen, was du willst.«

Die Schulglocke ertönt und Cara hängt sich die Handtasche um. Dann wirft sie mir meine Sachen zu.

»Hast du schon ein Kleid für Sonntag?«

Ich stöhne, während wir die Sporthalle verlassen. »Ich war schon zweimal in der Mall diese Woche, aber ich finde einfach nichts.«

»Na, dann auf zur Mall. Du brauchst offenbar meine Unterstützung.«

»Ich habe keine Zeit für einen Cara-Trip zur Mall. Ich muss um fünf zu Hause sein, Jeremy bringt Alannah vorbei.«

»Ach, süße, liebe Livvie. Wir schaffen das in einer halben Stunde, versprochen.«

***

Wir schaffen es sogar in siebzehn Minuten.

Cara zerrte mich in einen Laden, marschierte zu einem der Ständer, suchte ein Kleid aus, drängte mich in die Umkleide und ließ dann jeden Angestellten antanzen, um zu sagen, wie »ficktakulär« ich aussähe. Aber widersprechen konnte ich nicht, wenn ich ehrlich bin.

Jetzt hat sie sich selbst zum Essen eingeladen, wild entschlossen, meine Nichte vor dem Schlafengehen noch richtig aufzudrehen. Alannah schläft heute bei mir, weil morgen einer dieser Tage ist, an denen man seine Kinder zur Arbeit mitbringen darf, und Alannah gebettelt hat, mitkommen zu dürfen, damit sie die großen Kids mal rumscheuchen kann.

»Ich beeile mich«, sagt Cara, als sie in ihre Auffahrt biegt. »Muss nur schnell was holen. Wieso kommst du nicht eben mit rein und sagst Em Hallo?«

»Wenn du nur schnell was holen wills–«

Da knallt sie schon die Autotür zu und gestikuliert, dass ich ihr folgen soll. Mit einem Seufzer folge ich meiner herrischen besten Freundin.

Mir hätte klar sein müssen, dass das eine Falle ist.

Denn als sie mich Richtung Küche schiebt, sehe ich außer Emmetts Silhouette den unfassbar riesigen Mr Beckett, der wie versteinert am offenen Kühlschrank steht, Kinnlade runtergeklappt.

»Hey! Hi! Olivia!« Er schreit förmlich. Keine Ahnung, ob ihm das klar ist. »G-gut«, stottert er. »Gut siehst du aus.« Er schreit noch immer. Dann knallt er die Kühlschranktür zu und geht zur Kücheninsel, auf die er sich mit den Ellbogen stützen will, verfehlt sie aber fast.

Ich schaue an mir hinunter. Turnschuhe, Leggings und ein Kapuzenpulli mit dem Logo vom Eishockeyteam meiner Nichte. Meine Haare sind eine Katastrophe, zu einem niedrigen Pferdeschwanz zusammengefasst, weil ich eine Mütze aufhabe. Ich sehe aus, als hätte ich den ganzen Tag Sport unterrichtet. Habe ich ja schließlich auch. Carter sieht aus, als hätte er den Tag auf dem Sofa verbracht, und trotzdem könnte er so fürs Cover der *GQ* abgelichtet werden. Seine dunkelgraue Jogginghose hängt tief auf seinen Hüften und betont so nur sein sowieso schon viel zu beeindruckendes Prachtstück. Sein enges Vipers-Shirt verdeckt nicht viel von seinem so makellos geformten Oberkörper.

»Ups!« Cara tänzelt in die Küche. »Carter! Ich habe ja völlig vergessen, dass du hier bist.«

»Jaja«, sagt Emmett nachdenklich. »Vergessen.« Die Anführungszeichen, die er in die Luft malt, sind absolut angemessen. »Wir wollten gerade Pizza bestellen. Esst ihr mit?«

»Geht nicht«, antwortet Cara, was gut ist, weil ich kein Wort rausbekäme. »Aber schickt gern welche zu Liv. Wir essen dort.«

Carter und ich starren einander an. Ich kann nicht wegsehen, will ich auch gar nicht.

Bis Cara meine Hand nimmt und mich mitzerrt.

Mein Mund zuckt, ich winke Carter zu. »Bye«, flüstere ich.

Sein Gesicht wird fast in zwei Hälften gerissen, weil er so breit grinst.

»*Wartet!*« Seine beiden Hände sind in der Luft und er dreht sich um sich selbst, als würde er etwas suchen, wüsste aber nicht was. Dann stürzt er ins Wohnzimmer und schlittert kurz darauf auf Socken zu uns, zwei Kekse in der Hand. Mit zitternden Händen hält er sie mir hin. »Oreos.«

Mein Gott, er ist einfach nur hinreißend.

Den kleinen Schock, den die Berührung unserer Finger durch meinen Körper jagt, kann ich unmöglich ignorieren. Dieser Mann ist wie eine Stromleitung, alles an mir prickelt, wenn er in der Nähe ist.

Er rennt voraus, in Socken, die vom Schnee innerhalb kürzester Zeit durchweicht sein müssen, nur um mir die Beifahrertür zu öffnen. Während wir aus der Auffahrt zurücksetzen, steht er auf der Veranda und sieht uns nach. Dieses überbreite Grinsen lässt nicht nach.

»Der Mann ist total verschossen«, murmelt Cara und die ganze Fahrt über grüble ich, ob wir wirklich eine gemeinsame Zukunft haben könnten.

Wir sind gerade mal zwei Minuten bei mir, da fliegt die Haustür auf und eine schlaksige Brünette kommt herein, pfeffert ihre Tasche in die Ecke und streckt die Arme aus.

»Da bin ich, Baby!« Alannah dreht sich einmal und wackelt dann mit den Fingern in der Luft.

»Jazz Hands? Im Ernst?«

Ihr Kichern erfüllt mein kleines Haus und sie kommt mit großen Schritten zu mir, springt in meine Arme und tackelt mich gegen die Wand. Glücklicherweise bin ich schnell wieder frei, weil sie Cara entdeckt.

Da kommt auch endlich mein Bruder herein und schaut von ihnen zu mir. »Alannah *und* Cara? Viel fucking Glück, Schwesterherz.« Er stöhnt, weil seine Tochter ihm sofort die Hand vor die Nase hält. Jedes Schimpfwort kostet.

Alannah steckt das Geld weg. »Mommy und Daddy wollen heute gleich ins Bett gehen, wenn Jemmy schläft, weil ich nicht zu Hause bin. Ihr wisst ja, ich bleibe *extrem* viel länger auf als er.« Jemmy ist ihr kleiner Bruder Jeremy. Ja, mein Bruder hat seinen Sohn nach sich benannt. Ich nenne meinen Neffen Jem und meinen Bruder meist Arschloch.

Cara hebt eine Braue. »Gleich ins Bett, Jer? Oha, ist dann bald das Dritte unterwegs?«

»Fuck, nein.« Ein weiteres Seufzen, ein weiterer Dollar für seine Tochter. »Ich hatte ganz vergessen, wie viel Arbeit Babys machen. Zwei reichen.«

»Du solltest über einen gewissen Eingriff nachdenken.«

Er legt sich die Hand in den Schritt. »Mach meinen Jungs keine Angst.«

Ein Teenie erscheint in der noch offenen Tür, zwei Pizzakartons in den Händen. »Ähm, Cara …« Er räuspert sich, während Cara hinter mir erscheint. »Da ist noch eine Nachricht … da steht, er … äh … kann nicht darauf warten, sich auf deine Mieze zu stürzen, wenn du wieder zu Hause bist.«

Cara grinst und nimmt ihm die Pizzen ab. »Es gibt sie noch, die wahre Liebe.« Sie strahlt übers ganze Gesicht und verschwindet mit Alannah in der Küche.

Jeremy macht einen weiteren Schritt ins Haus, runzelt dann aber die Stirn und schüttelt sich. »Ol, es ist ja eiskalt hier drin. Ist deine Heizung wieder kaputt?«

»Offenbar«, murmle ich und werfe einen Blick aufs Thermostat. Zwölf Grad. Ich drücke auf die Knöpfe, warte auf das Geräusch, das mir verkündet, dass Leben in die Heizung kommt, aber es tut sich nichts. Also drücke ich ein paar weitere Male und grinse meinen Bruder verlegen an, weil nichts passiert. Das Ding funktioniert in achtzig Prozent der Fälle nicht. Er hat es sicher schon dreimal wieder zum Laufen gebracht und ich hatte bereits viermal Profis da. Meine Wangen glühen. »Sorry.«

»Wofür entschuldigst du dich?«

Ich reibe meine Arme und schaue zu Boden. »Weil es eiskalt ist und Alannah über Nacht bleibt. Die hat funktioniert, als ich heute Morgen zur Arbeit gefahren bin, ich schwöre.«

Jeremy verdreht die Augen und zupft an meinem Pulli. »Pack sie einfach gut ein, bevor du sie ins Bett steckst. Sie geht schon nicht kaputt.«

»Ich bin tough, Tante Ollie.« Alannah steckt den Kopf zur Küche heraus, lässt ihre Oberarmmuskeln spielen und brüllt wie ein Bär, ein Stück Pizza zwischen den Zähnen.

Ich folge Jeremy in den Keller und kaue auf meinem Daumennagel herum, während er das Ding untersucht. Als er seufzt, ist schon klar, wie sein Urteil ausfällt.

»Ich sag's dir nicht gern, Ol, aber das Ding ist im Arsch. Du brauchst 'ne neue.«

Fantastisch. Natürlich steht eine neue Heizung nicht auf der Liste von Dingen, die ich mir gerade locker leisten kann.

»Kris und ich können dir aushelfen.«

Ich schüttle den Kopf. Das haben sie schon mal getan, aber bei einer neuen Heizung ziehe ich die Grenze. »Ich hab noch was für Notfälle zurückgelegt«, flunkere ich.

Seine Brauen zucken, ich schätze, er glaubt mir. Er drückt mich kurz an sich, bevor er geht. Dann flüstert er: »Du kannst so unfassbar schlecht lügen.«

Ich finde Cara und Alannah auf dem Boden im Wohnzimmer vor, die Pizza ist auf dem Couchtisch ausgebreitet, während sie Netflix durchsuchen.

»In der Küche wartet eine ganz besondere Pizza auf dich«, sagt Cara zu mir.

Also tapere ich in die Küche und hebe den Deckel vom Karton. Sofort muss ich lachen. Da ist Bacon auf der Pizza. Echter Bacon. Eine sündhafte Menge. Knuspriger, krosser Bacon, glänzendes Fett. Das rauchige Aroma überwältigt mich auf genau die richtige Art.

Dann vibriert mein Handy, ein Video von Emmett. Ich drücke auf Play.

Es zeigt Carter, der sich Pizza auf den Teller häuft und dazu singt.

»*Don't go bacon my heart! Hmm, hmm! I won't go bacon your heart! So, oooh, ooh! Don't go bacon my heart!*« Mit einem Seufzer lässt er sich auf die Couch plumpsen. »Meinst du, Ollie wird sich über die Pizza mit extra Bacon freuen? Ich wette, diesmal hat sie das baconlastigste Stück gefunden.« Er lacht und steckt sich dann ein Stück Pizza praktisch ganz in den Mund. »Ich kann's nicht erwarten, sie Samstag wiederzusehen. Vielleicht bringe ich extra Bacon mit.«

Das Video stoppt, als ihm klar wird, dass er gefilmt wird, und mein Herz rast, weil ich kapiere, dass ich längst verloren bin.

»Du siehst schon wieder verängstigt aus.«

Ich schaue über die Schulter. Cara lehnt in der Tür. »Ich habe eine Scheißangst«, flüstere ich.

»Wovor denn am meisten?«

»Dass ich mich in ihn verliebe.«

Cara lacht. So spöttisch, worüber ich mich normalerweise sofort aufregen kann. »Oh, Ollie.« Sie kommt zu mir, mopst eins meiner Pizzastücke und beißt hinein. »Ich sag's ja ungern, aber wenn du Angst davor hast, dich in ihn zu verlieben, kannst du gleich wieder damit aufhören … denn das bist du ja schon halb.«

Ihre Wörter verhaken sich in meinem Kopf und ich denke bis spät in die Nacht darüber nach. Als Alannah und ich am nächsten Morgen aufbrechen, schwirren sie mir noch immer im Kopf herum. Genauso wie Carter.

Mein Handy summt und ich lese Emmetts Nachricht, während ich die Verandastufen runtergehe.

Emmett: Kino 4, Reihe L, Plätze 10 & 11
Heute 19.30

Emmett: Er geht auf jeden Fall hin.

Der kalte Januar fühlt sich gleich um einiges wärmer an, als ich die Nachricht noch einmal lese. Die beiden Plätze, die Carter so sorgfältig für unser Kinodate ausgesucht hat, während wir vor seinem Kamin auf dem Balkon gekuschelt haben – letzte Reihe, genau in der Mitte.

Er geht auf jeden Fall hin.

Eine sonderbare Ruhe kehrt in mich ein, sorgt dafür, dass meine Schultern sich entspannen. Irgendwie fühle ich mich leichter, als wäre eine Last von mir genommen. Die Last meiner

Angst, vielleicht. Oder die meiner Unentschlossenheit. Beides kann einen ja runterziehen wie ein tonnenschwerer Anker und ich habe mich von ihnen unter Wasser reißen lassen, seit dieser Mann die ersten Schmetterlinge in mir erweckt hat.

Alannah zupft an meinem Ärmel. »Wieso grinst du so, Tante Ollie?«

Ich setze ihr die Vipers-Mütze richtig auf, ziehe sie über ihre Ohren. »Ich bin einfach glücklich.«

Sie lächelt mich an. »Glücklich steht dir.«

Fühlt sich auch verdammt gut an.

NEUNZEHN

SCHÖNE ÜBERRASCHUNGEN

CARTER

Hoffnung ist genauso komisch wie Zeit.

Die Zeit verfliegt oder zieht sich wie Kaugummi, dazwischen gibt es eigentlich nichts. Wenn es nicht so läuft, wie man will, scheint sie ganz stillzustehen. Man fühlt sich, als würde man feststecken, als käme man keinen Schritt vorwärts. Die letzten zwölf Tage wollte ich nur zwei Dinge: das Mädchen kriegen oder über sie hinwegkommen. Lieber Ersteres, aber mit jedem weiteren Tag wäre ich gern einfach nur die dunkle Wolke losgeworden, die über meinem Kopf hing.

Und dann hat sie mich einfach fucking angelächelt, und es war, als hätte jemand die Stoppuhr gestartet. Die Zeit lief wieder, flog nur so dahin. Jetzt rast sie bis zum Wochenende, an dem ich sie endlich wiedersehen werde.

Mit der Hoffnung läuft es genauso. Ohne sie fühlt sich alles langsam und finster an, wie eine ewige Nacht, wenn die Sonne einfach nicht aufgehen will.

Und dann plötzlich taucht sie doch am Horizont auf, ihr wunderschön strahlendes Lächeln, das Funkeln in ihren Augen, wenn sich eure Blicke treffen, und alles ändert sich. Eine Tür öffnet sich, zeigt dir den Sonnenschein, die Hoffnung, und du gehst hinaus, lässt dich von ihren warmen Strahlen küssen wie von ihren hitzigen Blicken.

Trotzdem bin ich kein Fan von dieser beißenden Kälte.

»Wieso konnten wir nicht in deiner Wohnung bleiben?«, jammere ich, während Hank und ich die Straße entlangschlendern. »Es ist viel zu kalt, um sich draußen aufzuhalten.«

»Dublin muss sich bewegen. Und wenn ich ehrlich bin, musst du dringend mit diesem Meckern aufhören. Deshalb ist und bleibt Jennie dir haushoch überlegen.«

»Haushoch überlegen, von wegen«, murmle ich und führe Hank zu einer der Bänke im Stanley Park.

Ich kenne ihn jetzt seit sieben Jahren. Unsere Wege kreuzten sich aus purem Zufall, zu einem Zeitpunkt, als ich ihn wirklich dringend brauchte. Er hat mich davon abgehalten, einen Fehler zu machen, der mein Leben unwiderruflich verändert hätte, der meine Karriere beendet hätte, bevor sie überhaupt richtig losgegangen war. Seither war er eine Konstante, einer meiner besten Freunde, und das trotz des Altersunterschieds von fast sechzig Jahren. Er ist einfach Teil der Familie und ich bin durch und durch dankbar, dass ich ihn habe.

Hank nippt an seinem Kaffee. »Du bist in letzter Zeit irgendwie nicht ganz du selbst.«

Ich starre auf die English Bay. Der bitterkalte Winter, der uns ja gerade beschert wird, hat das Wasser mit einer glatten blauen Eisfläche überzogen, die in der hellen Sonne glitzert. »Das stimmt wohl.«

»Hast dieses Mädchen im Kopf. Die hübsche Brünette.«

Ich schiele zu ihm, ein Lächeln auf den Lippen. Es hat keinen Sinn, ihn zu fragen, woher er von Olivia weiß. Er ist besser über mich informiert als die Paparazzi. »Habe ich.«

»Hast du mit ihr geschlafen?«

Ich lache schnaubend. »Woher weißt du das?«

»Du bist ein Hurenbock, Mr Beckett. Du pennst mit jeder.«

»He.« Ich stupse ihn mit der Schulter an. »Sei nett, alter Mann.«

Hank lacht. »Du magst sie, das spüre ich.«

»Ja, stimmt.« Zu sehr vermutlich. Und viel zu früh. Keine Ahnung. Läuft das so?

Er wuschelt Dublin über den Kopf. »Was ist das Problem?«

»Dass ich ein Hurenbock bin, der mit jeder pennt.«

Hanks Schweigen weicht einem viel zu breiten Grinsen. »Sicher, dass es nicht an deiner hässlichen Fresse liegt?«

»Ich sehe ziemlich gut aus, und das weißt du genau.«

Eine Woche nachdem wir uns kennengelernt haben, hat Hank gefragt, ob er mein Gesicht berühren darf. Er meinte, er mag es, wenn er der Stimme eine Vorstellung hinzufügen kann. Außerdem wollte er wissen, was die ganze Aufregung sollte. Ich weiß noch, wie beeindruckt er klang, als er mir erzählte, dass mein Gesicht komplett symmetrisch ist. Weil ich darüber lachte, fuhren seine Finger über meine Lachgrübchen und dann sagte er: *Ah, Grübchen. Kein Wunder, dass du bei den Ladys so beliebt bist.* Aber das Coolste? Als er fertig war, sagte er, dass dieses Gesichtsgegrabbel absoluter Hollywoodunsinn ist, der einfach nur gern in Filmen gezeigt wird, um die Sehschwäche romantisch zu verklären. Und ich war voll drauf reingefallen. Ich war nicht nur hübsch, ich war auch noch ziemlich naiv.

»Die Frau vom Sportfernsehen sagt, du bist der heißeste Spieler auf dem Eis. Die muss ja blinder sein als ich.«

Ich lache laut, seufze dann. »Meinst du, es ist ein Zeichen, dass sie mich so hat stehen lassen? Dass ich allein besser dran bin?« Die Worte schmecken so fremd und bitter, dabei hatte ich vor nur einem Monat wirklich keinerlei Ambitionen in die Richtung.

Hank schnaubt. »Ich glaube nicht, dass du tatsächlich so zynisch bist, was die Liebe angeht. Du hast ein ziemlich großes Herz. Du willst doch nicht wirklich bis an dein Lebensende allein sein, oder?«

»Eine Zeit lang dachte ich schon, dass ich das will.«

»Das ist doch kein Leben, Carter. Du hast eine Menge zu

bieten. Also, es ist wichtig, dass man auch allein klarkommt, aber wenn ein anderer Mensch das eigene Glück noch verstärkt, wenn man zusammen die wirklich besonderen Momente erlebt, da hat das Leben erst einen Sinn. Dann fängt der Spaß erst richtig an.«

»Vielleicht verletze ich sie.« Ich war wütend und verwirrt, aber ich habe auch Verständnis. Ich habe alles, was Olivia mit mir geteilt hat, gern angenommen, und als ich beschlossen habe, dass ich mehr will als nur eine Nacht, dachte ich, sie nimmt mich ernst. Dabei habe ich ihr nichts von der Gewissheit oder Sicherheit geboten, nach der sie so dringend verlangt hat. Ich habe sie nur gebeten, die Augen vor allem zu verschließen und ins Ungewisse zu springen.

»Jemanden zu verletzen oder selbst verletzt zu werden, sind die Risiken, die man eingeht, wenn man liebt.«

Ich lege den Kopf in den Nacken und stöhne. »Würdest du aufhören, dieses Wort zu sagen?«

»*Lieben?* Es ist mein Lieblingswort.« Er tätschelt mein Knie. »Dann erzähl mir mal, was heute anders ist.«

»Wie, was anders ist? Was meinst du?«

»Nun, vorhin waren wir uns ja einig, dass du nicht so ganz du selbst bist, aber heute? Heute wirkst du ein bisschen normaler.«

Ich muss an gestern denken. Daran, dass ich nicht aufhören konnte, sie anzusehen. Es summte überall in mir, weil sie mir so nah war, meine Gefühle waren also echt, das hat mir das bestätigt, und ich wollte nichts lieber als sie ... *berühren.*

»Ich habe sie gestern gesehen. Nur zwei Minuten lang, aber sie hat mich angelächelt. Dreimal. Und dann hat sie sich die Autotür von mir aufhalten lassen und mir zum Abschied zugewinkt und ... das sind doch gute Zeichen, oder? Ich glaube, sie gibt mir eine Chance. Meinst du, sie gibt mir eine Chance?«

Hank lacht leise. »Du vergisst jemanden bei deiner Gleichung. Das Mädchen ist ja nicht die Einzige, die dir eine Chance geben muss, sondern du selbst auch. Dann sag mir noch eins: Wirst du sie zurückgewinnen?«

Ich grinse ihn an, drücke seine Hand. »Verliere ich denn je?«

»Normalerweise nicht, nein, so ungern ich das zugebe. Ich habe noch nie einen aufgeblaseneren Wichtigtuer getroffen als dich.«

»Du liebst mich.« Ich grinse noch immer wie ein Volltrottel und ich weiß, dass er das hören kann.

Hank seufzt. »Ja, das tue ich. Und ich werde dich sogar noch mehr lieben, wenn du eine weitere schöne Frau in mein Leben holst.«

»Ich gebe mir die größte Mühe, versprochen.«

»Dann musst du dir noch mehr Mühe geben. Der Carter Beckett, den ich kenne, kämpft um das, was er will. Der gibt sich mit einer Abfuhr nicht zufrieden.« Dann wendet er sich mir zu, die leicht milchigen Augen schweifen über mich. »Außer natürlich du bist weich geworden. Bist du weich geworden, Carter?«

»Was? Niemals.«

»Dann reiß dich am Riemen und sichere dir die Braut.«

»Aye, aye, Captain.«

»Ich bin blind, mein Lieber. Aber eine Augenklappe trage ich nicht.«

»Was? Ich wollte – ach, vergiss es. Du bist echt unmöglich.«

»Du liebst mich«, ahmt er mich nach.

»Das tue ich wirklich.«

»Dann besorgst du mir was vom Thailänder zum Abendessen und sicherst dir dieses Mädel, okay?«

Ich salutiere vor Dublin, der seinen niedlichen Kopf schief legt. »Einmal Thai und eine freche, misstrauische Frau, kommt sofort.«

***

Es ist fast sieben, ich stehe in der Kälte vorm Kino und sehe zum Eingang. Es ist Freitagabend, entsprechend ist die Hölle los, und ich beiße mir selbst in den Hintern, hergekommen zu sein. Ins Kino zu gehen, kam mir wie eine gute Idee vor, wenn Olivia neben mir sitzen würde, aber jetzt steh ich allein hier, und zum ersten Mal wird mir so richtig bewusst, dass ich absolut nicht allein sein will.

Trotzdem stehe ich hier und ich habe keine Ahnung warum. Vielleicht habe ich gehofft, dass sich doch noch alles einrenken würde, pünktlich zu unserem ersten Date. Dass ich neben ihr sitzen und ihr Blödsinn ins Ohr flüstern könnte, um sie zum Lachen zu bringen. Dass ich meine Hand in ihre schieben könnte, sobald es dunkel würde. Unsere Finger ineinanderflechten … das Gefühl bekommen, dass die Welt doch wieder in die Spur kommt.

Stattdessen ziehe ich mir die Mütze tief ins Gesicht und gehe hinein, in der Hoffnung, dass mich niemand erkennt.

»Doch allein?«, fragt der Typ am Schalter, als er das Ticket von meinem Handy scannt. »Sie haben zwei Tickets gebucht.«

Ich räuspere mich. »Ja, ähm …«

»Nein, zwei Tickets, vielen Dank.«

Ich fahre herum zu dem Menschen, der da so sanft diese schönen Worte gesprochen hat. Mein Herz schlägt mir bis zum Hals, als ich die Brünette entdecke, die mir seit Wochen nicht aus dem Kopf geht.

Sie leckt sich über die Lippen und macht zögernd einen Schritt auf mich zu, nestelt mit den Händen vor ihrem Bauch herum, und als sie den Mund öffnet, um etwas zu sagen, bin ich schneller.

»Du bist doch gekommen.«

Ein Strahlen wie von der Sonne selbst erscheint auf Olivias Gesicht. Ich schwöre, sie strahlt von innen heraus.

»Hi, Carter.«

ZWANZIG

VORWÄRTS

CARTER

Darf ich sie berühren? Ich hab keine Ahnung.

Immer wieder will ich ihre Hand nehmen, zögere dann aber doch und reibe mir übers Bein. Sie ist so verdammt schwitzig, dass Olivia sie vermutlich gar nicht halten wollen würde. Ich aber ihre.

Olivia versucht, sich nicht anmerken zu lassen, dass sie mitbekommt, wie nervös ich bin. Sie hält den Blick auf die Leinwand gerichtet, auf der massenweise Trailer laufen, aber immer wenn ich sie ansehe, zuckt ihr Mundwinkel, weil sie sich Mühe gibt, nicht zu lachen.

»Boah, ich gehe ein«, platzt es aus mir raus. Ich wedele mit dem Kragen meines Pullis, fächle mir mit der Hand Luft zu. »Ist dir auch so heiß?«

Amüsiert funkeln ihre Augen. »Nein.«

»Ah, dann bin ich damit wohl allein.« Ich beuge mich vor und ziehe mir den Pulli über den Kopf. Mein Ellbogen trifft Olivia irgendwo, sie stöhnt. »Oh, fuck.« Ich schmeiße ihr den Pulli auf den Schoß, fahre ihr mit den Händen über die Arme, hebe sie hoch, suche nach … blauen Flecken? Keine Ahnung. Himmel, was ist mit mir los? »Hab ich dich getroffen? Tut es weh? Alles okay? Tut mir leid, meine Hände sind so verschwitzt.« Ich deute zur Decke. »Ist sicher die Heizung. Die haben die auf volle Pulle gedreht. Soll ich fragen, ob sie sie runterstellen?« Ich drücke mich aus dem Sitz, will mich durch die Reihe quetschen. »Ich frage die, ob sie sie runterstellen.«

Olivia kriegt gerade noch mein T-Shirt zu fassen und rupft mich zurück auf den Platz. »Die Temperatur ist völlig in Ordnung, Carter. Ich weiß, du bist nervös, aber –«

»Nervös? Ich? Pfft.« Ich fuchtele mit der Hand durch die Luft. »Ich *bitte* dich. Man nennt mich Mr Selbstvertrauen.«

Diesmal unterdrückt sie ihr Grinsen nicht. »Ach ja?«

Ich sinke in den Sitz, mein Bein wippt, während ich die Leinwand anstarre. In diesem Saal ist es erstaunlich leer, wenn man bedenkt, wie viel da draußen los war. Scheint der Vorteil zu sein, einen Kinderfilm zu gucken, nachdem die Kleinen alle schon ins Bett mussten. Egal, ich wünschte fast, es wäre ein bisschen voller. Dann könnte ich mich auf was anderes konzentrieren, könnte mich davon ablenken, wie fucking nervös ich bin.

Sie ist hier. Sie ist hergekommen, ganz von selbst. Was hat das zu bedeuten? Ist das ein Date? Will sie … es versuchen? Mit mir? Ich werde es nicht vermasseln. Ich werde das so gut machen, ich werde ihr zeigen, dass sie mir trauen kann.

»Carter, ich –«

»Ich hole uns was Süßes«, brülle ich fast und springe auf, aber zu schnell, also falle ich fast über meine eigenen Füße.

»Alles oka–«

»Alles bestens«, rufe ich über die Schulter, eile schon durch die Reihe. »Süßes, Süßes, Süßes.« Als ich draußen im Flur bin, schlage ich mir die Hände vors Gesicht und lasse mich gegen die Wand fallen. Was zur Hölle stimmt denn nicht mit mir? Sie ist gerade mal halb so groß wie ich. Warum hab ich plötzlich derart krasse Angst vor ihr?

Ich stelle mich in die längste Schlange und versuche, wieder zu Sinnen zu kommen. Als ich endlich dran bin, kaufe ich versehentlich so viel Kram, dass sie mir alles in die größte Popcorntüte füllen müssen, die sie haben, damit ich es tragen kann.

»Danke.« Ich schlinge einen Arm um die Popcorntüte, in der wirklich Popcorn ist, klemme mir die andere unter den Arm und nehme dann vorsichtig je einen Becher in die Hand. »Ach, und in Saal vier ist es verdammt heiß, vielleicht solltet ihr da ein bisschen die Heizung runterdrehen.«

Der Typ blinzelt mich an. »All unsere Säle sind gleich beheizt, alle haben achtzehn Grad.«

Ich hebe die Augenbrauen. »Genau. Gluthitze.«

Das Herz schlägt mir bis zum Hals, als ich die Stufen bis zur letzten Reihe nehme, wo Olivia sitzt. Ihre Augen glänzen vor Lachen, während sie den Sitz für mich runterklappt, damit ich mich setzen kann, obwohl ich so vollbepackt bin. Ich lege ihr die Tüte mit dem ganzen Süßkram auf den Schoß und sie kichert, als sie hineinschaut.

»Das ist ganz schön viel.«

»Ja, ich esse, wenn ich nervös bin. Eigentlich immer. Und dann ist mir eingefallen, dass du am Tag, nachdem wir uns kennengelernt haben, gesagt hast, dass du es lieber süß magst als herzhaft, deshalb hab ich Schokolade und sonstigen Süßkram mitgebracht. Aber wir sind ja im Kino, da brauchen wir auch Popcorn. Magst du Popcorn? Ich wusste nicht, was du trinken möchtest, also hab ich Root Beer und Eistee mitgebracht. Nimm dir, was du willst. Oder wir teilen uns beides – und unsere Keime, wenn dir das nichts ausmacht. Wenn doch, dann ist das auch okay, dann –«

»Carter.« Olivia legt mir die Hand auf den Arm. Sie ist so weich und warm. Plötzlich höre ich nichts mehr als meinen Herzschlag. »Atme mal durch. Ich liebe Schokolade, Süßes und Popcorn. Ich mag Eistee und Root Beer, ich würde beides nehmen, aber wir können sie auch teilen, ich habe kein Problem mit deinen Keimen. Okay?«

»Okay.«

»Danke für das alles. Und auch für die Pizza mit extra viel Bacon gestern.«

»Hast du das baconlastigste Stück gefunden?«

Sie lächelt und mein Herz setzt aus. »Habe ich, aber das war nicht leicht, weil so viel Bacon drauf war. Ein Traum ist wahr geworden.«

»Ich hab gesagt, sie sollen echten Bacon nehmen, nicht nur so Krümel.«

»Es war unfassbar lecker.«

»Okay.« Ich nicke. »Ja. Gut.«

Das Licht wird gedimmt und das leise Gemurmel verstummt. Bei der plötzlichen Stille stellen sich mir die Haare auf, weil ich jetzt wieder so tun muss, als würde ich nicht Olivias Gesicht in beide Hände nehmen wollen, um sie zu küssen.

Ich bin jemand, der komplett in Disney-Filmen versinken kann. Meine Schwester und ich haben ganze Wochenenden auf Liegewiesen aus Kissen direkt vorm Fernseher im Wohnzimmer verbracht und jeden Disney-Film unserer riesigen Sammlung geschaut. Abends haben sich unsere Eltern auf der Couch hinter uns zusammengekuschelt, und wenn wir genug quengelten, erlaubten sie uns, dort zu schlafen, um weiter Filme zu gucken. Ich kann an einer Hand abzählen, wie oft wir bis Mitternacht durchgehalten haben, aber am häufigsten sind wir in unseren Betten wach geworden.

Gerade kann ich mich null auf das konzentrieren, was Anna, Elsa, Kristoff, Sven und Olaf erleben.

Nach etwa einer halben Stunde stellt Olivia die Tüte weg. Ich folge ihrem Beispiel, stelle das Popcorn auf den Boden.

Mein Bein wippt unkontrolliert weiter und ich kann die Hände nicht still halten, weil ich so dringend ihre nehmen will. Stattdessen ziehe ich die Mütze vom Kopf und raufe mir die Haare.

Da greift Olivia nach meiner Hand, erlöst sanft meine Haare und legt mir die Hand in den Schoß, wo sie langsam ihre Finger mit meinen verschränkt.

»Okay?«, flüstert sie.

Ich starre ihre Hand an. So winzig in meiner. So weich, so wahnsinnig warm. Dann lächelt sie mich derart liebevoll an, dass mein hektisch rasendes Herz endlich in einen angenehmen Galopp verfällt und die Anspannung aus mir weicht.

»Okay.«

***

»Du hast echt gedacht, Olaf würde sterben, oder?«

»Er *ist* gestorben, Ollie. Elsa hat ihn wiederbelebt, ein Glück. Sonst hätte ich randaliert.« Ich hab ihr fast das Blut abgedrückt, weil ich ihre Hand so fest umklammert habe, bis der witzige Schneemann wieder aufgetaucht ist.

»Stell dir mal vor, Disney-Filme wären immer noch so krass wie früher.«

Sofort schüttelt es mich und ich drücke ihre Hand, als wir nach draußen kommen. »Puh, so viel Trauma.«

»Aber es hat uns geprägt. Ich wäre nicht, wer ich bin, wenn Scar Mufasa nicht von dem Felsen gestoßen hätte.« Sie lässt meine Hand los, versteckt ihre Locken unter einer Mütze und zieht ihre Welpenhandschuhe aus der Tasche. »Danke, Carter. Das war ein sehr schöner Abend.«

»Finde ich auch. Ich bin froh, dass du gekommen bist.« Ich wippe auf den Fersen, lächle sie an, und sie erwidert das Lächeln. Ich will mich nicht verabschieden.

Sie nickt die Straße hinauf. »Äh, ich gehe mir noch einen Tee holen.«

»Oh, so ein Zufall. Genau das hatte ich auch gerade vor. Dann können wir ja zusammen gehen. Uns vielleicht sogar an einen Tisch setzen?«

»Du trinkst Tee?«

»Nein.«

Olivia lacht, und da wird mir klar, dass es noch schöner klingt als in meiner Erinnerung. Ich nehme ihre Hand und so gehen wir die Straße hinunter. Schneeflocken fallen vom Himmel und verfangen sich in ihren Wimpern, in den Haaren, die unter ihrer Mütze hervorschauen. Mein ganz persönlicher Schneeengel.

»Dann bist du solche Winter wohl gewohnt?«

»Puh, die Winter in Muskoka sind hart, jedes Jahr. Aber hallo. Gleichzeitig sind sie wunderschön. Riesige schneebedeckte Kiefern, gefrorene Seen, die aussehen wie Glasscheiben. Mein Bruder und ich sind immer zum Willow Beach gegangen und haben auf dem zugefrorenen See Hockey gespielt.« Sie rümpft die Nase. »Aber ich scheine mich an das Wetter hier gewöhnt zu haben, denn das hier macht mich fertig. Ich bin kurz davor, Caras Angebot anzunehmen und den Rest des Winters in Cabo zu verbringen.«

»Nee, das willst du nicht. Sonst musst du dir jeden Abend anhören, wie sie mit Em Telefonsex hat. Darauf kannst du verzichten, glaub mir. Das hab ich oft genug bei unseren Auswärtsspielen mitbekommen.« Ich stupse sie mit der Schulter an. »Außerdem würde das auch heißen, dass du sehr viel Zeit ohne mich verbringen musst, das wäre doch schlimm für dich. Dann müsstest du auf all meine Späße verzichten.«

Olivia lacht, so ein schönes Geräusch, während ich die Tür zu dem Café öffne. Hier ist nicht viel los, vereinzelt sitzen Leute an Tischen, unterhalten sich leise und nippen an ihren heißen Getränken.

»Was möchtest du?«, fragt Olivia und zückt ihr Portemonnaie.

»Du zahlst nicht.«

»Oh, ich zahle.«

»*Ich* zahle.«

»Du hast doch schon fürs Kino und den ganzen Süßkram gezahlt.«

»Ja, weil du mich beim Beerpong besiegt hast und das mein Wetteinsatz war. Die Nacht ist noch nicht vorbei, also zahle ich.«

»Carter –«

Ich bedenke sie mit einem Blick, der sehr charmant sein muss, denn sie seufzt, steckt ihr Portemonnaie wieder weg und sagt, sie hätte gern einen London Fog Latte.

»Sehr gut.« Ich drücke ihr einen Kuss auf die errötende Wange. »Setz dich schon mal, ich bin gleich mit unseren Getränken da.«

Außerdem bringe ich Muffins und Plätzchen mit. Olivia schaut mich an, als hätte ich fünf Köpfe.

»Was denn? Was wir nicht aufessen, kannst du mitnehmen. Oder ich. Ich habe immer Hunger.«

»Bist du noch immer nervös?«

Ich schüttle den Kopf und breche eins der Plätzchen in zwei Hälften, damit ich ihr eine rüberschieben kann. »Ich glaube nicht.« Ich betrachte sie, die leichte Anspannung in ihrer Schulter, die Art, wie sie das Plätzchen in der Hand dreht. »Aber du, oder?«

»Ein bisschen«, gibt sie zu. »Wir müssen reden, und das kann ich normalerweise echt gut, aber … manchmal fühle ich mich ein bisschen benebelt in deiner Nähe.«

»Weil du verwirrt bist?«

»Ja.« Dann schüttelt sie schnell den Kopf, da sie mir meine Enttäuschung wohl ansieht, und legt ihre Hand auf meine. »Nicht, was meine Gefühle für dich angeht. Ich … ich glaube einfach, mein Verstand wird immer in zwei Richtungen davongaloppieren. Sich überlegen, was alles schiefgehen kann, aber halt auch, was alles gut gehen kann. Ich kann eigentlich keinen klaren Gedanken fassen, und dann verliere ich mich in dieser Zerrissenheit und hab einfach nur Angst und bin verwirrt.«

»Das kann ich verstehen.«

»Echt?«

Ich nicke. »Ich glaube, mir ging es ganz ähnlich, nur aus anderen Gründen. Ich wusste nicht, wie es weitergehen könnte, weil ich noch nie weiterggegangen bin. Und dann, als ich beschlossen habe, dass ich weitergehen will, bist du abgehauen. Das hat mich verwirrt.« Ich schaue zu meinem heißen Kakao. Als ich wieder aufsehe, ist da eine enorme Verletzlichkeit in ihrem Blick. »Weil ich nicht verstanden habe, warum wir so unterschiedliche Dinge wollen, aber jetzt ist mir klar, woher deine Angst kommt. Es wäre nur schön gewesen, wenn du geblieben wärst und wir darüber hätten sprechen können. Wir hätten versuchen können, einen Weg zu finden.«

»Hätten wir«, stimmt sie zu. »Aber ganz ehrlich, ich glaube nicht, dass das wirklich was gebracht hätte. Ich habe einfach nicht begriffen, was da gerade abging. Ich musste erst mal auf Abstand gehen, um meine Gefühle zu verstehen. Weil die einfach so schnell so heftig waren. Und ich musste mir bewusst werden, was ich will. Aber ich wünschte, ich hätte dich damit nicht verletzt.« Sie tippt mit dem waldgrünen Fingernagel auf den Rand ihrer Tasse. »Können wir jetzt noch versuchen, einen Weg zu finden? Oder ist es zu spät?«

»Es ist nie zu spät, Ollie. Aber vielleicht … vielleicht sollten wir es langsam angehen? Oder das zumindest versuchen. Du weißt schon, richtige Dates und so, damit du lernst, dass du mir trauen kannst.«

»Das würde mir gefallen, Carter.«

»Küssen können wir uns aber trotzdem schon, nur falls du dich fragst.«

»Ach ja? Sprechen wir hier von flüchtigen Wangenküssen oder …«

»Richtigem Knutschen.«

Olivia lacht schnaubend, mein liebstes Geräusch. »Das klingt nicht nach langsam angehen.«

»Hm, klar, du hast ja auch so kurze Beinchen. Kein Wunder,

dass dir da alles, was ich mache, schnell vorkommt. Da müsstest du vielleicht dran arbeiten.«

Sie verdreht die schönen braunen Augen und lehnt sich zurück, schlägt das eine Bein über das andere und wirft sich die Locken über die Schulter. »Und du könntest es dir verdienen, mir die Zunge in den Hals stecken zu dürfen.«

Ich muss kurz blinzeln. »Uh, eine Herausforderung. Ich liebe Herausforderungen.«

Sie versteckt ihr Grinsen hinter der Tasse. »Und ich liebe es, dich verlieren zu sehen.«

»Oh, ich verliere nie, Ol.«

»Außer beim Beerpong.«

Ein Grollen dringt aus meiner Kehle, aber weil Olivia in ihren Tee kichert, muss ich grinsen.

»Ich mag dich echt, Ollie.«

Zärtlichkeit macht ihren Blick und ihre Schultern ganz weich. »Ich mag dich auch echt, Carter. Danke, dass du so geduldig mit mir bist und mir so viel Zeit gibst.«

Wenn ich ehrlich bin, würde ich ihr alles geben, was sie will. Sie muss nur darum bitten.

Und als wir gegen Mitternacht das Café verlassen und wieder Hand in Hand die Straße entlangschlendern, frage ich mich, ob ich *sie* nicht vielleicht die ganze Zeit gebraucht habe. Es fühlt sich so an.

»Reservierst du mir morgen einen Tanz mit dir?«

»Du kannst so viele Tänze haben, wie du willst.«

Ich ziehe ihre Mütze ein Stück tiefer, damit sie ihre Ohren verbirgt. »Und wenn ich sie alle will? Ich konnte noch nie gut teilen.« Ich streiche ihre Haare über ihre Schultern, meine Hand berührt dabei ihre Wange. »Du lässt dich jetzt nicht von mir küssen, oder?«

»Nein, tue ich nicht.« Sie packt meinen Kragen und zieht mich zu sich, damit sie mir einen Kuss auf eins meiner Grübchen geben kann. »Du musst an deiner Selbstbeherrschung arbeiten, Mr Beckett, wenn das hier funktionieren soll.«

»Okay, aber Selbstbeherrschung war noch nie meine Stärke.« Ich sehe zu, wie sie in ihren Wagen steigt. »Und das war auch mehr als Richtlinie gedacht. Außerdem willst du mich schließlich auch küssen!«

»Natürlich will ich das.« Sie zwinkert. »Aber noch viel lieber möchte ich dich verlieren sehen.«

EINUNDZWANZIG

HEILIGE SCHEISSE

CARTER

Ich sehe sie sofort, als sie durch die Tür kommt.

Wie könnte man sie auch übersehen, dieses hinreißende kleine Wesen, das erst mal auf der Schwelle stehen bleibt – genau wie mein Herz, als ich sie erblicke.

Dann beobachte ich, wie Emmett sie in die Arme schließt und ihr aus dem Mantel hilft, wodurch ein Kleid zum Vorschein kommt, für das Olivia dreimal zur Mall musste. Fragt mich nicht, woher ich das weiß.

Sie ist atemberaubend, aber das ist ja nichts Neues. Sie könnte meine Hockeytasche tragen, mit Löchern für Arme und Beine, trotzdem wäre sie die schönste Frau der Welt.

Das klingt gar nicht mal schlecht. Ich nehme mir vor, sie zu fragen, ob sie in nächster Zeit nackt mit meinen Hockeysachen posieren möchte. Oh, ich werde so viele Fotos von dieser Frau machen. Mein Handy wird nur so überquellen.

Aber sie trägt keine Hockeytasche. Fuck. Nein. Dieses Kleid. Heilige Scheiße, *dieses Kleid.*

»Shit.« Keine Ahnung, ob es Garrett oder Adam ist, der mir das einzige Wort ins Ohr atmet, das mir überhaupt in den Sinn kommen will. Beide glotzen sie an, beide heben die Brauen, während ihre Blicke an ihrem zierlichen Körper hinuntergleiten, dann wieder hinauf, nur um an dem tief ausgeschnittenen Dekolleté hängen zu bleiben, genau wie meiner.

Ich schlucke. »Shit.«

In purpurrote Spitze gehüllt ist Olivia genauso verlockend wie ein Liebesapfel. Sie ist die verbotene Frucht und ich will nichts lieber als sie vernaschen.

Ich unterdrücke ein Stöhnen, während meine Augen über ihre Kurven wandern, die sich perfekt unter dem Stoff abzeichnen. Die Spitze schmiegt sich an ihre Hüften, fällt an ihren so sinnlichen Oberschenkeln hinab bis zu ihren Knien. In diesen glitzernden goldenen Stöckelschuhen ist sie sicher zehn Zentimeter größer und in den herrlich gestylten Locken trägt sie eine passend goldene Haarspange.

Sie strahlt heute richtig Selbstbewusstsein aus. Vielleicht liegt es an dem Kleid, vielleicht fühlt sie sich damit endlich so umwerfend, wie sie ja täglich aussieht. Aber kann ja auch sein, dass es an gestern liegt. Daran, dass wir alles geklärt haben und sie jetzt wild entschlossen ist, mir den Kopf zu verdrehen und einfach nur grinsend zuzusehen, wie es passiert. Ihre Atmung verleitet jedoch zu der Annahme, dass sie etwas nervös ist.

Ich hingegen? Hab alles unter Kontrolle.

Heute bin ich nicht der trottelige Carter. Ich trage eine undurchdringliche Maske, die sie unmöglich … durchdringen kann. Hmpf. Keine Ahnung. Jetzt kann ich plötzlich nur noch an alles denken, was ich gern durchdringen würde.

Alles unter Kontrolle.

Bloß als sie sich umdreht – *fuck* –, blitzt mich die rote Schleife an, die das Kleid über ihrem so milchig weißen Rücken zusammenhält, und ich sterbe ein bisschen.

»Ich bin tot«, flüstere ich und muss mich schnell anders hinstellen, weil mir da was zwischen den Beinen anschwillt. *Nicht jetzt, Donnerschwert,* mahne ich meinen Schwanz. *Nicht jetzt.*

»Das Kleid ist 'ne Ansage.« Adam löst den Blick von ihr, sieht mich an. »Sie hat die Kontrolle.« Er seufzt. »Die haben die Ladys ja immer.«

»*Ich* habe die Kontrolle«, knurre ich.

Wenn ich eins bin, dann hartnäckig. Unerschütterlich. Unersättlich und eben auch selbstsicher. Wenn ich was im Visier habe, dann lasse ich nicht locker, bis es meins ist. Das ist auch bei Olivia Parker nicht anders. Einmal hatte ich sie schon, aber einmal reicht nicht, nicht bei ihr. Ich will sie wieder und wieder. Ich will sie besitzen, will, dass alles an ihr niemandem gehört außer mir.

Mir ist klar, wie extrem hinterwäldlerisch das klingt.

Aber ehrlich gesagt: Das ist mir scheißegal.

Doch dann schaut Olivia über die Schulter, ihre dunklen Wimpern flattern und sie fährt sich langsam – *unfassbar langsam* – mit den Händen über die Hüften, den so herrlich runden Hintern, in die Taille. Dabei beißt sie sich die ganze Zeit auf die Unterlippe.

Fuck. Ich habe keine Kontrolle. Ich habe absolut keine Kontrolle.

***

OLIVIA

Ohhh, heilige Scheiße. Komplett im Dreiteiler, mitternachtsblau. Mein Gott, er könnte ihm gar nicht besser passen. Betont die breiten Schultern, aber gleichzeitig auch die schmale Taille. Fuck, diese muskulösen Oberschenkel. Ich erinnere mich noch zu gut daran, wie ich von ihnen auf die Matratze gedrückt wurde …

Jetzt muss ich mir erst mal Luft zuwedeln mit völlig kraftlosen Händen.

Ich muss damit aufhören. Ich muss … Mist, keine Ahnung. Ich glaube, ich muss diesen Kerl im Bad reiten.

»Heiß?«, flüstert mir Cara ins Ohr. Sie sieht himmlisch aus. Hautenge weiße Spitze, blondes Haar, das ihr in Wellen über den Rücken fällt, dazu Hüften zum Morden und der passende Hintern. Wie immer sieht meine beste Freundin perfekt aus.

»So was von. Superheiß hier drin. Läuft die Heizung? Du solltest fragen, ob sie die runterstellen können. Klimaanlage wäre eine Idee.«

»Wir haben den härtesten Winter seit Jahren in Vancouver, deine Heizung zu Hause ist kaputt und du willst, dass wir hier die Klimaanlage anmachen?« Sie folgt meinem Blick, der immer wieder weghuscht, und grinst über meine noch immer wedelnden Hände. »Vielleicht brauchst du eher jemanden, der das Feuer löscht.«

»Hä?« Ich sehe sie an, aber praktisch sofort wieder zu Carter, doch dann fallen mir fast die Augen raus, weil er mich beim Glotzen erwischt. Und leider auch sieht, wie ich mir Luft zufächele. »Hilf mir«, flehe ich Cara an. »Ich soll doch die Kontrolle haben. *Er* soll einknicken.«

»Ich verrate dir, was *ich* tun kann.« Sie winkt einen Kellner mit Sekt heran, kippt je zwei Gläsern zusammen und nimmt dann beide fast überlaufenden Flöten vom Tablett, um mir eine zu reichen. »Ich kann dich betrunken machen.«

Wir stoßen an, und als der erste Schluck durch meine Kehle prickelt, atme ich tief durch. Nachdem ich das zweite Glas geleert habe, verschwindet Cara und mischt sich unter die Gäste. Ich sollte ein bisschen das Tempo drosseln, doch dann kommt Garrett mit einem kalten Bier pro Hand herbeigeschlendert, und wie könnte ich das ablehnen?

Er nimmt mich in die Arme und lässt danach eine Hand an meinem unteren Rücken liegen. Ich schwöre, ich sehe so was wie Angst in seinem Blick, als er über meine Schulter schaut und direkt die Hand wegreißt.

»Ihr Hockeymänner wisst schon, wie man sich rausputzt,

was?« Ich schiebe ihm den Krawattenknoten hoch, der viel zu tief und zu weit rechts hing. »Schön, dich zu sehen.«

Er hat so ein schönes Lächeln, so glücklich und sorglos, fast wie ein niedlicher Hund. »Dich auch. Wir haben dich schon vermisst. Ein paar mehr als andere.« Dann senkt er den Mund zu meinem Ohr. »Hey, wollen wir Carter bisschen ärgern?«

»Was schwebt dir vor?«

Er stellt unser Bier weg, hält mir eine Hand hin und grinst mich verschlagen an. »Tanz mit mir.«

Kichernd lege ich meine Hand in seine und folge ihm auf die Tanzfläche. Seine Hand ruht sanft auf meinem unteren Rücken, während er mich herumwirbelt. Ich spüre Carters heißen Blick im Nacken, wohin wir uns auch bewegen.

»Er lässt dich nicht aus den Augen«, flüstert Garrett. »Sieht so aus, als würde er überlegen, welchen Körperteil er mir zuerst ausreißt.« Weil ich darüber lache, grinst er nur noch breiter und schleudert mich in eine Drehung, bevor er mich wieder zu sich zieht. »Bist du auf dem Laufenden, was unsere Spiele angeht?«

»Klaro. Dein Tor gegen Vegas am Donnerstag? Vorzüglich.«

Sofort strahlt er übers ganze Gesicht, seine Brust schwillt vor Stolz. »Ja, oder? Direkt durch die Beine. Und bei dir? Carter hat erzählt, du coachst das Volleyballmädchenteam an deiner Schule.«

»Er spricht von mir?«

»Wenn er nicht gerade schmollt … Nein, er spricht eigentlich ununterbrochen von dir.«

Ich kann mir Carter Beckett gar nicht schmollend vorstellen. Er ist doch immer so fröhlich, charismatisch und übermütig. Sofort überkommen mich schlimme Schuldgefühle.

»Ja.« Garrett tippt mir gegen die Stirn. »Genau so hat er geguckt. Ihr seid echt füreinander gemacht.«

»Ich … also … meinst du … Also, mein Team hat das Halbfinale verloren, aber … Du findest wirklich, wir sind füreinander gemacht? Er ist Carter Beckett, ich bin Olivia Parker. Ich bin so klein, er ist so riesig, also passen wir wirklich so gut? Schließlich sind unsere Körperteile ja gar nicht richtig auf derselben Höhe und so.«

Ich nehme das mit dem niedlichen Lächeln zurück, denn jetzt grinst er eher wie der letzte Idiot. »Das war ein erstaunlicher Fall von Sprechdurchfall, alle Achtung. Aber du musst dich bitte wieder zusammenreißen, ich habe einen Haufen Kohle darauf gesetzt, dass Carter derjenige ist, der zuerst weich wird. Nicht du.«

»Da hast du vielleicht auf die Falsche gesetzt.«

»Ich glaube an dich, Ollie.«

Das ist schön, doch als das Lied vorbei ist und er mich auf der Tanzfläche zurücklässt, wird vor allem eins deutlich: *Ich* glaube nicht an mich. Ich werde nervös, und dabei hab ich noch nicht mal mit dem Kerl gesprochen, der hier für meinen Untergang sorgt.

Seufzend schnappe ich mir mein Bier und will mich in eine Ecke zurückziehen, damit ich diesen Abend überstehe, ohne mir noch mehr Schaden zuzufügen.

Aber selbstverständlich stoße ich unterwegs gegen etwas Hartes und mein Bier schwappt über den Rand.

»Shit, das tut mir so leid. Ich stehe heute voll neben mir, habe nicht drauf geachtet, wohin ich gehe. Hab ich Sie … nass gemacht … *Ogottshit.*« Die letzten drei Wörter kommen alle nacheinander mit einem einzigen Schnaufen.

»Ogottshit«, summt Carter, eine Hand in der Tasche, die andere an einem Glas. »Das hab ich ja noch nie gehört.«

Meine Beine zittern. Kein Witz. Und als Carter mir mit dem Finger übers Schlüsselbein fährt, um mir eine Locke von der Schulter zu streichen, die er sich vorher noch genüsslich durch die Finger gleiten lässt, muss ich die Augen schließen.

Was zur Hölle geht hier vor? Gestern Abend ist doch alles

perfekt gelaufen und als ich hier durch die Tür kam, hatte ich mich auch komplett unter Kontrolle. Liegt es am Alkohol? Ja, es liegt am Alkohol. Ich werde nicht wegen Carter schwach, definitiv nicht. Er … *gewinnt* nicht.

»Du hast dir die Haare schneiden lassen.«

Ich knalle mir das Glas gegen den Kopf, den ich mit beiden Händen packe, als wollte ich fragen: *Diese Haare?* »Heute.«

»Heute?«

»Ja, ich hab sie heute schneiden lassen.« Mir fällt auf, dass ich fast schreie, so wie er letztens, weil seine Brauen zucken. Ich schlucke und setze noch mal an, diesmal flüstere ich. »Ich habe sie mir heute Morgen schneiden lassen.« Dann mache ich mit der rechten Hand eine Scherengeste. »Schnippschnapp.«

Guter Gott, möglich, dass Carter doch gerade gewinnt.

»Hm.« Er streicht die Strähne hinter mein Ohr, dann verharrt sein Finger auf der glänzend goldenen Spange. Er sieht mir die ganze Zeit direkt in die Augen, lässt die Flüssigkeit in seinem Glas kreisen und leert es dann in einem Zug. Er stellt es auf die Bar, nimmt mir mein halb volles Bier weg und stellt es ebenfalls auf den Tresen.

Dann geht er los.

Nein, er geht nicht. *Er stolziert.* Er stolziert los und ich weiche zurück, bis mein Rücken die Wand berührt.

Seine Finger gleiten über meine Hüfte, er neigt sich zu mir und sofort donnert mein Herz von innen gegen meinen Brustkorb, als würde es hoffen, dass er mich küsst. Stattdessen finden seine Lippen zu meinem Ohr.

»Entschuldigen Sie, Miss Parker.« Sein Atem ist warm und würzig mit einer leichten Vanille- und Karamellnote. Sein Blick fällt auf meinen Mund, der sich öffnet, weil ich keuchend einatme.

Dann öffnet sich die Wand hinter mir abrupt und ich stolpere in vollständige Dunkelheit.

Carter schaltet das Licht an und sofort wird es hell in dem extravaganten Bad, in dem wir jetzt stehen.

Und dann schließt er ab.

Mein Herz stottert wie Red Rhonda, mein langsam sterbendes Auto.

Große Pranken packen mich, wirbeln mich herum und schieben mich zum Waschtisch, wo ich mich mit beiden Händen abstütze. Meine ungeschützte Haut brennt unter ihm, er presst sich von hinten gegen mich. Seine Fingerspitzen tanzen meine Arme hinauf, schließen sich um meinen Bizeps. Seine Nase streicht über meinen Hals, verharrt an meiner Ohrmuschel.

»Ach, du hast so stark angefangen«, flüstert er. »So stark. Bist hier reinstolziert wie die selbstbewussteste Frau der Welt, hast mit den Wimpern geklimpert und mich fast in den Wahnsinn getrieben, als du deine Hände über deinen Körper hast gleiten lassen. Ich dachte schon, ich bin geliefert. Meine Selbstbeherrschung war futsch.«

Sein Mund wandert über meinen Hals, eine Hand liegt auf meinem Bauch, die andere gleitet an der Außenseite meines Schenkels hinunter, bis er den Saum meines Kleides zu packen bekommt. Die Spitze kratzt sanft über meine Haut, als er sie hochzieht. Ich löse mich von ihm, presse mich gegen seine Hand.

Ach, scheiß auf Selbstbeherrschung, scheiß auf langsam. Ich will einfach nur, dass er mich fickt.

Sein Blick kollidiert mit meinem im Spiegel und als ich sein Lächeln an meiner Schulter spüre, weiß ich, dass er mich rumgekriegt hat. Und er weiß es auch.

»Aber dann hast du dich plötzlich verraten. Du bist echt niedlich, wenn du die Kontrolle verlierst, weißt du das?«

Mit dem Daumen fährt er am Rand meiner Seidenunterwäsche entlang. Sofort kommt mir ein abgehacktes Stöhnen über die Lippen, überall in mir sprießen glühende Funken.

»Soll ich dich berühren?«

»Ja«, keuche ich. »Bitte.«

Ein zufriedenes Summen dringt aus seiner Kehle und er küsst meinen Halsansatz. Ich lasse mich gegen ihn sinken, versenke die Hände in seinen perfekt gestylten Haaren.

Doch dann rückt er von mir ab, fort ist seine glühende Berührung, und da stehe ich, mit offenem Mund, starre ihn im Spiegel an.

Ich drehe mich zu ihm um, sehe entsetzt zu, wie er erst die Beule in seiner Hose richtet, dann seine Krawatte, dann sein Haar. »Was machst du?«

»Ich geh wieder raus.«

»Aber du … du hast gesagt … ich habe gesagt …«

»Du hast gesagt, ich soll dich berühren. Mach ich vielleicht auch noch. Morgen.«

»Morgen?«

»Nachdem wir essen waren.«

»E-essen?«

Er nickt und drückt mir sein Handy in die Hand. »Einmal deine Adresse bitte, damit ich dich morgen zu einem Date abholen kann.«

»Ich …«

»Jetzt sofort, bitte, Olivia.«

Okay. Jeglicher Feminismus ist meinem Körper entflohen.

Sein Blick macht mich nervös, trotzdem schaffe ich es irgendwie, meine Adresse in sein Handy zu tippen. Als ich fertig bin, schiebt er mich sofort wieder in den lauten Flur.

Er hebt meinen Kopf und gibt mir einen zärtlichen Kuss auf den Mundwinkel. »Sie sind wirklich umwerfend, Miss Parker.«

Cara schlägt sich zu mir durch, während ich Carter nachsehe. Sie packt meine Schultern und schüttelt mich so sehr, dass mein Kopf wackelt. »Was ist passiert? Ihr wart da sicher zehn Minuten drin.« Ihr Blick wandert an mir hinunter, sie sieht meine roten Wangen, mein verknittertes Kleid. »O mein Gott! Ihr hattet

Sex im fucking Bad? Ich wusste es! *Garrett!*«, brüllt sie in die Menge. »Du schuldest Em, mir und Adam je hundert Riesen!«

»Was? Niemals!«, brüllt er zurück. »Sie hat unmöglich so schnell kapituliert.«

***

Mittlerweile sind drei Stunden vergangen und ich frage mich, wann Carter endlich den Tanz einfordert, den ich ihm gestern versprochen habe. Man kann nicht gerade behaupten, dass es an Hockeyspielern mangelt, die mit mir tanzen wollen. Ich wurde endlos über die Tanzfläche gewirbelt, aber der Mann, mit dem ich wirklich tanzen will, scheint völlig zufrieden damit zu sein, mich aus der Ferne beobachten zu können.

Mir ist ein bisschen schwindelig, außerdem bin ich erschöpft und angetrunken genug, dass ich nicht aufhören kann zu giggeln. Wenn er mich nicht bald auffordert, werde ich in der Garderobe eingepennt sein.

Von ihm kamen bisher nur lange Blicke, sein Lächeln hat er hinter seinen Getränken verborgen, und hin und wieder hat er mich flüchtig am Rücken berührt, wenn wir gleichzeitig an der Bar standen, um etwas zu bestellen. Ich bin echt angespannt und genau das wollte er ja.

»Deine Füße bringen dich sicher schon um«, sagt Adam, während wir uns langsam zur Musik bewegen. »Hast du überhaupt schon eine Pause gemacht?«

»Der Begriff scheint in eurem Wortschatz nicht zu existieren.«

Er lacht. »Könnte was dran sein.«

»Ich kann's nicht erwarten, mir zu Hause ein heißes Bad zu gönnen.«

»Mit einem guten Buch und einem Glas Wein?«

»Vielleicht ohne den Wein.« Ich vermute, meine roten Wangen verraten mich. »Ich hatte für heute schon genug.«

Adam wirbelt mich herum und drückt mich dann wieder an sich. Seine Augen funkeln vergnügt, gerade hat er mir über die Schulter geschaut. »Ach, ich liebe es, den Kerl eifersüchtig zu machen.«

Er bewegt uns langsam, so, dass auch ich Carter sehen kann, der mit einer Handvoll seiner Teamkollegen an der Wand lehnt. Er lässt weder Adam noch mich noch unsere Hände aus den Augen – dabei könnte das alles nicht unschuldiger sein, der Mann hat schließlich eine Freundin, auch wenn sie heute nicht anwesend ist.

Ein schiefes Grinsen tritt auf sein Gesicht, sofort reagieren all seine Grübchen. Dann stellt er sein Glas weg und stößt sich von der Wand ab.

Adam lacht. »Na, endlich. Er versucht schon den ganzen Abend, uns davon zu überzeugen, dass er die Kontrolle hat.« Adams blaue Augen richten sich auf mich, er lächelt mich warm an. »Ich freue mich echt, dass ihr beide das zusammen versucht. Er ist seit Tag eins total besessen von dir, liegt uns permanent in den Ohren. Er freut sich darauf, morgen mit dir Zeit zu verbringen. Wir anderen freuen uns darauf, dass er jetzt dann vielleicht mal ein anderes Thema draufhat.«

»Glaub ihm kein Wort.« Hinter uns erklingt Carters tiefe Stimme. »Er hat keine Ahnung, wovon er spricht.«

»Gestern hat unser Gruppenchat geglüht, nachdem du heimgefahren bist, Ollie, glaub mir.«

»Okay.« Carter tritt zwischen uns. »Jetzt reicht's. Ich bin dran.«

»Ich dachte schon, du verzichtest auf deinen Tanz«, sage ich, als er mich an sich reißt, eine Hand auf meinem Rücken, die andere in meiner.

»Ich wollte den letzten.«

»Deine Freunde tratschen ganz schön über dich.«

»Vielleicht labern sie Müll.«

»Vielleicht.« Ich greife mit der freien Hand in die Haare in seinem Nacken. »Glaube ich aber nicht. Ich glaube, dass ich dir gefehlt habe. Und ich glaube, dass du über gestern geprahlt hast.«

Seine waldgrünen Augen funkeln. »Und ich glaube, du nimmst dir ein Beispiel an meiner Arroganz.«

»Solang du mich nicht nimmst, muss ich das selber tun.«

Carter lacht aus vollem Hals, was ich insgeheim als einen meiner größten Erfolge werte. »So unanständig, Miss Parker. Es muss an den Heels liegen. Die paar zusätzlichen Zentimeter scheinen Ihnen mehr Selbstvertrauen zu verleihen.« Er neigt sich mit dem Mund zu meinem Ohr. »Aber Sie wissen ja, was mit den unanständigen Mädchen passiert, nicht wahr? Sie werden bestraft.«

»Hmm. Von wem denn? Von Ihnen?«

»Nur von mir. Wie möchten Sie lieber bestraft werden? Soll ich Sie übers Knie legen oder möchten Sie sich vor mich knien?«

Mein Herzschlag beschleunigt und sammelt sich zwischen meinen Beinen, dazu starten die Schmetterlinge in meinem Bauch durch und flattern so schnell, dass mir schwindelig wird. Ich muss dringend nach Hause, bevor ich diesen Mann doch noch anbettle, mich im Bad zu vögeln. Ich habe höhere Standards.

Obwohl … Habe ich die wirklich? Ich glaube kaum.

»Was ist los, Olivia? Kommst du ins Wanken?«

Ich presse die Lippen aufeinander. »Nein.« *Doch.* »Ich bin einfach … müde. Supermüde. Ich muss nach Hause.«

Bevor ich meine Meinung ändern kann, gebe ich ihm einen Kuss auf das erstaunte Gesicht und düse zur Garderobe. Als ich mich von dem zukünftigen Brautpaar verabschiedet habe, stapfe ich hinaus in die Kälte. Die Bürgersteige liegen unter einer frischen Schneeschicht verborgen, in der nun meine Zehen versinken. Mit klappernden Zähnen tippe ich die Uber-App an.

Eine Stretchlimo hält vor mir, und als der Fahrer aussteigt

und mir die Tür öffnet, hebe ich nur die Augenbrauen. Ich deute auf mich und er nickt lächelnd.

»Nein, Sie müssen mich mit jemandem verwechseln, ich …«

»Steig schon ein.« Carter nimmt mir das Handy aus den Fingern und schiebt mich zur Limousine.

»Aber ich –«

»Steig ein, Olivia.« Er trägt Lederhandschuhe und fährt mir mit dem Daumen über die zitternde Unterlippe. »Dir fallen sonst gleich die Zehen ab und ich will einfach dafür sorgen, dass du sicher nach Hause kommst.«

»Ja, okay.« Mein Kopf nickt, aber meine Beine bewegen sich nicht, also packt der Mann mich, hebt mich hoch und setzt mich auf die Rückbank. Dann rutscht er neben mich, spreizt die Beine und nennt dem Fahrer meine Adresse. Ich schnaube. »Du willst doch nur überprüfen, ob ich dir die richtige Adresse gegeben habe.«

»Du würdest mich nicht anlügen. Dazu magst du mich zu sehr.«

Ich verdrehe die Augen und verschränke die Arme vor der Brust, starre einfach zu der abgedunkelten Scheibe vor mir, die uns vom Fahrer trennt, und ignoriere Carter, der seine Handschuhe auszieht, sie auf seinen Oberschenkel legt und dann auf seinem Handy rumdaddelt. Zehn Minuten später hat er mich noch immer keines Blickes gewürdigt. Wenn ich die Kontrolle nicht haben darf, darf er das auch nicht.

»Checkst du jetzt echt Sportergebnisse?«

Ein listiges Grinsen tritt auf sein Gesicht. »Nein.«

»Du bist ein Arsch.«

»Das meinst du nicht ernst.«

Ich schlage ein Bein über das andere. »Da hast du recht. Aber du kannst mich einfach nicht ansehen, ohne die Kontrolle zu verlieren. Das verstehe ich. So ist es leichter für dich.«

Jetzt hab ich ihn.

Er steckt das Handy weg, elektrisierende grüne Augen schauen auf meine Lippen, während er zu mir rückt. »Willst du damit sagen, dass ich die Regeln nicht kenne, Parker?«

»Die von diesem Spiel jedenfalls nicht, Beckett.«

»Du glaubst, du spielst besser als ich?«

Ich betrachte prüfend meine Nägel. »Das beweise ich doch schon die ganze Zeit.«

Seine Hand schließt sich um meinen Hals, er drückt mich auf den Rücken, lungert über mir. Dann presst er sein Becken gegen meins. Seine Fingerspitzen verbrennen meine Haut wie offenes Feuer, während er sie an meinem Oberschenkel hinauf- und dann unter mein Kleid gleiten lässt.

Sein Mund bedeckt meinen Hals mit feuchten Küssen, er knabbert an meinem Kiefer, an meinem Ohr. »Ach ja?«

Ein Ziehen breitet sich zwischen meinen Beinen aus, weil er von mir abrückt, aber absichtlich noch einmal mit dem Finger über meine Klit streicht, während er mein Kleid wieder zurechtzuppelt.

Dann rutscht er sehr tief in seinen Sitz, grinst viel zu selbstzufrieden in sich hinein und widmet sich wieder den verdammten Sportergebnissen.

Kurz darauf kommt der Wagen zum Stehen. Ich springe raus und knalle die Tür zu.

»Ollie«, ruft er, mir auf den Fersen. Ich hasse es, wie amüsiert er klingt. Ich hasse es noch mehr, dass ich auf dem Eis auf meiner Veranda ausrutsche und rücklings in seine bescheuerten Arme falle. Er stellt mich vor meiner Haustür ab und ich hatte nie ein größeres Verlangen, jemandem das fette Grinsen aus dem Gesicht zu schlagen, als in diesem Moment. »Hab ich gewonnen?«

»Nein«, brummele ich und ziehe meine Heels aus. »Ich habe dich nicht geküsst.«

Er grinst noch immer so unfassbar selbstgefällig. »Wir wollten es doch langsam angehen.«

»Ich weiß.«

»Also: kein Knutschen.«

»Genau.«

»Wäre es dir lieber, wenn du gewonnen hättest?«

»Ich habe ni–«

Carter schluckt den Rest meiner Worte, weil sein Mund auf meinen trifft. Gleichzeitig greift er mir in die Haare und drängt mich so weit zurück, bis ich mit dem Rücken gegen den Garderobenschrank pralle. Seine Hand findet den Weg unter mein Kleid, packt meine nackte Hüfte, während ich mich an ihm reibe. Gerade ist es mir ziemlich egal, dass die Haustür offen steht und der arme Limofahrer die Show seines Lebens zu sehen bekommt.

»Scheiß auf langsam«, murmelt Carter. »Langsam geht nicht. Nicht mit dir.«

Himmel, ich will langsam ja auch nicht. Ich will mich sofort reinstürzen, in die Chemie, die Leidenschaft, das Feuer. Ich will ihm alles von mir geben und alles von ihm nehmen.

Carter löst sich von mir, ringt um Atem, lässt den Blick über mich wandern. Irgendwas blüht da auf in seinem Gesicht, etwas Verletzliches, Vorsichtiges. »Du … du hast mir gefehlt.«

Ich lege ihm die Hand an die Wange. »Du hast mir auch gefehlt.«

Da ist das strahlende Grinsen, die perfekten Zähne, die tiefen Grübchen. Bevor er fährt, sprintet er zurück zur Limo, überspringt die vereiste Stufe und ist im nächsten Moment wieder da, eine kleine blaue Schachtel in der Hand, die er mir hinhält.

Dann drückt er mir noch einen Kuss auf den Mund. »Schlaf gut, Ollie.«

Als er weg ist, stehe ich mit der blauen Schachtel in der Küche und hebe langsam den Deckel. Darin ist ein Cupcake, das winzige Fähnchen, das in der Glasur steckt, verrät mir, dass es sich um

Ahornsirup-Pecannuss handelt mit Ahorn-Buttercreme-Glasur und Baconwürfeln.

Die Nachricht, die in den Deckel gekrakelt ist, lässt mein Herz höherschlagen.

Ich hab dir den baconlastigsten ausgesucht.
xo Carter

ZWEIUNDZWANZIG

ICH BIN NICHT NERVÖS, ICH HAB MICH UNTER KONTROLLE

CARTER

»Du grinst wie ein Idiot.«

»Woher willst du das wissen, alter Mann?«

Hank tastet nach meinem Gesicht, schubst mich weg. »Weil ich dich kenne wie meine Westentasche, Carter.«

Lachend arrangiere ich das Essen auf seinem Teller, bevor ich ihn zu ihm rüberschiebe. »Das Steak ist auf zwölf Uhr, die Rühreier auf drei, Röstis auf sechs und der Marmeladentoast auf neun.«

»Wieso erzählst du mir in der Zwischenzeit nicht, warum du so lächelst?« Er deutet mit der Gabel auf mich. »Hat es irgendwas damit zu tun, dass du drei Stunden zu früh bei mir aufgekreuzt bist und wir frühstücken, statt zu Mittag zu essen?«

Dublin schaut von mir zu Hank und zurück, verfolgt genau jeden Bissen, den wir verschlingen. Der arme Kerl hat schon eine derart große Pfütze unter sich zusammengesabbert, dass ich allmählich befürchte, man muss so ein gelbes Warnschild aufstellen, damit niemand ausrutscht. Also gebe ich ihm ein Stück von meinem Frühstückswürstchen.

»Fütterst du schon wieder meinen Hund? Du verwöhnst ihn.« Hank schneidet ein Stück von seinem Steak ab und grinst, während Dublin es verschlingt.

»Ich habe heute Mittag ein Date.«

Hanks Gabel verharrt in der Luft, sein Mund steht offen. Er muss gar nicht so schockiert tun, ich bin absolut datebar. Ich kann daten. Das ist doch keine große Sache.

»Olivia?«, flüstert er. »Hast du sie dir zurückgeangelt?«

»Offensichtlich.«

Er klatscht in die Hände, nimmt dann meine. Sein Lächeln ist so breit, so ehrlich, dass meins auch noch wächst. »Wusste ich's doch, Carter. Hab ich's dir nicht gesagt, Dubs? Der wird sie sich zurückangeln! Du hast gesagt, das packt er nicht, der Ahnungslose, aber ich wusste es besser.« Er tätschelt Dublins Kopf. »Du solltest nicht so von ihm reden, wenn er nicht dabei ist, mein Freund. Eigentlich ist er nämlich ganz okay.«

Ich kneife die Augen ein bisschen zusammen und stopfe mir Bacon in den Mund.

»Hast du sie geküsst?«

»Mhm. Dabei wollte ich gar nicht.« Bestes Beispiel dafür, wie wahnsinnig ich die Lage unter Kontrolle habe, nämlich rein gar nicht. Eigentlich ist es ein Wunder, dass ich sie nicht im Bad auf der Party auf der Stelle gevögelt habe.

»Was ist das denn für ein Schwachsinn? Wer will denn bitte die schöne Frau nicht küssen, die man für sich gewinnen will?«

»Ich versuche, die Kontrolle zu behalten.«

Hank fängt an zu lachen. Erst leicht, dann wird er immer lauter und lauter, bis er über dem Tisch hängt und die Leute schon zu uns gucken, weil sie wissen wollen, was so lustig ist.

»Kontrolle? Du? Ein Mann?« Er schlägt mit der Hand auf den Tisch. »Carter, ich erklär dir jetzt was, mein Junge. In einer Beziehung gibt es nur eine, die die Kontrolle hat, und das ist die Frau. Sie hat – immer, immer, *immer* – die Macht. Du und alles, was da zwischen deinen Beinen baumelt, liegt allein in ihrer Hand.« Um das zu illustrieren, streckt er den Arm aus und tut so, als hielte er zwei Eier in der Hand, nehme ich an. »Je schneller du das begreifst, desto besser.«

»Das glaube ich nicht. Ich habe mich ziemlich gut –«

»Nein, hast du nicht. Du hast sie geküsst, obwohl du nicht wolltest. Und warum? Weil sie die Macht hat. Weil du nur einen Blick in ihr hübsches Gesicht geworfen hast und schon lagst du ihr zu Füßen. Und das wird immer so bleiben, weil du sie über alles und jeden stellen wirst.«

Das macht mir jetzt Angst. Hockey hatte bei mir immer oberste Priorität. Das kann Olivia unmöglich überholen.

… oder?

»Wann lerne ich diese wunderbare Dame denn mal kennen?«

»Hm, wenn ich möchte, dass sie Teil meines Lebens bleibt?« Ich trinke einen Schluck Milchshake. »Nie.«

Hank lacht und wirft mit der Serviette nach mir. »Mistkerl.«

Wir drehen noch eine Runde, bevor ich ihn nach Hause bringe, wo er es sich in seinem Sessel gemütlich macht. Dublin legt sich zu ihm, während ich alles für Hanks Hörbücher vorbereite. Er liebt es, sich versaute Liebesgeschichten anzuhören. Sonst läuft bei ihm ja nichts mehr, sagt er immer.

»Viel Spaß bei deinem Date, Carter. Tu nichts, was ich nicht auch tun würde.«

Ich werfe einen Blick auf das Tablet, das ich ihm vor zwei Jahren zum Geburtstag geschenkt habe. Er hört gerade *Fifty Shades of Grey – Gefährliche Liebe*. »Die Gefahr besteht nicht.«

Seine Hand tastet nach meiner, drückt sie. »Hab dich lieb.«

»Ich dich auch, du unanständiger alter Knilch.«

***

Ich bin nicht nervös, ich hab mich unter Kontrolle.

Wäre ich nervös, wäre ich dann zwanzig Minuten zu früh und würde die Zeit im Auto absitzen?

Wahrscheinlich.

Wäre ich nervös, würde ich dann einfach nur auf Olivias Haus starren?

... wahrscheinlich schon.

Ist ja nicht so, als wüsste ich nicht, wie das funktioniert, auf ein Date gehen. Ist auch nicht so, als hätte ich Gefühle für sie, so richtig echte Gefühle, die mir eine Heidenangst machen. Wäre ich nervös, würde ich – ach, wem mach ich was vor, ich bin fucking nervös. Aber das ist ja keine große Sache. So geht es doch allen vor dem ersten Date, oder? Egal ob nun sechzehn oder fast achtundzwanzig.

Oder? Genau.

Der überraschte Aufschrei, den ich höre, als ich schließlich bei ihr klingle, verrät mir, dass auch Olivia nervös ist.

»Shit. Er ist zu früh. Ich bin noch nicht fertig.«

Ich werfe einen Blick auf die Uhr. Ich bin eine Minute und zweiunddreißig Sekunden zu früh. Und – wie gesagt – ich warte ja schon seit zwanzig Minuten vorm Haus. Bin schon dreimal ausgestiegen, stand auf der Veranda, bin dann aber wieder zurückgeflitzt.

Aber bestimmt nicht, weil ich nervös bin.

Olivia hat noch immer nicht aufgemacht, also klingle ich noch mal. Dreimal schnell hintereinander und dann grinse ich, weil drinnen eine Fluchtirade losgeht, während sich ihre Schritte nähern.

Die Tür geht auf und enthüllt Olivia in ihrer ganzen Pracht.

Im Schlafanzug.

Sie trägt ein übergroßes T-Shirt der University of British Columbia mit einem Loch an der Seite, dazu eine gestreifte lange Unterhose, die so lang ist, dass sie sogar ihre Füße bedeckt – mit Ausnahme der sehr pinken Zehen. Zu ihrer Verteidigung: Ich hab gesagt, lässige Kleidung reicht, als ich heute Morgen angerufen hab.

»Das ist ein bisschen lässiger, als ich meinte.« Ich schüttle den

Schnee von meiner Mütze und betrete den Flur. »Hat so einen gewissen Bin-gerade-erst-aufgestanden-Vibe.« Ich zwinkere ihr zu. »Da bekomme ich ja gleich Lust, dich sofort wieder ins Bett zu entführen.«

Eins der Dinge, die ich so sehr an Olivia mag, ist, dass man nie vorhersehen kann, was von ihr kommt. Manchmal schießen in Sekundenschnelle freche Kommentare aus ihrem Mund, aber es gibt auch Momente wie diese, wo sie einfach nur dasteht und mich anstarrt, während sie knallrot anläuft.

Und ich dachte, ich wäre nervös? Pfft.

»O mein Gott«, flüstert sie. »Ich habe noch kein Wort gesagt, oder?«

»Nein, bisher starrst du mich nur an«, bestätige ich.

Sie verbirgt das Gesicht in den Händen. »Ich stehe heute komplett neben mir.«

»Schon okay. Falls du dich dann besser fühlst: Ich brauchte vier Anläufe, bis ich es geschafft habe, bei dir zu klingeln.«

»Ich dachte, du hast dich unter Kontrolle.«

»Darf ich dir die Wahrheit sagen?« Ich lege ihr einen Finger unters Kinn, hebe ihren Kopf an. »Ich habe mich noch nie so machtlos gefühlt. Und genau deshalb küsse ich dich jetzt, statt bis zum Ende des Dates zu warten, wie ich es mir vorgenommen habe. Okay?«

Sie lächelt und ich presse meine Lippen auf ihre, weil ich sie so dringend schmecken will. Anfangs ist es noch ein zögerlicher Kuss, ein langsames Erkunden, Abtasten der Grenzen. Aber dann stöhnt sie, ihr Mund öffnet sich, lässt mich hinein, und schon muss sie sich an meinen Mantel klammern, weil ihre Knie nachgeben.

»Ol«, flüstere ich an ihren Lippen.

»Hm?«

»Zieh dich an.«

Das darauffolgende Stöhnen ist so unbeeindruckt wie der

Blick, den sie mir zuwirft. Ich schaue ihrem wackelnden Hintern nach, der in dieser Hose besonders gut zur Geltung kommt, während sie sich von mir entfernt und dann um die Ecke verschwindet.

Ich sehe mich derweil in dem kleinen Flur um und grinse, als ich das Schlüsselband entdecke, das ich ihr zu Weihnachten geschenkt habe, das neben ihrem Mantel hängt. Daran baumeln zwei Schlüssel und ihre ID-Karte.

Ich schnüffle ein bisschen herum, weshalb es nicht lange dauert, bis ich ihre Schlittschuhe entdecke. Mit dem Daumen teste ich die Kufen, die zu meiner großen Freude schön geschliffen sind. Schnell husche ich hinaus und verstaue sie im Kofferraum, bevor Olivia überhaupt mitbekommt, dass ich weg war.

Ich ziehe meinen Mantel aus und versuche, die beißende Kälte zu ignorieren, als ich ins Wohnzimmer schlendere. Auf dem Couchtisch liegt ein Stapel Liebesromane, für die Hank sich vermutlich interessieren würde, neben korrigierten Tests über das weibliche Fortpflanzungsorgan. Obenauf prangt ein Stift mit einem perfekten Zahnabdruck.

Um den Fernseher steht ein Haufen gerahmter Fotos und ich entdecke sofort mein Lieblingsbild. Es zeigt Olivia vor einem Weihnachtsbaum, ein grinsendes Baby auf dem Arm – *Furcht einflößend* – und dazu das braunhaarige Mädchen von dem Foto, das Cara mir gezeigt hat. Derart breit habe ich Olivia noch nie lächeln sehen, sie strahlt übers ganze Gesicht bis in die Augen. So glücklich möchte ich sie auch machen.

»Das sind meine Nichte und mein Neffe«, sagt Olivia von der Tür aus. »Alannah und Jem.«

Diese Frau ist einfach so mühelos hinreißend, ich weiß gar nicht, wohin mit mir. Wenn sie so hilflos mit ihren Händen fuchtelt und dazu rot wird, würde ich sie am liebsten auf den Arm und direkt mit nach Hause nehmen.

»Entschuldige die Unordnung.«

Es ist ein schüchternes Flüstern, in dem so viel Verletzlichkeit steckt. Als wäre sie endlich bereit, mich reinzulassen. Mir gefällt bloß nicht, dass sie sich Sorgen zu machen scheint, ich könnte etwas dagegen einzuwenden haben, wie sie wirklich ist.

Ich setze mich auf die Couch und klopfe neben mich. »Komm zu mir.«

Sie nickt, bleibt aber in der Tür stehen.

»Einen Fuß vor den anderen«, ziehe ich sie auf.

Ein albernes Grinsen tritt auf ihr Gesicht und sie klatscht sich an die Stirn. Sobald ich sie packen kann, ziehe ich sie zu mir.

»Wir haben Freitag ja schon gesprochen, aber ich finde, wir sollten einfach alles rauslassen, damit wir richtig loslegen können. Mehr von diesen krassen Küssen, okay?« Ich drücke ihre Hand, weil sie nichts sagt. »Ollie?«

»Oh! O mein Gott! Ich habe geantwortet, aber nur in Gedanken. Ja, ich möchte dich küssen. Ach, Mist.« Sie reißt die Augen auf und zieht ihre Hand zu sich. »Ich meine, ich möchte, dass du mich küsst. Nein!« Sie fasst sich ans Gesicht. »Reden! Ich möchte reden! Fuck, ey, das ist ja entsetzlich.«

»Du bist so unfassbar niedlich, wenn du nervös bist.« Ich drehe eine ihrer Locken um meinen Finger. »Ich möchte doch nur wissen, was in dir vorgeht.«

»Ich habe Angst«, gibt sie zu. »Dass deine Gefühle nur vorübergehend sind.«

»Ich habe zwei Wochen lang versucht, mich davon zu überzeugen, dass sie nur vorübergehend sind, damit ich dich aus dem Kopf kriege, nachdem du mich so stehen gelassen hast. Hat nicht geklappt. Sie sind sogar noch stärker geworden, was mich noch mehr verunsichert hat, besonders als ich dachte, du bist auf einem Date. Ich konnte mir einfach nicht erklären, wie du einfach so über mich hinwegkommen konntest, wenn das bei mir so gar nicht ging.«

»Dabei war ich nur mit Alannah zusammen«, versichert sie

mir. »Sie verbringt manchmal das Wochenende bei mir. Aber wir gehen auch so mal essen oder ins Kino.«

»Ja, das hat Cara mir erzählt. Wenn ich einfach erst mal gefragt hätte …« Ich kratze mich am Kopf, spüre, wie heiß meine Ohren plötzlich werden. »Bist du mir böse? Für das, was ich getan habe?«

Olivia legt ihre Hand auf meine. »Nein, Carter. Du warst verletzt und hast versucht, was dagegen zu tun.«

»Ich war so enttäuscht von mir. Einfach, weil ich überhaupt darüber nachgedacht habe. Ich wusste nicht, wie ich sonst mit diesem Gefühl umgehen sollte.«

»Klingt so, als sollten wir beide etwas geduldiger mit uns sein.«

Ich betrachte unsere Hände, staune, wie perfekt sie zueinander zu passen scheinen. Dann schlucke ich und sage es einfach.

»Ich möchte mit dir zusammen sein, Ollie. Ich möchte mit dir essen gehen und ins Kino und ich möchte dir meine Tore widmen, ohne dass es sich komisch anfühlt. Ich möchte das mit uns versuchen. Richtig ernsthaft.«

»Das ist eine große Veränderung für dich.«

»Aber ich bin bereit, das für uns anzugehen. Für dich und mich.«

Ihre Wangen werden rot, sie kaut auf der Unterlippe. »Ich bin der Alles-oder-nichts-Typ, Carter. Ich muss mir eine Zukunft mit jemandem vorstellen können, bevor ich den ersten Schritt gehen kann. Deshalb ist eine echte Verbindung so wichtig für mich. Ich habe das Gefühl, die gibt es zwischen uns. Wenn dir das Angst machen sollte … Ich will nur, dass dir das bewusst ist.«

Ich muss an das Schlüsselband denken, das ich an Heiligabend gekauft habe. Am Tag nach der Spendenveranstaltung, weil ich wusste, dass ich ihr was schenken will. Aber es war die Nachricht, die ich dazu geschrieben habe, die mir das meiste bedeutet hat. Ich habe mich auf das neue Jahr gefreut, weil ich mich darauf gefreut habe, sie in meinem Leben zu wissen.

»Ich bin dabei, wenn du dabei bist.« Unsere Lippen treffen zu einem zärtlichen, aber flüchtigen Kuss aufeinander. Dann streiche ich ihr eine Strähne hinters Ohr. »Hast du noch immer Angst?«

»Ja.«

»Wovor denn am meisten?«

»Davor, dir restlos zu verfallen«, sagt sie leise, jedoch ohne zu zögern.

»Ich fang dich auf.«

»Versprochen?«

Ich drücke sie an mich und gebe ihr dann einen sengend heißen Kuss, der nach einer Zukunft schmeckt, von der ich nicht mal wusste, dass ich sie will.

»Versprochen.«

DREIUNDZWANZIG

BUMSBREMSE AKTIVIERT

OLIVIA

Ist es verpönt, sich schon zum Mittagessen mit Wein zu betrinken? Wie sehr würde ein kleiner Schwips es mir erleichtern, Carter Becketts ungeteilte Aufmerksamkeit zu genießen.

Ganz ehrlich, ich weiß nicht, ob er jeden Bissen, den ich mir in den Mund stecke, so genau beachtet, weil er darauf wartet, dass ich fertig bin und er den Rest haben darf, oder ob er mich tatsächlich nicht aus den Augen lassen kann. Vielleicht eine Mischung von beidem.

»Äh, Entschuldigung.«

Carters Blick huscht zu der Gruppe Collegejungs, die zu uns an den kleinen Tisch gekommen sind.

»Dürfen wir ein Selfie machen?«

Sie sind die vierte Gruppe, die das fragt. Carters Antwort war bei allen die gleiche.

»Ich esse gerade mit meinem Mädchen, aber ich komme zu euch, bevor wir gehen.«

Mein Mädchen. Es macht jedes Mal das Gleiche mit mir, das zu hören. Es kribbelt meinen Rücken hinunter, nur um sich dann zwischen meinen Beinen zu sammeln.

Auch Carter macht genau das, was er die Male davor getan hat: Er schaut mit dem stolzesten Grinsen zu, wie ich mich winde, und flüstert dann: »Ha. Wieso wirst du wohl gerade rot?«

Diesmal verdrehe ich nur die Augen. Er lacht und nickt dann zu meinem Teller. »Isst du das noch auf?«

»Und ich dachte, du lässt *mich* beim Essen nicht aus den Augen, weil du von *mir* nicht genug kriegen kannst.« Seufzend schiebe ich ihm meinen Teller hin.

»Oh, das ist auch absolut der Grund. Du bist das Erste, was meine Konzentration fesselt wie Hockey.« Seine Hand wandert unter den Tisch, seine Fingerspitzen tanzen meinen Oberschenkel hinauf. Wie gebannt verfolge ich ihren Weg, während er weiterspricht, als würde er nicht gerade meine Nervenenden zum Glühen bringen, einfach nur durch eine so leichte Berührung. »Nichts ist fesselnder als diese Oberschenkel, die sich so bereitwillig für mich gespreizt haben, damit ich dich schmecken konnte. Oder wie sehr sie gezittert haben, als du in meinem Gesicht gekommen bist.«

Mein Herzschlag beschleunigt, denn seine Finger suchen sich immer weiter voran, und als sie über die Naht meiner Leggins gleiten, direkt über meine Klit, krampft meine Hand über der Serviette zusammen.

»Nichts ist fesselnder als diese wunderbare Pussy, die sich förmlich an meinen Schwanz geklammert hat, als wolle sie mich nie wieder gehen lassen. Als die Art, wie sich dein Mund öffnete, als du gekommen bist, als du nach Gott gerufen hast.« Er streichelt mich weiter, fester, bis mein Bauch zuckt und all meine Gedanken sich verflüchtigen. Und dann nimmt er seine Hand weg und macht sich über mein Essen her, lässt mich einfach da sitzen, wütend und mehr wollend. »Danke, dass du so freigiebig bist, Ollie.«

Irgendwie schaffe ich es, ihm für den Rest der Zeit die kalte Schulter zu zeigen, und bin mächtig stolz auf mich, als wir rauskommen, selbst wenn das heißt, dass ich mich heute wieder mit meinem batteriebetriebenen Freund begnügen muss, wenn ich zu Hause bin.

Carter nimmt meine Hand, dreht mich zu sich und beugt mich dann über seinen Arm. »Tut mir leid, dass ich dich so scharfgemacht hab, Ollie. Verzeih mir.« Seine Worte schmelzen auf meiner Zunge wie Zuckerwatte und ich klammere mich fast verzweifelt an ihn, denn auch ich finde nichts fesselnder als ihn.

»*Olivia!*«

Ich reiße die Augen auf, als Carter mich hochrupft und hinter seinem Rücken versteckt, da plötzlich lauter Kameras herandrängen.

»Carter! Ist Olivia Ihre Freundin?«

»Sind Sie jetzt offiziell vom Markt, Mr Beckett?«

»Wie heißen Sie denn mit Nachnamen, Herzchen?«

»Verpisst euch!«, brummelt Carter. »Ihr Nachname geht euch einen Scheiß an. Verschwindet.« Dann packt er meine Hand, presst mich an seine Seite und geht strammen Schrittes mit mir die Straße runter. Ich halte das Gesicht zu Boden gesenkt.

Auf dem Weg zu seinem Wagen stolpere ich über den Bordstein, doch er fängt mich auf, bevor ich mit dem Gesicht voran auf dem Boden landen kann. Statt mich aufzurichten, setzt er mich gleich auf den Beifahrersitz.

Bevor ich bis fünf zählen kann, ist Carter eingestiegen und um die nächste Ecke gefahren. Ein Stück die Straße runter sucht er einen Platz zum Halten, zieht die Handschuhe von meinen Händen und küsst meine Fingerknöchel.

»Das tut mir so leid. Da muss jemand aus dem Restaurant ein Foto gepostet haben.« Er nimmt mein Gesicht in beide Hände und sieht mich an, als könnte ich verletzt sein. »Alles in Ordnung?«

Ich nicke. »Ich will kein …« Ich weiß nicht, wie ich das sagen soll, ohne seine Gefühle zu verletzen.

»Du willst keine der Frauen sein, die mit Carter Beckett abgelichtet werden.«

»Tut mir leid.«

»Das muss dir nicht leidtun, Ollie. Aber das wird passieren, solang wir zusammen sind. Ein Gutes hat das Ganze. Jetzt gibt es fotografische Beweise dafür, dass ich mit der heißesten Lehrerin der Welt zusammen bin.«

Ich lache, einfach nur, weil er so aufrichtig wirkt.

»Die werden schnell das Interesse verlieren, glaub mir. Ich habe es schon vor Augen.« Er beschreibt mit der rechten Hand einen Bogen in der Luft. »Carter Beckett, bereits zum zehnten Mal mit superheißer Lehrerin gesichtet.« Er drückt meine Hand. »Glaub mir, Prinzessin, das verliert schnell seinen Reiz.«

Ich rümpfe die Nase. »Ich bin keine Prinzessin.«

Er fährt wieder los und zwinkert mir zu. »Doch, meine.«

Ich verdrehe die Augen, um von der Tatsache abzulenken, dass mir dieser alberne Spitzname gefallen könnte. »Was machen wir jetzt noch mit diesem angebrochenen Tag?« Das ist meine nicht so subtile Art zu fragen, ob das Date damit vorbei ist, aber bevor er antworten kann, ertönt ein Klingelton. *Hank* leuchtet auf dem Armaturenbrett auf.

Carter nimmt den Anruf mit gerunzelter Stirn an. »Hank? Was ist los, mein Freund? Schon wieder Sehnsucht nach mir?«

»Carter.« Der arme Hank klingt betrübt. »Bist du noch mit deinem Date unterwegs?«

»Ja, gerade zur Station zwei.« Carter grinst mich verschlagen an und zwinkert noch mal. »Was ist los? Alles in Ordnung?«

Hank seufzt. »Tut mir leid, dass ich störe. Hallo, Olivia.«

»Hi, Hank«, bringe ich nach einem Moment verblüffter Stille hervor. *Er kennt meinen Namen!*

»Carter, ich bin gefallen, als ich aus der Dusche wollte.«

»Scheiße.« Carter wirft einen Blick über die Schulter und setzt den Blinker, dann wechselt er von der linken in die rechte Spur. »Bist du verletzt?«

»Nicht ernsthaft, aber ich komme irgendwie nicht allein hoch. Du könntest nicht zufällig –«

»Wir sind in zehn Minuten da.«

Sind wir schon nach sieben, weil Carter fährt wie ein Berserker. Er hat einen Schlüssel für das vierstöckige Wohnhaus und als wir im Aufzug stehen, nutzt er einen zweiten Schlüssel, um in die Wohnung zu kommen.

»Hank?« Carter stürzt in das kleine Apartment. Ich bin ihm dicht auf den Fersen und renne fast in ihn hinein, weil er so abrupt stehen bleibt. »Das ist jetzt nicht dein Ernst, alter Knilch.«

Ein Mann – Hank, wie ich annehme – mit vollem weißem Haupthaar und leicht milchigen blauen Augen grinst uns sehr entspannt und äußerst amüsiert aus einem Sessel an. Der niedlichste Hund, den ich je gesehen habe, liegt bei ihm.

»Reingelegt. Du bist wirklich verdammt leichtgläubig.« Hank kommt vorsichtig auf die Beine, sein Golden Retriever folgt ihm. Mit der einen Hand greift Hank nach einem langen Stock, die andere streckt er nach Carter aus, der sie nimmt, allerdings nicht ohne Hank vorher spielerisch gegen die Schulter zu knuffen. Erst in dem Moment wird mir klar, dass Hank nur eingeschränkt sehen kann.

»Ich wollte die schöne Miss Olivia kennenlernen, bevor du es verbockst und sie verjagst.«

»Es beruhigt mich, wie sehr du an mich glaubst.« Carter verdreht die Augen und führt Hank zu mir. »Ich hatte gehofft, dir das noch eine Weile ersparen zu können, Ollie, aber Hank macht halt, wonach ihm ist.«

Ich hebe eine Braue. »Oh, da kenne ich noch jemanden.«

»Ha! Ich mag sie jetzt schon!« Hank stößt Carters Hände weg und streckt die Arme nach mir aus. Ich nehme seine Hände und er drückt sie leicht. »Ich wollte unbedingt das Mädchen kennenlernen, das meinen Freund hier über Wochen zu einem elenden Jammerlappen gemacht hat, weil er sich zur Abwechslung mal anstrengen musste.«

»Ich freue mich, Sie kennenzulernen, Hank. Das ist gerade

zum besten Date geworden, auf dem ich je war.« Der Hund an seiner Seite winselt, bettelt um meine Aufmerksamkeit. »Darf ich Ihren Hund streicheln oder ist er im Dienst?«

Hank wedelt mit der Hand. »Hör erst mal auf mich zu siezen. Und Dublin ist eigentlich nie wirklich im Dienst. Er ist der faulste Assistenzhund, den du dir vorstellen kannst. Na, los, Dubs. Hol dir deine Küsschen.«

Dublin fällt vor mir auf die Seite und ich knie mich hin, damit ich ihn gründlich streicheln kann.

»Dublin? Wie die Stadt in Irland?«

»Ja«, sagt Hank mit einem sehnsüchtigen Lächeln. »Erinnert mich an meine Frau.«

Carter reicht mir ein schwarz-weißes Hochzeitsfoto. Braut und Bräutigam könnten nicht verliebter aussehen, so glücklich, wie sie lachen. Carter lässt ein weiteres Foto in meinen Schoß fallen, dieses ist bunt. Ich erkenne Hanks Gesicht, sein flauschiges Haar, auch wenn es damals noch braun war.

Carter tippt auf die schöne Rothaarige an Hanks Seite. »Das ist Hanks Frau, sie kannten sich seit der Schule.«

»Hieß sie Ireland?«

Hank nickt stolz mit Tränen in den Augen. »Wunderschön, nicht wahr? Sie hat mir das Leben gerettet.«

»Mir auch.« Carter lässt die Hände in den Taschen verschwinden und reibt mit der Schuhspitze über den Boden. Dann lächelt er mich fast schüchtern an, ein Anblick, den ich so nicht kenne. Hoffentlich fühlt er sich eines Tages sicher genug bei mir, dass er diese Geschichte mit mir teilt.

Ich fahre mit dem Finger über Irelands lange rote Haare. »Ihr Lächeln ist traumhaft schön.«

»Ich habe ihre Lippen noch immer vor Augen, genauso das kleine Grübchen rechts vom Mundwinkel.« Er berührt die Stelle an seinem eigenen Gesicht, klatscht dann in die Hände. »Darf ich dein Gesicht abtasten, Olivia?«

»Nein, nein, nein.« Carter schüttelt den Kopf. »Fall nicht drauf rein, Ollie. Ich hab ihn damals an mir rumgrabbeln lassen und als er fertig war, hat er mir erzählt, dass das alles Quatsch ist. Er wollte nur gucken, wie naiv ich bin. Offenbar sehr.«

»Spielverderber«, murmelt Hank, während Carter mir aufhilft und dann Hank neben mir aufs Sofa setzt. »Ich weiß schon, dass du eins fünfundfünfzig groß bist, kleine Sommersprossen auf der Nase hast und deine Augen die Farbe von Schokolade haben. Außerdem hast du Hände, die perfekt zu Carter passen, immer warm.«

Carters Wangen glühen. Er ist so niedlich, es tut fast weh.

Hank findet meinen Zopf und dreht das Ende zwischen den Fingern. Dann wendet er sich an Carter. »Welche Farbe? Beschreib sie mir.«

Carters grüne Augen funkeln, während er mich betrachtet. »Dunkelbraun wie starker Kaffee. Die Art, die dich richtig wach macht, die du dir morgens als Erstes wünschst.« Sein Blick wandert zu einer Strähne, die meine Wange streift, und bleibt dann an meinem Mund hängen. »Mit so ein bisschen Karamell. Man leckt sich praktisch sofort die Lippen, weil man probieren will.«

Ach, fuck. Und schon bin ich angeturnt.

Hank lässt meinen Zopf wieder los. »Riecht wie Bananenbrot.«

»*Genau meine Worte!*« Carter reißt die Arme in die Luft. »Danke!«

»Hm, könnt ihr noch ein bisschen Zeit von eurem Date für diesen alten Mann abzwacken? Ich habe extra was zum Knabbern besorgt.« Er deutet auf den Couchtisch, auf dem eine Schale mit Doritos und ein Teller voller Oreos stehen. Ich mag Hank.

Carter wirft einen Blick auf die Uhr. »Also, ins Kino schaffen wir es eh nicht mehr rechtzeitig.«

»Kino? Da waren wir doch Freitag schon.«

Sein Grinsen lässt mir die Hitze den Hals hochkriechen.

»Diesmal hätten wir nicht viel vom Film gesehen, Schönheit, glaub mir.«

»Ha!« Hank schlägt Carter aufs Bein. »Mein Junge!« Dann legt er uns beiden die Arme um. »Schätze, dann müsst ihr mit mir vorliebnehmen. Hach, ich war noch nie in meinem Leben eine Bumsbremse – bis heute.«

»Gewöhn dich nicht dran«, murmelt Carter.

»Moment mal.« Ich nehme das Tablet vom Couchtisch und während ich so durch Hanks Audiothek blättere, frage ich mich, ob ich hier gerade meinen neuen besten Freund gefunden habe.

»Hank«, sage ich leise und wende mich ihm zu.

»O nein«, flüstert Carter mit Blick aufs Tablet.

»Was ist passiert?« Hank bewegt den Kopf zwischen uns hin und her.

Carter schluckt. »Olivia hat gerade deine Pornosammlung gefunden.«

VIERUNDZWANZIG

MEINE HOSE IST DANN MAL WEG

CARTER

Als wir Hank allein lassen, verschwindet die Sonne schon fast hinterm Horizont. Eigentlich liebe ich den Winter – der diesjährige mal ausgenommen, das ist einfach zu kalt für mich –, weil Eishockey immer mein Leben bestimmt hat, aber die kurzen Tage, die wenigen Stunden Tageslicht, hasse ich einfach. Ich hab immer das Gefühl rumzuhetzen, um alles zu schaffen, bevor die Sonne untergeht. So wie jetzt.

Ich habe noch eine Sache geplant und dafür brauchen wir Tageslicht, bevor es zu mir nach Hause geht, um was zu essen und zu kuscheln. Vielleicht auch mehr, das habe ich noch nicht entschieden. Langsam gehört irgendwie nicht zu unserem aktiven Wortschatz, trotzdem kann ich mit dem Sex warten, bis wir beide bereit sind.

»Wann warst du zuletzt auf dem Eis?«

»Gestern«, sagt Olivia, die irgendwie abgelenkt scheint.

Von hier ist es nicht mehr weit bis zu mir und Olivia klebt fast mit dem Gesicht an der Scheibe, so intensiv schaut sie zum Capilano Lake. Der See ist immer atemberaubend, aber gerade – im schwindenden Sonnenlicht – glitzert die gefrorene Oberfläche ganz magisch.

Olivia kann sich endlich von dem Anblick losreißen. »Ich coache Alannahs Hockeyteam.«

»Du –« Versehentlich trete ich auf die Bremse, strecke dann

aber schnell den Arm aus, um Olivia abzufangen. »Sorry, sorry. Ich … du … ich glaube, ich liebe dich«, sage ich im Scherz, dabei könnte ich es auch halbwegs ernst meinen. »Das ist ja Hammer. Kann ich mal zu einem Spiel kommen?«

»Auf keinen Fall.«

»Warum nicht?«

»Weil du nur die Mädels und ihre Mütter ablenken würdest.«

»Hmmm, verstehe. Dieses Gesicht ist sehr ablenkend. Und dieser Körper erst.«

Gott, ich liebe es, wenn sie die Augen verdreht. So klein, und doch hat sie es in sich. »Du nimmst dich so unfassbar wichtig, Beckett, das ist schon fast unterhaltsam.«

Ich lasse den Finger an ihrem Oberschenkel hinauftanzen. »Wenn du es richtig anstellst, nehme ich dich später noch.«

Sie lacht und schiebt meine Hand von ihrem Bein, nimmt sie dann aber, verflicht sie mit ihrer und legt beide in ihren Schoß. »Wer hat dich eigentlich erzogen?«

»Ein Kommentar, der Mama Beckett schwer treffen würde, Olivia.« *Im Gegenteil, sie würde sich endlos entschuldigen und mir sagen, ich solle meinen dreckigen Mund halten.*

Was mich an was anderes erinnert … Mom wird sich ein Loch in den Bauch freuen, wenn es die Fotos von Olivia und mir in die Medien schaffen. Ich nehme mir vor, so zu tun, als hätte ich keine Ahnung, wovon sie spricht, wenn sie mich deswegen anruft, einfach nur um sie zu ärgern.

Kaum habe ich den Wagen geparkt, setze ich mich mit Olivia auf eine Bank, von der aus man den See sehen kann. Er ist von einer dicken glasähnlichen Eisschicht bedeckt, die im Licht der langsam untergehenden Sonne funkelt wie Kristall. Schneeüberzogene Kiefern spiegeln sich schimmernd und alles ist weiß, puderblau oder waldgrün.

Olivia ist so gebannt, dass sie die Schlittschuhe in meiner Hand erst bemerkt, als ich mich vor sie knie. Dann lächelt sie, der schönste Anblick überhaupt. »Wir gehen Schlittschuh laufen? Hier?«

»Ganz genau, Prinzessin. Du hast erzählt, dass du das früher immer gemacht hast. Ich dachte, so kann ich ein bisschen Zuhause für dich herholen.«

Dankbarkeit funkelt in ihren Augen. »Danke, Carter. Das ist wirklich das beste Date aller Zeiten.«

Stolz schwellt meine Brust. »Ich wusste, dass ich das rocken würde.«

Mit den Schlittschuhen an den Füßen helfe ich Olivia aufs Eis und beobachte, wie sie alles ganz sprachlos auf sich wirken lässt. In Vancouver wird es selten kalt genug, dass wirklich alles gefriert, aber dieser Winter ist eine Ausnahme. Jetzt, in diesem Moment, in dem Olivia sich langsam dreht und mit Staunen diesen göttlichen Flecken Erde betrachtet, könnte ich nicht dankbarer über die Kälte sein.

»Ich habe noch nie was so Schönes gesehen.« Ihr Lächeln ist so blendend, dass es mich trifft wie ein Schlag in den Magen.

»Ich auch nicht.«

Ihre Wimpern zucken, sie beißt sich auf die Unterlippe. »Wer ist besser auf den Schlittschuhen, du oder ich?«

Ich schnaube. »Ich bitte dich. Ich bin so was von schneller als du.«

»Ich habe besser gesagt, nicht schneller.« Sie fährt los, verlagert das Gewicht auf ein Bein, springt dann in die Luft, dreht sich und landet auf beiden Füßen. Mit einer leichten Schneedusche kommt sie wieder vor mir zum Stehen. »Hockey am Wochenende, Eiskunstlauf unter der Woche – bis ich zehn war.«

»Ich mach dich fertig, Parker.«

Mein Herz klopft ganz glücklich in meiner Brust, als Olivia ihre Arme um mich schlingt. Endlich hat sie diese Schüchternheit abgelegt, die sie heute Morgen noch so gehemmt hat. Ich liebe es, sie so zu sehen. Schutzmauern runter, einfach … sie selbst. In meiner Gegenwart. Ich bin auch ganz ich selbst in ihrer Gegenwart. Und es fällt mir so leicht.

Ich reibe meine Nasenspitze an ihrer. »Wettsprint?«

»Niemals. Deine Beine sind ungefähr dreimal so lang wie meine.« Sie dreht sich von mir weg. »Unfairer Vorteil.«

Ich folge ihr und liebe es, wie ihre Hüften bei jeder Bewegung ausschlagen. »Hast du Angst, dass ich gewinne?«

»Ich könnte dich locker abhängen, Beckett.«

Ich deute mit dem Kopf zu dem kleinen grünen Bootshaus mitten auf dem See, das durch schmale Holzstege zu beiden Seiten hin mit dem Ufer verbunden ist. »Wer zuerst hin und zurück ist.«

Ihre Finger wandern meinen Oberkörper hinauf. »Massierst du mir die Füße, wenn ich gewinne? Die werden echt wehtun, weil ich dich haushoch schlagen werde.«

Ich verschließe ihren Mund mit meinem. »Wie überheblich.«

»Ich nehme mir wohl ein Beispiel an dir.«

»Oh, ich zeig dir, wer wen nimmt.« Ich packe sie an der Hüfte, als sie davongleiten will, und presse sie an mich. »Fangen wir dann endlich an oder was, Winzling?«

»Aber sicher.« Sie drückt ihre Lippen an meinen Mundwinkel. »Gibt da bloß noch eine Kleinigkeit zu tun, bevor ich dich demütigen werde.«

Ich kann gar nicht fragen, was sie meint, da öffnet sich schon ihr Mund auf meinem. Heiße, feuchte Schläge mit der Zunge, knabbernde Zähne, festes Zupacken. Dies ist der Kuss einer Ausgehungerten. Ich bin kurz davor, sämtliche Ideen für den weiteren Tagesverlauf abzuhaken, *abgesehen* von Sex, da öffnet sie meinen Reißverschluss.

»Was haben Sie vor, Miss Parker?« Ich kriege die Frage kaum raus, weil sie ihre Hand in meiner Hose versenkt und um meinen Schwanz schließt, der selbstverständlich längst hart ist. »Fuck.«

»Darf eine Frau ihren Mann etwa nicht anfassen?«

»Ja. Doch. Das … *Fuck.* Anfassen.« Mein Blick huscht vom Auto zu den Bäumen. Möchte ich sie lieber an einem Baum vögeln oder zusehen, wie sie sich auf der ledernen Rückbank unter mir windet? Bei den Bäumen sind wir schneller. Müssen wir die Schlittschuhe ausziehen? Nein, das krieg ich schon so hin. Meine Oberschenkel sind aus Stahl.

»Carter?«

»Ja, Baby?«

»Du wirst so dermaßen verlieren.«

»Was?« Ich schreie fast, als sie die Hand zurückzieht. »Was meinst du – *Olivia!*«

Ihr schrilles Lachen hallt über den See, als sie wie der Blitz davonschießt. Ich bin viel zu geplättet, um meine Hose aufzuhalten, die mir über den Hintern rutscht, und ich kann mit Stolz sagen, dass sie gerade erst meine Füße erreicht hat, als Olivia beim Bootshaus angelangt ist und zurück zu mir saust.

Denn dieses Mädel kann wahrlich Schlittschuh laufen.

Sie lacht noch immer wie eine Hyäne, als sie mir in die Arme springt und ihren Mund auf meinen presst. »Und? Massierst du mir gleich die Füße?«

Irgendwas werde ich definitiv massieren, so viel ist klar.

***

Ich glaube, mir war nicht bewusst, wie viel Macht ein einzelner Mensch über einen anderen haben kann. Denn hier auf dem Balkon mit Olivias warmem Körper an meinen gekuschelt, ihrer Wange an meinem klopfenden Herzen, merke ich, ich war noch nie glücklicher. Ich habe absolut keinen Bock, morgen früh in einen Flieger zu steigen und für drei Tage wegzufliegen, und diese Erkenntnis ist überwältigend.

Diese makellose Schönheit auf meinem Schoß ist von Kopf bis Fuß in meine Sachen gekleidet. Mein Vipers-Pulli, eine Jogginghose, die sie komplett verschluckt, meine dicksten Socken an den Füßen. So haben wir es uns vor dem Feuer gemütlich gemacht, Olivia mit einer Tasse Tee in den Händen, den ich heute Morgen noch gekauft habe, damit sie jederzeit was zu trinken hat, wenn sie bei mir ist.

Jede Minute dieses Tages war einfach perfekt. Olivias Hand in meiner, während wir über den See fuhren. Olivia an meiner Seite, als sie mir beim Kochen zusah. Olivias feste Umarmung, nachdem ich ihr den ganzen Teevorrat gezeigt habe, den ich extra für sie besorgt habe.

Ich ziehe ihr das Gummi aus den Haaren und spiele mit ihren Locken. »Ich hoffe, Hank hat dir keine Angst eingejagt.«

»Ist das ein Scherz? Der Mann macht dich erst richtig cool. Seine spicy Liebesromansammlung ist das Beeindruckendste, was ich je gesehen habe.«

Stimmt. Mein dreiundachtzigjähriger bester Freund und meine … *Olivia* … haben heute möglicherweise spontan einen Buchclub gegründet. Sie fangen mit einem Buch an, das *Follow Me Darkly* heißt oder so. Ich habe absolut keinen Bock, darin verwickelt zu werden, sie haben nur erwähnt, dass Augenbinden dabei eine Rolle spielen, vielleicht bin ich also doch interessiert.

Dennoch: »Mein Donnerschwert ist und bleibt das Beeindruckendste, was du je gesehen hast.«

Sie legt den Kopf in den Nacken und schaut mir in die Augen, während sich Stille zwischen uns ausbreitet. Dann lacht sie mir ins Gesicht. »Du nennst deinen Schwanz nicht ernsthaft Donnerschwert, oder?«

»Oh, ich nenne meinen Schwanz absolut ernsthaft Donnerschwert, Ollie. Und weißt du auch warum? Weil es dadurch gewaltig donnert.« Ich nehme ihr Kinn in die Hand. »Und mich stört es, dass du das so lustig findest. Hör sofort auf zu lachen.«

Sie presst die Lippen zusammen und tut so, als würde sie sie verschließen und den Schlüssel wegwerfen. »Scheint so, als würdet ihr euch sehr nahestehen. Kennst du Hank schon dein Leben lang?«

»Ein bisschen über sieben Jahre«, sage ich leise und schlinge die Arme um sie. Dann richte ich den Blick auf die Berge, in den leuchtenden Sternenhimmel. »Er hat mir das Leben gerettet.«

»Du hast vorhin gesagt, dass seine Frau gestorben ist.«

Ist sie auch. Ich habe Ireland nie kennengelernt, trotzdem hat sie mir das Leben gerettet, als Hank mich gefunden hat, und an dieser Sicht wird sich nie was ändern. Die einzigen Menschen, die wissen, wie Hank in mein Leben trat, sind meine Familie und meine engsten Freunde. Vielleicht zögere ich deshalb.

»Wir müssen nicht darüber sprechen, Carter. Du darfst deine Grenzen haben und es ist völlig okay, wenn du hier eine ziehst.«

Und wenn ich gar keine Grenzen haben will? Wenn ich ihr alles von mir zeigen will?

»An dem Tag, als ich Hank kennenlernte, wurde mein Vater in einen Autounfall verwickelt. Es war nicht mal fünf Uhr morgens, der anderer Fahrer war noch betrunken vom Vorabend.« Trauer senkt sich wie eine schwere Last über meine Brust. Einen Augenblick lang bekomme ich fast keine Luft. »Er war sofort tot.«

Es ist eine so kleine, einfache Geste, doch als sie meine Hand nimmt und mir die andere aufs Herz legt, schmelzen meine Befürchtungen dahin. Wenn ich will, dass sie mich kennt, dann ist das wohl das Wichtigste, was ich ihr von mir zeigen kann.

»Ich hatte tags drauf ein Spiel in Calgary. Dad war unterwegs, weil er dabei sein wollte, schließlich war das mein erstes Spiel als Vizekapitän. Ich habe ihm angeboten, für ein Flugticket zu zahlen, aber er wollte fahren, weil die Strecke so schön ist. Ich hätte … Ich hätte darauf bestehen sollen.«

Olivia küsst meine Handfläche. »Aber das ist doch nicht deine Schuld, Carter.«

»Manchmal ist es schwer, das nicht so zu sehen.« Der einzige

Mensch, der mich je für Dads Tod verantwortlich gemacht hat, bin ich. Das ist eine ziemliche Last, die ich mit mir rumschleppe, und das, obwohl ich es nicht mal selbst war, der sich nach einer durchzechten Nacht ans Steuer gesetzt hat. Aber ich habe es in den Augen meiner Schwester gesehen. Dass sie sich gefragt hat, ob unser Vater noch leben, ob er sie eines Tages zum Traualtar führen würde, wenn ich nicht Hockey spielen würde.

»Es dauerte bis elf Uhr abends, bis meine Mom schließlich zusammengebrochen ist. Ich trug sie in ihr Bett und dann saßen meine Schwester und ich bei ihr, bis sie sich in den Schlaf geweint hatte. Danach … bin ich losgezogen. Allein. Ich wollte nicht die Verantwortung für die beiden übernehmen, wenn ich nicht mal wusste, wie ich Verantwortung für mich selbst übernehmen sollte. Hank war da. Machte die ganze Zeit Blindenwitze. Ich hab versucht, ihn zu ignorieren, aber er warf immer wieder mit Erdnüssen nach mir, wenn ich am Wegdösen war.« Ich fahre mir nervös mit der Hand durchs Haar. »Ich war einfach so wahnsinnig …«

»Am Boden zerstört«, flüstert Olivia.

»Ja.« Mir versagt die Stimme und ich drücke Olivia fester an mich. »Ein am Boden zerstörtes Wrack. Ich dachte, er hätte einfach keine Ahnung, wer ich bin. Er konnte ja schließlich nichts sehen. Und dann hab ich die dümmste Entscheidung aller Zeiten getroffen. Ich bin aufgestanden und hab nach meinem Autoschlüssel gegriffen.«

Olivia atmet abgehackt ein und wischt sie eine Träne weg, bevor sie ganz ihre Wange runterlaufen kann.

»Hank hat mir blitzschnell seinen Stock gegen das Knie geschlagen und dann in den Bauch gedrückt. Ich werde nie vergessen, was er danach gesagt hat.«

Ich denke zurück an diesen Moment, der nicht nur mir, sondern vermutlich auch vielen anderen das Leben gerettet hat. Die milchigen blauen Augen, die auf mich gerichtet waren, eine

Wut, die ich seither nie wieder bei Hank gesehen habe, der von seinem Stuhl rutschte und sich an meinem Oberkörper hinauftastete, bis er meinen Kragen zu packen bekam.

»›Ich weiß, dass Sie jetzt nicht in Ihren Wagen steigen werden, Mr Beckett‹, sagte er. ›Sie haben viel zu viel getrunken und Sie haben viel zu viel zu verlieren. So viele Menschen verlassen sich auf Sie. Treffen Sie keine dumme Entscheidung, die Sie Ihr Leben lang bereuen werden, wenn Sie überhaupt die Folgen mitbekommen werden, nur weil Sie gerade vor Schmerz nicht Sie selbst sind.‹«

Stille Tränen laufen Olivias Wangen hinunter. Sie sieht mich an, drückt mir ihre Finger gegen das Kinn und dann den sanftesten Kuss auf die Lippen.

»Das war der siebte Todestag von Ireland. Hank saß noch um Mitternacht mit einem Glas Kakao da, weil ihm am Nachmittag bei einem Schläfchen seine tote Frau erschienen war und ihm gesagt hatte, dass jemand seine Hilfe brauche. Seit sechs Uhr saß er schon da und wartete. Aber er wusste bereits in der Sekunde, dass es um mich ging, als ich mich neben ihn setzte.«

Olivia schluchzt an meinem Oberkörper. Ich hebe ihren Kopf, damit ich ihr ins Gesicht sehen kann, und lächle, weil sie sich die Tränen fast wegschlägt.

»Tut mir leid, dass ich so heule«, sagt sie mit erstickter Stimme und schlingt die Arme um mich. Sie vergräbt ihr Gesicht an meinem Hals und ich streichle über ihre Haare. »Ich bin einfach so dankbar. Hank und Ireland und dir.«

»Mir?«

Sie nickt. »Dass du mir den echten Carter Beckett zeigst. Dass du zu der Sorte Mann gehörst, der seine Mutter ins Bett trägt. Dass du einen über achtzigjährigen Freund hast, der versaute Bücher liebt. Ich bin so dankbar, dass ich hier bei dir sein kann.«

Da mir nichts zu erwidern einfällt, küsse ich sie einfach. Würde ich weiterreden, bestünde die Gefahr, dass ich ausplaudere, was ich für sie empfinde, und das wäre ja absolut lächerlich. Das hier ist schließlich unser erster richtiger Tag zusammen.

Es lässt sich nicht leugnen, dass sich, was immer da zwischen uns läuft, richtig anfühlt. Ich hoffe, sie spürt das auch, denn in diesem Moment wird mir überdeutlich, dass sich in mir alles überschlägt.

Die nächste Stunde verbringen wir vor dem Kamin, erzählen uns Geschichten, lachen leise. Irgendwann macht sie es sich gegenüber von mir bequem und genießt die Fußmassage, zu der ich mich hinreißen lasse. Wenn ich an einen bestimmten Punkt komme, reißt sie giggelnd den Fuß weg, also ziehe ich ihr die dicken Socken aus und werfe sie über meine Schulter. Zum Vorschein kommen ihre rosa Zehen.

»Hast du einen Fußfetisch, von dem ich bisher nichts weiß?«, fragt Olivia, als ich ihr Fußgewölbe küsse.

»Nein, ich habe einen Olivia-Fetisch. Außerdem will ich liebend gern wissen, ob du …« Ich zwicke in ihren Fuß. »… kitzlig bist.«

Olivia fliegt fast rücklings vom Sofa und tritt mir förmlich ins Gesicht, als ich an ihrer empfindlichen Fußsohle knabbere. »Hör auf! *Carter!*«

Aber höre ich auf? Natürlich nicht. Ich finde jede kitzlige Stelle an ihr, bis ich überzeugt bin, dass ihr Lachen unwiderruflich in meinem Hirn gespeichert ist. Gleichzeitig weiß ich ja, dass sie mich fertigmachen könnte, würde sie das wirklich wollen. Sie ist zwar klein, aber unaufhaltsam. Oder wie auch immer die Redewendung geht.

»Du bist echt ein Arsch«, flüstert sie und kuschelt sich an meine Brust.

»Ja, aber ich bin *dein* Arsch.« Ein Rascheln unten beim Wald erregt meine Aufmerksamkeit. Ich tippe Olivia an und deute zur Lichtung, auf der gerade ein Rehkitz erscheint. Es bewegt sich langsam und schaut sich vorsichtig um. Ganz leise sage ich: »Sieh mal.«

Olivia keucht, klettert über mich hinweg und tritt ans Geländer, um besser sehen zu können. »O mein Gott. Das ist ja noch ein Baby.«

Ein Schatten bewegt sich direkt dahinter und schon kommt ein erwachsenes Reh zum Vorschein, das im Schnee gräbt. »Und da ist die Mama.«

»Wahnsinn«, flüstert Olivia.

»So wie du.«

Sie schaut sich zu mir um und schenkt mir ein Lächeln. »Sie wollen mich wohl beeindrucken, Mr Beckett.«

»Seit ich dich zum ersten Mal gesehen hab.«

Sie schlingt mir die Arme um den Hals und setzt sich rittlings auf mich. »So ungern ich das zugebe, deine Sprüche sind allmählich richtig gut. Wesentlich besser als ›Dann landest du auf der Strafbank‹.«

»Ich kann immer noch nicht fassen, dass das nicht gefruchtet hat. Aber ich glaube trotzdem, wenn ich fünf Minuten länger gehabt hätte …«

»Hätte ich dir ordentlich die Fresse poliert. Ja, da hast du absolut recht.«

»Freches Stück.« Ich schiebe ihr die Hände unter den Pulli, lasse sie ihren Rücken hinaufgleiten. Sie erschaudert. »Du gehst gern auf Konfrontationskurs, was? Das gefällt mir.« Ich lecke über die Stelle unter ihrem Ohr. »Da kriege ich gleich Lust, dir den Hintern zu versohlen und dich zu vögeln, bis du schreist.«

Ich glaube, mein liebstes Geräusch ist Olivias Wimmern. Ich mag es, wie ihre Haut gleichzeitig warm wird. Ihr ganzer Körper vibriert, während ich mit den Lippen an ihrem Hals entlangfahre. Ich schiebe den Kragen meines Pullis beiseite, setze ihre Schulter damit der Kälte aus, bearbeite sie aber direkt mit meiner heißen Zunge.

»*Carter.*« Wieder dieses Wimmern. Gott, ich liebe es.

Ich ziehe ihr den Pulli über den Kopf, lege ihre sanften Kurven frei. Kurz sieht man den Edelstein in ihrem Nabel, weil ihr T-Shirt hochrutscht. Es wird langsam spät, und ich fliege morgen früh weg. Außerdem muss ich sie bald nach Hause bringen, damit sie eine Mütze Schlaf bekommt, bevor sie morgen zur Arbeit geht. Aber ich werde sie jetzt ein paar Tage lang nicht sehen und ich werde die Stadt sicher nicht ohne einen kleinen Vorgeschmack verlassen.

Also küsse ich ihren Bauch, ziehe ihr die Jogginghose aus, lege mir ihre Beine um und bringe sie so zu meinem Bett, wo ich mich vor sie knie.

Sie greift mir ins Haar, packt es büschelweise, als ihr der Kopf in den Nacken fällt und sie stöhnt, weil ich mit dem Mund an der Innenseite ihres Oberschenkels entlanggleite. In der Mitte ihres blasslila Slips ist ein kleiner feuchter Fleck, der dafür sorgt, dass ich ihn ihr gleich runterreißen will.

Also tue ich genau das. Das Stück Seide ist schnell weg und sofort vergrabe ich mein Gesicht zwischen ihren Beinen, als wäre sie meine erste Mahlzeit nach tagelangem Hungern. Olivia sinkt auf das Bett, schlingt mir die Beine um den Hals und presst mich tiefer in sich. Ihr Rücken wölbt sich, sie will mehr, während ich sie mit meiner Zunge ficke.

Sie löst sich mit jedem Schlag meiner Zunge mehr auf, schmilzt mit jedem vorsichtigen Biss auf ihre Klit. Meine Hände wandern unter ihr Shirt, finden ihre aufgerichteten Nippel, und als ich in den einen zwicke, keucht sie und überstreckt sich. Ihre Beine zittern und sie reißt an meinen Haaren, sie ist also kurz davor.

Ich komme auf die Beine und schmeiße sie auf den Bauch, zerre sie auf alle viere, schiebe ihr den Rock hoch und streiche mit dem Finger von oben bis unten über ihr Rückgrat, erfreue mich an ihrem Schaudern. Meine Handfläche gleitet über ihren vollen Hintern, dann versenke ich zwei Finger in ihr, ziehe sie durch ihre feuchte Mitte, bis ich ihre Klit finde, geschwollen und um Aufmerksamkeit flehend.

»Du bist so feucht, Ollie. Gefällt es dir, wenn ich dich berühre?«

»Bitte, Carter.«

»Bitte, was?«

Sie vergräbt ihr Gesicht in der Matratze, die das Geräusch verschluckt, das aus ihrer Kehle dringt. Ich greife ihr mit der Hand in die Haare und zerre sie daran hoch.

»Sag, ich soll deine Pussy mit meinen Fingern ficken.«

»Carter«, wimmert sie.

»*Sag es.*«

Mein gezischter Befehl lässt sie voll ins Laken fassen und als ich ihre Klit streichle, schluchzt sie: »Fick meine Pussy mit deinen Fingern, *bitte*.«

Ohne zu zögern, versenke ich zwei Finger in ihr, presse sie auf die Matratze, während ich rein und raus pumpe. Sie schiebt ihren Hintern in meine Richtung, knallt gegen mein Handgelenk, bettelt um mehr, will es tiefer, schneller.

»Genau so.«

Fuck, das ist ein Anblick. Arsch in der Luft, während sie sich windet und stöhnt, sich so heftig ins Laken krallt, dass sie die Matratze freilegt. Sie fühlt sich samtig an, so weich und wohlig, so fucking warm, und als sie sich um meine Finger verengt, werde ich langsamer, pumpe bewusst bedächtiger, was sie schon nach drei Sekunden wahnsinnig macht.

»Bitte, Carter«, heult sie. »Ich will kommen.«

»Ach ja?«

»Ja-a.« Das Wort zittert so sehr wie sie.

»Du willst kommen«, flüstere ich ihr ins Ohr. »Und ich will, dass du es dir verdienst.« Ich lasse ihre Haare los und ziehe die triefenden Finger raus.

»*Was?*« *Oh, oh.* Meine Schöne ist nicht zufrieden mit mir, noch weniger, als ich meine Finger ablecke.

»Zieh dich an. Ich bring dich nach Hause.«

Sie rutscht vom Bett und fällt auf den Hintern. Ich kann mir mein Lachen kaum verkneifen, denn sie sieht aus, als würde sie mich am liebsten auf der Stelle meucheln, dabei braucht die Welt Carter Beckett doch noch.

Ich warte an der Haustür, als sie etwa fünf Minuten später in meiner Jogginghose und meinem Pulli die Treppe runtergepoltert kommt.

Sie fuchtelt mit dem Finger vor meinem Gesicht rum. »Dir wird das Grinsen schon noch vergehen.«

Ich folge ihr in die Küche, wo sie ihre Sachen zusammensammelt und in ihre Handtasche steckt. »Dann bist du noch sauer? Aber das geht doch so nicht, ich bin jetzt erst mal drei Tage weg. Du wirst mich vermissen.«

Sie bedenkt mich mit einem herablassenden Lächeln. »Was so ziemlich der einzige Grund dafür ist, dass du noch lebst.«

Ich reiße ihr den Mantel aus der Hand, als sie ihn gerade von der Garderobe nimmt, und werfe ihn über die Schulter. Olivia in wütend ist mir die liebste Olivia.

Mit beiden Händen umschließe ich ihre Handgelenke und pinne sie neben ihrem Kopf gegen die Wand, dann küsse ich mich an ihrem Hals hinauf. »Willst du, dass ich dich ficke?«

»Fick dich selbst«, sagt sie, aber ohne echtes Feuer, denn das glüht in ihren dunklen Augen.

»Gern. Du musst mir nur versprechen, dass du morgen früh noch mein Mädchen bist.« Ich lasse sie los, ziehe ihre Hose runter und schiebe meine Finger zwischen ihre Beine. »Wobei, sag mir lieber, wem diese Pussy gehört.«

»Keine Sorge, Carter, ich bin auch morgen noch dein Mädchen.« Sie nimmt meinen Kopf in beide Hände und löst mich von ihrem Hals, um mich anzusehen. »Und diese Pussy gehört mir.«

»Von wegen.« Ich mache meine Hose auf, hole meinen harten Schwanz raus und presse ihn gegen die am süchtigsten machende Pussy der Welt, während ich sie hochhebe. »Ich wiederhole die Frage.«

Sie wölbt den Rücken, drückt sich gegen mich. »Im Moment? Gehört sie ganz dir.«

»Richtig.« Ich sehe an uns hinunter, wir sind uns so nah, aber noch nicht verbunden. Plötzlich werden mir die Kehle und die Brust eng. »Ich habe mit niemandem sonst geschlafen, Ollie. Für mich gibt es nur dich. Niemanden sonst.«

Sie legt eine Hand an meine Wange. »Für mich gibt es auch nur dich, Carter.«

Mit einem breiten Grinsen packe ich ihre Hände und pinne sie über ihrem Kopf gegen die Wand. Dann presse ich sie mit den Hüften fest. »Ich werde jetzt meinen sexuellen Frust an dir auslassen, der sich über die letzten zwei Wochen angestaut hat.« Ich küsse sie unterm Ohr. »Ich werde so hart kommen, dass du mich noch in zwölf Stunden spürst, und nur diese Vorstellung wird mich über die Zeit ohne dich hinwegtrösten.«

Olivia stöhnt hemmungslos, als ich in sie eindringe, kratzt tief in meine Schultern, während sie sich vollends hingibt, und ich ramme versehentlich die Faust durch die Rigipswand, weil ich so heftig in ihr komme.

Ups.

FÜNFUNDZWANZIG

GEHE ICH KOMISCH?

OLIVIA

Habt ihr auch manchmal das Gefühl, dass alle über euch reden?

Den ganzen Morgen schon sage ich mir, ich bin einfach paranoid, aber das ewige Getuschel, die Blicke, die mir im Flur zugeworfen werden, verunsichern mich.

Also, entweder bin ich wirklich paranoid oder Carter färbt allmählich auf mich ab und ich gehe einfach davon aus, alle sind besessen von mir.

Auf dem Rückweg von der Pause lege ich einen Stopp bei der Toilette ein, um mein Outfit zu prüfen. Vielleicht habe ich ja irgendwo ein Loch oder einen großen Fleck? Ein bisschen fühlt es sich an, als hätte ich ein Schild am Rücken, auf dem steht: »Ich habe Carter Beckett gevögelt und es war großartig.« Als ich rauskomme und der Football-Coach gleich zweimal gucken muss, verstärkt sich das Gefühl nur.

»Miss Parker.«

»Hallo, Mr Bailey.« Ich schlage seine Hand weg, mit der er mir durch die Haare wuschelt. Er findet es aberwitzig, dass ich eins fünfundfünzig bin und einen Haufen Schüler unterrichte, die mich alle weit überragen. Ich finde es urkomisch, dass er mit achtundzwanzig schon eine Glatze bekommt.

»Wie war Ihr Wochenende?«

»Schön. Fantastisch. Großartig.« Ich könnte aufhören, aber mein Mund plappert wie von selbst weiter. »Ich hatte eine Menge Spaß.« *Ich wurde so heftig durchgevögelt, ich hab's bis tief in meiner Seele gespürt.* »Und Ihrs?«

Sein Grinsen ist noch nervtötender als Carters, weil es komplett unsexy ist. »Das glaube ich sofort. Schönen Tag noch, Miss Parker.« Er zwinkert mir zu, bevor er in den nächsten Stock geht. Ich denke noch über seine Reaktion nach, als ich die Tür zur Turnhalle aufstoße.

Ich bin heute etwas verlangsamt, weil ich es die ganze Nacht mit Carter getrieben habe. In der Küche. Auf der Couch. An der Haustür. Und, äh, auf Carters Schoß in seinem Wagen.

Jedenfalls komme ich auf meinen Gummibeinen etwa fünf Minuten zu spät, was bedeutet, dass all meine Oberstufenschüler schon umgezogen parat stehen.

»Miss Parkerrr, Sie sind zu spät.«

»Humpeln Sie? Was haben Sie denn am Wochenende veranstaltet?«

Ich fuchtle ihm mit dem Finger vorm Gesicht herum. »Pass bloß auf.« Dann setze ich mich auf die Bank, ziehe meine Heels aus und ein Paar Turnschuhe an. Sofort sticht es in meinem Oberschenkel und ich packe mir ans Bein.

»Ihnen tut wohl alles weh?« Brad grinst mich an. »Muss ja ein Hammerwochenende gewesen sein.«

»Geht dich das irgendwas an?«, zische ich, aber nehme trotzdem dankbar die Hand, die er ausstreckt, um mir aufzuhelfen. »Okay, dann wollen wir …« Ich stemme mir die Fäuste in die Seiten und starre meine Jungs an, die hinter vorgehaltener Hand lachen. »Flüstert ihr wirklich über mich, obwohl ich direkt hier vor euch stehe?«

Travis Duke macht einen Schritt nach vorn, Handy gezückt. »Sind Sie das, Miss Parker?«

»Bin ich was?« Mein eigenes Handy fängt an, in meiner Hosentasche zu vibrieren, und ich ignoriere es, beuge mich vor, damit ich einen Blick werfen kann auf –

»*Fucking Shit*. O mein Gott.« Die Wörter sind raus, bevor ich sie aufhalten kann, und ich reiße die Hände vor den Mund. Keine Ahnung, um zu verhindern, dass weitere Wörter kommen oder dass ich kotze.

Ich reiße ihm das Handy weg.

»Die Fotos sind super. Sie sehen echt scharf aus.«

»Kein Wunder, dass Ihnen heute die Beine wehtun. Der Typ ist ja riesig.«

»Und Sie so winzig. Vermutlich hat er Ihre –«

Jetzt ist eine meiner Hände auf seinem Mund, denn – bitte – sprich diesen Satz nicht zu Ende. Mein Handy hört nicht auf zu vibrieren, mein Herz donnert und ich kann keinen anderen Gedanken fassen als *oh, fuck*.

Ich rupfe das Handy aus der Tasche, bereit, einen Sprint quer durch die Turnhalle hinzulegen, doch stattdessen wische ich übers Display, einfach, damit es zu vibrieren aufhört.

»Hätte nicht gedacht, dass Sie ein Puck-Bun–«

»Wehe, kein weiteres Wort«, herrsche ich Brad an, der mit hochgerissenen Händen zurückweicht. »Wenn du noch ein Wort sagst, Brad, dann ramme ich dich ungespitzt in den Boden. Verstanden? So tief, dass dich niemand findet, Brad. Niemand.«

Ein heiseres und irgendwie angespanntes Lachen ist das einzige Geräusch, das durch den großen Raum hallt, und es kommt aus meinem Handy, dessen Lautsprecherfunktion sich aus unerfindlichen Gründen eingeschaltet hat. »Äh, Ollie?«

Ich schalte den Lautsprecher aus und halte mir das Handy ans Ohr. »Carter?« Ich wende mich ab, recke aber den drohenden Finger trotzdem in die Luft, weil ich natürlich trotzdem mitbekomme, was hinter mir geflüstert wird. Hauptsächlich setzen sich die Sätze aus *Miss Parker, Carter Beckett* und *ficken* zusammen.

»Hey, hi. Hier … äh … Ich bin's. Carter … Beckett.« Er keucht ein sehr leises »Fuck«, das mir trotz der beschissenen Situation ein kleines Lächeln entlockt, einfach weil ich ihn so niedlich finde, wenn er nervös ist. »Alles okay? Ich vermute … Also, hm, hast du die Fotos gesehen?«

Ob ich die Fotos gesehen habe?

»Es gibt auch einen Artikel.« Ich überfliege, was Travis' Handy zu bieten hat, und bin erst mal sprachlos. Carter und ich gestern aus jedem erdenklichen Winkel knutschend auf dem Bürgersteig.

Carter seufzt. »Also, der Artikel. Aber … hm … du siehst umwerfend aus«, sagt er dann. Ein weiteres Seufzen. »Bist du … bist du okay?«

Ich bin zu sehr damit beschäftigt, den lächerlichen Klatschartikel zu lesen, als dass ich ihm antworten könnte.

OLIVIA? BIST DU DAS?

Erinnert ihr euch noch an das Tor, das Carter Beckett, Kapitän der Vancouver Vipers, letzten Dezember einer mysteriösen Brünetten widmete, von der er das gesamte Spiel lang den Blick nicht abwenden konnte? (Ja, Mr Beckett, das haben wir alle mitbekommen!) Sie wurden später gesehen, wie sie bis in die frühen Morgenstunden getanzt haben – offenbar eine neue Freizeitaktivität für Beckett –, bevor sie für mehrere Wochen von unserem Radar verschwand. Nun, sie ist zurück und wir haben sie wahrlich vermisst.

Beckett, hier mit Olivia zu sehen, deren Nachname weiter unbekannt ist, liefert uns hier ein besonders heißes Stelldichein – am helllichten Tag, Leute –, nachdem die beiden vertraut im West Oak *essen waren. Und das am heiligen Sonntag.*

Ist Beckett endlich bereit, sein Leben umzukrempeln, oder wird er seinen alten Gewohnheiten wieder verfallen? Die Zeit wird zeigen, ob die kleine Miss Olivia genug zu bieten hat, um den Mann, der nicht gezähmt werden kann, bei Laune zu halten.

Bleibt dran!

»*Achduheiligescheiße.*« Ich ramme Travis das Handy gegen die Brust, lege mir die zitternden Finger vor den Mund. *Hat Olivia genug zu bieten?* WTF? Dumme Tränen steigen mir in die dummen Augen, mein Herz rappelt in meiner Brust.

»Olivia?«, flüstert Carter. »Es tut mir echt leid, dass ich gerade nicht bei dir sein kann. Aber … das ist neu, das steht ja selbst im Artikel.«

Da steht, dass ich vielleicht nicht genug zu bieten habe. Das steht da.

»Hey«, sagt er leise. »Sprich mit mir.«

Ich zwinge mich zu atmen. »Carter, ich habe Unterricht. Ich melde mich später, okay?« Ich lege auf, nachdem er zugestimmt hat, dann wende ich mich wieder an meine Jungs. »Äh … macht … setzt euch einfach hin. Fünf Minuten lang. Ich brauche eben fünf Minuten.« Ich brauche weit mehr als fünf Minuten, aber die sind schon mal ein Anfang.

Ich schließe mich in meiner Umkleide ein und renne auf und ab. Ich habe über zwanzig Nachrichten bekommen, rund die Hälfte von Cara. An die letzte war ein Foto von mir und Carter angehängt, allerdings hat sie ein Herz um unsere Köpfe gemalt und *heißheißheiß* darübergeschrieben. Ich wünschte, ich könnte auch das Lustige an dieser Situation sehen. Dabei ist das total lächerlich, das ist mir selbst klar. Ich war ja dabei, gestern. Ich wusste, dass wir fotografiert wurden.

Dann treffen vier Nachrichten von Carter ein, alle direkt nacheinander, und nicht mal der Name, mit dem er sich gestern höchstselbst in meinem Handy vermerkt hat, kommt gegen die in mir aufsteigende Panik an.

World’s Sexiest Man: alles ok ollie???

World’s Sexiest Man: es tut mir so leid, wäre jetzt so gern bei dir.

World’s Sexiest Man: rufst du gleich an??

World’s Sexiest Man: mach dir keinen kopf, bitte. jetzt wissen es halt alle. ist doch okay. alles wird gut. ich weiß schon, wie ich dich entschädige. 👅🍆🍑

Als wollte er nicht aufgeben, bis er mich zum Lächeln gebracht hat, schickt er noch eine.

World’s Sexiest Man: du bist und bleibst meine prinzessin, auch wenn du sauer auf mich bist, weil ich mit dir angebe 😘❤

Dann ploppt die nächste Nachricht rein.

Jeremy: Du kommst heute Abend zum Essen. Offenbar gibt es da was zu erzählen.

***

Die Anspannung am Essentisch ist greifbar, während ich auf mein Steak einhacke.

Als ich aufschaue, sehe ich, wie finster mein Bruder mich anstarrt. Ich starre genauso zurück und säbele weiter an dem Stück Fleisch herum, weil ich will, dass er meint, ziemliche Scheiße zusammengebraten zu haben. Dabei stimmt das nicht. Mein Steak ist perfekt.

»War zu lange in der Pfanne«, grummle ich.

»Als ob«, schnaubt er.

»Nun«, sagt meine Schwägerin Kristin, die nur zu gern schlichten will.

»Daddy ist sauer auf dich, Tante Ollie«, sagt Alannah ganz sachlich. »Keine Ahnung, warum. Carter Beckett ist schließlich *alles*.« Sie legt die Gabel weg, damit sie die Hände frei hat, um an den Fingern abzuzählen. »Er ist reich, er ist der beste Hockeyspieler, er macht so an die tausend Tore *und* dann ist er auch noch der hübscheste Mann der Welt.«

Ich deute mit dem Messer auf sie. »Außerdem ist er witzig und Oreos sind seine Lieblingskekse.«

Alannah keucht. »Das sind auch *meine* Lieblingskekse!« Sie faltet die Hände unterm Kinn. »Würdest du deinem Freund bitte sagen, dass wir dieselben Kekse lieben?«

Er ist nicht mein Freund, trotzdem nicke ich. »Mach ich.«

»Tunkt er die auch in Milch? So wie ich? Isst er sie ganz? Oder dreht er sie auf und leckt die Füllung raus?« Sie zwirbelt ihren Pferdeschwanz um den Finger und starrt mit funkelnden Augen träumerisch ins Nirgendwo. »Das würde mich wirklich interessieren …«

»Trotzdem wirst du es nicht erfahren, weil du ihn nie treffen wirst.« Jeremy steht vom Tisch auf, nimmt seinen und meinen Teller, obwohl ich noch nicht fertig bin. Ich will danach greifen, doch er wendet sich ab. »Tante Ollie wird sich von ihm trennen.«

Ein lautes, ungläubiges Das-ist-ja-aberwitzig-Lachen entkommt mir. »Oh, werde ich so was von nicht.« Erstens: Bring das mal Carter bei. Zweitens: Nein. Niemals. Ich mag ihn, ich hab ihn, ich will ihn behalten.

Was ich ihm vermutlich mal sagen sollte. Carter, nicht Jeremy. Weil ich den ganzen Nachmittag nonstop ausgeflippt bin, bis Cara mir die Angst vor Artikeln und Fotos genommen hat, und dann bin ich gleich hergekommen. Carter und ich hatten noch keine Zeit zu reden und ich weiß, dass er sich Sorgen macht.

Jeremy stellt die Teller in die Spülmaschine und knallt sie zu. Sie geht sofort wieder auf und ich muss lachen. Der böse Blick, den ich dafür ernte, ist nur eine Neun von Zehn, das hätte ich besser gekonnt.

Kristin berührt meine Hand. »Mach dir keine Sorgen, ich lasse nicht zu, dass er dir was tut.« Dann, leiser: »Und Carter Beckett ist *so* sexy. Ich will alles wissen.« Sie steckt sich die Zunge in die Wange. »*Alles.*«

»*Kris!*« Jeremys dröhnende Stimme lässt uns zusammenzucken. »Nein! Du hast gefällig auf meiner Seite zu sein!« Er wedelt mit den Armen, wirkt total verzweifelt. Ich muss mir auf die Lippe beißen, um nicht zu lachen.

»Ich bin immer auf deiner Seite.«

»Dank–«

»Aber hier gibt es keine Seiten. Olivia ist erwachsen. Sie kann daten, wen immer sie will.«

»Willst du mich verarsch…« Er schielt zu seiner Tochter, die mit aufgerissenen Augen alles verfolgt. »… veräppeln? Der wird sie verletzen.« Er wirft eine Hand in meine Richtung. »Ganz buchstäblich. Ich wette deine … *Dings* tut weh. Außerdem hast du sicher Tripper von ihm oder so was.«

Mit glühenden Ohren wende ich den Blick ab. Fast hätte ich gesagt, dass Carter sauber ist, aber wozu?

»Ich werde nicht aufhören, mich mit ihm zu treffen, nur weil du nicht einverstanden bist.«

Ich nehme meinen Neffen aus seiner Wippe und drücke ihn an mich. Der Faust nach zu urteilen, die er sich in den Mund zu stecken versucht, scheint er Zähne zu bekommen.

»Darf ich ihn füttern?«, frage ich Kristin, ziehe sein Hemdchen hoch, damit ich ihn besser kitzeln kann. Er kichert los, Speichelblasen formen sich an seinem Mund.

»Das wäre super, Liv. Danke. Seine Flasche ist im Kühlschrank, wenn du –«

»Nein.« Jeremy reißt mir den Kleinen aus den Händen und setzt ihn auf Kristins Schoß, die nicht irritierter aussehen könnte. Als er sich abwendet, macht sie mit der Hand eine Schneidegeste am Hals. »Du lenkst nicht mit meinem Sohn davon ab, dass du den größten Hurenbock der Welt datest.«

Alannah rümpft die Nase. »Was ist ein Hurenbock, Daddy?«

»Tante Ollies Freund ist einer, Schätzchen.« Er tätschelt Alannahs Kopf und grinst mich selbstgefällig an.

»Ist er nicht.« Ich verschränke die Arme vor der Brust. »Nicht mehr.«

Jeremy lacht müde und zieht sich die Hände übers Gesicht. »Du willst mir jetzt nicht wirklich weismachen, dass du glaubst, du bist die Frau, die Carter Beckett ändert?«

Diese abfällige Bemerkung schlingt sich um mein Herz und drückt es ab wie ein Schraubstock. Das klingt mir eine Spur zu sehr nach: *Hast nicht genug zu bieten.*

Ich räuspere mich, gebe Alannah einen Kuss auf den Kopf und gehe dann zu Jeremy und Kristin. »So schön es auch ist, mir anzuhören, warum mein eigener Bruder meint, dass ich nicht gut genug bin für Carter Beckett, werde ich dann mal aufbrechen.«

»Och, komm, Liv. So habe ich das nicht gemeint.«

»O doch. Das hast du genau so gemeint«, sage ich leise und versuche, mir nicht anmerken zu lassen, dass es mich verletzt hat.

Kristin starrt ihn an. »Du verhältst dich wie ein Arsch. Entschuldige dich sofort bei deiner Schwester, sonst musst du heute Nacht woanders schlafen.«

»Du kannst bei mir schlafen, Daddy!«, ruft Alannah aufgeregt, stemmt sich dann aber nachdenklich die Fäuste in die Seiten. »Aber erst, wenn du dich bei Tante Ollie entschuldigt hast.«

Jeremy folgt mir zur Tür, trampelt mit seinen klobigen Füßen hinter mir her. »Ollie, komm schon. So habe ich das nicht gemeint.«

»Dabei hast du genau das gesagt. Und so stand es auch in diesem Artikel.« Unerlaubterweise fängt meine Unterlippe an zu zittern. Jeremy konnte noch nie gut mit Tränen umgehen, deshalb schnellt sein Arm zu mir, in der Hoffnung, sie noch aufhalten zu können.

»Nein, nein, nein, nein! Olivia, *nein,* du hast sauviel zu bieten. Zu viel!« Er wirft den Kopf in den Nacken und stöhnt über meine feuchten Augen. Ehrlich gesagt, ich könnte sie aufhalten, jetzt, wo er so einbricht, aber ich lasse sie laufen, einfach für ein bisschen Mitgefühl. »*Ollie.* Fuck.«

Da schließt er mich in die Arme, wiegt mich hin und her. Ich verberge mein Siegesgrinsen an seiner Brust.

»Er macht mich glücklich, Jer.« Ich wische mir das Theater aus den Augen.

»Ich will ja, dass du glücklich bist. Wirklich, Ollie. Ich will bloß nicht, dass er dir wehtut.«

»Ich bin doch schon groß. Ich komme klar.« Ich komme zu hundert Prozent nicht klar. Aber ich lerne, ihm zu trauen.

»Bist du sicher, dass du ihn magst? Also, falls da das winzigste Misstrauen –«

»Ich mag ihn. Sehr. Kein Misstrauen. Weder winzig noch sonst wie.«

Er sieht mir prüfend ins Gesicht, bevor er nickt. »Na, okay. Gut. Dann gebe ich ihm eine Chance.« Er nimmt meine Hand, zieht mich mit. »Und jetzt hör auf mit dem Quatsch, du gehst nicht. Dein Neffe will noch essen.«

Kichernd hüpfe ich zurück ins Esszimmer, nehme Kristin den kleinen Jem aus den Armen und gebe ihm einen Kuss auf die süße, kleine Nase.

Alannah schlingt die Arme um meine Hüfte. »Ich kann's nicht glauben. Meine Tante ist Carter Becketts *Freundin.* Die anderen im Team werden *so* neidisch sein.«

Sie bleibt länger wach, als eine Siebenjährige aufbleiben sollte, und schaut das Spiel mit uns. Als Jeremy mich danach zur Tür bringt, gibt er mir sein Vipers-Trikot. Das mit Carters Nachnamen auf dem Rücken.

»Was soll ich damit?«

Er murmelt was, den Blick zu Boden gerichtet, reibt er sich den Nacken.

»Wie bitte?«

Da reißt er die Arme in die Luft. »Ich habe gefragt, ob du deinen bescheuerten Freund bitten kannst, mein Trikot zu signieren!«

Über diese Wendung muss ich sehr breit grinsen und das Letzte, was ich sehe, bevor mein Bruder die Tür zuschlägt, ist, wie er genervt die Augen verdreht.

SECHSUNDZWANZIG

HAB ICH ALLES RICHTIG GEMACHT?

CARTER

Ich will ja nicht angeben, aber ich habe phänomenal gespielt.

Die Sache mit Olivia zu klären, hat mir Feuer unterm Hintern gemacht und der Puck, den ich gerade zum zweiten Mal an diesem Abend im Tor versenkt habe, ist der beste Beweis dafür.

Emmett springt mich an und schickt mich damit gegen die Bande, bevor ich zu Boden gehe, wo mein gesamtes Team sich auf mich stürzt.

Möglich, dass es das spielentscheidende Tor war. In der Nachspielzeit.

Hatte ich behauptet, nicht angeben zu wollen? Oh. Dann hab ich wohl gelogen.

»Hervorragende Leistung heute von Ihnen, Carter«, lobt einer der Reporter, die sich vor der Umkleide drängen.

»Das war Teamarbeit, wie immer.« Ich packe Adam beim Trikot und zerre ihn zu mir. »*Der hier.* Wo wären wir ohne ihn?« Ich schüttle ihn, bevor er langsam den Helm abnimmt. »Bester Torwart der Liga.«

»Adam, die letzte Torvorlage des Tages geht auf Ihr Konto. Wie fühlt sich das an?«

»Es ist immer großartig, dem Team zum Sieg zu verhelfen.« Er lächelt und fährt sich mit der Hand über die stolzgeschwellte Brust. »Carter ist immer bereit zum Durchstarten.«

Durchstarten. Ha. Das wäre auch ein ziemlich gutes Wort für das, was Olivia und ich letzte Nacht gemacht haben. Ich frage mich, wo sie wohl gerade steckt.

Adam stupst mich an und schaut dann betont zu den Reportern. *Ups*.

»Sorry, könnten Sie Ihre Frage noch mal wiederholen?«

»Ich wollte wissen, ob die junge Dame, mit der Sie gestern gesehen wurden, etwas mit Ihrer so großartigen Leistung heute zu tun hat.« Der Mann wedelt mit der Hand, als wäre ihm ihr Name entfallen, was ich bezweifle, schließlich hat er die Sportnachrichten des Tages dominiert, gepaart mit einer Aufnahme ihres atemberaubenden Lächelns. »Olivia war ihr Name, meine ich.«

Ich lächle, ramme kurz den Schläger in den Boden, klopfe Adam auf den Rücken. Olivia will nicht, dass die Welt was über sie weiß. Ich will, dass alle wissen, dass sie zu mir gehört. »Danke, einen schönen Abend noch.« Ich zwinkere in die Kamera. »Hi, Ollie.«

Meine Stimmung fällt, als ich in der Umkleide auf mein Handy schaue und noch immer keine Nachricht von ihr gekommen ist.

Vielleicht ist fallen auch nicht das richtige Wort. Ich mache mir Gedanken. Sorgen. Sollte sie mir mehr schreiben? Habe ich ihr zu oft geschrieben? War das erdrückend? Funktioniert das so?

Ich schaue zu Adam, der genauso enttäuscht auf sein Handy glotzt wie ich. Er seufzt und steckt das Telefon weg. Offenbar hat Courtney sich wieder nicht gemeldet.

Aber das ist was anderes, oder?

Oder?

Emmett kommt aus der Dusche, Handtuch um die Hüften, begutachtet mich. »Alles okay?«

»Keine Ahnung. Vielleicht ist Olivia sauer auf mich?« Ich zucke mit den Schultern. »Keine Ahnung.« Das habe ich ja schon gesagt. »Ich habe praktisch nichts von ihr gehört.« Wäre ich zu Hause, würde ich einfach bei ihr vorbeifahren. Aber ich werde sie erst in zweiundsiebzig Stunden wiedersehen. Schlimmerweise.

Emmett beschert mir einen vollen Blick auf seinen Schwanz, als er das Handtuch fallen lässt und nach seinen Boxershorts greift.

»Fuck, ey.« Ich halte mir die Augen zu. »Pack das Ding ein.«

Er lacht und lässt die Hüften kreisen. »Cara hat gesagt, Liv war ziemlich durch den Wind, weil in dem Artikel stand, dass sie dir nicht genug zu bieten hat.«

Olivia? Nicht genug? Das ist ja wohl völliger Schwachsinn. »Aber sie –«

»Schon klar, aber sie ist halt eine Frau.« Er tippt sich an die Schläfe. »So ein Mist setzt sich bei denen da oben fest und wuchert. Cara hat erzählt, ihr Bruder war nicht glücklich und hat verlangt, dass sie vorbeikommt. Vermutlich hast du deshalb noch nichts gehört.«

»Worüber war der nicht glücklich?«

Emmett sieht mich vielsagend an, während Garrett schnaubt und das Antworten übernimmt: »Wenn du was mit einer meiner Schwestern anfangen wolltest, müsste man mich fesseln.«

Völlig unnötig. Seine Schwestern sind viel zu jung für mich. Außerdem sind die praktisch Garrett in weiblicher Form. »Hä? Ich versteh das Problem nicht?«

»Okay, dann versuche ich es mal anders. Stell dir vor, du hättest eine Tochter, würdest du die –«

»Nein, absolut nicht. Okay, kapiert.« Den Satz musste er gar nicht vervollständigen. Ich würde jedem Kerl mit meiner Vergangenheit den Schwanz abhacken, wenn er meiner Tochter zu nahe käme. Und ich würde sie wegschließen, bis sie dreißig ist. Reine Mädchenschule wäre vermutlich eine gute Idee. Außer sie steht auf Mädchen. Fuck. Die wäre nirgends sicher.

Okay, vielleicht verstehe ich also doch, was das Problem ihres Bruders ist. Aber so bin ich ja nicht mehr. Olivia ist die Einzige, von der ich was will. Außer sie verletzen.

Auf der gesamten Rückfahrt ins Hotel bin ich tief in Gedanken. Ich entwerfe sicher drei Nachrichten an Olivia, die ich alle wieder lösche. Dann packe ich frustriert das Handy weg.

»Tut mir einen Gefallen«, sagt Emmett, als wir die Bar in der Lobby ansteuern. Dort ist es voll und laut, und ich habe eigentlich keinen Bock, dort zu sein. »Du weißt, wie es aussieht, wenn du von all den Frauen umgeben bist, die sich dir an den Hals werfen. Nichts tun reicht nicht, das wäre fatal.«

»Hä? Was soll das denn heißen?«

»Dass es ziemlich einfach ist, ein Foto von dir zu schießen, wenn ein Mädchen neben dir steht und ihre Hand auf deinen Arm legt. Die Schlagzeile kannst du dir ja vorstellen: ›Carter Beckett geht schon fremd.‹ Sei einfach vorsichtig, mehr nicht. Du musst halt im Moment noch an jemand anderen denken. So ein Foto würde Olivia in Verlegenheit bringen.«

»Klar.« Okay, ich könnte mich gerade kaum dümmer fühlen. Wie kann es sein, dass mir das mit siebenundzwanzig noch erklärt werden muss? Trotzdem bin ich dankbar über die Warnung, denn kaum sitzen wir, hab ich schon ein Mädchen auf dem Schoß.

Vermutlich ist meine Reaktion nicht die beste. Ich reiße die Hände in die Luft, springe auf, wodurch sie versehentlich zu Boden fällt, und schreie: »*Ich habe eine Freundin!*«

Nach ein paar tiefen Atemzügen und begleitet von dem schallenden Gelächter meiner Kumpels überdenke ich die Situation schnell und helfe dem verblüfften Mädchen auf. »Oh, Entschuldigung. Ich wollte dich nicht umstoßen.«

»Schon okay«, giggelt sie und heftet sich dann gleich an mich. *Äh …*

Ich packe sie vorsichtig bei den Oberarmen und hebe sie hoch, mache einen Riesenschritt beiseite und stelle sie weit weg von mir wieder auf den Boden. Dann wiederhole ich: »Ich habe eine Freundin«, bevor ich an den Tisch zurückkehre.

»Eine Freundin? Aha.« Adam hebt die Augenbrauen. Er hat schon frittierte Gurken vor sich stehen. Wo hat er die so schnell her? »Fährst gleich die schweren Geschütze auf?«

Ich nehme eine Gurke von seinem Teller und tunke sie in die Soße. »Was soll das jetzt wieder heißen?«

Er zuckt mit den Schultern. »Ich dachte, ihr datet euch.«

»Ist das nicht dasselbe?«

Garrett und Emmett lachen, bloß Adam summt mit vollem Mund. »Du musst noch eine Menge über die Frauen lernen, junger Mann.«

»Ich bin drei Jahre älter als du.«

»Und doch bin ich dir mental um Jahrzehnte voraus.«

»Fick dich.« Ich mopse ihm noch eine Gurke, um von der Tatsache abzulenken, dass er recht hat.

»Also, bis ihr darüber nicht gesprochen habt, ist Olivia nicht deine Freundin. Sie ist eine, die du datest. Ihr lernt euch kennen, findet raus, ob ihr zusammenpasst, ob die Gefühle ernst genug sind, um für eine Beziehung zu reichen.«

WTF? Ich weiß, dass wir zusammenpassen. Sie hat absolut keine Skrupel, mich auf meinen Platz zu verweisen. Umgekehrt auch nicht. Und der war gestern der Boden, wo ich sie besinnungslos gevögelt habe. Außerdem lacht sie über all meine Witze. Und wenn sie lächelt, muss ich auch lächeln. Ihre Hand fühlt sich so richtig in meiner an. *Perfekt.* Und ich kann sie praktisch mit meinem gesamten Körper verschlucken, wenn ich sie in den Arm nehme.

Gefühle? Meine sind definitiv ernst genug. Wie sonst soll man denn erklären, dass ich nicht über sie hinweggekommen bin, nachdem sie mich hat stehen lassen? Ihre etwa nicht?

»Bis ihr nicht offiziell darüber gesprochen habt, gibt es auch noch keine Exklusivität. Olivia kann daten, wen sie will«, fügt Garrett hinzu.

»Wie bitte? Wen sie will? Nein, nein.« Das geht nicht. Das darf sie nicht. Das verbiete ich. Bevor ich meine Finger davon abhalten kann, habe ich schon eine Nachricht an sie abgefeuert.

Ich: datest du noch andere leute???

Kaum ist die Nachricht weg, vibriert mein Handy. Ich nehme den Anruf an, ohne zu gucken, wer es überhaupt ist.

»Ollie?« Puh, sollte ich so verzweifelt klingen? Sicher nicht. Ich räuspere mich und versuche es noch einmal in etwas tieferem, gleichgültigerem Ton. »Olivia? Hey.«

»Bist du ernsthaft nur drangegangen, weil du gedacht hast, ich bin deine Freundin? Du ignorierst mich schon den ganzen Tag, Carter Beckett!«

Sofort geht mir die Luft aus. »Hi, Mom.« Ich habe sie gar nicht absichtlich ignoriert. Ihre Nachrichten trudelten ein, als ich gerade mit Olivia telefoniert habe, als ich gerade versucht habe, das ganze Debakel einzudämmen, bevor die Scheiße anfing zu dampfen. Was sie dann ja trotzdem getan hat. Und dann war ich im Flieger. »Wie geht es der schönsten Frau der Welt?« *Über fünfzig,* füge ich gedanklich hinzu.

»Spar dir diesen Quatsch, Carter.« *Ups, sie ist sauer.*

»Du bist sauer.«

»Ja, da hast du recht, Schatz, ich bin sauer.«

»Du klingst wesentlich weniger sauer, wenn du mich ›Schatz‹ nennst.« *Spiel nicht mit dem Feuer,* würde Dad jetzt sagen. Aber ich mache das halt zu gern. »Ist es schon wieder so weit? Ich dachte, du und Jennie fangt erst in einer Woche wieder an zu bluten – und mich anzugreifen.« *Zündel, zündel.*

»Du kleine Mist–« Das Wort geht in ein Stöhnen über und ich kann förmlich vor mir sehen, wie sie sich die Brille hochschiebt, damit sie sich die Augen reiben kann. »Irgendwer muss dich wohl mal übers Knie legen und es sieht ganz so aus, als wäre ich das.«

»Aber ich liebe dich doch, Mommy«, murmle ich, obwohl ich den Mund mit einer weiteren gemopsten Gurke von Adam voll habe. »Du bist meine liebste Mom.«

»Boah, mir kann niemand so auf die Nerven gehen wie du.« Sie seufzt. »Ist sie wirklich deine Freundin?«

»Ja. Vielleicht. Keine Ahnung.« *Ich bin verwirrt.* »Offenbar muss ich das erst mal mit ihr abklären, bevor ich so was behaupte.«

Sie kichert. »Du warst schon immer hartnäckig. Ich bin sicher, du wirst sie überzeugen.«

»Aber hallo.« Ich werde die Antwort aus ihr rausvögeln, wenn ich muss.

»Bist du glücklich, mein Junge?«

Mir steigt die Röte ins Gesicht. »Ich bin unterwegs, Mom.«

»Ich habe dir eine Frage gestellt.«

»Ja.«

»Ja – und weiter?«

Ich trommle mit den Fingern auf den Tisch. Wie gern würde ich behaupten, dass mir niemand Beachtung schenkt, aber da kleben drei Augenpaare an mir. Vier, wenn man das Mädchen mitzählt, das Garrett auf dem Schoß hat. Und das schließt nicht die Leute ein, die nicht fassen können, dass sie in derselben Bar sind wie die Vancouver Vipers.

Deshalb halte ich mir das Handy näher an den Mund und flüstere, was sie hören will.

»Wie bitte? Ich hab dich nicht ganz verstanden?«

»*Ja, ich bin glücklich!*«

»Ach, schön. Ich hoffe, ich habe dich jetzt nicht vor deinen Leuten in Verlegenheit gebracht.«

***

Ich bleibe ganze zweiunddreißig Minuten, nachdem das Telefonat mit meiner Mom vorbei ist. Lang genug, um einen Teller Nachos zu verdrücken, ein Bier zu zischen und Garrett dabei zuzusehen, wie er mit einem beliebigen Fan rummacht.

Als ich mir gerade die Zähne putze und ordentlich Schaum im Mund habe, klingelt mein Handy auf dem Nachttisch. Ich flitze aus dem Bad, werfe mich übers Bett und stoße das Handy vom Tisch, als ich Olivias Namen sehe.

»Shit.« Ich rolle mich vom Bett und drücke sicher fünftausendmal auf Annehmen. Es ist ein Videocall. »Hey. Hi. Du. Olivia.« Durch die Zahnpasta versteht man mich kaum. »Muss ausspucken.«

Ich nehme sie mit ins Bad, wo ich mir den Mund ausspüle. Dann lass ich mich aufs Bett fallen, grinse breit und stecke mir eine Hand unter den Kopf. »Hey.«

»Du bist schon im Bett? Ich dachte, du bist noch in irgendeiner Bar?«

Ich hebe die Schulter, als hätte sie mir unten in der Bar nicht jede Sekunde gefehlt. »War ich kurz, aber ich bin zu müde.«

»Oh. Wollen wir dann lieber morgen sprechen?«

»Nein! Äh …« Ich räuspere mich. »Nein, nein, schon in Ordnung. Ich möchte jetzt mit dir sprechen.«

»Ich auch mit dir.« Auch sie ist im Bett und sieht unfassbar müde aus, während sie an den Bändern ihres Kapuzenpullis spielt.

»Ist das mein Pulli?«

Sie zieht ihn hoch, ihr Mund und ihre Nase verschwinden. »Ich mag den. Er riecht nach dir.«

»Und wie rieche ich?«

Sie grinst. »So gut. Ich möchte mein Gesicht an deine Brust pressen und dich nie wieder loslassen.«

Guter Gott. »Du bist ja ein ziemlicher Softie. Heftiger Gegensatz zu der frechen Brünetten, die mir schon weiß Gott wie oft gesagt hat, ich soll mich selbst ficken.«

Ihre Wangen färben sich. »Halt die Klappe.«

»Wie so ein Kätzchen. Pumpst dich ordentlich auf, aber innen drin ist nichts als weicher Fluff.«

Sie verdreht die Augen, gibt sich jedoch keine große Mühe, ihr Grinsen zu verbergen. Ich kann es eindeutig sehen. Sie beißt sich auf die Lippe, während sie ihren Dutt richtet. »Hey du, entschuldige, dass ich heute praktisch wie vom Erdboden verschluckt war. Ich weiß, wie idiotisch das ist, weil ich ja mitbekommen habe, dass wir fotografiert wurden. Aber das hab ich wohl verdrängt, schließlich ist danach noch eine ganze Menge mehr passiert. Und … ich habe nicht damit gerechnet, was dieser Artikel mit mir macht.«

Ich bin dankbar für ihre Ehrlichkeit. Mir gehen diese ewigen Missverständnisse so auf den Zeiger. Ich muss wissen, wie es ihr geht, damit ich richtig helfen kann. Sie steht zum ersten Mal im Rampenlicht, ich muss also geduldig sein, während wir diesen Teil unserer Beziehung regeln.

Beziehung. Uhhh, das Wort schmeckt komisch. Aber komischerweise okay.

»Ich hätte dich besser vorbereiten sollen.«

Olivia schüttelt den Kopf. »Nein, Carter, du hast rein gar nichts falsch gemacht. Ich hab einfach kurz die Nerven verloren, aber ich wollte nicht den Eindruck erwecken, dass ich noch andere Leute date.«

Ich winke ab. »Hast du nicht.« Dann: »Aber … datest du noch andere Leute?«

Ein Lachen sprengt förmlich ihr Gesicht, worüber in mir gleich alles tanzt. Adam lag falsch. Sie ist meine Freundin. Da bin ich mir sicher.

»In meinem Leben ist nur Platz für einen albernen, anstrengenden, arroganten Kerl.«

Ich reibe mir über die vor Stolz geschwellte Brust. »Und das bin ich?«

»Das sind Sie, Mr Beckett.«

Ich reiße die Siegerfaust in die Luft. »Ungeschlagen, Baby!«

Oh, niemand kann Olivia so gut zum Lachen bringen wie ich.

»Du fehlst mir«, sage ich leise. »Ist das komisch? Sollte ich dir das verraten? Oder es lieber für mich behalten? Du musst das auch nicht erwidern. Fühl dich nicht unter Druck gesetzt oder so. Ich –«

»Carter.«

»Ja?«

Olivia legt den Kopf aufs Kissen, ihr Lächeln müde und so niedlich. »Du fehlst mir auch.«

»Echt?«

Sie reibt sich die Augen. »Ja, das ist ein bisschen nervig, wenn ich ehrlich bin. Ich hätte dich gern hier, bin aber allein. Friere.« Das letzte Wort ist nicht mehr als ein Murmeln, das ihr von der Zunge purzelt, während ihr die Augen zufallen.

»Ich würde dich warm halten, Baby.«

»Hmmm, ich weiß, Bear.«

»Bear?«

»Mhm.« Sie unterdrückt ein Gähnen. Ihre Augen sind gerötet vor Müdigkeit, ihr Lächeln schon ein bisschen benommen. »Du bist wie ein Grizzly. Warm und kuschelig. Niedlich.«

»Ich glaube, du meintest imposant und stark.« Ich lasse meine Oberarmmuskeln spielen und knurre.

Ihr müdes Giggeln ist ein langsames Lied, zu dem ich für immer tanzen möchte.

»Schläfst du mir jetzt einfach weg?« Ich mache das Licht aus, als Olivias Augen zufallen. Ihre Brust hebt und senkt sich in gleichmäßigen Abständen, ihr Gesicht sanft angestrahlt von einer Lampe, die da steht, wo ich jetzt gern wäre.

Ich kann den Blick nicht von ihr lösen.

»Carter?«, sagt sie plötzlich, völlig schlaftrunken. Ihre Augen bleiben geschlossen, ich glaube, sie träumt.

»Ja, Prinzessin?«

»Was, wenn ich mich in dich verliebe?«

»Dann verliebe ich mich gleich mit, Ollie.«

SIEBENUNDZWANZIG

BETTBURRITO & EIN ÜBERRASCHUNGSGAST

OLIVIA

Montag habe ich geträumt, ich hätte Carter gesagt, dass ich mich in ihn verliebe.

Allerdings ist es möglich, dass es gar kein Traum war.

Denn als ich Dienstag aufgewacht bin, grinste mich ein verschlafener Carter vom Handydisplay aus an, der den Call offenbar nicht beendet hat. Ich bin einfach weggepennt und er hat es nicht übers Herz gebracht, aufzulegen. Der Call ging bis sieben Uhr, als mein Wecker uns beide aus dem Schlaf holte. Ich bin ziemlich beeindruckt von meinem Handyakku.

Doch dann fielen mir die Wörter ein, die ich vielleicht gemurmelt habe, bevor mich der Schlaf überkam. Also entschuldigte ich mich stammelnd für etwaige verschlafene Aussagen, die er vermeintlich gehört hatte, ohne direkt zu fragen, ob ich das geträumt hatte.

Zwei Tage später, am Mittwochmorgen, macht mich der Gedanke immer noch nervös, als sein Name auf meinem Display erscheint.

»Ich brauche ein Foto von dir«, sagt er ohne jede Begrüßung und schüttelt den Kopf, um die Schlaffrisur zu richten.

»Dir auch einen schönen guten Morgen.«

Er grinst. »Morgen, Prinzessin. Ich kann es gar nicht erwarten, am Wochenende jeden Morgen mit dir aufzuwachen.«

Ja, das steht uns bevor. Weil er am Montag wieder bis Samstag wegfliegt, freue ich mich ziemlich darauf, das ganze Wochenende mit ihm zu verbringen. Außerdem ist es bei mir eiskalt.

Nicht mit mehreren Kleidungsschichten schlafen zu müssen, wird eine willkommene Abwechslung.

Ich halte mir beim Gähnen den Mund zu und versuche, mir den Schlaf abzuschütteln. Ich bin müde, weil Carter und ich bis weit nach Mitternacht telefoniert haben.

Sein Blick verändert sich. »Gähn mal so in meinem Bett, dann steck ich dir was Steinhartes und Pulsierendes in den Mund.«

»Mr Beckett, Ihre Fantasie ist genauso dreckig wie Ihr Mundwerk.« Ich versuche, mich daran zu gewöhnen, aber es hilft nicht, dass er mir den lieben langen Tag schmutzige Nachrichten schickt, wenn er nichts zu tun hat. Während ich auf der Arbeit bin.

»Was mich wieder an das Foto erinnert. Ich brauche eins, Ollie. Ich musste mit einem der Paparazzifotos wichsen, nachdem du gestern eingeschlafen bist. Mein Donnerschwert und ich wären dir zu ewigem Dank verpflichtet, Prinzessin.«

Ich weigere mich, mich an diesen Spitznamen zu gewöhnen. Donnerschwert, meine ich. Nicht Prinzessin. Über die kann ich meist hinwegsehen … und was sagt es über mich, dass ich die Bezeichnung sogar *mag*?

»Du bist der einzige Mann der Welt, der seinem Penis einen Namen gegeben hat.«

»Das stimmt nicht. Garretts heißt Lieutenant J–«

»*Halt die Fresse, du Wichser!*« Garrett pfeffert Carter ein Kissen an den Kopf. Herrlich.

»Der arme Garrett.«

Carter lacht. »Der arme Garrett? Der hätte mir damit ein Auge ausstechen können.«

»Du bist unzerstörbar, Carter. Hör auf zu heulen.«

Da ist das Grinsen, das ich so liebe. Er lässt seine Oberarmmuskeln spielen. »Stimmt, ich bin ziemlich unzerstörbar. Hey, weißt du, was nicht unzerstörbar ist? Deine P– *hey*!« Ein weiteres Kissen fliegt an seinen Kopf, dieses haut ihn seitlich weg.

»Danke, Garrett!«, rufe ich.

»Gern geschehen!«

Carter reibt sich die Wange. »Ich bin erst spät zu Hause, heute werden wir uns also nicht sehen.«

»Oh, schon okay.« Es wäre sicher überzeugender, wenn ich dabei nicht die Stirn runzeln würde.

»Und morgen schaue ich Jennie beim Tanzen zu, wir sehen uns also erst Freitag beim Spiel.«

»Wer ist Jennie?« Ich unterdrücke das Bedürfnis, ihn zu fragen, warum er ihr beim Tanzen zusieht. Diese Eifersucht macht mich ganz kirre.

»Jennie ist meine Schwester. Sie ist professionelle Tänzerin an der SFU und hat morgen einen Auftritt. Aber gut zu wissen, dass es so ein gelbäugiges Monster in dir gibt.«

»Ich war nicht eifersüchtig«, lüge ich und komme gleich wieder auf seine Schwester zu sprechen, bevor er noch mehr dazu sagen kann. »Das ist ja cool.«

»Ist es auch. Sie hatte direkt nach der Highschool ein Vollstipendium. Tanzt schon immer.« Er lacht und kratzt sich am Kinn. »Meine Eltern hatten kein Privatleben, haben uns nur zum Tanzen oder Hockey gekarrt. Wir haben mehr Zeit im Auto verbracht auf dem Weg zum Training oder zu Spielen als zu Hause. Dad hat immer gesagt …« Seine Wangen werden rot und er winkt ab. »Ach, egal.«

»Sag schon.«

Carter senkt den Blick kurz, sieht mich dann wieder an. »Er hat gesagt, dass wir verstehen werden, weshalb sie alles für uns geopfert haben, sobald wir selber Kinder haben.«

Ich hätte Carters Vater echt gern kennengelernt. Aus dem Wenigen, was er bisher über ihn erzählt ist, wurde schon deutlich, dass er ein wundervoller Ehemann und großartiger Vater war. Außerdem scheint er den gleichen Humor gehabt zu haben wie Carter. Offenbar sind sie seiner Mutter und Schwester außerordentlich gern auf die Nerven gegangen. Ich kann mir nicht im Entferntesten vorstellen, was Carter in den letzten Jahren durchgemacht hat, aber die Trauer ist immer noch spürbar, wenn er über seinen Vater spricht.

Unweigerlich frage ich mich, ob Carter anders wäre, wenn sein Vater noch lebte. Ich mag ihn, so wie er ist, aber hätte er sich auch durch die Weltgeschichte gevögelt, wenn sein Dad noch leben würde?

Hätte er das nicht, glaube ich jedoch nicht, dass wir jetzt an dem Punkt wären, an dem wir sind. Abgesehen von seinem unbestreitbar guten Aussehen ist Carter albern und witzig, charismatisch, gutherzig und so leidenschaftlich, dass man das Gefühl hat, man brennt. Der Mann wäre niemals single. Sosehr ich seine Vergangenheit hasse, sie ist der einzige Grund, dass wir das hier ernsthaft versuchen können.

»Willst du Kinder?«, fragt Carter plötzlich. »Oder keine Kinder? Hasst du Kinder? Du hasst sie vermutlich, arbeitest ja den lieben langen Tag mit ihnen. Ach, Quatsch. Du liebst sie. Du coachst ja in deiner Freizeit sogar das Hockeyteam deiner Nichte.«

Nichts ist niedlicher als ein nervöser Carter, der ohne Punkt und Komma labert. Obwohl er sich beim Daten als Naturtalent entpuppt, schließlich hat er das ja noch nie gemacht, bleibt offensichtlich, dass das absolut nicht sein Spezialgebiet ist, weshalb er alles, was er sagt oder macht, doppelt und dreifach hinterfragt.

»Ich hätte gern irgendwann Kinder«, sage ich.

Sein Kehlkopf bewegt sich, während er nickt. »Cool. Ja, cool. Ich auch. Irgendwann.«

»Carter?«

Er fängt an zu strahlen. »Ja?«

»Ich muss mich anziehen und zur Arbeit.«

»Oh. Okay. Ja. Ich kann's nicht erwarten, dich Freitag zu sehen, Ollie. Ich mach ein Tor für dich und schick dir übers Fernsehen einen Handkuss.«

»Auf den Fernsehteil kann ich gern verzichten.«

Er zeigt mir sein teuflisches Grinsen und zwinkert mir noch mal zu, bevor wir auflegen, was mich nicht beruhigt. Sofort vibriert mein Handy. Ich kann nur seufzen.

World's Sexiest Man: auf einer skala von 1–10, wie wütend wärst du, wenn ich dich vor laufender kamera prinzessin nenne?

***

Es ist kurz nach elf, als ich schließlich ins Bett krabble. Ich bin irgendwie trübselig und das frustriert mich. Ich bin bestens allein klargekommen und jetzt halte ich nur ein paar Stunden durch, ohne mit Carter zu sprechen.

Das Team ist um fünf in San José in den Flieger gestiegen und ich weiß, dass es zu spät ist, um ihn noch zu sehen. Aber irgendwie hatte ich doch gehofft, dass er zumindest anrufen würde, sobald er zu Hause ist. Ein letzter Blick aufs Handy verrät jedoch, was ich bereits weiß: kein Anruf, keine Nachricht von ihm, seit mein Arbeitstag zu Ende gegangen ist.

Ich ziehe seinen Pulli über und atme seinen Geruch tief ein, während ich mich von dem dicken Stoff umfangen lasse. Obwohl ich eine lange Unterhose trage und unter drei Decken liege, zittere ich. Also packe ich die Decken und rolle mich einmal über die Matratze, wickle mich ein wie einen Bettburrito.

Ich bin fast eingeschlafen, als das Poltern anfängt, das mich hochfahren lässt. Es stoppt kurz, dann geht es sogar noch schneller und lauter weiter. Ich springe aus dem Bett. Versuche es vielmehr, aber weil ich durch den Deckenkokon weder Arme noch Beine rechtzeitig frei bekomme, knalle ich voll aufs Gesicht.

»*Au*«, stöhne ich, rolle auf den Rücken und zapple, bis meine Arme frei sind und auf den kalten Dielenboden plumpsen, wo ich erst mal leblos und voller Schmerzen liege. »Fuck.«

Dann geht das verdammte Poltern wieder los und ich schwöre, ich höre sogar ein leises *Liv, Liv, Liv, Liv*. Also drehe ich mich auf den Bauch und ziehe mich mit den Armen über den Boden. Mithilfe des Türrahmens komme ich auf die Beine, kann die Decken endlich abschütteln und in den Flur durchstarten.

Wäre ich wirklich wach, würde ich mir vielleicht noch mal überlegen, ob ich um fast Mitternacht wirklich die Tür aufmachen will. Stattdessen reibe ich mir die Augen, schiebe mir eine Hand unter den Pulli, um mich am Bauch zu kratzen, und öffne gähnend die Tür.

»Oh. Ich träume also *wirklich*.« Ich berühre mein Gesicht, das erstaunlicherweise trotz Traumsturz wehtut. »Dann ist ja gut, dann bekomme ich keinen blauen Fleck.« Ich knalle die Tür zu und gehe zurück ins Bett.

Bloß geht die Tür nicht zu und der Mann, der davorgestanden hat, huscht herein, packt mich am Ellbogen.

»Ich verstehe, warum du meinst, du träumst, wenn jemand so Schönes wie ich mitten in der Nacht unerwartet vor deiner Tür steht, aber nein, du träumst nicht.« Carters Griff wird fester und er reißt mich an sich. »Du hast mir gerade die Tür vor der Nase zugeknallt, obwohl ich dich seit drei Tagen vermisse. Du musst also dringend den Mund aufmachen, damit ich dich schmecken kann, Schönheit.«

ACHTUNDZWANZIG

WIESO IST ES PLÖTZLICH SO HEISS?

OLIVIA

Auf meiner Veranda steht eine Hockeytasche.

Dazu ein paar Hockeyschläger, aber erst als die braune Ledertasche auf den Boden im Flur plumpst, kommt Leben in mich.

Trotzdem bezweifle ich, dass der ein Meter neunzig große Kerl da wirklich gerade vor mir steht.

»Carter?« Er öffnet die Knöpfe seines Wollmantels und ich schiebe meine Hände darunter und lasse sie über seinen Oberkörper gleiten. Seinen festen, warmen Oberkörper. Als ich den Händen mit meiner Nase folge und tief einatme, kann ich ihn riechen. Er riecht so gut. Ich schaue auf, ihm in die Augen. Er sieht mich amüsiert an, sonderbar sanft. Ich springe ihm in die Arme, schlinge die Beine um seine Mitte. »Du bist hier.«

»Ich bin hier. Der Flug hatte Verspätung und ich dachte, es ist zu spät, um anzurufen, aber dann war mir elend und so … so bin ich hier gelandet.« Er streicht mir die Haare aus dem Gesicht, betrachtet mich aufmerksam. »Ist das okay?«

Ich ziehe ihn zu mir, beantworte seine Frage mit einem Kuss. »Du hast mir gefehlt.«

»Fuck, hört sich das gut an.« Seine Hände gleiten an meinem Rücken hinunter, bleiben auf meinen Pobacken liegen. »Wieso ist da eine Decke um deinen Fuß gewickelt?«

»Was?« Ich löse meine Beine von ihm und stelle mich hin.

Und er hat recht, die Ecke meiner Decke hängt an meinem Bein. »Ich hab mich in meinen Decken verfangen«, sage ich leise, während er sein Zeug reinholt und ins Wohnzimmer wirft. Dann zieht er seine Schuhe aus und die Krawatte über den Kopf. Grinsend hängt er sie um meinen Hals und zerrt mich damit an sich, um mich atemlos zu küssen.

»Ich hab tierisch Hunger«, flüstert er und pinnt mich gegen die Wand. »Auf dich.« Seine Zunge trifft auf meine, langsam und unersättlich. Sofort geben meine Knie nach. Dann packt er meinen Hintern und befördert mich in die Küche. »Und auch so. Hast du noch was zu essen?«

Ich bin wie gebannt, sehe zu, wie er sich das Hemd aus der Hose zieht, sich dann mit der Hand über den Oberkörper reibt und schließlich einen Blick in meinen Kühlschrank wirft. Er sieht mich über die Schulter hinweg an, zeigt mir sein überwältigendes Lächeln und tastet mich mit den Augen ab.

Was hat er vor? Ist er nur für einen Mitternachtssnack hergekommen? Oder … bleibt er?

»Würdest du diese verdammte Decke mal von deinem Bein abmachen, bevor du dir noch wehtust? Wenn ich dich heute ins Krankenhaus fahren muss, dann bitte nur, weil du innere Verletzungen durch meinen Monsterschwanz hast oder ich dich ins Koma gevögelt hab, aber nicht, weil du über eine beschissene Decke gefallen bist und dir was gebrochen hast.«

Na, dann. Das ist zumindest eine Möglichkeit, die Temperatur in der Hütte zum Kochen zu bringen.

Offenbar stelle ich mich zu blöd an, denn Carter beugt sich runter und befreit mein Bein.

»So, jetzt ist wieder alles gut.« Er holt eine Dose mit Resten aus dem Kühlschrank, riecht daran und stöhnt. »Fuck, riecht das gut. Darf ich?«

Er reißt mir die Gabel aus der Hand und ich bezweifle, dass er überhaupt atmet, so schnell ist die Pasta weg.

Irgendwie gelingt es mir, mich aus meiner Starre zu befreien, und dann lächle ich darüber, wie Carter die Gabel ableckt, denn er hat schon aufgegessen. »Dann werde ich wohl morgen in die Mensa müssen.«

Er erstarrt. »Das war dein Mittagessen? Oh, Liv. Warum hast du nichts gesagt?« Er setzt mich auf die Arbeitsfläche und legt sich meine Beine um. Dann presst er mein Gesicht an seinen Hals. »Ich hab dein Mittagessen weggefuttert. Das tut mir so leid. Aber ich war praktisch am Verhungern.«

Ich schnaube, doch es wandelt sich schnell in ein Wimmern, weil er seinen Mund an meinem Hals öffnet.

»Sosehr ich deinen Anblick in meinen Sachen liebe …« Er hakt die Finger unter den Saum seines Pullis, in dem ich praktisch gelebt habe, und streift meinen Bauch. »Aber der muss erst mal weg.«

Schon ist der Pulli auf dem Boden. Jede Stelle meines Körpers, auf der sein Blick landet, brennt.

»Dieses Oberteil«, brummt er und fährt mit den Daumen über meine Nippel, die unter dem dünnen Material ganz hart sind. Seine Finger tanzen über meinen Bauch, bis er ein Loch an der Seite findet. »Ich liebe dieses Oberteil. Trotzdem ist es fällig.«

Die Stille der Nacht ist plötzlich erfüllt vom Geräusch reißenden Stoffs. Kälte strömt über meine Haut und ich bekomme sofort überall Gänsehaut.

Carter runzelt die Stirn, wirft dann einen Blick auf meine Fingernägel, die einen interessanten aber auch besorgniserregenden Blauton angenommen haben, was definitiv nicht am Nagellack liegt.

Ihn selbst schüttelt es und er reibt sich mit den Händen über die Arme. »Hier ist es ja eiskalt, Ol. Darf ich die Heizung anmachen?«

Bevor ich sagen kann, dass er sich das sparen kann, ist er schon beim Thermostat im Flur. Ich ziehe mir seinen Pulli schnell wieder über und folge ihm.

»Neun Grad? Ollie, hier drin sind es gerade mal neun Grad!«

Beschämt glühen meine Wangen, während er auf den Knöpfen rumdrückt.

»Wieso tut sich da nichts? Wieso geht die nicht an?«

Ich lasse den Blick sinken, packe mir verlegen an den Arm. »Die Heizung ist kaputt.«

»Shit.« Er fährt sich mit der Hand am Kinn entlang. »Wie lange schon?«

»Äh …« Ich kratze an der Schläfe. »Vielleicht seit einer Woche oder so.«

»Eine Woche? Olivia! Du kannst doch nicht … das ist doch …« Er nimmt mein Gesicht in beide Hände. »Fuck. Das ist zu kalt für dich, Ollie.«

»Deshalb der Aufzug.« Ich gestikuliere an mir hinunter. »Und die Decke am Bein.«

»Wo ist denn deine Therme?« Er deutet zur Kellertür. »Soll ich mal nachsehen?«

Ich nehme seine Hand, um ihn aufzuhalten, weil Carter auf nichts und niemanden wartet. Was so viel heißt wie, dass er schon in dem Moment, als die Frage über seine Lippen kommt, halb durch die Tür ist. »Das wird nichts bringen. Mein Bruder hat das schon versucht. Die ist seit letztem Winter immer wieder ausgefallen. Ich brauche eine neue.«

»Oh. Und … holst du dir eine neue?«

Meine Ohren glühen. Ich kann ihn nicht ansehen, verlagere das Gewicht ungemütlich vom einen auf den anderen Fuß, fummle dann an meinem Dutt herum. »Ich spare noch.«

»Du sparst noch?«

Verlegenheit treibt mir die Tränen in die Augen und ich wende das Gesicht ab, bevor er sie sehen kann. »Ich kann mir gerade keine neue leisten. Können wir über was anderes sprechen?«

»Ich –«

»Wenn dir kalt ist, Carter, erinnere ich dich dran, dass du fünf Kamine zu Hause hast, vor denen du dich aufwärmen kannst.«

Sein Mundwinkel zuckt. »Sieben.«

»Bitte?«

»Ich habe sieben Kamine.«

Mittlerweile glüht mein ganzer Körper. Genug, um mich über die Nacht zu bringen. »Tut mir leid, ich habe leider gar keinen«, flüstere ich und schiebe mich an ihm vorbei.

»Hey.« Seine Hand schließt sich um meinen Nacken und dann führt er mich sanft zurück zu sich. In seinen Augen sehe ich nichts als Offenheit. »Erklärst du mir, warum du gerade so reagiert hast?«

»Weil du gesagt hast –«

»Ich weiß, was ich gesagt habe. Ich habe gefragt, ob du eine neue Heizung holst.« Er sieht zu, wie ich auf meine Unterlippe beiße. »Ist es dir peinlich, dass du dir keine leisten kannst?«

Ich konzentriere mich auf seine Brust, die unter dem geöffneten Hemd sichtbar ist. Selbst jetzt ist er perfekt gebräunt.

»Schau mich an, Ollie.« Er zieht mir den Daumen aus dem Mund, auf dessen Nagel ich unwissentlich gekaut habe. Dann umschließt er mein Gesicht mit beiden Händen und zwingt mich, ihm in die Augen zu sehen. »So was muss dir vor mir nie peinlich sein. Du arbeitest hart und gibst dein Bestes. Ich bin stolz auf dich und du hoffentlich auch auf dich.«

Mein Herz klopft leise, mir wird es eng in der Brust bei seinen so lieben Worten, bei dem Mitgefühl in seinem Blick.

»Es ist schwer, mich nicht mit einem wie dir zu vergleichen«, gebe ich zu. »Ich weiß, dass wir in ganz anderen Welten leben, aber alles, was du hast, ist so schön, so unglaublich und –«

»Dich inbegriffen, Ollie. Du bist so schön, so unglaublich. Alles an dir. Ist dir nicht klar, dass nichts mit dir mithalten kann? Ich würde das alles für dich aufgeben.«

Schmetterlinge flattern mir durch den Bauch. Als ich meine Wange an seinen Oberkörper presse, kann ich wieder atmen. »Ich mag deine Kamine. Alle sieben.«

Carter lacht und wiegt uns ein bisschen. »Wir kuscheln uns heute Nacht aneinander und mir ist immer warm. Den ganzen Quatsch brauchst du also gar nicht.« Er zuppelt an seinem Pulli.

»Dann bleibst du über Nacht?«

Sein Gesichtsausdruck brüllt, was das für eine bescheuerte Frage ist, während sein Mund sagt: »Ich will meine Freundin ordentlich durchvögeln und mit ihr in den Armen einschlafen.«

Oh, sieh mal einer an. Da hält er mein schlagendes Herz in den Händen.

Den rosa Wangen und dem eifrigen Kauen auf der Unterlippe nach zu urteilen, würde ich sagen, dieser übernatürlich große und übernatürlich selbstsichere Mann ist gerade … schüchtern?

»Freundin?«

Er nickt und kratzt sich am Kopf. »Ist das okay? Ich weiß, dass ich mit dir zusammen sein will. Ich finde, wir passen super zusammen. Ich brauche keine Zeit, um rauszufinden, ob das funktionieren kann mit uns, mir ist es ernst mit dir. Das weiß ich alles schon. Ich will dich ganz für mich, ich will dich mit niemandem teilen. Hab ich dich ganz für mich? Bitte.«

Meine Hand streift sein stoppeliges Kinn. »Wie kannst du überhaupt single sein?«

»Weil du dich seit sieben Wochen zierst! Und weil du mich hier zappeln lässt, obwohl die Antwort superoffensichtlich ist.«

»Superoffensichtlich? Wie lautet sie denn?«

»Die offensichtliche Antwort lautet: Ja. Weil du von mir besessen bist. Du kannst nicht aufhören, an mich und meine schönen Augen zu denken. Und meine Grübchen.« Heißer Atem strömt in meinen Nacken. »Du *liebst* meine Grübchen.«

»Deine Arroganz überrascht mich immer wieder aufs Neue.«

»Selbstvertrauen, meinst du. Und das liebst du auch an mir.«

Ich schlinge ihm die Arme um den Hals, greife in seine so weichen Haare, während er mich hochhebt und mich zum Schlafzimmer trägt. »Ach ja?«

»Ja. Ich kenne dich wie meine Westentasche.« Er legt mich aufs Bett und tritt einen Schritt zurück, um sein Hemd aufzuknöpfen und sein so makelloser Oberkörper zum Vorschein kommt, dieses V, das genauso gut für Verlangen stehen könnte, dessen Spitze an der Stelle in seiner Hose verschwindet, an der das Verlangen kulminiert.

»Was denke ich denn gerade?«

»Dass du kommen willst«, ist seine schlichte Antwort und er lässt seine Hose einfach zu Boden fallen. Seine Boxerbriefs folgen sofort und als er sich dann aufs Bett kniet, bestehe ich praktisch nur noch aus Lust. »Durch meine Finger, auf meiner Zungenspitze, auf meinem Schwanz.«

Mein Herzschlag sammelt sich zwischen meinen Beinen und mir bleibt die Luft weg, als er sich langsam auf mich zubewegt. Er schiebt seine Finger unter den Bund meiner Hose und zieht sie mir runter. Seine raue Hand kratzt über meinen Oberkörper, drückt meine Brust. Kurz darauf fliegt der Pulli, den ich gerade noch trug, zu Boden und lässt mich nackt und ungeschützt zurück.

Die Hitze, die in seinem hungrigen Blick mitschwingt, erschwert mir das Atmen.

Ich will nach ihm greifen, doch er legt die Hand auf mein Schlüsselbein und drückt mich zurück.

»Nix da.« Sanfte Lippen finden zu der empfindlichen Stelle an meiner Schenkelinnenseite. »Du hast meine Frage noch nicht beantwortet.«

Fuck. Welche Frage?

Er fährt mit dem Finger durch meine Spalte und als er meine Klit streift, werfe ich stöhnend den Kopf in den Nacken.

»O Gott. *Ja.*«

»Ja? Ist das deine Antwort oder sagst du nur, dass dir gefällt, was ich gerade mache?« Er sieht mich durch halb geschlossene Lider an, während seine Zunge mit mir spielt, bis mein Bauch vor lauter Verlangen zuckt. »Ich brauche was Konkreteres, Ollie. Hab ich dich ganz für mich?«

Er versenkt einen Finger in mir und als er ihn krümmt, fallen mir alle Gedanken aus dem Kopf.

»Ja«, stöhne ich. »Ja, hast du.«

»Ding, ding, ding«, flüstert er. »Richtige Antwort.«

Ich drücke den Rücken durch, reiße die Arme in die Luft und habe seinen Namen auf den Lippen, während er sein Gesicht zwischen meinen Beinen vergräbt. Sein Mund ist ein feuchter Traum, seine Zunge eine tödliche Waffe, und ich bin bereit, mich von diesem Mann auseinandernehmen zu lassen.

Und *lieber Gott*, das macht er auch noch so gut. Stoßende Finger, streifende Zähne und eine Zunge, die nie ruht. Ein Orgasmus explodiert in mir, der meine Beine zucken lässt.

Erst als Carter zu mir hochkriecht, merke ich, dass seine Hände zittern.

Atemlos streichle ich über seine Wange. »Was ist los?«

»Ich mag dich so, so sehr«, platzt es aus ihm heraus. »Alles an dir. Ist das okay? Darf ich dir sagen, wie sehr ich dich mag, oder muss ich das für mich behalten? Dir das einmal sagen und dann nie wiederholen? Oder jeden Tag? Ich habe keine Ahnung, Ollie. Das ist alles so neu für mich. Ich weiß nur, dass ich dir das sagen wollte und dass ich total Schiss habe.« Er legt seine Stirn an meine und atmet schnell. Als er seine Augen öffnet, weiß ich, dass ich mit meinen Ängsten nicht allein bin. »Ich will das nicht vermasseln.«

Ich drehe den Kopf und gebe ihm einen Kuss in die Hand, die an meiner Wange ruht. »Ich mag dich auch sehr, Carter. Und ich glaube nicht, dass du was vermasselst. Du machst das schon jetzt perfekt.«

»Ja? Also, ich bin ja in vielem perfekt, also – *hey!*« Da habe ich ihm vielleicht gegen die Schulter geschlagen. Aber er packt sofort mein Handgelenk und pinnt es hinter meinen Kopf. »Zwing mich nicht, die hinter deinem Rücken zu fesseln«, flüstert er. »Ich habe echt keine Ahnung, was ich hier mache, Ollie.«

Ich doch auch nicht. Ich hatte bisher zwei feste Beziehungen und doch hatte ich noch nie solche Gefühle wie für Carter. Diese Intensität zwischen uns, diese Anziehungskraft, die uns näher- und näherbringt, ist so verwirrend, wie sie süchtig macht. Ich finde keinen Pausenknopf und das ist Furcht einflößend.

So schnell sollte man sich nicht verlieben.

Carter legt sich auf die Seite und zieht mich an sich. »Heute machen wir langsam, okay? Ich will dich einfach nur spüren.« Er hebt mein Bein und führt seinen Schwanz langsam zwischen meine Beine. Ich packe in die Laken, als er in mich eindringt und seine Hand mit meiner verschränkt. Sein Mund wandert über meinen Hals, meine Schulter entlang, dann versenkt er die Zähne in mir, während er langsam seine Hüften zu meinen bewegt. »Jeden Zentimeter von dir. Ich liebe alles an dir. Meine Prinzessin.«

Meine Lippen beben. »Der Spitzname ist so albern, aber ich glaube, ich steh drauf.«

Er lässt meine Hand los, lässt seine Finger meinen Arm hinaufwandern, dann an meiner Flanke hinunter. Seine Fingerspitzen bohren sich in meine Hüften, sein Rhythmus wird schneller, jeder Stoß stärker, tiefer als der vorherige. Dann streichelt er über den Punkt am Scheitelpunkt meiner Beine, wo sich meine Nerven bündeln, und ich vergesse meinen Namen.

»Wäre dir ein anderer lieber? Was hältst du von Pumpkin? Na, was meinst du, Liv? Wärst du gern mein Pumpkin Pie?«

»Du bist echt unmöglich.« Ich schaffe es kaum, die Augen über ihn zu verdrehen, und Carter fängt mein Lachen mit dem Mund ab.

»Ich glaube, du willst mein Pumpkin sein.«

»Mir ist alles recht.«

Seine Hand gleitet an meinem Bauch hinauf und schließt sich um meinen Hals. Er dreht meinen Kopf so, dass ich ihn ansehen muss, dabei wird er nicht langsamer. »Willst du mein Ein und Alles sein?«

Eine so simple Frage, und doch setzt mein Herz aus. Carter wagt es nicht, den Blick von mir zu lösen, während er sich weiter in mir bewegt, immer schneller, keuchend. Er runzelt die Stirn und schließt dann für einen kurzen Augenblick die Augen, bevor er meinen Mund mit einem so hungrigen, so leidenschaftlichen Kuss bedeckt, dass ich ihn bis in die Zehenspitzen spüre. Ich schreie seinen Namen, er flüstert meinen an meinem Hals, während die Welt um uns herum explodiert.

Carter zieht mich mit beiden Armen an sich. Der seelenzerreißende Orgasmus raubt mir schon den Atem und gleichzeitig wollen mich die Gefühle ersticken, die ich für ihn habe. Ich vergrabe sie in meiner Kehle und mein Gesicht an seiner Brust.

Doch dann knurrt sein Magen und er rollt sich auf mich. »Ich verderbe diesen Moment ja ungern, aber ich habe schon wieder Hunger.«

»Du bist ein Fass ohne Boden. Ich habe Blaubeermuffins gemacht. Sie sind in –«

Er springt kreischend auf – ja, kreischend – und dann sehe ich seinem perfekten Hintern nach, der in Lichtgeschwindigkeit im Flur verschwindet. Ohne Schlittschuhe hab ich ihn noch nie so schnell vom Fleck kommen sehen. Dreißig Sekunden später ist er zurück, Hände und Mund voll. »Hab sie gefunden.«

»Wow. Drei Muffins auf einmal?«

»Vier.« Er deutet auf seine vollen Wangen. Dann schluckt er und bietet mir einen an. »Einer ist für dich.« Er drückt ihn noch kurz an seine Brust. »Außer du willst ihn nicht, dann esse ich ihn.«

»Carter.«

»Ja?« Sein Kopf wippt, als er sich aufs Bett kniet und den Muffin in zwei Teile reißt. »Du hast recht. Teilen ist wichtig.« Er schiebt mir ein Stück zwischen die Lippen und lässt sich dann auf den Rücken plumpsen, Beine über die Bettkante baumelnd. »Dein Bett ist zu klein für mich.«

»Für mich ist es genau richtig.«

»Weil du so ein Winzling bist.«

»Und du hast Monsterformat.«

Er schaut an sich hinunter, wackelt mit den Hüften und lässt so meinen liebsten Muskel an seinem Körper tanzen. »Hast du das gehört, mein Großer? Wir haben Monsterformat.«

Ich schüttle den Kopf. »Was hab ich mir da bloß eingebrockt?«

Er lacht. »Haben dir deine Kids Montag noch Ärger gemacht?«

Ich kuschle mich an ihn. »Einer hat mich Puck-Bunny genannt.«

»Klar hat er das, aber du hast ihm dafür sicher ordentlich Kontra gegeben. So kenn ich dich.« Seine Finger wandern meinen Rücken hinauf und hinunter. »Sonst alles okay? Em hat gesagt, dein Bruder war nicht begeistert.«

Ich kaue auf der Lippe, bis er mir tief in die Augen sieht, dann kann ich nur seufzen. »Anfangs war er alles andere als begeistert. Er hat verlangt, dass ich mich von dir trenne.«

»Oh.« Er wendet den Blick ab, doch ich lege ihm eine Hand an die Wange und sorge dafür, dass er mich wieder ansieht.

»Dann hab ich ihm gesagt, wie glücklich du mich machst. Mehr musste ich gar nicht sagen.«

Grüne Augen betrachten mich aufmerksam. »Echt? Ich mache dich glücklich?«

Ich grinse so breit, dass mir die Wangen wehtun. »Was glaubst denn du?«

Sofort knipst er sein Lächeln an und drückt mir einen Kuss

auf die Lippen. »Ich glaube, ich liebe dein Lächeln mehr als alles andere auf der Welt.«

Als er das Licht ausschaltet und mich an sich zieht, spüre ich, dass er vorhin nicht gelogen hat, als er meinte, dass wir die ganzen Decken und Kleidungsschichten nicht brauchen. Ich brauche nur ihn und das Feuer, das er in meinem Bauch entfacht, wenn er bei mir ist.

Er übersät meine Schulter mit Küssen und dann singt er leise das Lied, das er im Dezember gesungen hat, als er mich in den Armen hielt und mit mir eine Tanzfläche unsicher machte.

»Was hab ich doch für ein Glück, dich bei mir zu haben, Ollie.« Dann vergräbt er sein Gesicht an meinem Hals und macht ein leises, glückliches Geräusch. »Schlaf gut, Pumpkin. Mag dich.«

»Mag dich auch, Carter.«

***

Es ist erst sieben Uhr, aber der Donnerstag fängt schon mal so fantastisch an, wie mein Mittwoch zu Ende ging, denn Carter klammert sich noch immer an mich.

»Nein«, grummelt er, als ich mich aus seinen Armen kämpfen will, nachdem mein Wecker geklingelt hat. Seine Hand schließt sich um meinen Hals und zieht mich zurück, dann klemmt er mich mit einem Bein fest und summt zufrieden. »Du bleibst bei mir.«

»Ich muss zur Arbeit, Carter.«

Lange Finger finden ihren Weg zwischen meine Beine. »Du fühlst dich warm an. Melde dich krank.«

Ich winde mich aus seinen Armen und gebe ihm einen Kuss auf das verschlafene Gesicht. Seine dunklen Wimpern ruhen auf seinen Wangen. »Schlaf weiter. Ich lasse meinen Ersatzschlüssel in der Küche.«

»Darf ich mehr Muffins essen?«

»Alle?«

Er seufzt. Es klingt resigniert, aber auch glücklich, als wäre er zufrieden, dass ich ihn gut genug kenne, um das zu fragen. »Ja. Alle.«

Ich gehe davon aus, dass er tief und fest schläft, als ich eine halbe Stunde später bereit bin aufzubrechen, weshalb ich mich nicht noch mal von ihm verabschiede. Ein Fehler, denn er brüllt meinen Namen aus dem Schlafzimmer, als ich an der Haustür bin.

Ich lehne mich an den Rahmen der Schlafzimmertür. »Sie haben geläutet, mein Herr?«

Er streckt die Arme nach mir aus. »Möchte noch eine Umarmung und einen Kuss.«

O mein Gott, *er ist so hinreißend.*

Ich sinke in die Umarmung und genieße das erfüllende Gefühl, das sie auslöst. Als er mich loslässt, haut er mir noch auf den Hintern.

»Hab einen schönen Tag, Pumpkin.« Er rollt sich wie ein Burrito in meine Decke und murmelt was über die Größe meines Betts und die unmenschliche Temperatur in meinem Haus.

Mein Tag wird noch besser, als mir mein Mittagessen von einem Mann gebracht wird, der dem Limofahrer erstaunlich ähnlich sieht, der mich letztes Wochenende nach Hause gebracht hat, und steigert sich ins Unermessliche, als ich dampfende Carbonara auspacke und dazu ein Stück Schokokäsekuchen, das mit einem Oreo garniert ist.

Als ich nach Hause komme, riecht es anders. Irgendwie gemütlich. Aber vielleicht liegt es auch nur daran, dass Carter hier gewesen ist. So oder so grinse ich in mich hinein, nachdem ich den Mantel aufgehängt habe und in die Küche gehe.

Das Feuerwerk an Farben, das mich auf dem Tisch erwartet, lässt die Schmetterlinge in meinem Bauch Purzelbäume schlagen. Pinke, orange und gelbe Tulpen ragen aus einer Glasvase, aber die Nachricht macht mich am glücklichsten.

Fröhlich und strahlend, ganz wie du.
Kann's nicht erwarten, am Wochenende mit dir aufzuwachen.
Mag dich sehr,
Carter

Ich fächele mir Luft zu, weil mir plötzlich ganz heiß wird. Als das nicht reicht – *ich fange an zu schwitzen, verdammt* –, ziehe ich meinen Pulli aus. Aber mir ist noch immer so heiß. Ich will gerade meine Leggins ausziehen, da –

Wieso ist mir so heiß?

Mein Blick wandert zum Thermostat. Zögerlich mache ich einen Schritt darauf zu. Dann noch einen. Noch einen. Mein Herz schlägt wie verrückt, als ich mich traue, auf die Anzeige zu schauen.

Zweiundzwanzig. Fucking zweiundzwanzig Grad. Ziemlicher Unterschied zu den Tiefkühlertemperaturen, die hier die letzten Tage geherrscht haben.

Ich schaffe es nur halb die Kellertreppe runter, bevor ich umkehre und wieder hochrenne. Ich brauche zwei weitere Anläufe, bis ich es wirklich nach unten schaffe. Mir bleibt der Mund offen stehen und ich muss mich am Geländer festhalten, damit ich nicht umkippe, während ich mit großen Augen glotze.

Da hängt eine brandneue, funkelnde Therme, die hundertzehnprozentig heute Morgen noch nicht da war.

NEUNUNDZWANZIG

SPIEL NICHT MIT DEM FEUER

CARTER

Siebenunddreißig Minuten.

Hm. Also, ich habe definitiv schon länger gewartet, aber auch schon kürzer. Überrascht bin ich jedoch nicht. Das ist die Norm in diesem Haushalt. War es schon immer.

Trotzdem stöhne ich und fahre mir mit beiden Händen durchs Haar, bevor ich sie mir in Zeitlupe übers Gesicht ziehe. »Mooooom, jetzt mach mal«, flehe ich und sacke auf dem Sofa zusammen. »Wir müssen los.«

»Ich trage noch mein Gesicht auf, Carter!«, ruft sie zurück.

»Du brauchst kein Gesicht. Deins ist doch perfekt.« Ich würde ihr sagen, sie sieht besser aus als Beyoncé, wenn sie dann schneller aus dem Bad käme. Aber das habe ich schon erfolglos probiert.

Ich mache mich auf der Couch breit. »Ich kapiere nicht, warum du nicht fertig sein kannst, wenn du sagst, dass du fertig sein wirst.«

Mom ist berüchtigt dafür, immer zu spät zu kommen. Jennie kann das auch gut, aber Mom ist unschlagbar. Dad hat sie sich immer über die Schulter geworfen und aus dem Haus getragen, was so ziemlich der Grund dafür ist, dass ich ihr gesagt habe, dass Jennies Auftritt um fünf losgeht, dabei startet die Vorführung erst um halb sechs. So eine kleine Notlüge ist eben eine echte Hilfe, wenn man pünktlich das Haus verlassen will.

»Und ich kapiere nicht, warum du immer noch damit rechnest, dass ich wirklich fertig bin, wenn ich sage, dass ich fertig sein werde. Mittlerweile solltest du mich besser kennen.«

Sie schaut zu mir ins Wohnzimmer, hat bisher nur Mascara am linken Auge, weshalb es zehnmal größer aussieht als das rechte. Ich verziehe das Gesicht und ducke mich weg. Sie verdreht die Augen und zeigt mir den Mittelfinger, wodurch ihr die Wimperntusche aus der Hand fällt.

»Karma«, flüstere ich, was mir einen Klatscher gegen die Stirn einbringt. Ich schlage mit der Hand aus, treffe aber ins Leere, weil sie gackernd schon längst wieder ins Bad rennt.

»Eine Minute noch«, flötet sie.

Ich seufze und hole mein Handy aus der Tasche, um das zu tun, was ich die ganze letzte Stunde getan habe: nachsehen, ob Olivia mir geschrieben hat.

Hat sie nicht, nicht, seit sie mit dem Mittagessen fertig war und mir ein Foto geschickt hat, auf dem sie die Füllung von einem Oreo leckt, was jetzt selbstverständlich ihr Kontaktfoto ist.

Ich lege mir das Handy auf die Brust und verschränke die Arme hinterm Kopf, strecke die Beine aus und überkreuze sie. Wenn ich meine Zeit damit verbringen muss, auf Frauen zu warten, dann kann ich es mir ja auch bequem machen.

Als mein Handy zu vibrieren anfängt, reiße ich die Augen auf. Das Foto von Olivia, die am Oreo leckt, erscheint auf meinem Display, also setze ich mich schnell auf.

»Hi, mein Ollielein.« Mein Zehn-von-zehn-Grinsen gefriert, als ich ihre traurige Miene sehe. »Was ist los? Haben die Kids dich fertiggemacht?«

Irgendwo hinter mir fällt was zu Boden und drei Sekunden später schlittert meine Mutter ins Wohnzimmer, atemlos, aber endlich mit beiden Augen geschminkt. Sie deutet auf das Handy und formt *Olivia? Ist das Olivia?* mit den Lippen. Dann springt sie auf und ab und hält sich mit beiden Händen den Mund zu.

Sie ist zweiundfünfzig, falls sich jemand fragt, ob meine Mutter tatsächlich erwachsen ist.

Ich drück mir das Handy gegen die Brust. »Im Ernst? Damit kriegt man dich aus dem Bad?«

Sie grinst und setzt sich vor mir in den Schneidersitz, starrt mich mit großen, unschuldigen Augen an.

»Nein«, sagt Olivia an meiner Brust und ich schaue wieder aufs Display, wo ich sehe, dass sie sich das eine Auge reibt. »Also, nicht wirklich. Die typischen Sprüche wegen meiner Größe und so.« Sie beißt sich auf die Unterlippe, Blick in den Schoß gesenkt. »Carter. Wir müssen reden.«

»Oh, oh.« Ich lache leise. »Da steckt wer in Schwierigkeiten.« Weil sie mich so unbeeindruckt ansieht, werde ich still. »Das war dumm, keine Ahnung, warum ich das gesagt hab. Es geht um mich. Ich stecke in Schwierigkeiten.«

Mein Glück ist, dass Olivia meine Ungeschicklichkeit liebenswert findet, denn immerhin zuckt ihr Mundwinkel, obwohl sie sich große Mühe gibt, nicht zu grinsen. Das werte ich mal als Sieg, wie jedes andere Mal, wenn sie es nicht schafft, wütend auf mich zu sein. Aber ich möchte sie strahlen sehen, weil mir das ein so warmes Gefühl gibt wie Sommersonnenstrahlen. Deshalb gebe ich vollen Grübcheneinsatz und versuche es noch mal.

»Du siehst hinreißend aus. Ganz hinreißend. Makellos, aber das tust du ja immer.« Ich deute zu meinen Haaren, stütze dann mein Kinn auf die Hand. »Hast du was Neues ausprobiert? Steht dir. Du bist die beste Freundin, die ich je hatte. Mein absoluter Favorit.«

Ihre mokkafarbenen Augen ziehen sich gefährlich zusammen, doch dann bricht Olivia doch in Gelächter aus. Mom wippt wie irre auf dem Boden herum, hat selbst die Hände unters Kinn gestützt. Ich versuche, sie mit dem Fuß wegzuschieben, aber ohne Erfolg. Sie ist zu beharrlich.

»Ich bin die einzige Freundin, die du je hattest.«

»Stimmt.« Charmantes Lächeln? Check. »Weil du mein absoluter Favorit bist.«

Wie sie die Augen verdreht, liebe ich am meisten an ihr, einfach weil ich ihre Frechheit liebe, ihr Temperament. Olivia gibt sich solche Mühe, ihre sensible Seite zu verstecken, aber ich sehe sie trotzdem.

»Warum ist es so warm in meinem Haus?«, fragt sie dann und kaut auf ihrer vollen Unterlippe herum.

Ich reibe mir mit einer Hand über die stolzgeschwellte Brust. »Ich habe keine Ahnung.«

»Carter … du hast eine Therme für mich gekauft.«

Meine Mom verwandelt sich in eine Katze, krallt sich in meine Beine, so tief, dass ich leise aufschreie, nachdem ich mein Handy kurz verdecke und sie von mir wegstoße.

»Therme?«, fragt Mom gespielt leise. »Du hast ihr eine Therme gekauft?« Sie klatscht zehntausendmal in die Hände. »Ich wusste, dass du ein riesiger Schleimer bist.«

»Halt die Klappe«, zische ich und werfe mit einem Kissen nach ihr. Sie weicht aus, hebt es dann auf und drückt es sich an die Brust, dazu grinst sie wie ein Vollidiot. Sie interessiert sich definitiv zu sehr für mein Liebesleben.

Ich schaue wieder zu Olivia. Ein Fehler. Oder aber die Therme war ein Fehler.

»Oh, Mist.« Ihre braunen Augen nehmen einen sehr interessanten Haselnusston an, in dem auch Gold und moosiges Salbeigrün schimmern, während sie sehr groß werden und sich mit Tränen füllen. »Baby, nein. Bitte, wein doch nicht. Wieso weinst du denn?« Wie tröstet man jemanden, den man nur im Handy sieht? »Ich weiß nicht, was ich machen soll. Ist alles okay? Soll ich zu dir kommen? Sag doch was«, flehe ich.

»Ich kann dir gerade unmöglich das Geld dafür geben«, schluchzt Olivia und wischt sich die Tränen von den Wangen. Dann versteckt sie sich hinter einem ihrer Sofakissen, weil sie nicht aufhören kann zu weinen. »Wir vereinbaren einen Rückzahlplan«, murmelt sie, glaube ich. Schwer zu sagen, mit dem Kissen im Gesicht.

Mom wippt weiter auf dem Boden vor und zurück und klatscht mir gegen das Bein. *Ich liebe sie,* formt sie mit den Lippen. Ich lege ihr die Hand übers Gesicht und schiebe sie weg.

»Das ist ein Geschenk, Ollie. Und nimm das Kissen vom Gesicht.«

Sie reißt es weg. »Ein Geschenk? Weihnachten war doch gerade erst. Außerdem hast du mir da schon was geschenkt im Gegensatz zu mir. Ich hab dich einfach stehen lassen.«

»Dann zum Geburtstag?« Fuck, ich hätte Valentinstag sagen sollen, weil mir da wieder einfällt, dass Olivia gesagt hat, sie ist im Oktober fünfundzwanzig geworden.

»Mein Geburtstag ist im Oktober!«

»Ich wollte nur nett sein und dir was geben, was du dir gerade selbst nicht geben kannst.«

Sie wischt sich mit dem Handrücken über die Augen.

»Ich wüsste nicht, was ich gemacht hätte, wenn dir die süßen Zehen abgefroren wären.«

»Ich will nicht, dass du glaubst, ich wäre nur wegen dem Geld mit dir zusammen.«

»Ich weiß nicht, wie ich auf so eine Idee kommen sollte. Das war ein Geschenk.«

»So was hat noch nie jemand für mich gemacht.«

Da sollte sie sich aber dran gewöhnen, ich werde sie nämlich verwöhnen ohne Ende.

»Ich wollte einfach nicht, dass du so frierst, Pumpkin.«

Der Spitzname lässt sie endlich dahinschmelzen und dann bekomme ich das Strahlen, auf das ich schon die ganze Zeit warte. »Ich bin dir unfassbar dankbar, Carter. Ich … du bist … Mann, ich würde dich jetzt echt gern umarmen.«

»O mein Gott!«, brüllt Mom jetzt und sackt theatralisch in

sich zusammen, bevor sie über mich herfällt. »Ich kann nicht anders! Sie ist einfach zu hinreißend!«

»Mom!«

Sofort fangen wir an, um mein Handy zu kämpfen. Ein Ellbogen saust durch die Luft direkt gegen meine Nase, während sie nach dem Telefon greift.

»Ich ... will ... nur Hallo sagen. Gib mir das Ding, Carter!«

»Weg mit den dreckigen Fingern!«

Ich bekomme einen zappeligen Arm zu packen und drehe ihn auf ihren Rücken. Sie schnaubt wütend und pustet sich den Pony aus dem Gesicht, dicht gefolgt von ihrem berühmt-berüchtigten finsteren Blick. Ein verhaltenes Kichern lässt uns beide zu meinem Handy gucken, von wo aus Olivia uns mit amüsierter Neugierde zusieht.

»O Gott, das ist mein schlimmster Albtraum«, sage ich versehentlich laut und zucke zusammen, als Mom mir gegen die Schläfe schlägt. »Hank hast du ja schon kennengelernt. Es ist nur eine Frage der Zeit, bis dich jemand verschreckt und verjagt.«

Mom keucht. »Du hast sie Hank vor mir vorgestellt?« Sie reißt mir das Handy weg und lächelt sanft. »Hallo, Olivia. Ich freue mich, dich kennenzulernen.«

»Hallo, Mrs Beckett«, sagt Olivia mit einem schüchternen Grinsen. »Entschuldigung, das ist ja ein toller erster Eindruck. Ich bin sonst nicht so emotional.«

Mein versehentliches Schnauben bringt mir einen weiteren finsteren Blick ein, diesen von meiner Freundin.

»Ach, keine Sorge.« Mom deutet auf mich. »Der hier heult bei jedem Disney-Film. Der war schon immer ein großer Softie.«

»Wer nicht weint, wenn die alte Frau Tod in den Wald karrt und dort lässt, ist ein Monster«, sage ich.

So ganz weiß ich nicht, wie es dazu kommt, aber eine Minute

später hat Mom schon gefragt, was Olivia an Ostern vorhat und ob sie nicht mit uns nach Griechenland will.

»Okay, Mom, jetzt sag schön Tschüss.« Ich nehme ihr das Handy ab und schließe mich im Bad ein. Dort sinke ich auf den Rand der Wanne und fahre mir mit der Hand übers Kinn. »So, das war das.«

Olivia kichert. »Wenn es eine Reality-Doku über dich und deine Familie gäbe, ich würd's gucken.«

»Wir wären die neuen Kardashians. Ich wäre Kim, selbstverständlich.« Ich werde ganz glücklich beim Anblick der niedlichen Lachfältchen an ihren Augen. »Bist du sauer auf mich? Wegen der Therme? Offenbar hab ich das nicht genug durchdacht.«

Als ich heute Morgen aufgewacht bin, waren meine Brustwarzen so hart, man hätte Glas damit schneiden können. Und meine Eier waren auf dem besten Weg, sich in meinen Bauch zurückzuziehen. Sechs Minuten später hatte ich eine Sanitärfirma an der Strippe und dann habe ich einen unanständigen Betrag dafür hingeblättert, dass sie noch heute anrücken. Aber ich konnte nicht anders. Ich will Olivia unterstützen, wo und wie ich kann, und ich befinde mich ja in der glücklichen Lage, das auch zu können.

»Ich bin nicht sauer, einfach schockiert. Das ist ein ziemlich krasses Geschenk. Sicher, dass ich dir das nicht zurückzahlen soll? Ich kann immer was von meinem Gehalt abzwacken und –«

»Auf keinen Fall. Das war ein Geschenk. Von mir für dich.«

Sie schnieft und ich fürchte fast, dass sie wieder zu weinen anfängt. Ich kann das nicht gut mit den Tränen, fühle mich dann so hilflos und überwältigt.

»Ich bin dir so dankbar, Carter. Es tut mir echt leid, dass ich dich so abgeschrieben habe, als wir uns kennengelernt haben.«

»Muss es gar nicht.« Also, ich müsste lügen, wenn ich sagen würde, dass ich es mir nicht anders gewünscht hätte. Wir hätten längst rammeln können wie die Karnickel und einfach megaverliebt sein. »Nichts passiert ohne Grund. Wenn du mich nicht hättest stehen lassen, wäre es vielleicht gar nicht so weit gekommen. Ich kann mir mein Leben schon nicht mehr ohne dich vorstellen.«

Ihre Unterlippe zittert fast unmerklich. »Hör schon auf.«

»Womit?«

»So verdammt … perfekt zu sein.«

Oh, hallo. Meine Brust schwillt vor Stolz. »Deshalb nennt man mich auch Mr Perfect.«

»Du kannst dich echt glücklich schätzen, dass deine Niedlichkeit stärker ist als deine Einbildung.«

»Eigentlich bin ich ja nur durch dich so eingebildet.« Mein Handy vibriert, erinnert mich daran, dass ich meine Mom antreiben muss. »Ollie, ich muss leider los. Reden wir später?«

Sie nickt. »Ich werde derweil mal all meine löchrigen Sachen und die Thermounterwäsche aussortieren, jetzt, wo ich nicht mehr den Naturgewalten ausgesetzt bin.«

Ich gehe zur Haustür, wo Mom sich gerade die Schuhe anzieht. Gott sei Dank. »Klingt gut, die brauchst du eh nie wieder. Von jetzt an schlafen wir nackt, damit ich dich die ganze Nacht über anfassen kann.«

»Um Himmels willen, Carter, kannst du nicht mal länger als zwei Minuten einfach nur nett sein?«

»Das hast du vor deiner Mom gesagt? *Carter!*«

Ich zwinkere ihr zu. »Bye, Pumpkin Pie. Hab dich lieb.«

Sie läuft hochgradig rot an und murmelt dann ihre Antwort. Als ich mein Handy wegstecke, sieht Mom mich mit Herzchen in den Augen an.

Ich stecke die Füße in meine Schuhe. »Kann ich dir helfen?«

»Pumpkin?«

»Ja, und?«

»Du hast Spitznamen für deine Freundin.«

Ich grunze nur.

Mom tippt mir gegen die Brust. »Grunz mich nicht an.«

Ich grunze noch mal, einfach um sie zu ärgern, allerdings hat es den gegenteiligen Effekt, ihr Grinsen wird nur noch breiter.

»Carter liebt seine Freundin, Carter liebt seine Freundin«, flötet sie.

»Okay, es reicht. Ich muss wohl zu anderen Mitteln greifen.«

»Carter, wag es ja ni–« Sie kreischt, aber es wandelt sich schnell in ein Giggeln, als ich sie mir wie einen Sack Kartoffeln über die Schulter werfe, ganz wie Dad früher, worüber sie ganz genauso gegiggelt hat. »Ich liebe dich, mein Schatz.«

»Ich liebe dich auch, Mom.«

***

»Ich kann den nicht ausstehen.«

»Carter«, sagt Mom warnend. »Benimm dich.«

Ich deute heftig auf den Idioten, der meine kleine Schwester so arschig behandelt. »Ich mag nicht, wie er sie berührt. Als würde sie ihm gehören oder so.«

Ich setze mein falsches Grinsen auf, als Jennie und ihr Tanzpartner sich durch die Menge zu uns schieben. Kaum sind sie nah genug, reiße ich sie ihm weg und schließe sie in die Arme.

»Du warst großartig, Jennie.«

Mom drückt sie fest, erdrückt sie fast, aber kaum gibt sie Jennie wieder frei, steht ihr Tanzpartner schon wieder parat und legt ihr einen Arm um die Taille. Jennie bekommt mit, wie sehr ich auf die Hand starre, die da auf ihr ruht, tut so, als würde sie husten, um ihr Kichern zu kaschieren, und entfernt sich einen Schritt von Mr Twinkle Toes.

»War sie nicht ganz wunderbar heute, Carter?«, fragt Sackgesicht Simon.

»Ist sie immer.« Ich stelle mich zwischen sie, schirme sie von ihm ab. »Du solltest mal über Soloauftritte nachdenken.«

»In der ersten Hälfte hatte ich doch ein Solo.« Jennie drückt warnend meine Hand. »Schon vergessen?«

»Natürlich nicht. Aber vielleicht solltest du dich ganz darauf konzentrieren. Den Paartanz aufgeben.« Dann flüstere ich ihr ins Ohr. »Der Wichser hält dich nur zurück.«

Sie tut so, als würde sie mich umarmen. »Du hasst ihn einfach nur.«

Na, wenn das mal nicht offensichtlich ist.

»Und, wen machst du dir heute klar, Steve?« Glaubt es oder nicht, ich kann auch ein Arsch sein. Wenn ich jemanden nicht mag. Und Simon mag ich nicht, weshalb ich ihn manchmal, gelegentlich, mit dem falschen Namen anrede. Er vögelt jede seiner Tanzpartnerinnen und meine Schwester hat er seit vier Jahren im Visier.

»Ich könnte dich dasselbe fragen«, sagt er mit einem so selbstsicheren Grinsen, dass ich ihm gern eine verpassen würde.

»Ich habe eine Freundin.«

»Stimmt, hab ich schon gehört.« Er schaut prüfend auf seine Fingernägel. »In Anbetracht deiner Vergangenheit kann es so ernst ja nicht sein.«

Mein Kiefer spannt. »Oh, es ist ernst.«

»Okay.« Jennie klatscht in die Hände. »Ich verhungere. Essen?« Sie hakt sich bei mir unter, bevor irgendwer reagieren kann, und winkt Simon über die Schulter hinweg zu. Dann beugt sie sich zu mir. »Sosehr ich deinen Macho-großer-Bruder-Bullshit liebe, wäre es mir schon recht, wenn du meinen Tanzpartner nicht ermordest, bevor ich meinen Abschluss habe.«

»Aber nach deinem Abschluss ist er Freiwild?«

»Sobald ich mein Diplom in den Händen halte, ist mir herzlich egal, was du mit Simon Syphilis anstellst.«

»Also, ich bitte euch.« Mom schüttelt den Kopf. »Ihr beide seid unmöglich.«

Auf mich trifft das definitiv zu, denn als ich die beiden zwei

Stunden später abgesetzt habe und allein in meinem Wagen sitze, befinde ich mich genau am selben Punkt wie am Vorabend, als ich aus dem Flieger gestiegen bin. Ich trommle mit den Fingern auf das beheizte Steuer, zögere dann aber nur kurz, bevor ich den Gang einlege und in eine andere Richtung losdüse, als ich fahren sollte.

Zehn Minuten später stehe ich vor Olivias Haus, das dunkel und still daliegt. Wahrscheinlich sollte ich sie anrufen, aber ich nutze einfach den Schlüssel, den sie mir heute Morgen dagelassen hat. Die Tür knarzt, als ich sie öffne, schnell husche ich hinein und schließe die Kälte wieder aus. Licht geht in ihrem Schlafzimmer an, es fällt in den kurzen Flur.

»Hallo?«, ruft Olivia. Sofort folgt ein Rascheln, dann poltert es und sie flüstert: »*Fuck.*« Fünf Sekunden später erscheint ihr Kopf in Bodennähe im Türrahmen. Als sie mich sieht, fängt sie an zu strahlen. »Carter.«

»Wieso liegst du auf dem Boden?« Ich helfe ihr auf die Füße und muss über die Decke grinsen, die sich um ihre Beine geschlungen hat. Wie kriegt sie es immer wieder hin, sich so extrem in dem Teil zu verheddern?

Sie schlingt die Arme um mich und presst ihr Gesicht gegen meinen Oberkörper. »Ich wusste nicht, dass du wieder herkommen würdest.«

»Ich auch nicht.« Ich senke meine Lippen auf ihre Nasenspitze, ihr Kinn ruht auf meinem Brustbein. »Ist einfach so passiert. Wieder.«

»Sicher, dass du nicht nur gekommen bist, um mir den Schlüssel zurückzugeben?«

»Sicher.« Ich hebe sie schwungvoll hoch. »Ich wollte dein neues Schlafoutfit sehen.« Dann werfe ich sie aufs Bett, lasse einen Finger an ihrem Oberschenkel bis zum Fuß hinabgleiten. Sie trägt nur lila Boxershorts und ein loses T-Shirt, das den Blick auf eine ihrer köstlichen Schultern freigibt. »Gefällt mir sehr gut.«

Schnell ziehe ich mich aus und lege mich hinter sie. Schiebe ihr eine Hand unter das Shirt, lass sie auf ihrem warmen Bauch ruhen und atme tief ihren Geruch ein. Mein absoluter Lieblingsgeruch – wie die Sonntage früher, als meine Mom die Muffins für unsere Pausen backte. Sie riecht wie die berauschendste Version von Zuhause und ich bin wie süchtig nach dem Gefühl, was dieser Geruch bei mir auslöst.

»Eins musst du wissen. Den Schlüssel kriegst du nie wieder. Nie. Der gehört jetzt mir. Ist schon an meinem Schlüsselbund.«

»Du kannst ihn auch behalten«, flüstert sie, während ich ihr das Shirt über den Kopf ziehe.

»Gut. Das war nämlich keine Frage.«

Meine Finger tauchen in ihre Shorts, sofort stöhnt sie, und ihre Haare kitzeln mich.

»Du fragst selten was«, keucht sie und bäumt sich auf, als ich zwei Finger in ihr versenke.

»Stimmt. Nur, ob ich dich haben kann.«

Sie legt mir die Hand in den Nacken, reckt das Gesicht zu mir, will einen Kuss. Ich gebe ihn ihr, denn das werde ich immer tun. »Kannst du. Ich gehöre dir.«

Mein Mund zuckt, während ich auf dieses umwerfende Mädchen blicke, mein umwerfendes Mädchen. Lustvoll stöhnend schließt sie die Augen, als ich in sie eindringe. Ich schiebe ihr zwei Finger unters Kinn, flehe stumm, dass sie mich wieder ansieht. Das Gefühl, das von meinem Oberkörper ausgehend bis in meine letzte Zelle fließt, als sie es tut, ist schwindelerregend.

Olivias sanfte Lippen küssen sich an meinem Kinn entlang, bis sie meinen Mund finden. »Mein Herz war noch nie so glücklich wie in diesem Moment.«

Die Worte fallen so zart von ihrer Zunge und ich gieße alles, was ich habe, in diese Frau, für die mein Herz schlägt.

DREISSIG

MIT DIESEM FEUER AUCH NICHT

CARTER

Welche Art Torjubel dürfte Olivia am meisten freuen, wenn ich heute ein Tor für sie mache? Sie wäre sicher mit einem unauffälligen Zwinkern am glücklichsten, aber sie hat sich halt für mich entschieden und damit eben auch für Pauken und Trompeten. Unauffällig kann ich gar nicht, ich mache nichts im Dunkeln.

Abgesehen von Olivia, der mache ich es im Dunkeln. Obwohl auch da die Pauken und Trompeten zum Einsatz kommen …

Ich schnappe mir einen Puck und schieße ihn gegen die Bande, während ich Ausschau nach Olivia halte. Ihr Mantel hängt über dem Sitz neben Caras, das heißt, die beiden sind definitiv schon da.

»Man munkelt, dass du deinem Mädchen eine Heizung gekauft hast.« Emmett rammt mich mit der Hüfte gegen die Bande und stiehlt mir den Puck, dribbelt kurz und feuert ihn dann zu einem nichts ahnenden Adam, der ihn trotzdem souverän abwehrt.

Garrett verschluckt sich. »Wie bitte? Eine Heizung?«

»Ihr Haus war ein fucking Tiefkühler.« Ich fische einen Puck zwischen seinen Beinen hervor, balanciere ihn auf der Spitze meines Schlägers, doch Emmett haut ihn runter, bevor ich angeben kann.

»Eine nigelnagelneue Heizung«, sinniert Garrett. »Ha. Sicher, dass sie nicht doch nur hinter deinem Geld her ist?« Emmett und ich klemmen ihn zwischen uns und die Bande. »Okay, okay! War nur ein Scherz.«

»He, Jungs, wartet damit bis zum Spiel.«

Ich hebe den Kopf, als ich Caras Stimme höre, und dann grinse ich wie so ein Idiot, weil ich Olivias amüsierten Blick sehe. Ich schiebe Emmett beiseite, springe über die Bande und schlage mit beiden Händen gegen die Plexiglasscheibe, während Olivia den Gang herunterkommt. Sie trägt das Vipers-T-Shirt, das ich für sie in der Limo bereitgelegt habe, von der ich sie habe abholen lassen. Es schlingt sich wie eine Sünde um ihre Taille, der winzige Edelstein im Bauchnabel blitzt auf, als sie sich hinsetzt.

»Nicht so schnell, Schönheit«, sage ich. »Dreh dich mal für mich.«

Ihre Wangen nehmen einen bezaubernden Rosaton an. »Carter.«

Ich grinse und drehe den Finger in der Luft. Olivia himmelt mit den Augen, reckt dann ihre Hände über den Kopf – eine Tüte Popcorn in der einen, ein Bier in der anderen – und zeigt mir ihren spektakulären Rücken. Ich unterdrücke das Bedürfnis, mir in die Fingerknöchel zu beißen, allerdings nur, weil meine Handschuhe stinken, aber verdammt noch mal, die *87* und *Beckett* auf ihrem Rücken zu sehen, macht was mit mir.

Ich presse mein Visier gegen die Scheibe. »Ich bin so hart.«

»Beckett!« Coach packt meinen Helm und rüttelt daran. »Hör auf, mit deiner Freundin zu flirten, und schwing deinen Arsch aufs Eis, um dich aufzuwärmen!«

»Ich sage ihr doch nur, dass ich gleich ein Tor für sie schießen werde.«

Gerade möchte ich nur vor meinem Mädchen rumprahlen. Ich weiß nämlich, dass sie das liebt, auch wenn sie gerade mal wieder die Augen verdreht und so tut, als würden ihr meine Mätzchen auf den Keks gehen.

Drei Minuten im zweiten Spieldrittel springt Garrett kurz vor mir aufs Eis, schnappt sich den Puck, der gerade über die rote Linie rutscht, dann brüllt er meinen Namen, als ich über die Bande springe. Ich knalle dreimal den Schläger aufs Eis, damit er weiß, dass ich da bin. Garrett passt mir den Puck zu, sein Blick flitscht zwischen dem Tor und dem Verteidiger hin und her, der sich vor ihm aufbaut.

»An deinem Arsch, Beckett!«, brüllt Emmett von links, weil mir offenbar der Stürmer an den Hacken klebt.

Ich trete auf die Bremse und sehe zu, wie der Linksaußen an mir vorbeizischt, bevor ihm überhaupt erst auffällt, dass ich nicht mehr mitziehe. Den Bruchteil einer Sekunde nutze ich, umrunde ihn und suche meine Leute.

»Alleingang!«, ruft Garrett von neben dem Tor, wo er wartet, falls mein Schuss abgewehrt wird. »Hau ihn rein.«

Mein linkes Bein dreht sich nach hinten, während ich aushole, und dann knallt mein Schläger wie Blitz und Donner gegen den Puck. Die Fans halten die Luft an, während das schwarze Teil durch die Luft saust, dann mit einem so lauten *Kling* gegen den Querbalken knallt, dass es durch das ganze Stadion hallt, bevor er ins Netz fliegt und Jubel ausbricht.

»Yeah!«, brülle ich und reiße die Arme in die Luft.

»Du geile Sau!«, dröhnt es von Emmett herüber, bevor er mich gegen die Bande stößt, wo Garrett und unsere Defensivmänner sich schon bald auf uns werfen.

Olivia ist auf den Beinen, als ich mich aufgerappelt habe, jubelt und klatscht mit Cara. Ich fahre an der Bank vorbei, klatsche mit meinem Team ab und Olivia strahlt mich an, heller als das rote Licht, das noch immer über dem gegnerischen Tor blinkt.

Ich stoppe direkt vor ihr und ihre Augen werden groß, ihr breites Grinsen weicht einem Ausdruck von Horror, als ich den Schläger langsam hebe.

Wag es ja nicht, formt sie mit den Lippen.

Cara hüpft neben ihr auf und ab, rüttelt an Olivias Schulter und fleht mich praktisch an, es zu tun.

Also tue ich es. Ich deute mit der Schlägerspitze auf sie, bringe meinen Handschuh zu meinen Lippen, werfe Olivia den größten, lautesten Luftkuss zu, den ich hinkriege, und schicke ihn durch das johlende Stadion zu ihr. »Das ist meine fucking Prinzessin!«, brülle ich.

Sie wiederholen mein Tor dreimal oben auf dem Monitor, während ich auf der Bande lehne, trinke und mit dem Team plaudere. Als wir uns an der roten Linie versammeln, schaue ich noch mal verstohlen zu Olivia. Sie hat die Füße gegen die Scheibe gestemmt, sitzt ganz tief auf ihrem Platz und verbirgt viel zu viel von ihrem wunderschönen Gesicht hinter einer Hand. Ihre Augen werden schmal. Umso schmaler, nachdem ich sie breit angrinse.

»Fuck.« Lucas Daley, der Center und Vizekapitän von Seattle, pfeift und fährt einen kleinen Kreis, den Schläger quer vorm Körper. »Kann ich die haben, wenn du mit ihr fertig bist?«

»Was hast du gesagt?«

»Wenn du mit der fertig bist.« Er nickt in Olivias Richtung. »Kann ich die dann haben?«

Ich beiße so fest die Zähne zusammen, dass es klappert. »Ich habe nicht vor, je mit ihr fertig zu sein.«

Sein ungläubiges Schnauben sorgt dafür, dass sich alles an mir verspannt. Er will mich provozieren, das kann ich nicht zulassen, besonders nicht, wenn Olivia zusieht.

»Du hast sie gefickt, jetzt muss ich ja nur warten, bis du machst, was du immer machst: sie links liegen lassen.«

»Verpiss dich, Daley«, sagt Emmett.

»Sonst? Schlägt mich dein Kumpel hier k. o.?«

»Wenn du nicht aufhörst zu labern«, ich fahre vor, bis unsere Oberkörper gegeneinanderprallen, »wird genau das passieren.«

Der Schiri schiebt einen Arm zwischen uns. »Okay, meine Herren. Das reicht. Machen wir weiter.«

Ich nehme meine Position ein und schüttle die Wut ab, die wellenartig aus meinen Schultern weicht, während ich mich auf dieses kleine Duell mit Daley einstelle. Der Schiri beugt sich vor, Hand mit dem Puck über dem blauen Punkt.

»Mann, guck die mal an.«

Seufzend richtet der Schiri sich auf und fährt sich mit der Hand übers Gesicht. Ich bekomme das kaum mit, weil ich zu sehr auf Daley konzentriert bin, dessen Blick an meinem Mädchen klebt, die uns zusieht, während sie an ihrer Unterlippe zupft.

»Sie ist ein kleines Puck-Bunny, was? Die ficke ich, bis sie nicht mehr kann.«

Bevor ich weiß, was passiert, liegen meine Handschuhe und der Schläger auf dem Eis und meine Hände ballen sich an seinem Kragen zu Fäusten, als ich mir Daley packe und direkt vor die Nase halte.

»Noch ein fucking Wort über sie und du spuckst Blut.« Mir hämmert der Puls in den Ohren, vor Rage ist mein Oberkörper aufgebläht. Ich bin ein Vulkan kurz vorm Ausbruch. Wenn ich erst mal anfange, kann mich niemand mehr aufhalten.

Ein zufriedenes Grinsen tritt auf Daleys Gesicht, er lässt ebenfalls Schläger und Handschuhe fallen.

»Macht schnell und bleibt fair«, sagt der Schiri und schafft Platz für uns.

Die Leute im Stadion drehen durch. Die Fans lieben so was, lieben es, wenn Carter Beckett hin und wieder mal durchdreht, was genau das ist, was hier gleich passieren wird.

Ich lasse Daleys Trikot los, die Fäuste aber oben, während wir langsam einen Kreis fahren.

»Bist du durchgecheckt?« Sein Blick huscht zu Olivia. »Ich mag keine Gummis, wenn ich solche Mädels ficke. Ich möchte jeden Zentimeter spüren –«

Da trifft meine Faust gegen sein Kinn, sein Kopf fliegt nach hinten. Endlich hält er die Fresse. Er spuckt, wischt sich das Blut von der Lippe, dann lacht er.

»Sie wirkt entsetzt. Wahrscheinlich hat sie Angst, dass ich dich umhaue, Beckett, was meinst du?«

Er schlägt zu, trifft aber nur meine Schulter, weil ich ihm ausweiche. Ich packe ihn mir, zerre ihn wieder direkt vor mein Gesicht.

»Irgendwie laberst du noch, dabei blutest du, nicht ich.«

Daley wendet sich ab, als ich noch mal aushole, also rupfe ich ihm das Trikot über den Kopf, wodurch ihm der Helm runterrutscht. Sofort fliegt wieder meine Faust, trifft krachend auf seine Nase. Blut spritzt auf meine Finger. Er stürzt sich auf mich, bekommt mein Trikot zu packen und reißt mich zu Boden. Seine Fäuste fliegen, eine trifft meinen Mundwinkel, jetzt fliegt mein Helm weg, aber ich rolle mich auf ihn. Mir peitschen die Haare ins Gesicht, als ich aushole und treffe. Einmal, zweimal, dreimal.

»Beckett! Es reicht!« Der Schiri läuft auf uns zu, die Linienrichter dicht hinter ihm. »Los, steht auf. Beide!«

Ich packe Daleys Trikot und reiße ihn noch mal direkt vor mich. »Du lässt die schmutzigen Finger von ihr.«

Dann schaue ich zu der Frau, um die es geht, während meine Strafe über den Lautsprecher verkündet wird: fünf Strafminuten für jeden von uns. Olivias besorgter Blick lastet auf mir, ihre Knie beben. Sie hat den Daumennagel im Mund, als würde sie darauf rumkauen.

Cara schaufelt sich Popcorn in den Mund und reißt dann beide Daumen hoch. »Genau so, Beckett! Mach sie fertig, Baby!«

Seufzend setze ich mich auf die Strafbank, fahre mir mit der Hand durchs verschwitzte Haar. Einer unserer Trainer kommt zu mir, um meine Lippe zu versorgen.

Chris tupft an meinem Mundwinkel. »Hätte nicht gedacht,

dass ich mal mitbekomme, wie Carter Beckett sich wegen eines Mädchens prügelt. War es das wert?«

»Sie ist alles wert. Alles.« Ein Versprechen, das ich halten will.

***

»Sicher, dass sie das ganze Wochenende bleiben will?« Garrett hält den Rucksack hoch, der hinten in der Limo liegt. »Viel hat sie nicht eingepackt.«

Olivia ist Minimalistin, das ist vermutlich der Grund. Aber das sage ich nicht. »Viel braucht sie auch nicht, wenn wir zu Hause sind.«

Adam schnaubt und streckt die Beine aus. »Ach, die gute Zeit fehlt mir.«

Emmett hebt die Braue. »Wenn es nicht mehr gut läuft, Woody, musst du was machen. Ist doch kacke sonst.«

»Ich weiß nicht, was ich noch machen soll. Gefühlt hab ich alles probiert. Immerhin konnte ich sie überzeugen, heute mal wieder zur Bar zu kommen.«

Zum ersten Mal seit vier Monaten, sage ich in Gedanken. Keine Ahnung, was da zwischen Adam und Courtney abgeht, aber ganz sicher nichts Gutes.

Ich sehe meine brünette Schönheit sofort, als wir durch die Tür kommen. Sie lehnt auf der Theke, Kinn in die Hand gestützt, Blick auf den Fernseher gerichtet, auf dem gerade eine Wiederholung von meinem Tor gezeigt wird. Ich lasse meinen Mantel bei Cara, gebe ihr einen Kuss auf die Wange und dann gehe ich sofort zu Olivia.

»Dein Hintern ist nicht von dieser Welt«, flüstere ich, schiebe ihr das Kinn auf die Schulter und schließe die Arme um sie.

»Hmmm.« Sie fährt mir mit den Händen durchs Haar, dann legt sie den Kopf zur Seite, damit ich die warme, zarte Haut an ihrem Hals küssen kann. »Du bist so romantisch.«

»Ich zeig dir romantisch.« Ich schiebe ihr die Hand vorn unters Shirt und lasse drei Fingerspitzen unter dem Bund ihrer Jeans verschwinden. »Von der Jeans kannst du dich schon mal verabschieden. Die reiß ich dir runter, wenn wir zu Hause sind, und dann schmeiße ich sie ins Feuer.«

»Und was soll ich dann anziehen?«

»Du kannst meinen nackten Körper tragen, während ich dir das Hirn rausvögele.«

Mein liebster Hintern reibt sich an mir. »Das ganze Wochenende lang?«

»Das ganze Wochenende lang.« Ich knabbere an ihrem Kinn. »Du wirst mich anflehen aufzuhören.«

»Wieso sollte ich?«

Lachend drehe ich sie zu mir. »Wir könnten ja gleich hier auf dem Klo anfangen.«

»Du passt niemals in die Kabinen hier.«

»Ich liebe es, wenn du mir sagst, wie riesig ich bin. Pumpt mein Ego.«

»Du weißt sehr gut, dass ich gerade nicht von deinem Schwanz rede.«

»Du liebst meinen Monsterschwanz.« Ich packe ihre Pobacken und drücke zu, während meine Zunge durch ihren Mund wandert.

»O ja, allerdings.« Dann fährt sie mit dem Daumen über die Kruste an meiner Lippe. »Aber weißt du auch, was ich nicht liebe?«

Ich lasse den Kopf in den Nacken fallen und stöhne aus vollem Herzen. »Du hast mich ausgetrickst. Ich dachte, ich wäre davongekommen.«

Olivia hebt ihre perfekte Braue, verschränkt dann die Arme vor der Brust. »Du bekommst ordentlich Ärger, Carter Beckett.«

Mein Blick verschleiert. »Ich liebe es, wenn du die Lehrerin raushängen lässt, Baby.«

»Spar dir deine Schmeicheleien, zieht schließlich doch nicht bei mir.«

»Nicht?« Ich reiße sie an mich, küsse ihren Hals, knabbere mich daran entlang, bis ich ihr Ohr finde. »Zählen da auch Küsse zu? Ziehen die vielleicht?«

»Nein.« Mehr Keuchen als Wort, sie ist so durchschaubar. »Carter.« Ein Wimmern, vermutlich weil meine Zunge so vorsichtig die Haut unterhalb ihres Ohrs probiert. Ihre Finger bohren sich in meine Oberarme, außerdem lehnt sie sich gegen mich, als könnte sie sonst nicht aufrecht stehen. Das ist schon okay, ich werde sie immer so unterstützen.

Olivia stöhnt, schmilzt in meinen Armen.

»Unmöglich, mir zu widerstehen, hm?«

»Ich hasse dich«, flüstert sie.

»Nee, du liebst mich.« Ich spüre, wie diese Anschuldigung ihr die Hitze in den Kopf jagt. Schnell verstecke ich mein Grinsen in ihrem Haar, während ich sie an mich presse. Dann nehme ich ihre Hand und ihr Bier. »Komm, Pumpkin. Ich möchte, dass mich jetzt alle mit dem schönen Mädchen vom Großbildschirm im Stadion sehen.«

»Das ist die andere Sache!« Sie fuchtelt mit der freien Hand in der Luft. Ach, was ich ihre kleinen Wutanfälle liebe. »Du hast mich schon wieder in Verlegenheit gebracht.«

Ich schiebe sie auf die Sitzbank und rutsche neben sie. »Du sprichst von Verlegenheit, ich sage, ich zeige dich voller Stolz der Welt. Wie sonst soll sie erfahren, dass du mir gehörst?«

Cara legt den Kopf schief, beobachtet uns. »Du bist noch immer sauer auf ihn? Obwohl du jetzt weißt, warum er sich geprügelt hat? Also, ich würde längst vor Emmett knien.«

Ich räuspere mich, tippe unterm Tisch Caras Bein an und ziehe dann zweimal den Finger quer vorm Hals entlang. *Kein Wort*, brülle ich gedanklich.

»Oh. Er hat's dir nicht erzählt?«

»Was erzählt?« Olivia schaut zwischen uns hin und her. »Was hast du mir nicht erzählt?«

»Äh …« Ich kratze mich am Kopf, suche verzweifelt nach etwas, das ich sagen könnte, um bloß nicht antworten zu müssen. »Dass du … mein … dass ich … dich liiiiiebe?«

Ha. Offenbar habe ich da gerade ein paar Wörter gesagt, die ich dringend sagen wollte, obwohl es sich tausendprozentig zu früh anfühlt. Komisch.

Ihr Stirnrunzeln verrät, dass sie das nicht mal im Ansatz lustig findet. »Carter.«

»Ollielein.« Ich trinke einen Schluck von ihrem Bier, halte ihrem Blick stand.

»Er hat sich für dich geprügelt«, platzt es aus Cara heraus. Dann schlägt sie sich beide Hände vor den Mund, als hätte sie keine Kontrolle darüber. »Sorry!«

Seufzend sinke ich gegen die Lehne und starre Emmett an, der meinem Blick bewusst ausweicht.

»Carter?« Olivia berührt mich am Arm. »Wie meint sie das?«

Ich hebe eine Schulter und lasse sie wieder sinken. »Ach, nichts. Daley hat einfach was gesagt, was mir nicht gefallen hat.«

»Dass er dich ficken will, bis du nicht mehr kannst«, platzt es wieder aus Cara heraus.

»Cara!« Emmett reißt die Hände in die Luft und sieht Cara mit aufgerissenen Augen an, während Garrett und Adam losprusten. »Babe, Mann.«

»Tut mir leid! Ich kann nicht anders! Aber ist das nicht geil? Er hat deine Ehre verteidigt! Überall Blut. Das war eine echte Schlacht und es ging um dich.«

»Sie stand nie ernsthaft auf dem Spiel.« Ich drücke Olivias Knie unterm Tisch. Sie ist unfassbar still, starrt mich an. »Alles okay?«

»Mir ist langweilig, Adam«, meldet sich eine vertraute Stimme zu Wort. Ein Rotschopf erscheint an Adams Seite. »Komm, wir gehen.«

»Schon? Es ist erst … wir sind erst … wir sind doch gerade erst gekommen.« Er runzelt die Stirn und will die Hand seiner Freundin nehmen. Bevor er kann, reißt sie sie weg. »Du kennst Carters Freundin ja noch gar nicht. Olivia.« Er deutet zu Olivia, die sie groß anstrahlt. »Das ist Courtney.«

»Hi«, sagt sie abweisend und reagiert nicht auf Olivias ausgestreckte Hand, grinst mich nur an. »Freundin? Aha.« Adam reißt die Augen auf, Courtney verdreht ihre bloß und nimmt dann Olivias Hand, schüttelt sie schnell. »Dann gehe ich wohl besser noch mal zu meinen Freunden und trinke da weiter.«

»Tut mir leid, Ollie«, flüstert Adam. Seine Ohren sind puterrot, der Blick gesenkt. »Normalerweise ist sie nicht so … sie … Sorry.«

Sie drückt seine Hand. »Mach dir keinen Kopf, Adam.«

Der Abend ist danach so ziemlich gelaufen. Adams Laune ist hinüber und alle anderen sind stumm und müde. Olivia sitzt an mich geschmiegt da, eine Hand auf meinem Bein, als ihr Kopf eine Dreiviertelstunde später gegen meine Schulter sackt.

Ich gebe ihr einen Kuss auf den Scheitel. »Wollen wir nach Hause, damit ich deinen göttlichen Körper anbeten kann?«

»Das klingt gut«, sagt sie und stöhnt leise und glücklich.

Nachdem wir uns verabschiedet haben, verschwindet sie noch mal aufs Klo. Ich hole unsere Sachen und folge ihr, habe schließlich nach dem letzten Mal, als wir hier waren, meine Lektion gelernt.

Meine Nackenhaare stellen sich auf und schon kurz darauf erscheint der Teufel selbst in dem dunklen Flur.

»Carter«, säuselt Courtney und presst sich an mich. »Wie lang wird das wohl halten mit deiner Freundin?«

Ich trete von einem Fuß auf den anderen und ignoriere, wie heftig sie nach Alkohol riecht. Sie ist nicht an unseren Tisch zurückgekehrt, seit ihrem Eins-a-Auftritt vor circa einer Stunde. »Solange sie mich will.«

»Ich bitte dich. Du weißt genauso gut wie ich, dass das nicht deine Art ist.« Sie fährt mit dem Finger meinen Hals hinauf und ich fahre herum, konfrontiere sie.

»Was soll der Scheiß? Du bist mit einem meiner besten Freunde zusammen. Ich habe eine Freundin. Nimm die Finger weg.«

Ihre Augen funkeln, während sie sich meine Krawatte um die Hand wickelt. »Armer Carter. Kann sich nicht mehr vergnügen, seit seine Eier in der Schlinge sind. Teilt deine Freundin nicht? Wie schade.«

Ich neige den Kopf, bis sich unsere Nasenspitzen fast berühren. »Verschwinde.«

Mit einem Zwinkern wendet sie sich ab und entfernt sich mit übertrieben viel Schwung in der Hüfte. Aufgewühlt reibe ich mir über den Oberkörper.

Was zur Hölle ist im letzten halben Jahr in sie gefahren? Ich hatte nie ein Problem mit ihr, bis zu einer Poolparty letzten Sommer, als sie mir ins Haus gefolgt ist und mir eine Hand unters Hemd geschoben hat. Als ich gefragt habe, was das soll, meinte sie, sie habe gesehen, wie ich sie angeschaut habe. Ich habe noch immer keinen blassen Schimmer, was sie damit meinte, habe sie einfach stehen lassen und bin wieder ohne das Bier raus, das ich eigentlich hatte holen wollen.

Je länger ich hier warten muss, desto unruhiger werde ich. Meine Schultern fühlen sich fest an und langsam zieht es sich schmerzhaft in meinem Kopf zusammen. Keine Ahnung, was ich brauche. Schlaf? Koffein? Oder einfach nur Olivia? Ich beschließe, dass ein Glas kaltes Wasser erst mal reichen muss, hole mir eins an der Bar und stürze es runter, bevor ich wieder zu den Klos gehe.

Eine langbeinige Brünette lehnt da an der Wand, als ich zurückkomme, richtet sich jedoch auf, kaum dass sie mich sieht.

Sie kommt mir vage bekannt vor, aber so richtig kann ich sie nicht zuordnen.

»Da bist du ja.«

Ich verkneife mir ein Seufzen. »Kennen wir uns?«

»Du hast mir den Ausblick von deinem Penthouse gezeigt, während ich gegen dein Schlafzimmerfenster gepresst dastand.« Sie schlingt mir die Arme um den Hals und flüstert. »Wie ich höre, ist gerade Nachschlag zu kriegen.«

EINUNDDREISSIG

WENN ES HART AUF HART KOMMT

OLIVIA

»Du bist also die Freundin.«

Courtney betrachtet mich aus blauen Augen im Spiegel. Das ist gerade mal der zweite Satz, den sie zu mir gesagt hat, seit ich sie kennengelernt habe, und ich kann nicht behaupten, dass sie mir sehr sympathisch ist.

Ich senke den Blick ins Waschbecken. »Ich bin die Freundin.«

»So schön, dich kennenzulernen, Ophelia.«

Mein Spiegelbild strahlt sie an, während ich mir die Hände einschäume. »Gleichfalls, Chloe.«

Ihr Blick wird schmal. »Courtney.«

»Bitte?«

»Ich heiße Courtney.«

»Oh, sorry. Das tut mir so leid.« Ich ziehe eins der Papiertücher aus der Halterung. »Ist mir wohl entfallen. War eine sehr lange, anstrengende Arbeitswoche. Was machst du denn beruflich?«

Ihr Blick wandert an mir hinunter. Und wieder herauf. Dann beugt sie sich näher zum Spiegel und zieht ihren roten Lippenstift nach. »Mein Freund ist reich. Ich brauche keinen Job.«

Denk es nicht, denk es nicht, denk es nicht.

…

Armer Adam. Mist, doch gedacht.

»Ich an deiner Stelle würde aber noch nicht kündigen«, rät

Courtney ungebeten. »Nicht, dass du dich zu einer überstürzten Entscheidung hinreißen lässt, die du schnell bereust.«

»Ich habe nicht vor zu kündigen.«

Sie atmet übertrieben auf. »Oh, Gott sei Dank. Ist sicher das Beste, wir reden hier schließlich von Carter.« Sie drückt ganz gönnerhaft meine Schulter. »Du bist nämlich gar nicht sein Typ.«

Ich wette, man sieht mir an, wie extrem ich die Zähne zusammenbeiße, doch bevor ich ihr entkommen kann, schleudert sie mir noch etwas nach.

»Schon praktisch, wie seine Wohnung zwischen Stadion und dieser Bar gelegen ist, nicht? Super Möglichkeit, die ganzen Frauen, die er so vögelt, fast unbemerkt abzuschleppen und wieder hier reinzuschmuggeln.«

Ein unbehagliches Gefühl ergreift meine Brust und es kostet mich große Mühe, dass man mir nichts anhört. »Ich war da noch nie, dazu kann ich also nichts sagen. Wir waren bisher immer nur bei ihm zu Hause.«

Courtney schaut wieder zum Spiegel, als hätte sie mich nicht gehört. »Bye, Olive.«

»Was für eine Bitch«, flüstere ich und bleibe kurz vor der Klotür stehen, um durchzuatmen. Um die Angst abzuschütteln, die sie mir machen wollte, die Unsicherheiten, die sie mir in den Kopf setzen wollte, wo ich sie nicht brauchen kann. Sie will, dass es mir so elend geht wie ihr, aber ich weiß nicht warum. Ich kann mir nicht vorstellen, dass das Leben mit einem so lieben Mann wie Adam Lockwood irgendwas anderes als perfekt ist, und mein Leben mit Carter entwickelt sich in die gleiche Richtung.

Allerdings wäre es mir lieber, wenn ich ihn nicht gerade am Ende des Flurs entdecken würde, wo ihn eine große Brünette angrabbelt.

Ich mache einen Schritt auf sie zu und bekomme das Ende

ihrer Unterhaltung mit, in der es darum geht, gegen ein Fenster gevögelt zu werden.

Mein Blick wandert zwischen ihnen hin und her, dann sage ich leise: »Carter?«

Carter atmet erleichtert auf, er greift sofort nach mir und klammert sich an mich. »Hi, Baby«, flüstert er und drückt mir einen Kuss auf die Wange.

»Was ist hier los?« Das frage nicht ich, sondern die gertenschlanke Brünette. »Ich dachte, wir gehen zu dir?« Sie mustert mich einmal von Kopf bis Fuß. »Kommt sie mit?«

»Was? Nein!« Carter schüttelt den Kopf. »Ollie, das habe ich nicht gesagt, ich schwöre. Ich war nur schnell an der Bar und als ich zurückkam, stand sie hier und …« Mit zusammengezogenen Brauen schaut er sie an. »Wer hat dir erzählt, es gibt Nachschlag?«

Nachschlag? Eine unbändige Kluft der Eifersucht öffnet sich in mir, ein so roher Schmerz, dass ich mir die Hand auf den Bauch legen muss, auf die Stelle, an der es am heftigsten wehtut. Er hatte was mit ihr, dieser atemberaubenden Frau mit Beinen bis zum Himmel.

Ich hasse dieses Gefühl. Neid ist so bitter. Ich schließe die Augen, um das Bild von ihnen beiden zusammen loszuwerden, um den Vergleich zu stoppen, der ungebeten in meinem Kopf losgeht, während ich sie betrachte. Dabei ermahne ich mich selbst, mir das nicht anzutun, nicht in diese Kluft zu springen. Ich kann nicht in einer Welt bestehen, in der ich mich permanent fragen muss, ob er diese Lippen geküsst hat, während er sie zum Höhepunkt gevögelt hat.

»Sie«, sagt die Frau, deren Stirn jetzt in tiefen Falten liegt, als sie in Courtneys Richtung nickt, die gerade die Toilette verlässt und nicht mal in unsere Richtung schaut, bevor sie davonschlendert. »O mein Gott, bin ich dumm. Courtney hat gesagt, du hast nach mir gefragt, konntest dich aber nicht an meinen

Namen erinnern. Sie hat gesagt, du bist hier und ich …« Sie schließt die Augen und schüttelt den Kopf. »Entschuldigt bitte«, flüstert sie und schiebt sich dann an uns vorbei.

»Ollie.« Carter lockt meinen Blick zu sich. »Ich schwöre, ich habe nichts gemacht. Courtney ist plötzlich hier aufgekreuzt und hat mich angefasst und –«

»Sie hat dich angefasst? Ohne deine Zustimmung?«

Er nickt. »Ich hab ihr gesagt, sie soll mich in Ruhe lassen.«

»Sorry, Carter, aber das ist nicht in Ordnung.« Ich drücke seine Hände. »Alles okay?«

»Klar, ich mache mir nur Sorgen um dich.«

»Ich will nach Hause.«

»Dann lass uns verschwinden.«

Carter hilft mir in den Mantel und nimmt meine Hand, an der er mich dann durch die Bar schleppt. Es dauert ganze zwei Sekunden, bevor ich die rüde Rothaarige entdecke, die unsere genervten Mienen amüsant zu finden scheint.

»Geht ihr schon?«, schnurrt Courtney. »Schade.«

Carter verspannt sich, öffnet den Mund, wohl, weil er ihr sagen will, dass sie sich selbst ficken soll. Das ist zumindest das, was ich ihr gern sagen würde.

Also lege ich ihm schnell die Hand auf die Brust und komme ihm zuvor.

»Du Bitch«, sage ich zu ihr, obwohl ich bezweifle, dass sie das zum ersten Mal hört. »Du bist unverschämt und erbärmlich, und ich habe keine Ahnung, warum du so eine Scheiße abziehst.«

Ihr Kiefer wird starr, mit Blicken sucht sie die Bar nach Adam ab.

»Adam verdient jemand viel Besseres als dich. Ich hoffe sehr, dass er das eines Tages begreift. Und wenn du es wagst, meinen Freund noch mal ohne seine Zustimmung anzugrapschen, kannst du dich auf was gefasst machen.«

Ich bin mir nicht ganz sicher, was genau ich damit meine, aber die Drohung hängt jedenfalls zwischen uns in der Luft. Eigentlich neige ich nicht zu Gewalt, habe mich erst ein Mal in meinem Leben geprügelt, und das auf dem Eis. Da war ich fünfzehn und wurde Opfer einer ganz klassischen Mobberin. Nachdem sie zweieinhalb Drittel lang körperlich und verbal ausgeteilt hatte, ist mir die Sicherung durchgebrannt.

Damit will ich nur sagen: Frauen können ziemlich fies sein und wenn es hart auf hart kommt, kann ich das auch. Ich bin schließlich mit einem großen Bruder aufgewachsen, der sich mir gegenüber nie sonderlich zurückgehalten hat. Etwa neunzig Prozent meiner Kindheit hab ich im Schwitzkasten verbracht.

Wir verabschieden uns nicht noch mal und als wir draußen sind, rechne ich eigentlich damit, dass Carter jemanden organisiert, der uns fährt. Stattdessen zerrt er mich die Straße hinunter durch den fallenden Schnee und heulenden Wind, der uns ins Gesicht peitscht. Ich habe Mühe mitzuhalten, da ich immer wieder mit meinen Sneakern auf dem vereisten Bürgersteig ausrutsche. Irgendwann wird Carter endlich langsamer und zieht mich an seine Seite.

»Sorry«, flüstert er und drückt mir dann einen Kuss auf die kalte Nasenspitze.

Er ist verunsichert und aufgeregt, das ist unverkennbar. Ich auch, und das ist das Problem. Ich fürchte, dass wir uns damit gegenseitig hochschaukeln werden. Ich bin wütend. Wütend, weil er all diese ungebetenen Annäherungsversuche erdulden muss, all das unwillkommene Gegrabbel. Wütend auf Courtney, die offenbar nicht zu würdigen weiß, was sie hat, und sich einfach in was einmischt, was sie nichts angeht. Wütend auf mich selbst, weil ich jetzt schon an Carters nächste Reise denke. Ich kann ja nicht mal zum Klo gehen, ohne dass sich ihm die Frauen an den Hals werfen. Ich kann also davon ausgehen, dass ich nachts wach liegen werde, weil ich mich frage, wie viele Frauen sich ihm jeden Abend anbiedern, ihn betatschen.

Carter hält eine Karte vor das Lesegerät eines Wolkenkratzers und ich sehe mich in der eleganten Lobby um, während er mich hinter sich herzieht.

»Hier ist deine Wohnung?«

»Mhm.« Schon stehen wir in einem Aufzug, Carter tippt einen fünfstelligen Code ein und erweckt ihn damit zum Leben.

Das Verlangen in seinem Blick, als er mich ansieht, ist neu, und als er mich gegen die Wand und mir seine Lippen auf den Mund presst, fängt man Herz auf eine Art an zu rasen, die mir nicht gefällt.

Mit groben Handgriffen zieht er mir den Mantel aus, seine Küsse sind gierig und als die Aufzugtüren aufgehen, schiebt er mich rückwärts hinaus, bis wir in eine Wohnung stolpern.

Ich kann mir gar keinen Überblick verschaffen, weil er sofort vor mir kniet, mir die Schuhe auszieht und mich dann hochwuchtet, um mich durch den Flur zu tragen. Er setzt mich auf ein kaltes Bett in einem dunklen Zimmer, sein Gürtel klappert, dann fällt seine Hose zu Boden. Mein Atem geht schnell, sehr hörbar in diesem viel zu leisen Raum.

Silbernes Mondlicht fällt durchs Fenster und wirft Schatten, die mein Unwohlsein nur noch verstärken. Ich erkenne eine Lampe auf dem Nachttisch und reiße am Schalter, woraufhin der Raum in trübes Licht getaucht wird.

Mit rasendem Herzen schaue ich mich um. Perfekt eingerichtet, aber leer, seelenlos. Keine Fotos, keine Persönlichkeit. Nicht gemütlich wie sein Schlafzimmer zu Hause. Es ist steril und weiß, makellos, und ich hasse jeden herzlos kalten Millimeter.

Carters Blick ist hungrig, als er meine Füße packt und mich zu sich zieht, als könnte er keine Sekunde warten, als würde er seit Wochen ausharren.

Ist das so?

Ich schließe die Augen und schüttle den Kopf, um diesen Gedanken loszuwerden.

Carter reißt mir das Shirt über den Kopf und rupft mir die Jeans vom Leib, schlingt sich dann meine Beine um den Körper, drückt sich an mich, stöhnt. »Fuck, Baby, ich will dich. So sehr.«

»Stopp!« Die Forderung überrascht mich selbst. In meinen Ohren dröhnt es, auch in meinen Schläfen. »I-i-ich kann nicht. Ich kann nicht, Carter.« Ich löse mich von ihm, springe vom Bett und stelle mich mit dem Rücken an die Wand, eine Hand vorm Hals.

»Hey«, flüstert er, Brauen zusammengezogen. »Was ist los, Prinzessin?«

»Nenn mich nicht so.«

Er nähert sich mir, als wäre ich ein gefangenes Wildtier. »Rede mit mir, Ollie, bitte. Was ist los?«

»I-i-ich kann nicht, Carter. Ich kann nicht mit dir schlafen.« Mein zitternder Blick landet auf dem Bett. »Nicht hier. Nicht in diesem Bett, wo du …« Wo er Nacht um Nacht ein Mädchen nach dem anderen gevögelt hat.

Er blinzelt, sein Blick wird sanfter. Einen Augenblick später finde ich mich in einer Umarmung wieder, mein Gesicht an seinen Oberkörper gepresst. Ich flehe mein Hirn an, die Tränen zurückzuhalten. Ich will nicht, dass er diesen Teil von mir sieht, der so schwach, so verängstigt und so fucking verletzlich ist.

Er streichelt mir langsam und beruhigend über den Rücken. »Es tut mir leid, Ollie. So leid. Ich habe nicht mitgedacht.« Er nimmt mein Gesicht in beide Hände, sieht mich prüfend an. Dann gibt er mir einen langen Kuss auf die Stirn und zieht mir das T-Shirt wieder über den Kopf. »Ich rufe den Limoservice, okay? Wir fahren nach Hause.«

Keine Ahnung, warum ich mich selbst quälen will, aber während Carter am Telefon ist, ziehe ich die Nachttischschublade auf. Massenweise Kondome kommen zum Vorschein, außerdem auf Zettel gekrakelte Handynummern, die mit Lippenstiftküssen versehen sind.

Ich halte mir die zitternde Hand vor den Mund und gehe ins Wohnzimmer, das genauso seelenlos und grell ist wie das Schlafzimmer. Auch in der Schublade des Beistelltischs zahllose weitere Kondome.

»Er ist in zehn Minuten da.« Carter kommt voll angezogen ins Wohnzimmer, Blick auf sein Handy gerichtet. Als er aufschaut, bleibt er wie angewurzelt stehen. Er schaut von meinem Gesicht zu der Schublade voller Kondome, die ich anstarre. »Olivia … ich war nicht hier, seit –«

»Wieso hast du mich hergebracht?«

»Ich …« Er sieht mir in die Augen, während er nach einer Erklärung sucht. »Ich habe nicht nachgedacht. Ich wollte einfach mit dir allein sein. Ich wollte nicht warten.«

»Vermisst du dein altes Leben?« Die Frage verlässt meine Lippen, bevor ich es verhindern kann. Bei Gott, sie wiegt so schwer und ich habe es dermaßen satt, diese Sorge mit mir rumzuschleppen. Ich habe versucht, mich davon zu überzeugen, dass sie unbegründet ist, dass Carter sich seit einer ganzen Woche benimmt, ich also keinen Grund zur Sorge habe.

Aber das ist es halt. Es war gerade mal eine Woche. Ich habe ihn an Silvester aus sehr guten, sehr berechtigten Gründen stehen lassen und nur weil ich die damit zusammenhängenden Ängste nicht haben will, heißt das ja nicht, dass sie einfach verschwinden.

Aber was wünschte ich, sie würden es tun, weil es fast nicht erträglich ist dabei zuzusehen, wie er unter dieser Frage zerbricht. Es war schon immer leichter, meinen eigenen Schmerz, meine eigenen Sorgen zu überspielen, statt sie zuzugeben.

Trotzdem habe ich stets geglaubt, dass eine gute Beziehung mit dem Richtigen einfach glattläuft, dass dann einfach alles wie von selbst funktioniert.

Bloß Carter ist die Ausnahme von jeder Regel, so was bin ich nicht gewohnt. Er ist die Achse, um die sich meine Welt dreht, und mir wird ganz schwindelig, weil ein einzelner Mann eine solche Macht über mich hat.

Ich verbiete mir, mich in diese endlose Gedankenspirale des Selbstzweifels zu begeben. Ich kann ja nicht permanent grübeln, wo die Medien mich auf der Liste seiner Eroberungen einordnen werden.

Und doch ist da wieder das Echo des Artikels von vor ein paar Tagen in meinem Kopf, in dem spekuliert wurde, ob ich ihm überhaupt bieten kann, was er wirklich will und braucht. Wenn man dazu sieht, wie wenig Zeit wir in der vergangenen Woche überhaupt miteinander verbringen konnten und wo ich gerade stehe – an dem Ort, an den ich nie wollte, an dem vor mir schon so viele Frauen gewesen sind –, überschlagen sich meine Ängste nur, meine Unsicherheiten. Ich bin immer selbstsicher gewesen, wusste, was ich zu bieten habe. Bloß jetzt schaut halb Nordamerika zu und wettet darauf, wie lange das hier halten wird.

Und genau deshalb frage ich mich zum hunderttausendsten Mal und ganz ehrlich, ob ich wirklich genug zu bieten habe.

Ich möchte es nicht auf die harte Tour rausfinden.

Ich brauche seine Hilfe, um das zu überwinden, aber ich weiß nicht, wie ich darum bitten soll.

»Willst du deine Freiheit zurück? Hast du mich deshalb hergebracht?«

Ein Schatten legt sich über Carters Augen, eine stürmische Nacht, die das brillante Waldgrün verdunkelt. »Nein. Tu das nicht. Kannst du vielleicht fünf Minuten diese Maske absetzen? Ich weiß, dass du dir echt Mühe gibst, hier die Toughe zu geben, deren Gefühle nicht darunter gelitten haben, mich mit einer anderen zu sehen oder diesen beschissenen Artikel von Montag zu lesen oder all das hier«, er deutet um uns, auf die Kondome,

»aber ich sehe dich. Ich kenne dich, Olivia, also sei doch bitte ehrlich mit mir. Wenn du Angst hast, sag mir, dass du Angst hast, aber schleudere nicht wild mit irgendwelchen Anschuldigungen um dich, als wäre das die Wahrheit, nur weil du selbst nicht damit rausrücken willst.«

Er wendet sich ab, reibt sich mit beiden Händen übers Gesicht, fährt sich dann durch die Haare. Ein verzweifeltes Geräusch dringt aus seiner Kehle. Wut, Kummer, Niedergeschlagenheit … all das liegt in seinem Blick, als er mich wieder ansieht.

»Du hast gesagt, du bist dabei. Das hast du gesagt, Ollie, aber wenn ich ehrlich bin, habe ich den Eindruck, du bist schon mit einem Fuß durch die Tür. Bereit, ganz abzuhauen, sobald irgendwelche Schwierigkeiten auftauchen. Und das … Das kann ich nicht.«

Ich packe mir an die Brust, genau an die Stelle, die zu bersten droht. Dann kommen die Tränen. Sie füllen meine Augen, sammeln sich, bis ich nichts mehr sehen kann. Ich weigere mich zu blinzeln, denn wenn es das jetzt war, wenn das jetzt vorbei ist, will ich nicht, dass sie für ihn sichtbar über meine Wangen kullern. Ich will ihm nicht zeigen, wie sehr ich ihm in der kurzen Zeit schon verfallen bin.

Seine Hand schließt sich um meine, er bringt mich zur Tür, zieht mir den Mantel und die Schuhe an. Als er mich aus der Wohnung führt, laufen die Tränen doch, verraten mich.

Ich schaue ihn nicht an. Ich kann nicht. Nicht im Aufzug, wo er sanft meine Hand hält. Nicht auf dem Weg durch die Lobby und die kalte Winternacht, wo er mir eine leise Warnung zuflüstert, den Kopf gesenkt zu halten, weshalb ich kaum die Blitzlichter mitbekomme. Nicht als er mir beim Einsteigen in die Limo hilft und sich neben mich setzt, ohne ein Wort. Ich starre auf die vorbeiziehende Landschaft und weine leise über die Beziehung, die so schnell vorbei ist, über den einzigen Mann, für den ich je so tiefe Gefühle hatte, über meine Unsicherheiten, die mich in dieses tiefe dunkle Loch gestürzt haben, aus dem ich nicht wieder rauskomme. Jetzt ist es vorbei, weil ich zu viele Fehler wiederholt habe, weil sich das Vertrauen nicht schnell genug eingestellt hat.

Meine Augen werden groß, als wir an der Straße vorbeifahren, die zu mir nach Hause führt. Da erst wende ich mich an Carter. »D-du … Er hat die Straße verpasst –«

Carter sieht mich nicht an. »Du kommst mit zu mir.«

»Aber wir –«

»Wir haben gestritten.« Da treffen sich unsere Blicke. Etwas Zartes flimmert in seinen Augen, etwas Unsicheres, ganz so, als hätte er auch Angst. »Das ändert doch nichts.«

Ich sage nichts, starre nur in meinen Schoß, wo seine Hand liegt. Ein Finger tippt mir wild gegen das Bein.

Dann schaut er mich abrupt an.

»Weißt du, was passieren würde, wenn ich dich jetzt bei dir absetze?«

Ich öffne den Mund, weil ich ihm antworten will, dabei weiß ich gar nicht was. Aber er lässt mich sowieso nicht reden.

»Abgesehen davon, dass es das Letzte wäre, was ich will. Und was du willst. Sind wir mal ehrlich. Ich würde abrauschen und wäre superwütend auf mich selbst. Du würdest so tun, als wärst du fertig mit mir, als wäre es so am besten. Dann würdest du reingehen, dein Schlafzeug anziehen, und wenn du fünf Minuten gehabt hättest, um abzukühlen, würdest du kapieren, dass du auch wütend bist. Auf dich. Du würdest über den Streit weinen, ganz wie du es gerade tust, weil du mich mit deinen Worten verletzt hast. Und ich?« Er deutet auf sich, während er mich genau betrachtet, jede der Tränen sieht, die unablässig weiterfallen. »Ich würde nach Hause fahren und wäre sauer auf mich, weil ich dich hab ziehen lassen, weil ich dich in einem so verletzlichen Moment im Stich gelassen habe, in dem du mal wieder mit den Folgen meines früheren, verantwortungslosen Verhaltens zu kämpfen hast. Und dann würde ich doch nur ins Auto steigen und zu dir fahren.«

Er legt seine Hand an mein Kinn, bringt sein Gesicht vor meins.

»Ich würde mir dich über die Schulter werfen, wenn ich müsste, aber das wäre gar nicht nötig, weil du mich sofort in die Arme schließen und weinen würdest. Und weißt du, was ich dann machen würde, Olivia?« Seine Nase berührt meine, streicht einmal darüber. »Ich würde dich halten. Dich küssen. Dir sagen, dass alles okay ist. Dass ich dir die Worte verzeihe, die du gesagt hast, weil du verletzt warst. Und dann würde ich dich bitten, mir zu verzeihen, weil ich dich, ohne nachzudenken, in diese Wohnung gebracht habe, weil mir nicht bewusst war, wie sehr das deine Unsicherheiten unterfüttern würde.«

Mit einem tiefen Seufzer sinkt Carter in den Sitz und lässt den Kopf zurückfallen. »Wenn du streiten willst, wenn du deine Selbstzweifel so loswirst, ist das okay. Aber das musst du bei mir zu Hause machen. Mit mir. Zusammen.«

Sein glühender Blick lastet wieder auf mir. »Ich weigere mich, mich noch mal von dir wegschieben zu lassen.«

ZWEIUNDDREISSIG

IHR HALBES HERZ

CARTER

Wie kommt sie auf die Idee, dass ich so leicht aufgeben würde?

Sie lässt ihre Unsicherheiten einfach bis in ihr Hirn wuchern, wo sie Wurzeln schlagen und sie Dinge sagen lassen. Diese aufdringlichen Gedanken stellen mich auf die Probe, testen, ob mir genug an ihr liegt, um um sie zu kämpfen. Sie flüstern ihr ein, dass ich das nicht tue, dass ich mich lieber aus dem Staub mache, doch sie irren sich. *Sie* irrt sich.

Das Schwert, mit dem sie versucht, mir zu schaden, ist zweischneidig, und sie verletzt sich dabei selbst.

Ehrlich gesagt glaube ich, ihr macht sogar Angst, dass ich mich eben nicht aus dem Staub mache. Wenn sie allein ist, kann sie sich verstecken. Aber weil ich bei ihr bin, muss sie sich zeigen und sich den Unsicherheiten stellen, die sie zu zerbrechen drohen.

So groß ihre Angst davor ist, dass das hier nicht funktioniert, sie hat genauso große Angst davor, dass es funktioniert. Ich ja auch. Für immer oder nie – beides Furcht einflößend.

Ich lege meine Uhr auf den Nachttisch und lockere meine Krawatte. Keine Ahnung, warum ich die überhaupt wieder angezogen hab, bevor wir die Wohnung verlassen haben. Gerade habe ich das Gefühl zu ersticken.

Olivia drückt sich beim Bett herum und beobachtet mich. Ihre Augen werden bei jedem Schritt größer, den ich in ihre Richtung mache. Als ich vor ihr stehen bleibe, stolpert sie rückwärts. Ich umschließe ihre Taille, ihre Hände zittern, während ihre Nägel sich in meine Unterarme bohren. Sie starrt zu mir auf.

Ich liebe unseren Größenunterschied. Ich liebe es, dass ich sie rumschleudern kann wie eine Puppe oder Sachen hochhalten, nur um sie zu ärgern, damit sie ihre Brust an mich presst, während sie nach den Sachen springt. Ich liebe, dass diese winzige Person einen so riesigen Charakter hat, der ihr manchmal zu groß zu sein scheint. Und ich liebe es, sie komplett zu umschließen.

Aber in diesem Augenblick fühle ich mich einfach nur viel größer als sie und das will ich nicht. Ich will auf Augenhöhe sein, so gehört das. Deshalb setze ich mich auf die Bettkante und sie neben mich.

»Dieser Selbstsabotagescheiß funktioniert nicht, Ollie. Nicht bei uns. Wir müssen uns einfach vertrauen. Wir beide haben unsere Ängste und die werden wir nur überwinden, wenn wir uns ihnen gemeinsam stellen. Du bist doch nicht allein und ich glaube, das ist mit der größte Faktor hier. Dass du meinst, du musst das allein schaffen. Deshalb wirst du mir jetzt gestehen, dass du Angst hast, und mir dann den Grund dafür sagen, während ich deine Hand halte. Und dann sage ich dir meinen Grund und danach suchen wir gemeinsam eine Lösung.« Ich strecke die Hand aus. »Okay?«

Sie atmet angestrengt, während sie meine Hand betrachtet. Dann schiebt sie vorsichtig ihre hinein. Sie starrt mich an, ihre braunen Augen versinken in Sorge und ich weiß, wie schwer das für sie ist. Als sie den Mund öffnet, schluckt ein leises Schluchzen ihre Wörter und ich sehe zu, wie ihre Mauern einbrechen wie Wasserfälle.

Es ist ein langsamer und schmerzhafter Prozess, aber irgendwie auch wunderschön. Ihre volle Unterlippe zittert fast unmerklich, ihre Augen nehmen einen viel sanfteren Ton an. Während sie mit Tränen volllaufen, sind da plötzlich moosige Grün- und schimmernde Goldtöne. Sie hält sie so lange zurück, wie sie kann, und dann sehe ich zu, wie sie langsam überlaufen, die rosigen Wangen hinunterkullern. Ein komischer, sadistischer Teil von mir mag sie, einfach weil ich weiß, wofür sie stehen: Sie zeigen, dass Olivia so viel an mir liegt, dass allein der Gedanke, wir könnten wieder getrennte Wege gehen, genauso schmerzhaft für sie ist wie für mich.

Aber der Großteil von mir hasst diese Tränen. Ich will nicht die dunkle Wolke sein, die über ihr hängt. Ich will das Licht sein, das ihre Dunkelheit, all ihre Ängste und Sorgen vertreibt.

»Wein doch nicht, Schönheit.«

»Es tut mir so leid«, keucht sie, wischt über ihre Wangen und wendet das Gesicht ab.

»Hey.« Ich lege ihr einen Finger ans Kinn und zwinge sie, mich wieder anzusehen. »Deine Tränen sind kein Zeichen von Schwäche, hör also auf, sie vor mir verstecken zu wollen. Es muss dir nicht leidtun, dass du mir zeigst, was in dir vorgeht. Wir können doch nur die besten Partner füreinander sein, wenn wir auch verletzlich voreinander sein dürfen. Wenn du mir zeigst, welche Form von Liebe du von mir brauchst, lerne ich, wie ich sie dir geben kann.«

Es flackert in ihren Augen, als das Wort mit den fünf Buchstaben so ohne Vorwarnung über meine Lippen kommt, und sofort zieht sich mein Herz zusammen, als würde es jemand mit der Hand zusammendrücken. Weil es mich verwirrt, es mir aber auch so selbstverständlich vorkommt, wie mir diese fünf Buchstaben über die Lippen flogen und mit welcher Leichtigkeit.

»Ich weiß nicht, wie man um Hilfe bittet«, gibt Olivia zu. »Ich habe mir selbst vorgemacht, dass alles gut ist, habe versucht, so perfekt zu sein wie du. Denn wenn ich das nicht bin, wenn mir immer noch Sachen Angst machen …« Sie schließt die Augen.

»Wieso solltest du bei mir bleiben wollen, wenn das doch so anstrengend ist?«

»Wir reden hier von einer Woche, Olivia. Deine Ängste werden sich nicht magisch vom Acker machen. So funktioniert das halt nicht. Daran müssen wir arbeiten, aber das ist eben was, woran wir gemeinsam wachsen können.« Ich streiche ihr die Haare hinters Ohr. »Sei nicht so hart zu dir.«

»Ich habe Angst, Carter. Ich habe Angst, dass ich dein Probelauf bin. Während deiner ganzen Zeit im Rampenlicht warst du der Frauenheld und jetzt soll ich glauben, dass ich aus heiterem Himmel die Eine bin, mit der du etwas willst, das dir noch nie wichtig war?« Sie schüttelt den Kopf. »Ich glaube nicht, dass ich jemals so ein Selbstvertrauen hatte. Ich kann ja nicht mal diesen doofen Artikel vergessen. Ich frage mich permanent, ob ich dir genug zu bieten habe, und dann sehe ich all die Frauen, die was von dir wollen, und ein paar von denen, mit denen du schon was hattest, und ich hasse es …« Ihre Schultern runden sich, beben, weil sie so weint, ihre Hände ballen sich zu Fäusten. »Ich hasse es, dass sie mir das Gefühl geben, dir niemals reichen zu können, weil ich nicht mithalten kann.«

Ich ziehe sie auf meinen Schoß und sie klammert sich an mich, während sie weint, das Gesicht an meinen Hals gepresst. Meine Hand streichelt über ihren Rücken, während ich einen Schmerz in der Brust spüre, den ich kaum kenne und der ein Gefühl von Hilflosigkeit in mir auslöst.

»Du hast mir genug zu bieten, Ollie. Du bietest mir so viel, dass ich überlaufe. Außerdem hat es mit Selbstbewusstsein nichts zu tun, wie man dabei abschneidet, wenn man sich mit anderen vergleicht. Das ist doch normal. Ich glaube, wir sollten einander einfach zeigen, was wir uns bedeuten, und darauf vertrauen, was uns verbindet. Darin liegt der Schlüssel, sich immer genug zu bieten zu haben.«

Sanft schiebe ich sie ein Stück weg, damit ich ihr Gesicht in beide Hände nehmen kann. Dann wische ich ihr mit den Daumen unter den Augen entlang. »Mein Herz will dich, weil du so temperamentvoll und leidenschaftlich bist. Du bist sarkastisch und mir gegenüber schlagfertig. Das ist doch auch Selbstbewusstsein. Aber deine verletzliche Seite liebe ich fast noch mehr und ich liebe, dass du meinst, du kannst sie so gut verstecken, dabei trägst du dein Herz auf der Zunge.«

Sie kichert und schluchzt, reibt sich mit dem Handrücken übers Gesicht und verschmiert ihre Wimperntusche und – lieber Gott – sie schafft es, sogar mit diesem Waschbärenlook sexy auszusehen.

»Du hast gezögert, mich da reinzulassen«, ich tippe an ihre Brust, »aber als ich lieb genug gefragt habe, war da kein Widerstand, weil du fandest, dass ich eine Chance verdient habe, wenn auch nur, um zu beweisen, dass ich mehr zu bieten habe, als die Medien glauben lassen. Du hast meine Freunde sofort akzeptiert und sie zu deinen Freunden gemacht, und das bedeutet mir unheimlich viel. Ich muss immer lächeln, wenn ich an dich denke. Die Art, wie sich deine Nase kräuselt, wenn du lachst, ist in mein Gedächtnis eingebrannt. Du bist zu mir zurückgekommen, obwohl du Angst hattest, und jetzt sitzt du hier und redest mit mir, obwohl es so schwer ist.«

Ich gebe ihr einen sanften Kuss. »Du hast ein großes Herz, Ollie, und ein großes Herz bringt eben auch große Gefühle mit sich. Ein paar davon sind Ängste, andere Unsicherheiten. Das ist doch völlig okay.«

»Aber du hast keine Angst vor irgendwas«, flüstert sie.

Ich lache leise. »Du glaubst ernsthaft, dass ich keine Angst habe? Ich habe Angst, Ollie. Ich habe eine Scheißangst!«

»Wovor denn?«

»Ich habe Angst, dass es das jetzt ist. Dass du die Eine für mich bist. Und als wäre das nicht beängstigend genug, habe ich noch viel größere Angst davor, dass du nicht bei mir bleibst, dass du dich eines Tages entschließt, mich zu verlassen, und ich dich dann gehen lassen muss, weil ich ja nur will, dass du glücklich bist.«

Sie legt ihre warmen Hände an meinen Unterkiefer. »Du machst mich glücklich, Carter.«

»Das ist gut. Ich bin nämlich irgendwie besessen von dir.«

Sie lacht und ihre Nase kräuselt sich, einer meiner liebsten Anblicke. Weil sie noch immer halb weint, ist es ein halbes Schnauben. Sie lässt sich nach vorn fallen, prallt mit der Stirn gegen meine Brust, und ich drücke sie lächelnd an mich, vergrabe mein Gesicht in ihren Haaren.

»Du lachst, dabei ist das kein Witz.«

Schon kommt Olivias wunderschönes, tränenüberströmtes Gesicht wieder zum Vorschein. »Ich bin auch irgendwie besessen von dir.«

»Ich kann meine Vergangenheit nicht ändern, aber wenn du mir eine Chance gibst, meine Zukunft. Aber dazu brauche ich die ganze Ollie. Nicht nur einen Teil von dir.«

»Ich will mich nicht mehr verstecken«, flüstert sie. »Ich bin es leid.«

»Willst du Besessenheit, leidenschaftliche Anerkennung, wilde, zügellose Lust … Willst du fucking Magie, Ollie, dann willst du mich. Sag mir, dass du mich willst.«

Die sanfte Berührung unserer Lippen jagt mir Schauer über den Rücken.

»Dann haben wir zusammen Schiss.«

DREIUNDDREISSIG

VERTRAUENSÜBUNG

CARTER

»Der niedlichste Waschbär, den ich je gesehen habe.«

»Ich will aber kein Waschbär sein«, schmollt Olivia und ich wische ihr kichernd die Überbleibsel der Wimperntusche weg.

»Da. Kein Waschbär mehr. Nur noch mein wunderschönes Mädchen.«

»Danke«, flüstert sie. »Dass du so viel Geduld mit mir hast und mir hilfst, das zu verarbeiten.«

Sie schlingt mir die Hände um den Hals und presst mir die Lippen auf den Mund, drängt langsam mit ihrer Zunge vor, zögerlich, als würde sie die Lage peilen. Also packe ich ihre Hüften und gebe uns einen Rhythmus vor. Ich will sie so sehr, wie ich sie schon die ganze Zeit will, deshalb übernehme ich das Ruder, nehme mir, was ich will, gebe ihr, was sie will, bis wir aus nichts als schlagenden Zungen, rauen Händen und glühenden Berührungen bestehen.

Ich ziehe ihr das Shirt über den Kopf und schiebe einen Träger ihres Spitzen-BHs über ihre Schulter, übersäe die Stelle mit Küssen und hinterlasse überall kleine rosa Punkte, weil ich so fest sauge. Schnell ist der BH ganz weg. Ich stelle sie hin, gehe in die Knie und schiebe ihr die Jeans über die Hüften, die glatten Beine hinunter. Mein Daumen fährt über den Saum ihres Slips und als ich das Stück Seide wegschiebe, versenkt sie die Hände in meinen Haaren. Als meine Lippen auf die feuchte Wärme zwischen ihren Beinen treffen, lässt sie sich mit dem Rücken gegen die Wand fallen. Sie atmet aus, ein Geräusch unbändigen Verlangens, das meine Zunge belebt, die in sie eintaucht. Ich stöhne, als ihre Süße meinen Mund ausfüllt.

»Carter«, wimmert Olivia und wickelt ihre Hand um meine Krawatte, zieht mich daran zu sich hoch.

Ich versenke die Hände in ihren Haaren und verschließe ihren Mund mit meinem. Ihre Finger schließen sich fester um meine Krawatte, sie zieht mich näher zu sich, unsere Oberkörper pressen sich aneinander, während meine Hand an ihrem Kinn liegt, unsere Lippen nur einen Atemzug voneinander entfernt.

»Bist du dabei?«, fragt sie heiser.

Mein Blick fällt auf die nachtblaue Krawatte in ihrer Faust, sofort schaue ich wieder in ihre Augen. Fuck, was geht ihr denn bitte gerade durch den Kopf? Sicher nicht dasselbe wie mir, während ich zusehe, wie sie sich das Ding langsam um die Hand wickelt, als wolle sie es … benutzen.

»Vertrauensübung?«, frage ich atemlos.

Sie beißt sich auf die Unterlippe, klimpert mit den Wimpern, dabei löse ich die Krawatte schon weiter und sehe zu, wie Olivia sie sich durch die Finger gleiten lässt.

»Wie möchtest du mir heute Nacht vertrauen?«

Etwas Verschmitztes blitzt in ihren dunklen Augen auf. »Blind.«

Verdammt noch mal, ich bin tot. Was zur Hölle? Hat sie das aus einem ihrer versauten Bücher? Denn, wenn ja, dann kaufe ich die gesamte Abteilung auf und mache hier ein Zimmer zu ihrer Privatbibliothek.

»Sicher?« *Ich drehe hier nämlich leise durch.*

Olivia nimmt meine Hand und bringt mich zum Bett. Wie ein besessener Welpe dackele ich ihr nach. Ihre Lippen berühren meine, ganz zart und süß. Und als sie mir dann die Krawatte aus dem Kragen zieht, formt mein Schwanz ein Vierpersonenzelt in meiner Hose.

»Ich hab so was noch nie gemacht«, platzt es aus mir heraus.

»Ich auch nicht.« Sie gibt mir einen Kuss auf das Grübchen in meiner rechten Wange, als ich grinse. »Ich liebe deine Grübchen.«

»Ich liebe …« Mir klappt der Mund zu. Meine Kehle ist trocken und kratzig. Ich fasse mit der Hand hin. »Ähm. Ich liebe, ähm … deinen Hintern.« *Halt die Fresse.* »Und, ähm … alles … alles an dir?« *Halt die Fresse, halt die Fresse, halt die Fresse.*

Bevor ich mich weiter blamieren kann, lege ich sie aufs Bett. Sie setzt sich auf die Füße und greift nach mir. Lächelnd schüttle ich den Kopf.

»Ich hab das Sagen, schon vergessen?« Ich lasse die Spitze meiner Krawatte über ihr Schlüsselbein wandern, um ihren schönen Nippel, sehe, wie er sich aufstellt und hart wird. Ihr Bauch zuckt, als die Seide um ihren Nabel wandert und dann tiefer, die Innenseiten ihrer Oberschenkel hinauf, bis sie leicht über ihre glänzende Mitte streift. »So läuft das doch heute, oder nicht? Ich übernehme die Führung und du traust mir?«

Olivia nickt, ihre Augen werden groß, während sie mir beim Ausziehen zusieht. Sie leckt sich über die roten Lippen, bewegt sich, ihre Schenkel reiben aneinander. Sie will, dass ich sie berühre, und das werde ich auch. Wenn ich erst angefangen habe, kann ich sowieso nicht mehr von ihr ablassen.

Nackt steige ich zu ihr ins Bett, lege mich hinter sie. Mit der Nasenspitze fahre ich an ihrem Hals entlang, bis ich ihr Ohr küssen kann. »Du musst wissen, dass ich dir niemals wehtun werde. Dir wehzutun, würde mir das Herz brechen, und das gehört dir. Du bist meine Ollie.«

Ihre Hände zittern, sie umschließt die Krawatte, als ginge es um ihr Leben.

»Sag es. Dass du weißt, dass ich dir niemals wehtun werde.«

Sie atmet scharf ein, ihre Stimme ein Flüstern. »Du wirst mir niemals wehtun.«

»Sag mir, dass du perfekt bist.«

Sie verspannt sich, ihre Nägel bohren sich in ihre Schenkel. »Ich bin alles andere als perfekt.«

»Für mich bist du perfekt.« Meine Lippen verschließen ihre, bevor sie widersprechen kann. Dann ziehe ich ihr die Krawatte aus der Hand. »Mach die Augen zu, Schönheit.«

Ich binde ihr das Stück Seide um den Kopf, die Enden fallen ihr über den Rücken, das dunkle Blau bildet einen heftigen Kontrast zu ihrer so hellen Haut.

»Wie fühlt sich das an? Okay?«

»Ja«, krächzt sie. Ich nehme ihre Hand und gebe ihr einen Kuss auf den Mund. Sie dreht den Kopf, will mehr, aber da stehe ich auf, verlasse das Bett. »Carter«, flüstert sie, tastet nach mir, ihr Brustkorb hebt und senkt sich schnell.

»Alles okay, Baby.« Ich reibe mir mit der Hand übers Gesicht, weil … fuck, das ist ein Anblick. Olivia auf Knien mitten in meinem Bett. Meine Krawatte nimmt ihr die Sicht, lässt sie so verletzlich sein, bereit für mich. »Ich bin hier. Lausche meiner Stimme.«

Sie setzt sich zurück, ihre Hände fallen auf ihre Oberschenkel. Sie holt tief Luft, nickt.

»Du bist umwerfend. So fucking atemberaubend. Ich kann nicht fassen, dass du meine Freundin bist. Ich will ein Foto von dir machen, so. Will mir diesen Augenblick für immer ins Gedächtnis einbrennen.«

Olivia zittert, als ich den Zeigefinger zwischen ihre Schulterblätter lege, damit an ihrem Rückgrat entlangstreife. »Okay.«

Okay? Ich habe doch gar nichts gefragt, das war nur … »Ich darf dich fotografieren?« Es klingt ganz atemlos, worüber meine hübsche Lady kichern muss.

»Wenn du willst.«

»W-wenn ich will? Fuck.«

Da grinst sie frech. »Das auch. Bald. Hoffentlich.«

Darüber muss ich lachen. »Hört, hört. Da verbringt eine zu viel Zeit mit mir.« Ich öffne den Mund und beiße ihr vorsichtig in die zarte Schulter. »Die sind aber nur für mich. Versprochen.«

»Ich vertraue dir.«

Tut sie nicht, wird sie aber. Dafür sorge ich. Und wenn sie mir erst traut, werde ich sie nie enttäuschen, einfach weil ich weiß, was für ein großes Glück ich habe, dass sie mir überhaupt erst ihr Vertrauen geschenkt hat.

Ich bin froh, dass sie nicht sehen kann, wie hektisch ich nach meinem Handy suche. Dass es mir aus der Hand fällt und ich es gerade noch fange, bevor es auf den Boden knallen kann. Meine Finger sind ganz zittrig, weil ich nicht fassen kann, dass das hier gerade passiert.

Ich reiße mich zusammen, bevor ich wieder hinter sie steige, atme tief genug ein, damit ich mich für mindestens fünf Minuten zwischen ihre Beine begeben kann, ohne zwischendurch Luft holen zu müssen.

Aber erst wickle ich mir ihre Haare um die Hand und ziehe ihren Kopf zur Seite, damit ich ihren Hals küssen kann. Auf ihrer Schulter bricht Gänsehaut aus, als mein Mund sich darüber bewegt, meine Zunge über ihre so köstliche Haut leckt. Dann schieße ich das erste Foto. Ihr Kopf rollt zur Seite und ihr Mund öffnet sich zu einem Stöhnen. Ich kneife ihr in einen Nippel und mache das zweite Foto.

»Carter«, wimmert Olivia, deren Hand sich um meinen strammen Schwanz schließt. »Ich will dich schmecken.«

Ich kann mein Stöhnen nicht verhindern. Es dringt aus meiner Kehle, während ich ihre Titten zusammenpresse und sie an mich drücke. »So was kannst du nicht sagen, Ollie.«

»Bitte, Carter.«

Schon bin ich auf den Beinen, stehe vor ihr und pumpe meinen Schwanz. Es wäre unhöflich, ihr diese Bitte auszuschlagen, wo sie doch so lieb gefragt hat.

Olivia leckt sich erwartungsvoll die Lippen. »Machst du ein Foto?«

Ich erstarre. »Von … von …?«

»Ja.« Sie streckt die Hand aus und – meine Fresse – findet meinen Schwanz beim ersten Versuch. Das muss diese Seelenverwandtschaft sein. Und natürlich die Größe meines Donnerschwerts.

Sie drückt ganz leicht zu, sie ist einfach so fucking winzig im Vergleich zu mir, und als sie meinen langen, harten Schwanz streichelt, mache ich das nächste Foto. Das Foto, bei dem ich sofort kommen werde, wenn ich es ansehe, was vermutlich nur so fünfhundertmal am Tag sein wird.

Sie schaut zu mir auf, wartet auf Anweisungen.

Ich fahre mit dem Daumen über ihre rosigen Wangen. »Mach den Mund auf, Baby.«

Kaum öffnen sich ihre Lippen, reiße ich sie nach vorn, und weil sie die Zunge rausstreckt und den ersten Lusttropfen aufnimmt, bevor sich ihr Mund um mich schließt, muss ich wimmern. Ich stoße zu und mein Schwanz trifft auf ihren Rachen. Ihre Fingernägel krallen sich in meine Hüften, während sich ihr Mund vor und zurück bewegt. Mein Blick verschleiert, trotzdem schieße ich ein Foto.

Ich streichle ihre Wange. »Mein wildes Mädchen.«

Etwas Animalisches klopft in meiner Brust, fleht, die Kontrolle zu verlieren, alles zu nehmen, was ich will, und mehr. Aber ich kann die Kontrolle nicht verlieren, nicht heute, nicht, wenn ich ihr zeigen will, dass sie mir trauen kann. Dabei will ich nichts lieber, als ihren hübschen Mund zu ficken, bis sie würgen muss.

Ihre Hand bearbeitet meinen Schaft, weil sie bis dorthin nicht mit dem Mund kommt, und dann summt sie vor Verlangen, ein Geräusch, das mich wohlig erschaudern lässt. Ich zische und ziehe meinen Schwanz raus.

»Leg dich hin und mach die Beine breit. Zeig mir deine schöne Pussy.«

Sie macht, was ich will, ihre dunklen Locken breiten sich auf meinen weißen Kissen aus, rubinrote Lippen glänzen, jede ihrer Zellen ist warm und rot. Sie ist ein Engel und als sie die Beine spreizt, sterbe ich ein bisschen. Ich schieße noch ein Foto, aber das kann der Wirklichkeit gar nicht gerecht werden.

»Schau an.« Ich lege mich zwischen ihre Beine und atme sie ein. Wie süßer Ahornsirup. Ich möchte alles auflecken. »So feucht. Spürst du das?«

Meine Zunge gleitet durch ihre Spalte und sofort bäumt Olivia sich mit einem Schrei auf. Ich nehme ihre Hand und führe sie bis unter ihren Bauchnabel.

»Berühr dich selbst, Baby. Fühl mal, wie feucht du bist, wie sehr du mich willst.«

Die Röte auf ihrem Gesicht intensiviert sich noch und bevor sie widersprechen kann, bedecke ich ihren Mund mit meinem.

»Du bist schön, Ollie. Alles an dir ist makellos, selbst dein weiches Inneres, das du so dringend verbergen willst. Ich will nicht, dass dir vor mir irgendwas peinlich ist.«

»So war das noch nie«, flüstert Olivia, zitternde Finger greifen nach meinen, drücken sie. »Ich verstehe nicht, warum es mit dir so anders ist, Carter.«

Ich weiß warum. Bin mir ziemlich sicher, sie weiß es auch. Vermutlich macht uns das beiden solche Angst. Die Ewigkeit ist eine lange Zeit.

Aber statt das zu sagen, presse ich meinen Mund an ihr Ohr und sage: »Anders mit dir ist das Beste.«

Ihr Körper wird immer wärmer, während ich mich an ihr hinunterküsse, als würden meine Lippen eine Feuerspur hinterlassen. Ich führe ihre Finger an der Innenseite ihrer Oberschenkel entlang, durch ihre feuchte Mitte.

»Gott«, stöhne ich und bearbeite meinen Schwanz, sie streichelt sich zögerlich selbst. Ihr Atem geht stockend, während sie allmählich genießt. »So wunderschön. Das ist mein Mädchen. Mach's dir selbst.«

»Schaust … du zu?«

»Ich konnte dich noch nie aus den Augen lassen.«

Sie wird schneller, ihre Hüften bewegen sich immer rhythmischer. Irgendwie – trotz zitternder Hände – schaffe ich es, ein letztes Foto zu schießen, bevor ich das Handy beiseitewerfe. Ich bekomme kaum mit, wie es zu Boden klappert.

»Scheiß auf die Fotos«, knurre ich und ramme ohne Vorwarnung zwei Finger in sie.

Olivia stöhnt auf und stemmt sich gegen meine Hand. »Carter, bitte. Fick mich.«

»Werde ich. Versprochen, aber du brauchst noch ein bisschen Geduld.«

Jammernd schlägt ihr Kopf hin und her. »Ich habe keine Geduld.«

»Weiß ich«, lache ich. »Du musst mir einfach vertrauen.«

Ich lasse die Zunge über ihre Klit gleiten und sauge sie in meinen Mund. Olivia packt in meine Haare und vergeht auf meiner Zungenspitze. Sie schreit meinen Namen und fleht mich an, nicht aufzuhören.

Also höre ich nicht auf. Ich verschlinge sie wieder und wieder, bis sie nur noch ein zuckender Leib ist. Als ich mich endlich zurückziehe, habe ich noch immer nicht genug.

Werde ich nie haben. Nicht von ihr.

Ich schleudere sie herum auf Hände und Knie, sie dreht den Kopf über die Schulter, suchend. »Was brauchst du, Baby?«

»Dich. Einen Kuss. Bitte.«

Meine Handfläche sucht sich an ihrem Kiefer entlang und

dann erobere ich ihren Mund, ohne zu zögern. Mit jedem Schlag meiner Zunge erkunde ich weitere Tiefen, aber ganz ohne Eile, während ich in ihre warme, nasse Pussy eindringe. Ich schlucke ihr Keuchen mit einem weiteren hirnschmelzenden Kuss, dann lege ich meine Stirn an ihre Schläfe und setze zu einem schmerzhaft langsamen Stoß an.

Mit Olivia ist es jedes Mal ein Tanz zwischen Raserei und Genuss, zwischen Zärtlichkeit und Gewalt. Sie macht mich so wild, und trotzdem werde ich ganz langsam und will, dass sich jeder Moment bis in die Ewigkeit zieht.

Eine Hand sucht ihre Klit, umrundet und stimuliert sie, während ich immer tiefer in sie eindringe. Das Laken ballt sich in ihren Händen, weil sie zergeht, weil sie wieder und wieder meinen Namen flüstert, als sie kommt.

Und dann: »*Härter.*«

»Härter?« Ich packe ihre Kehle, vergrabe die Nase in ihren Locken. »Du willst, dass ich dich ficke?«

»Ja.«

»Dann ficke ich dich, als würdest du mir gehören. Sag mir, dass du mir gehörst, Olivia.«

»Ich gehöre dir, Carter.«

Ich ziehe so weit raus, dass ich kaum noch in ihr bin, und nehme ihr die Krawatte vom Kopf. Ihre Locken fest im Griff, ihre dunkelbraunen Augen auf mich gerichtet, sage ich: »Du siehst mich an, während ich dich ficke.«

Ich ramme tief in sie und als Olivia meinen Namen schreit, umspielt ein finsteres Lächeln meine Lippen. Das letzte bisschen Selbstkontrolle verschwindet, während ich in sie stoße, immer tiefer, schneller, härter. Und die ganze Zeit stöhnt Olivia meinen Namen, fleht: »Mehr, Carter, bitte, mehr.« Und: »Nicht aufhören, Gott, hör nicht auf.«

Meine Zunge gleitet über ihre sengende Haut, löscht das Feuer. Ich halte ihren Kopf straff und entlocke ihr noch das letzte kehlige Geräusch, indem ich meine Hüften mit jedem weiteren strafenden Stoß gegen ihren Hintern knallen lasse. Dann ziehe ich meinen Schwanz aus ihrer tropfnassen, engen Pussy, lasse mich auf den Hintern fallen und drücke sie mir mit einem Zischen auf den Schoß.

»So fucking wunderschön«, grunze ich und ramme sie auf meinen Schwanz. »Sag's mir. Sag mir, dass du perfekt für mich bist.« Sie will den Kopf schütteln, doch ich breche das sofort mit einem Knurren ab. »Wehe!«

»Ich …«

»Perfekt.«

»Für dich. Perfekt für dich.«

»Da hast du verdammt recht.« Ich lege ihre Beine um meine Hüften und versenge sie mit einem Kuss, bei dem sich mein Herz zusammenzieht. »Komm mit mir, Ollie. Komm.«

Und das tut sie. Tun wir. Unsere Körper beben, ich presse mein Gesicht an ihren Hals, ihre Fingernägel krallen sich tief in meinen Rücken. Mein verschwitzter Körper klebt an ihrem, aber das gefällt mir. Ich möchte für immer an ihr kleben.

Danach schließe ich sie so fest in die Arme, dass ich sie fast ersticke. Dann rolle ich uns auf die Seite und gebe ihr tausend Küsse auf das so wunderschöne Gesicht.

»Das vorhin tut mir so leid«, flüstert Olivia nach einer Weile, die Wange an meinem Oberkörper, die Finger in meinem Brusthaar. »Ich habe Sachen gesagt, die ich nicht so meinte, und damit deine Gefühle verletzt. Irgendwie bin ich mal wieder nicht über deine Vergangenheit hinweggekommen und ich hatte Angst, dir zu vertrauen. Das tut mir wirklich leid.«

»Schon okay, Baby.« Ich zwirbele immer wieder eine ihrer Locken um meinen Finger. »Ich muss einfach wissen, wann du Angst bekommst. Und wir haben es ja geschafft, oder?«

»Wir haben gestritten.«

»Das nennt man Leidenschaft, Ollie. Wilde, ungezügelte Leidenschaft. Ich will keine Liebe, die nicht verrückt ist, und anders kann ich gar nicht beschreiben, was ich für dich empfinde: Ich bin verrückt nach dir.«

Mein Herz lächelt, weil sie über diese Worte so strahlt. Langsam streichle ich ihr mit dem Daumen über die hohen Wangenknochen, über die perfekt geschwungene Oberlippe.

»Ich sehe Feuer in deinen Augen und will nichts lieber als es schüren. Setz meine Seele in Brand, Ollie. Ich gehöre dir.«

***

Zwei Stunden, drei Orgasmen und eine kurze Essenspause später liege ich wach im Bett. Olivia schläft in meinem Arm. Ich starre auf mein Handy, schaue zum dritten Mal das Video von meinem kleinen Faustkampf heute, genauer gesagt achte ich eigentlich nur so richtig auf Olivias Gesicht, als die Kamera sie einfängt.

Als ich die Handschuhe auf den Boden schmeiße, springt sie auf. Als mein erster Schlag landet, fasst sie sich an die Brust. Als Daley und ich aufs Eis fallen, reißt sie die Hände vor den Mund und der total verängstigte Ausdruck auf ihrem Gesicht ist etwas, für das ich nie wieder der Grund sein will.

Olivia bewegt sich, streichelt mir über den Oberkörper. »Hmmm. Carter?«

»Komm her, Baby.« Ich ziehe sie zu mir, stopfe die Decke um uns und drücke sie fest an mich. »Dich im Arm zu haben, ist das beste Gefühl der Welt.«

Sie stößt einen glücklichen Seufzer aus. »Mag dich sehr, sehr.«

»Mag dich auch sehr, sehr.«

Weitere Worte wollen über meine Lippen, Worte, die gleichzeitig verängstigend und berauschend sind. Worte, die eine so tiefe Bedeutung tragen, eine Verbindung, die *für immer* schreit.

Es fühlt sich zu früh an und doch ist es, als hätten sie überraschend an der Tür geklopft und ich sie, ohne zu zögern, reingelassen.

Fühlt sich das so an? Man will alles teilen – das Gute und das nicht so Gute? Man will ihre Hand nehmen und festhalten und zusammen jeden weiteren Schritt gehen? Jeden weiteren Schritt ins Unbekannte, ins Helle wie Dunkle, wo wir uns gemeinsam unseren Ängsten stellen, was uns nur immer stärker werden lässt.

Ich zeichne Olivias Gesichtszüge im sanften Mondlicht nach, das durchs Fenster hereinfällt, und da weiß ich es.

Mit den Fingern streichle ich über ihren Wangenknochen und als ihre Wimpern nicht zucken, flüstere ich die Worte leise.

»Ich glaube, ich liebe dich, Ollie.«

VIERUNDDREISSIG

HALLO, MR UNFASSBAR

OLIVIA

Habt ihr euch je die Augen verbinden und euch bis zur Besinnungslosigkeit vögeln lassen?

Falls das nicht auf eurer Wunschliste steht, dann aber schnell. Glaubt mir.

Mir tut alles weh, meine Muskeln ächzen dumpf, als ich mich recke. Aber diese Matratze? Fucking eins a. Dazu noch diesen Koloss von Mann, der von mir besessen ist, und ich frage mich allmählich, ob ich im Himmel bin.

Musik dringt durchs Treppenhaus herauf, in der Küche wird geklappert, es riecht gleichzeitig süß und herzhaft.

Dazu wird gesungen. Carter singt.

Ich rolle mich auf den Rücken und bedecke kein Viertel dieser gigantischen Matratze, obwohl ich daliege wie ein Seestern.

Möglich … dass ich schon verliebt bin. Aber ich glaube, ich bin ihm nicht einfach verfallen, ich bin über meine eigenen Füße gestolpert und geradewegs auf die Fresse geknallt.

Schwere Schritte auf der Treppe, Carters Stimme kommt näher, er singt eine mir bekannte Melodie.

»*My girl! Du-du-du-du-du!*«

Dann steckt er den Kopf zur Tür herein, ein so freches, aber gleichzeitig charmantes Grinsen auf dem Gesicht, dass ich die Hände vor die Augen schlage und mich krümme, weil ich so hoffnungslos peinlich giggeln muss.

»Hör sofort auf zu lachen!«, verlangt er und kommt ins Zimmer.

Außerdem ist er nackt.

Splitternackt. Mit einem Tablett.

»Du bist nackt.« Mir steht der Mund offen.

Er deutet auf die alberne Kochmütze auf seinem Kopf, die ich in Anbetracht seiner so makellosen Nacktheit völlig übersehen habe. »Nee, ich trage eine Mütze.«

»Aha …« Zum Kopf gucke ich gar nicht.

»Wie ich sehe, starrst du Mr Unfassbar an.«

»Du bist so eitel, das ist unfassbar.«

Er stellt mir das Tablett auf den Schoß und gibt mir dann einen langen, sanften Kuss.

»Was ist das?« Mir wird das Herz ganz warm bei dem Anblick. »Hast du mir Frühstück gemacht?«

Er reibt sich über die stolzgeschwellte Brust. »Ja.« Er nimmt ein Stück Bacon von einem der Teller, auf dem mindestens ein Pfund davon liegt, und steckt es mir in den Mund, dann beißt er den Rest ab. »Bacon, weil du ihn liebst. Obst und Joghurt, weil die so süß sind wie du. Ein Blaubeerbagel mit Zimtaufstrich, weil Cara gesagt hat, dass du das liebst. Und Tee, weil du von Kaffee Bauchweh kriegst.«

»Ich l-l-l- …« Oh, Shit. Oh, verdammte Scheiße. Ich hätte es fast laut ausgesprochen.

Carter hebt amüsiert die Braue und wirkt selbstgefälliger denn je. »Du l-l-l?«

»Ich«, dazu wedele ich mit der Hand, »liebe es!« Was Besseres ist mir nicht eingefallen? »Ich bin einfach überwältigt, weil du dir so viele Gedanken gemacht hast. Und weil du …«, ich deute auf ihn, »nackt bist!«

Carter stemmt die Hände in die Hüften, lässt sie kreisen. Er scheint sein Ding sehr gern rumzuschwenken. »Lenkt dich meine Nacktheit etwa ab?«

»Ich könnte das Wort nicht mal buchstabieren, wenn ich dabei das Teil ansehen müsste.«

»Hmm.« Er nimmt etwas Zimtaufstrich auf den Finger und reibt ihn mir auf die Lippen, schaut mit glänzenden Augen zu, wie ich ihn ablecke. »Ich mache dich gern sprachlos.«

»Gewöhn dich nicht dran.«

Carter lässt sich neben mich plumpsen und knabbert am Bacon, während er mir beim Essen zusieht, Kopf auf den Ellbogen gestützt. Der Zimtaufstrich ist warm und dadurch flüssig, und als ich in den Bagel beiße, läuft etwas davon seitlich an meinem Mund vorbei und tropft auf meine linke Brust.

Sofort hat er diesen ganz bestimmten Blick und als ich es wegwischen will, packt er mein Handgelenk. »Wag es ja nicht«, brummt er leise. »Das ist meins.«

Er rollt sich vom Bett, nimmt mir das Tablett vom Schoß, stellt es auf den Boden und stürzt sich dann mit einem Sprung auf die Matratze, auf mich, und verschlingt mich. Als wir schließlich zum Frühstück zurückkehren, ist das Essen kalt und der Bagel hart, aber es stört mich null. Im Gegenteil. Als er mich später beim Eisstadion absetzt, wo ein Spiel meiner Mädels ansteht, hatte ich drei Orgasmen und habe mir ein Frühstück von McDonald's verdient, und dann tätschelt er mir sogar noch beim Aussteigen den Hintern.

»War das Carter Beckett?«, flüstert Alannah, die beim Eingang auf mich wartet und mit großen Augen dem SUV nachsieht, der gerade vom Parkplatz fährt. Er lächelt ihr zu und winkt, woraufhin Alannah wie wild hüpft und zurückwinkt. »Das war er, das war er, das war er!«, kreischt sie und schüttelt ihren Vater.

Jeremy verdreht die Augen. »Das war er, das war er. Woohoo.«

»Jetzt werd mal nicht zu enthusiastisch, Jeremy.« Dann ziehe ich ein Geschenk aus der Tasche und gebe es Alannah. »Das ist für dich. Von Carter.«

Sie wickelt das kleine Trikot aus. »Für Alannah, bleib immer hart am Puck. Carter Beckett.« Sie presst es sich an die Brust. »OMG, OMG!«

Jeremy wirkt noch immer unbeeindruckt, streckt aber trotzdem die Hand aus.

Ich hebe die Brauen. »Kann ich dir helfen?«

»Wo ist meins?«

»Dein was?«

»Mein … mein Trikot!« Sein Mund bleibt offen stehen. »Du … hast du etwa nicht … du hast nicht –«

Grinsend schleudere ich ihm das Trikot gegen die Brust.

Er hält es sich direkt vors Gesicht, während er liest, was echt doof ist. So kann ich seine Miene ja nicht sehen. »Für Jeremy. Behandle deine Schwester nicht wie ein Arsch. Carter Beckett.« Er lässt das Trikot sinken und so lässt sich unschwer erkennen, dass er … total begeistert ist. »O mein Gott. Er hat auf mein Trikot geschrieben. *Carter Beckett hat auf mein Trikot geschrieben!*«

Du lieber Gott.

***

Ich bin schon mindestens drei Kilo schwerer als beim Reinkommen, das um die sieben Minuten zurückliegt. Klingt unmöglich? Nichts ist unmöglich mit Cara.

»Brauchen wir das alles?« Die Schachtel Milk Duds will mir aus der Manteltasche fliegen, also klemme ich sie schnell mit dem Ellbogen fest, während wir zu unseren Plätzen watscheln. In der anderen Manteltasche habe ich eine Dose Bier, in der hinteren Hosentasche eine Packung Twizzlers, in der rechten Hand eine weitere Dose Bier und im Arm eine riesige Tüte Popcorn. »Oder wirkt das nur auf mich übertrieben?«

»Was für eine lächerliche Frage«, schnaubt Cara. »Ja, Olivia, wir brauchen das alles. Mach mir das Leben nicht zur Hölle.«

»Entschuldigt mein Versehen, Majestät.«

»Entschuldigung gewährt.« Sie sinkt auf ihren Platz und leert erst mal zur Hälfte ihren Wodka Cooler. »Hat Carter Adam erzählt, was gestern Abend passiert ist?«

Ich nicke. Carter hat mit Adam über Courtney gesprochen, während meine Mädels vorhin ihr Spiel hatten. Adam war wohl am Boden zerstört, nicht mal seinet-, sondern unseretwegen. »Courtney hat gesagt, sie war total besoffen und kann sich an nichts erinnern, aber Adam hat nicht lockergelassen, und da hat sie gesagt, er soll sich mal nicht so haben, ob denn niemand mehr Sinn für Humor hätte.«

Ein leises, beängstigendes Geräusch dringt aus Caras Kehle. »Liv, du weißt, dass ich so was nicht leichtfertig sage, aber diese Frau verdient es, dass ein ganzer Staat wütender Bienen auf sie losgelassen wird.«

Ich muss kichern und Garrett kommt mit einem kleinen Eisregen vor uns zum Stehen. Sein Blick wandert über die volle Süßigkeitenpracht. Er spritzt sich Wasser in den Mund und hebt die Brauen.

»Isst du das alles, Ollie?«

»Ich wollte nur Popcorn«, sage ich und schaue demonstrativ zu Cara.

»Okay, also wenn du was nicht schaffst, bin ich dein Mann.«

Carter donnert von hinten in ihn hinein. »Ich bin ihr Mann.«

Garrett knufft Carter gegen die Brust. »Ich will nur ihr Essen!«

Carter knufft ihn zurück. »Niemand kriegt ihr Essen außer mir!«

»Was genau muss ich hier gerade mitansehen?«, frage ich, weil ich zwei ausgewachsenen Männern zusehe, die sich gegenseitig schubsen, statt sich für ihr Profihockeyspiel aufzuwärmen.

»Das, was ich praktisch jeden Tag ertragen muss.« Jetzt hält auch Adam vor uns, um etwas zu trinken. »Kinder.«

»Das Essen ist meins!«, ruft Carter und versucht, Garrett in den Schwitzkasten zu nehmen.

Garrett befreit sich rechtzeitig. »Ich werde dich nicht enttäuschen, Ollie!«

In dem Moment fällt mir auf, dass Emmett sich über die Bande lehnt und Cara zuzwinkert, die sich intensiv mit der Zunge von innen gegen die Wange stochert.

»O mein Gott. Ihr beiden seid echt –« Mir springt das Herz in den Hals, weil Carter direkt vor mir gegen die Scheibe knallt. »Carter, verdammt. Jetzt hab ich mich erschrocken.«

Er zieht die Handschuhe aus, legt die Hände an den Mund und haucht gegen die Scheibe. Mit der Fingerspitze zeichnet er ein Herz auf die beschlagene Stelle, dicht gefolgt von *C + O*. Mein jämmerlich schwaches Herz fängt an zu flattern, auch wenn mir das total peinlich ist. Das Zwinkern, mit dem er mich danach bedenkt, ist ein vielversprechender Vorbote der Nacht, die wir nach diesem Spiel zusammen verbringen wollen.

Cara mischt Skittles und M&M's in der Hand und steckt sie sich in den Mund. »Der Mann ist Hals über Kopf in dich verliebt.«

Ich rümpfe die Nase und schaue angewidert auf ihre Hand, in der sie gerade die nächste Ladung anmischt. »Das ist absolut widerlich. Das mischt man doch nicht. Außerdem ist er nicht in mich verliebt.« Aber vielleicht ja irgendwann. Das wäre schön. Oder so.

Cara schnaubt. »Liv, schau dir den Kerl an. Ich habe noch nie einen liebeskränkeren Loser gesehen.«

Mein Blick gleitet übers Eis, ich entdecke Carter sofort. Er sieht mich ununterbrochen an, obwohl er mit seinen Teamkollegen spricht und einen Puck dribbelt. Sein Grinsen ist elektrisierend, dann hebt er einen Arm und winkt mir zu.

»*Hi, Pumpkin!*«, johlt er, holt dann aus und feuert das Teil zu Adam.

Meine Wangen brennen. »Hat er mich gerade vor fünfzehntausend Leuten Pumpkin genannt?«

Cara schaufelt sich Popcorn in den Mund. »Hier passen sogar neunzehntausend rein.«

Carter scheint mich weiter in Verlegenheit bringen zu wollen, denn als er sechs Minuten nach Anpfiff des ersten Drittels ein Tor schießt, fährt er vor mir entlang und brüllt: »*Das war für dich, Pumpkin!*« Das Tor im letzten Drittel widmet er seiner Prinzessin und als mein rot glühendes Gesicht auf dem Großbildschirm auftaucht, legt er sich die Hand aufs Herz und tut, als würde er ohnmächtig werden.

Ich hätte echt nicht gedacht, dass es so prahlerische Menschen wirklich gibt, und doch flattern mir zahllose Schmetterlinge durch den Bauch, als er nach dem Spiel die Reporter links liegen lässt und direkt zu mir kommt, um mich in die Arme zu nehmen.

Als wir nach Hause kommen, taucht die untergehende Sonne den Himmel schon in atemberaubendes Rosa und Orange – mit vereinzelten lila Streifen. Die dunklen Kiefern und überwältigenden Berge sorgen für einen herrlichen Kontrast.

Wir gehen direkt in die Küche, wo Carter einen Teller mit Käse, Pökelfleisch, Cashews und Weintrauben vor mir abstellt. »Wir essen erst spät heute, versorg dich also erst mal hiermit.« Er gibt mir einen Kuss auf die Stirn. »Ich bin in ein paar Minuten wieder da.«

Als er zehn Minuten später zurückkommt, umspielt das niedlichste verlegene Grinsen seine Lippen. Sein Anzug ist einer Jogginghose und einem T-Shirt gewichen.

Er nimmt meine Hand und bringt mich die Treppe hinauf zu seinem Schlafzimmer. Das Bad ist in sanftes Licht getaucht von unzähligen Kerzen, die am Rand der Wanne aufgestellt sind, Sterne strahlen durch das Dachfenster. John Mayer dringt leise aus Lautsprechern, das Buch, das ich gerade lese, liegt auf einem

Stuhl neben der riesigen Wanne. Das Wasser glitzert in einem fantastischen Magentaton, Rosenblätter schwimmen darauf. Carter wippt förmlich auf den Zehen.

»Da ist 'ne Badebombe drin. Deshalb ist das Wasser so rosa. Jennie hat sie ausgesucht.« Er kratzt sich am Kopf. »Ähm, die … ähm … das ist …«

Ich atme tief ein. »Lavendel?«

Da strahlt er plötzlich übers ganze Gesicht. »Ja! Lavendel. Zum Entspannen und so.«

Ich muss ein Kichern unterdrücken. Wie unfassbar niedlich ist das denn?

»Aber die Rosenblätter waren meine Idee. Und die Kerzen.« Er könnte nicht stolzer aussehen.

»Für mich?«

»Für dich.« Er senkt kurz seine Lippen auf meine, bevor er mir die Jeans mitsamt Slip von den Hüften schiebt. Dann zieht er mir das Shirt über den Kopf und sanfter als je zuvor den BH aus. Als Letztes folgen die Socken und dann hilft er mir in die dampfende Wanne. »Ich möchte, dass du dich entspannst, während ich uns was zum Abendessen besorge und alles unten aufdecke, okay? Du musst mindestens fünfundvierzig Minuten hier drinbleiben.«

»Fünfundvierzig Minuten? Das ist ja eine sehr konkrete Zeitangabe. Und wenn ich plötzlich Verlangen nach dir habe?«

»Dann darfst du dich selbst berühren, aber nur, wenn du an mich denkst.« Er lacht, wird dann aber schnell wieder ernst. »Aber wenn du das machst, brauch ich ein Video davon. Kannst du direkt in den Ordner mit Wichsvorlagen stecken, der auf meinem Handy ist.«

Mit einem Lächeln und einem Seufzen sinke ich ins Glück, lasse die Hände über die Wasseroberfläche gleiten, über die Blätter. Ich halte nicht lange durch, nachdem er weg ist. Zum Buch greife ich gar nicht erst, schließe einfach die Augen und summe mit. Ehe ich michs versehe, spüre ich schon Carters warme Hände auf meinem Gesicht, der mich langsam weckt.

»Meine schlafende Schönheit«, flüstert er. »Ich wusste, dass ich dich holen kommen muss.«

Er wickelt mich in ein dickes Handtuch und bringt mich ins Schlafzimmer, wo eins seiner T-Shirts und ein frischer Slip aus meiner Tasche bereitliegen, die ich anziehe, während er die Wanne leerlaufen lässt, die Blätter einsammelt und die Kerzen ausbläst. Er macht so viel für mich, sein Engagement und sein Mitgefühl sind unvergleichlich. Als er wieder bei mir ist, schlinge ich die Arme um ihn, kuschle mich an ihn.

»Danke, Carter. Ich bin so glücklich mit dir, ich kann es gar nicht erwarten, zusammen mit dir weiterzuwachsen.«

»Wir werden zusammen brennen.« Er legt die Stirn in Falten. »Also, emotional gesprochen. Weil wir beide ja einzeln schon superheiß sind.« Dann drückt er mir die Lippen gegen die Stirn. »Komm, ich will dir zeigen, was ich vorbereitet habe.«

Er hebt mich hoch und trägt mich die Treppe hinunter. In der Tür zum Wohnzimmer bleibt er stehen und mir implodiert das Herz. Seins schlägt direkt neben meinem Ohr. Ich presse eine meiner Hände dagegen, als könnte ich es so berühren, spüren, wie es rast.

Langsam rutsche ich an ihm hinunter, eine Hand vorm Mund, während ich hineingehe.

Der Fernseher ist an, das Logo von Disney+ ist zu sehen und eine Auswahl sämtlicher Klassiker. Die Couch ist … total zerpflückt. Die Kissen sind weg und ich habe keine Ahnung, wo sie sein könnten. Ich gehe um die weißen Laken herum, die wie ein Zelt im Wohnzimmer aufgehängt sind. Dort liegen die Kissen unter Decken und weiteren Kissen, mehr als ich je gesehen habe. Blinkende Lichter säumen die Seiten des Zelts und auf dem Couchtisch stapeln sich Schachteln vom Chinarestaurant.

Carter beobachtet mich, will nach mir greifen, doch dann

fängt er wohl an zu zweifeln, reibt sich den Nacken. »Ich dachte, wir könnten Filme gucken. Gefällt's dir?«

Ob es mir gefällt?

Ich springe ihm mit Anlauf in die Arme und drücke ihm einen fetten Kuss auf den Mund, während er lacht.

»Das werte ich mal als Ja. Ha, ich rocke dieses Beziehungsding.«

Wir kuscheln uns in das Zelt und einigen uns auf *Der König der Löwen*. Carter singt jedes Wort mit, während wir essen. Als der Film vorbei ist, verschwindet er in der Küche und kommt mit Brownies zurück.

»*Die Eiskönigin*?« Er leckt sich Glasur von den Fingern und tippt sich durch das Angebot. »Oder *Moana*? Kann bei beiden mitsingen, nur falls du dich fragst.«

»*Die Eiskönigin*. Ich will hören, wie du *Let It Go* singst.«

Carter sieht mich an, während ich mich an ihn kuschle. »Sicher, dass du lange genug wach bist?«

»Pfft. Ich bin hellwach. Konnte schließlich in der Wanne pennen.«

»Hm. Für den Fall der Fälle …« Er zieht mich ganz nah an seinen Oberkörper und legt mir das Kinn auf den Kopf.

Der Film läuft gerade mal zehn Minuten, da streichelt er mir mit der Hand über den Rücken und flüstert meinen Namen. Ich schaue ihm in die warmen Augen, er guckt ganz sanft und liebevoll.

»Meine Mom hat immer gesagt, so was fällt nicht vom Himmel. Dass man für das Leben und die Liebe, die man will, arbeiten muss. Das Schwierige ist eine Herausforderung, aber das schaffen wir, und alles andere mit dir ist einfach so selbstverständlich, und ich … Ich will mit dir an uns arbeiten. Ich möchte ein Leben aufbauen, das wir lieben.«

Mit diesen Worten wie in Dauerschleife im Ohr halte ich doch nicht durch, bis er sein Lied singt. Ich kann unmöglich sagen, wie spät es ist, als er mich ins Bett legt und sich an mich schmiegt. Seine Handfläche wärmt meinen Bauch, nachdem sie unter mein Shirt gewandert ist, seine sanften Lippen finden mein Ohr.

»Du bist mein absoluter Lieblingsmensch, Ollie.«

FÜNFUNDDREISSIG

BIS ZUM SACK

CARTER

Ich will jede Sekunde, die ich noch mit Olivia habe, bevor ich wieder zur nächsten Runde Auswärtsspiele aufbrechen muss, auskosten. Deshalb hab ich sie auch beim ersten Morgengrauen geweckt, indem ich ihr den Kopf zwischen die Beine gesteckt habe. Vermutlich ist das der Grund dafür, dass sie gerade mit dem Kopf auf meinem Schoß schläft und nicht mal wach wird, obwohl ich lauthals den Fernseher anbrülle.

»Wurdest du schon wieder abgeknallt?«, brüllt Garrett in meinem Ohr. »Wieso spielst du heute so schlecht?«

»Da schläft eine echt heiße Braut zwischen meinen Beinen!«, brülle ich zurück.

»Die ist immer zwischen deinen Beinen!« Dann ist es einen Augenblick lang still, während Adam und Emmett kichern. »Okay, das klang falsch. Ich wollte nur sagen, dass du doch schon das ganze Wochenende mit ihr verbracht hast. Konzentrier dich mal aufs Spiel, Mann. Du reißt das ganze Team runter.«

»Jaja«, murmle ich und lasse meinen Spieler ein paar Treppen hochlaufen.

»Da oben hat es vorhin nur so von Leuten gewimmelt, Carter«, sagt Emmett, als Olivia langsam wach wird. »Schau dich bitte –« Er stöhnt, während mein Bildschirm blutrot wird, weil meinem Spieler einfach direkt in den Kopf geschossen wurde. »… um. Mann, was zur Hölle?!«

Olivia grinst mich an, blinzelt mit ihren dunklen Wimpern.

»Beckett? Bist du noch da?«

Adam seufzt. »Olivia ist vermutlich aufgewacht.«

»Leute, ich muss mich abmelden.« Ich reiße mir das Headset vom Kopf und ignoriere Garretts lautstarken Protest, einfach mitten im Einsatz abzuhauen.

Olivia kriecht an mir hoch, aber ich drücke sie auf den Rücken.

»Zeit für einen Snack.«

»Schon wieder?«

»Ich habe immer Hunger, Ollie. Aber ich würde mich auch zum Kuscheln überreden lassen.«

Es kommt sehr ungelegen, dass in diesem Moment die Haustür auffliegt und die Stimmen zweier mitunter irritierender Frauen in mein Haus dringen. Olivia versteift sich und ich lasse mich stöhnend auf sie fallen.

Als ich die drei Leute in meinem Flur sehe, die ihre Jacken ablegen, springe ich auf und gehe mit ausgebreiteten Armen auf sie und den Hund zu, der aufgeregt auf allen vieren tänzelt.

»Was macht ihr denn hier?« Dann schaue ich Hank an. »Ich dachte, Ollie und ich holen dich später zum Essen ab?«

Er hebt mit unschuldiger Geste die Schultern. »War nicht meine Idee.«

Jennie verdreht die Augen und lässt Dublin von der Leine, der sofort zu mir stürzt und mir seine Vorderpfoten gegen den Bauch drückt. Ich wuschle durch sein weiches Fell. »Das ist ja wohl absolut gelogen, alter Mann, und das weißt du genau.« Sie führt ihn durch den Flur. »Mom und du habt das heute Morgen eine Stunde lang übers Telefon ausgeklügelt.«

Mom wirft die Arme in die Luft. »Es ist halt nicht fair, dass er Olivia schon kennengelernt hat und wir nicht!«

»Ihr könnt hier nicht einfach unangekündigt reinmarschieren!«, sage ich laut und deute auf Olivia, die sich verzweifelt die Haare und Klamotten glatt streicht. »Wir hätten nackt sein können!«

»Carter!«, ruft Olivia entsetzt genau in dem Moment, in dem Mom die Fäuste in die Seiten stemmt und »Carter Beckett!« faucht.

Jennie würgt. »Bäh. Ekelhaft. Keine Vorstellung, die ich in mein Hirn gebrannt haben wollte.«

»Dann hättet ihr klopfen oder klingeln sollen, ich war nämlich fast bis zum Sack –«

»Carter!«, kreischt Olivia und hält mir den Mund zu. »Um Himmels willen, kein Wort mehr.«

Ich grinse unter ihrer Hand. »Sorry, Pumpkin.«

Hank lacht und streckt die Arme nach uns aus. Ich nehme seine Hände, doch er runzelt sofort die Stirn und schlägt sie weg. »Ich will nicht dich, ich will Olivia!«

Sie stößt mich elegant mit der Hüfte weg und nimmt dann Hank in die Arme. »Das ist viel besser als das, was wir vorhatten.«

Da geht Mom mit ausgebreiteten Armen auf Olivia zu, das wunderlichste Grinsen im Gesicht, als würde sie gerade Leben auf dem Mars entdecken. »Ich dachte nicht, dass dieser Tag je kommt«, quiekt sie. »Mein kleiner Junge, endlich erwachsen mit einer richtigen Freundin!«

»Hat ja nur siebenundzwanzig Jahre gedauert«, murmelt Jennie und klatscht dann mit Hank ab.

»Hi, Pumpkin«, flötet Mom und schlingt die Arme um Olivia.

»Mom!«

»Was denn? So nennst du sie doch, oder nicht?«

Jennie schnaubt. Einmal. Zweimal. Dann bricht sie vollends zusammen und schlägt sich auf den Oberschenkel. »Pumpkin? Du … du … du«, sie schnaubt weiter, »du nennst deine Freundin Pumpkin?« Weint sie etwa? »So viel zu deinem Fuckboy-

Gehabe der letzten Jahre.« Sie weint echt! »Also, wir kapieren schon. Du liebst deine Freundin.«

Ich würde ja was erwidern, wenn ich könnte. Aber ich stehe einfach nur da und kratze mich verlegen am Bauchnabel, während mein Gesicht glüht. Als Mom Olivia endlich freigibt, lächelt mein Babe mich so warm und sanft an, dass ich das Gefühl bekomme, sie hat ein Licht in mir angezündet.

Mom schlägt nach Jennie. »Lass deinen Bruder in Ruhe.«

»Der ärgert mich doch auch die ganze Zeit!«

»Weil er dich lieb hat, das weißt du.«

»Genau, Jen.« Sofort hebe ich die Hände, um sie anzugrabbeln. »Lass dich doch einfach mal lieb haben.«

»Bleib bloß weg!« Sie schaut zu Olivia, Stirn in Falten. »Du bist zu klein für einen menschlichen Schild.« Sie überlegt noch eine Sekunde, sagt dann: »Ach, scheiß drauf«, packt Olivias Oberarm und duckt sich hinter sie.

Das hätte theoretisch funktionieren können, wenn ich nicht derart lange Arme hätte, die einmal um beide reichen. So drücke ich sie mir beide fest an die Brust. »Gruppenkuscheln«, flöte ich.

Okay, sie haben mir die nächste Nummer mit Olivia versemmelt, aber jetzt habe ich die mir wichtigsten Menschen in einem Zimmer und nichts macht mich glücklicher, als zu sehen, wie mühelos Olivia sich einfügt, als hätte sie schon immer dazugehört. Ich habe nicht mal ein Problem damit, als sie erzählt, wie sie ihrem schlafenden Bruder mal die Augenbrauen abrasiert hat, weil er ihren Hockeyschläger zerbrochen und dann einen Gehstock daraus geschnitzt hat, wodurch es in Jennies Augen böse zu funkeln anfängt, als hätte sie das gerade auf eine Idee gebracht.

Als sie zwei Stunden später neben mir steht und Käse reibt, weil wir Pizza machen, passe ich immer noch höllisch auf meine Augenbrauen auf.

»Da hast du dich ja Hals über Kopf verknallt, kleiner Bruder. Hat's wehgetan?«

»Hä?« Ich lächle, weil Olivia den Kopf in den Nacken legt und über etwas lacht, was Hank gesagt hat. Irgendwas Versautes, schließlich erntet er dafür einen Schlag gegen den Oberarm von meiner Mom. Ich sehe Jennie an. »Ich bin fast fünf Jahre älter als du.«

»Aber kein bisschen weiser, Fuckboy.«

Ich flitsche ihr gegen das Ohr. »Konzentrier dich auf deine Aufgabe.«

Und das tut sie – mit ungefähr so viel Überschwang wie ich, in diesem Fall mit einem hochgereckten Fuß, während sie den Käse auf der Soße verteilt. »Weiß sie, dass du sie heiraten willst?«

»Wie bitte?« Mein Blick fliegt von meiner nervtötenden Schwester zu Olivia.

»Ich habe gefragt, ob sie weiß, dass du in sie verliebt bist.«

Ich presse ihr eine Hand auf den Mund und nehme sie in den Schwitzkasten. »Halt die Klappe, sonst hört sie dich noch.«

Sie beißt mir in die Hand, bis ich sie loslasse, als Olivia zu uns stößt. Ich bekomme fast keine Luft.

»Wieso streitet ihr?«

»*Wegen nichts!*«, kreische ich fast. Der Blick, den ich Jennie zuwerfe, sagt, dass sie ohne Augenbrauen ist, wenn sie was verrät.

»Also, eigentlich sollte es eine Überraschung sein, aber Carter hat mir gerade erzählt, dass er für den Frühling Reitunterricht für uns organisiert hat. Er dachte, du möchtest mich vielleicht begleiten.«

Olivias Augen fangen an zu funkeln. »Reitunterricht?«

Ich kann nicht fassen, dass sie das schluckt. Ich gebe Jennie genau einen Monat, dann muss sie Olivia erzählen, dass dies ein Trick war, um a) zu bekommen, was sie will, was zu diesem Zeitpunkt Reitunterricht ist – sie spricht seit ihrem Geburtstag praktisch von nichts anderem –, und b) von der Tatsache abzulenken, dass ich in Olivia verliebt bin, die das aber noch nicht wissen soll. Nur einen Monat, weil ich impulsiv bin und so schlecht Geheimnisse für mich behalten kann. Länger werde ich vermutlich nicht durchhalten.

Und als wir fünfundvierzig Minuten später am Esstisch sitzen, hab ich ihren Fuß zwischen den Beinen, weil ich offenbar keine Sekunde in ihrer Nähe sein kann, ohne sie zu berühren.

»Wir waren letztes Wochenende auf dem Capilano Lake Schlittschuh fahren und ich war schneller als Carter«, erzählt sie meiner Familie stolz.

»Weil du geschummelt hast.«

Sie summt nachdenklich und beißt in ihre Pizza. »Das klingt nicht nach mir.«

»Würde ich auch machen, der eine oder andere Dämpfer schadet ihm nicht«, sagt Jennie. »Carter hat erzählt, dass du das Hockeyteam deiner Nichte trainierst und Sportlehrerin bist. Das ist echt cool! Hast du mal getanzt?«

»Ach, nur wenn ich betrunken bin. Ich hab es nicht so mit dem Rhythmus, obwohl ich ein paar Jahre Eiskunstlauf gemacht habe.«

»Sie trainiert auch die Volleyballmädchenmannschaft der Schule«, füge ich hinzu.

»Hast du selbst gespielt?«, fragt Jennie amüsiert.

Olivia nickt. »Von der sechsten Klasse, bis ich mit dem Studium fertig war.«

Jennie presst die Lippen aufeinander. Ihre Schultern zucken und ein winziges Schnauben entweicht ihr durch die Nase. Ich verstecke mein Grinsen hinter der Hand und starre auf meinen Teller, um nicht loszuprusten.

Olivia schaut zwischen uns hin und her. »Was ist?«

»Also …« Jennie wippt vor, als das Lachen doch aus ihr rausplatzt. »Hm«, *kicher,* »kommst du überhaupt«, sie hält sich den

Mund zu, »bis ans Netz?« Dann brechen wir im genau gleichen Moment zusammen und biegen uns vor Lachen über den Tisch.

Olivia verschränkt mit zusammengekniffenen Augen die Arme vor der Brust. »Aha, verstehe. Die beiden Beckett-Kinder sind genau gleich.«

»Beides Arschlöcher?«, fragt Mom. »Das haben sie von ihrem Vater.«

»Sei nett zu deiner Freundin, Carter«, ruft Hank über den Tisch und gibt Dublin ein Stück Salami. »Sonst lässt sie dich nichts von den Sachen ausprobieren, die in dem Buch vorkommen, das wir gerade lesen.«

Es dauert ganze fünf Sekunden, bis ich den vollen Gehalt seiner Worte kapiere, aber als es mir endlich klar ist, hat Olivia sich schon gravierend am Essen verschluckt.

»*Hank!*«, sage nun ich mit Nachdruck und reibe Olivia über den Rücken.

»Oh, oh«, flüstert er. »Dublin, da hab ich wohl wieder zu viel gesagt.«

***

Ich habe den Verstand verloren. Anders kann ich mir nicht erklären, warum ich gerade Olivias Direktor zuhöre, der davon schwärmt, wie sehr er es liebt, wenn Cara vorbeikommt.

Ich habe Olivia vor drei Stunden zuletzt gesehen, als sie sich mit einem Kuss von mir verabschiedete. Wir haben bei ihr übernachtet, damit sie nicht noch eher aufstehen muss, um zur Arbeit zu fahren. Ich habe anderthalb Stunden weitergepennt und anschließend alles Essbare in ihrer Küche verschlungen. Aus lauter schlechtem Gewissen habe ich dann erst mal Lebensmittel geordert.

Ich bin noch immer nicht bereit, mich für fünf Nächte von ihr zu verabschieden.

»Ich war auch mal jung«, sagt Ray zu mir. Er hat mich gebeten, ihn Ray zu nennen. »Sie beide wirken sich ja sehr nah, den Fotos der letzten beiden Wochenenden nach zu urteilen.« Er hebt und senkt die Augenbrauen, was ich echt merkwürdig finde, er ist schließlich Olivias Boss. Und der letzte Teil beunruhigt mich, ehrlich gesagt.

»Ist das ein Problem? Die Fotos von uns? Der Kuss?« Fuck, darüber hab ich noch nie nachgedacht.

Er winkt ab. Wir haben die Türen zur Turnhalle erreicht und ich kann Olivia durch die Scheiben sehen. Ein paar Jungs überragen sie, obwohl sie heute hohe Schuhe trägt.

»Olivias Privatleben geht mich nichts an. Sie darf jede Form von Beziehung führen, diesmal gibt es davon halt Fotos. Dafür bekommt sie keine Schwierigkeiten, solange alles respektvoll bleibt und sich im Rahmen des Gesetzes bewegt.«

»Respektvoll und im Rahmen des Gesetzes, verstanden.« Klingt ja eigentlich einfach, wenn Olivia mich nur nicht so wild machen würde. Ich muss mir einfach besondere Mühe geben, mich jugendfreundlich zu verhalten, wenn wir in der Öffentlichkeit unterwegs sind.

»Die Kids hier lieben sie und es ist kein Geheimnis, dass sie es schwer hatte mit ihnen, weil der Altersunterschied ja nicht gerade groß ist. Viele sehen in ihr eine Freundin, an die sie sich wenden können. Ich schätze, sie hat sich ein paar Sprüche mehr anhören dürfen, seit Ihre Beziehung bekannt wurde, aber Miss Parker weiß ja, wie man die Kids in ihre Schranken verweist.«

Ich unterdrücke ein Lachen. Das weiß sie allerdings, ich muss nur an den armen Kerl denken, der sie ein Puck-Bunny genannt hat. Den hat sie fast ungespitzt in den Boden gerammt.

»Danke, dass Sie mich hergebracht haben. Olivia spricht immer davon, wie gern sie für Sie arbeitet.« Das hat sie zwar noch nie gesagt, aber Ray fängt an zu strahlen, insofern hab ich alles richtig gemacht.

Dann husche ich durch die Tür, lasse sie aber nicht zufallen, damit ich sie beim Arbeiten beobachten kann. Manchmal lerne ich die interessantesten Dinge über sie, wenn sie nicht weiß, dass ich sie beobachte.

Das Volleyballnetz ist gespannt, Olivia hat einen Ball zwischen Arm und Hüfte geklemmt, ein Klemmbrett in der anderen Hand. Ein paar der Jungs albern rum.

»Ich meine ja nur … Geben Sie es halt zu, auch wenn es Ihnen peinlich ist, Miss Parker.« Ein blonder Typ dribbelt mit dem Volleyball und wirft dann zum Basketballkorb, an dessen Rand der Ball abprallt. »Wir haben kein Problem damit, wenn Sie uns die ganze Zeit angelogen haben –«

»Ich habe niemanden angelogen«, erwidert Olivia gelangweilt, legt den Ball hin und notiert etwas. »Ich will euch bloß nicht in Verlegenheit bringen. Ich weiß schließlich, wie empfindlich so ein männliches Ego ist, besonders für Teenies wie dich.«

»Ich bin achtzehn. Ich bin ein Mann.«

»Ach, stimmt. Wie konnte ich das vergessen?«

»Sie sagen immer, Sie können Volleyball spielen, aber Sie zeigen es uns nie«, mischt sich nun ein weiterer ein. »Klingt auch für mich so, als wäre das bloß leeres Geschwätz.«

»Ihr kriegt mich nicht dazu, gegen euch zu spielen.«

Hm, dabei lässt Olivia sich so leicht provozieren …

»Wenn es an Ihrer Größe liegt –«

Sie knallt den Kuli aufs Klemmbrett und starrt den Typen, der gerade spricht, mit einem so finsteren Blick an, dass selbst ich Angst um ihn bekomme, obwohl ich so weit weg bin. »Im Ernst? Wieder so ein Scheißspruch, weil ich klein bin?«

Oh, oh.

Sie reißt ihm den Ball aus der Hand und marschiert auf mich zu, hält aber den Blick gesenkt, während sie vor sich hin murmelt. »Verdammte Scheißsprüche, ey. Was hab ich davon die Schnauze voll. Ich habe kurze Beine, haha, so witzig.«

Ich verkneife mir das Lachen und drücke mich weiter in den Schatten des Eingangs. Dann sehe ich, wie mein Mädchen die hohen Hacken auszieht und sofort sieben Zentimeter kleiner ist.

Sie dreht sich zum Netz und lässt den Ball einmal auftitschen, während sie weiterspricht. »Ich mache das nur ein Mal, also guckt besser hin.«

Das wird nicht das Problem sein, diese Jungs sind genauso gebannt wie ich.

Olivia dreht den Ball einmal in den Händen, lässt ihn noch einmal auftitschen, zweimal. Beim dritten Mal schleudert sie ihn übertrieben hoch in die Luft, macht drei Schritte vor, springt hoch und …

Knallt das Ding einmal quer durch die Halle und an die gegenüberliegende Wand, von wo der Ball direkt zu ihr zurückrollt, während die Jungs ausrasten.

»So, hat das wer gefilmt? Damit ihr euch schön immer wieder vor Augen rufen könnt, warum ihr euch nicht mit mir anlegen solltet?«

Ich muss mich daran erinnern, dass ich in einer Highschool bin und mir nicht in den Schritt packen sollte.

»Heilige Scheiße, du bist ja krass drauf.« Ich gehe auf sie zu und deute auf Olivia, auf deren Gesicht sich Schock abzeichnet. »Das ist meine fucking Freundin, Gentlemen.«

»Carter!« Olivia lässt den Ball fallen und kommt zu mir gerannt. »Was machst du denn hier? Du hast das gesehen?« Sie schlingt die Arme um mich und vergräbt ihr Gesicht an meiner Brust. »Jetzt kannst du schön allen sagen, wohin sie sich ihre Witze über meine Größe stecken können.«

So berauscht, wie sie gerade von ihrem Erfolg scheint, wäre es gemein, sie mit der Wahrheit zu konfrontieren, also sage ich: »Ich bin so stolz auf dich, Winzling.« Dann gebe ich ihr einen Kuss. »Ich musste dich noch einmal sehen, ich hoffe, das ist okay.«

Ein verschlagenes Grinsen tritt auf ihr Gesicht, als sie zu ihren Schülern sieht, die alle wie angewurzelt und mit offenen Mündern dastehen. »Damit hast du dir die Position des Assistenztrainers gesichert.«

»Cool. Ich bin ziemlich gut darin, Leute rumzukommandieren, und so können wir noch ein bisschen Zeit zusammen verbringen, bevor wir für hundertzweiundsiebzig Stunden voneinander getrennt sind. Also, nicht dass ich die zähle oder so.« Ich drücke ihr den Mund aufs Ohr, während sie ihre Schuhe wieder anzieht. »Wie sexy du in diesem Lehrerinnenoutfit bist.«

»Du hast mich doch heute Morgen schon genau in diesen Sachen gesehen.«

»Ja, aber da war ich noch im Halbschlaf. Außerdem hast du gerade die ganze Halle fertiggemacht. Jetzt will ich es dir einfach nur ausziehen. Abgesehen von den Schuhen.« Aber bevor ich das umsetzen kann, klatsche ich in die Hände. »Also gut, meine Herren, willkommen zu ›Fit mit Mr Beckett‹.«

Ich hebe Olivias Klemmbrett auf und blättere durch die Zettel. Dann schnalze ich mit der Zunge.

»Ah, das steht also für heute auf dem Plan. Aber zuallererst … Wer von euch hat Miss Parker letzten Montag Puck-Bunny genannt?«

***

»Mir ist langweilig. Gehen wir wieder ins Hotel und spielen Xbox?« Ich habe zwei Pfund Chickenwings gegessen, außerdem einen Teller Nachos und mir einen Krug Bier mit Adam geteilt. Ich wurde genau nullmal angegraben, was aber nur daran liegt, dass ich den finstersten Blick aufsetze, sobald eine Frau es auch nur wagt, einen Schritt in meine Richtung zu machen. Die haben also alle sofort abgedreht und ich will jetzt einfach nur gehen.

»Kommt schon.« Ich stehe auf, zücke mein Portemonnaie

und schmeiße ein paar Scheine auf den Tisch. Adam und Emmett ziehen nach, bloß Garrett, der eine kleine Blondine neben sich sitzen hat, die sein Trikot trägt und ihm was ins Ohr flüstert, wirkt entsetzt. »Du kannst ja noch bleiben, Gar.«

»Aber ich … du …« Er lässt den Kopf in den Nacken fallen und stöhnt. Doch dann flüstert er etwas, vermutlich eine Entschuldigung, ins Ohr des Mädchens und entwirrt ihre ineinander verhedderten Körperteile.

Die Bar liegt nur zwei Minuten vom Hotel entfernt. Bis wir beim Aufzug angekommen sind, hat Garrett sich zum dritten Mal an den Sack gepackt. »Dass du jetzt in einer Beziehung bist, ruiniert mein Sexleben, du Mistkerl.«

»Du hast größere Probleme, wenn dein Sexleben an mir hängt.«

»Es hängt nicht an dir, ich … es … Fick dich.« Er schubst mich gegen die Wand, als wir wieder im Flur sind. »Du bist ganz besessen von deiner Freundin.«

»Absolut.«

»Du willst immer nur wieder ins Hotel, damit du mit ihr telefonieren und ihr sagen kannst, wie sehr du sie vermisst und dass du es nicht erwarten kannst, sie wieder zu küssen, zu vögeln und mit ihr zu kuscheln.«

»Absolut.« In der Reihenfolge. Und mehrmals.

Emmett lacht und zieht sich die Schuhe aus. Er reißt eine Chipstüte auf und wirft sich damit kopfschüttelnd aufs Sofa.

»Warum lachst du, du Wichser?« Ich greife in die Tüte und mopse mir eine Handvoll Chips.

»Erinnerst du dich noch an die Nacht, bevor du Liv kennengelernt hast?«

»Nein.« Ich habe alles, was davor war, ausgeblendet.

»Du hast ein Mädel vor die Tür gesetzt, das fast geflennt hat, weil es die Nacht mit dir verbringen wollte. Und dann hast du gesagt, du wirst dich nie auf eine Frau einlassen.«

»Die wollte nicht nur die Nacht verbringen. Die wollte nach Vancouver ziehen, in mein Haus.« Fucking Lauren. Oder war es Lisa? Keine Ahnung, aber an die Nacht kann ich mich jetzt doch dunkel erinnern. »Und ich habe nie gesagt, dass ich mich nie auf eine einlassen werde.«

»Stimmt. Ich habe gesagt, dass mal ein Mädchen in dein Leben marschieren und deine ganze Welt auf den Kopf stellen wird. Und da hast du gesagt, das wird der Tag, an dem du dich auf eine einlässt.«

»Genau.« So leckere Chips.

»Und schau mal, wo du heute bist.« Das war Adam, der auf mein Handy deutet, auf das ich gerade zum dritten Mal schaue. »Du kannst ja nicht mal dein Handy aus den Augen lassen, wenn du nicht bei ihr bist.«

»Diesmal sind es ja auch fast sechs ganze Tage«, murmle ich.

Er lacht. »Schon okay.«

»Nix okay. Es ist total nervig«, verbessert Garrett ihn.

»Wir sagen doch nur … der Tag ist offenbar gekommen.«

Ach, was. Der Tag ist Mitte Dezember gekommen, als ich sie zum ersten Mal gesehen, als sie zum ersten Mal die Augen über mich verdreht, als sie zum ersten Mal so niedlich gelacht und gleichzeitig geschnaubt und mir dann gesagt hat, ich solle mich ficken gehen.

Wie dem auch sei, ich werde vor dieser Unterhaltung gerettet, weil mein Handy vibriert und Olivias Gesicht auf dem Display auftaucht. Bevor ich drangehen kann, reißt Garrett mir das Teil aus der Hand und schmeißt sich damit aufs Bett.

»Hey, Livvie.« Er strampelt mit den Beinen in der Luft, Kinn in die Hand gestützt. »Was geht, Girl?«

Ich schreie und stürze mich auf ihn, weil … was, wenn sie nackt ist? War sie nämlich gestern, aber dann wiederum … Da wusste sie, dass ich allein bin. So oder so, ich will nicht, dass sie jemand sieht. Niemals. Meine.

Emmett nimmt uns das Handy weg, weil wir zu sehr mit Rangeln beschäftigt sind, und setzt sich damit aufs Sofa. »Hey, Ollie.«

»Uhhhh«, macht sie. »Was futterst du da? Etwa Ruffles All Dressed? Die hab ich ja ewig nicht gegessen.«

Ich schubse Garrett von mir und hocke mich hinter Emmett, von wo aus ich Olivia angrinse. Sie ist nicht nackt, Gott sei Dank. Aber sie trägt mein T-Shirt, Wasser tropft aus ihren nassen Haaren auf das graue Material und das macht was mit mir. Etwas, weshalb ich mir in den Schritt packen muss.

»Ich hab die immer erst mal komplett abgeleckt, bevor ich sie gegessen hab«, sagt sie.

Mein Blick verschleiert. »Ich kaufe welche für Samstag.«

»Igitt!« Garrett reißt die Hände in die Luft. »Wie schafft ihr es denn, mir für immer die Lust auf Chips zu verderben?«

Ich reiße Emmett mein Handy weg und lasse mich aufs Bett fallen. »Du fehlst mir, Ollie.«

Sie sitzt im Bett, Decken um sich, und ich schätze, sie ruft vom Laptop aus an, ich kann nämlich ordentlich viel von ihr sehen. Ihre Wangen färben sich rosa und ich frage mich, ob sie immer wieder rot werden wird, wenn sie mich sieht. Ich hoffe es. »Du fehlst mir auch, Carter.«

»Nee, nee, so nicht«, tadle ich.

Sie verdreht die Augen und stöhnt. »Du fehlst mir auch, Sexiest Man Alive.«

»So ist besser«, sage ich stolz, während alle anderen im Zimmer laut ächzen.

»Cara und ich haben alle eingeladen, um das Spiel zu gucken«, sagt sie.

»Alle?«

»Deine Mom, deine Schwester und Hank.« Sie kichert. »Er hat schwer rumgetönt, der einzige Mann zu sein, der zu diesem Mädelsabend geladen war. Und Dublin wollte mir gar nicht mehr vom Schoß. Ich hab ihn versehentlich im letzten Drittel meine Eisschale auslecken lassen, jetzt liebt er mich für immer.«

Dass Olivia sich so gut mit meiner Familie versteht, wärmt mir das Herz. »Danke, dass du sie eingeladen hast.«

»Dafür musst du dich nicht bedanken. Ich verbringe gern Zeit mit ihnen.« Sie schaut auf ihr Handy, grinst, hält es dann hoch. »Carter, was ist das?«

»Was ist … ach, das.« Ich grinse extrastolz. »Einfach meine Art sicherzustellen, dass niemand irgendwelche Lügen verbreitet. Wenn meine Hände in der Luft sind, kann mir niemand vorwerfen, dass ich damit wen berühre.« Die Überschrift des Artikels, über den sie da scrollt, sagt ungefähr Folgendes: *Carter Beckett lässt die Welt wissen: Berühren VERBOTEN, Ladies!*

Möglich, dass ich mir diese Woche extra Mühe gegeben habe, die Hände in die Luft zu reißen und zu grinsen, wann immer eine Kamera auf mich gerichtet ist, wenn ein Mädchen mich anspricht.

Olivia schüttelt lachend den Kopf. »Noch stolzer könntest du auf dem Foto ja nicht grinsen.«

»Was soll ich sagen? Es macht mich halt glücklich, die Welt wissen zu lassen, dass ich ganz dir gehöre.«

Garrett wirft mir ein Kissen an den Kopf. »Sucht euch ein Zimmer! Es interessiert niemanden, wie verknallt ihr seid.«

Adam greift nach meinen Oreos, runzelt dann aber die Stirn und verschränkt die Arme vor der Brust, als er meinen giftigen Blick sieht. »Lieber Gott, wie lange wollt ihr euch noch um die paar Wörtchen herumdrücken, wo ihr es doch beide nicht erwarten könnt, sie euch zu sagen?«

»Lasst die doch in Ruhe.« Emmett lässt sich neben mich fallen und grinst Olivia an. Ich bin einfach dankbar für die Ablenkung.

Bis er zu reden anfängt.

»Carter hat immer noch damit zu kämpfen, dass er jemanden

mehr liebt als sich selbst und Oreos. Und Ollie ringt damit, sich einzugestehen, dass sie in den arrogantesten, dominantesten, nervigsten Mann der Welt verliebt ist. Niemand sonst kann sich einen Reim auf diese Wahnsinnsverbindung machen.«

SECHSUNDDREISSIG

WIE OLIVIA, NUR IN GROSS UND OHNE DIE TITTEN

CARTER

Wenn ich all die Stunden zusammenzählen würde, habe ich mehr als mein halbes Leben in Eisstadien verbracht, sogar mehr als in meinem Elternhaus. Sie sind mir so vertraut, ihr Geruch, die Geräusche, die Aufregung, die mir jedes Mal wieder den Rücken hinaufkriecht, wenn ich eins betrete.

Aber das hier hat mir gefehlt: Kids, die auf dem Eis rumsausen, der Geruch frisch gebackener Plätzchen vom kleinen Imbiss, von starkem Kaffee, an den sich die Eltern klammern, damit sie einen weiteren Morgen in der Eishalle überstehen.

Eine ganze Flut glücklicher Erinnerungen überkommt mich, an die vielen Jahre, die ich in genau solchen Hallen zugebracht habe, wo mein Dad mir das Schlittschuhlaufen beibrachte, wo meine Eltern mich anfeuerten, wo sie mir halfen, der Mensch zu werden, der ich heute bin, indem sie mich und meinen Traum unterstützten.

Aus dem Augenwinkel sehe ich, dass mich jemand anstarrt und die Person neben sich anstupst, während ich auf den Aushang gucke, zu welcher der vier Eisflächen ich muss. An einem Sonntagmorgen an einem solchen Ort erkannt zu werden, ist unausweichlich, aber heute geht es nicht um mich, also ziehe ich die Mütze ein bisschen tiefer ins Gesicht und husche zu der Eisfläche, zu der ich will.

Ein Schaudern durchläuft mich, als ich in die kalte Halle trete, direkt ans Plexiglas, und den Mädchen zusehe, die über das Eis sausen. Mein Herz geht auf, als ich Olivia in der Tür zur Spielerinnenbank entdecke, wo sie mit einem Mädchen spricht, das mit Schlittschuhen fast genauso groß ist wie sie, obwohl sie in der U8-Liga spielt.

»Un-fucking-fassbar. Carter Beckett in der heimischen Eishalle.«

Ich schaue zu dem Mann, der sich zu mir gesellt hat. Dunkelbraunes Haar und genauso braune Augen, dazu ein Grinsen, das mir verrät, er hat auf diesen Moment schon gewartet, aber anders als die meisten Leute. Er hat ein Baby vor den Bauch geschnallt, das auf einem schlittschuhförmigen Schnuller kaut. Sabber hängt an seinem Kinn und verteilt sich an der Jacke seines Vaters.

»Ist es wirklich okay zu fluchen? Nicht, dass das ein schlechter Einfluss für den kleinen Jem ist.«

Überraschung tritt auf sein Gesicht, als ihm klar wird, dass ich weiß, wer er ist, aber wie könnte ich nicht? Er sieht Olivia so wahnsinnig ähnlich, allerdings –

»Verdammt, sie sieht mir wirklich ziemlich ähnlich, was?«

»Allerdings –«

»Allerdings hab ich statt Titten ein Baby am Oberkörper?«

»Ich hätte was zum Größenunterschied gesagt, aber klar, das auch.« Olivias Titten sind perfekt, ich habe bloß den Eindruck, dass er ein Problem damit hätte, wenn ich darauf hinweisen würde.

»Was machst du hier? Ollie hat nicht erzählt, dass du vorbeikommen würdest.«

»Sie weiß auch nichts davon. Ich soll nicht zu ihren Spielen kommen.«

»Aber du bist trotzdem hier?«

»Ja, habe einen Flieger eher genommen.«

Jeremy hebt die Brauen und sieht mich an, als wäre er auf der Hut. »Du hast selbst für ein Ticket gezahlt, statt mit dem Team zurückzufliegen? Wieso denn das?«

Weil ich besessen bin von deiner Schwester? »Weil ich Ollie coachen und Alannah spielen sehen wollte.« Ich wende mich wieder zum Eis, wo Olivia noch immer mit dem braunhaarigen Mädchen spricht. Lachend greift sie ihr in das Helmgitter und rüttelt daran. »Ich wette fünf Dollar, dass das deine Tochter ist.«

Jeremy lacht. »Ja, Alannah weicht ihr nicht von der Seite.«

Da schlingt sie die Arme um Olivia und drückt sie fest, bevor sie aufs Eis geht. Ihr Blick wandert über den Zuschauerbereich und als sie ihren Vater sieht, fängt sie an zu strahlen und zu winken.

Und dann entdeckt sie mich.

Ihr Schläger fällt klappernd aufs Eis, ihr Mund steht weit offen, während sie einfach nur glotzend dasteht. Und dann kreischt. Sie kreischt und ich lache. Sie springt ein paarmal hoch, saust dann zurück zu Olivia, reißt sie fast zu Boden und erdrückt sie beinahe.

»Danke, danke, danke, Tante Ollie«, brüllt sie und dann wandert Olivias Blick von Alannah zu den Zuschauerrängen zu ihrem Bruder zu …

Mir.

Ich zwinkere und winke ihr zu. Auf ihr Gesicht tritt das breiteste Grinsen der Welt.

»Verdammt«, flüstert Jeremy. »Ich habe echt gedacht, dass sie total angepisst ist, weil du hier unangemeldet aufkreuzt.«

Bevor ich sagen kann, dass ich das auch erwartet hätte, zischt Alannah übers Eis, springt in die Luft und schmeißt den schlaksigen Körper direkt vor mir gegen die Scheibe.

»Ich mach ein Tor für dich«, kreischt sie.

»Und was ist mit mir?«, fragt Jeremy. »Machst du auch eins für deinen Vater?«

Alannah schnaubt. »Pfft, wach auf, Dad. Es ist ein neuer Mann am Start.«

Jeremy flucht leise, deutet dann zu den Sitzreihen. »Kommst du mit? Meine Frau weigert sich zu stehen und dreht schon durch, seit du die Halle betreten hast.«

***

Olivias Team dominiert die gegnerische Mannschaft. Im zweiten Drittel muss sie ihren Mädels sagen, ein bisschen nachzulassen. Alannah macht zwei Tore und eine Vorlage, die zu einem Tor verwandelt wird, und als hätte sie meine DNA, deutet sie nach beiden Toren auf mich, bevor sie ihren Schläger wie eine Gitarre hält und so tut, als würde sie ein wildes Solo spielen. Ihre Mutter Kristin schämt sich in Grund und Boden und vergräbt das Gesicht in den Händen, während Jeremy und ich darum kämpfen, der lauteste Erwachsene in den Rängen zu sein.

Ich gewinne natürlich, aber Jeremy würde das niemals zugeben. Vielleicht stoßen wir uns deshalb gegenseitig weg, als die Mädels aus der Umkleide kommen, weil jeder von uns ihnen zuerst gratulieren will. Ich gewinne wieder. Selbstverständlich.

Olivia verschmilzt mit mir und endlich fühle ich mich wieder vollständig. »Du bist hier und ich bin nicht mal sauer darüber.«

»Heißt das, ich darf noch mehr machen, was du mir eigentlich verboten hast? Es gibt da nämlich dieses eine Loch, das ich –«

»Nein.«

Verdammt.

Ich lege ihr einen Finger unters Kinn, damit ich ihr einen sanften Kuss geben kann, und ignoriere die Würgegeräusche, die ihr Bruder macht. »Du hast mir gefehlt, Winzling.«

»Hey.« Das kleine Mädchen an Olivias Seite hebt lässig die Hand und lehnt sich dann mit verschränkten Armen und Beinen gegen die Wand. Dann nickt sie mir zu. »Hi. Was geht? Ich bin

Alannah. Du kannst mich aber auch Lana nennen. Oder Lanny. Oder Al. Oder Allie. Oder einfach …« Sie hebt fast gelangweilt die Schulter. »Alannah.«

Ich kann gar nicht reagieren, da presst sie sich schon giggelnd die Fäuste vor den Mund, um das Kreischen zu unterdrücken, das aus ihrer Kehle kommt. Dann schmeißt sie sich gegen mich, ihre schlaksigen Arme schlingen sich um mich.

Lachend drücke ich sie. »Denen hast du echt den Arsch versohlt, Lanny. Oh, Scheiße. Darf ich Arsch sagen? Scheiße! Ich hab Scheiße gesagt. Scheiße, schon wieder.« *Hey, Google, wie hört man auf zu fluchen?*

»Daddy flucht auch die ganze Zeit.« Alannah gibt mich wieder frei. »Manchmal schickt Mommy ihn dann zur Strafe in den Keller und wenn er wiederkommt, muss er zahlen. Von dem Geld kauft Mom dann neue Schuhe und teuren Wein.«

Ich schaue Kristin an. »Wie viel bin ich dir schuldig?«

»Vier Schimpfwörter machen vier Dollar.« Sie streckt die Hand aus. »Dann mal her mit den Kröten, Mama braucht ihren teuren Wein.«

Ich knalle ihr einen Zehner auf die Hand und sage, sie soll den Rest behalten, dann habe ich erst mal was gut, denn im Laufe des Tages wird sowieso noch mehr dazukommen.

Alannah wühlt in der Tasche, die an Olivias Schulter hängt, und schon bald kommt ein Stift zum Vorschein. »Unterschreibst du auf meinem Schläger?«

»Ob ich auf deinem Schläger unterschreibe?« Kopfschüttelnd kritzle ich meinen Namen darauf. »Dude, eigentlich sollte ich um dein Autogramm bitten, so wie du heute gespielt hast.«

»Dude.« Alannah giggelt und sieht Olivia schwärmerisch an. »Carter Beckett hat mich gerade Dude genannt.«

Ich zwinkere. »Was habt ihr jetzt vor? Darf ich euch zum Essen einladen?«

»*Yes!* Ich gehe mit einem Superstar essen, ich gehe mit einem

Superstar essen«, singt sie und zappelt ganz komisch. Ich glaube, Flossing nennt man das.

»Äh, eigentlich haben wir was anderes vor …« Jeremy kratzt sich am Kopf.

Kristin schlägt seine Hand weg. »Wir haben nichts anderes vor. Tu nicht so, als würdest du gerade nicht genauso durchdrehen wie deine Tochter. Du kannst es doch nicht abwarten, all deinen Freunden zu schreiben.« Dann lächelt sie mich an. »Essen klingt super, Carter, vielen Dank.«

»Wohin gehen wir?«, fragt Alannah, als ich ihr auf dem Weg zum Parkplatz den Arm um die Schultern lege.

»Was isst du denn am liebsten?«

»Pizza und Chickenwings, Dude!«

»Dude.« Stöhnend lege ich den Kopf in den Nacken. »Wir werden beste Freunde, so viel ist klar.«

»Darf ich bei dir mitfahren, Carter?«

Ich zucke mit den Schultern. »Da gibt es von mir keine Einwände.«

»Bitte, bitte, bitte«, bettelt sie ihren Vater an, packt seinen Mantel, zerrt daran.

»Okay. Aber du musst erst noch deinen Kindersitz aus unserem Auto holen.«

»Ich bin doch fast acht.« Alannah schnaubt und verschränkt die Arme vor der Brust. »Kindersitze sind für Babys.«

»Und sobald du acht bist, brauchst du ihn nicht mehr.« Grinsend drückt er mir das Ding in die Hände. Ich habe keine Ahnung, was man damit macht. »Bis dahin bist du noch ein winzig kleines Baby.«

Olivia lacht über das Gesicht, das ich ziehe, nimmt mir den Sitz ab und befestigt ihn auf meiner Rückbank. »Du bist ein Schatz«, flüstert sie und gibt mir einen Kuss auf die Wange. »Sie haben mich abgeholt, damit ich gleich mit dir fahren kann, aber meine Tasche ist noch zu Hause.«

»Perfekt.« Dann muss ich nicht allein mit einem Kind fahren, der Gedanke macht mir nämlich fürchterliche Angst. Man kann mir doch nicht so ein Leben anvertrauen? Ich bin schließlich selbst gerade erst erwachsen.

Fünfundvierzig Minuten später habe ich schon sechs Achtel der drei Pizzen verschlungen, die auf unserem Tisch stehen. Dazu noch so viele Chickenwings, dass ich gar nicht mehr mitzählen kann, aber zu meinem großen Erstaunen versucht Alannah, bei jedem Bissen mitzuhalten.

»Heiliger Strohsack.« Sie langt sich an den Bauch. »Du kannst echt essen.«

»Ich bin ein großer Junge. Ich brauche alles an Nahrung, was ich kriegen kann.«

»Ja, du bist riesig. Tante Ollie ist ein absoluter Winzling im Vergleich zu dir!« Sie schaut Olivia voller Mitleid an. »Sorry. Du musst echt aufpassen, dass du sie nicht zerquetschst, wenn du sie drückst, Carter.«

Wenn ich sie drücke, ja …

»Nimmst du ihn mal eben?«, fragt Kristin ihren Mann und reicht ihm Jem, während sie aufsteht. »Ich muss mal aufs Klo.«

»Klar«, sagt er, aber kaum hat er das Baby auf dem Arm, beugt er sich über den Tisch und setzt ihn mir auf den Schoß.

Es ist ein Wunder, dass ich nicht loskreische.

Ein Baby? Ich habe keine Ahnung, was man mit einem Baby macht.

Ich halte ihn erst mal mit ausgestreckten Armen vor mich. Er nuckelt noch immer an seinem Hockeyschuhschnuller, Sabber läuft ihm den Arm hinunter. Er blinzelt mich mit diesen riesigen blauen Augen an, gurgelt und kichert.

»Scheiße«, flüstere ich, selbst kichernd. »Du bist ja niedlich.«

Olivias Ellbogen landet auf dem Tisch, ihre Wange in der Hand, während sie uns total verstrahlt ansieht. So wahnsinnig hübsch.

»Wie sehen wir aus? Niedlich?«, frage ich und presse Jem an mich. Er drückt seinen Mund an meine Wange, ein superfeuchter Sabberkuss.

»So niedlich.« Es ist mehr ein Seufzen als wirklich gesprochen.

»O mein Gott.« Das ist Kristin, die vom Klo zurück ist. Also, noch nicht ganz zurück. Sie ist etwa zwei Tische entfernt wie angewurzelt stehen geblieben und fächelt sich Luft zu. Dann kommt sie angesaust und zückt ihr Handy. »Darf ich ein Foto machen?«

Sie macht um die hundert. Erst von Jem und mir, dann mit Alannah, dann darf auch Olivia mit drauf und schlussendlich Jeremy, der so tut, als würde er der Aufforderung widerwillig nachkommen. Schließlich bittet sie den Kellner, ein Foto von uns allen zu machen, allerdings sagt sie von der ganzen Familie, und ich gehöre dazu. Olivia läuft rot an und ich gebe ihr einen kleinen Kuss auf die warme Wange, bevor ich selbst in die Kamera lächle.

Aber, ja, diese Frau ist meine Familie.

»Wir könnten eine Pyjamaparty machen«, sagt Alannah, als wir etwas später das Restaurant verlassen. »Irgendwann mal. Wenn du willst. Ich kann Pancakes machen. Wir könnten Oreos in den Teig krümeln. Tante Ollie hat gesagt, das sind deine Lieblingskekse. Meine auch.«

»Deal. Du machst Oreo-Pancakes und ich mache Oreo-Brownies.«

Sie strahlt wie ein Leuchtturm. »Wirklich?«

»Klar. Wir müssen nur die Kalender abstimmen.«

»Du bist der Beste«, sagt sie und umklammert mich.

»Du bist ein Engel«, sagt Olivia wenige Minuten später, als wir im Auto sitzen, zum ersten Mal seit viel zu langer Zeit allein. »Das hast du echt großartig gemacht mit ihr. Und das mit der Pyjamaparty regle ich, das musst du nicht machen.«

»Wie bitte? Eine Oreo-Pyjamaparty ist ein Wirklichkeit gewordener Traum, direkt nach dir.«

Sie hebt die Brauen. »Du willst meine Nichte babysitten?«

»Klar. Die ist witzig. Wir könnten gleich noch Jem nehmen.« Ich küsse ihre Hand. »Das war superschön heute. Ich bin echt froh, dass ich deine Familie kennenlernen konnte. Aber ich kann's nicht erwarten, mit dir allein zu sein.«

»Hmmm. Große Pläne?«

»Gigantische Pläne. Und mit gigantisch meine ich meinen Schwanz.«

»Das war mir bewusst, glaub mir.«

»Nun, solang es dir bewusst war. Dann sollte dir auch bewusst sein, dass ich dich heute Nacht fertigmachen werde.«

Sie seufzt, aber es ist ein glückliches, zufriedenes Geräusch, weshalb ich keine Zeit verliere und gleich anfange, als wir durch die Tür kommen: Ich werfe mir Olivia über die Schulter und schleppe sie geradewegs die Treppe hoch ins Schlafzimmer.

»Ich lecke jeden Zentimeter deines so makellosen Körpers«, flüstere ich in ihr Ohr, während ich ihre Jeans aufknöpfe. Dann küsse ich ihren Hüftknochen und ihre Finger versinken in meinen Haaren, während ich kleine rosa Spuren auf ihrem Körper hinterlasse.

Sie knallt mit dem Hintern aufs Bett und ich knie mich vor sie. Nehme ihren Fuß in die Hand und arbeite mich langsam an der Innenseite ihres Beins hinauf, treibe sie in den Wahnsinn, bis sie mir die Beine um den Kopf schlingt und mich anfleht, sie zu lecken.

»Unersättlich.« Ich küsse die nasse Stelle mitten auf ihrem Slip. »Du bist ja schon wieder ganz feucht.«

»Carter.« Gleichzeitig Warnung und Forderung. »Zieh mich aus und fang an.«

Lachend zuppele ich ihr den Slip die Beine hinunter. »Ach, ich mach dich so gern heiß, du herrische Frau.« Mein Handy klingelt, aber ich höre nicht auf. Ich warte seit sechs verfickten Tagen auf diesen Moment, alles andere kann warten.

»Carter.« Ein Drittel Verlangen, zwei Drittel Verärgerung, weil das fucking Handy nicht aufhört zu klingeln. Sie greift danach.

»Lass es.«

»Aber vielleicht ist es –«

»*Lass es*«, knurre ich und reiße ihren Slip weg.

Ihr Kopf fällt keuchend zurück, als meine Zunge auf ihre geschwollene Knospe trifft. »Ohhh, ja.«

Und dann fängt mein Handy wieder an zu klingeln.

»Verdammt noch mal.« Ich reiße mich von dem einzigen Ort los, an dem ich gerade sein will, packe das Handy und schaue nicht mal, wer da anruft. »Was?«

»Carter? Es … es tut mir so leid.«

Ich sacke zu Boden und fahre mir mit den Händen durchs Haar, als ich die gebrochen klingende Stimme höre. »Adam? Was ist passiert?«

Er schluchzt. »Ich … Ich bin gerade nach Hause gekommen.«

»Und?«

»Und ich … Courtney … Sie hat …« Ihm bricht die Stimme und er flucht ein kaum hörbares »Fuck«. »Sorry, Carter, ich wusste nicht, wen ich sonst anrufen könnte. Ich weiß nicht, was ich tun soll. Ich glaube nicht, dass ich fahren kann, aber hier kann ich auch nicht bleiben. Ich muss hier weg.« Er spricht immer schneller, bis es so klingt, als hätte er einer Panikattacke.

»Okay, Mann, hol erst mal Luft.« Ich warte, bis ich ihn zitternd einatmen höre. »Und jetzt erzähl, was passiert ist.«

»Ich habe Courtney erwischt. Im Bett mit einem anderen.«

SIEBENUNDDREISSIG

SPOILER ALERT: ICH HABE KEINE VIER WOCHEN DURCHGEHALTEN

CARTER

Ich habe Adam bisher ganze zwei Mal weinen sehen. Einmal als seine Adoptivoma gestorben ist und er es nicht rechtzeitig nach Colorado geschafft hat, um sich zu verabschieden, und das zweite Mal vor zwei Jahren, als wir das Finale vergeigt haben. Er gehört zu den Leuten, die sich selbst superviel Druck machen, besser zu sein, als sie eh schon sind, dabei ist er zweifellos der beste, mitfühlendste Kerl, den ich kenne.

Und das hier hat er absolut nicht verdient.

Seine blauen Augen sind rot gerändert, seine Haare stehen in alle Richtungen ab, als er zu mir ins Auto steigt. »Danke, Mann.« Er reibt die Hände über seine zitternden Beine. »Es tut mir so leid.«

»Jetzt hör doch auf, dich zu entschuldigen.«

»Aber du hast Olivia eine Woche nicht gesehen, bist sogar extra, auf eigene Kosten, früher nach Hause geflogen, um bei ihr zu sein.«

»Und jetzt bin ich bei dir. Ich bin für dich da, wenn du mich brauchst, Adam. Ganz gleich, was passiert oder wann. Wir müssen doch aufeinander aufpassen.«

»Du hast recht, tut mir leid.« Er zuckt zusammen. »Mist. Okay, ich hab's kapiert. Keine weiteren Entschuldigungen, sorry.« Er seufzt. »Fuck.«

Ich klopfe ihm auf die Schulter und setze dann aus der Einfahrt zurück. »Willst du einen Drink?«

»Ich will zehn.«

Und so landen wir in einer Kneipe weit entfernt von der Innenstadt. Zumindest ein bisschen ist das Glück auf unserer Seite, denn es spielt ausnahmsweise mal keine kanadische Mannschaft, weshalb es ziemlich leer ist. Die wenigen Anwesenden würdigen uns fast keines Blickes, während wir uns im hinteren Teil einen Platz suchen.

Adam hat zwei Bier intus, als er zu reden anfängt.

»Ich hätte es wissen müssen. Fuck, ich hab es ja gewusst. Irgendwie zumindest.« Er fährt sich mit den Händen durchs Haar. »In der Spielpause war alles gut. Wir haben jeden Tag zusammen verbracht, haben Bear geholt«, sagt er über seinen Hund. »Kaum ging die Saison los, hat sich was geändert.« Er stürzt den letzten Rest seines Biers runter und Garrett füllt sein Glas gleich wieder. »Ist das meine Schuld? Ist das mit dem Hockey einfach zu viel? Vielleicht konnte ich ihr nicht genug Aufmerksamkeit geben.«

»Jetzt hör aber auf«, sage ich, bevor ich mich zurückhalten kann. Aber Adams Schuld? Zur Hölle. Ich kenne diesen Kerl, seit er mit neunzehn aus dem Flieger stieg, und da war Courtney an seiner Seite. Er war immer aufmerksam und hat alles für sie getan. »Du bist der beste Mensch, den ich kenne. Besser als diese Idioten …« Ich deute mit dem Daumen auf Garrett und Emmett, die nur zustimmend nicken. »Und definitiv besser als ich. Du bist supernett, witzig und du hast diese Frau immer wie eine Königin behandelt. Was auch immer passiert ist, deine Schuld ist das nicht.«

Courtney und er sind zusammen, seit sie siebzehn sind. Sie kennt dieses Leben so gut wie wir alle und leider ist es eben genau Hockey, weshalb sie an ihm festgehalten hat. Adam hat ein krasses Nettovermögen, aber völlig verdient. Er wurde in der ersten Runde vom Fleck weg verpflichtet, einfach weil er der Torwart ist, den alle wollten, und wir hatten großes Glück, ihn damals ins Team zu bekommen.

Keine Ahnung, wann Courtney aufgehört hat zu sehen, was für ein Glück sie eigentlich hat.

»Tut mir leid«, sagt er zum millionsten Mal an diesem Abend. »Ich hätte sie nicht so leicht mit dem davonkommen lassen sollen, was sie letztes Wochenende mit dir und Ollie abgezogen hat. Ich … ich wollte ihr einfach glauben. Ich wollte glauben, dass sie es einfach nicht besser wusste.«

»Ich versteh das, ehrlich. Du wolltest an dem festhalten, was ihr hattet.« Ich kann mir nicht vorstellen, dass es leicht ist, sieben Jahre ziehen zu lassen, egal aus welchem Grund.

»Trotzdem«, meldet sich nun Emmett zu Wort, »darfst du nicht ausblenden, was passiert ist. Du bist es dir selbst schuldig, eine Entscheidung zu treffen, von der du profitierst. Du musst egoistisch sein, besonders in dieser Situation. Was willst du? Was brauchst du?«

»Ach, ich hab ihr gesagt, sie soll sich verpissen«, sagt Adam mit einem finsteren Lachen. Die Sitzbank knarzt, als er sich anlehnt. »Dass sie bloß weg sein soll, wenn ich zurückkomme. Ich lasse mich nicht verarschen.« Kurz konzentriert er sich auf das Glas, dann schaut er wieder auf. Plötzlich voller Entschlossenheit, aber auch resigniert. Ein bisschen traurig, doch überwiegend erleichtert. »Nicht mehr.«

Diese eher ruhige Nacht wird innerhalb der folgenden Stunde ziemlich wild. Das halbe Team ist aufgekreuzt, mittlerweile stehen elf leere Bierkrüge auf dem Tisch, an den wir umgesiedelt sind. Ich bin als Einziger nüchtern und meine Gedanken wollen nicht aufhören, mir davonzurennen.

Ich will an allem Guten, das ich mit Olivia habe, festhalten. Dringend. An jedem bisschen Himmel, das sie mir bietet. Weil, was, wenn das eines Tages weg ist? Wenn es eines Tages endet, obwohl ich schwören würde, dass dieser Tag nie anbricht? Was, wenn ihr meine Reiserei irgendwann auf die Nerven geht? Wenn sie keinen Bock mehr hat, immer wieder allein zu sein? Wenn sie beschließt, dass es jemanden gibt, der sie besser lieben kann als ich?

Dieser Jemand existiert nicht, das weiß ich. Und ich will nichts lieber als nach Hause, um ihr zu zeigen, dass sie nie wieder einen anderen Mann brauchen wird als mich.

Mein Handy vibriert und ich muss über das Foto grinsen, das Olivia mir geschickt hat. Ich hatte gefragt, was sie sich zu essen bestellt hat. Ihr so hübsches Gesicht strahlt mich vom Display aus an, während sie sich gerade Pad Thai in den Mund fallen lässt. Das ist es dann wohl, was ich mir später noch einverleiben werde.

Falls ihr euch fragt, ob ich damit das Essen oder Olivia meine, die Antwort ist: beides. Ich bitte euch, ihr kennt mich doch mittlerweile.

Adam schiebt das Kinn auf meine Schulter, sein warmer, bier- und whiskeylastiger Atem trifft gegen meine Wange, weil er das Foto betrachtet. »Sie ist eine der Guten, Beckett. Lass sie nicht entwischen.« Dann fährt er herum, reißt den Arm in die Luft und brüllt: »Noch eine Runde Shots!«

In der gesamten Bar bricht Jubel aus. Ja, der gesamten Bar. Adam spendiert hier eine Runde nach der anderen. Dabei habe ich dem Barkeeper längst klargemacht, dass ich die Zeche übernehme. Insofern spendiere ich die nächste Runde.

Glücklicherweise schlägt Adam nach dieser Runde vor, die Party bei ihm zu Hause fortzusetzen. Wir ziehen nämlich gewaltig Aufmerksamkeit auf uns, die Bar quillt schon aus allen Nähten. Und ich gehe davon aus, dass das Video von Adam, wie der mit dem Schnapsglas in der Hand auf der Theke steht und darauf trinkt, dass, um es mal etwas freundlicher zu umschreiben, Freunde vor Frauen kommen, längst viral gegangen ist.

Ich zahle, stapele meine betrunkenen Teammitglieder in meinen SUV und stecke den Rest in herbeigerufene Uber, und weil Adam und Garrett nicht aufhören, nach Pizza zu betteln, halte ich unterwegs, um drei Maxis zu holen.

Adam tritt mit einem dampfenden Stück Pizza in die Wohnung und singt *Highway to Hell*, als sein süßer Hund angewetzt kommt. Irgendwie schafft er es, Bear hochzuheben, ohne die Pizza loszulassen, und das, obwohl Bear mit seinen sieben Monaten sicher schon vierzig Kilo wiegt. Ein echter Tibetmastiff halt.

Am Rand des Wohnzimmers erstarrt Adam. »Was machst du noch hier?«

»Ich wohne hier«, verkündet Courtney völlig unbeeindruckt vom Sofa aus, die Füße auf dem Couchtisch, eine Schale Popcorn auf dem Schoß. Ohne einen Blick zu uns nippt sie an ihrem Wein und stellt den Fernseher lauter.

»Nicht mehr.«

Adam reicht mir Hund und Pizza, stemmt die Fäuste in die Seiten und baut sich vor Courtney auf. Ich setze erst mal Bear ab, der versucht, gleichzeitig mein Gesicht abzulecken und die Pizza zu fressen.

»Gehst du mal zur Seite? Du stehst mir im Weg.«

An Adams Hals pulsiert eine Ader und wirkt kurz vorm Platzen. Ein bisschen hoffe ich fast darauf, dass sie es tut, weil ich so gern Courtneys Reaktion sehen würde, wenn sie plötzlich blutüberströmt dasitzt. Aber natürlich will ich nicht, dass mein Kumpel stirbt, also nehme ich ihr die Fernbedienung ab und schalte den Fernseher aus.

»Er hat dich gebeten zu gehen.«

Courtney schaut mir wutentbrannt in die Augen. »Halt dich gefälligst da raus. Das geht dich nichts an, Carter.«

»Du hast meinen besten Freund verletzt und jetzt hockst du hier und verletzt ihn weiter. Also sag mir nicht, dass mich das nichts angeht. Pack das Nötigste und hau ab. Wir sorgen dann dafür, dass dir der Rest nachgeliefert wird.«

Vielleicht gehe ich zu weit, keine Ahnung. Sie muss einfach abhauen, bevor Adam die Beherrschung verliert. Zu viel Alkohol in Kombination mit Wut ist nie eine gute Kombi.

Courtney springt auf. »Adam, das ist total albern! Sag Carter, er soll mich in Ruhe lassen!«

»Du musst jetzt gehen«, flüstert er. »Jetzt sofort, Courtney.«

»Das war keine große Sache. Das ist Bullshit.«

Das kann nicht ihr Ernst sein.

»Du bist nie zu Hause! Was soll ich denn sonst machen?«

Sie meint das fucking ernst?

»Verschwinde«, wiederholt Adam. »Das ist mein Haus, nicht deins.« Courtney greift nach Bear, aber Adam lacht schallend und tritt zwischen sie und den Hund. »Mein Hund, nicht deiner. Du fütterst ihn nicht. Du gehst nie mit ihm raus. Du machst rein gar nichts. Verschwinde!«

»Und wohin soll ich gehen, du Arschloch?«

Er reißt die Arme hoch, als wäre ihm die beste aller Ideen gekommen. »Oh, nur so ein Gedanke, aber … vielleicht zu dem Typen, den du vor drei Stunden in meinem Bett geritten hast?«

Ich versuche, mein Lachen zu unterdrücken, wirklich. Aber mein Körper zuckt ein bisschen und irgendwie hört man ein Kichern. Und ansteckend scheint es außerdem zu sein, denn die anderen lachen mit und selbst Adam muss grinsen.

»Du bist ein Arschloch!«, kreischt Courtney.

»Oh, wow, das sagt die Richtige. Ich bin also ein Arschloch, weil ich mich nicht länger mit der Frau abgeben will, die mich betrogen hat?«

»Ich hasse dich!«

»Gleichfalls.« In seinen Augen ist klar zu erkennen, wie verletzt er ist. »Wir sind durch, das wolltest du ja offenbar so. Und jetzt gehst du bitte.«

»Adam«, fleht sie. Die Tränen wirken zumindest echt, so viel gestehe ich ihr zu. »Es tut mir leid.«

»Zu spät.«

Die beiden verschwinden in die Garage. Wir anderen machen uns über die Pizza und das Bier im Kühlschrank her, stellen außerdem ein bisschen Musik an, damit wir das Gebrülle aus der Garage nicht so hören müssen. Irgendwann taucht Adam auf, geht aber gleich nach oben. Wenige Minuten später erscheint er, einen Koffer in der Hand, den er in die Garage bringt. Zwei Minuten später kreischen die Reifen von Courtneys Wagen und schon düst sie die Straße hinunter.

»Alles okay?« Ich lege Adam die Hand auf den Rücken, der an der Kücheninsel lehnt. Garrett hält ihm ein Bier hin und Emmett ein Stück Pizza.

»Bald wieder. Danke, dass ihr hier seid.« Dann rollt er das Stück Pizza auf, steckt es sich ganz in den Mund und spült es mit dem Bier hinunter. »Und jetzt besaufen wir uns.«

Ich setze mich aufs Sofa und leere Wasserglas nach Wasserglas.

»Du trinkst ja gar nicht.« Emmett lässt sich neben mich plumpsen. »Dabei wohnst du nah genug, dass du nach Hause laufen könntest.«

»Ich weiß.«

»Willst nicht betrunken sein, wenn du nach Hause kommst?«

»Genau.«

»Ollie würde dir das niemals antun«, versichert Emmett mir leise, als wäre ihm klar, dass ich genau das hören will. »Niemals, glaub mir.«

»Ich weiß.« Und das ist nicht gelogen. Sie würde mich nicht betrügen oder mir absichtlich wehtun. Aber das heißt nicht, dass sie für immer glücklich mit mir sein wird, dass sie mich nicht verlassen wird. »Ich will sie bloß nie verlieren.«

»Dann musst du dich wohl vor sie knien und anflehen, dich

nie zu verlassen.« Er grinst mich irre an und zwinkert, bevor er aufsteht.

Genau im richtigen Moment, denn auf meinem Handy erscheint ein Foto von Olivia in der Badewanne, bis zum Hals in Schaum, ein albierndes, müdes Grinsen im Gesicht.

Ich: du bist so schön, baby. mach mir noch ein foto von weiter unten.

Als Nächstes kommt ein Foto von ihren Füßen, vielmehr ihren lackierten Zehnägeln, die aus dem Badeschaum ragen.

Ich: freche mädchen werden bestraft.

Beim nächsten Foto sitze ich kerzengerade da und ramme mir das Handy gegen die Brust, damit mir bloß niemand über die Schulter gucken kann. Denn Olivias Brüste ragen über das schäumende Wasser, ihr langer Hals ist zu sehen, sie hat den Kopf in den Nacken geworfen, den Mund aufgerissen, als würde sie gerade aus voller Kehle stöhnen. Und ich sitze hier zwischen nur Kerlen.

»Geh ruhig nach Hause.« Adam schlingt mir von hinten die Arme um den Hals. »Olivia wartet auf dich.«

»Was? Was soll das heißen? Hast du das Foto gesehen? Fuck.« Damit wären meine Eier dann ab. Weg.

Er verzieht das Gesicht. »Hä? Foto? Ich habe nichts gesehen. Was für 'ne versaute Scheiße zieht ihr denn ab?«

»Oh.« Ich atme auf. »Ach, nichts. Und Quatsch, ich bin genau, wo ich hingehöre.«

»Hey, mir geht's gut, ich schwöre. Hau schon ab, dein Mädchen wartet. Und du jammerst schließlich schon die ganze Woche.«

»Sicher?«

»Hundert Prozent.« Er zieht mich hoch und schiebt mich zur Tür. »Wir halten dich auf dem Laufenden, was hier noch so abgeht.«

»Benehmt euch, bitte.« Fuck, seit wann bin ich denn so erwachsen?

Er hält zwei Finger hoch. »Ehlenwort.«

»Hast du ernsthaft Ehlenwort gesagt?« Ich muss lachen, weil er so schuldbewusst aussieht. »Benehmt euch.«

Ich fahre schneller als nötig, weil ich so dringend nach Hause will. Sanftes Licht fällt aus dem Schlafzimmer die Treppe hinunter, John Mayer ist leise zu hören. Ich renne die Stufen rauf und reiße mir unterwegs die Klamotten vom Leib.

In der Tür nagelt mich der Anblick fest. Mein so umwerfendes Mädchen sitzt vor dem Kamin mit dem Rücken zu mir, meine Tagesdecke um die Hüften gerafft. Ihr nasses Haar hängt ihr über den Rücken, kleine Wassertropfen glänzen im Feuerschein. Sie hält ein Buch in den Händen und summt mit.

Irgendwie gelingt es mir, ein Foto zu machen, bevor ich reingehe. Dann sinke ich hinter dieser Frau, die ich so anbete, auf die Knie, hinter dieser Seele, für die ich brenne, hinter diesem Wesen, dem ich vollends verfallen bin.

»Carter«, keucht Olivia, als ich ihr die Lippen auf den Hals presse. Ihr Buch fällt zu Boden und sie fasst mit beiden Händen in mein Haar.

»Du bist so schön, dass es wehtut.«

»Und du bist nackt. Wann hast du dich denn ausgezogen?«

»Auf der Treppe.«

Sie beugt sich vor und verschließt meinen Mund mit ihrem. Ihre Zunge schiebt sich willkommen zwischen meine Lippen. Ich nehme ihren Kopf in beide Hände, während mein Herz wie wild schlägt.

»Darf ich dir was zeigen, Ollie?«, flüstere ich.

»Immer, Carter. Was möchtest du mir zeigen?«

Ich lehne meine Stirn an ihre, streiche ihr die nassen Haare über die Schulter und küsse sie noch einmal. Mein nächster Atemzug erschüttert mich bis ins Mark, aber lange nicht so sehr wie die Worte, die ich dann ausspreche.

»Ich möchte dir zeigen, wie sehr ich dich liebe.«

ACHTUNDDREISSIG

EINE TIEFERE LIEBE ALS FÜR OREOS

OLIVIA

Es überrascht mich nicht, als die Tränen kommen und mir leise über die Wangen laufen, bevor ich sie überhaupt aufhalten könnte. Aber wozu auch? Jeder meiner Versuche, etwas vor diesem Mann zu unterdrücken, war ja zum Scheitern verurteilt.

»Du liebst mich?«, flüstere ich und nehme sein Gesicht in beide Hände. »Im Ernst.«

»Fu-u-uck.« Ihm bricht die Stimme und er lacht verlegen, während er sich auf den Hintern fallen lässt. »Ich liebe dich so wahnsinnig, Ol, ich weiß gar nicht, wohin mit mir. In Gedanken brülle ich das schon seit zwei Wochen, sobald ich dich sehe.«

»Seit zwei Wochen? Aber –«

»Ich weiß, es ist früh. Superfrüh. Aber so bin ich halt. Ich bin immer der Schnellste, da ergibt es doch nur Sinn, dass ich auch in dem Punkt so schnell bin. Ich lerne halt schnell, aber das heißt nicht, dass ich geschludert habe oder so. Was ich mache, mache ich außerordentlich gut, wie du weißt.« Er wirft einen vielsagenden Blick auf meinen Schritt, dann seinen und dann hebt er ein paarmal die Brauen. »Und ich werde außerordentlich gut darin sein, dich zu lieben, Ollie. Versprochen. Niemand wird das je so machen wie ich.«

Mein Hirn bekommt keine Antwort zustande, weil ich ihn einfach zu niedlich finde, wenn er vor lauter Nervosität einen seiner Laberflashs bekommt. Nur er schafft es, das Verlieben als Wettkampf zu sehen.

Er wischt mir die Tränen weg, betrachtet mich ein bisschen unsicher, während er versucht, mich zu lesen. »Ich weiß nicht, mit welcher Reaktion ich gerechnet habe, Schönheit, aber mit Tränen jedenfalls nicht. Sind das gute oder schlechte?«

Ich presse mein Gesicht an seine Schulter, um die Tränen zu verbergen, die nicht aufhören wollen zu fließen, weil ich mich einfach nicht noch mehr blamieren will.

Carters Hand bewegt sich langsam über meinen Rücken. »Hey, was ist denn los, Pumpkin? Wenn du nicht willst, dass ich es dir noch mal sage, dann sage ich es dir einfach, sobald du eingeschlafen bist. So wie letztes Wochenende. Das kriege ich hin, wenn du das willst.«

»Nein.« Ich weine immer noch. Cool. Eigentlich ist es eher ein richtiges Heulen, wenn ich ehrlich bin.

»Nein?« Er fährt mir mit dem Daumen über die Unterlippe. »Wenn es zu früh ist, wenn du noch nicht bereit bist –«

»Ich liebe dich, Carter.« Ich schlinge ihm die Arme um den Hals, setze mich auf ihn, reiße ihn zu Boden – seine gesamten hundertzehn Kilo – und übersäe ihn mit tausend Küssen.

Er streicht meine Haare zurück, lässt meine Tränen auf sich regnen. »Dann sind das –«

»Tränen des Glücks«, schniefe ich und lecke mir die salzigen Spuren von den Lippen.

Carters stolzes Grinsen erhellt das gesamte Zimmer. »Ohhhhhh, meine süße, zarte Olliemaus. Warst du schon immer so ein rührseliges Bärchen?«

»Hör schon auf. Du bist das rührselige Bärchen.«

Er lacht leise und lächelt mich so zärtlich an. »Sag es noch mal, Baby.«

»Ich liebe dich.«

»Noch mal.«

»Ich liebe dich.«

Er brummt, seine Fingerspitzen bohren sich in meine Hüften, weil er sich vom Boden abstößt und mir in die Unterlippe beißt. »Noch einmal.«

Ich senke meinen Mund auf seinen, gebe ihm einen langsamen Kuss. »Ich liebe dich so sehr, Carter.«

»Wenn ich mich zwischen dir und Oreos entscheiden müsste, ich würde immer wieder dich nehmen, für den Rest meines Lebens.«

»Gefährliche Aussage.«

Er fährt mit der Nase an meinem Kiefer entlang. »Du weißt ja, wie sehr ich Oreos liebe.«

»Ich habe heute sechs Packungen in deinem Vorratsschrank gefunden.« Ich schaudere, als ich seinen Atem an meinem Hals spüre, und als seine Lippen mein Schlüsselbein bedecken, lasse ich den Kopf in den Nacken fallen und gewähre ihm so den Zugang, den wir beide wollen.

»Ich werde dich die ganze Nacht lang lieben, Ollie. Die. Ganze. Nacht. Lang.«

Ich versuche zu antworten, doch seine Zunge spielt so intensiv mit meinem Nippel, dass ich nur ein Flüstern hinkriege.

»Wie bitte? Ich habe dich nicht verstanden.«

»C-C–« Es wird nicht mehr als ein Zischen, weil seine Hand unter die Decke wandert, weil seine Finger meine feuchte Wärme suchen, meine Klit streicheln, die sofort zu pochen anfängt.

»Hmm, irgendwie habe ich dich noch immer nicht verstanden. Versuchst du es noch mal, Prinzessin?«

»B-bitte«, bringe ich heraus und fasse ihm in die Haare, klammere mich an ihn. »Bitte, Carter.«

»Bitte, was?« Das Funkeln in seinen Augen verrät mir, dass er genau weiß was und einfach nur wieder typisch Carter ist. Offenbar will er hauptsächlich das eine Wort hören, also gebe ich es ihm.

»Liebe mich, Carter.«

Sein Grinsen explodiert. »Okay. Erste Runde Liebemachen.«

Er zieht mich hoch, die Decke fällt zu Boden. Sein Kehlkopf bebt, während er mich ansieht, als würde er sich jedes Detail von mir einprägen, jede Kurve, jede Linie.

Seine Hand liegt an meinem Hals, sanft legt er seine Lippen auf meine. »Ich liebe dich, Olivia. Danke, dass du meine Liebe erwiderst.«

Aber wie könnte ich auch nicht? Er ist der Traum, den zu träumen ich mir nie erlaubt hätte. Er ist auf eine Art kaputt, die ihn perfekt macht. Er ist so lieb und albern und hat ein riesiges Herz, dazu ist er unfassbar loyal und so wahnsinnig leidenschaftlich. Ich hatte dermaßen große Angst davor, diesen Mann zu lieben, einen Mann, der so viel Liebe im Herzen trägt, weil ich es nicht gewagt habe, über seine Vergangenheit hinwegzusehen, um den wahren Carter zu erkennen.

Alles an mir weiß, dass ich genau hier hingehöre.

Carter umschließt meine Taille, packt meine Hüften, sein Mund folgt seinen Händen, bis er vor mir kniet und zu mir aufsieht. »Ich habe so viele Fehler gemacht in meinem Leben. So viele. Aber du, Ollie, du bist das Erste, was ich richtig mache.«

Ich möchte ihm sagen, dass das nicht stimmt. Dass er genau der Mann war, den unzählige Menschen brauchten. Aber bevor ich sprechen kann, schließen sich seine Lippen über meiner Mitte, sein Blick fest auf mich gerichtet.

Jeder Schlag seiner Zunge ist fest und bestimmt, präzise und nicht gehetzt, und doch fange ich schon beim zweiten an, mich aufzulösen. Mir wird heiß, von den Zehen bis zur Scheitelspitze. Ein atemloses Wimmern kommt über meine Lippen und er packt mich fester, während er mich gegen die Wand presst und sich meine Beine über die Schultern legt.

Er ist so wild und ungezügelt, jeder Schlag seiner Zunge sündig und strafend, seine Unersättlichkeit entlockt mir jedes erdenkliche Stöhnen, sein Name kommt mir wieder und wieder über die Lippen. Meine Fingernägel bohren sich in seine Schultern, als er zwei Finger in mich stößt, und er beobachtet mich mit feurigem Blick, während ich in seinen Händen vergehe.

Dann wirft er mich über seine Schulter, geht mit schnellen Schritten zum Bett und lässt mich auf den Bauch fallen. Als ich zu den Kissen kriechen will, packt er mich an den Füßen und zerrt mich gleich wieder zurück an die Bettkante. Mein Hintern ist in der Luft, meine Füße berühren den Boden, als seine Hand auf meine weiche Haut trifft und mich keuchen lässt.

»Ich liebe alles an dir.« Sein Flüstern trifft meine Schulter und sofort bekomme ich Gänsehaut, weil er sich an mich presst. »Auch diesen süßen Hintern. Und ich habe noch immer Hunger, also bleibst du mal schön hier.«

Er fällt wieder auf die Knie und als seine Zunge erneut in mich dringt, wandelt sich mein Stöhnen in ein Schluchzen. Er leckt und schlägt, drückt und klopft, seine Finger tanzen, massieren, stoßen und ich sterbe einfach nur.

»Mein Mädchen«, schnurrt er und zieht seine Zunge quälend langsam durch meine Spalte, über das winzige Loch und ich reiße das Laken vom Bett und sterbe gleich noch mal, während sein heiseres, tiefes Lachen durch meinen Körper vibriert.

Carter ist ein Barbar, der mich auf eine Art benutzt, die mich wild macht.

»Fick mich.« Ich flüstere die atemlose Bitte in das zusammengeraffte Laken, mit dem ich meine Schreie dämme.

»Wie bitte, Schönheit?« Sein Daumen sucht seinen Weg zu meiner Klit, drückt sie, reibt sie ganz langsam, zögert den Orgasmus hinaus, während er meinen ganzen Körper kapert und mich bebend zurücklässt.

Stöhnend murmle ich die Wörter erneut.

Er reißt an meinen Haaren, zwingt mich so, ihn anzusehen.

»Das musst du noch mal sagen, und zwar um einiges lauter, damit ich sicher bin, ich habe dich richtig verstanden.«

»O mein Gott, manchmal nervst du echt.«

Er lacht an meiner Schulter, versenkt die Zähne in meinem Fleisch. Die Bewegung seiner heißen Zunge mildert den beißenden Schmerz. »Dich zu nerven, ist meine zweite Lieblingsbeschäftigung. Kommt direkt danach, dich zu lieben. Sag es also noch mal und sag es nett.«

Meine Augen werden schmal, weil ich kurz nachdenke, ob ich ihn einfach zu Boden stoße und dann reite. Aber ich weiß, wie sehr er es liebt, die Kontrolle zu haben, und ich gebe sie ihm gern, also beiße ich mir auf die Zunge, bevor ich tue, was er verlangt.

»Fick mich, Carter, bitte.«

»Dich ficken …« Er schiebt die Hand zwischen mich und die Matratze und bringt mich gleich wieder auf Touren. Als ich seinen Namen stöhne und mich an seiner Hand reibe, beißt er sich auf die Lippe. »Wie soll ich dich denn ficken?«

»Fick mich, als würdest du mich lieben«, sage ich in einem langen keuchenden Atemzug.

Er dringt, ohne zu zögern, in mich ein, ein einziger, strafender Stoß, durch den sich mir die Augen verdrehen, und dann rammt er in mich, mit allem, was er hat, während er mir sagt, wie sehr er mich liebt.

Und als ich komme, dreht er mich um und wirft mich auf die Kissen.

»Wir sind noch nicht fertig«, brummt er, packt meine Beine und zieht mich zu sich, sodass mein Hintern gegen seine Hüften knallt. »Wenn du willst, dass ich dich ficke, als würde ich dich lieben, dann endet das nie, dann geht das für immer weiter.«

»Für immer gefällt mir.«

Ein zartes Lächeln tritt auf seine Lippen. Er presst mich an sich, während er in mich eindringt, seine Hüften bewegen sich langsam. Jeder Stoß dringt tiefer, bis es sich anfühlt, als wären wir eins. Weiche Lippen finden meine und als ich den Mund öffne, verschluckt er seinen Namen.

»Ein Kuss, Olivia. Ein Kuss und es war um mich geschehen. Meine Welt ausgelöscht, als deine Lippen auf meine trafen.«

Eine Träne entkommt mir, eine einzelne, und Carter fängt sie mit den Lippen auf.

Sein Becken reibt mit jeder seiner Hüftbewegungen an meiner Klit und sengende Hitze schießt durch meinen Rücken, als er schneller wird, sein Atem stoßweise an meinem Hals geht.

»Bereit?«

Ich nicke und spanne meine Muskeln um ihn, während endloses Glück durch mich schießt und jeden meiner Nerven glühen lässt. Carters Mund verschließt meinen, seine Zunge versenkt sich in mir und dann kommen wir gleichzeitig. Unsere Körper zittern, meine Fingernägel hinterlassen eine Spur der Verwüstung auf seinem Rücken.

»Fuck«, keucht Carter und drückt mich an sich. »Also, ich liebe dich tausendprozentig mehr als Oreos.«

***

Carter lehnt gegenüber von mir an der Arbeitsfläche und trägt nichts als Boxershorts, den Blick auf mich gerichtet, während er sich Nudeln und Frühlingsrollen in den Mund schaufelt.

Ich lasse glücklich die Beine von der Kücheninsel baumeln und lege grinsend den Kopf in den Nacken, um mir eine Gabel voller Nudeln in den offenen Mund zu schieben.

»Wenn du bis an dein Lebensende nichts als meine dreckigen T-Shirts tragen würdest, ich würde mich nicht beklagen.«

»Ich mag deine dreckigen T-Shirts. Sie riechen nach dir.« Mein liebster Geruch: rauchiger Wald und Limette. Ich will den ganzen Tag von seinem Geruch umgeben sein.

Ich stelle den Teller auf die Arbeitsfläche. »Darf ich dich was fragen?«

»Klar. Alles.«

»Wieso hast du noch nie gedatet?«

Überrascht zieht sich sein Gesicht zusammen, dann vor Ekel, worüber ich lachen muss.

»Du bist ein Naturtalent, Carter. Alles, was zu einer Beziehung gehört, fliegt dir zu, und ich glaube, du magst das auch alles. Wieso hast du dich so lange davor verschlossen?«

Er stellt seinen Teller in die Spüle und kratzt sich am Kinn, während er nachdenkt. »In der Highschool hab ich praktisch nur trainiert und wollte entdeckt werden, da blieb keine Zeit für Beziehungen. Angebote hätte es gegeben, aber das war mir einfach nicht wichtig. Hockey war meine einzige Leidenschaft, mein einziges Ziel. Ich wollte nicht, dass dem irgendwas in die Quere kommt. Als ich den Vertrag bekam, hat mein Dad mich davor gewarnt, mich in irgendwas reinzustürzen. Er hat gesagt, dass es schwierig werden wird, die wahren Motive zu durchschauen, zu erkennen, wer wirklich an mir interessiert ist und wer nur an Ruhm und Geld. Er hat nicht gesagt, dass ich nicht daten soll oder so, einfach nur, dass ich vorsichtig sein soll. Dass ich mir Zeit lassen soll, jemanden kennenzulernen, um sicher zu sein.«

Carter kratzt sich am Kopf und lacht leise. »Dass man das niemandem ansehen kann, hat mir Angst gemacht. So krass, dass ich es lieber nicht versucht habe. Ich hab ja sofort mitbekommen, was er meinte. Das Team hat mich vor unserem ersten Spiel mitgenommen und da war so ein Mädchen …« Er schaut mich fast verlegen an. »Ist ja nicht so wichtig. Aber das war mir von Anfang an klar. Viele Frauen sahen mich einfach als Geldgeber.«

Meine Mundwinkel fallen. Obwohl er das alles ja offensichtlich zu seinem Besten genutzt hat, klingt das doch sehr einsam.

»Das muss dich nicht traurig machen.« Er kommt zu mir und

nimmt mich in den Arm, trägt mich die Treppe hoch und setzt mich auf das Bett, das wir wieder bezogen haben, nachdem ich es auseinandergerupft hatte.

Carter zieht mir sein Shirt aus und wirft seine Boxershorts auf den Boden, kriecht dann ins Bett und ich schmiege mich an ihn.

»Nach dem Tod meines Vaters wollte ich absolut keine Beziehung. Sein Tod hat meine Mutter … niedergeschmettert. Ich glaube, das ist sie heute noch. Sie hat zwei Jahre lang fast nichts hinbekommen. Ich habe schon befürchtet, dass sie sich nie wieder erholt, und ich glaube, ganz wird sie sich nie erholen. Sie wirkt okay und sie ist die stärkste Frau, die ich kenne. Sie ist wirklich weit gekommen. Aber es gibt immer wieder diese stillen Phasen, Tage, an denen sie nicht spricht, sondern nur in Erinnerungen schwelgt. Sie waren wahnsinnig verliebt und das werden sie nie verlieren, aber davon sind halt nur Erinnerungen geblieben.«

In seinen grünen Augen schimmern nicht vergossene Tränen, in meiner Nase zwickt das Bedürfnis, selbst zu weinen. Aber jetzt will ich mal die Starke sein, deshalb gebe ich ihm einen Kuss auf die Brust und streichle seinen Arm.

»Ich glaube, so was wollte ich einfach nie in jemandem auslösen oder umgekehrt. Der Gedanke ist doch schrecklich. Dass dich der Verlust eines Menschen so fertigmacht, dass du den Rest deines Lebens leidest und nur auf den Moment wartest, bis du wiedervereint bist.«

So viel zum Thema, die Starke sein zu wollen. Meine Gefühle quellen aus meinen Augen und fallen auf seine Brust. Carter lacht leise.

»Ich weiß, dass du deine Tränen für ein Zeichen von Schwäche hältst, Ollie, dabei zeigen sie mir nur, wie groß dein Herz ist.«

Ich bin ihm so dankbar. Dafür, dass ich ihn kennenlernen darf, sein wahres Ich. Dass er mich dafür ausgewählt hat, dass er beschlossen hat, es mir zu zeigen. Dass er mich liebt, dass er sich mir öffnet, dass er alles ist, was ich brauche, und mehr.

Nichts davon bekomme ich über die Lippen, nur: »Es tut mir leid. Es tut mir leid, dass ich so lange so große Angst hatte.«

Carter lächelt und streichelt mir mit dem Daumen über die Unterlippe. »Das muss dir überhaupt nicht leidtun. Ich habe gelernt, dass Angst nicht verkehrt ist. Sie zeigt dir ja nur, was dir wichtig ist und wie viel Mühe du bereit bist dafür zu geben. Ich hatte vor vielem Angst in meinem Leben, Ollie, aber noch nie so unbändige wie davor, dich eines Tages zu verlieren.«

Er streicht mir die Haare hinters Ohr. »Weißt du, was ich glaube? Dass wir vor den Dingen Angst haben, die unser Leben verändern können. Mein Leben hat sich zum Besseren gewendet, als ich dir zum ersten Mal in die Augen gesehen habe. Ich bin durch dich ein so viel besserer Mensch, Ollie.«

Carter bringt auch in mir eine andere Seite zum Vorschein, durch ihn fühle ich Dinge, die ich noch nie gefühlt habe. Stelle mich den Dingen, die mir Angst machen. Ich kann natürlich der kurzen Zeit nachtrauern, die ich verschwendet habe, weil ich Angst davor hatte, ihn zu lieben oder von ihm geliebt zu werden. Oder aber ich bin dankbar dafür, wo wir jetzt sind. Für die Liebe, die uns verbindet, die Beziehung, die wir in so kurzer Zeit aufbauen konnten, die Liebe, die jeden Tag nur noch stärker wird.

Carters Lippen treffen auf meine, es ist ein so zarter Kuss, der ein Feuer in meinem Bauch entfacht. »Bleib für immer bei mir, bitte. Ich will alles sein, was du brauchst.«

Ich sehe dem Mann, den ich liebe, in die Augen, und mir schwillt das Herz in der Brust. Was aus ihm geworden ist. Wie er die Menschen unterstützt, die er liebt. Wie er seinen eigenen Schmerz bewältigt hat. »Ich möchte mit dir zusammen sein, Carter. Und du bist schon jetzt alles, was ich jemals brauchen könnte, und mehr.«

Er schaltet das Licht aus und kuschelt sich an mich, hält mich ganz fest, während er mir etwas verspricht.

»Ich werde dich so lieben, wie du geliebt zu werden verdienst, bis an dein und mein Lebensende. Versprochen.«

NEUNUNDDREISSIG

IST DAS EINE MARIACHI-BAND?

OLIVIA

Das Universum hat gelacht, als es Carters Geburtstag auf den Valentinstag legte.

Das weiß ich, weil ich ziemlich lachen musste, als ich das erfahren habe. Carter hat es wenig beeindruckt. Er hat nur die Augen zusammengekniffen und mir gesagt, dass ich mich auf was gefasst machen solle, weil er jahrelang aufgestaute Valentinstage und kitschigen »Liebesscheiß« auf mich loslassen werde, und dass er das dürfe, es sei schließlich *sein* Geburtstag.

Ich würde mir ja Sorgen machen, aber die Drohung war harmlos. Er ist schon seit einer Woche weg, trotzdem haben wir noch fünf Tage vor uns.

Zwölf Tage. So lange waren wir noch nie voneinander getrennt und ich hasse bisher jede einzelne, quälende, endlos scheinende Sekunde.

Aber seit heute ist Carter achtundzwanzig und ich hasse es umso mehr, nicht bei ihm sein zu können.

Ich schaue beim Zähneputzen auf mein Handy und muss über die Nachricht lachen, die Emmett mir gestern noch geschickt hat. *Dein Freund ist so ein Depp.* Das dazugehörige Foto zeigt Carter, der von Ohr zu Ohr grinst, in einer Bar, in der einen Hand ein Bier, in der anderen zwei frittierte Gurken, dazu trägt er eins dieser »I HEART NY«-Shirts, was eigentlich logisch ist, schließlich haben sie gestern in New York gespielt.

Allerdings steht da gar nicht *I HEART NY*, sondern *I HEART MY GF*.

Mein Bruder hat mir einen Artikel geschickt, der mit ganz ähnlichen Fotos garniert ist, allerdings wurden die Fotos aus anderen Richtungen geschossen. Das einzige Wort, das in seiner Nachricht steht? *Loser.*

Mein Handy klingelt, als ich gerade fertig werde, und ich gehe sofort dran.

»Guten Morgen, Geburtstagskind.«

Carter ist nackt. Vom Nabel aufwärts jedenfalls. Mehr kann ich nicht sehen, nur seinen breiten Oberkörper mit den dunklen Haaren, an denen er gerade kratzt, während er gähnt, dann lächelt er mich müde an. »Alles Liebe zum Valentinstag, Schönheit.«

»Wie war dein Abend?«, frage ich und suche in meinem Kleiderschrank. Heute ist rosaroter Tag in der Schule. Ich bin nicht so der Rosa-Typ, also entscheide ich mich für ein rotes Hemdkleid, lehne das Handy auf der Kommode gegen die Wand und entledige mich des Schlafanzugs. Carter schaut mir gern morgens beim Anziehen zu. Das ist irgendwie echt liebenswert. Ich liebe seinen Gesichtsausdruck und dass er dann plötzlich nicht mehr sprechen kann.

»Du … äh …« Er leckt sich über die Unterlippe. »Du hast nicht … äh … ja. Oh. Das ist ein schöner BH. Ich liebe dich.«

»Hey, Ollie!«, brüllt jemand im Hintergrund und sofort kreischt Carter: »Nein!« Das Display verdunkelt sich und ich ziehe mir schnell das Kleid über und die Strumpfhose hoch.

»Ollie, bedeck dich!«, ruft Carter. »*Feindliche Übernahme!*«

Dann erscheint Garretts amüsiertes Gesicht. »Mist. Nicht mal eine nackte Schulter.«

Es folgt ein Stöhnen, weil Garrett getackelt wird, dann sehe ich Carter wieder, ein siegreiches Grinsen im Gesicht.

»Sorry. Eigentlich sollte der noch schlafen.«

»Ich will doch nur ein bisschen Valentinstags-Action!«

»Hattest du schon. Sie hieß Reba und du bist für fünfundvierzig Minuten mit ihr verschwunden.«

Garrett betrachtet Carter, als hätte der den Verstand verloren. »*Reba?* Niemals. Die hieß … die hieß …« Er kratzt sich schuldbewusst grinsend am Kopf. »Rachel?«

»Ihr seid echt die Schlimmsten«, lache ich und gehe in die Küche, wo ich aufpassen muss, dass man die Oreos nicht sieht, die schon bereitliegen. Ich habe nämlich das fantastischste Rezept für einen Oreo-Kuchen gefunden, den ich machen werde, um Carters Geburtstag nachzufeiern, wenn er wieder da ist. Ich habe ein Foto von uns rahmen lassen, ihm ein T-Shirt mit einem der Spitznamen bedruckt, die er sich selbst gegeben hat, und Tickets für eine VIP-Vorstellung des neuen Live-Action-Disney-Films geholt, weil Carter von nichts anderem spricht. Mehr hab ich nicht geplant, ach, und ein selbst gekochtes Essen. Was schenkt man denn einem Kerl, der alles hat oder sich kaufen kann? Besonders, wenn das eigene Budget sehr knapp ist.

Cara hat mir geraten, eine Nacktaufnahme von mir lebensgroß auszudrucken und über sein Bett zu hängen. Ich habe mal nicht erwähnt, dass er bereits einen Ordner auf dem Handy hat mit nichts als Nacktfotos von mir. Ihm würde das sicher gefallen, mir bloß nicht.

»Jason bringt dich heute zur Arbeit«, sagt Carter, als ich mir Müsli in den Mund schaufle.

»Wie bitte?« Also, weder muss mich sein Fahrer zur Schule bringen, noch will ich dort in einer Limo vorgefahren werden. »Wieso das denn?«

»Weil du am Valentinstag nicht selbst fahren solltest.«

»Das mache ich seit Jahren.«

»Außerdem kommt dein Auto mit dem Schnee nicht klar und ich weiß aus zuverlässiger Quelle, dass es letzte Nacht ordentlich geschneit hat. Ich kann heute nicht bei dir sein, also tu mir den Gefallen.«

»Herrischer Kerl«, murmle ich und seufze, während ich die Auswahl entkoffeinierter Tees in meinem Küchenschrank betrachte. Dann reibe ich mir die schmerzenden Schläfen. Schlaf- und Carter-Mangel. Beides nicht gut für mich.

»Brauchst du heute einen Kaffee, Pumpkin?« Carter legt das Handy weg und verschwindet aus dem Bild. Dann ist nur Plätschern zu hören. Dieser Kerl pinkelt viel zu oft, während wir telefonieren. Er stöhnt aus vollem Herzen, bevor er die Klospülung betätigt und kurz das Wasser zum Händewaschen angestellt wird.

»Ich glaub schon, ich bin so müde diese Woche.« Ich klappe den Schrank zu und beschließe, unterwegs bei Starbucks zu halten. »Große Pläne für heute Abend?« Sie fliegen heute Morgen nach Chicago, wo sie übermorgen spielen. Ich vermute, das heißt –

»Oh, große Pläne. *Gigantische* Pläne. Ich werd mir einen runterholen, während du –«

»*Carter*, verdammt«, stöhnt jemand. »Hier sind noch drei andere im Zimmer.«

»Sorry.« Man kann ihm anhören, dass ihm das tatsächlich kein bisschen leidtut. »Ich werde den Abend im Hotel verbringen und mit dir telefonieren. Mehr will ich gar nicht. Nackt oder angezogen.« Das Feuer in seinem Blick sagt mir, dass ich definitiv nackt sein werde.

Carter bleibt am Handy, bis Jason eintrifft, um mich abzuholen. Er ist zur Hälfte von einem riesigen Blumenstrauß verborgen, und was immer in dem Becher und der Tüte ist, die er dabeihat, riecht nach Zimt und Himmel.

»Carter hat geschrieben, dass Sie einen Kaffee brauchen. Es ist ein Zimtschnecken-Latte und dazu eine Zimtschnecke. Sein Vorschlag ist, dass Sie jetzt die Hälfte trinken und die andere

Hälfte später, damit Sie nicht so starke Bauchschmerzen bekommen.«

Mein Handy plingt und der Mann selbst erinnert mich daran, wie glücklich ich mich schätzen kann.

World's Sexiest Man: alles liebe zum valentinstag, prinzessin. ich liebe dich. du fehlst mir.

Wer Carter kennt – und wer kennt ihn nicht? –, weiß, dass es dabei natürlich nicht bleibt.

Wieso auch.

Das zweite Geschenk trifft nach der ersten Stunde ein. Es ist ein Teddy mit Carters Trikot. *Etwas, das du drücken kannst, wenn ich nicht da bin, um das zu übernehmen,* steht auf der Karte.

Das dritte kommt während der zweiten Stunde. Es ist ein Strauß aus schokoladenüberzogenen Erdbeeren und die Nachricht, die in dem winzigen Umschlag steckt, besagt, dass er sich vorstellt, dass er den Saft der Erdbeeren von meinem nackten Körper leckt. Ich stecke die Nachricht schnell weg und teile die Erdbeeren mit den Mädels aus meinem Kurs.

Das vierte trifft kurz vor der großen Pause ein. Jason bringt mir Essen und eine Schachtel, in der Leggins und Yogahosen von Lululemon sind. *Dein Hintern sieht zu gut aus darin, es kann nicht angehen, dass du davon nur ein Paar hast.*

Ich bete, dass das das letzte Geschenk war, aber in bester Carter-Manier kommt die peinlichste Überraschung zum Schluss.

»Madam.« Brad verbeugt sich vor mir und öffnet dann die Tür zur Turnhalle.

»Bradley.« Ich betrachte ihn argwöhnisch, während er in die Halle deutet. »Danke.«

Dass er mir die Tür aufhält, ist der erste Hinweis darauf, dass irgendwas nicht stimmt. Der zweite ist, dass drinnen kein Licht brennt.

Mit klopfendem Herzen schalte ich das Licht ein und zucke zusammen, als ich sehe, was da vor mir steht.

»Nein«, flüstere ich und schüttle den Kopf. »Das hat er nicht getan.«

Aber doch. Hat er.

Plötzlich dröhnt Musik los. Der Klang von Gitarren, Geigen und Trompeten wird von den Wänden zurückgeworfen, und mir bleibt entsetzt der Mund offen stehen.

Da steht eine Mariachi-Band. Eine fucking Mariachi-Band. Carter hat mir eine fucking Mariachi-Band in die Schule geschickt.

»Das darf nicht wahr sein«, flüstere ich, eine Hand an der Wange, die andere vorm Mund.

»Ist das nicht toll?«, brüllt mein Direktor und schwingt eine Rassel und die Hüften im Takt.

Einer der Jungs nimmt meine Hand und dreht mich, aber ich bin steif wie ein Brett und falle über meine Füße.

Als die Musik endet, ist außer Applaus nur noch lautes Gackern zu hören. Hohes, endloses, fieses Gackern.

Cara purzelt aus meiner Umkleide, das Handy hochgereckt. Mit der anderen Hand schlägt sie sich auf die Oberschenkel und lacht sich kaputt. »O mein Gott! Das war unbezahlbar!« Sie lacht Tränen. Ich vielleicht auch. »Du hättest … dein Gesichtsausdruck … *O mein Gott!* Dieses Video ist einmalig, Livvie, absolut einmalig. Carter wird durchdrehen.«

Oh, der wird durchdrehen, aber hallo.

***

Als ich nach Hause komme, bin ich völlig platt. Ich möchte nichts lieber als meinen BH ausziehen, in der Badewanne eine Pizza verdrücken und mitten im Videocall mit Carter einpennen.

Der Mann hat auf keine meiner Nachrichten reagiert. Anfangs dachte ich, er hat Schiss nach der Sache mit der Mariachi-Band, aber dann wurde mir klar, dass ihn das sicher wieder amüsiert, mich so aufzustacheln. Das macht er schließlich gern. Er hat mal erwähnt, dass der Sex dann umso besser ist, wenn ich sauer bin. Bloß haben wir davon ja heute nichts und der Gedanke zieht mich viel krasser runter, als er sollte, als ich mein Haus betrete.

Die roten und pinken Herzballons, die in meinem Flur schweben, können mich schon nicht mehr überraschen, genauso wenig das kleine Geschenk, an dem sie befestigt sind. Er hat Cara das Mariachi-Debakel filmen lassen, also musste sie noch ein weiteres Geschenk für ihn hier bei mir deponieren.

Ich ziehe die Karte aus dem rosa Umschlag. Darauf ist ein grinsender Tintenfisch und auf der Karte steht: *Ich wünschte, ich wäre ein Tintenfisch, dann hätte ich acht Hände, mit denen ich dir an den Hintern fassen kann.*

In der Karte selbst wartet eine wesentlich schönere Nachricht.

> Meine Ollie,
> ich habe so viele Fehler gemacht und ein etwas zu sorgenfreies Leben geführt, was nicht immer alle gutheißen konnten. Trotzdem würde ich nichts ändern. Weil ich auf dich gewartet habe. Auf eine Liebe, die einfach so in mein Leben tritt und meine Welt in die Luft jagt.
> Ich möchte jeden Valentinstag und Geburtstag mit dir feiern.
> In Liebe
> Carter

Ich würde ja gern behaupten, dass mich die Tränen überraschen, aber eigentlich tun sie das nicht. Mittlerweile weiß ich, dass dieser Mann mich entweder zum Lachen oder zum Weinen bringt, sobald er den Mund öffnet, aber aus den schönsten Gründen. Ich habe keine Ahnung, wie er in mein Leben kam, aber ich habe nicht vor, ihn je wieder ziehen zu lassen.

In dem kleinen Geschenk verbirgt sich das allerschönste Armband. Ein kleines Herz ist in ein dünnes Goldkettchen eingefasst, die Buchstaben *C* und *O* baumeln daneben. Ich lege es mir um und weiß jetzt schon, dass das Letzte, was ich heute tun werde, ist, beim Telefonat mit Carter einzuschlafen.

Nach einem weiteren Schritt in den Flur bleibt mir fast das Herz stehen, weil Rosenblätter auf dem Boden liegen, die bis in mein Schlafzimmer führen. Sofort rast mein Puls und all meine Nerven glühen voller Erwartung, als ich der Blätterspur folge, angelockt von der leisen Musik und dem sanften Kerzenflackern.

»Carter«, keuche ich, bevor ich ihn überhaupt sehe.

Und als ich ihn sehe … Puh, als ich ihn sehe …

»Zeichne mich wie die Mädchen in Frankreich«, flüstert er absichtlich sexy von meinem Bett aus, wo er sitzt, komplett nackt, wenn man von der Pralinenschachtel absieht, die er auf dem Schoß hat.

Direkt habe ich das breiteste Grinsen im Gesicht. Aber es kostet mich all meine Kraft, mich nicht sofort auf ihn zu stürzen, sondern die Fäuste in die Seiten zu stemmen und ihn mit hochgezogenen Brauen anzusehen. »Sind da wirklich Pralinen in der Schachtel oder nur dein Schwanz? Hast du ein Loch in die Seite gemacht, damit du deinen Schwanz reinstecken kannst, Carter?«

Sein Grinsen verschwindet. »Nein. Fuck. Wieso bin ich da nicht draufgekommen?« Dann schaut er nachdenklich zu der Schachtel. »Fick dich! Die Schachtel ist viel zu klein für mein Donnerschwert und das weißt du ganz genau!«

Ich kann mich nicht länger zurückhalten, das Lachen platzt

aus mir heraus und ich hüpfe in seine Arme, drücke ihm einen fetten Kuss auf den Mund. »Herzlichen Glückwunsch und alles Liebe zum Valentinstag. Und was machst du hier? Du solltest doch eigentlich in Chicago sein! Ich liebe dich.«

»Ich wollte bei dir sein«, sagt er zwischen zahllosen Küssen. »Ich fliege morgen um halb fünf wieder ab.«

Ich drücke gegen seine Brust, zwinge ihn auf den Rücken und ziehe mir das Kleid aus. »Dann sollten wir früh schlafen.«

»Ich schlafe im Flieger«, brummt er und zerrt mir die Strumpfhose runter.

Ich schiebe die Pralinen von seinem Schoß und erstarre, als ich das Geschenk darunter sehe.

Im Ernst. Carter hat eine rote Schleife um seinen Schwanz gebunden. Mit hochgezogener Braue zeichne ich das Seidenband nach und schaue zu, wie Leben in diesen Muskel strömt.

Sein Grinsen ist teuflisch. »Du darfst ihn erst auspacken, wenn du dich umgezogen hast.« Er deutet zu meinem Schrank, an dem ein superschönes Teil aus roter Spitze und Seide hängt.

»Oh, Carter.« Ich klettere aus dem Bett und berühre vorsichtig die Spitze, die von breiten Seidenstreifen zusammengehalten wird. Wenn auch nur gerade so. »Das ist ja wunderschön.«

»Ich dachte mir, dass es dir gefällt. Deshalb habe ich gleich zwei gekauft.«

»Zwei?«

»Ja.« Ein Schleier legt sich über seine grünen Augen. »Weil ich dir das hier gleich vom Leib reißen werde.«

Es wäre unsinnig, das Feuer zu unterdrücken, das seine Worte in mir entfachen. Ich werde es mir vom Leib reißen und mich von ihm vernichten lassen, wie er es immer macht, und dann werde ich jede Sekunde genießen, wenn er mich wieder zusammensetzt.

Ich husche ins Bad, um mich umzuziehen, und bestaune die Seidenfäden, die ich an meinen Hüften zu kleinen Schlaufen binde. »Als du ›umziehen‹ gesagt hast, dachte ich schon, du hast mir das ›I HEART MY GIRLFRIEND‹-Shirt mitgebracht, das du gestern anhattest.«

»Nein, das ist für später.«

Ich erstarre. »Später?«

»Ja, ich hab die passende Boyfriend-Version für dich. Die tragen wir nachher zum Essen. Gerade sind sie noch im Trockner.«

»Carter!«

»*Olivia*. Schwing deinen süßen Arsch zu mir, sonst komm ich dich holen.«

»Dir ist schon klar, dass das keine Drohung ist, oder?«

»Dann lasse ich noch mein Gesicht auf das T-Shirt drucken.«

Okay, das wirkt. Da kommt Bewegung in mich.

Carter sitzt auf der Bettkante, als ich wieder ins Schlafzimmer komme. Als er mich sieht, fällt ihm die Kinnlade runter. »Verdammt.« Er dreht den Finger in der Luft. »Einmal dreihundertsechzig Grad, bitte. Schön langsam.«

Er summt anerkennend und beißt sich auf die Fingerknöchel, während ich mich drehe. »Komm her. Sofort. Zu mir.«

Ich gehe langsam und zielstrebig auf ihn zu, wenn auch ein bisschen nervös. Er ist alles, was ich mir wünsche, und ich will das auch für ihn sein.

Er greift nach meinen Händen, zerrt mich zwischen seine so muskulösen Oberschenkel. Seine Fingerspitzen tanzen über die Spitze, an den Seidenbändern entlang. Er zieht an einem, sieht zu, als in der Mitte etwas nachlässt und meine Brüste freigibt. Schnell bindet er wieder eine Schleife und legt mir dann die Stirn an den Bauch, um zu wimmern.

Ich wiederhole, Carter Beckett wimmert.

Sein Blick brennt auf meiner Haut. »Sei ein artiges Mädchen und leg dich aufs Bett.«

»Ein artiges Mädchen?« Ich blinzle übertrieben.

»Ja. Weißt du, was das heißt?«

Ich fahre mit den Fingern über seine Oberschenkel. »Nein. Was macht ein artiges Mädchen denn?«

»Alles, was ich sage.«

»Alles?«

Carter grinst gefährlich, unanständige Gedanken mischen sich mit Lust und so viel Liebe, die sich jetzt eine Woche angestaut haben. »*Alles*. Und du kannst damit anfangen, dich mit dieser perfekten Pussy auf mein Gesicht zu setzen.«

***

Das Geburtstagskind ist unersättlich in dieser Nacht. Gerade arbeitet er sich an seinem zweiten Hauptgericht ab, und das, obwohl er mich zwei Stunden lang vernascht hat. Trotzdem sieht es nicht so aus, als hätte er irgendwann mal genug. Das ist die einzige logische Erklärung dafür, dass seine Hand unterm Tisch mein Bein streichelt, wie schon den ganzen Abend.

»Darf ich dir was sagen, Ollie?«

»Immer.«

Er rührt in seiner Pasta. »Ich habe noch nie so den Valentinstag gefeiert. Oder meinen Geburtstag.« Seine Wangen werden rot, als er mich in dem sanften Kerzenschein ansieht. Sein Blick wandert zu meinem T-Shirt – ja, das war kein Witz, ich trage das »I HEART MY BF«-Shirt – und dann lächelt er. »Der Valentinstag bedeutet so vielen Leuten was. Leuten, die nicht allein sein wollen. Sie hoffen auf mehr. Ich … Ich wollte nie, dass er mir was bedeutet. Und mein Geburtstag war einfach mein Tag, meine Zeit. Ich wollte nie so tun, als würde er was anderes bedeuten. Nicht mal für eine Minute.«

Lächelnd schaut er auf seinen Teller. »Mom hat gesagt, sie ist sehr glücklich, dass ich eine gefunden habe, die mir wichtig genug ist, dass ich für sie nach Hause fliege, einfach um diesen Tag mit ihr verbringen zu können. Und das Schönste für mich ist, dass ich mich trotz allem nicht verstellen muss. Ich kann ganz ich selbst sein und es gibt niemanden außer dir, mit der ich so feiern möchte. Heute und jeden anderen Tag.«

Mir wird eng ums Herz und er beugt sich über den Tisch, legt mir die Finger ans Kinn und gibt mir einen Kuss auf den Mund.

Dann lehnt er sich wieder zurück und räuspert sich. »Ich kann es nicht erwarten, diese neue Disney-Sache mit dir zu gucken.«

Meine Gabel fällt auf den Tisch. »Was?«

Er nickt, meidet aber meinen Blick. »Ja, und ich muss eine neue Packung Oreos besorgen für meinen Geburtstagskuchen, ich habe die nämlich versehentlich gegessen, während ich auf dich gewartet habe. Das Rezept sieht aber toll aus. Oh, und weißt du, warum ich diese Shirts gewaschen habe? Weil ich das eine, das ich in so einer Geschenktüte gefunden habe, gleich waschen wollte. Du weißt schon, das, auf dem *Mr Incredible* steht.«

»*Carter!*«

Er mimt das Unschuldslamm. »Du darfst nicht sauer sein, ich bin das Geburtstagskind.«

VIERZIG

I WILL SURVIVE

CARTER

Olivia verspätet sich, was ja nichts Neues ist. Mir ist das egal, ich habe gerade bloß Panik, dass ihre Nichte und ihr Neffe zum Übernachten aufkreuzen, bevor sie da ist. Ich glaube, mit Alannah komme ich für eine Weile allein klar, aber mit Jem? Der erfordert einen richtigen Erwachsenen. Ich habe einige Talente, aber Erwachsensein sucht man auf der Liste wohl vergeblich.

Ich stelle die Deckenburg fertig und werfe einen Blick aufs Handy. Keine Regung von Olivia, dabei werden die Kids in einer Stunde hier abgesetzt.

Hab ich erwähnt, dass ich noch nie Babysitter war?

Ich wähle Olivias Nummer, eine Hand in die Seite gestemmt. Dann tippe ich mit dem Fuß auf den Boden, bis ich auf ihrer Mailbox lande.

Sie müsste seit einer Stunde hier sein und ich kann sie nicht erreichen. Ich sage mir, dass meine Nervosität an meiner Kontrollsucht liegt, aber als ich das letzte Mal jemanden nicht erreichen konnte, lag er tot am Straßenrand. Trauer hat eine ganze Menge beschissener Folgen, nur eine davon ist die Panik, die dich packt, wenn du den Menschen, den du liebst, nicht erreichen kannst.

Ich rufe noch zweimal direkt hintereinander an, beim zweiten Mal meldet Olivia sich ganz atemlos. »Hallo?«

Der Schmerz in meiner Brust lässt abrupt nach, trotzdem

klingen meine Worte härter als gewollt. »Wo bist du? Wieso gehst du nicht ans Telefon?«

»Ich … Es tut mir leid, Carter.«

Die Überraschung in ihrer Stimme, die Verletzung über meinen Ton mahnt mich, einmal tief durchzuatmen und es noch einmal zu versuchen. »Alles in Ordnung?«

»Ja, mit mir schon.« Sie seufzt, grunzt und dann höre ich … dass sie was tritt? Schlägt? »Fucking … Scheiß … Schnee … verfickter kanadischer Winter … blödes … Scheißauto!«

Ich muss mein Lachen unterdrücken. Es ist der zweite März. Normalerweise meldet sich da langsam der Frühling, aber dieser Höllenwinter hat uns gestern noch mal einen Schneesturm spendiert. Olivia fährt einen alten Toyota Corolla und ihre Winterreifen sind acht Jahre alt.

»Wo bist du denn, Ol?« Manchmal ist es leichter, sich vorsichtig voranzutasten und nicht gleich zu fragen, was man wissen will, was in diesem Moment wäre, ob sie stecken geblieben ist.

»Um die Ecke von der Schule«, murmelt Olivia.

»Aha. Und warum? Die Schule ist doch seit halb drei vorbei und jetzt ist es vier.«

»Ich stecke fest«, sagt sie leise.

»Wie bitte?«

»Ich stecke fest.«

»Kannst du das noch mal wiederholen, Prinzessin? Ich kann dich kaum verstehen, das Feuer prasselt so laut.« Wenn ich es richtig anstelle, haben wir noch eine Runde schnellen, wütenden Sex, bevor die Kinder ankommen.

Olivia schimpft noch immer wie ein Rohrspatz, während ich schon in meinem Pick-up hocke und aus der Garage zurücksetze.

»Kommst du mich holen?«, fragt sie leise, während sich mein Handy mit dem Lautsprecher verbindet.

»Schon unterwegs. Ich könnte schon seit einer Stunde da

sein, wenn du mich sofort angerufen hättest, als du dich festgesetzt hast.«

»Ich habe nicht – das war nicht – du – *argh!*« Sie schnaubt. »Ich warte am Straßenrand, halb im Straßengraben.«

Und genau da finde ich sie vor. Der Schnee ist vielleicht gerade mal dreißig Zentimeter tief, aber er ist nass und schwer und lässt sich nicht gut bewegen, weshalb ihre Versuche, ihn von den Reifen zu entfernen, ins Leere laufen. Als sie mich sieht, sackt sie in sich zusammen, und dann klettert sie so verzweifelt halb über ihre Motorhaube, dass ich sie noch mehr liebe, als ich je für möglich gehalten hätte.

»Ja, nanu. Wer hätte denn damit rechnen können, dass die kleine rote Kiste mit dieser Art Schnee nicht zurechtkommt?«

»Ich habe Winterreifen drauf!«

»Also, ich sage es ja nur ungern, aber ohne Profil nutzen Winterreifen auch nichts.«

Sie schnaubt, sagt sonst jedoch nichts, verschränkt nur die Arme vor der Brust und funkelt mich an. Die Mütze rutscht ihr in die Stirn und sie setzt sie sich schnell wieder richtig auf, damit sie mich weiter anfunkeln kann.

»Dieses Schei…«, ich stocke, weil sie sehr langsam die Brauen hebt und nur darauf wartet, dass ich das Wort zu Ende spreche, »sssssschöne rote Gefährt ist nicht für kanadische Winter gebaut.«

Olivia schleudert die Arme in die Luft. Durch die Ohren an ihren Handschuhen ist die Geste sehr niedlich und kein bisschen furchteinflößend. »Oh, entschuldige, dass ich keinen Stall mit sieben Autos habe, von denen ich mir das passende aussuchen kann.«

»Fünf«, murmle ich.

»Was?«

»Ich habe nur fünf Autos.«

Sie verdreht betont genervt die braunen Augen. »Das sind

noch immer vier mehr, als der durchschnittliche Mensch hat. Aber klar, entschuldige, das hatte ich ganz vergessen – Carter Beckett ist ja alles andere als durchschnittlich.« Wieder wedeln ihre Arme durch die Luft und ich muss mir auf die Lippe beißen, damit mein Grinsen nicht noch breiter wird.

»Du kommst gleich zum Abkühlen auf die Strafbank.«

Ihr ganzer Frust löst sich sofort in Luft auf, weil sie laut loslacht. Sie setzt sich langsam in Bewegung, schlurft durch den Schnee, schließt mich fest in die Arme, schiebt das Kinn an meine Brust und lächelt zu mir hoch. »Tut mir leid. Alle deine Autos sind schön und ich bin froh, dass du nicht durchschnittlich bist.«

»Hmm.« Ich wiege sie hin und her, beide Hände auf ihren Pobacken. »Würdest du sagen, ich bin übermenschlich?«

Sie packt meinen Kragen und zieht mich zu sich, damit sie mir einen Kuss auf den Mund geben kann. »Mach ruhig so weiter, großer Mann. Du wirst schon sehen, was du davon hast.«

»Ich weiß ziemlich genau, was ich davon habe. Einen Freifahrtschein direkt zwischen deine herrlichen Beine.« Ich küsse ihre Nasenspitze. »Tut mir leid, dass ich vorhin so schroff war am Telefon. Ich hatte Angst, dass dir was passiert ist, und die hat die Oberhand gewonnen.« Ich fahre mit dem Daumen über die Falte auf ihrer Stirn, in der Hoffnung, sie so gleich wieder verschwinden zu lassen. Als das nicht funktioniert, gebe ich ihr auch dorthin einen Kuss und versuche es mit Humor. »Bin wohl doch nicht so perfekt, wie du immer glaubst.«

Olivia nimmt mein Gesicht in beide Hände. »Du bist perfekt mit all deinen Fehlern und ich werde dich trotzdem lieben, weil du mich auch trotz meiner Fehler liebst.«

»Oh, ich liebe dich.« Ich gebe ihr einen Klaps auf den Hintern und schiebe sie zu meinem Pick-up. »Also gut, fahr hinter mir her. Ich stell den roten Teufel bei mir in die Garage, bis der Schnee geschmolzen ist.«

»Aber ich … ich … Ich bin noch nie einen Pick-up gefahren.«

»Sie ist ein zahmes Wesen, versprochen.«

Olivia wägt die Herausforderung ab, die vor ihr liegt: hineinklettern. »Ich glaube nicht, dass das klappt, Carter. Ich komm da niemals hoch, ich hab so kurze Beine.«

»*Starke*, kurze Beine.« Ich stelle mich mit verschränkten Armen hinter sie und nicke zum Fahrersitz. »Na los. Streng dich an.«

Es ist unterhaltsam. *Sehr* unterhaltsam. Ich greife nach meinem Handy, weil ich weiß, dass sich noch ein paar mehr Leute darüber amüsieren können sollten.

»Denk nicht mal dran«, zischt sie, ohne sich umzusehen. Verdammte Lehrerinnen, die immer alles mitkriegen.

Mit einem Grunzen wirft Olivia sich auf den Sitz, Füße zappeln in der Luft, genauso der Hintern. So klammert sie sich an die Mittelkonsole und zerrt sich hoch. Kichernd erlöse ich sie und gebe ihr den nötigen Schubs. Dann nehme ich die Schaufel von der Ladefläche und fange an, ihren Wagen freizuschaufeln. Sie hat sich ganz schön festgesetzt, es dauert ein paar Minuten, bis ich das Auto frei habe.

Ich zeige Olivia zwei Daumen hoch, dann steige ich ein. Das Ding ist viel zu klein für mich, meine Knie donnern sofort gegen das Steuer.

Es dauert eine geschlagene Minute, bis ich kapiere, dass sie zu den Leuten gehört, die Angst haben, bei Schnee Auto zu fahren, also bleibe ich gehörig unter der Geschwindigkeitsvorgabe, bis wir bei mir ankommen, einfach nur um sie zu beruhigen.

Sie fährt hinter mir in die Garage und hüpft vom Fahrersitz. »Das war ja gar nicht sooo schlimm.«

»Neue Reifen für nächsten Winter.« Ich befestige den Schlüssel des Pick-ups an ihrem Schlüsselbund. »Oder vielleicht ein neues Auto?« Geburtstagsgeschenk? Vielleicht. Ich muss mich ins Zeug legen, damit ich ihr ein Geschenk von diesem Ausmaß zum Geburtstag schenken darf.

»Was machst du da?«

»Ich befestige den Autoschlüssel an deinem Schlüsselbund.« Ich hebe eine Augenbraue und hänge den Bund ans Schlüsselbrett, dann öffne ich die Tür zum Haus. Olivia rührt sich nicht vom Fleck.

»Das sehe ich. Aber warum?«

»Damit du sicher im Schnee unterwegs bist.« Ich deute zum Garagentor.

»Carter, ich kann doch nicht jeden Tag mit deinem Pick-up rumkurven.«

»Wieso nicht? Ich hab schließlich fünf Autos, schon vergessen? Den brauch ich gerade nicht.« Ich tippe ihr gegen die Nasenspitze. »Du dafür umso mehr.«

»Aber … aber …«

»Ich liebe dich auch.«

Schon verschränkt sie wieder die Arme vor der Brust. »Carter.«

»Olivia. Es ist sinnlos, darüber zu diskutieren. Dein Auto macht Probleme und ich mache mir wesentlich weniger Sorgen um dich, wenn ich weiß, dass deine Reifen nicht durchdrehen, während ich Tausende von Kilometern weit weg bin. Nimm doch bitte einfach meinen Wagen. Zumindest bis der Schnee weg ist.« Ich nehme ihre Hand und bringe sie zum Pick-up. »Und schau mal!« Ich drücke auf einen Knopf an der Tür und schon erscheint eine Stufe.

Olivia bleibt der Mund offen stehen. »Es gibt eine Stufe, und trotzdem hast du mich so rumhangeln lassen?«

»War ein schöner Anblick. Außerdem ein guter Grund, dir an den Hintern zu fassen.«

Ihre kleine Faust donnert gegen meinen Oberarm. »Du bist ein Arsch.«

»Ein mit all seinen Fehlern perfekter, übermenschlicher Arsch.«

Ihre Nase kräuselt sich, weil sie so sehr versucht – erfolglos –, nicht zu grinsen. »Ich liebe dich.«

Ich lege ihr einen Arm um und gebe ihr einen Kuss auf die Wange. »Ich liebe dich auch, Pumpkin.«

Olivia geht nach oben, um sich umzuziehen, und ich mache mich an die Oreo-Brownies, die ich Alannah versprochen habe. Die hat Mom zu meinem zwölften Geburtstag erfunden. Die unterste Schicht ist Keksteig, von dem ich versehentlich ein paar Löffel voll esse, während ich die Form befülle. Ups.

»*Carter!*«

Ich lächle leise in mich hinein. Ich weiß, warum Olivia so brüllt, deshalb weiß ich auch, warum ich besser den schmeichelhaftesten Ton aufsetze. »Ja, mein Schatz?«

»Komm sofort her!«

Also flitze ich die Treppe hoch und versuche, mich zu wappnen. Als ich ins Schlafzimmer komme, steht Olivia schon bereit, Hände in die Seiten gestemmt, Fuß tippt auf den Boden.

Sie deutet zu dem großen Bild, das über dem Kamin hängt. »Was ist das?«

Ich betrachte das Bild, sauge meine Unterlippe ein und lasse den Blick an Olivias nackten Schultern entlanggleiten, auf denen Wassertropfen im Schein des Feuers schimmern, vor dem sie sitzt, obwohl ich das Foto ins Schwarz-Weiß habe drucken lassen. »Kunst.«

»Kunst?«

»Ja, Kunst.«

Ihre Hände wedeln um ihren Kopf. Sie ist so ausdrucksstark, wenn sie spricht. »Das ist keine Kunst! Das ist ein Foto von mir beim Lesen! Nackt!«

»Ganz genau.« Ich tippe ihr zum sicher dritten Mal innerhalb der letzten halben Stunde gegen die Nase, einfach weil sie so verdammt niedlich ist. »Kunst. Und man kann doch nur deinen Rücken sehen.«

Mein Blick wandert über ihren Körper, ihren heißen Körper. Sie trägt nur ein T-Shirt und Shorts, also tue ich, was jeder Mann tun würde: Ich presse sie gegen die Wand, eine Hand an ihrer Kehle.

»Ich hab dich gern an meiner Wand. Ich würde jedes Foto von dir ausdrucken und damit jeden Zentimeter dieses Hauses bekleben, wenn das vertretbar wäre, was es aber nicht ist. Und außerdem würdest du mir dafür vermutlich die Eier abreißen, und ich hätte gern, dass die bleiben, wo sie sind.«

»Zwischen deinen Beinen?« Sie keucht, als ich meine Finger in ihren Shorts verschwinden lasse und bewundere, wie feucht sie schon wieder ist.

»Ja, aber am liebsten, wenn sie dabei gegen deinen Hintern schlagen.«

»Carter.« Ein weiteres Keuchen, diesmal fassungslos. Die Fassungslosigkeit über meine Worte wird mit der Zeit nachlassen.

»Du bist immer feucht, wenn du so tust, als wärst du sauer auf mich.«

»Ich … tue … nicht … so«, bringt sie hervor, ihre Nägel bohren sich in meine Schultern, als ich zwei Finger in ihr versenke.

»Ach nein?«

Haselnussbraune Augen schauen zu mir auf, während sie keucht und sich gegen meine Hand presst. Ihre pinke Zunge huscht über ihre Unterlippe, dann nickt sie kurz, also grinse ich und ziehe meine Finger aus ihrer feuchten Wärme.

Ihr Mund bleibt offen stehen. »Carter. Nein. Was …?«

Da klingelt es und ich stecke mir schnell die Finger in den Mund, lecke ihre Spuren ab und schlage ihr auf den Hintern. »Dann mal los, die Kinder sind da.«

Als ich mir die Hände gewaschen habe und Olivia richtig angezogen ist – und wütender auf mich denn je –, reiße ich die Haustür auf.

»Carter!« Alannah schmeißt ihre Tasche auf den Boden und sich mir in die Arme.

Jem sehe ich erst, als Jeremy mir ihn in die Hände drückt.

»Würdest du vielleicht etwas lieber mit deinem Sohn umgehen, damit man nicht den Eindruck bekommt, dass du es nicht erwarten kannst, ihn loszuwerden?«, tadelt Kristin.

»Er wollte so dringend zu seinem Onkel Carter.« Er grinst, während er mich so nennt, der Witz geht aber nach hinten los, mir gefällt es nämlich.

Olivia nimmt mir Jem ab und knutscht jeden Zentimeter seines Gesichts, worüber ich lächeln muss.

»Carter.« Alannah zwinkert und hält eine Tüte hoch, in der alle Zutaten für Oreo-Pfannkuchen sind. »Ich hab alles mit.«

»Sehr gut, Dude. Dabei hättest du das gar nicht alles mitbringen müssen.«

»Pfft, ist ja kein Ding, Dude.«

Ich deute die Treppe hinauf. »Darf ich Euch zu Eurem Zimmer geleiten, die Dame?«

Sie saust voran in das Zimmer, das ich ihr zeige, und lässt sich aufs Bett plumpsen. »Wow! Das ist ja *riesig*! O mein Gott! Ich hab mein eigenes Bad!«

Sie flitzt von Zimmer zu Zimmer und als sie die Tür zu meinem Schlafzimmer erreicht, schaltet Olivia sich mit einem nervösen Kichern ein.

»Oh, hier gehst du besser nicht rein.«

Jeremys Augen werden schmal, dann schiebt er sich an beiden vorbei. »Wow.« Er fährt mit der Hand über den Kamin und steckt dann den Kopf ins Bad, wo ihm die Kinnlade runterklappt. Er marschiert einmal quer durchs Zimmer und reißt die Balkontüren auf. »Der Mann hat natürlich einen verdammten Kamin auf dem verdammten Balkon.«

»Zwei Dollar an mich, Daddy!« Alannah hält ihm die Hand hin. »Schieb die Kohle rüber.«

Er schlägt ihre Hand weg und kommt herein, lässt den Blick durch mein Zimmer schweifen, bis er an dem Bild von Olivia haften bleibt. Olivia macht meine Unterwäscheschublade auf und tut so, als würde sie darin aufräumen.

»Ollie«, flüstert Kristin. »Bist du das? Das ist ja wahnsinnig schön.«

»Was? Äh. Das. Ähm … nee.«

Jeremy kneift die Augen zu und würgt. »Igitt.«

Olivia schlägt ihm gegen den Arm, sagt, er soll die Fresse halten, und stürmt aus dem Zimmer.

Grinsend schiebe ich mir die Hände in die Taschen. »Bezaubernd, nicht wahr?«

***

»Was gucken wir als Nächstes? Darf ich heute ganz lange aufbleiben?«

Als Nächstes? Wir haben schon zwei Filme geguckt. Dieses Mädchen ist ein Energiebündel.

Ich drehe mich mit einem Flunsch zu Olivia um. »Ich bin so müde.«

Sie wuschelt durch Jems fluffiges Haar, der eifrig auf ihr Oberteil sabbert. »Ich hab dich gewarnt.«

»Du bist müde?«, fragt Alannah. In ihrem Mundwinkel klebt Schokolade. *Hebe ich mir für später auf,* hat sie gesagt, als Olivia sie darauf aufmerksam gemacht hat. »Wollen wir eine kurze Tanzpause machen? Damit du wieder wach wirst? Müsstest du nicht total fit und gesund sein?«

Ich habe mich für total fit und gesund gehalten, bis … Kinder. Kinder sind echt kräftezehrend. Süß, 'ne Menge Spaß, aber auch echt kräftezehrend.

Ich mache Platz für eine spontane Tanzfläche und schalte Musik an. Und dann frage ich mich, ob ich vielleicht zu müde bin, um später noch Sex mit meiner Freundin zu haben. Bei dem Gedanken runzle ich die Stirn und sofort gibt Olivia mir einen Kuss in den Mundwinkel.

»Sie ist innerhalb von zwanzig Minuten eingeschlafen, sobald der nächste Film läuft, glaub mir.«

Ich tanze wild mit Alannah und drehe sie unter meinem Arm hindurch, während Olivia vorsichtig mit Jem hüpft und ihn dann schon bald nach oben bringt.

Als sich Alannah auf den Boden fallen lässt, werfe ich ihr die Fernbedienung hin. »Such schon mal den nächsten Film raus, ich sehe mal schnell nach Tante Ollie und Jem.«

Oben lehne ich im Türrahmen und beobachte, wie Olivia leise für Jem singt. Ihre Hüften wippen langsam im Mondlicht, während sie ihn in den Armen wiegt und in den Sternenhimmel schaut. Mit einem leisen Seufzer gibt sie ihm einen Kuss auf die Stirn und legt ihn in seinen Laufstall.

»Ich hab dich lieb, Jemmy«, flüstert sie.

Ich lege ihr von hinten die Arme um die Hüften. Sie keucht und krallt mir die Nägel in die Haut.

»Carter«, sagt sie. »Ich habe dich gar nicht gesehen.«

»Ich dich aber. Und ich liebe dich so, so sehr.«

Ich halte sie einen Moment lang fest, genieße, wie ruhig ich dadurch werde, mein ganz eigenes Stück Himmel.

Unten finden wir Alannah mitten in der Deckenburg vor, ein Stück Pizza in der Hand.

»Ich habe *Alles steht kopf* genommen. Das Mädchen darin spielt nämlich Hockey! Es gibt einfach keine Filme sonst, wo Mädchen Hockey spielen.« Glücklich seufzend lehnt sie ihren Kopf an meine Schulter und nimmt Olivias Hand.

Und Olivia hat recht, wie so oft. Nach fünfzehn Minuten schläft Alannah tief und fest. Wir warten sicherheitshalber noch fünfzehn Minuten, dann nehme ich sie in die Arme und bringe sie hoch.

»Carter?« Kurz gehen ihre Augen auf, als ich sie zudecke. »Das war die beste Pyjamaparty meines Lebens.« Sie drückt mich fest. »Ich hab dich lieb, Dude.«

Mir wird es ganz eng ums Herz. »Ich hab dich auch lieb, Dude.«

Sie winkt Olivia zu, die in der Tür steht. »Schlaf gut, Tante Ollie. Ich hab dich lieb.«

»Ich dich auch, meine tapfere Maus.«

Vor Erleichterung lasse ich die Schultern hängen, als die Tür hinter mir zugeht. »Ich hab's geschafft. Ich habe meine erste Pyjamaparty überstanden.«

»Ach, was bist du doch für ein süßer, naiver Trottel. Es ist erst vorbei, wenn sie wieder weg sind.« Sie schlingt die Arme um meinen Hals. »Du bist aber nicht zu müde, um deine Freundin zu vögeln, oder?«

»Nun, ich –« Ich kann nur noch gurgeln, weil ihre Hand sich um meinen Schwanz schließt, der sofort bereitsteht. Ich werfe mir Olivia über die Schulter und renne zum Schlafzimmer.

»Mein Donnerschwert ist nie zu müde.«

EINUNDVIERZIG

HOCHGRADIGES DILF-ING

OLIVIA

Ich werde allein wach, was ich weder gewohnt bin, wenn ich bei Carter schlafe, noch bevorzuge. Am liebsten habe ich dabei seinen Kopf oder seine Finger zwischen meinen Beinen, was beides oft genug vorkommt, aber …

Auf dem kleinen Nachttisch steht eine dampfende Tasse Tee, klagen kann ich also nicht.

Ich bin nicht schockiert, dass ich Alannah nicht in ihrem Bett vorfinde, aber definitiv überrascht, weil Jem nicht in seinem Laufstall liegt. Carter mag den Kleinen und kuschelt gern mit ihm, aber ich würde lügen, wenn ich behaupten würde, dass Carter nicht immer panisch aussieht, wenn er ihn hält, so als könnte er jederzeit irgendwas Babytypisches machen – wie kacken oder weinen.

In der Küche herrscht ein heilloses Chaos, überall ist Pancaketeig – ein sicheres Zeichen, dass Alannah fürs Frühstück zuständig war –, doch sonst ist niemand zu sehen, was mir, gelinde gesagt, Angst macht.

Ich bleibe an der Kellertreppe stehen. Die einem Scheunentor ähnliche Tür unten ist ein Stück geöffnet, leise Musik kommt heraus. »Carter?«

»Hier unten, Ol!«

Ich schlendere durch das enorme Heimkino neben dem Spielzimmer – und ja, paradox, dass wir eine Deckenburg gebaut haben – und finde sie in Carters beeindruckendem Fitnessraum.

Carter hat sich Jem vor die Brust geschnallt, der glücklich an seinem Hockeyschuh nuckelt. Der Anblick lässt meine Reproduktionsorgane kleine Salti schlagen und ich trete ein bisschen unbehaglich vom einen Fuß auf den anderen.

»Hi, Pumpkin. Du hast uns gefunden.«

Er und Alannah sitzen nebeneinander und machen Bizepscurls. Alannahs Hanteln sind winzig und pink, und bei jeder Bewegung stöhnt sie laut.

»Hi, Tante Ollie. Uuuh, ja, brennt gut.«

Ich drücke Jem einen Kuss auf den Kopf und dann reckt mir auch schon Carter das Gesicht entgegen. »Oh, Mist. Sieht ja ganz so aus, als hätte ich die Trainingseinheit verpasst.«

Der Blick, den Carter mir zuwirft, verrät mir, dass er mich durchschaut. Ich glotze ihn mehr an, als dass ich mitmache. »Wir wollten dich ausschlafen lassen. Ich will ja nicht angeben, aber ich rocke das hier.«

»Er hat sogar Jems Stinkewindel gewechselt!« Alannah zeigt stolz auf sich. »Und ich habe ihm geholfen, Jems Frühstück zu machen.«

»Aber *ich* habe ihn gefüttert.« Carter sieht nicht weniger stolz aus, wie er das Baby vor sich wippt.

Die drei zusammen sind so unfassbar hinreißend, dass ich meine aufgeregten Eierstöcke zurückpfeifen muss.

Nicht jetzt, Babymacher.

»Sieh mich nicht so an.«

»Hmm?« Ich tue so, als würde ich mich brennend für das Squat-Rack interessieren. »Wie denn?«

Carter schiebt die Hüfte vor und zwinkert mir zu. »Steht mir gut, oder?«

»Na ja.«

»Na ja?« Er kommt näher und schielt über die Schulter. Alannah macht superenthusiastische Hampelmänner. Also habe ich schon bald seine Lippen an meinem Hals. »Du findest mich heiß so. Ich gebe einen ziemlich guten DILF ab, das denkst du doch gerade, Ollie?«

Mein Puls klopft am heftigsten zwischen meinen Beinen und bevor ich so tun kann, als hätte ich diesen Gedanken nicht gehabt, zwängt sich Alannah zwischen uns.

»Was ist ein DILF?«

»Ein Dad, den ich gern –« Carter schlägt sich die Hände vor den Mund und fleht mich mit Blicken an, ihn zu retten. Aber das kann er vergessen. Das hat er sich selbst eingebrockt, kann er also auch selbst auslöffeln. Er grinst Alannah an und tätschelt ihren Kopf. »Füttern würde. Ein Dad, den ich gern füttern würde.«

Sie runzelt die Stirn. »Hä? Aber … Ein. Dad. Den. Ich. Gern. Füttern. Würde … wäre doch EDDIGFW? Da hast du wohl was falsch verstanden.« Sie legt den Kopf schief und tätschelt ihm gönnerhaft den Arm, dann geht sie.

Carter lacht laut, ruft ihr dann nach: »Hey, freches Gör!«

Sie grinst ihn an, ganz kleiner Teufel.

»Was hältst du von ein bisschen Schlittschuhlaufen?«

Ihr Kreischen ist Antwort genug und eine halbe Stunde später betreten wir die Eisfläche der Rogers Arena, was etwas ist, das ich nie für möglich gehalten hätte. Aber als Kapitän der Vancouver Vipers genießt man halt gewisse Privilegien und hat unter anderem genug Charme, um den Stadionbetreiber zu überreden, aufs Eis zu dürfen, bevor es für das Spiel am Nachmittag aufbereitet wird.

Mit Jem vor der Brust hilft Carter mir aufs Eis und ich mache eine langsame Drehung, während ich die Umgebung auf mich wirken lasse.

»Ich will aber keinen Helm.«

»Du musst einen Helm aufsetzen.«

»Aber du trägst doch auch keinen.«

Ich schaue zu den beiden Streithähnen. Alannah hat die Fäuste in die Seiten gestemmt, während sie mit Carter diskutiert. Er hält ihr den Helm hin, sie hingegen guckt demonstrativ weg.

»Ich bin erwachsen. Mein Gehirn ist fertig geformt. Deins noch nicht.« Er klopft sich gegen den Kopf, auf dem eine Mütze sitzt. »Du musst die wachsenden Hirnzellen beschützen, Lanny.«

»Aber –«

»Kein Aber. Helm auf oder es wird nicht gefahren, kleine Dame.« Er zuckt mit den Schultern. »Eigentlich keine schwere Entscheidung, würde ich sagen.«

O Gott. Ist nur mir so heiß?

Alannah wirft stöhnend den Kopf in den Nacken, bevor sie sich den Helm von Carter aufsetzen lässt.

Er rüttelt daran. »Na, ist das jetzt so schlimm?«

Ich kann sie grinsen sehen, trotzdem schlägt sie seine Hand weg. »Du bist wie mein Dad.«

»Genauso gut aussehend?«

»Genauso *nervtötend.*« Kichernd springt sie aufs Eis, klaut ihm den Puck und saust davon, wie vom wilden Affen gebissen.

Carter ist ihr dicht auf den Fersen und bevor sie sichs versieht, ist der Puck schon wieder an seinem Schläger und er fährt einen großen Bogen um sie.

»Boah, bist du schnell!«

Nach einer Weile setze ich mich auf die Bank und hole Jem aus der Trage, um ihn auf meinem Schoß zu wippen. Er blubbert vor sich hin und wedelt mit den Ärmchen, während Carter und Alannah übers Eis zischen. Ich schieße ein paar Fotos und muss grinsen, als Carter ihr Tipps gibt, wie sie geschmeidiger übersetzt oder den Schläger halten muss, um mit voller Wucht aufs Tor zu schießen.

»Wenn du jemanden gegen die Bande schickst, musst du

niedrig ansetzen und dann hochdrücken«, höre ich irgendwann und sehe dann, wie er sie mit der Schulter anstupst.

»Carter! Wir geben ihr keine Tipps, wie sie am besten auf der Strafbank landet!«

Carter flüstert ihr was ins Ohr, worüber sie kichern muss, und grinst mich unschuldig an. »Okay, Ollie.« Er gibt den Puck an Alannah ab und sagt, sie soll damit eine Runde drehen, dann kommt er zu mir. Er tippt mir mit seinen stinkenden Handschuhen gegen die Nase. »Soll ich Jeremy mal das Stadion zeigen?«

»Klar.« Ich reiche Carter das Baby, nachdem dieser die Handschuhe und den Schläger weggeworfen hat. Er gibt Jem einen fetten Knutscher und kuschelt ihn an sich. »Aber sei vorsichtig.«

»Vorsicht ist mein zweiter Vorname, Ol.«

»Vorsicht ist *nicht* dein zweiter Vorname. Das Wort ist nicht mal in deinem aktiven Wortschatz.«

Er ignoriert mich, wie könnte es auch anders sein? Ich sehe beeindruckt zu, wie er mit meinem Neffen auf dem Arm über das Eis düst, der kleine Jem kichert und kreischt und bringt Carter zum Lachen. Die sind wirklich ein Anblick sondergleichen und ich glaube, ich könnte nicht verliebter sein.

Carter gleitet mit einem irritierend selbstgefälligen Grinsen an mir vorbei und zwinkert sogar noch selbstgefälliger. »Du siehst so aus, als hättest du gern meine Kinder.«

»Pfft«, schnaube ich und winke ab.

»Wie bitte? War das ein: *So was von?*«

»Das war ein: *Dein Baby würde meine Vagina so was von zerreißen.*«

»Hm. Klingt für mich wie *so was von.*«

So was von.

Wenige Stunden später, nachdem sein Spiel vorbei ist und Alannah von Caras Schultern springt, um sich an Carter zu klammern, als der aus der Umkleide kommt, seine jetzt verschmierte Trikotnummer auf der Wange, wird jedoch deutlich, dass die allgemeine Annahme ist, dass ich bereits Kinder habe und Carter die Rolle des Stiefvaters übernimmt.

Er nimmt Alannah auf den Arm und schaut angespannt von mir zu den wartenden Medien. Ich zucke mit den Schultern. Jeremy würde es gefallen, Alannah im Fernsehen zu sehen.

»Und wen haben wir da, Carter?«, fragt eine Reporterin.

»Das ist meine Freundin, Alannah.«

»Ich spiele auch Hockey«, verkündet sie. »Das ist nicht nur für Jungs. Und ich bin ziemlich gut. Ich bin schnell. Superschnell. Meine Mom sagt, ich bin schnell wie der Blitz.«

Alle Blicke wandern zu mir, bevor die nächste Frage gestellt wird. »Ach ja? Und für welches Team spielst du?«

Alannah grinst stolz und strafft die Schultern. »Ich spiele für Avalanche. Unser Trikot ist blau. Und ich bin Center, genau wie Carter.«

»Cool! Und verbringst du gern Zeit mit Carter?«

Sie nickt. »Ich und Jeremy haben letzte Nacht bei Carter übernachtet. Wir haben Pizza und Oreo-Brownies gegessen, weil ich und Carter Oreos lieben. Und wir haben Filme geguckt und dann hat Carter mich ins Bett gebracht und heute Morgen hab ich ihm gezeigt, wie man eine Stinkewindel wechselt, dann waren wir im Fitnessstudio und dann Schlittschuh laufen.« Sie holt tief Luft und seufzt, bis kein bisschen Atem mehr in ihr ist. »Carter ist der Beste.«

Oh, *das* wird mein Bruder *nicht* gern hören.

»Ach ja?« Die Reporterin schaut in meine Richtung, ganz wie alle anderen auch. »Und was sagst du dazu, dass Carter mit deiner … äh …«

Ich widerstehe dem überwältigenden Bedürfnis, die Augen zu verdrehen. Sie versuchen ihr eine Antwort abzuluchsen, weil sie wissen wollen, ob ich eine alleinstehende Mutter von zwei Kindern bin.

Aber Alannah gibt ihr gar nicht die Möglichkeit, die Frage

zu beantworten. Sie schlingt Carter die Arme um den Hals und gibt ihm einen Knutscher auf die Wange. »Ich hoffe, die beiden heiraten, dann kann ich das Blumenmädchen sein und dann sollen sie viele, viele Babys bekommen.«

Oh, fuck.

ZWEIUNDVIERZIG

WILLST DU MEINE HUNDEMAMA SEIN?

OLIVIA

»Kann ich was für dich tun, du Grummelkopf?«

Carter verschränkt die Arme vor der Brust und sieht alles andere als entspannt aus in dem bequemen Sessel, in dem er liegt. Er sieht ziemlich grummelig aus, deshalb ja der Spitzname. »Ich bin kein Grummelkopf.«

»Du bist ein ziemlicher Grummelkopf.«

»Natürlich bin ich das!« Er wedelt mit den Armen in der Luft. »Wenn die beiden da sind, bin ich ja völlig abgemeldet.«

»Teilen macht Freude, Carter«, flüstert Hank neben mir, der meine Hand hält. Mit der anderen kraule ich Dublin, dessen Kopf in meinem Schoß liegt. »Außerdem habe ich euch nicht gesehen, seit ihr aus dem Urlaub zurück seid.« Er lacht über sich. »Also, ich *sehe* euch ja nie, aber ihr wisst schon, was ich meine.«

Carter reibt sich übers Gesicht. »Du bist der einzige Blinde, den ich kenne, der Witze darüber macht, dass er blind ist.«

»Also, wenn ich das richtig einschätze, bin ich der einzige Blinde, den du kennst. Und wenn ich meinen Humor nicht hätte, welchen Sinn hätte dann mein Leben?« Hank legt mir einen Arm um die Schultern. »Du bist nur sauer, weil ich dein Mädchen habe. Ärgere dich nicht, ich war schon immer ein Frauenheld.«

»Du hast Ireland mit vierzehn kennengelernt, mit fünfzehn

wart ihr zusammen, mit achtzehn habt ihr geheiratet und du hattest nie was mit einer anderen Frau.« Carter tätschelt sein Bein und hebt die Augenbrauen, meint wohl, mich so anlocken zu können. Weil ich nicht reagiere, verdreht er die Augen. »So was ist doch kein Frauenheld.«

»Du klingst eifersüchtig.« Es ist ein Wunder, dass diese beiden Männer nicht verwandt sind, denn Hank klingt gerade genauso selbstgefällig wie Carter. »Wieso hörst du nicht auf rumzujammern und setzt dich neben sie?«

»Weil da dein verdammter Köter sitzt!«

Dublin hebt den Kopf, um Carter anzusehen. So richtig mit traurigem Schokoblick, hängenden Ohren und schief gelegtem Kopf.

Carter seufzt. »Jaja, schon gut. Du bist sehr süß, Dubs. Alle lieben dich.«

Lachend ziehe ich Dublin an mich und mache so Platz neben mir auf dem Sofa, klopfe mit der Hand darauf. »Komm her, du Riesenbaby.«

Es wäre gelogen zu sagen, dass Carter nicht innerhalb einer Sekunde auf den Beinen und an meiner Seite ist. Seit drei Monaten sind wir nun zusammen und dieser Mann hasst noch immer jeden Zentimeter unnötigen Abstands zwischen uns. Ich kann nicht behaupten, dass mir das was ausmacht. Seine Sprache der Liebe ist körperliche Nähe und ich gebe ihm gern, was er will, deshalb nehme ich auch gleich seine Hand, als er neben Dublin auf die Couch sinkt. Seine Lippen streifen meine Schulter, er flüstert ein »Ich liebe dich«.

»Wo wir gerade von Babys sprechen …«

Unwillkürlich verspanne ich mich bei Hanks Worten. Es ist über einen Monat her, dass Alannah nach dem Hockeyspiel vor versammelter Medienmannschaft von Hochzeit und Babys faselte, und obwohl wir nie direkt darüber gesprochen haben, rennt Carter seither rum und nennt sich zu jeder passenden und unpassenden Gelegenheit *DILF*. Ich hab ihn sogar dabei erwischt, wie er seinen Namen in meinem Handy zu *World's Sexiest DILF* ändern wollte, während ich mir permanent in Erinnerung rufe, dass es viel zu früh ist, um über Hochzeiten und Babys nachzudenken. Ich möchte im Hier und Jetzt leben und jeden Moment genießen, um uns besser kennenzulernen, statt mir über die Zukunft Gedanken zu machen.

Aber Hanks Satz endet nicht, wie ich angenommen hätte.

»Wann holt ihr euch einen Hund?«

Ich schaue zu Carter, dessen Hand in Dublins Fell verborgen ist. Sein sehnsüchtiger Blick ist auf den Hund gerichtet, während er mir methodisch über den Rücken streichelt. »Willst du einen Hund?«

Er nickt. »Wir hatten Max, aber der ist gestorben, als ich fünfzehn war. Meine Eltern wollten keinen neuen, weil mein Hockey- und Jennies Tanztraining so wahnsinnig viel Zeit fraß. Wir waren ja kaum zu Hause. Sie haben gesagt, das wäre nicht fair für ein Tier.« Ein trauriges Lächeln umspielt seine Lippen, während er Dublins seidige Ohren zurückschiebt. »Ich war so sauer auf meine Eltern. Damals hab ich das natürlich anders gesehen, heute ist mir klar, dass sie recht hatten. Es wäre nicht fair gewesen, ihn ständig bei anderen zu lassen, und das ist es immer noch nicht.«

»Ich würde auf ihn aufpassen«, platzt es aus mir heraus.

Carter lächelt zärtlich und drückt meine Hand. »Irgendwann.«

»Super«, sagt Hank. »Und apropos Hunde, wann bekommt ihr Kinder und macht mich zu so einer Art Großvater?«

»Apropos Hunde, wann bekommen wir Kinder?« Carter reibt sich die Augen. »Das ergibt null Sinn, alter Mann.«

»Stiefvater Carter ist doch gerade in aller Munde.«

Da hat Hank nicht unrecht, auch wenn ich es mir anders wünschen würde. Ständig erscheinen neuen Artikel, seit wir mit

Jem und Alannah beim Hockeyspiel waren. Und dafür, dass diese Leute immer überall sind und angeblich alles wissen, wissen sie verdammt wenig.

»Diese Reporterleute wissen alles über sein Leben und meins«, sage ich, »aber wundersamerweise haben sie bis heute nicht rausgefunden, dass Alannah und Jem gar nicht meine Kinder sind.«

»Oh, das wissen sie sehr wohl«, sagt Carter gelassen. »Die Story ist nur wesentlich interessanter, wenn du eine Alleinerziehende bist, die sich abkämpft, und ich der heiße Stief-DILF, der zu deiner Rettung kommt.«

»Irgendwie wirst du nicht müde, das zu sagen, dabei nennt dich wirklich niemand DILF.«

»Aha?« Er drückt auf seinem Handy rum, zeigt mir dann ein Foto von sich, wie er Jem auf den Schultern trägt und Alannah an der Hand hält, während wir durch einen Supermarkt gehen, einen Wagen voller Junkfood. Er räuspert sich und liest die Überschrift mit einer Überheblichkeit, die nur er an den Tag legen kann. »*Carter Beckett: geläuterter Playboy,* People's *Sexiest Man Alive, lebende Hockeylegende und jetzt der Stiefvater, den wir* alle *gern f-en würden!*«

»Manchmal frage ich mich, ob du das nicht selbst schreibst.«

Hank schnaubt. »Mein Lieblingsartikel war der mit der Schwangerschaft. Hab sofort Carter angerufen, um zu fragen, ob das stimmt.« Dann keucht er plötzlich und beugt sich vor, um sein Tablet vom Tisch zu nehmen. Dabei löst sich sein Hemd aus dem Hosenbund und gibt den Blick auf seinen Rücken frei, auf dem ein fürchterlicher blauer Fleck prangt, woraufhin Carter sofort aufspringt. »Apropos Schwangerschaft –«

»*Hank!* Was ist denn da passiert?« Carter streckt vorsichtig die Hand nach ihm aus, doch Hank schlägt sie weg.

»Ach, hör auf, dir solche Sorgen zu machen, mit mir ist alles in Ordnung.«

»In Ordnung? Du bist grün und blau! Der Fleck ist so groß wie meine Hand!«

»Tut fast nicht mehr weh. Habe wohl letztens zu wild in der Dusche gesungen und getanzt, und dann bin ich ausgerutscht, weil eine Pfütze im Bad war.«

»Wieso hast du nicht angerufen?«

»Du warst nicht in der Stadt, Carter. Ich weiß, dass du dir Sorgen machst, dabei ist wirklich alles in Ordnung. Ich hab mich aufgerappelt und Dublin war die ganze Zeit an meiner Seite.« Er wuschelt ihm über den Kopf. »Oder, Dubs? Warste, nich? Du bist so ein Feiner.«

»Hank, du kannst auch mich immer anrufen, hörst du?« Ich drücke sanft seine Hand. »Carter muss ja nicht dabei sein, wenn wir uns treffen.«

»Ohoho.« Sein Grinsen ist elektrisierend. »Hörst du das, Carter? Ich mache Fortschritte bei deinem Mädchen.« Er schüttelt sein Tablet. »Was ich eigentlich sagen wollte, Ollie, ich habe unser nächstes Buch gefunden. Es ist eine ganze Reihe, um genau zu sein. *Owned, Claimed, Ruined.* Laut Rezensionen eine ziemlich heiße Lektüre.«

Carters Augen werden sehr groß, dann legt er sich die Hände vors Gesicht, wodurch ich fast nicht verstehe, wie er leise sagt: »WTF?«

***

»Sicher, dass du das anziehen willst? Erfrieren dir darin nicht die Beine?«

»Sicher bin ich sicher.« Jennie dreht sich einmal im Kreis, weil sie versucht, ihren Hintern in dem traumhaften Minirock zu sehen. »Mein Arsch sieht darin fantastisch aus.«

»Du siehst zum Anbeißen aus.« Cara tätschelt ihren Hintern. »Alle Jungs werden –«

»Nein.« Carter schüttelt den Kopf, öffnet sein Bier und leert es zur Hälfte. »Nein.«

»Ich finde, du siehst toll aus«, sagt Garrett. Ich frage mich, ob ihm bewusst ist, dass er fast schreit. Vermutlich, denn seine Ohren glühen und er huscht davon, um sich aufs Sofa zu setzen.

»Ich hab uns einen privaten Bereich gebucht, inklusive Service«, sagt Carter. »Da können wir bleiben. Niemand muss auf die Tanzfläche.«

»Wir gehen in einen Club, wir werden tanzen!« Cara flitscht Carter zwischen die Augenbrauen. »Ihr habt gerade die erste Runde der Play-offs gewonnen, das wird gefeiert! Und wenn Jennie dazu ihren Hintern schwingen und sich an was Hartem reiben will, dann soll sie das gefälligst tun. Sie ist schließlich erwachsen.«

»Oh, ich habe nichts gegen Tanzen«, sagt Adam mit einem hoffnungsvollen Lächeln. »Vielleicht lerne ich ja jemanden kennen.« Dann runzelt er die Stirn. »Nein, Moment. Vielleicht bin ich noch gar nicht so weit.« Er schüttelt den Kopf. »Nein, ich bin nicht so weit, ich bleibe in unserem Bereich.«

Ich drücke seinen Arm. »Du wirst jemanden kennenlernen, wenn du bereit bist. Und sie wird perfekt sein.«

»Genau«, ruft Garrett über die Schulter. »Wenn Carter jemanden finden kann, dann ist das ein Klacks für dich.«

»*Du* bist hier der Single!«, brüllt Carter.

»Ja, aus Überzeugung.«

»Quatsch! Du bist single, weil du nervig bist!«

»*Du* bist nervig!« Garrett hakt den Fuß in Carters Kniekehle, Carter reißt ihn aber mit sich zu Boden.

»Kinder«, murmelt Emmett, der zusieht, wie die beiden kämpfen. »So peinlich.«

Adam nickt. »Das Ironische: Ich bin der Jüngste hier.«

»Aber definitiv der Reifste«, sagt Emmett und nippt an seinem Bier.

»Oh, definitiv.«

Ich habe keine Ahnung, ob die immer so sind – immer zanken und sich kloppen. Das Peinlichste ist eigentlich, dass ich – und ich traue mich fast nicht, das zuzugeben – das sogar niedlich finde. Diese Männer lieben sich so sehr und ihnen beim Blödeln zuzusehen, ist ein dermaßen starker Kontrast zu der Härte, die sie auf dem Eis zeigen.

»Dein Freund ist ein Arsch«, murmelt Garrett, als ich mich neben ihm aufs Sofa setze. Er versucht, seine Frisur zu richten, aber ohne Erfolg, also setzt er die Mütze wieder auf. »Nimm die Beine in die Hand, solang du noch kannst.«

Jennie lässt sich zwischen uns sinken, schlägt ein Bein über das andere, und sofort werden Garretts türkisfarbene Augen wieder groß. Er starrt den schwarzen Stöckelschuh an, der direkt neben seinem Knie wippt.

»Hey. Hi.« Er reibt sich die Handflächen über die Oberschenkel. »Hast du genug … Möchtest du noch … Brauchst du mehr Platz?« Er steht auf und reißt sich die Mütze vom Kopf, weil er sich nervös durch die Haare fährt. »Noch jemand ein Bier?«

Ich pruste los und stupse Jennie an. »Ich glaube, Garrett hat Angst vor dir.«

»Richtig so. Ich könnte den locker dreimal abhängen – selbst wenn wir bis an die Ostküste rennen.«

Daran zweifle ich kein bisschen. Jennie und ich nehmen ja seit Mitte März zusammen Reitunterricht, zu dem sie ihren Bruder erpresst hat. Dadurch durfte ich nicht nur erfahren, dass sie im Prinzip eine weibliche Version von Carter ist – selbstbewusst und ohne jeden Filter –, sondern außerdem absolut unerschütterlich. Jeden Mittwoch reiten wir also zusammen, aber viel schöner ist, dass ich eine richtig gute Freundin in Jennie gefunden habe.

Wir haben noch eine Stunde, bis der Limoservice uns abholt. In der Zeit spielen die Jungs noch eine Runde Beerpong. Ich darf nicht mitmachen, Carter sagt, dass ich schummle, dabei ist er einfach ein schlechter Verlierer. Als er zum dritten Mal nicht trifft, ist mir klar, dass was nicht stimmt. Er rennt ausgerechnet mit den Worten nach oben, dass er mal nach den Sanitäranlagen schauen muss. Ich gebe ihm zwei Minuten, dann gehe ich ihm nach, finde ihn auf dem Balkon, wo er über dem Geländer lehnt. Er ist schon den ganzen Nachmittag durch den Wind. Seit wir von Hank zurück sind, und ich glaube, ich kenne auch den Grund.

Ich stelle mich neben ihn und stupse ihn mit der Schulter an. »Na, du.«

Er gibt mir einen Kuss auf die Stirn. »Hallo, Prinzessin.«

Ich folge seinem Blick, betrachte die immergrünen Nadelbäume, die Berggipfel, die fast blau aussehen. Aber die kleine Falte zwischen Carters Brauen verrät mir, dass er gar nicht richtig guckt.

Ich lege meine Hand auf seine. »Du machst dir Sorgen um Hank.«

»Er wird älter. Er kommt nicht mehr so klar wie früher. Und der blaue Fleck … Was wäre denn gewesen, wenn er nicht allein hochgekommen wäre? Wieso hat er niemanden angerufen?«

»Er mag seine Unabhängigkeit, Carter. Er hat hart dafür gearbeitet.«

Er seufzt und reibt sich übers Gesicht. »Ich habe echt Schiss, dass er mich mal braucht und dann nicht ans Telefon kommt. Vielleicht sollte ich eine Pflegekraft suchen, die alle paar Tage nach ihm sieht? Ist das eine gute Idee?«

»Das ist eine sehr gute Idee, trotzdem ist das was, worüber du mit Hank direkt sprechen solltest.«

Er küsst meine Schläfe. »Können wir noch kurz hierbleiben? Ich mag es, mit dir allein zu sein.«

Als ich nicke, drückt er mich an seine Brust und legt mir das Kinn auf die Schulter. Es ist Ende April, die Luft ist warm, was man nach diesem Höllenwinter besonders spürt, aber trotzdem nichts im Vergleich zu der Wärme, die von ihm abstrahlt.

»Du wirst mir fehlen.«

»Ich weiß, Pumpkin. Du mir auch. Aber das Gute an den Playoffs ist, dass ich nie länger als zwei Nächte weg bin.«

»Ich glaube, ich hatte mich gerade an die streckenweise Einsamkeit gewöhnt.« Ich bereue meine Worte, sobald sie mir über die Lippen gekommen sind. Ich will nicht, dass er meint, ich würde mich einsam fühlen oder wäre unglücklich, denn nichts könnte weniger der Wahrheit entsprechen. Ich schätze die wenige Zeit, die wir zusammen haben, die Nächte, in denen ich in seinen Armen einschlafen kann, und wir haben das meiste aus diesen flüchtigen Momenten gemacht. Aber weil sie Arizona in vier Spielen fertiggemacht haben, sind sie ein paar Extratage in Vancouver, bevor es in die nächste Runde geht. »Dich so viele Nächte für mich zu haben, hat mich verwöhnt, schätze ich.«

»Ich hasse es, dich allein zu lassen, Ollie. Ich habe mich noch nie so sehr auf die Saisonpause gefreut. Kein Hockey, keine Schule, nur du und ich. Du wirst im September so was von die Nase voll von mir haben.«

»Unmöglich.«

Carters Atem streift meinen Hals, stockt aber immer wieder. Dabei streichelt er etwas abwesend meinen Arm. Irgendwas beschäftigt ihn, aber über Hank haben wir ja schon gesprochen, weshalb ich jetzt etwas ratlos bin.

»Wann ziehst du zu mir?« Die Frage ist ein leises, zaghaftes Flüstern an meiner Schulter, das meinen ganzen Körper bis in die Fußspitzen kribbeln lässt.

Ich drehe mich in seinen Armen, die goldene Frühlingssonne strahlt ihm ins Gesicht und er wirkt ganz ungewohnt schüchtern. »Zu dir?«

Er fährt sich nervös durchs Haar, bevor er meine Hand nimmt. »Ich liebe dich.« Er fängt mit den Worten an, die er mir mindestens hundertmal am Tag sagt. »Ich liebe dich so sehr. Ich weiß, es ist früh, aber, fuck, Ollie, ich liebe dich halt einfach. Wenn ich unterwegs bin, denke ich nur an dich. Wie wir auf dem Sofa kuscheln oder wie ich mit dir im Arm einschlafe oder wie du morgens mit nur einem meiner T-Shirts und einem müden Lächeln durch das Haus spazierst, während deine Haare deinem schnellen Dutt entkommen wollen. Sobald ich aus dem Flieger steige, bist du der erste Mensch, den ich sehen will. Und wenn ich zu Hause bin … möchte ich, dass du auch zu Hause bist. Ich will, dass wir zusammen zu Hause sind.«

Wie habe ich diesen Mann gefunden? Wie konnte ich so unfassbar viel Glück haben? Carter ist das Beste, was mir passieren konnte. Kam einfach in mein Leben gerauscht und hat lauter Mauern eingerissen, von denen ich gar nicht wusste, dass ich sie hatte, hat ein Licht entfacht, das heller nicht strahlen könnte. Und ich kann mir nichts Schöneres vorstellen, als zusammen zu Hause zu sein.

»Und wenn ich möchte, dass du zu mir ziehst?« Möchte ich nicht. Mein winziges Haus droht immer zu platzen, wenn Carter da ist. Seine Beine ragen aus dem Bett, außerdem ist meine Küche gerade mal groß genug, um diesen Mann zwei Tage lang satt zu halten. Wenn überhaupt. Davon abgesehen fühlt es sich gar nicht mehr nach zu Hause an.

Aber ich ärgere ihn halt auch gern ein bisschen, außerdem ist Humor immer gut, wenn er so nervös ist wie gerade, weil es die Anspannung schmälert.

Seine grünen Augen funkeln, als er mich ansieht. »Aber wo soll ich da denn meine fünf Autos parken? Und ein Hund passt auch nicht zu uns in dein Bett, von den ganzen Babys, die ich dir machen will, die deine Vagina für immer zerstören werden, mal ganz zu schweigen. Das Schlimmste ist aber eigentlich …« Er küsst mich und flüstert dann bedeutungsschwer: »Nicht ein einziger Kamin.«

Er nimmt mein Gesicht in beide Hände, fährt mir mit dem Daumen über die Unterlippe. »Ich möchte nicht, dass du meinen Hund sittest, während ich weg bin. Ich möchte *mit dir* einen Hund holen. Ich will, dass du meine Hundemama wirst.«

»Deine Hundemama?«

»Irgendwann auch gern eine echte Mama. Ich liebe dich, Ollie, und mehr als alles andere möchte ich mir ein Zuhause mit dir aufbauen. Sag schon Ja.«

»Sag schon Ja? Ist das ein Befehl?«

»Natürlich.«

Ich unterdrücke mein Grinsen. »Okay.«

»Okay?« Sein Blick huscht zwischen meinen Augen hin und her. »Ist das ein Ja?«

»Ich dachte nicht, dass ich eine Wahl habe. Ein Befehl ist doch ein Befehl.« Ich glätte die Falten von seiner Stirn. »Nichts würde ich mehr lieben, als mir hier ein Leben mit dir aufzubauen. Also, ja. Tausend Jas. Ich ziehe zu dir.«

Mit zitternden Händen hält er mein Gesicht, schließt die Augen und lehnt seine Stirn an meine. Dann reißt er mich mit einem Kreischen in seine Arme und rennt die Treppe runter.

»*Sie hat Ja gesagt!*«

Jedes Geräusch im Wohnzimmer erstirbt plötzlich und ich verberge mein Gesicht in den Händen, weil mich alle überrascht ansehen.

»Ihr heiratet?«, fragt Garrett schließlich.

Carters ganzes Gesicht zieht sich zusammen. »Was? Also, ja, irgendwann sicher, aber …« Er setzt mich ab, breitet die Arme aus und dreht sich einmal um sich selbst. »*Olivia zieht bei mir ein.*«

DREIUNDVIERZIG

ICH BIN NICHT UNREIF, ICH BIN ALBERN, DA GIBT ES EINEN UNTERSCHIED

CARTER

»*Ich hab einen!*«

»Was? Zeig!« Ich will Olivias Angel packen, doch sie dreht sich ab.

»He, lass das!« Sie tritt mit dem Bein, macht mich nass. »Du lässt den noch entwischen!«

»Gar nicht!« Ich greife wieder nach der Angel, aber da rennt sie schon stromabwärts und holt den Fisch ein. »Ich weiß, wie man Fische fängt, *Olivia!*«

»Das glaube ich erst, wenn ich's gesehen habe, *Carter!*« Sie hat die Zungenspitze im Mundwinkel, während sie arbeitet, grunzend und kämpfend, und als der Lachs aus dem Wasser aufblitzt, macht sie »*Aha!*« und strahlt voller Arroganz. »Was macht das jetzt? Vier für mich und null für dich?«

»Ach, halt die Klappe.« Ich spritze sie mit Wasser voll und sie kichert. Irgendwie irre und ein bisschen beängstigend. »Nur, weil ich dir meine Angel geliehen habe.«

»Nur, weil ich besser bin als du.« Sie zwinkert. »Sowohl mit diesem Apparat als auch mit dem in deiner Hose.«

»*Ollie!*«, keuche ich, aber lache auch ein bisschen. »Ich habe mich noch nie so angezogen gefühlt von dir wie in diesem Moment.«

»Du fühlst dich immer von mir angezogen … oder auch ausgezogen«, sagt sie, ist aber eigentlich darauf konzentriert, den Haken aus dem Fisch zu ziehen.

Sie hat recht. Immer. *Immer, immer, immer.* Aber sie hat halt einfach was: bis zu den Knien im Fluss, superkurze Jeansshorts an, die von dem vielen Spritzwasser ganz nass sind, einen Fisch in der Hand, der einem Drittel ihrer Körpergröße entspricht – was sie besonders sexy macht.

Olivia grunzt und wuchtet sich den Fisch vor die Brust. »Machst du ein Foto? Damit du nie vergisst, dass ich dir nicht nur beim Beerpong haushoch überlegen bin, sondern auch beim Lachsfischen.«

Der Protest in mir legt sich schnell, während ich Foto um Foto von ihr schieße, und dann lässt Olivia den Fisch wieder frei, und ich gehe zu einem großen Stein und setze mich hin.

Sie setzt sich zu mir und linst mir über die Schulter. »Hast du das jetzt in den Wichsordner getan?«

Ich stecke das Handy weg. »Ja.«

»Das ist ja ein bisschen … *anders* als die Fotos, die du da sonst speicherst.«

»Du siehst superheiß aus. Deine Beine sind nass und dein Grinsen ist ungefähr so eingebildet wie meins.« Ich tippe ihre Nase mit meiner an. »Also, wenn du dich ausziehen willst, würde ich davon natürlich auch ein Foto machen und das in den Ordner stecken, Winzling. Wir haben noch keine Naturfotos.«

»Das stimmt nicht. Du hast letzte Woche erst ein Foto von dir zwischen meinen Beinen gemacht. Auf deinem Balkon.«

»Oh, stimmt ja. Fuck. Da habe ich gegessen wie ein König.« Ich stupse sie mit der Schulter an. »Und hör auf, ihn *meinen* Balkon zu nennen. Er gehört auch dir. Und nicht nur der Balkon, sondern sogar das ganze fucking Haus.«

»Noch nicht. Zumindest nicht offiziell.«

Ich verdrehe die Augen. »Doch, seit du zum ersten Mal einen Fuß hineingesetzt hast.«

Ihre Wangen nehmen einen rosa Farbton an. Es ist so herzerwärmend, dass sie immer noch manchmal rot wird.

»Du gehörst hierher, Ollie, du hast schon immer hierher gehört. Dieses Haus ist deins, ganz egal, ob du schon ganz bei dir ausgezogen bist oder ob du nie wieder woanders schläfst als in *unserem* Bett.«

»Nie wieder?«

Ich gebe ihr einen Kuss auf den Mund. »Nie, nie wieder.«

Am vergangenen Wochenende war Olivia zum ersten Mal allein bei mir, während ich unterwegs war. Sie war total nervös bei der Vorstellung, aber ich mochte den Gedanken, dass sie in meiner Küche rumwirbelt, auf meinem Sofa abhängt, in meinem Bett schläft, ganz ohne mich.

Vor einem Monat hat sie zugestimmt, zu mir zu ziehen, und letzte Woche haben wir ihr Haus dann endlich gelistet. Es war innerhalb von sechsunddreißig Stunden für fünfundzwanzig Prozent mehr als den veranschlagten Preis verkauft, weil der Immobilienmarkt in Vancouver gerade einfach irre ist. Richtig durch ist der Verkauf erst Ende Juni, das heißt, es liegen noch sechs Wochen vor mir, in denen Olivia so tut, als würde sie nur bei mir »übernachten«.

Ich kann es nicht erwarten, unser gemeinsames Zuhause aufzubauen.

»Sag mal«, flüstere ich und lehne mich zu ihr. »Caras und Ems Hochzeit ist an dem Wochenende.«

»Hmm.«

»Da bleibt also gar keine Zeit für einen Umzug. Und in den zwei Wochen davor hast du alle Hände voll zu tun, weil du dich vor Cara verstecken musst.«

»Da hast du recht.«

»Vielleicht solltest du also einfach direkt einziehen.«

»Hmmmm …« Olivia schürzt die Lippen und reibt sich das Kinn, als müsse sie lang und hart darüber nachdenken.

Ha. Lang und hart. Das hat sie ja – nein. Nein, Carter. Sei mal ein bisschen erwachsener.

»Hm, keine Ahnung. Wir werden ja den ganzen Sommer zusammen verbringen. Vielleicht sollte ich vorher noch so viel von meiner Unabhängigkeit genießen, wie ich kann, bevor du alles übernimmst.«

Ein leises Grummeln dringt aus meiner Kehle.

»Hmm …« Sie hebt die Handflächen mit einem halben Schulterzucken. »Außerdem hast du ja nur sieben Kamine und ich habe einfach gehofft, dass –« Ihre Worte zerfallen auf meiner Zunge, weil ich ihren Mund erobere, und dann setze ich sie mir auf den Schoß und drücke sie an mich.

»Bleib, bitte.«

Olivia nimmt mein Gesicht in beide Hände, ihre warmen braunen Augen funkeln in der Sonne. »Ich will den Umzug nicht überstürzen. Ihr seid gerade mitten in den Play-offs. Ich will, dass du dich darauf konzentrierst. Außerdem geht das Schuljahr zu Ende. Die Prüfungsphase läuft und ich muss das alles noch zu einem guten Ende bringen für die Kids.« Sie küsst meinen Mundwinkel, der nach unten zuckt. »Aber ich bleibe bei dir, Carter. Meinen Kram holen wir dann. Oder einfach nach und nach, je nachdem wie viel Zeit wir haben. Okay?«

»Kompromiss?«

»Kompromiss.«

»Und dann darf ich dich für immer behalten? Ab heute?«

»Hab ich eine Wahl?«

»Nein.« Ich packe sie um die Hüften, springe auf und schleudere sie durch die Luft. »*Woo-hoo!*«

Olivia giggelt, schlingt mir die Arme um den Hals. »Hast du Hunger?«

Mein Bauch grummelt aufs Stichwort. »Immer.«

Ich trage sie aus dem Wasser bis zu der Decke, die wir vorher ausgebreitet haben, direkt am Ufer, und ich starte das Feuer auf der Feuerstelle.

»Ich bin ja an einem See aufgewachsen«, sagt Olivia. »Aber ich habe noch nie am Ufer gepicknickt.«

»Echt nicht? Mein Vater und ich haben das ständig gemacht.« Das ist auch der Grund, weshalb wir hier sind. Der Geburtstag von meinem Vater ist diese Woche und normalerweise hat er sich auch immer eine Woche freigenommen. Erst durfte ich zwei Tage zu Hause bleiben, dann meine Schwester und dann ist er allein mit meiner Mutter über ein langes Wochenende weggefahren. Sonntagabend haben wir noch alle zusammen in seinem Lieblingsrestaurant gefeiert. Er hat seinen Geburtstag damit verbracht, das zu tun, was er am liebsten tat, und das mit den Menschen, die er am liebsten mochte. Für ihn und mich war es das hier, direkt nach dem Hockey. Wandern, angeln und dann am Ufer picknicken. Vor ein paar Tagen habe ich Olivia erzählt, dass das jedes Jahr meine liebste Zeit war und dass ich es seit seinem Tod nicht mehr gemacht habe. Am nächsten Tag rief sie an und sagte, sie habe sich ein paar Tage freigenommen.

Ich liebe sie so sehr, dass es fast wehtut.

»Ich weiß, es ist nicht vergleichbar, aber …« Sie fummelt an der Decke herum. Räuspert sich. »Gefällt es dir?«

Mein Herz zuckt. »Mir gefällt es unfassbar gut mit dir hier, Ollie. Und ich hab das Gefühl, er ist bei uns.«

Olivia lächelt. »Ich glaube, das ist er. Immer.«

»Das glaube ich auch.«

Ich mache mich an die Vorbereitung und filetiere den Lachs, den Olivia vorhin gefangen hat. Sie wollte was zu essen einpacken, falls wir nichts fangen sollten, aber ich habe das nicht zugelassen, weil ich zu selbstsicher war. Wie sich herausstellt, hätte sie die Selbstsichere sein sollen.

Ich lege die Alupakete auf die Kohlen und mache einen Schritt zurück, schaue mich um. Der kleine Zeltplatz ist noch genau so, wie ich ihn in Erinnerung habe, verborgen von all dem Laub, das die gewaltigen alten Bäume tragen. Sonnenstrahlen bahnen sich ihren Weg hindurch, lassen den Bach glitzern. Vögel zwitschern pausenlos. Dieses Fleckchen Erde ist so makellos wie eh und je, wenn man von den Campingsachen absieht, die hier und da vergessen wurden – wie zum Beispiel der Feuerlöscher, der nur wenige Meter von der Feuerstelle entfernt liegt.

Ich hebe den schmalen weißen Behälter auf. Das Etikett verrät, dass er Wasser spritzt, und laut Anzeige ist noch was drin.

»Hey, Ollie, guck mal.« Ich halte mir den Behälter zwischen die Beine und ziele mit dem Schlauch von mir weg. Als sie mich ansieht, drücke ich den Hebel und sofort sprüht ein feiner Strahl aus der Spitze, dazu lasse ich die Hüften kreisen. »Sieht aus, als würde ich abspritz–«

»Ja, Carter, ich weiß, wie das aussieht.«

Ich lehne mich gegen einen Baumstamm und ziehe die Brauen hoch. »Wollen wir kurz ins Gebüsch verschwinden? Ich könnte meine Ladung bei dir –«

»Verdammt noch mal, Carter. Ich bin *sicher*, dass dir dein Vater nichts davon bei euren Ausflügen beigebracht hat.«

»Nein, hat er auch nicht«, lache ich und setze mich zu ihr auf die Decke, während mich ein Strom von Erinnerungen überkommt. Sachen, die ich seit Jahren zu vergessen versuche, und ich kann nicht mal sagen warum, schließlich waren das großartige Zeiten.

Ich lege Olivia einen Arm um und sie lehnt sich an mich. Sie ist warm von der Maisonne und riecht nach Kokosnuss und Limone, wegen der Sonnencreme, zu der sie uns beide verdonnert hat.

»Er hat mir beigebracht, wie ich die Angel aufbaue, wie ich die Haken festknote und Köder befestige. Er hat mir das Schlittschuhlaufen beigebracht, auch mit Puck, außerdem den Schlagschuss. Er hat mir beigebracht, die Schnürsenkel zu Hasenohren zu formen, damit ich sie selbst binden kann, und wie ich das Lieblingsessen von Mom koche, damit ich sie besänftigen kann, wenn ich was verbockt habe. Wie ich hart arbeite und spare. Er hat mir beigebracht, ein guter Sohn zu sein. Und ein Bruder und Kumpel.«

»Und Partner«, fügt Olivia hinzu.

»Er hat mir beigebracht zu lieben. Ich weiß, wie ich dir meine Liebe zeigen kann, weil ich gesehen habe, wie er Mom geliebt hat. Und meine Schwester und mich. Bin ich deshalb ein guter Partner? Weil ich dich so liebe?«

»Mhm. Aber es gibt noch viel mehr Gründe. Du bist so stürmisch und loyal. Geduldig und lieb und der wohl leidenschaftlichste Mensch, den ich kenne. Du gibst nicht auf und du bist so stolz auf mich, immer. Das hilft mir, so lerne ich, auch stolz auf mich zu sein. Ich bin viel selbstbewusster als noch vor sechs Monaten, einfach weil du mich so liebst.«

»Das gefällt mir.« Eine Schwere legt sich über mich, eine Schwere, die seit Jahren auf einen Moment der Schwäche wartet, um sich auf mich zu stürzen. Olivia ist meine Schwäche. So stark ich auch bin, sie zu lieben, macht mich schwach. Unsere Liebe öffnet Teile von mir, von deren Existenz ich nicht mal wusste – oder die ich einfach nur sehr weit weggeschoben hatte. Ich würde alles für sie tun, ihr alles geben, und gerade möchte ich ihr die Wahrheit geben, vor der ich schon so lange weglaufe. »Ich bin mir allerdings nicht sicher, ob ich der beste Sohn war.«

»Was meinst du?«

»Ich war seit seinem Tod nicht ein einziges Mal bei ihm auf dem Friedhof.«

Olivia streichelt mir durch die Haare. »Ich glaube nicht, dass dich das zu einem schlechten Sohn macht, Carter. So was ist einfach eine Herausforderung. Vielleicht ist das aber auch nicht der Ort, an dem du eine Verbindung zu ihm spürst. Und das ist okay. Willst du denn noch mal hin?«

»Ich fand die Vorstellung immer zu hart, aber vielleicht … vielleicht irgendwann mal, wenn du mitkommst? Mir fällt immer alles leichter, wenn du dabei bist.«

Ihr Lächeln ist warm und sanft, wie sie. »Mir fallen die harten Sachen auch immer leichter, wenn wir zusammen sind.«

Sie hat recht. Und genau deshalb biege ich zwei Stunden später statt nach rechts nach links ab.

Kurz darauf sitze ich wie erstarrt im Auto, umklammere das Steuer, den Blick starr auf den Pfad gerichtet, der über den Friedhof führt, weil mich der Gedanke, darüber zu gehen, zu sehr abschreckt.

Ich glaube, deshalb finde ich mich kurze Zeit später an Olivias Seite wieder, die fest meine Hand hält, selbst noch, als wir stehen bleiben und auf die Wörter schauen, die vor uns in den Marmor gemeißelt sind.

Theodore »Theo« Beckett
LIEBENDER EHEMANN & HINGEBUNGSVOLLER VATER
BESTER FREUND
»Haltet mich in Erinnerung, wie ich zu Lebzeiten war:
voller Liebe, Lachen und Leidenschaft«

Da ist ein komischer Schmerz in meiner Brust. Enge, ja, aber keine Schwere. Und als Olivia meine Hand drückt, sich an mich presst und mir einen Kuss auf den Arm gibt, lässt der Schmerz nach.

Ich kann nicht sagen, wie lange wir dort schweigend stehen, aber als ich bereit bin zu gehen, gibt Olivia mir einen Kuss auf den Mund.

»Warte kurz, Carter. Ich möchte da noch was machen.«

Sie nähert sich dem Grabstein und als sie sich mit gesenktem

Kopf davorkniet, wird mir die Kehle eng. Nach einem Moment sieht sie wieder auf, berührt seinen Namen, steht dann auf und kommt zu mir. Ich weiß nicht, was ich sagen soll, aber sie macht auch keine Anstalten zu sprechen, und so fahren wir schweigend, halten nur Händchen.

»Carter«, sagt Olivia, als wir durchs Stadtzentrum fahren. »Ich frage das echt ungern, aber können wir kurz halten? Ich muss aufs Klo und glaube, ich kann nicht warten.«

»Klar, Baby. Wo soll ich denn halten?«

Sie deutet auf das Gebäude am Ende der Straße. »Bei deiner Wohnung?«

»Das geht nicht.«

»Ich beeile mich auch.«

»Die hab ich verkauft, Ollie.«

»Was? Wann denn das?«

»Weißt du noch, als ich dich zum ersten Mal auf der Arbeit besucht habe? An dem Montag, nachdem ich dich in die Wohnung mitgenommen hatte? Da habe ich den Schlüssel bei meiner Maklerin abgegeben und sie gebeten, sich um alles zu kümmern. Ende der Woche war sie weg.«

Sie war sowieso nur eine Prämie gewesen, als ich meinen Vertrag verlängert habe. Ich hatte nicht vorgehabt, zu einem anderen Verein zu wechseln, aber alle, die sich Carter Beckett leisten konnten, wollten mich, und da haben die Vipers halt gedacht, sie werfen noch was in den Hut, damit ich bleibe. Ich habe nur eine Saison dort gewohnt, dann habe ich das Haus gekauft und die Wohnung einfach behalten. Damit ich gewisse Teile meines Lebens getrennt führen konnte, damit mein Privatleben wirklich privat blieb. Es war nicht gelogen, dass Olivia die erste Frau war, die ich mit nach Hause genommen habe, und sie wird die einzige bleiben.

»Carter …«

»Dort war nie mein Zuhause, Ollie.«

Zuhause ist, wo Olivia ist. Als wir eine Stunde später frisch geduscht auf dem Balkon liegen und den restlichen Tag in der warmen Brise vertrödeln, spüre ich es am deutlichsten. Dass ich für immer hierbleiben könnte, solang sie bei mir ist.

Meine Finger tanzen über Olivias Schultern, von der Sonne geküsst und mit kleinen Sommersprossen versehen. »Du bist so schön, Ollie.«

»Eigentlich stehst du doch nur auf meine Sommerkleider.«

»Ich *liebe* deine Sommerkleider.« Der Winter hat doch fucking ewig gedauert, so was hat Vancouver lange nicht gesehen und wird es hoffentlich lange nicht wieder sehen. Aber dann kam der Frühling angestürmt wie ein brüllender Löwe. Der April war warm und regnerisch, aber der Mai ist wie ein früher Sommer. Weshalb Olivia ihre Pullis gegen diese hinreißenden Sommerkleider getauscht hat, die ihre Beine und Schultern zur Geltung bringen, außerdem kann ich sie die ganze Zeit berühren, ihre warme Haut unter meinen Lippen spüren oder an meiner Wange. »Wir könnten nach San José oder Tampa ziehen, irgendwohin, wo es immer warm ist. Du müsstest nie wieder Hosen tragen.«

»Hmm … Weißt du, was das heißt: keine Hose?«

»Was denn?«

Sie klettert mir auf den Schoß, setzt sich rittlings auf mich, ihr gelbes Kleid rutscht hoch. Sie nimmt meine Hand und führt sie an ihrem Oberschenkel hinauf. Ich muss fast weinen, als ich die feuchte Wärme spüren kann.

Ihre Lippen treffen auf mein Kinn. »Keine Unterwäsche.«

Keine fucking Unterwäsche.

Sie zieht an meinen Shorts, schiebt sie runter und ich zische, als sich ihre Hand um meinen Schwanz schließt. Sofort taste ich nach meinem Handy, damit ich ein Foto machen kann, als sie mich in den Mund nimmt.

Ich fasse ihr in die nassen Locken. »Ich liebe dich.«

Fuck, was für ein Anblick, wenn dich das schönste Mädchen der Welt mit deinem Schwanz im Mund anlächelt. Ich mache noch ein Foto, dann ziehe ich ihren Kopf weg.

»Du musst dich jetzt sofort auf mich setzen, Baby. Sofort.«

Sie presst sich an mich, bewegt sich vor und zurück, sodass mein Schwanz durch ihre Feuchte rutscht, aber bevor sie mich in sich aufnimmt, stoppe ich sie.

»Warte, ich wollte mich noch … bei dir bedanken. Danke für diesen Tag, Ollie. Das zu machen, was ich sonst mit Dad gemacht habe, und dann mit mir zu ihm zu fahren … Das bedeutet mir so wahnsinnig viel. Danke.«

Ihr Lächeln ist sehr liebevoll und ein wenig schüchtern, dann rückt sie ein bisschen ab, setzt sich auf meine Oberschenkel. »Ich hab mich gefragt … Vielleicht könnten wir nächstes Jahr ja eine Woche freinehmen und dann alles machen, was er mit euch unternommen hat, mit euch allen, auch deiner Schwester und deiner Mom. Vielleicht kann sogar Hank mitkommen. Wir könnten was unternehmen, was er und Ireland zusammen gemacht haben. Das wäre doch schön, um ihr Andenken zu feiern.«

Keine Ahnung, wie ich sie gefunden habe. Ich bin ziemlich sicher, das war Schicksal. Ganz wie an dem Abend, als es mich zu Hank in die Bar geführt hat.

»Darf ich dich was fragen, Ollie? Was hast du gesagt? Zu meinen Dad? Als du dich hingekniet hast …«

»Danke.«

»Danke?«

»Ja, ich habe mich dafür bedankt, dass er mir eine neue Familie anvertraut hat. Ich habe mich dafür bedankt, dass er den Mann, den ich liebe, erzogen und zu mir geführt hat.« Ihre Hand fährt an meinem Kinn entlang. »Ich habe mich für dich bedankt, Carter.«

Mir zieht sich die Kehle zu, mein Brustkorb wird eng. Ich schaue in den Himmel und eine einzelne Träne läuft über meine

Wange. Olivia fängt sie mit dem Mund auf und dann flüstert sie, wie sehr sie mich liebt, und ich versenke mich bis zum Anschlag in dem Besten, was mir je passieren konnte.

***

»Du verbrennst mein Steak, wenn du nicht aufhörst, mich anzustarren.«

Ich grinse Olivia an und zwinkere ihr zu. Sie liegt auf einer Decke im Gras, die Füße in der Luft, und liest ein Buch, die Locken auf dem Kopf zusammengefasst. Ich weiß nicht, wie es möglich sein soll, den Blick von ihr zu nehmen, aber ich schaffe es, weil sie pingelig ist, was ihr Steak angeht, und ich möchte sie ja glücklich machen.

Der heutige Tag war perfekt, ein Vorbote des Sommers, der vor uns liegt, wenn wir viele Stunden ungestört miteinander verbringen können. Es ist eine herrliche Verschnaufpause, weil ich sonst die ganze Zeit an das nächste Spiel denken würde. Solche Pausen sind selten, aber uns fehlt nur noch ein Sieg morgen, dann haben wir Winnipeg bezwungen. Ich habe Olivia damit überrascht, ihre Eltern für das Spiel vorgestern einzufliegen. Es war ein hektischer Monat, jetzt mit dem drohenden Finale und Olivias Umzug wirkt der Juni noch mal chaotischer.

»Ist das dein Telefon?«, fragt Olivia, die den Kopf schief gelegt hat und in Richtung Terrassentür nickt.

Ich lausche selbst und als ich meinen Klingelton erkenne, schließe ich den Deckel des Grills und jogge nach drinnen. Mein Handy liegt auf der Kücheninsel, die Nummer sagt mir nichts.

»Spreche ich mit Carter?«, fragt mich jemand.

»Ja, ich bin Carter.«

»Hallo, Carter, mein Name ist Dr. Murphy. Ich arbeite im Vancouver General Hospital. Sie sind als Notfallkontakt von Hank De Vries hinterlegt.«

Mir fällt die Grillzange aus der Hand und ich bekomme kaum mit, dass Olivia nach mir ruft.

»Es gab einen Unfall.«

VIERUNDVIERZIG

ES IST SO … WEISS

CARTER

Ich mag nicht, wie es hier riecht. So steril, fast wie Bleichmittel. Die leichte Zitrusnote ist nett, erfrischend. Aber insgesamt einfach zu … *sauber.* Das ist ja an sich nicht zu beklagen, aber ich habe in letzter Zeit oft gehört, dass ich nicht leicht zufriedenzustellen bin. Es ist kalt und muffig, nicht warm und gemütlich wie Hanks Wohnung.

»Sicher, dass du hier wohnen willst? Es ist so schrecklich …« Mein Blick wandert durch das Büro. Die Wände sind kahl, nur vereinzelte Zitate hängen daran, dass man sein Leben in vollen Zügen genießen soll und man nur so alt ist, wie man sich gibt. »… weiß.«

»Die Wandfarbe ist mir ziemlich egal, Carter. Falls es dir noch nicht aufgefallen ist, ich bin blind wie ein Maulwurf.«

Ich lache und betrachte meinen Freund. Er genießt das warme Wetter und die Tatsache, dass er das Krankenhaus verlassen konnte. Außerdem genießt er, dass meine Freundin seine Hand hält, und ich unterdrücke ein Stöhnen über seine Aufmachung: ein blasses, kurzärmliges Karohemd, das in beigen Cargoshorts steckt, die er bis zu den Brustwarzen hochgezogen hat. Dazu eine Baseballkappe, auf der *Carter Becketts #1 Fan* steht. Die Socken, die bis zu seinen Knien reichen, sind das i-Tüpfelchen, aber Hank ist davon überzeugt, dass er schick aussieht, und Olivia sagt, das ist das Einzige, was zählt.

»Du kannst gern noch länger bei uns bleiben, bis wir was Besseres gefunden haben«, schlage ich vor und fange mir dafür einen vielsagenden Blick von Sherry ein, der Aufnahmetante von Sunset Living.

Mal im Ernst: Sunset Living? Was ist denn das für ein Name? Klingt doch so, als wäre man schon mit einem Fuß im Grab. Dabei ist Hank einfach nur schlimm gestürzt und musste danach eine Woche im Krankenhaus beobachtet werden. Seit er danach zu uns gezogen ist, hat er mich immer wieder verstohlen angegrinst, weil Olivia sich mit so viel Überschwang um ihn gekümmert hat. Der Kerl wird uns alle überleben.

Hanks Kinn sackt mit einem so lauten Seufzer auf seine Brust, dass Dublin sofort besorgt aufspringt. »Carter, ich hab dich echt lieb, aber du bist wirklich der wählerischste Mensch, der je auf diesem Planeten gewandelt ist.«

Olivia gibt sich nicht mal Mühe, ihr Kichern zu verbergen. Ich murmle sehr leise: »Ich bin nicht wählerisch, ich will nur das Beste für dich.« Dann wedle ich mit der Hand in Olivias Richtung. »Außerdem hat es sich ausgezahlt, wählerisch zu sein. Jetzt schläft die heißeste Braut der Welt jede Nacht in meinem Bett.«

»Ich dachte, du wärst nicht wählerisch.«

»Ich kann Ihnen versichern, Mr Beckett«, setzt Sherry an, »dass es Hank hier an nichts mangeln wird. Sunset Living ist die am besten bewertete Einrichtung für betreutes Wohnen in ganz Vancouver. Während seines Besuchs vergangene Woche hat er sich großartig mit dem Personal verstanden und sogar schon neue Freunde gefunden. Auch Ihre Mutter war sehr angetan von der Einrichtung.«

Jaja, hab ich alles schon gehört. Ich durfte nicht mitkommen, weil ich die Führungen durch die ersten Einrichtungen vorzeitig abgebrochen habe. Augenscheinlich habe ich ein Limit von neun Minuten, bis ich *Nein* sage und alle aus dem Gebäude schiebe.

Mom hat verkündet, die Suche zu übernehmen, und alle außer mir waren einverstanden. Und natürlich haben sie sich für die nächste Einrichtung auf der Liste entschieden. Ich glaube, Hank war einfach müde und wollte es hinter sich haben. Er meint, er ist eine Last für Olivia und mich.

Ist er nicht, aber wie bringt man jemanden von dem Gedanken ab? Olivia war es, die sich um ihn gekümmert hat, weil ich wegen der Spiele um den Einzug ins Finale immer wieder unterwegs war.

Die wir gewonnen haben übrigens. In der Nachspielzeit. Im siebten Spiel. Das erste Spiel um den Stanley Cup ist morgen. Ich habe schwer vor, den Pokal abzuräumen und mit nach Hause zu bringen, damit Olivia damit nackt posieren und ich tausend Fotos davon machen kann.

»Also, Mr Beckett.« Sherry deutet mit dem Stift auf eine Liste mit Daten. »Das ist unser Zahlplan. Die Zahlungen sind jeweils zum Ersten des Monats fällig. Wir benötigen entweder vordatierte Schecks oder eine Einzugsermächtigung. Was wäre Ihnen lieber?«

Mir entgeht das leichte Zucken von Hank nicht, genauso wenig, dass er plötzlich mit den Handflächen über seine Shorts reibt. Dass ich zahle, ist ihm unangenehm. Aber, meine Güte, der arme Kerl hat eine Rente von gerade mal siebenhundert Dollar und ich glaube, mein Computer hat sich allein von den Websites der Angebote in seiner Preisklasse Viren eingefangen. Dass ich die Kosten für ihn übernehme, versteht sich von selbst. Er ist Familie und verdient das Beste, da ist es doch klar, dass ich dafür sorge, dass er gut unterkommt.

Und ich schätze, das ist dann wohl hier.

»Per Scheck, bitte. Kann ich gleich einen für das ganze Jahr ausstellen und zahlen?«

Sherry bleibt der Mund offen stehen, dann blinzelt sie ungefähr fünfundzwanzigmal. »Das … haben wir noch nie so gemacht. Normalerweise rechnen wir monatsweise ab, weil wir nicht garantieren können …« Ihr Blick wandert zu Hank, der nur grinst.

»Weil ich tot sein könnte, bevor das Jahr vorbei ist, möchte die nette Dame sagen, Carter.«

»Verfickt …« Ich lasse die Stirn bis auf den weißen Metalltisch sinken. »Du bist echt unglaublich, alter Mann.«

Als ich den Papierkram erledigt und sechs vordatierte Schecks für den Rest des Jahres ausgefüllt habe, weil niemand außer mir zu glauben scheint, dass Hank unsterblich ist, zeigt Sherry uns Hanks neues Zimmer. Es ist groß, geräumig und … weiß.

»Können wir streichen?«

Olivia rammt mir den Ellbogen in die Hüfte. Ich vermute, sie hätte auf die Rippen gezielt, wenn sie so hoch käme.

Ich klopfe gegen die Wand. »Was denn? Mir schwebt eine Wand in den Farben der Vipers vor, Blau und Grün. Vielleicht ein Gemälde von mir mit dem Pokal.«

»Den müsst ihr erst mal gewinnen.« Olivia grinst mich mit ihrem frechen Lächeln an, das ich so liebe.

»Oh, den werde ich schon gewinnen. Und du weißt ja, dass manche Leute da Müsli draus essen, ich werde dich –«

»*Carter!*« Sie presst mir die Hand vor den Mund.

Ich kann nicht einschätzen, ob Sherry sich amüsiert oder ihr das unangenehm ist. Hank amüsiert sich jedenfalls, das tut er immer.

»Sie können gern streichen«, sagt Sherry langsam, vermutlich aus Angst, was das Ergebnis sein wird. »Allerdings müssen Sie das Zimmer wieder weiß übergeben oder uns einen gewissen Obolus zahlen, damit wir es wieder in den Ursprungszustand versetzen können.«

»Ich sag dir was, mein Lieber.« Hank legt mir eine Hand auf den Rücken, den Blick auf die Wand gerichtet, als würde er sehen, was ich sehe. »Wenn du den Pokal holst, kannst du die so bemalen, wie du willst. Kannst mir eh viel erzählen, was dann da dran ist, ich werde es ja doch nicht sehen.«

Ich öffne die Schiebetür zum Balkon und trete hinaus. Dort stehen ein kleiner Tisch und ein paar Stühle. »Sieh dir das mal an, Hank. Richtung Westen. Kannste dich hinsetzen und den Sonnenuntergang genießen.«

»Ziemlich schöne *Aussicht*, was?«

Olivia verdreht die Augen und stapft davon, murmelt dabei was von unreifen Jungs, die sich nie ändern werden.

Als wir fertig sind, bringt Sherry uns nach unten und reibt Hanks Arm. »Hank, wir freuen uns schon auf Ihren Einzug kommende Woche. Sie haben auf jeden Fall die passende Persönlichkeit und dazu eine wunderbare Familie. Sie werden sich hier wohlfühlen, da sind wir sicher.«

Na gut, vielleicht ist sie doch nicht so verkehrt.

Sie wuschelt Dublin über den Kopf. »Und du, Süßer. Auf deine Besuche freuen wir uns ganz besonders.«

Hank versteift sich kurz, dann zieht er an Dublins Leine und Olivias Hand und setzt sich in Bewegung. »*Okay, danke, Sherry, tschüss.*«

»Besuche?« Ich eile ihnen nach und schaue zurück zu Sherry. »*Besuche?* Was soll das denn heißen? Hank? *Hank!*«

Für einen blinden Mann mit kaputtem Knie ist er ganz schön schnell.

»Hank.« Ich halte ihn davon ab, ins Auto zu steigen. »Wovon redet sie? Dublin zieht doch mit dir hier ein, oder etwa nicht?«

Olivia schubst mich mit der Hüfte an und hilft dann Hank beim Einsteigen. Er bedankt sich leise bei ihr und sie gibt ihm einen Kuss auf die Wange, bevor sie mich bittet, ebenfalls einzusteigen. Ich will nicht, aber tue es dann doch, weil sie mich am Arm packt und auf die Fahrerseite bringt.

»Wie hab ich das denn zu verstehen?«, frage ich noch mal, aber ein bisschen ruhiger.

»Nun.« Hanks Hände bewegen sich unaufhörlich, während Dublin ihm gegen die Wange stupst. »Hunde dürfen zu Besuch kommen.«

»Aber …«

»Aber nicht permanent bleiben.«

»*Wie bitte?*« Ich brülle schon wieder. Ich fahre herum, habe aber sofort eine beschwichtigende Hand von Olivia auf dem Bein. »Warum das denn nicht? Du bist blind! Du brauchst deinen Hund! Das können die doch nicht machen!«

»Haustiere gelten als potenzielle Gefahr in Pflegeheimen«, erklärt Olivia.

»Du wusstest das?«

»Deine Mutter hat mich vorgewarnt. Wir wollten heute Abend mit dir darüber sprechen.« Ihr Gesichtsausdruck verrät mir, wie leid es ihr tut, mir das nicht gleich gesagt zu haben. »Die Versicherung für Haustiere ist astronomisch, außerdem gibt es Leute, die mögen keine –«

»Wer könnte denn dieses Gesicht nicht mögen?« Ich brülle noch immer. Dublin legt den Kopf schief, als könnte er selbst nicht glauben, dass ihn jemand nicht mag. »Hank, du musst hier nicht hinziehen. Wir finden was anderes für dich.«

»Carter, das ist nicht unüblich. Deine Mom hat sich schlaugemacht. Und außerdem«, er krault Dublin hinterm Ohr, »hat Dubs sich daran gewöhnt, so wahnsinnig viel Platz und einen riesigen Garten zu haben.« Er lächelt traurig, als Dublin ihm den Kopf auf den Schoß legt. »Ich werde hier genug Hilfe bekommen. Und ich kann mich gar nicht mehr ausreichend um ihn kümmern, wenn ich ehrlich bin. Nicht so, wie er es verdient.«

»Aber wo soll er denn hin?« Mir tut richtig das Herz weh. Ich hasse das.

Hank räuspert sich. »Also, ich bitte dich ja wirklich ungern um was und du machst ja schon so viel für mich. Aber Dublin …

er bedeutet mir halt was. Und weil Olivia ja zu dir zieht, dachte ich …«

Mein Blick landet auf meiner Freundin. Sie hat gerade einen Blick drauf, der Dublins nicht unähnlich ist. »Du willst, dass wir Dublin nehmen?«

»Wenn das keine allzu großen Umstände macht? Also, wenn doch, dann ist das auch kein Problem. Deine Mom hat gesagt, sie würde ihn auch sofort nehmen. Aber ich dachte … du wolltest ja schon ewig wieder einen Hund und magst ihn doch so sehr.«

»Das stimmt«, flüstere ich. »Ich mag ihn wirklich sehr.« Ich schaue Olivia an. Es ist ja auch ihr Haus, unser Leben. Die Entscheidung kann ich nicht allein fällen.

Sie hebt eine Schulter und verkneift sich ein Lächeln. »Das Bett ist ja groß genug für ein oder zwei Hunde.«

»Also …« Hank lacht und wuschelt durch Dublins Fell. »Er ist nicht der beste Assistenzhund, aber er ist ein verdammt guter Freund.«

Ich greife nach hinten und drücke Hanks Hand. »Dublin hat auf jeden Fall für immer einen Platz bei uns.«

***

»Sieht doch ganz gemütlich aus.« Hank hat die Hände in die Seiten gestemmt und tut so, als würde er sich umschauen.

Emmett lacht und klopft ihm auf die Schulter. »Du bist echt großartig, Hank.«

Adam hat gerade den Fernseher auf die Kommode gestellt und macht einen Schritt zurück. Garrett weicht ihm aus, Hanks Sessel in den Händen. »Hörst du dir das Spiel morgen an?«

»Ist das ein Witz?« Er lässt sich in seinen Sessel fallen, zu dem Garrett ihn geführt hat. »Spiel sechs! Das würde ich um nichts in der Welt verpassen. Ich schalte ja nicht mal ab, wenn ihr haushoch verliert.« Er deutet durchs Zimmer. »Aber ihr macht bitte schön den Sack zu und kommt für Spiel sieben nach Hause, damit ihr den Pokal hier gewinnen könnt.«

»Das ist der Plan. Dann kannst du mit Ollie, Mom und meiner Schwester hinter uns sitzen.«

Seine Augen fangen an zu funkeln. »Cara auch? Ich liebe diese temperamentvolle Frau.«

»Meine temperamentvolle Frau wird da sein.« Emmett seufzt. »Vermutlich der lauteste Mensch im ganzen Stadion.«

Als die Jungs weg sind, setzen Hank, Dublin und ich uns auf den Balkon. Es ist ein wunderschöner Sommertag, blauer Himmel und Sonnenschein, und er wird sogar noch tausendmal schöner, als Olivia mit einem Lächeln zu uns stößt, das alles in mir zum Strahlen bringt.

»Ich hab Mittagessen mitgebracht«, verkündet sie und packt einen großen griechischen Salat und ein paar Pitas aus. Dann wuselt sie in ihrer Tasche herum und präsentiert drei Flaschen. »Und Eistee.«

»Perfekt, nichts liebe ich mehr«, sagt Hank.

»He«, mahne ich. »Ich weiß ganz genau, dass du damit mein Mädchen meinst und nicht den Tee.«

Er lacht in die Flasche, während Olivia die Pita vor ihn stellt. »Mist.«

»Du bist ein Engel.« Ich gebe ihr einen Kuss. »Wie viel Zeit hast du?«

»Nur zwanzig Minuten, wenn ich rechtzeitig zur nächsten Stunde zurück sein will.«

»Dann ist die eigentliche Frage wohl, ob du das willst oder nicht.« Ich hebe und senke die Augenbrauen, mein leiser Hinweis, dass sie auch blaumachen könnte.

»Nur noch anderthalb Wochen.«

»Und dann hab ich dich den ganzen Sommer über für mich.«

»Ich sag's dir ja ungern, mein Lieber«, meldet sich nun Hank, »aber du wirst sie schon mit uns allen teilen müssen.«

»Ich muss rein gar nichts. Ich hab sie das ganze Schuljahr lang schon mit einem Haufen notgeiler Teenies geteilt, das reicht.«

Hank grinst, seine Augen funkeln in der Sonne. »Ich kann nicht fassen, dass ihr schon so bald ganz offiziell zusammenwohnt. Ich freue mich sehr, dass ihr euch gefunden habt.« Er legt seine Hand auf Olivias, die ihm die Schulter drückt. »Fällt dir der Abschied von deinem Haus schwer?«

Sie denkt einen Moment lang kauend nach, dann sieht sie mir in die Augen und schüttelt heftig den Kopf. »Ehrlich gesagt, kein Stück. Ich kann es nicht erwarten, am selben Ort zu wohnen wie Carter.« Dann zwinkert sie. »Aber eigentlich geht es mir nur um die sieben Kamine.«

»Hmm.« Ich fasse unter den Tisch, schiebe meine Hand unter ihren Rock und tätschle ihren Oberschenkel. »Red nur weiter, Ollie.« Ich tätschle noch immer, verziehe aber das Gesicht, als ich auf ein Hindernis treffe. »Fuck, was ist das?«

Sie rückt vom Tisch ab und zeigt mir ihre gebräunten Beine, die unter dem militärgrünen Rock herausschauen, den sie trägt. »Das ist ein Skort.«

»Ein Skort? Was soll das denn sein?«

»Eine Vorrichtung für notgeile kleine Mistkerle wie dich.« Sie lacht und streicht über den Stretchstoff. »Ein Rock mit Shorts drunter. Perfekt für Sportunterricht im Sommer.«

»Gefällt mir nicht.« Es erschwert den leichten Zugang. »Zieh das sofort aus.«

»Ich bin sicher, das würde den Jungs aus meinen Klassen gefallen.« Sie sieht mich mit hochgezogenen Brauen an.

Fuck. »Nein, nein, behalte ihn an.«

Hank seufzt. »Habe mich lange nicht mehr blinder gefühlt.«

Olivia isst nur die Hälfte ihrer Pita. Als ich mit meinen beiden fertig bin, verschlinge ich auch noch ihren Rest.

Sie zieht ihre Sandalen aus und wackelt mit den Zehen, dann presst sie ihre Füße gegen meine. »Deine Füße sind riesig.«

»Deine sind babyklein«, sage ich.

Sofort zieht sie die Brauen zusammen, sie ist absolut nicht beeindruckt von meinem Kommentar.

»Du weißt doch, was man über große Füße sagt, oder?«, flüstere ich und gebe ihr einen Kuss auf den Mundwinkel.

»Großes Ego.«

»Großer Schwanz«, sagen Hank und ich gleichzeitig, was uns ein schockiertes Keuchen von meiner Lady einbringt.

»Mann, Mann, Mann.« Olivia steht auf und sammelt kopfschüttelnd die Reste und den Abfall zusammen. »Es ist echt ein Wunder, dass ihr nicht wirklich verwandt seid.«

»Es besteht das Risiko, dass eure Kinder genauso werden wie er«, sagt Hank.

»Super. Ich kann's nicht erwarten.« Sie wirft einen Blick auf die Uhr, seufzt dann. »Ich muss los.«

»Ich bring dich noch raus«, biete ich an. »Lust auf einen Spaziergang, Hank? Bis zum Fluss ist es nicht weit, nur einmal durch den Park.«

Er nickt und sofort saust Dublin an seine Seite.

Draußen schwingt Olivia sich mit Leichtigkeit auf den Sitz des Pick-ups, alles dank der Übung der letzten Monate.

»Für eine, die sich anfangs so gesträubt hat, das Ding zu fahren, scheinst du es ja mittlerweile sehr zu lieben.« Ich sehe mich demonstrativ um. »Schnee gibt es irgendwie schon eine Weile keinen mehr.«

Sie beugt sich übers Steuer, umarmt es. »Ich habe mich an die Macht gewöhnt, die man hat, wenn man so weit oben sitzt. Ich liebe sie, nimm sie mir bitte nicht weg.«

Würde ich nicht. Ich durfte sie schließlich vor ein paar Tagen auf dem Rücksitz vögeln. Dazu musste ich zwar fünfzig Minuten bis zum nächsten Autokino fahren, aber das war es wert und lieferte die beste Begründung.

»Wieso sollte ich?« Ich nehme ihr Kinn zwischen die Hände

und gebe ihr drei Küsse auf die perfekten Lippen. »Wir sehen uns zu Hause, Pumpkin.«

Wir gehen schweigend und wenn Hank so still ist, heißt das, dass er mir was sagen will. Kaum sitzt er auf der Bank am Flussufer, weiß ich, dass ich recht habe.

»Mir war klar, dass es da draußen eine für dich gibt, aber ich hätte mir niemand Passenderes erträumen können als die junge Dame da hinten. Du bist ja wie ein Teddy für Ollie.«

»Ich liebe sie.« Möglicherweise meine einzige Entschuldigung, aber die beste. Sie hat mir geholfen, der Mensch zu werden, auf den mein Vater stolz gewesen wäre. Ich bin mir nicht sicher, ob ich so auch hätte werden können, wenn sie nicht in mein Leben getreten wäre.

»Das weiß ich. Wenig ist offensichtlicher, als dass ihr beide euch liebt.« Er fährt sich mit der Hand über den Mund. »Wann fragst du sie, ob sie dich heiratet?«

Ich schaue auf das kristallklare Wasser, das im Sonnenlicht funkelt. Eine leichte Brise kräuselt die Oberfläche des Flusses, der langsam und leise dahinfließt. »Es ist noch früh.«

Hank schnalzt mit der Zunge. »Wahre Liebe braucht keine Zeitvorgaben.«

Meine Zähne bohren sich in meine Unterlippe, aber ich unterdrücke den Impuls, darauf zu kauen. »Vor Olivia habe ich nicht mal übers Heiraten nachgedacht.«

»Aber jetzt denkst du drüber nach?«

Ja. Die ganze Zeit. »Ich kann mir mein Leben nicht mehr ohne sie vorstellen.«

»Das klingt trotzdem irgendwie nach *bald* in meinen Ohren.«

Sehr bald.

FÜNFUNDVIERZIG

VERBOTENE OREOS, VERRAT UND SIEGE

OLIVIA

»Glauben Sie, die werden morgen gewinnen, Miss Parker?« Brad lehnt an der Tür zum Abstellraum und beobachtet, wie ich die heutigen Sportgeräte verstaue. Es wäre super, wenn er helfen würde, aber rumstehen, glotzen und das Maul aufreißen ist halt sein Ding, und ich glaube kaum, dass damit zu rechnen ist, dass er sich zum Ende seiner Schulzeit noch ändern wird.

Nächste Woche sind die Abschlussprüfungen, das heißt, viel Unterricht findet nicht mehr statt. Eigentlich werfen wir nur Basketbälle auf den Korb und sitzen rum und fachsimpeln über Hockey.

»Ich glaube schon.« Carter ist hochmotiviert. Zu Hause wird eigentlich nur über Hank und Hockey gesprochen und hin und wieder über meinen Umzug. Ich habe keine Ahnung, woher er die Zeit nimmt, aber wenn er in Vancouver ist, komme ich nach Hause und sehe, dass Carter in meinem Haus gewesen ist und weitere Kartons mit meinen Sachen zu sich gebracht hat. *Zu uns.* »Ich habe sie noch nie so ernst erlebt.«

Und das ist fast unheimlich. An den freien Abenden ist das gesamte Team unten im Keller, schaut Aufnahmen der vergangenen Spiele und bespricht, was besser gemacht werden könnte. Es gibt keinen Alkohol, kein Junkfood und gelacht wird eigentlich auch nicht.

Am meisten überrascht mich die Abwesenheit von Junkfood. Carter hat seit Mitte Mai keinen einzigen Oreo mehr gegessen. Und in anderthalb Wochen ist schon Juli. Gestern Morgen hat er mitbekommen, dass ich welche in meine Pausentasche geschmuggelt habe. Ihm waren die Gefühle des Verrats ins Gesicht geschrieben.

»Ich glaube, sie gewinnen.« Brad stößt sich von der Wand ab und fängt an, Bälle einzusammeln und sie in den Container zu werfen. »Die Jungs und ich wollen das Spiel am Freitag vorm Stadion gucken, wenn sie es in die siebte Runde schaffen. Da sollen dann Bildschirme angebracht werden. Wir wollen Alkohol reinschmuggeln.«

»So was solltest du mir nicht sagen, Brad.« *Aber genau das hätte ich mit achtzehn auch gemacht.* »Kleiner Tipp: in die Taschen gucken die Securityleute als Erstes.«

»Danke, Miss Parker.« Brad kichert und zieht dann das Tor für mich zu. Kniet sich sogar hin, um abzuschließen.

Ich wische mir eine unsichtbare Träne von der Wange. »Wirst du etwa erwachsen?«

Er verdreht die Augen, folgt mir dann zur Umkleide, wo ich meine Tasche hole, und schließlich hinaus in den Flur. »Tut mir leid, dass wir Ihnen das Leben so schwer gemacht haben.«

»Schwer? War doch alles nur Spaß. Nichts, womit ich nicht klarkomme.«

Brad hält mir die Tür zum Parkplatz auf. »Sie waren übrigens die beste Lehrerin, die ich je hatte. Sie haben uns wie Menschen behandelt, nicht wie Kinder, mit denen Sie sich täglich abplagen müssen, um Ihr Geld zu verdienen. Mit Ihnen hat die Schule Spaß gemacht.« Er salutiert. »Danke, Miss Parker.«

Wäre ich nicht so ein emotionales Wrack, würde mir jetzt nicht vor Rührung die Nase kribbeln. Ich räuspere mich und steige dann in Carters Pick-up, den ich inoffiziell adoptiert habe. Zum vierten Mal an diesem Tag muss ich über die Nachricht grinsen, die Carter mir irgendwann zwischen gestern Abend und heute Morgen in den Tassenhalter gesteckt hat. Sie ist definitiv nicht jugendfrei, deshalb ist sie ungefähr siebzehnmal gefaltet … Es dauert eine Ewigkeit, bis ich sie noch mal lesen kann.

Ich werd dich vernaschen wie das letzte Stück Torte an Thanksgiving, sobald du zu Hause bist.

Aber das ist nicht der Grund dafür, dass ich es so eilig habe, zu ihm zu fahren. Nein, er muss heute Abend schon wieder weg, denn morgen steht bereits das nächste Spiel an, und ich will noch so viel gemeinsame Zeit mit ihm wie möglich. Bei ihm lagen so ziemlich die Nerven blank diese Woche vor Hanks Umzug und diesen wichtigen Finalspielen. Letzte Nacht haben sie auf heimischem Boden verloren und er hat sich große Vorwürfe gemacht. Sie haben es schon einmal so weit gebracht, aber das war Carters erstes Jahr als Kapitän gewesen und er gibt sich noch immer die Schuld für ihre Niederlage, weil er zu unerfahren war und nicht der Kapitän sein konnte, den sie gebraucht hätten.

»Babbbyyy«, ruft Carter aus dem Wohnzimmer, als ich das Haus kaum betreten habe. Dublin ist gleich bei mir und leckt meine Zehen, nachdem ich die Sandalen ausgezogen habe.

Ich finde ihn auf der Couch, die Arme ausgestreckt. »Kann ich dir irgendwie behilflich sein?«

»Ja. Du könntest dich da hinsetzen.« Er deutet nachdrücklich auf die Beule in seinen Shorts. »Aber hier«, er deutet auf sein Gesicht, »wäre auch akzeptabel.«

»Versauter Kerl.« Ich klettere auf ihn. Trotz seiner eindeutigen Forderung schlingt er die Arme um mich und zieht mich neben sich. Ich fahre ihm mit den Fingern durchs Haar und streichle ihm über den Rücken. »Bist du nervös?«

Er nickt und legt ein Bein über meine, klemmt mich ein. »Es wäre so gut, wenn du mitkommen könntest. Wenn wir verlieren, brauch ich dich. Bleibst du wach, damit wir danach telefonieren können?«

»Ich bin immer nur einen Anruf weit weg.« Ich gebe ihm einen Kuss auf den Mund. Er war in letzter Zeit noch unersättlicher, aber auch viel sanfter als sonst, was ja kaum möglich scheint. Trotz seiner ewig dominanten Art ist er eigentlich nichts als ein großer, verkuschelter Teddy. Doch der Stress und die ganze Verantwortung belasten ihn und ich sehe deutlich, wie sehr er die nahende Pause braucht.

»Adam holt mich in einer Stunde ab und ich möchte bis dahin nur kuscheln.«

»Klingt gut.« Ich schiebe eine Hand zwischen uns und tätschle seinen Bauch, der just in diesem Moment zu knurren beginnt. »Aber vielleicht sollten wir vorher etwas zu essen da reintun, sonst kriegst du noch schlechte Laune.«

Ich brutzle schnell was in der Pfanne, während Carter mir erzählt, wie es war, Hank in seinem neuen Zuhause zurückzulassen. Er hat geweint, als er sich von Dublin verabschieden musste, worüber ich auch sofort losheulen könnte. Mehr noch, als ich zu Dublin schaue, der zu Carters Füßen liegt. Doch Carter versichert mir, dass Hank alles in allem glücklich wirkt, und das ist ja das Wichtigste. Wir werden dafür sorgen, dass Hank und Dublin so viel Zeit wie möglich miteinander verbringen können. Zum Glück wohnt er nur zehn Minuten entfernt.

Carter hat sich gerade Nachschlag geholt, da stellt er mir eine Frage, den Blick auf den Teller gerichtet. Also, eigentlich ist es eine Reihe von Fragen, die ohne Punkt und Komma aus ihm raussprudeln, was ja eigentlich eher meine Art ist.

»Willst du eigentlich heiraten? Und was für eine Hochzeit wäre eher deins? Groß? Klein? Schoko- oder Vanillekuchen?« Er macht ein Geräusch, als könnte er nicht fassen, dass er das laut ausgesprochen hat. »Was für eine blöde Frage.« Er dreht die Handfläche Richtung Himmel. »Schoko natürlich. Vielleicht mit Mini-Oreos dekoriert. Oder den ganz großen.«

Erst nachdem ich nach circa zehn Sekunden noch immer

nichts gesagt habe, hebt er ganz langsam den Blick. Zögerlich, ein bisschen nervös, pinke Flecken am Hals, was eigentlich auch eher typisch für mich ist.

Die Stille ist erst gebrochen, als er mich ganz schief angrinst und ich lachen muss. Was zur Hölle geht denn hier bitte gerade ab? Was immer es ist, es scheint Carter furchtbare Angst zu machen, lässt ihn aber auch sehr niedlich sein.

»Fragst du mich tatsächlich, ob ich dich heiraten will?«

»Was?« Er schüttelt heftig den Kopf. »Nein.«

»Oh.« Ich muss Luft holen und das kurzzeitige High abschütteln. »Gut.« War mir auch klar. Ist ja viel zu früh.

Er beißt sich auf die Unterlippe und grinst mich dann verschmitzt an, steht langsam auf und kommt zu mir. Er zwirbelt sich eine meiner Locken um den Finger, bevor er sie mir hinter die Ohren streicht. Seine Berührung sendet mir einen heißen Feuerstoß durch den Körper.

»Kennst du mich überhaupt? Ich brauche Publikum. Flair. Ich muss dich bis aufs Gröbste in Verlegenheit bringen.« Seine Finger bohren sich in meine Hüften, während er mich gegen den kalten Stein der Kücheninsel presst. »Wenn ich dir einen Heiratsantrag mache, wird es die ganze Welt wissen, und du wirst dastehen und dein wunderschönes Gesicht hinter deinen kleinen Händchen verbergen, weil ich das garantiert nicht irgendwo klammheimlich mache, und dann kreischst du: *Carterrrrr, hör aaaaaaaaaaaauf. Du blamiiiiiiiiiiiiierst mich.*«

»So klinge ich ja wohl überhaupt nicht.« Mehr bringe ich gerade nicht raus.

Seine Lippen berühren meinen Mundwinkel, meinen Kiefer, mein Ohr. »Oh, du klingst genau so.«

Er packt meine Haare. »Eines Tages frage ich dich, ob du mich heiraten willst. Und du wirst Ja sagen, weil ich kein Nein akzeptiere.« Er beißt mir in die Unterlippe, seine Hand streichelt über meinen Arm und sofort bekomme ich eine wohlige Gänsehaut.

»Dann heirate ich dich vor unserer Familie und unseren Freunden, und dann bist du Mrs Beckett, und in der Nacht nehme ich dich so hart, dass du es bis zum Rest deines Lebens im Rachen spürst.«

***

»JEREMY!«

Caras Schrei lässt uns alle zusammenzucken. Alannah so sehr, dass sie die Schale Popcorn umschmeißt. Dublin ist sofort zur Stelle und kümmert sich drum. Kristin schüttet Jem, der zu ihren Füßen krabbelt, fast ihr Glas Wein über. Ich glaube, ich habe Jeremy noch nie ängstlicher gesehen als in diesem Moment. Seine Augen sind aufgerissen, er ist vollkommen erstarrt.

»Fünfundvierzig Grad! Wir falten in einem Winkel von fünfundvierzig Grad! Das kann doch jedes Kind!«

»Ich kann's, Cara«, sagt Alannah selbstbewusst und plustert sich auf.

»Danke, Alannah.« Cara deutet zu ihr und hebt demonstrativ die Brauen über Jeremy. »Siehst du, Jeremy? Selbst deine Tochter kann das.« Jetzt bekommt Cara riesige Augen, weil Alannah nach den Karten greift. »Moment! Nein! Du hast fettige Popcornfinger, das geht auch nicht.«

Cara schaut sich um, während Alannah ihre Hände begutachtet. »Jennie.« Sie schnipst mit den Fingern. »Du hast zarte, flinke Finger. Der Himmel weiß warum, schließlich hat dein Bruder solche Wurstdinger. Du wärst gut.«

»Oh, super«, flüstert Jennie und setzt sich an den Couchtisch direkt vor die Karten. »Genau auf diese Aufgabe hab ich spekuliert.«

Caras Augen werden sehr schmal, doch Jennie schenkt ihr das typische Beckett-Grinsen inklusive aller Grübchen. Das wirkt immer, selbst bei Cara.

Cara schreit schon den ganzen Abend. Sie hielt es für eine *total gute Idee*, dass wir während des Spiels an den Gastgeschenken für ihre Hochzeitsgäste arbeiten. Sie war die Einzige, die das für eine gute Idee hielt, aber niemand hat sich getraut, ihr das ins Gesicht zu sagen. Immerhin müssen wir nur in den Pausen arbeiten. Wenn das Spiel läuft, ist Cara zu sehr damit beschäftigt, den Fernseher anzubrüllen. Alannah, Jem und Hank dürfen sich als Einzige glücklich schätzen und die Aufgabe aussitzen. Vermutlich darf Jeremy sich jetzt zu ihnen auf die Ersatzbank gesellen.

Caras und Emmetts Hochzeit ist in elf Tagen. Noch zwei Sonntage dazwischen. Am Tag vorm Canada Day. Cara ist ja schon an gewöhnlichen Tagen ziemlich überdreht, aber in den letzten Wochen hat sie ungeahnte Level erreicht. Sie ist gestern vorbeigekommen, nachdem die Jungs nach New York aufgebrochen waren, und hat darauf bestanden, hier zu schlafen. Dann hat sie nur zu glücklich ein Foto von sich in Carters Bett gemacht und es ihm geschickt.

Heute ist sie mit mir zur Schule gekommen. Angeblich kann sie nichts für die Hochzeit zu Hause erledigen, weil sie ja jemanden zur emotionalen Unterstützung an der Seite braucht, sonst kriegt sie nichts gebacken. Also saß sie in der Turnhalle am Boden, während die Kids ihr mit den Tischnummern geholfen haben. Ich bin fix und fertig.

»Cara, wenn ich noch jung und hübsch wäre, ich würde dich vom Fleck weg heiraten.« Hank findet, Cara ist der witzigste Mensch der Welt.

»Du bist hübsch«, betont Cara. »Und du lachst über jeden meiner unangemessenen Witze. Wir wären ein großartiges Paar. Aber ich würde trotzdem nur die zweite Geige spielen, immer direkt hinter deiner Ireland bleiben, und da haben wir das Problem. Die zukünftige Mrs Brodie spielt nie die zweite Geige.«

Jennie seufzt mit Blick auf den Kartenstapel vor ihr. »Wie viele davon müssen wir noch machen?«

»Mir macht's Spaß«, sagt Holly, Carters Mom. »Ich liebe so was. Vielleicht kann ich das ja ganz bald für eins von meinen eigenen Kindern machen.« Sie wirft mir einen sehr offensichtlichen Blick zu, worüber Jennie und Cara schnauben müssen.

»Fuck, ich helfe definitiv nicht, wenn du und Carter heiratet«, grummelt Jeremy, die Arme vor der Brust verschränkt. »Schlimm genug, dass ich das bei meiner eigenen Hochzeit machen musste. Hölle, ey.«

Alannah schießt hoch und hält ihm zwei Finger vors Gesicht. »Zwei Dollar, Daddy. Rück's raus.« Sie reißt ihm die Scheine aus der Hand und pflanzt sich dann zwischen Hank und Dublin. »Mommy hat gesagt, ich bekomme diese Woche alles, was Daddy mir pro Schimpfwort zahlen muss. Das wird 'ne ganze Menge, weil der supernervös wegen Hockey ist. Was soll ich mir kaufen?«

Hank tippt sich gegen das Kinn. »Wie wäre es, wenn wir davon Burger und Softeis essen gehen?«

Sie strahlt übers ganze Gesicht. »Mit heißer Karamellsoße?«

»Mit *extra viel* heißer Karamellsoße.«

Die Hochzeitsvorbereitungen sind vergessen, als das letzte Drittel anfängt. Sofort stellt Cara das Schreien ein und wird ganz still, was noch viel furchteinflößender ist. Sie sitzt auf dem Sofa, also, halb. Ein Knie ist am Boden und sie kaut auf ihren Fingernägeln, während sie auf den Fernseher starrt. Es steht zwei zu zwei und das Spiel ist in drei Minuten vorbei.

Die Sache wird spannend, als Emmett sich in zwei Spielern der gegnerischen Mannschaft verheddert und ihm der Schläger zwischen die Beine des einen rutscht. Der Schiri pfeift und unterstellt Emmett, er habe absichtlich ein Bein gestellt, dabei war das absolut keine Absicht.

»*Das ist ja wohl totaler Bullshit!*«, brüllt Cara und springt auf. »Bullshit! Das war ein fucking Versehen! Geh nach Hause, Schiri, du bist offensichtlich besoffen!« Sie zieht einen Zwanziger aus der Hosentasche und reicht ihn blind Alannah. »Musst mir nichts rausgeben, den nutze ich voll aus.«

Ich bin viel zu angespannt, um irgendwas anderes als das Spiel zu verfolgen. Jetzt kommt es drauf an. Gewinnen und das siebte Spiel spielen oder verlieren und nach Hause gehen. Und jetzt wurde ihnen eine zweiminütige Zeitstrafe aufgebrummt, dabei läuft das Spiel nur noch zweieinhalb Minuten.

Carter diskutiert gerade eifrig mit dem Schiri, als der Coach ein Time-out verlangt. Er stellt um, schickt ein paar riesige Jungs zum Tor, die es schaffen, den Puck aus dem Netz zu halten, während die Gegner sich unermüdlich in unserer Hälfte bewegen. Bei gerade mal fünfzig Restsekunden springen Carter und Garrett über die Bande.

Carter brüllt Anweisungen und fädelt sich zwischen Spielern und Bande hindurch, kämpft um den Puck, und als er ihn endlich hat, schickt er ihn übers Eis zu Garrett.

Garrett hämmert ihn gegen die Bande, um einen Gegner herum, sammelt ihn sofort wieder ein und schießt ihn zu Carter, der ihn kurz vor der Verteidigungszone annimmt.

Emmetts Strafe endet mit sechzehn verbleibenden Spielsekunden. Er springt aufs Eis und ruft nach Carter, der gerade um einen Defensivspieler kurvt und den Puck so schnell bewegt, dass ich ihn fast nicht sehen kann. Ohne wirklich zu Emmett zu gucken, passt er den Puck nach hinten links.

Emmett holt aus, als der Puck angesaust kommt, und dann knallt schon sein Schläger dagegen und schickt ihn durch die Luft.

Markerschütternde Schreie übertönen alles, als der Buzzer rot leuchtet, und schon fluten die Vancouver Vipers die Eisfläche und schmeißen sich übereinander zu einem einzigen blaugrünen Haufen.

Sie haben gewonnen. Sie kommen nach Hause und spielen um den Pokal.

SECHSUNDVIERZIG

MACH, WAS DU WILLST

OLIVIA

Das Tempo, mit dem ich am Donnerstag nach Hause fahre, um Carter zu sehen, ist beschämend. Ich falle über meine Füße, als ich ins Haus renne und seinen Namen rufe.

Ich sinke auf die Knie, damit Dublin mir das Gesicht ablecken kann, dann bewege ich mich weiter durchs Haus und rufe nach Carter.

Er ist nicht zu Hause. Die Tasche auf dem Bett verrät mir, dass er da gewesen sein muss, außerdem liegt eine einzige Rose auf meinem Kissen direkt neben einer Packung schokoüberzogener Oreos, die mit M&M's verziert sind. Daneben ist eine Notiz.

> *Egal, ob wir gewinnen oder verlieren, ab morgen muss ich drei Monate lang keine Nacht mehr getrennt von dir verbringen, nichts macht mich glücklicher.*
> *Ich liebe dich.*

Ich stecke den Zettel zu all den anderen, die er mir mittlerweile hinterlassen hat, in die Nachttischschublade und ziehe mein vibrierendes Handy aus der Tasche, während ich mit der Rose und meiner kleinen Schokoration nach unten gehe.

World's Sexiest Man: hi, prinzessin. sorry, dass ich nicht zu hause bin. 😩 coach will, dass wir die spiele noch mal durchgehen. ich bringe was zu essen mit. lieb dich 😘🏆

Weil ich mich beschäftigen muss, leine ich Dublin an und mache eine kleine Wanderung mit ihm, bevor ich mich mit ihm auf die Couch kuschle und Wiederholungen von *The Office* im Fernsehen gucke. Dublin pennt sofort ein, geschlaucht von unserem Ausflug, aber ich halte auch nicht lange durch.

Ich wache auf, weil jemand mit meinen Fingern spielt, und spüre, dass Dublin vom Sofa springt. Blinzelnd komme ich zu mir und erkenne Carter, der sich wieder hinstellt. Er grinst mich an und hat einen Lolli, ausgerechnet einen Ringlutscher, im Mund.

»Ich dachte, ihr habt Junkfoodverbot.« Ich klinge total verschlafen und versuche, mich aufzusetzen. Am liebsten würde ich aufspringen, mich in seine Arme werfen, aber mein Körper gehorcht mir nicht. Carter und ich haben gestern bis weit nach Mitternacht via Video telefoniert – Cara und Emmett auch, aber aus guten Gründen in einem anderen Zimmer. Und dann musste ich heute wieder Cara den ganzen Tag auf der Arbeit ertragen. Erschöpft reicht nicht mal, um zu beschreiben, wie ich mich fühle. Mein einziger Trost ist, dass Cara heute in ihrem eigenen Bett schlafen wird.

»Zur Feier des Tages ist das erlaubt. Heute bricht das Wochenende an, an dem dies offiziell unser Zuhause wird – und an dem ich den Pokal nach Hause bringe.« Da liegt so viel Glück auf seinem Gesicht, so viel endlose Begeisterung, das ist richtig ansteckend.

»Ich kann gar nicht sagen, was davon du aufregender findest.« Ich recke die Arme über den Kopf und gähne. Irgendwie fühlt sich meine linke Hand schwer an.

»Dich an meiner Seite zu haben. Für immer.«

Ich höre seine Worte. Und freue mich diebisch. Aber gleichzeitig starre ich verwirrt auf den roten Lolli, den er mir an den Ringfinger gesteckt hat. »Wieso habe ich einen Lolli an der Hand?«

Er saugt an seinem Ring. »Ich will einfach so tun, als würdest du mir gehören.«

»Tue ich doch.« *Hatten wir das nicht längst?*

»Bis in alle Ewigkeit, meine ich.« Carter nimmt meine Hand und streichelt mir über die Finger, bis er den roten Ringlolli umschließt. Der Blick aus seinen glühenden grünen Augen findet meinen, er ist so lebendig. »Der ist nur vorübergehend, bis ich ihn mit einem ersetze, der nicht essbar ist.«

»W-w-w–« Ich unterbreche mich, ich kann einfach nicht. Wir haben übers Heiraten gesprochen, ja, aber das hier fühlt sich irgendwie … nach *mehr* an. Ich kann es nicht beschreiben und mein Mund scheint da meiner Meinung zu sein, er geht nämlich einfach nur mehrmals auf und zu.

»Wie niedlich du bist, wenn ich dich sprachlos mache.« Dann nimmt er mich in die Arme und trägt mich zur Treppe. »Aber jetzt muss ich dir erst mal zeigen, wie sehr ich dich vermisst habe, und mein Schwanz muss sich bei dir häuslich einrichten.«

***

Als ich aufwache, ist Carter schon zum Training aufgebrochen. Er hat in der Nacht kaum geschlafen, er konnte vor Aufregung die Hände nicht stillhalten, musste mich die ganze Zeit berühren. Ich schwöre, ich konnte hören, wie sich die kleinen Rädchen in seinem Kopf drehten, weil ihm vor dem bevorstehenden Spiel die Nerven durchgingen. Erst gegen zwei, als ich mich in seinen Armen drehte, ihm über Kopf und Rücken streichelte, schlief er endlich ein.

Obwohl ich so nur fünf Stunden Schlaf abbekommen habe

und normalerweise acht brauche, um zu funktionieren, bin ich heute erstaunlich munter. Ich hatte noch einen Urlaubstag übrig vor Ende des Schuljahres und den habe ich heute genommen. Das heißt, ich muss keinen Freitag mehr arbeiten, weil die Prüfungen nur noch bis Donnerstag gehen. Vier Arbeitstage noch, dann hab ich frei.

Dublin und ich gehen in den Garten, damit ich beim Frühstück den Sonnenschein genießen kann. Als Carter durch die Tür kommt, bin ich gerade zum zweiten Mal an diesem Morgen mit Cara am Telefon, weil sie durchsprechen muss, was sie heute Abend anzieht.

»Einerseits will ich supersexy sein für Em und einfach nur sein Trikot und Heels tragen, aber dann wiederum hab ich Schiss, dass es dafür zu kalt ist im Stadion. Oder ist das total unangemessen? Das Trikot ist ja riesig und geht mir über den Hintern.«

»Unangemessen«, sage ich leise, während Carter sich hinter mich stellt, mich umarmt und mir einen Kuss in den Nacken gibt. Dann richtet er sich auf und klopft sich gegen die Brust. Als Dublin an ihm hochspringt, nimmt er ihn auf den Arm und trägt ihn herum, als wäre er ein Baby und kein Dreißig-Kilo-Hund.

»Du bist so langweilig.« Ich kann praktisch die Schnute hören, die Cara zieht.

»Ich bin gar nicht langweilig, mir ist nur einfach nicht danach, versehentlich irgendwelchen Leuten oder den Kameras meinen Hintern oder meine Vulva zu zeigen.«

Sofort verschleiert sich Carters Blick. Dann sagt er leise: *Nur mir.* Als ich ihm sein Frühstück auftische, strahlt er übers ganze Gesicht und schafft es tatsächlich, sich mit Hund an den Tisch zu setzen, alles runterzuschlingen und dabei noch fröhlich zu summen.

»Ich wette, Carter fänd's toll, wenn du nichts als sein Trikot trägst.«

Carter summt zufrieden, während er seinen Toast isst. »Aber nur hier bei uns zu Hause.«

»Ach, man höre sich das an«, flötet Cara. »Bei *uns* zu Hause. So hinreißend. Was habe ich von Anfang an gesagt, Liv? ›Dieser Carter Beckett verheißt nur Gutes.‹ Ich wusste, dass ihr das perfekte Paar abgebt.«

»Irgendwie habe ich das Gespräch anders in Erinnerung. Ich weiß noch sehr genau, dass du mich in den Schwitzkasten genommen und wiederholt *Nein* geschrien hast.« Ich tätschele Carters Schulter, als der einen Flunsch zieht. »Ist doch okay. Wir haben ein bisschen gebraucht, aber wir sind doch angekommen, wo wir hinwollten, oder nicht?«

Carter nimmt mir das Handy aus der Hand. »Okay, Cara, Liv muss jetzt auflegen. Bis heute Aaaaaabend.«

»Aber ich muss noch mit ihr über die Hochzeit sprechen!«, kreischt Cara, bevor Carter sie wegdrückt und das Handy auf den Tisch legt.

Dann nimmt er mich fest in die Arme. »Meinst du, die ist vor unserer Hochzeit auch so ein Albtraum?«

»Ich lasse ihr einfach komplett freie Hand, sie kann machen, was sie will. Wird einfacher, als mit ihr zu diskutieren.«

»Hmm.« Er steckt die Hände in die Taschen meiner Shorts und dreht mich hin und her. »Gute Idee. Wir lassen Cara ja nur ungern aus dem Käfig.«

Seufzend presse ich mich an seine Brust. »Leider wurde sie aber von jemandem freigelassen und es ist Furcht einflößend.«

Carter lacht, ein raues Geräusch, von dem mir ganz warm wird. Seine Hände wandern über meine Hüften, unter mein Oberteil. »Ich bin so froh, dass du dir heute extra meinetwegen freigenommen hast, damit wir noch Glücksbringersex haben können vor dem Spiel heute Abend.«

»Deshalb habe ich nicht freigenommen, Carter.«

»Psst, psst, psst«, macht er, setzt mich auf den Tisch und

schiebt mein T-Shirt hoch. Ich hebe die Arme, damit er es mir über den Kopf ziehen kann. Mit funkelnden Augen betrachtet er mich. »Glücksbringersex.«

Und Glück scheint er zu bringen, denn Carter schießt schon nach vier Minuten des ersten Drittels das erste Tor. Nach der Hälfte des letzten Drittels führen die Vipers drei zu zwei und Cara verliert allmählich den Verstand. Hank sagt, er ist froh, blind zu sein, er könne sonst sowieso nicht hinsehen, und Holly reißt sich fast büschelweise die Haare aus. Ich selbst kann nicht mehr sprechen, habe das Gefühl, ich muss vor lauter Nervosität kotzen, nur Jennie hängt völlig entspannt in ihrem Sitz und stopft sich endlos Lakritz in den Mund, als würde sie keine Sorge kennen.

Bis jemand Carter von hinten in die Bande rammt, als er den Kopf unten hat, voll auf den Puck konzentriert. Glücklicherweise rappelt er sich sofort wieder auf, aber Jennie ist außer sich.

Sie springt auf, schmeißt mit dem Lakritz nach mir und rammt dann beide Hände gegen die Scheibe. »Der Wichser gehört auf die Strafbank! Verschwinde zurück nach New York, Mann! Wir spielen hier richtig Hockey.«

Adams Schultern beben vor Lachen, Emmett schlägt ebenfalls grölend gegen die Scheibe und feuert Jennie noch an, während Garrett sie einfach nur mit einem schrägen Lächeln angrinst.

Einer der Assistenztrainer untersucht Carter schnell, damit auch wirklich alles in Ordnung ist. Kaum ist er fertig, zwinkert Carter mir zu und schafft es irgendwie, supersexy dabei auszusehen, sich Wasser in den Mund zu spritzen.

»Ja, genau, pflanz deinen Arsch da hin!«, brüllt Jennie, als der Spieler sich zur Strafbank begibt. »Mach es dir schön gemütlich, du Idiot, da bleibst du nämlich jetzt erst mal fünf Minuten lang.« Dann reißt sie mir das Lakritz aus der Hand und lässt sich wieder auf den Sitz fallen, aber nicht, ohne mich noch mit einem blendenden Lächeln mit vollem Grübcheneinsatz zu bedenken. »Möglich, dass ich was von meinem großen Bruder in mir trage.«

»Ich seh schon.«

Der Torwart der Rangers scheint heute fünf Arme und Beine zu haben, denn er stoppt alles, was in den nächsten fünf Minuten in seine Nähe kommt. Die Strafe ist abgelaufen, es sind nur noch fünf Minuten zu spielen und wir führen immer noch mit einem Tor.

Bis sich das ändert. Noch dreißig Sekunden Spielzeit, da wird hinter unserem Tor um den Puck gekämpft. Adam gibt alles, um das Ding im Auge zu behalten, aber da huscht ein weiterer Spieler dazwischen, klaut das Ding und versenkt es direkt neben seinem rechten Fuß.

Unentschieden, also gibt es eine Verlängerung.

Adam lässt die Schultern hängen, als das Drittel zu Ende geht, und Carter legt ihm auf dem Weg in die Umkleide einen Arm um. Fünfzehn Minuten haben sie, um sich zu erholen und neu aufzustellen. Dann ist das Eis auch wieder aufbereitet und das Dröhnen der Musik überspannt meine Nerven noch mehr. Kaum ist das Team wieder draußen, ist Carters tiefe Stimme zu hören.

Alle, die nah genug sind, rücken noch näher, um nicht zu verpassen, was Carter zu sagen hat, der seinen Schläger reckt, gegen Helme klatscht, sein Team pusht.

»Wir haben es so weit geschafft, jetzt gibt es kein Zurück mehr. Den Sieg lassen wir uns nicht nehmen. Die Wandlung, die wir von Tag eins bis heute durchgemacht haben, ist unglaublich! Ich war noch nie stolzer in meinem Leben, als ich auf jeden von euch bin. Ihr seid ein fantastisches Team!«

»Oh, wow«, sage ich versehentlich laut. Mir wird superheiß und ich kann gerade so verhindern, mir Luft zuzufächeln.

»Ich habe mich noch nie so von Carter angezogen gefühlt«, keucht Cara.

»Der darf heute Nacht alles mit mir machen, was er will.« Eigentlich will ich das nur denken, nicht laut aussprechen, was vermutlich auch besser gewesen wäre, merke ich, als Jennie mir den Ellbogen in die Seite rammt. »Sorry«, sage ich in Hollys Richtung, die nur mit den Schultern zuckt.

»Ich zähle die Tage, bis ich Oma werde. Also: Nur los.«

Na dann.

Carter wird immer lauter und ich werde immer schärfer.

»Wir packen das! Jetzt zählt es! Wir sind das Team! *Mein* fucking Team! *Meine* Jungs! Ich liebe dieses fucking Team, also schwingt eure Ärsche aufs Eis, Jungs, und dann holen wir den Pokal! Machen wir sie fertig!«

Im Spielertunnel wird gebrüllt, weil Carter sie aufs Eis jagt und jedem Einzelnen auf den Hintern klatscht. Das Publikum dreht durch, als ihre Mannschaft wieder erscheint, um um den Stanley Cup zu spielen.

Carter winkt mich ran, bevor er selbst aufs Eis geht. Er tippt sich gegen die Wange. »Glückskuss.«

»Oh, Baby.« Ich nehme sein Gesicht in beide Hände. »Du brauchst kein Glück.« Ich gebe ihm einen Kuss auf den Mund, dann auf die Wange. »Und hol das Ding.«

Sein Grinsen ist elektrisierend, inklusive Grübchen und allem. Er zwinkert mir zu, aber bevor er aufs Eis tritt, gibt er mir dasselbe Versprechen wie vor so vielen Monaten. »Ich mach ein Tor für dich.«

Carter ist nicht zu stoppen, wenn er ein bestimmtes Ziel hat. Einen unaufhaltsameren Menschen habe ich noch nie getroffen. *Nein* ist für ihn keine Option. Wenn er was will, findet er einen Weg.

Deshalb geht er auch ab wie der Blitz, als der Puck freigegeben wird. Er schaut sich nach seinem Team um, während er mit Leichtigkeit übers Eis gleitet, aber es ist niemand mitgekommen.

»Das ist deins!«, brüllt Emmett von hinten.

Das gesamte Stadion ist auf den Beinen.

Garrett saust hinter ihm her, aber auf Abstand. »Schick ihn rein.«

Plötzlich ist es totenstill.

Mir schlägt das Herz bis zum Hals, während ich zusehe, wie Carter mühelos einen Verteidiger stehen lässt, dann einen anderen umrundet. Holly drückt meine Hand so fest, dass meine Finger taub werden. Cara und Jennie pressen sich die Gesichter an der Scheibe platt, Hank hat die Hände vors Gesicht geschlagen, keine Ahnung warum.

Carters Drehung endet elegant, er nimmt einen Fuß vom Eis und sieht den gegnerischen Stürmer, der auf ihn zurast, bereit, ihn gegen die Bande zu schicken. Aber Carter wirkt sonderbar entspannt.

Er weicht nach links aus, holt den Puck auf die Kelle, macht eine halbe Drehung und schnipst das Teil geradewegs über die Schulter des Torwarts.

Im Stadion bricht die Hölle aus. Wir alle heulen, inklusive Hank, und Carter wird von seinem Team zu Boden gerissen. Adam verlässt das Tor und zischt rüber zu den anderen, wirft unterwegs Schläger, Handschuhe und Schutzausrüstung ab und springt dann oben auf den Haufen.

Ich kann nicht aufhören zu weinen und bereue es inständig, Cara mein Make-up überlassen zu haben. Wieder und wieder wische ich mir über die Wangen und meine Hände werden nur immer schwärzer.

Cara heult. *Heult.* »Ich lasse mir von diesem Mann am Wochenende ein Baby machen, ich sag es euch«, schluchzt sie und schlägt gegen die Scheibe. »Ich liebe dich, Emmy! Ich liebe dich und deinen riesigen, magischen Schwanz!«

Wir schauen zu, wie der Teppich ausgerollt wird, an dem sich beide Teams aufstellen. Der Stanley Cup wird herausgebracht und auf einen Tisch gestellt. Zum zweiten Mal an diesem Abend ist im ganzen Stadion kein Ton zu hören – bis auf vereinzelte Rufe oder Pfiffe, die von der hohen Decke zurückgeworfen werden. Carter darf den Pokal für den wertvollsten Spieler des Abends vergeben.

»Jeder einzelne Spieler dieses Teams ist wertvoll«, setzt er an, seine Stimme von einem Mikrofon verstärkt. »Jeder einzelne. Aber ohne diesen Mann wären wir nicht, wo wir sind.« Er zeigt auf Adam, der schockiert zurücktaumelt, bis er von den anderen nach vorn geschoben wird. »Meine Damen und Herren, steht auf für den besten Torwart der Welt!«

»Da hat Courtney sich selbst ins Knie geschossen, was?«, summt Jennie.

Cara klatscht in die Hände. »Absolut.«

Als die Vipers allein auf dem Eis sind, darf als Erster der Mannschaftskapitän den Pokal in die Hände nehmen. Carter streckt die Arme nach dem riesigen, glänzenden Pokal aus, zögert dann aber.

Sein Blick sucht mich und dann fährt er zu mir übers Eis. Er öffnet die Tür zum Spielertunnel und winkt mich heran. Meine Wangen leuchten sicher feuerrot. Das hier ist sein Verdienst, ich will nichts von seinem Rampenlicht.

Trotzdem gehe ich zu ihm, denn das würde ich immer tun.

»Herzlichen Glückwunsch, Baby«, flüstere ich, grinse ihn an und wische mir die Tränen weg.

Er lockt mich mit dem Finger noch näher zu sich. »Komm her.« Dann nimmt er mein Kinn in die Hand. »Danke.«

»Wofür?«

»Dass du mir gezeigt hast, dass ich alles erreichen kann, wenn ich nur hart genug arbeite. Das ist so krass überwältigend. Davon habe ich mein Leben lang geträumt. Dabei bist du es, die meine Welt komplett macht.« Er drückt seinen Mund auf meinen. »Ich liebe dich.«

Mit einem Zwinkern und einem Lächeln tritt Carter wieder

aufs Eis. Mein Herz platzt fast, als er den Pokal über seinen Kopf reckt und dann einen wilden, hemmungslosen Schrei ausstößt, der vom gesamten Stadion erwidert wird.

SIEBENUNDVIERZIG

OLIVIAS VERDAMMTE KRAWATTE

CARTER

»Oh, Scheiße. Fuck. Scheiße, Scheiße, Scheiße!«

Ich öffne ein Auge, aber als die Sonne ein Loch direkt durch meinen Augapfel bohrt, kneife ich es sofort wieder zu. »Baby?«

Ich taste in die Leere neben mir. Die Matratze ist noch warm, sie muss also gerade noch dort gelegen haben, außerdem kann ich sie ja hören, aber wo ist sie?

»*Babyyy*«, rufe ich noch mal heiser. »Komm wieder ins Bett.«

Nackte Füße knallen auf Fliesen und Olivias Strom an Flüchen ist ungebrochen, was mich irgendwie an den Neujahrsmorgen erinnert, als ich ganz ähnlich wach geworden bin.

»Hör auf«, wimmere ich und drücke das Gesicht ins Kissen. »Es erinnert mich an den Morgen, an dem du mich verlassen hast.«

»Carter«, brüllt sie, dann höre ich den Klodeckel zuschlagen. »Ich werde dich nicht –« Ihr Satz geht in einem Würgen unter, aber rauszukommen scheint auch nichts. Als ich zu lachen anfange, schreit sie los. »Lachst du«, *würg*, »etwa«, *würg*, »gerade über mich?«

Ich rolle mich auf den Rücken und fahre mir mit der Hand durchs Haar. Mein Mund ist trocken, mein Kopf dröhnt und obwohl ich mich absolut elend fühle, war ich nie glücklicher in meinem Leben. »Du musst an deiner Trinkfestigkeit arbeiten, Ollielein.«

»*Ich bin eins fünfundfünfzig!*«, kreischt sie, dann folgt schon das nächste Würgen. »Und ich habe genauso viel getrunken wie du!«

»Genau. Du kannst noch das eine oder andere von mir lernen.«

»Ich hasse dich«, schluchzt sie ins Klo.

»Nein, Prinzessin, du liebst mich. Sehr.«

Darauf bekomme ich keine Antwort, höre nur, dass der Klodeckel erneut zuschlägt, und dann wird Wasser angestellt. Wasserdampf wabert aus dem Bad und ich setze mich schließlich auf.

Alles tut weh. Die Sonne scheint viel zu hell, außerdem poltert ein zehn Kilo schwerer Fels in meinem Kopf herum und rammt mir bei der kleinsten Bewegung von innen gegen den Schädel. Mein Handy behauptet, es ist 7:37 Uhr. Wir waren erst nach vier zu Hause, das heißt, wir haben vielleicht drei Stunden geschlafen.

Ich verberge das Gesicht in den Händen und stöhne. Olivia und ich haben das gesamte Team zum Lunch eingeladen, inklusive Familien und Freunde. Und später müssen wir noch in die Stadt, um weiterzufeiern.

»*Ollieee.*« Ich kratze mich am Oberkörper, eine Hand an meinem Schwanz, während ich ins Bad tapere. »Mir tut alles weh, Baby. Wahrscheinlich würde es helfen, wenn du mir einen blä–« Ich muss die Lippen zusammenkneifen, um nicht loszulachen, als ich die beschlagene Duschtür öffne, hinter der ich meine Freundin erwarte.

Aber sie liegt am Boden, Knie bis zum Kinn gezogen, klitschnasse Locken kleben ihr im Kinn und am Rücken. Ich bin mir ziemlich sicher, dass sie weint, denn ihre Augen sind sehr rot, aber es ist schwer zu sagen, weil so viel Wasser aus dem Duschkopf auf sie prasselt.

»Oh, Pumpkin. Was ist denn los?«

Sie sieht mich mit großen braunen Augen an, ihr Mund öffnet sich, als ich zu ihr steige und sie in die Arme nehme.

»*Ich will Chicken Nuggets!*«, heult sie.

***

»Oh, fuck. Ja, genau da, Baby. Härter.«

»Was ist denn hier los?«, höre ich Jeremy vom Flur aus rufen. »Ihr habt schon mitgekriegt, dass die Haustür aufgegangen ist, oder? Ihr wisst, dass ich hier bin?«

Ich hebe den Kopf vom Boden im Wohnzimmer. »Vielleicht solltest du klopfen, bevor du einfach irgendwo reinmarschierst!«

Olivia kichert, ihre kleinen Fersen bohren sich in die Muskeln direkt unter meinen Schulterblättern. Ich presse das Gesicht in den weichen Teppich und stöhne aus tiefster Kehle.

»Ich gehe! Wir gehen! Jem, *nein*! Komm zurück! *Halt dir die Augen zu!*«

Der kleine Jem kommt auf seinen stämmigen Kinderbeinchen hereingestampft. Er hat gerade das Laufen angefangen, wobei er sich eigentlich überwiegend wie ein Betrunkener bewegt. Es sieht unfassbar niedlich und sehr unterhaltsam aus. Er fängt an zu strahlen, als er seine Tante auf meinem Rücken sieht, und sofort fängt er an, wacklig zu rennen. Er stürzt geradewegs auf meinen Hintern und drückt sich eine Pobacke ans Gesicht.

Olivia lacht, lässt von mir ab und nimmt den Knirps auf den Arm. »Hi, Jemmy«, flötet sie, hebt sein Vipers-T-Shirt an und küsst ihm den Bauch, bevor sie ihn an mich weiterreicht, als ich mich auf den Rücken gedreht habe. Er gibt mir einen feuchten Kuss, und dann werfe ich ihn in die Luft und fange ihn wieder auf. Er riecht unfassbar gut – nach frischem Baby und Kokosnusssonnencreme.

Jeremy bewegt sich vorsichtig ins Wohnzimmer, schirmt die Augen ab, weshalb er volles Rohr mit dem Schienbein gegen den Couchtisch knallt. Wild fluchend bricht er zusammen, ausgerechnet da erscheint Alannah in der Tür und verlangt direkt mal fünf Dollar von ihm.

Als Jeremy es schlussendlich wagt, zu uns zu schauen, stöhnt er erleichtert. »Gott sei Dank, ihr seid angezogen!«

»Ich bin über seinen Rücken gelaufen.« Olivia schlägt ihm gegen den Oberarm, bevor sie ihn an sich drückt.

»Warum?«

»Äh, keine Ahnung.« Ich stehe auf, Jem im Arm. »Weil ich gestern beim Stanley Cup ziemlich das Stadion gerockt habe vielleicht?« Allmählich lerne ich, wie man vor Kindern nicht flucht. Mit wechselhaftem Erfolg.

»Und ob!«, kreischt Alannah und kommt hereingeflitzt. Sie setzt zum Sprung an und ich fange sie mit einem Arm auf. Mann, ich liebe diese Kinder. »Das war das beste Spiel überhaupt, Carter. Ich hab geweint! Ehrlich!«

»Hat sie wirklich. Ehrlich«, wiederholt Jeremy und atmet dann sehr lange aus. »Sie war richtig hysterisch.«

Alannah sieht ihn finster an und rutscht an mir runter. »Du hast geheult wie ein Baby, Daddy.«

»Gar nicht.« Ich würde ihm ja glauben, wäre da nicht ein ganz bestimmter Ausdruck auf seinem Gesicht, als sein Blick auf den glänzenden Pokal fällt, der auf dem Küchentisch steht. Mit zitternden Händen fasst er sich ans Gesicht. »Oh. Mein. Gott. Das ist … das ist ja …«, stammelt er und ich grinse breit.

Ich setze Jem in den Pokal und er kichert und hämmert mit den Händen dagegen.

»O mein Gott!« Kristin kommt gerade herein, eigentlich gehend, aber jetzt rennt sie. »Fotos! Ich brauche Fotos!« Sie legt mir einen Arm um und drückt mich an sich, während sie das Handy aus der Tasche fischt. »Herzlichen Glückwunsch, Carter. Du warst fantastisch, du hast das so verdient.« Sie schnipst mit den Fingern, versucht, Jems Aufmerksamkeit auf sich zu ziehen.

»Guck mal zu Mommy, Jemmy! Kannst du Pokal sagen? Pokal! Pokal, Jemmy!«

Er sagt natürlich nicht Pokal, brabbelt einfach was anderes, aber er ist wirklich superglücklich und grinst sie für alle dreihundert Fotos an, die sie in fünfzehn Sekunden schießt.

Jem schaut mich mit strahlenden Augen an und streckt die winzigen Hände nach mir aus. »Cah-Cah.«

Kristin reißt die Hand vor den Mund. »Oh. Er hat deinen Namen gesagt.«

»Hat er nicht«, grummelt Jeremy und greift nach Jem.

Jem runzelt die Stirn, grunzt, kämpft sich frei von seinem Dad und streckt weiter die Hände nach mir aus. »*Cah-Cah!*«

Ich versuche ja, das breite Grinsen zu unterdrücken, aber es scheint mir nicht zu gelingen. Also nehme ich Jem hoch und drücke meine Wange an seine, während ich seinem Vater direkt in die Augen schaue. »Er hat definitiv meinen Namen gesagt. Da hab ich wohl noch einen kleinen Sieg auf meiner Seite, was, Jeremy?«

Jeremy gibt Alannah einen Zehndollarschein, bevor er den Mund öffnet und eine Parker-typische Fluchsalve auf mich loslässt.

***

»Carter.« Olivia schiebt mir den Kopf auf die Schulter und wimmert. »Ich glaube, ich halte nicht länger durch. Ich muss ins Bett.«

Ihre Augen glänzen und sind irgendwie verlangsamt. Sie hat ein permanentes Grinsen im Gesicht, weil sie herrlich betrunken ist, und ihre Wangen sind schon den Großteil des Tages rosarot. Ich muss sie nach Hause ins Bett bringen, aber ich kann definitiv nicht mehr fahren, also vertraue ich meinem treuen Fahrer Olivia, Cara und ein paar der anderen Ladys an, damit er sie sicher nach Hause bringt.

Wir trinken seit Mittag und obwohl wir alle rausgeputzt sind bis zum Gehtnichtmehr und die Hälfte dieses exklusiven Restaurants belegen, sind die meisten von uns kaum noch zu verstehen, während ein paar wenige trotz praktisch null Schlaf noch auf Hochtouren laufen. Olivia gehört definitiv nicht zu Letzteren.

Ich drücke ihr die Lippen auf den Kopf. Er riecht so gut. Wie Bananenbrot. Statt der Locken, die ihr normalerweise über den Rücken hängen, ist ihr Haar heute glatt und reicht ihr fast bis zum Hintern. Ich möchte sofort mit ihr im Bad verschwinden, mir das dunkle Haar um die Faust wickeln und sie über das Waschbecken gebeugt vögeln, bis alle im Restaurant wissen, wie sie klingt, wenn sie auf meinem Schwanz kommt.

»Aber du hast doch Nuggets bekommen.« Meine Lippen berühren ihr Ohr. »Und Duschorgasmen.«

Sie beißt sich auf die Unterlippe. »*Drei* Duschorgasmen.«

Ich lege ihr den Arm um die Hüfte und ziehe sie an mich. Außer nach Bananenbrot riecht sie nach Tequila, von dem Cara ihr immer wieder einen einschenkt. Sie lässt sich so leicht überreden, das ist nicht mehr lustig.

Nee, warte, es ist *ziemlich* lustig.

»Willst du, dass ich dich nach Hause bringe und in jedem Zimmer unseres Hauses nehme?«

Heute Morgen – nach den Orgasmen – war der Anwalt da und hat Olivias Schlüssel geholt, weil morgen der neue Besitzer einzieht. Somit gehört sie ganz offiziell mir und mein Haus ihr. Also, uns.

Ihre Finger wandern langsam meine Krawatte hinauf. »Zu viele Zimmer.«

»Klingt wie eine Challenge für mich. Und du weißt ja, was ich von einer Challenge halte.«

Olivia fährt sich mit der Zunge über die Unterlippe und wickelt sich die schwarze Seide um die Hand, hebt vielsagend die Braue. »Schöne Krawatte, Mr Beckett.«

Sofort steht mein Donnerschwert bereit. »Die gefällt dir, ja? Dann ab nach Hause, damit ich dir zeige, wozu man die noch benutzen kann.« Ich lege schnell die Hand auf ihre, die sich unter den Tisch und zu der Beule in meiner Hose gesucht hat. »Mach so weiter, dann binde ich deine gierigen Hände zusammen.«

»Was macht ihr beiden da?« Cara knallt einen weiteren Tequila vor Olivia auf den Tisch, bevor sie sich gegenüber von uns hinsetzt.

Adam seufzt und fährt sich mit den Fingern durchs Haar. »Die sorgen dafür, dass ich mich sehr single fühle.«

»Ja, hier auch.« Garrett deutet an die Stelle, wo unsere Hände unterm Tisch verschwinden. »Außerdem geht hier irgendwas ab, wovon wir nix mitkriegen sollten.«

»Ach, Garrett.« Cara schiebt sich das blonde Haar aus dem Gesicht. »Ihr habt gestern den Stanley Cup gewonnen. Sobald wir Mädels weg sind, hast du sicher drei Paar Hände im Schritt, also beklag dich mal nicht.«

Sofort glüht sein Gesicht. »Hey, das wird ein Männerabend.«

Cara schnaubt. »Ja, okay.« Sie setzt ihren Tequila an. »Los, Livvie.«

Olivia nimmt das Glas in die Hand, riecht daran und erschaudert dann komplett. »Nein. Vergiss es. Ich bin fertig für heute.« Mit Alkohol zumindest, denn als die Bedienung einen Teller mit Steak und Hummer vor sie stellt, strahlt sie übers ganze Gesicht. »Oh, yummy. Immer her damit.«

Als alles verputzt ist, verschwinde ich aufs Klo, bevor die Mädels aufbrechen. Es ist eine dieser neuen Toiletten für alle Gender. Das gefällt mir. Dieses Klo ist so viel schöner, es gibt weiche Handtücher und Seife, die schäumt und nach frischen Plätzchen riecht und macht, dass meine Hände sich wie Seide anfühlen.

Mein Handy piepst, also hole ich es aus der Tasche. Meine Schwester hat mir ein Foto von Dublin geschickt, der auf dem Rücken schläft, Pfoten in der Luft, Zunge aus dem Hals. Neben ihm liegt meine Mom, schläft auch. Sie liegen bei meiner Mom auf dem Wohnzimmerfußboden, was ja absolut nachvollziehbar ist. Wer braucht ein Sofa, wenn man auch auf dem Boden liegen kann?

Lachend drücke ich das Bild weg und lege das Handy neben das Waschbecken, bevor ich zum Klo gehe und mich mit einem Seufzen erleichtere. Ich wasche mir zum zweiten Mal die Hände, weil die Seife einfach so fucking gut riecht, als an der Türklinke gerüttelt wird.

»Moment«, sage ich und trockne meine Hände ab.

»Alle Klos sind besetzt«, ruft jemand. »Bitte, es ist ein Notfall.«

Ich öffne die Tür und eine Blondine stürzt mir entgegen, eine Hand gegen meine Brust gepresst. In der anderen Hand hält sie einen Tampon, also mache ich mich schnellstmöglich vom Acker. Das hat mein Dad mir beigebracht, als meine Schwester dreizehn wurde. Ein Glück, das war nämlich auch schon sehr nützlich bei Olivia. Keine Ahnung, ob euch das bewusst ist, aber das Mädchen kann ganz schön abgehen, obwohl sie so winzig ist.

Die Ladys warten schon in der Lobby, Cara sagt, Jason steht mit der Limo bereit. Sie hüpft raus, untergehakt bei so vielen anderen Frauen, es ist wie eine einzige Mädelskette. Ich drücke Olivia wimmernd an mich.

»Carter, mach dir keine Gedanken. Du kannst mal einen Abend ohne mich verbringen, wir haben doch den ganzen Sommer, um uns gegenseitig auf die Nerven zu gehen.«

»Unser ganzes Leben, meinst du wohl.« Ich flüstere dies in ihren Nacken. »Ich habe noch mein ganzes Leben, um dir auf die Nerven zu gehen, und du noch dein ganzes, um mich zu ertragen.«

»Hm. Du hast wirklich Glück, dass ich dich so gut ertragen kann.«

»Ziemliches Glück.«

Olivia kommt auf die Zehenspitzen und gibt mir einen Kuss auf die Wange. »Ich muss noch mal kurz aufs Klo.«

Ich grinse ihr nach, weil sie so niedlich davontorkelt, aber muss sofort die Augen verdrehen, weil mich eine große Blondine ansteuert, kaum dass Olivia außer Sichtweite ist. Es ist dieselbe, die mich wenige Minuten zuvor aus der Toilette vertrieben hat. Sie sieht wesentlich weniger gehetzt aus, weshalb ich mich frage, ob die Sache mit dem Tampon nur ein Trick war.

»Jedes verfickte Mal«, sage ich leise. »Unglaublich.«

»Wie bitte?« Sie bleibt vor mir stehen und leckt sich über die Zähne, während sie mich mustert. Tampontrick, definitiv.

Ich seufze und schüttle den Kopf. »Ich habe nur gerade gesagt, dass das jedes Mal passiert, wenn meine Freundin aufs Klo geht.«

»Na, vielleicht sollte sie einen so attraktiven Mann nicht allein lassen.« Sie macht einen Schritt auf mich zu und will nach der Krawatte greifen, aber ich schlage ihre Hand weg und weiche zurück.

Das ist Olivias Krawatte.

»Geht sie schon?«

Warum redet die noch mit mir? Und wo ist Olivia? Sie darf definitiv nicht mehr in Restaurants oder Bars aufs Klo gehen.

»Vielleicht können wir uns ja zurückziehen, wenn sie weg ist.«

Ich will ihr gerade sagen, sie soll sich verpissen, da schiebt Olivia sich gerade an ihr vorbei und nimmt mich seitlich in den Arm.

»Vielen Dank für das Angebot, aber er hat kein Interesse.« Ihr Lächeln ist zuckersüß, könnte also nicht aufgesetzter sein. Ich gehe voll drauf ab. »Wenn du dir je eine glückliche Beziehung wünschst, rate ich dir, damit aufzuhören, Männern nachzustellen, die vergeben sind. Klappt ja doch nicht so gut, oder?« Dann schaut sie mich an. »Carter, möchtest du dich mit ihr irgendwohin zurückziehen?«

»Absolut nicht.«

»Und warum nicht, Baby?«

»Weil ich die einzige Frau habe, die ich brauche.«

Sie lächelt mich an, legt mir die Hand in den Nacken und zieht mich zu sich, damit sie mir einen Kuss auf den Mund geben kann. »Beantwortet das deine Frage?«, fragt sie Blondie, wartet aber nicht auf eine Reaktion, sondern nimmt nur meine Hand und zieht mich mit nach draußen.

Ich glaube nicht, dass sie mich noch mehr schockieren könnte als sowieso schon, aber dann presst sie mich gegen die Hauswand und reißt mein Gesicht zu sich. Ihre Zunge ist fordernd, ihre Berührung gierig, besitzergreifend, und ich genieße jede Sekunde.

Das Fenster der Limousine wird runtergelassen und Caras Kopf erscheint. »Livvie, wir wollen uns verpissen! Jay-Jay bringt uns noch zu McDonald's! Pommes und McFlurrys, Baby!«

Olivia reißt sich los und streicht sich atemlos die Haare aus der Stirn. »Viel Spaß, pass auf dich auf und: Ich liebe dich.« Sie gibt mir noch einen Kuss, tätschelt meinen Schwanz liebevoll und dann verschwindet sie im Inneren der Limo.

Ich bin wie benommen, als ich zurück in die Lobby stolpere. Halb betrunken, aber eigentlich nur unfassbar glücklich. Ich kann es nicht erwarten, mich mit dieser Frau zu verloben und sie dann zu heiraten.

»Die ist ja furchtbar besitzergreifend.«

Ich fahre herum. Natürlich lehnt die Blondine da an der Bar. Sie greift nach ihrem Glas, lässt den roten Wein darin kreisen und kommt auf mich zu.

»Können wir uns jetzt zurückziehen?«

»Nein. Hast du meine Freundin nicht gehört?«

»Vielleicht kann ich deine Meinung ja ändern«, schnurrt sie.

»Kannst du nicht. Niemand ändert meine Meinung, was diese Frau angeht. Ich würde ihr niemals wehtun.«

»Bist du da wirklich sicher, Carter?«, fragt eine vertraute Stimme hinter mir.

Ganz langsam drehe ich mich um. Sofort habe ich das Herz in der Hose, als mein Blick auf die Rothaarige fällt, die mich angrinst. »Was zur Hölle willst du denn hier, Courtney? Adam will dich nicht sehen.«

»Das ist ein freies Land. Ich kann gehen, wohin ich will.« Courtney zuckt mit den Schultern und zieht dann etwas aus ihrer Handtasche. »Ich glaube, das ist deins. Das scheinst du heute irgendwann verlegt zu haben.«

Sie dreht einen glatten schwarzen Gegenstand in der Hand, den sie mir hinhält.

»Was wäre ich für eine Freundin, wenn ich dir etwas so Wertvolles nicht zurückgeben würde, Carter?«

ACHTUNDVIERZIG

WIR TANZEN LANGSAM IN EINEM BRENNENDEN HAUS

OLIVIA

Es ist vier Uhr morgens und ich bin zum dritten Mal wach. In mir wächst von Mal zu Mal ein unerklärliches Unwohlsein.

Ich habe nichts von Carter gehört. Ja, er ist mit seinem Team unterwegs, aber so lange hat er noch nie nichts von sich hören lassen. Selbst wenn er weiß, dass ich schlafe, werde ich normalerweise wach, weil er mir endlos viele Nachrichten geschickt hat, um mir zu sagen, wie sehr er mich liebt oder was er mit mir machen wird, wenn er nach Hause kommt.

Aber heute? Nichts.

Wahrscheinlich eine irrationale Angst. Sie haben den Pokal geholt. Sie feiern. Das haben sie sich verdient.

Aber irgendwas fühlt sich komisch an, also beiße ich in den sauren Apfel und wähle seine Nummer. Dass ich sofort auf der Mailbox lande, wirkt wie Brandbeschleuniger auf meine schlimmsten Befürchtungen.

Ich lege mich wieder hin, klammere mich an sein Kissen, das noch nach ihm riecht. Trotzdem kann ich nicht einschlafen. Sobald ich panisch werde, vergesse ich, wie man richtig atmet.

Als mein Handy zwanzig Minuten später klingelt, kann ich gar nicht schnell genug danach greifen.

»Liv?« Cara spricht leise, aber ich höre ihrem Ton an, dass etwas nicht stimmt.

»Was ist los? Ist was passiert?«

»Nee … alles gut. Em ist gerade nach Hause gekommen. Er wollte nur wissen … ist Carter bei dir?«

»Er ist noch nicht zu Hause. Sind sie nicht zusammen aufgebrochen?«

Es folgt gedämpftes Getuschel, als würde Cara das Mikro zuhalten. »Emmett sagt, Carter ist reingekommen, direkt nachdem wir aufgebrochen sind, hat seine Anzugjacke geholt und ist ohne ein weiteres Wort verschwunden. Er … ist nicht wieder zurückgekommen. Em ist davon ausgegangen, dass er zu dir gefahren ist, aber sie haben die ganze Zeit versucht, ihn zu erreichen, bloß –«

»Sein Handy ist ausgeschaltet.« Ich atme die Worte aus, die brennen wie Säure. »Ich kann ihn nicht erreichen.« Ich schwinge die Beine über die Bettkante und muss mich vorbeugen, mir die Hand gegen den Magen pressen. Da quetscht eine Schraubzwinge mein Herz, ich habe das Gefühl, ich muss kotzen. Ich kann meine Gedanken nicht rechtzeitig besänftigen, um mir zu sagen, dass Carter nichts passiert ist. »Vielleicht … Vielleicht hatte er einen Unfall? Vielleicht ist er verletzt?« Ich reibe mir über das Brustbein, doch der Schmerz lässt nicht nach.

»Ich bin sicher, dass es ihm gut geht«, beharrt Cara sanft. Aber die Stimmen im Hintergrund flüstern nervös, fragen sich, wo ihr Freund, ihr Mannschaftskapitän ist. »Soll ich zu dir kommen und mit dir warten?«

»Nein, schon … Alles gut.« Eine Lüge, die sehr bitter schmeckt. »Ihm geht es gut. Ich melde mich, wenn er nach Hause kommt.«

Ich verbringe die nächste Stunde damit, unruhig im Schlafzimmer auf und ab zu gehen, auf dem Balkon zu sitzen, ziellos auf dem Handy zu scrollen und auf den Anruf, die Nachricht zu warten, die nicht kommt.

Kurz nach fünf werde ich auf den ersten Fotos eines bekannten Tratschaccounts markiert.

Das erste ist von Carter und mir, wie wir uns vor dem Restaurant küssen. Das nächste zeigt Carter von hinten. Es ist dunkel, aber die beiden Menschen, die sich bei ihm rechts und links untergehakt haben, sind unverkennbar weiblich. Eine hat lange rote Haare, die andere blonde. Sie betreten ein Gebäude.

Ein Hotel.

Die Beschreibung?

Stanley-Cup-Gewinner Carter Beckett kann den Bunnys nach seinem Sieg nicht widerstehen.

Beckett, hier mit seiner Freundin zu sehen, der Highschoollehrerin Olivia Parker, ziemlich genau eine Stunde bevor er mit diesen beiden Frauen in einem Hotel verschwindet!

Mehr und mehr Fotos tauchen auf, aus allen erdenklichen Richtungen, und mein Herz zersplittert, als ich die Gesichter der wunderschönen Frauen sehe, die ihm am Arm hängen.

Die Blondine aus der Restaurantlobby.

Und Courtney.

Die Texte zu den Fotos werden immer schlimmer. Es tauchen alte Aufnahmen von Courtney und Carter auf, es wird spekuliert, ob Carter der Grund für Courtneys und Adams Trennung ist, ob er mich schon die ganze Zeit mit ihr betrügt. Ich werde als die junge, naive Lehrerin dargestellt – alleinerziehende Mutter zweier Kinder, klar –, die trotz aller Warnzeichen seinem Charme verfallen ist. Dass Carter mich verarscht hat.

Mein Handy klingelt. Caras Gesicht erfüllt das Display, aber gerade brauche ich nicht sie.

Ich brauche Carter. Weil das nicht stimmt. Das *kann* nicht stimmen. Das ist nicht Carter, nicht der Mann, der so von mir besessen ist, mich wie eine Königin behandelt. Nicht der Mann, der so dringend wollte, dass ich bei ihm einziehe, und seit Wochen nur noch vom Heiraten, von Kindern und der Ewigkeit spricht.

Es muss eine Erklärung geben, etwas, das denen nicht klar ist. Etwas, das uns allen nicht klar ist.

Um 7:16 Uhr piepst das Keypad der Haustür.

Ich fliege die Treppen hinunter und bin im Flur, als Carter hereinkommt. Er sieht zu Boden, ganz offensichtlich belastet ihn was, aber ich halte nicht an, bis mein Körper auf seinen trifft. Ich schlinge die Arme so fest um ihn, wie ich kann, muss ihn einfach spüren, muss wissen, dass es ihm gut geht.

Er zuckt zusammen, als ich ihn berühre, dann sinkt er mir in die Arme, eine Hand in meinen Haaren, die andere auf meinem unteren Rücken. Er presst sich an mich, drückt mich fest.

Ich versuche, ihm in die Augen zu sehen, ihn dazu zu bringen, mir in die Augen zu sehen, aber er lässt es nicht zu. »Alles okay? Bist du verletzt?«

»Ich liebe dich.« Er flüstert diese drei Wörter, meine Lieblingswörter, so leise und mit so viel Schmerz, dass es fast nicht so klingt, als wären sie für mich gedacht.

Oder vielleicht doch.

Ein letztes Mal.

»Carter.« Sein Gesicht, seine Bartstoppeln, die scharfe Kante seines Kinns. »Sieh mich an, Baby.«

Er tut es nicht. Er bewegt keinen Muskel, nur sein Kiefer zuckt fast unmerklich, eine Ader pulsiert an seinem Hals.

»*Carter*, sieh mich an.«

»Ich kann nicht«, flüstert er, leise, erschüttert. Etwas Nasses fällt auf meine Unterarme, die zwischen uns sind, weil ich sein Gesicht in den Händen halte.

In mir zerreißt etwas. Mein Körper beschließt, sich zu bewegen, auf Abstand zu gehen, den mein Verstand zu brauchen meint, dabei will mein Herz so nah wie möglich bei ihm bleiben.

»Hast du dir mit den beiden ein Zimmer genommen?«

Stille.

»Carter, antworte mir. Hast du dir mit den beiden ein Zimmer genommen? Warst du mit ihnen oben?«

»Ja«, krächzt er.

Mir fliegt die Hand zum Mund, weil ich mein Keuchen unterdrücken will. Es gelingt mir nicht. »Was ist passiert? Was ist passiert, Carter?« Ich flehe ihn an, mir zu antworten, aber er tut es nicht. »Du hast mich nicht betrogen, Carter. Das würdest du nicht tun.«

Carter reißt den Kopf hoch und zum ersten Mal, seit er reingekommen ist, schaut er mich an. Seine Augen sind rot gerändert und glasig, der Schmerz darin ist nicht zu übersehen. Sein Blick bohrt sich in mich. Er macht einen halben Schritt auf mich zu, aber zögert dann, schaut von seinem ausgestreckten Arm zu mir, die vor ihm zurückweicht.

»Ich … ich … Olivia.« Mein Name klingt wie ein Hilfeschrei, ein Appell. Vielleicht auch eine Entschuldigung. Ich bin nicht sicher.

Aber das nächste Geräusch, das aus meiner Kehle dringt, ist ein ersticktes Schluchzen, das einen wilden Ausdruck in seine grünen Augen treten lässt. Endlich macht er einen richtigen Schritt auf mich zu.

»Nein«, brülle ich und weiche weiter aus. Mein Oberkörper bebt, als wolle er zerreißen, ich bekomme keine Luft mehr. Ich lege mir die Hand aufs Herz, will, dass der Schmerz aufhört, aber das tut er nicht. Ich weiß nicht, was ich machen soll, aber als Carter die nächsten Worte flüstert, zerbricht alles in mir.

»Es tut mir so leid.«

Tränen laufen über unser beider Wangen.

»Nein.« Ich schüttle den Kopf. »Nein.« Das kann nicht wahr sein. Das ist nicht Carter.

»Baby.« Er kommt vorsichtig zu mir.

»*Nein.*« Ich reiße meine Hände weg, kann ihn durch die Tränen fast nicht erkennen, den Mann, der mir alles gegeben hat.

Die Liebe, die mein Leben verändert hat. »Ich habe dir vertraut.«

»Ich … ich … Ich habe nicht … Olivia, ich habe nur …« Carter unterbricht sich, versteckt das Gesicht in beiden Händen und flüstert so leise »*Fuck*«, dass ich es fast nicht höre. »Was stimmt denn nicht mit mir? Ich weiß nicht, wie … es ist nicht … Es ist kaputt, Ollie.«

Ich renne nach oben, hole meine Tasche aus dem Schrank und stopfe so schnell ich kann alles hinein, was hineinpasst. Dann husche ich ins Bad und wische mit ausgestrecktem Arm all meine Sachen in die Tasche. Carter ist hinter mir, verzweifelt, zitternd.

»Nein, nein, nein«, sagt er und verfolgt alles, was ich mache. »Nein, Ollie, das … das kannst du nicht tun. Das kannst du nicht machen.«

Er rennt hinter mir die Treppe runter und sieht aus, als stünde er kurz vorm Herzinfarkt, während ich meine Sandalen anziehe. So fühlt es sich bei mir jedenfalls an. Als könne mein Herz nie wieder funktionieren.

Carter folgt mir in die Garage und das einzige Wort, das ihm gerade einfällt, scheint *Nein* zu sein. Er sagt es, als ich den Schlüssel seines Pick-ups von meinem Schlüsselbund löse, als ich nach dem Schlüssel von meinem Wagen greife. Ich bin nur sicher, dass der überhaupt noch fährt, weil Carter ihn einmal die Woche startet, damit die Batterie nicht den Geist aufgibt. So vorausschauend, immer.

Also, warum? *Warum?*

Ich kann nicht bleiben, um die Antwort auf diese Frage herauszufinden, weil er ja offenbar wild entschlossen ist, gerade nicht mit mir zu sprechen. Ich drücke auf den Knopf, der das Garagentor öffnet, und in dem Moment dreht Carter durch, knallt meine Autotür zu, als ich sie öffnen will.

»Nein! Ich lass dich nicht fahren!«

Mit beiden Händen stoße ich ihn weg. Ich schluchze so sehr, dass meine nächsten Worte ganz schwach und abgehackt klingen, obwohl ich schreie. »Du hast mir rein gar nichts zu sagen! Du bestimmst rein gar nichts! Ich habe dir voll vertraut, Carter! Voll und ganz!« Ein erneutes Schluchzen erstickt meine Sprache, ich verberge mein Gesicht in den Händen. »Und jetzt hast du nicht mal den Anstand, mir zu sagen, was passiert ist. Du antwortest mir nicht! Sprich doch mit mir!«, flehe ich, packe in sein T-Shirt. »Carter, bitte!«

Sein Blick wandert zwischen meinen Augen hin und her, starke Hände packen meine Handgelenke. »Ich … ich … ich … ich kann nicht. Ich weiß nicht, wie ich das erklären soll.« Er lässt den Kopf hängen. Beschämt, bezwungen.

Das Ende sollte leichter sein als der Anfang. Weil es so nicht enden sollte. Aber vielleicht war dieses Ende auch von Anfang an vorherbestimmt.

In diesem Augenblick muss ich an die Nacht denken, in der Carter mich überzeugt hat, mit ihm zu tanzen. An die Nacht, in der mir klar wurde, dass ich mich in einen Mann verliebe, in den ich mich absolut nicht verlieben sollte.

Und ich denke genau, was ich damals gedacht habe: Wir tanzen langsam in einem brennenden Haus.

Nichts anderes haben wir gemacht. So getan, als ließe sich das Unvermeidbare verhindern. Als würde das nicht alles in Flammen aufgehen.

Aber jetzt brennt es lichterloh. Das Leben, das wir zusammen aufgebaut haben, die Zukunft, auf die ich so viel gesetzt habe, die Ewigkeit, derer ich mir so sicher war. Einmal Benzin drübergekippt und angezündet.

Mein Herz wird nach Carter Beckett nie wieder dasselbe sein.

Er macht einen Schritt zurück, sodass ich die Autotür öffnen kann. Ich werfe meine Tasche auf den Beifahrersitz und steige ein.

»Ich liebe dich.« Er klingt so zerbrochen, leblos. »Ich liebe dich, Ollie.«

»Daran habe ich bis zu diesem Augenblick nie gezweifelt.« Wenn ich ganz ehrlich bin, glaubt ihm irgendein winziger, sadistischer Teil von mir sogar immer noch. Oder will ihm zumindest glauben. Weil ich mir nicht vorstellen kann, dass es noch einen Menschen auf diesem Planeten gibt, der liebt wie er: so unerschütterlich, leidenschaftlich und fast zwanghaft.

Und doch sind wir hier. Genau das hat mich so vorsichtig gemacht und mich zu lange auf Abstand gehalten, dabei hat er in den letzten sechs Monaten erfolgreich jeden meiner Zweifel ausgemerzt.

Ich sehe ihn an, mein Blick verschwommen vor Tränen. »Ich werde nie aufhören, dich zu lieben, obwohl du mich für immer zerstört hast.« Keine Ahnung, ob mich das mutig oder schwach macht, aber aus dieser Garage zurückzusetzen, ist das Letzte, was ich tun will.

Carter bricht in der Garage zusammen, während ich innerlich zusammenbreche, und alles fühlt sich so unfassbar falsch an, so niederschmetternd.

Ich habe absolut keinen Plan, wohin ich fahren soll. Ich habe kein Zuhause mehr und der einzige Mensch, den ich mehr brauche als alles und alle anderen, der Einzige, der mir diesen Schmerz nehmen könnte, ist derjenige, der ihn ja überhaupt erst verursacht hat.

Die Besuchszeit beginnt erst um acht, also bleibe ich im Auto sitzen und zerbreche weiter, so sehr, dass ich nicht mehr daran glaube, dass ich überhaupt je wieder zusammensetzbar sein werde. Als ich schlussendlich zu ihm kann, finde ich den Mann, den ich suche, auf dem Balkon sitzend vor und er sieht ungefähr genauso fertig aus, wie ich mich fühle.

Er hebt den Kopf, als würde er mit seinen blauen Augen nach seinem Gast suchen.

Was von meinem Herzen noch übrig ist, bricht, als ich seinen Namen sage. »Hank.«

»Olivia.« Er steht auf und breitet die Arme aus. »Komm her, mein Schatz.«

NEUNUNDVIERZIG

FÜR IMMER WEG

CARTER

Die Ewigkeit ist ein komisches Konzept.

Alle reden immer davon. Das Einzige, was sie wollen, ist eine Ewigkeit nach ihren Traumvorstellungen. Im besten Fall mit dem Menschen, den sie sich zu verlieren nicht vorstellen können.

Aber was hält schon für immer? Wir warten unser Leben lang auf den Moment, den wir dann auf ewig einfrieren wollen, auf den Menschen, den wir nie wieder gehen lassen wollen. Sobald wir ihn haben, krallen wir uns fest. Wir klammern uns daran und sagen: *Das ist es jetzt, mein »Für immer«, und ich gebe es nie wieder her.*

Dabei liegt das gar nicht immer in unserer Macht. Die Momente sind flüchtig, genauso Begegnungen mit Menschen. Manchmal nehmen Dinge ihren Lauf. Manch einer steht auf und geht bewusst. Manches wird dir genommen, obwohl du dich noch so verzweifelt daran klammerst.

Vor zwölf Stunden hatte ich mein »Für immer«. Ich hatte alles, wovon ich je geträumt habe. Fuck, ich hab mir sogar weisgemacht, dass selbst mein Dad noch da ist, für immer in mir drin, ganz wie Olivia gesagt hat.

Und jetzt habe ich nichts mehr.

Der Pokal steht auf meinem Tisch, groß und breit. Ein Mahnmal für etwas, das ich nicht verdiene, für etwas ohne Bedeutung.

Mein Leben lang habe ich darauf hingearbeitet, habe mir gesagt, dass das alles ist, was ich will. Aber da lag ich falsch.

Denn Olivia ist mein Traum, ohne sie bedeutet alles nichts.

Ich muss die Artikel gar nicht lesen, ich war ja dabei, als uns die Kameras in die Fresse gehalten wurden und die Nacht um uns zum Tage machten. Ich weiß, wie es aussieht. Wie es aussehen *sollte*. Und ich stand einfach vor der Frau, die ich liebe, und habe ihr nicht die Angst genommen. Habe ihr nicht die Wahrheit erzählt, um die sie gefleht hat. Und die Wahrheit ist, dass ich lieber meinen Ruf in Grund und Boden stampfe, als sie auf diese Art zu verletzen. Das wollte mir einfach nicht über die Lippen, blieb mir im Hals stecken, weil ich absolut nicht der Mensch sein wollte, der sie enttäuscht, der sie verletzt.

Aber ich weiß nicht, wie ich das lösen soll, diesen gewaltigen Haufen Scheiße, und das ist das Problem. Wie kann ich den Mund öffnen und ehrlich zu ihr sein, wenn ich nicht mal alle Antworten habe?

Ich funktioniere nicht, etwas in mir ist allein beim Gedanken, mein Leben ohne meine beste Freundin weiterführen zu müssen, kaputtgegangen. Meine Hände zittern, mein Herz rast. Es wird nur schlimmer, je länger ich auf mein Handy schaue, wo Nachricht um Nachricht, Anruf um Anruf von allen denkbaren Leuten eingeht außer dem einzigen Menschen, von dem ich hören will.

Denn dieses Handy, *dieses verdammte Handy*, ist an allem schuld. Ich könnte es gar nicht mehr hassen.

Ich starre das Display an, auf dem Olivia übers ganze Gesicht strahlt, einen Oreo in der Hand. Sie ist mein Ein und Alles, mein Mädchen. Es gibt nichts, was ich an ihr nicht liebe. Mein Daumen schwebt über dem Ordner, den ich liebevoll *Mein Pumpkin* genannt habe. Aber ich kann nicht.

Wieso war ich so leichtsinnig?

Als Emmett mir schreibt, dass Olivia sicher eingetroffen ist, schmeiße ich das Scheißteil quer durchs Zimmer. Sofort schimmert das gerissene Display in der Sonne, die durch einen Spalt im Vorhang hereinfällt, und ich frage mich, ob ich es je wieder spüren werde, das Strahlen und die Wärme, die Olivia in mein Leben gebracht hat.

Es war nicht alles perfekt, aber es hat sich doch immer gelohnt. Wir sind so sehr zusammen gewachsen, haben gelernt, was der andere braucht. Ja, vielleicht waren wir nicht perfekt, aber die Art, wie sie mich geliebt hat, war es. Und da ist es mir klar geworden.

Mein »Für immer« ist ein Mensch. Es sind große Schokoaugen, die mich ansehen, es sind dunkle, seidige Locken, die mir durch die Finger gleiten. Es ist eine kleine Hand in meiner, die meinen ganzen Körper wärmt. Ein Lächeln, das mein Herz schneller schlagen lässt, kräftiger. Die Ohren, die sich jeden meiner Träume anhören, die Arme, die mich stützen, wenn ich müde bin, wenn ich nicht mehr weiß, wie man steht. Die Lippen an meinem Kinn, meiner Wange, meiner Hand, die das mir liebste »Ich liebe dich« zuflüstern, die mir ewige Nähe versprechen.

Ich weiß nicht alles. Ich weiß nur, dass mein »Für immer« weg ist.

***

Es überrascht mich nicht, dass Olivia Zuflucht am selben Ort wie ich gesucht hat, nachdem sie weggefahren ist. Ich zweifle keine Sekunde daran, dass sie hier war. Ich kann ihre Haare riechen, es ist ein mir so vertrauter Geruch, der mich an zu Hause und Sonntagmorgen erinnert, die wir auf dem Sofa gekuschelt haben, während der Kaffee durchlief und Muffins im Ofen backten.

»Carter«, ruft Hank durch die Balkontür. Woher er weiß, dass ich schweigend in seiner Tür stehe, werde ich nie verstehen. »Willst du da Wurzeln schlagen oder kommst du her?«

Wortlos setze ich mich zu ihm. Er hatte die Hände gefaltet, tippt aber jetzt mit einem Finger auf den Tisch, während die Stille sich ausdehnt. Als er seufzt, kriecht mir die Scham über den Rücken. Ich rechne damit, dass er mir erzählt, wie enttäuscht er von mir ist.

Aber das tut er nicht.

Er sitzt einfach schweigend da, eine tiefe Falte zwischen den Brauen, und schaut starr geradeaus. Zehn Minuten lang. Zwanzig. Erst nach einer halben Stunde öffnet er den Mund.

»Ich sage dir dasselbe, was ich Olivia gesagt habe. Du bist keiner, der absichtlich das Vertrauen eines Menschen missbrauchen würde, der ihn liebt und den er ohne jeden Zweifel liebt. Du würdest diese Frau nicht verletzen, selbst wenn es dich das Leben kosten würde. Sie bedeutet dir alles. Nicht Hockey, nicht der Pokal, der bei dir zu Hause steht, für den du dein Leben lang gekämpft hast. *Olivia*. Diese eine Frau. Sie ist deine Welt und sie war von Anfang an goldrichtig. Wenn du jetzt deinen letzten Atemzug tätest, wären deine letzten Worte –«

»Eine Erklärung meiner unendlichen Liebe für sie.« Da muss ich nicht mal nachdenken. Olivia ist das Erste, an das ich morgens beim Aufwachen denke, und das Letzte, bevor ich einschlafe. Und in der Zeit dazwischen auch zu neunundneunzig Prozent.

»Genau.« Hank deutet zu der Kaffeemaschine, die Olivia und ich ihm zum Einzug geschenkt haben. »Würdest du mir dann vielleicht jetzt einen Kaffee machen und mir dann erklären, was genau passiert ist, damit ich dir helfen kann, das wieder geradezubiegen?«

Er wedelt mit der Hand vor meinem Gesicht. »Ich muss nicht gucken können, um zu wissen, wie schlimm du aussiehst, mein Freund, und ich werde nicht tatenlos rumsitzen, während du dein Glück wegwirfst, nur weil du nicht wusstest, wie du sie schützen kannst, ohne ihr das Herz zu brechen.«

***

Meine Auffahrt ist komplett zugeparkt, als ich nach Hause komme. Fluch und Segen zugleich. Ich will allein sein, sollte es aber vermutlich nicht. Mein Kopf ist gerade ein gefährlicher Ort.

Ich sehe einen Haufen Schuhe im Flur und mein naives Herz ist dumm genug zu hoffen, dass ein Paar davon Olivia gehört.

Emmett, Garrett und Adam stecken die Köpfe in den Flur. Garrett hat eine Tüte Chips aus dem Schrank geholt. Als er mich sieht, lässt er sehr langsam Hand und Tüte sinken.

Mein Kopf fährt herum, als ich Geräusche von oben höre.

»Carter«, ruft Emmett, um mich aufzuhalten, aber ich bin schon halb die Treppe hoch.

»Olivia?« Mein Herz rast, als ich in der Tür stehen bleibe, aber im Schlafzimmer ist nur Cara, die Olivias Sachen in einen Koffer packt. Ich reiße ihr das Zeug aus den Händen, aus dem Koffer. »Nein. Nein. Das ist nicht – sie ist nicht – das kannst du nicht machen! Sie kommt zurück! Sie kommt zurück, Cara. Das muss sie einfach.«

Keine Ahnung, womit ich rechne. Dass sie mich anschreit, mich schüttelt, mir wirklich die Eier abreißt, wie sie so oft gedroht hat, wenn ich ihrer besten Freundin wehtue. Jedenfalls nicht damit, dass ihr Tränen in die Augen treten, mit der Trauer in ihrem Blick, dem Mitgefühl.

»Sie kommt zurück«, flüstere ich, aber meine Stimme ist genauso gebrochen wie ich. Als ich die Augen schließe und eine Träne über meine Wange kullert, wirft sie sich mir in die Arme.

»Mann, Carter, tu was«, weint sie. »Du kriegst das doch wieder hin!«

»Ich … ich … ich … ich weiß nicht wie!« Hank hat mir gesagt, was ich zu tun habe. Aber es wirkt so aussichtslos. Dann wiederum: Habe ich eine Wahl? »Hilf mir«, flehe ich leise.

Die Dielen knarzen hinter uns, weil die Jungs nacheinander reinkommen, ganz leise und vorsichtig, als wüssten sie nicht, was sie sagen sollen.

»Ich würde sie niemals betrügen.« Mein Blick fällt auf Adam, der zu Boden sieht. Er ist durch mit Courtney, aber das heißt ja nicht, dass das, was passiert ist – beziehungsweise dass das, von dem alle glauben, dass es passiert ist –, ihn nicht verletzt hat. »Adam, ich schwöre, ich habe nicht –«

Seine Arme schließen sich um mich zu einer Umarmung, von der ich gar nicht wusste, dass ich sie brauche. »Weiß ich doch, Carter. Weiß ich doch.«

»Das wissen wir alle.« Cara sinkt aufs Bett, eine kleine Samtschatulle in der Hand. Sie macht sie auf und betrachtet den funkelnden Diamanten darin. Im Mai hat sie mir geholfen, den Ring für Olivia zu entwerfen. Ich habe ihn letzte Woche abgeholt und dann stundenlang nach dem Ort gesucht, an dem ich ihn verstecken kann, während Olivia in der Schule war. Alle fünf Minuten hab ich mich umentschieden und einen vermeintlich besseren gefunden. Dass Cara den Ring offenbar sofort gefunden hat, wundert mich nicht, und ich habe nicht genug Energie, sauer auf sie zu sein, dass sie überhaupt danach gesucht hat.

Sie schiebt Olivias Sachen beiseite und klopft neben sich auf die Matratze. Als ich mich setze, nimmt sie meine Hand. »Wir helfen dir, so gut wir können, aber erst mal musst du uns erzählen, was passiert ist.«

»Ich weiß nicht, wo ich anfangen soll«, gebe ich zu. Ich stecke bis zum Hals in der Scheiße, was mir in der Sekunde klar war, als Courtney gestern aufgetaucht ist.

»Vorn.«

Ich hole tief Luft. Sammle Kraft. »Ollie, sie … ich durfte sie fotografieren.« Ich habe so viele Fotos gemacht. Zu viele. Von meinem Mädchen in all meinen liebsten Positionen.

»Von was für Fotos sprechen wir?«

Mir wird die Kehle eng, ich halte den Blick auf die Hände in meinem Schoß gerichtet. Das war unser Geheimnis und ich dachte, das würde es für immer bleiben. »Fotos von ihr. Von ... uns ...«

»Oh, fuck.« Emmett schlägt sich die Hände vors Gesicht.

»Jetzt sag nicht, die hattest du auf deinem Handy«, fleht Adam.

Mein Gesichtsausdruck reicht als Antwort.

Ich hatte die Fotos auf dem Handy. Das Passwort, mit dem ich den Ordner belegt habe, war idiotisch. *1022.* Olivias Geburtstag. Superberechenbar. Eine simple Internetsuche liefert das Datum. In einer durchschnittlichen Beziehung vielleicht unmöglich, aber durch mich stand sie ja im Rampenlicht, weshalb die Welt mehr über sie wusste, als sie hätte sollen. *Meine Schuld.*

Alles Dinge, an die Courtney mich erinnert hat, während sie mir mit dem Handy vorm Gesicht rumwedelte, von dessen Display mein schönes Mädchen mich anstrahlte. Und ich wusste einfach, ich würde alles tun, um Olivia zu schützen.

***

Ich halte eine Stunde durch am Montag.

Eine Stunde, bis ich weiß, dass sie von der Arbeit zurückgekommen und allein im Haus ist.

Eine Stunde länger, als mein Körper meint durchhalten zu können, aber irgendwie schaffe ich es trotzdem.

Eine Stunde, bis meine Füße die Stufen ins obere Stockwerk nehmen, bis ich in jedes Zimmer schaue und erst vor der letzten Tür auf der linken Seite innehalte.

Ich habe keine Ahnung, was ich hier eigentlich mache. Ich

habe keine Ahnung, was ich sagen soll, und vor allem habe ich keine Lösung. Ich weiß nur eins sicher: dass ich ohne sie nichts habe. Ohne sie werde ich das hier nicht überstehen.

Die Tasche, die sie gepackt hat, steht auf dem Boden. Das Bett ist komplett zerwühlt, überall Taschentücher. Die Tür zum angrenzenden Bad ist angelehnt, die Dusche läuft.

Mir schlägt das Herz bis zum Hals, als das Wasser abgestellt wird, was das Zimmer sofort in Stille taucht.

Aber nur für einen kurzen Moment.

Dann ist Olivias leises Schluchzen zu hören und sofort kann ich nicht mehr logisch denken. Ich vergesse, warum ich eigentlich hergekommen bin, was ich sagen wollte, ich weiß nur noch, dass ich sie liebe, so sehr, dass mir das alles verdammt leidtut und dass ich nicht ohne sie leben kann.

Dass sie zu mir zurückkommen muss.

Ihr Anblick bricht mir das Herz: Olivia sitzt in ein Handtuch gewickelt am Boden, ihre Haare sind nass und kleben ihr am Körper, sie hat die Hände vors Gesicht geschlagen und weint.

Ich gehe vor ihr auf die Knie, lege ihr die Hände auf die Unterarme. Sofort schnellt ihr Kopf hoch und sie keucht erschrocken. Dann springt sie auf, hält das Handtuch fest und wischt wütend die Tränen weg, die ihr unablässig über die Wangen kullern. Aber es hilft nicht, sie schluchzt nur noch lauter und heftiger, und ich fürchte, ich sterbe.

Als sie an mir vorbeihuscht und sich im Schlafzimmer in die hinterste Ecke drängt, als hätte sie Angst vor mir, bin ich mir ziemlich sicher, dass ich sterbe.

»Ollie«, flehe ich. »Komm her, Baby.«

Sie hält sich die Hände vors Gesicht, ihr Kopf wippt vor und zurück. Als ich noch mal ihren Namen sage, reißt sie die Augen auf. Darin liegt keine Spur von Wut. Oh, fuck, was würde ich für Wut geben. Aber nein, darin ist nur Schmerz. Stücke ihres gebrochenen Herzens schwimmen in ihrem Blick.

Sie hebt den Arm und deutet mit zitterndem Finger zur Tür. »Geh … Du musst gehen.« Dann kneift sie die Augen zu und mehr Tränen laufen über ihre Wangen. »Bitte, Carter.«

Mein Herz reißt weiter ein, als ich sehe, wie sie sich tiefer in die Ecke drängt, je näher ich komme. Als wollte sie in die Wand verschwinden. Ich verdiene das. Sie hat Angst, dass ich ihr noch mehr Schmerzen zufüge. Trotzdem komme ich näher, nehme ihr Gesicht in beide Hände. Ich bin nicht perfekt, fuck, so viel ist offensichtlich. Ich mache immer Fehler, und sie liebt mich trotzdem. Ich werde weiter an mir arbeiten, für sie, für uns. Ich kriege das wieder hin, wenn auch nicht in diesem Augenblick.

»Hör mich an, bitte.«

Ihre Unterlippe zittert, sie beißt darauf, wohl in der Hoffnung, das Zittern damit zu unterdrücken. Ihr Blick ist so gequält. Ihre Brust hebt und senkt sich im gleichen Rhythmus wie meine, wir ringen beide um Luft, vergeblich.

»Es tut mir so leid, Olivia.«

Sie schließt die Augen und ich streichle über ihre zarte Haut, will, dass sie mich wieder ansieht.

»Es tut mir leid, dass ich das alles gerade nicht überblicke. Es tut mir leid, dass ich keine Worte gefunden habe, dass ich sie noch immer nicht finde, weil ich nicht weiß, wie ich dir das alles erklären soll. Es tut mir leid, dass mein Schweigen dir Dinge erzählt hat, die nicht stimmen.«

»Sie stimmen nicht?«, flüstert sie. »Dein Schweigen hat mir nämlich das Gefühl gegeben, dass ich nicht genug zu bieten habe, Carter. Es hat das Gefühl heraufbeschworen, das wir mit so viel Mühe begraben haben. Aber die Fotos, die Artikel haben ihm gleich wieder neues Leben eingehaucht.« Sie schaut kurz zur Decke. Als sie mich wieder ansieht, ist da so viel Schmerz in ihren Augen, dass es mir einen Stich versetzt. »Dir ist klar, was die schreiben, oder? Das Urteil wurde verkündet. Olivia Parker hat Carter Beckett nicht genug zu bieten. Sie schreiben, dass ich es besser hätte wissen müssen, so wie sie es von Anfang an gewusst haben.«

Sie schiebt meine Hände weg, will sich an mir vorbeizwängen. Aber ich packe ihren Arm, ziehe sie zurück zu mir. Ihre Schokoaugen weiten sich, schauen mich an und als ich sie gegen die Wand drücke, stockt ihr Atem. Ich bin so vorsichtig, wie ich kann, aber ihre Worte machen was mit mir.

»Du hast mir genug zu bieten. *Immer.* Mehr als genug.«

»So fühlt es sich gerade nicht an. Ich fühle mich total wertlos, Carter. Wertlos und wahnsinnig leer. Kaputt. Völlig zerstört. Du hast mich aufgebaut, Carter, und jetzt hast du alles wieder eingerissen.«

Ihr Mund öffnet sich, als mir die Tränen kommen, sich in meinen Wimpern verfangen. Als ich blinzle, fallen sie ohne meine Erlaubnis. Sie sorgen nur dafür, dass Olivia noch heftiger weint.

»Ich baue dich wieder auf, Olivia. Das verspreche ich dir.«

»Wie?« In dem geflüsterten Wort schwingen zu gleichen Teilen Hoffnung und Ungläubigkeit mit.

»Mit der Wahrheit. Mit Antworten. Mit Liebe. Ich weiß, dass gerade alles kaputt ist und furchtbar wehtut. Aber eins musst du wissen: Ich würde dich nicht betrügen. Niemals. Für mich gibt es niemanden außer dir. Weder für eine Nacht noch fürs ganze Leben.«

Sie will mir glauben, das sehe ich ihr an. Ihre Augen sprechen davon, dass sie mir ohne jeden Zweifel geglaubt hätte, wenn ich ihr sofort Rede und Antwort gestanden hätte. Aber der Schmerz darin verrät mir, dass sie jetzt nicht mehr so sicher ist.

»Bitte, gib mich nicht auf. Bitte, Ollie. Ich versuche gerade so sehr, mich selbst nicht aufzugeben. Ich weiß, dass es sich so anfühlt, als hätte ich uns aufgegeben. Ich weiß nicht, wie ich es dir erklären soll. Ich habe nicht alle Antworten, aber das heißt nicht, dass ich sie nicht suche. Das alles ergibt noch keinen Sinn und ich hasse es, dass ich dir so wehtue. Aber ich bitte dich, mir zu trauen. Ich brauche ein bisschen Zeit, um das alles zu verstehen, um das zu lösen. Denn das werde ich, Olivia. Ich löse das. Ich bekomme das wieder hin.«

Ihr Blick bebt, aber sie schaut nicht weg. »Und wenn es nichts zu lösen gibt?«

»Das ist unmöglich.« Ich lehne die Stirn gegen ihre und schließe die Augen. Mit den Daumen fahre ich ihr über die Wangenknochen, über ihre warme, feuchte Haut. »Ohne dich gibt es mich nicht. Bis das gelöst ist, finde ich keine Ruhe.« Ich nehme ihre nassen Locken in die Hände und streichle ihr übers Gesicht. »Liebst du mich noch?«

Sie legt ihre Hand auf meine. »Ich werde dich immer lieben, Carter.«

»Dann bitte ich dich, noch nicht aufzugeben. Warte auf mich. Gib mir eine Chance. Ich verspreche dir, dich nicht zu enttäuschen, Olivia. Nicht noch mal.«

Unsicherheit flackert in ihren Augen auf. Bevor sie die Oberhand gewinnen kann, küsse ich Olivia. Ohne zu zögern, öffnen sich ihre Lippen, sie kommt mir entgegen und ich schließe sie so fest in die Arme, bis nichts mehr zwischen uns passt. Ich präge mir ein, wie sie sich anfühlt, wie ich sie einmal komplett umschließen kann, wie ihre Berührung meine Haut brennen lässt, und dann klammere ich mich an dieses Gefühl, die unendliche Liebe, *mein für immer.*

»Ich liebe dich, Olivia. So wahnsinnig.«

Sie rückt ein Stück ab, nimmt mein Gesicht in beide Hände, sieht mir in die Augen. »Ich dich auch, Carter. Aber jetzt musst du gehen.« Sie gibt mir noch einen Kuss, dann löst sie sich aus meiner Umklammerung.

Ich will nicht, dass sie mich stehen lässt. Dass es so endet.

Gerade als mein Herz bricht, dreht sie sich um, bleibt in der Badezimmertür stehen. »Ich gehe nirgendwohin, Carter. Wenn du mich suchst, werde ich genau hier sein. Aber wenn du wiederkommst, dann bitte mit einer Erklärung.«

***

Ich bin die ganze Nacht wach. Sitze an der Kücheninsel, den Kopf in die Hände gestützt. Sitze in der Dusche, während das Wasser auf mich prasselt. Sitze auf dem Balkon, wo ich mich in Olivia verliebt habe, die die Aussicht genoss, während ich ihren Anblick genossen habe. Und dann sitze ich am Grab meines Vaters. Sitze da und bitte um ein Zeichen, um einen Ausweg, um Stärke, wie ich nie gedacht hätte, dass ich sie brauche.

Bis ich zum ersten Mal seit Stunden stehe und zu einem Gebäude aufschaue, das sehr viel stiller daliegt, nachdem die Sonne untergegangen ist.

Der Polizist am Empfang lächelt mich an, als er mich mit den Händen in den Taschen in der Tür sieht.

»Kann ich Ihnen helfen?«

»Ich möchte Anzeige erstatten.«

FÜNFZIG

ICH GEWINNE MEIN LEBEN ZURÜCK

OLIVIA

Ich habe sechs Stunden Schlaf im Tank. Insgesamt sechs Stunden in drei Nächten. Dazu habe ich ja Samstag noch beschissen geschlafen und Freitag fast gar nicht. Heute ist Mittwochmorgen, alles in allem habe ich in den letzten fünf Nächten also nur rund dreizehn Stunden gepennt.

Um es anders zu sagen: Ich funktioniere nicht richtig. Mein Hirn ist dunkel vernebelt, aber ich finde keinen Weg hinaus, egal wie verzweifelt ich auch danach suche. Ich lebe seit Tagen von Eiskaffees und Big Macs. Mein Bauch tut höllisch weh, ich fühle mich oll, sehe furchtbar aus und es kümmert mich nicht mal.

Offen gestanden ist es ein Wunder, dass ich mich überhaupt zur Arbeit schleppe. Aber das ist das letzte bisschen Normalität in meinem Leben, das ich noch habe, und bisher hat es niemand gewagt, ein Wort zu mir zu sagen.

Ich ziehe die Decke enger um meine Schultern. Weiche Strahlen der Morgensonne fallen durch einen winzigen Schlitz zwischen den Vorhängen, dabei wünsche ich mir nichts sehnlicher als Regen. Monatelang habe ich mich wie die Sonne selbst gefühlt, selbst im strengsten Winter und grausten Frühling. Jetzt, wo die Sonne endlich da ist, wäre mir alles andere lieber.

Ich muss erst in zwei Stunden aufstehen, aber an Schlaf ist trotzdem nicht mehr zu denken.

Meine irrationale, bescheuerte Seite wundert sich über die Nachrichten auf meinem Handy. Sie kommen tonnenweise, aber keine einzige von Carter. Meine logische Seite will mir weismachen, dass er mir Raum gibt, was ja genau das ist, was ich wollte. Alle anderen Seiten betteln danach, dass ich ihn anrufe, um zu fragen, ob alles okay ist. Weil er versprochen hat wiederzukommen, und das hat er bisher nicht getan. Ich bin hier und er ist dort und mit jeder verstreichenden Minute scheinen wir uns weiter voneinander zu entfernen, scheint das Loch in meinem Herzen weiter aufzureißen.

Er hat mir eine Erklärung versprochen und je länger er wegbleibt, desto größer ist meine Sorge, dass es keine geben wird.

Ich wische über mein Display, wieder und wieder. Massenweise Fotos von uns grinsen mich an, bis ich bei einem meiner Lieblingsfotos hängen bleibe. Darauf lache ich direkt in die Kamera, Carter hat von hinten die Arme um mich gelegt, sein Kinn ist auf meiner Schulter, und auf seinem Gesicht ist das breiteste, albernste Grinsen. Doch er sieht nicht in die Kamera.

Er sieht mich an.

Noch nie wurde ich so angesehen. Als wäre ich das Einzige, was er sieht. Als könnte er zum ersten Mal Farben sehen. In seinem Blick liegt so viel Liebe, so viel Wertschätzung, Hingebung, und genau deshalb sagt mir mein Herz wieder und wieder, dass irgendwas nicht zusammenpasst. Genau deshalb gebe ich ihm die Zeit, um die er just in diesem Zimmer bat.

Die Tür geht auf und Cara schaut herein. Ich drücke mir das Handy gegen die Brust und wische mir die Tränen weg.

Sie lächelt, kommt zu mir unter die Decke und kuschelt sich an mich. »Ich wusste, dass du wach bist. Als könnte ich hören, wie sich die Rädchen in deinem Kopf drehen.«

»Wieso bist du schon wach?« *Abgesehen davon, dass du nach mir sehen wolltest.*

Cara und Emmett heiraten dieses Wochenende, trotzdem

ist sie voll und ganz auf mich konzentriert. Sie behauptet steif und fest, dass das eine willkommene Ablenkung von den Hochzeitssorgen ist. Keine Ahnung, ob ich das glauben kann, aber sie sorgt auf jeden Fall dafür, dass ich mich hier willkommen fühle.

»Ich konnte nicht schlafen. Du wolltest gestern nicht mit mir sprechen und du weißt, dass ich nicht gut mit dem Wort *Nein* klarkomme.« Ihre Hand streift über mein Handy, zieht daran. »Was haben wir da?«

Ich drücke es fester an meine Brust. »Nichts.«

Sofort finde ich mich in einem kleinen Zweikampf wieder und natürlich ringt Cara mir das Handy ab, denn es ist, wie sie sagt: Sie kommt mit einem *Nein* nicht gut klar. Als sie das Foto sieht, sagt sie nichts, sondern lässt das Handy einfach aufs Bett fallen und klammert sich so fest von hinten an mich, dass ich kurz vorm Ersticken bin.

Ich spüre, dass sie weint, weil sie immer wieder ganz leicht zuckt und leise schnieft. Sie glaubt sicher, dass ich nicht mitbekomme, wie sie abends in Emmetts Armen weint, aber ich bekomme es mit. Meine beste Freundin liebt mich ohne Wenn und Aber, und dafür bin ich unendlich dankbar.

»Wo ist er nur?« Mich schüttelt ein Schluchzer und Cara presst ihr Gesicht in meine Haare, schluchzt gleich mit. »Er hat gesagt, er kommt wieder. Er hat gesagt, er bringt das in Ordnung und erklärt mir alles. Er hat es mir versprochen, Cara, aber das ist jetzt zwei Tage her und er ist immer noch nicht zurück.«

»Er kommt schon, keine Sorge«, flüstert sie. Sie klingt so sicher. Als ich mich aus ihrer Umklammerung befreie und mich aufsetze, tut sie das auch und wischt sich die Wangen trocken.

»Mein Herz tut so weh«, gebe ich zu und tupfe mir eine Träne aus dem Augenwinkel. »Das fühlt sich so falsch an. Gar nicht nach Carter. Er hat vom Heiraten gesprochen, von Kindern. Er hat von unserem Zuhause gesprochen, lange bevor ich eingezogen bin. Er wollte alles mit mir teilen, sein ganzes Leben. Ich wollte nur ein Teil davon sein.«

»Ach, Schatz, du bedeutest ihm alles, das weißt du doch.«

»Wieso spricht er nicht einfach mit mir? Was hält ihn davon ab? Was darf ich nicht wissen?«

Irgendwie habe ich den Eindruck, Cara weiß bis zu einem gewissen Grad, was los ist, und würde es mir liebend gern sagen. Wenn ich sie direkt danach fragen würde, würde sie es auch tun. Aber sie und Emmett sitzen total zwischen den Stühlen, genau zwischen ihren besten Freunden. Ich möchte nicht, dass sie sich auf eine Seite schlagen müssen, ich will ja nicht mal, dass es überhaupt Seiten gibt. Ich möchte weiter glauben, dass es eine total logische Erklärung für das alles gibt, egal was für eine schräge Sache dahintersteckt.

»Wäre das umgekehrt, wäre ich auf der Suche nach einer Lösung, würde Carter kein Nein akzeptieren. Er würde darauf bestehen, dass wir zusammen suchen. Er würde mich nicht alleinlassen, da könnte ich noch so versuchen, ihn wegzuschieben.«

Cara sieht mir tief in die Augen. »Da hast du sicher recht.«

»Ich will nicht, dass er meint, er muss das allein durchstehen, allein stark sein.«

»Und was *willst* du?«

Ich möchte bei ihm sein, statt mich ohne ihn so verloren zu fühlen. Ich will, dass wir zusammen sind. Für immer. Ich möchte die Erklärung, die ich verdiene, und wenn die so schwer zu finden ist, dann will ich ihm bei der Suche helfen.

»Ich möchte ihm zeigen, was er mir schon die ganze Zeit vormacht. Dass wir zusammen stärker sind.«

Deshalb versuche ich in meiner Mittagspause dreimal, ihn zu erreichen. Nachdem ich selbst beim vierten Versuch auf seiner Mailbox lande, finde ich mich vor dem Haus wieder, das mein Zuhause sein sollte, dem Haus, das jetzt schon ein paar Monate lang mein Zuhause *war* – wegen des Typen, der darin ist, wegen der Erinnerungen, die wir darin geschaffen haben.

Sein Pick-up steht in der Auffahrt, dabei war er zuletzt in der Garage. Er fährt ihn kaum noch, sagt immer, es ist mein Baby und ich seins.

Wieso kommt er also nicht an die Tür, wenn er zu Hause ist?

Ich klingle wieder und wieder, und mein Handy summt und summt, weil mir die Videoanlage meldet, dass da jemand an der Tür ist. Ich weiß, dass da jemand an der Tür ist, dieser Jemand bin ja schließlich ich.

Mein Klingeln wird immer verzweifelter und länger, dazu schlage ich mit der flachen Hand gegen die Tür und flehe, dass Carter kommt, aufmacht, mich reinlässt. Dann rufe ich ihn an. Einmal, zweimal, bis ich aufgebe und den Türcode eintippe. Als es dreimal piepst, um mir zu sagen, dass der Code falsch ist, weil der Code nicht derselbe wie vor wenigen Tagen ist, kommen mir die Tränen.

Ich sinke auf die Verandastufen, ziehe die Knie bis unters Kinn, vergrabe mein Gesicht in den Armen und schluchze los. Irgendwie verliere ich gerade alles, selbst das letzte bisschen Hoffnung, an das ich mich geklammert habe, und jetzt ist nur noch die Angst da, die ich bislang zu ignorieren versucht habe. Sie klettert langsam in meinem Bauch hoch, will sich bei mir häuslich einrichten. Aber ich will das nicht zulassen.

Etwas Feuchtwarmes berührt meinen Ellbogen, dann meine Finger. Es leckt an meinem Ohr. Schniefend linse ich zwischen meinen Unterarmen hindurch und sehe zwei goldene Pfoten, die direkt vor meinen Füßen stehen.

»Ollie.«

Als ich meinen Namen höre, geht mir das Herz auf, weil so viel Liebe darin mitschwingt, so große Verwunderung, mich hier vorzufinden. Die Angst, die sich so nachhaltig festsetzen wollte, schwindet, als sich zwei warme Hände an mein Gesicht legen.

Glänzende smaragdgrüne Augen sehen mich an und als ich seinen Namen schluchze, nimmt Carter mich fest in die Arme.

»Du bist nicht ans Handy gegangen«, jammere ich. »Und der Code. Ich habe versucht, ins Haus zu kommen, aber es klappt nicht. Du hast mich ausgesperrt.«

»Oh, Baby.« Seine Hand gleitet mir über den Rücken, irgendwie rau, während ich mich weiter an ihn klammere. »Ich würde dich niemals aussperren. Ich hab den Code geändert, um alle anderen auszusperren. Mir war das alles zu viel und ohne dich brauchte ich einfach Raum für mich, Raum zu denken, ohne dass mir ständig wer reinfaselt.«

»Du hast gesagt, du kommst wieder. Das hast du gesagt. Aber du …« Ich löse mich von seinem Hals, trockne meine nassen Wangen, während er mich weiter hält. »Wieso bist du nicht längst zu mir zurückgekommen?«

Schamesröte tritt auf sein Gesicht. Carter setzt sich auf die Stufe, zieht mich auf seinen Schoß und streicht mir die Haare aus dem feuchten Gesicht, während Dublin sich zu uns legt.

»Es ist noch nichts gelöst, Ollie. Ich muss das erst richtigstellen, um mir eine Rückkehr zu verdienen.«

»Nein«, sage ich bestimmt und packe sein Shirt mit beiden Händen. »So hast du mir das nicht beigebracht. Du hast mir beigebracht, wie wichtig Kommunikation ist. Du hast mir beigebracht, mich an dich zu wenden und mich auf dich zu verlassen, wenn ich Hilfe brauche, und das gilt auch für dich, das hättest du von Anfang an tun sollen. Weil wir das doch zusammen bewältigen sollten, oder etwa nicht? Alles, was hart ist, was uns Angst macht?«

Seine Augen verdunkeln sich, Unsicherheit gewinnt die Oberhand und nimmt seinem immergrünen Wald den Glanz, ersetzt ihn mit trostlosem Nebel. »Ich hab solche Angst, Olivia.«

»Ich will nicht, dass du alleine Angst hast. So sind wir nicht. So läuft diese Beziehung nicht.«

Meine Zunge berührt meine Oberlippe, schmeckt meine salzigen Tränen. Bevor ich es selbst richtig begreife, küsse ich ihn. Carters Finger wandern meinen Rücken hinauf, tauchen in meine Haare, pressen mich an sich.

Als ich mich von ihm löse, fange ich die einzelne Träne auf, die ihm über die Wange läuft. »Sprich mit mir, Carter. Erzähl mir die Wahrheit, damit wir zusammen nach einer Lösung suchen können.«

Er atmet abgehackt ein und genauso abgehackt wieder aus. Doch dann drückt er noch einmal kurz seine Lippen auf meine, bevor er endlich zu reden anfängt.

»Ich bin mit den beiden aufs Zimmer gegangen. Mit Courtney und ihrer Freundin … Ich weiß noch immer nicht, wie sie heißt. Aber nur, weil Courtney … sie hatte mein Handy. Ihre Freundin hat es im Restaurant im Bad gefunden. Ich war so fahrlässig, muss es da einfach liegen gelassen haben, ich Idiot, und als Courtney es mir gezeigt hat …« Er schluckt. »Eins unserer privaten Fotos war zu sehen.«

Irgendwas macht mir die Kehle eng. Eine Mischung aus Wut und Angst. Wut darüber, dass jemand so dreist sein konnte. Und Angst vor dem, was das für mich, für uns bedeutet.

Außerdem meldet sich noch was anderes in meinem Hinterkopf, eine quälende Stimme, die mich daran erinnert, dass ich nicht perfekt bin. Dass es vor mir so viele Frauen gab mit schmaleren Hüften, runderen Brüsten. Scham brodelt in meinem Bauch, aber nur kurz. Denn dann fällt mir wieder ein, dass ich perfekt bin für Carter, dass er mich wunderschön findet und dass das, was andere denken, nicht im Geringsten zählt.

»Es tut mir so leid, Olivia. Ich hätte vorsichtiger sein müssen. Ich hätte sie gar nicht auf dem Handy haben dürfen.«

Ich lege ihm eine Hand an die Wange. »Und dann?«

»Sie hat gesagt, dass sie sich die Fotos schon geschickt hat, dass ich mitkommen müsse, wenn ich nicht wolle, dass sie an die Öffentlichkeit gelangen.«

»Was wollte sie denn? Geld? Hat sie dich erpresst?«

Er lacht bitter. »Hätte sie Geld gewollt, hätten wir diesen Schlamassel nicht. Ich habe es ihr angeboten. Massen. Aber sie wollte es nicht.« Er fährt sich vor Anspannung durch die Haare, knetet sie. »Sie hat gesagt, dass wir ihr Leben ruiniert haben, dass Adam ihr nicht mehr traut wegen dieser Sache in der Bar, sonst hätte er ihr den Seitensprung verziehen. Sie hat gesagt, dass es nicht fair ist, dass ich bei meiner Vergangenheit eine Chance bekomme, dass sie es nicht erträgt, dass ich plötzlich wie der perfekte Freund dargestellt werde. Sie wollte alle daran erinnern, wer ich wirklich bin.«

»Aber so bist du doch gar nicht, Carter. Deine Vergangenheit definiert dich nicht. Hinter jeder deiner Entscheidungen steckt ein so wundervoller, umwerfender Mensch.«

Er schaut zu Boden, nickt dann. »Sie wollte uns verletzen, und das ist ihr gelungen, weil ich es zugelassen habe.«

»Wieso hast du mir das nicht gleich erzählt?«

»Weil sie wollte, dass ich mich von dir trenne. Sie hat gesagt, sie löscht die Fotos erst, wenn es mit uns beiden vorbei ist. Aber mit uns kann es gar nicht vorbei sein, Ollie. Nie. Gleichzeitig können diese Fotos aber auch nicht an die Öffentlichkeit. Du würdest deinen Job verlieren, außerdem will ich gar nicht zulassen, dass du so bloßgestellt wirst. Ich muss dich doch beschützen, aber statt das wirklich zu tun, habe ich nicht mal richtig auf diese Fotos aufgepasst.«

»Ich liebe meinen Job, Carter, aber nichts auf dieser Welt ist mir so wichtig wie du. Ich würde das alles geben, nur um für immer mit dir glücklich zu sein.«

»Ich war noch nie so von mir enttäuscht. Ich hatte dermaßen Panik, ich bin echt durchgedreht. Ich wusste nicht, was ich machen soll. Ich hatte verdammt Schiss, dass Courtney die Fotos veröffentlicht, wenn zwischen uns alles in Ordnung wirkt. Ich war die ganze Nacht wach und hab versucht, eine Lösung zu finden. Ich wollte dich anflehen zu bleiben, wollte dich nicht gehen lassen. Aber als du in den Wagen gestiegen bist, hab ich kapiert, dass ich dir Freiraum geben muss. Bis ich eine Lösung gefunden habe. Bis ich weiß, dass du sicher bist.« Er schüttelt den Kopf, kann mir nicht in die Augen sehen. »Ich werde mir nie vergeben können, wenn ich dich noch mal so enttäusche.«

»Enttäuschungen gehören zum Leben dazu. Wir stehen einfach auf und fangen neu an. Das können wir, Carter. Solang ich dich an meiner Seite weiß, kann ich immer wieder neu anfangen. Du nicht?«

Ihm stehen solche Qualen ins Gesicht geschrieben, während er mich ganz genau mustert. Als fürchte er, ich meine das nicht ernst, und rechne damit, dass ich jeden Moment aufstehe und gehe. Weiß er denn nicht, dass mein Herz ihm gehört? Solang er es weiter versuchen will, bleibe ich doch bei ihm.

Bevor er antworten kann, schnurrt ein Motor in der Nähe, und dann biegt ein Polizeiauto in die Auffahrt. Carter und ich stehen auf, und er nimmt meine Hand, während der Wagen neben Carters Pick-up zum Stehen kommt.

Zwei Polizisten steigen aus, schauen dann von Carter zu mir. »Könnten wir mal mit Ihnen sprechen, Mr Beckett?«

Carter nickt und die beiden Officer lächeln mich an.

»Guten Abend, Miss Parker. Ich bin Officer Perry und das ist mein Partner, Officer Wolters.«

Ich werfe Carter einen fragenden Blick zu, der aber erst mal nur meine Hand drückt.

Officer Wolters kommt näher und drückt Carter lachend etwas in die Hand. »Nun, das Display ist noch immer kaputt, da konnten wir nichts tun. Aber Ihr Handy können Sie auf jeden Fall schon mal wiederhaben.«

Carter nimmt es entgegen und dreht es kurz in der Hand. Die Sonne funkelt in den vielen Rissen des Displays, dann steckt er es schnell in die Hosentasche. »Aber was hat das zu bedeuten?«

Officer Wolters lächelt. Es ist ein warmes, breites Lächeln, das etwas in mir auslöst, was ich seit Tagen nicht gespürt habe.

Hoffnung.

»Dass wir beide Frauen festgenommen haben. Die Sache ist vorbei.«

***

Ich kann nicht schlafen, aber das war zu erwarten. Mein Problem gerade ist, dass es so offensichtlich wirkt, wie sich meine Schlaflosigkeit beenden ließe.

Aber Carter wollte mich nicht drängen. Er hat sich Sorgen gemacht, dass es zu schnell zu viel ist. Zu früh.

Wir waren stundenlang auf dem Polizeirevier. Carter hielt die ganze Zeit meine Hand, während uns erklärt wurde, was genau wir zur Anzeige bringen können: die Absicht, unerlaubt private Aufnahmen zu veröffentlichen.

Carter hatte gleich Montag Anzeige erstattet, nachdem er mir versprochen hatte, sich bald mit einer Erklärung zurückzumelden. Ich finde, er hat die richtige Entscheidung getroffen, und er sieht das mittlerweile zum Glück auch so.

Die Polizei konnte Courtney bloß zunächst nicht ausfindig machen, da sie noch immer bei Adam gemeldet war und niemand wusste, wo sie sich gerade befand. Da Carter den Namen ihrer Komplizin nicht kannte, ging es erst mal nicht weiter, bis heute Nachmittag eine Frau namens Raegan beim Revier aufkreuzte, angetrieben von ihrem schlechten Gewissen. Sie überließ den Beamten freiwillig ihr Handy, auf dem sich viele Nachrichten von Courtney befanden, die ihre Absicht belegten, die

Fotos einzeln zu veröffentlichen, egal ob Carter und ich uns nun trennten oder nicht.

Danach hat Carter mich wieder zu Cara und Emmett gebracht. Wir standen in der Auffahrt und er hielt mich lange im Arm, sagte, ich solle mir so viel Zeit nehmen, wie ich brauche, um das alles zu verarbeiten. Dass es okay sei, wenn ich wütend auf ihn sei, dass er vollstes Verständnis dafür habe.

Das Problem ist, dass ich hier bin und er dort.

Es tutet nur einmal, da geht er schon ans Handy, als hätte er gehofft, dass ich anrufe.

»Ollie? Alles in Ordnung?«

Die Tränen, die seit vier Tagen nicht versiegen wollen, laufen sofort wieder und hinterlassen kühle Spuren auf meinen Wangen. »Ich möchte nicht ohne dich schlafen.«

Er bleibt die ganze Fahrt über am Telefon, sogar noch bei jedem Schritt, jeder Stufe, die er nimmt. Ich höre Emmetts leises Lachen sowohl im Handy als auch durch die Tür, als er unten öffnet, um nachzusehen, wer klingelt. Die Tür zum Gästezimmer öffnet sich und Dublin saust herein, springt zu mir ins Bett und leckt mir das Gesicht ab. Erst als Carter mich sieht, legt er auf.

Ich schlage die Decke zurück und er verliert keine Zeit, legt sich sofort zu mir und zieht mich an sich. Seine Hände sind in meinen Haaren, auf meinem Gesicht, auf meinen Hüften, während er mein Gesicht mit Küssen übersät.

»Ich habe dich nicht verloren?«

»Carter, du wirst mich *nie* verlieren.«

EINUNDFÜNFZIG

REDEN & BADEGÄNGE & DER GANZE SCHEISS

CARTER

Die Sonne wärmt mir das Gesicht, eine leichte Brise spielt mit meinen Haaren. Ein Streifenhörnchen kommt angeflitzt und stellt sich auf die Hinterbeine. Es legt den Kopf schief und sieht mich an. Das ist jetzt das dritte Mal, dass es das macht. Allmählich frage ich mich, ob es was von mir will.

»Ich hab leider nichts dabei, was ich dir geben könnte. Tut mir leid.«

Ich sehe zu, wie es an einem Grabstein hochspringt, auf der anderen Seite wieder runter. Dabei quietscht es fröhlich, als könnte es nichts Schöneres geben. Dublin hebt den Kopf, schaut von mir zum Streifenhörnchen und zurück, als wollte er fragen, ob er sich anschließen und auch ein bisschen Spaß haben kann.

Heute ist hier nicht viel los, aber ich schätze, die meisten Leute verbringen ihren Samstagmorgen lieber im Bett als bei den Toten.

Bis vor einem Monat war ich nur einmal hier – vor siebeneinhalb Jahren. Am einzigen Tag, als ich hier sein musste. Eigentlich spüre ich meinen Dad hier auch nicht wirklich, und Olivia sagt, das ist in Ordnung.

Und doch sitze ich wieder hier, auf einer Bank direkt gegenüber von seinem Grab, ganz wie an jedem Tag dieser Woche. Paradoxerweise ist dies der einzige Ort, an dem ich – abgesehen von Olivias Armen – zur Ruhe kommen konnte. Zu Hause zu sein, war hart, weil es sich nicht mehr wie ein Zuhause anfühlt, weil mich alles an den Menschen erinnert, der fehlt, um es für mich zu einem Zuhause zu machen.

Als ich Dienstag mit ihrer Wange an meiner Brust aufgewacht bin, wusste ich, dass alles gut werden würde. Trotzdem war es schwer, mich von ihr zu verabschieden, als sie zu ihrem letzten Schultag aufbrach. Und dann hat Cara sie einfach in so ein Resort entführt, wo sie sich vor der Hochzeit verwöhnen lassen wollen. Das Haus ist daher nach wie vor leer, was Dublin und mich zu gleichen Teilen verstimmt.

Also verbringe ich meine Tage hier und bei Hank. Hank ist still, aber auf die Art, die ich mag, nicht die, die ich hasse. Er lässt mich einfach sein, lässt mich fühlen, was ich fühlen muss.

Dass ich Hank niemals kennengelernt hätte, wäre Dad nicht gestorben, ist mir vollends bewusst. Ich habe keine Ahnung, wo ich ohne ihn wäre. Er begleitet mich seit über sieben Jahren bei jedem wichtigen Schritt. Er sagt immer, er kann mich lesen, als hätte er eine Betriebsanleitung für mich, und damit hat er absolut recht. Er weiß sofort genau, was ich brauche, wenn ich zu ihm komme. Es ist nicht immer das, was ich will, aber immer, was nötig ist.

Meine Uhr verrät, dass es Zeit wird, nach Hause zu fahren, also stehe ich auf und lege eine Hand auf den Grabstein.

»Ich verspreche, dass ich dich stolz machen werde. Und mich auch. Ich liebe dich.«

Dublin bellt zustimmend und dann kehren wir zum Auto zurück, wo ich ihn auf die Rückbank setze. Ich weiß gar nicht, warum ich mir die Mühe mache, er springt nämlich sofort auf den Beifahrersitz, als ich starte.

Adams Pick-up steht in der Auffahrt, als ich nach Hause komme. Er, sein Hund Bear und Garrett hängen auf meiner Veranda rum.

Ich musste den Türcode ändern. Ich verstehe ja, dass meine Leute sich Sorgen machen und nach mir sehen wollen, und ich weiß das auch zu schätzen, aber der permanente Besuch wurde mir einfach zu viel. Ich brauchte Abstand, einfach mal niemanden, der mir ständig was einflüstert. Ich musste mich meinen Gefühlen aussetzen und das geht halt schlecht, wenn da immer jemand ist, der bemüht ist, dass es mir nicht *zu viel* wird.

Außerdem war da so ein Paparazzo, der mir nach einem Spaziergang mit Dublin gefolgt ist. Zwei Stunden später waren Bilder von mir im Netz, wie ich drei der vier Zahlen ins Pad tippe – dicht gefolgt von dem Foto, als ich ihn anschrie, sich zu verpissen. Kein Respekt vor der Privatsphäre.

»Wann bekommen wir wieder freien Zugang zu deiner Bude?«, fragt Garrett und folgt mir nach drinnen.

»Wenn ihr aufhört, meine Chips zu essen, während ich weg bin.«

Dublin und Bear fangen noch im Flur an zu wrestlen und ich nehme mir vor, Olivia zu fragen, ob sie sich einen zweiten Hund vorstellen kann.

»Es hätte wesentlich schlimmer sein können«, sagt Garrett, öffnet meinen Küchenschrank, holt zwei Scheiben Brot heraus und steckt sie in den Toaster. »Ich hätte deine Oreos essen können.«

»Dann hätten wir einen Rechtsaußen weniger für kommende Saison.« Als er auch noch zur Erdnussbutter greift, strecke ich die Hand aus. »Hast du zu Hause nichts zu essen?«

»Hab schon wieder Hunger«, murmelt er mit vollem Mund.

Adam beobachtet mich grinsend.

»Was?«

»Nichts.« Er hebt eine Schulter. »Ich freu mich einfach für dich. Und bin stolz auf dich.«

»Ich hab gar nichts gemacht«, sage ich leise. »Das kam alles von Olivia.«

»Das stimmt so nicht. Du hast Anzeige erstattet. Du hast Olivia an oberste Stelle gesetzt, deinen Stolz runtergeschluckt und sie gebeten abzuwarten, bis du das alles wieder hingebogen hast.«

»Absolut.« Garrett klappt die Brotscheiben zusammen und beißt praktisch die Hälfte ab, bevor er mir einen Arm um die Schultern legt. »Wir sind stolz auf dich. Adam war superwütend, als *Sie-deren-Name-nicht-genannt-werden-darf* ihn aus dem Knast angerufen hat. Er hat ihr gesagt, sie soll sich verpissen, am besten direkt zurück nach Denver ziehen. Adam ist so selten angepisst, ich genieße jede Sekunde.«

Adam reibt sich den Nacken, aber bevor er sich abwendet, sehe ich ein Grinsen auf seinen Lippen und muss selbst lächeln.

Als die Hunde fürs Wochenende beim Sitter abgeliefert sind, hat Garrett so viel von meinem Kram gegessen, dass ich langsam selbst hungrig werde. Ich bitte Adam, unterwegs noch bei McDonald's zu halten, und besorge auch was für Hank, der schon auf der Bank vor dem Pflegeheim sitzt, gepackte Tasche zu den Füßen, übergroßes Cap mit der Aufschrift *Vipers Stanley Cup Champs* auf dem Kopf, breites Grinsen im Gesicht.

»Also, meine Jungs. Ich habe meinen feschsten Anzug dabei. Wenn Cara sich also in letzter Sekunde gegen Mr Brodie entscheidet, gibt es keinen Grund zur Panik. Dann kann ich sofort einspringen.«

Ich bin mir ziemlich sicher, dass mein guter alter Freund einen Herzinfarkt bekäme, wenn er mit Cara an ihrem Hochzeitstag fertigwerden müsste. Ich mach mir ja schon Sorgen um Emmett, und der ist Profisportler.

Die Hochzeit findet im *Four Seasons* in Whistler statt, also circa neunzig Autominuten entfernt. Cara hat das schon letzten Sommer gebucht, obwohl sie erst seit sechs Monaten verlobt sind. Sie planen ihre Hochzeit aber schon seit dem Tag, an dem sie sich kennengelernt haben.

Klingt übertrieben, ist es aber nicht. Ich war dabei, als sie sich kennengelernt haben. Emmett hat sie sofort als Mrs Brodie angesprochen und Cara hat's geliebt. Seit dem Tag sind die beiden unzertrennlich.

Im Hotel herrscht bei unserer Ankunft bereits emsiges Treiben. Ungefähr achtzig Prozent der Zimmer sind von Hochzeitsgästen gebucht. Der Probedurchlauf heute mit anschließendem Essen ist zwar nur für den engsten Kreis, aber die meisten sind trotzdem jetzt schon angereist, einfach um ein langes Wochenende zu genießen.

Ich bin mir nicht sicher, ob es ein gutes Zeichen ist, dass wir Emmett und Olivia in einer Ecke des Veranstaltungsbereichs kauernd vorfinden. Cara marschiert im Bademantel herum, Latschen an den Füßen, ein Handtuch um den Kopf, während sie was von falsch ausgelegten Gabeln und schlecht einfallendem Sonnenlicht schreit, das durch die riesige Fensterfront dringt und für einen Schimmer auf ihrem Gesicht sorgt, wenn sie am Kopfende des Tischs sitzt.

»Aber, Cara«, Olivia macht vorsichtig einen Schritt auf sie zu, doch als Cara sofort herumfährt, zieht Emmett mein Mädchen schnell wieder in Sicherheit. »Es ist ja noch nicht mal Mittag. Morgen sitzt du doch erst zum späten Abend da. Dann fällt das Licht ganz anders und sorgt bestimmt nicht für unschönes Schimmern.« Sie nimmt Emmetts Hand von ihrer Schulter und tritt ans Fenster, wo sie in den Himmel zeigt. »Die Sonne steht dann da, tief genug, um den Himmel in wunderschönes Orange und Pink zu tauchen.«

Cara schaut Olivia an. Blinzelt sicher sechsmal. Dann geht auch sie ans Fenster und schaut hinaus, als könnte sie jetzt erst sehen, was Olivia sieht. Dann schlingt sie die Arme um ihre beste Freundin. »Oh, du hast recht! Gott sei Dank.« Dann lacht sie wie eine Hyäne. »Da habe ich wohl kurz die Nerven verloren.«

»Kurz«, flüstert Emmett und versucht sofort wieder, mit der

Wand zu verschmelzen, als Cara ihm einen strengen Blick zuwirft. Dann sieht er uns, wie wir uns in der Tür rumdrücken, und kommt sofort angesaust. »Oh, fuck. Gott sei Dank!«

Olivia läuft knallrot an. Dann streckt sie einen Arm aus und reißt so eine Serviette und Besteck zu Boden. Eine Bewegung, die fast gewollt aussieht, obwohl Olivia sich danach verlegen an die Stirn fast. »O nein. Wie kann man so ungeschickt sein?« Sie kniet sich hin und beschäftigt sich viel zu lange damit, alles wieder aufzusammeln, während Cara zu uns fliegt.

So was habe ich ein bisschen befürchtet. Wir hatten nicht viel Gelegenheit, uns darüber zu verständigen, wie wir jetzt weitermachen, schließlich ist sie nun schon seit zwei Tagen mit Cara hier. Eigentlich weiß ich, was der nächste Schritt ist. Bin mir ziemlich sicher, sie weiß es auch. Trotzdem wünsche ich mir einen Moment allein mit ihr, einfach um die Anspannung zwischen uns aufzulösen.

»Oh, guuut! Ihr seid da!« Cara verteilt Wangenküsse an jeden von uns, bevor sie sich bei mir unterhakt. »Ich habe wichtige Aufgaben für euch. Wichtige Aufgaben.« Dann zwinkert sie mir zu. »Außer für dich. Du hast dieses Wochenende ja schon die wichtigste von allen, wir wollen dich ja nicht überstrapazieren.«

Trotzdem bezweifle ich, dass sie mir weniger aufhalsen wird, wo angepackt werden muss, und ich behalte recht, denn sie bringt uns in einen Raum mit unzähligen Stühlen.

Sie deutet zu mehreren Stapeln, neben denen weiße Überzüge liegen. »Die müssen für heute Abend in den Cocktail-Bereich, natürlich mit Hussen.« Sie zeigt auf die Holzstühle. »Um die könnt ihr euch morgen früh kümmern. Die müssen draußen hin, wo die Trauung stattfindet.« Sie winkt uns näher heran, als wollte sie uns ein Geheimnis verraten. »Immer zwanzig Zentimeter Abstand dazwischen. Nicht mehr, nicht weniger. Verstanden?«

»Bezahlst du nicht jemanden dafür, das zu machen?«, fragt Adam und stellt damit die Frage, die uns alle umtreibt.

»Doch, aber denen traue ich nicht.«

Garretts Augen werden groß. »Aber *uns*?« Er reibt sich den Nacken, zupft an seinem T-Shirt. »Also, ich möchte deinen geballten Zorn nicht abbekommen, wenn irgendwas schieflaufen sollte.«

»Traue ich euch?« Sie tippt sich mit den Fingern ans Kinn und summt. »Nein, nicht so richtig. Aber ich werde euch trotzdem auch nach der Hochzeit noch lieben, also ist es für alle Beteiligten besser, wenn ihr das macht.« Sie grinst, aber es ist so furchteinflößend, dass wir alle zurückweichen. »Außerdem, mal ehrlich, wie schwer kann es sein, ein paar Stühle perfekt aufzustellen? Macht mich einfach glücklich, mehr verlange ich gar nicht.« Sie tätschelt unsere Schultern und tanzt dann giggelnd davon.

»Ich will nach Hause«, wimmert Adam. »Ich hab Schiss.«

Ich klopfe ihm auf den Rücken. »Wir alle, mein Freund. Wir alle.«

***

Cara sieht umwerfend aus in ihrem weißen Spitzenkleid. Sie strahlt, ist glücklich und gut gelaunt, und als sie reingekommen ist, hat sie zu den Stühlen geschaut und gesagt: »Gut gemacht, Jungs.«

Ich wiederhole: *Cara* hat *gut gemacht, Jungs* gesagt. Wir haben uns danach so was von abgeklatscht.

Aber es ist die atemberaubende Frau in einem mitternachtsblauen Satinkleid, deren braune Haare in großen Locken über ihren Rücken fallen, von der ich den Blick nicht lösen kann. Er folgt ihr, wohin auch immer sie sich bewegt, zählt jedes Glas Wein, das den Weg an ihre Lippen findet, sieht, wie sie einen

Zettel wiederholt aus der Handtasche zieht und ihn so konzentriert liest, dass ihre Lippen sich bewegen, ihn dann zusammenknüllt und wegsteckt. Diesmal seufzt sie jedoch und leert mit geschlossenen Augen ihr Weinglas, bevor sie zur Bar zurückkehrt.

Zu meiner großen Überraschung bestellt sie Wasser.

Ich lege ihr das Kinn auf die Schulter, als sie ihre Rede zum siebten Mal liest. »Stell dir einfach vor, ich wäre nackt.«

Olivia keucht und kippt Wasser auf die Theke, weil sie so heftig zusammenzuckt. »Carter, mein Gott.«

»Die Reaktion auf mein Donnerschwert bin ich gewohnt.« Ich beuge mich näher zu ihr und beobachte, wie ihre Wangen nur noch roter werden, als ich leiser weiterspreche. »Eine Spur Überraschung, ein bisschen Angst und ziemlich krasse Aufregung.«

Ihr Mundwinkel zuckt und bevor sie sich gedanklich in was reinsteigern kann, hole ich schnell mein Handy aus der Tasche.

»Oh, hallo«, sagt sie sanft und legt mir eine Hand an den Unterarm, um besser sehen zu können. »Du hast ein neues Handy.«

»Hm, ja. Bei den ganzen Rissen konnte ich dein schönes Gesicht nicht mehr sehen.«

Sie lächelt über das Hintergrundbild, das hatte ich bisher noch nicht. Sie inmitten des Betts, vergraben unter der Decke. Ihre Locken liegen zerzaust um ihren Kopf, doch ihr Lächeln ist so atemberaubend wie eh und je.

Ich wische durch den Fotoordner, bis ich bei der Aufnahme angelangt bin, die ich heute Morgen gemacht habe. »Dublin hat was für dich gezeichnet.«

Er liegt mit dem Kopf auf ihrem Kissen, daneben ist ein Blatt, auf dem ein Hund und ein weibliches Strichmännchen zu sehen sind. Vor dem Mund des Hundes ist eine Sprechblase, in der steht: *Du fehlst mir, Mommy. Wuff!*

Olivia strahlt übers ganze Gesicht, das Lachen, das aus ihrer

Kehle kommt, ist absolut magisch. »Das hat Dublin gezeichnet, ja?«

Ich hebe kurz eine Schulter. »Er ist jetzt ein Beckett. Ist doch klar, dass er jetzt zum Überflieger wird.«

Ein weiteres Lachen, und als ich überlege, ob ich es mit dem Mund einfangen sollte, schlingt sie schon die Arme um meinen Hals. Ich halte sie und genieße das Gefühl, endlich wieder vollständig zu sein. Olivia lehnt das Kinn an meine Brust und schenkt mir ein albernes Grinsen. Ich lasse den Daumen über ihren Mundwinkel streifen.

Adams Stimme dringt aus den Lautsprechern und bittet Olivia zur Bühne, damit sie ihre Rede halten kann. Sofort wird sie weiß wie die Wand.

»Gut möglich, dass ich mich gleich auf die Bühne übergeben muss.«

Ich gebe ihr einen Kuss auf die Nase. »Du packst das.«

»Woo-hoo!« Cara reckt die Faust in die Luft, als Olivia ans Mikro tritt. »Das ist meine beste Freundin! Yeah, mein Mädchen!«

Ich kann ihre Anspannung bis nach hier hinten sehen, ihr gehen fast die Nerven durch. Als sich unsere Blicke treffen, zwinkere ich ihr zu und sie lächelt.

»Angeblich gibt es im Leben eines jeden Menschen einen Moment, in dem man seinen Seelenverwandten trifft, den Menschen, der dich bis an dein Lebensende lieben und schätzen und nie wieder gehen lassen wird.«

Die anwesenden Frauen machen alle *»ooooh«* und Emmett grinst Cara an.

»Diesen Tag erlebte Cara mit siebzehn, als sie mich kennenlernte.«

Emmett klappt der Mund auf und Cara schlägt mit der flachen Hand auf den Tisch. »Yeah, Baby, so was von!«

»Ich weiß nicht, wieso ich der Glückspilz war, dem Cara als

Mitbewohnerin zugelost wurde, aber diese Lady mit ihren eins fünfundsiebzig musste mich nur einmal ansehen, um zu wissen, dass ich die perfekte Größe hatte, um mich von ihr herumkommandieren zu lassen. Also drückte sie mir erst mal einen Tequila in die Hand. Das war um zehn Uhr morgens und obwohl ich eine Scheißangst hatte, war mir in dem Moment klar, dass ich meine beste Freundin gefunden hatte.

Als Cara Emmett kennengelernt hat, kam sie mitten in der Nacht nach Hause, sprang sofort zu mir ins Bett und verlangte, dass ich ihr alles über Hockey beibringe, was ich wusste, weil sie ihren künftigen Ehemann gefunden hatte, der ›offenbar tierisch auf Hockey abfährt oder so‹.« Die Gänsefüßchen sind perfekt gesetzt, überhaupt kann sie Cara perfekt nachahmen. »Emmett, du hast Cara genau viermal gefragt, ob sie mit dir Schlittschuh laufen geht, bis sie endlich zugestimmt hat. Das liegt daran, dass ich ihr in den drei Wochen dazwischen das Schlittschuhlaufen beibringen musste. Sicher die Hälfte der Zeit lag sie dabei auf dem Eis und klagte, dass sie viel zu hübsch sei, um sich solche Mühe geben zu müssen, einen Mann zu beeindrucken.«

Cara zuckt mit den Schultern. »Stimmt doch.«

»Emmett, Cara hat nach einem Blick gewusst, dass du der Mann bist, der ihr Leben verändern wird.« Olivia sieht zu mir, leckt sich dann über die Lippen und schaut auf das Blatt in ihrer Hand. »Als ihr euch kennengelernt habt, sind zwei Welten aufeinandergeprallt, die Funken haben nur so gesprüht. Du ergänzt Cara perfekt, bist so ruhig, wo sie ungestüm ist, und du ertränkst sie seither mit deiner Liebe. Eure Liebe hat mir gezeigt, dass es sich nicht lohnt, sich mit weniger zufriedenzugeben. Liebe muss hemmungslos leidenschaftlich sein, wild besessen, sie darf keine Grenzen kennen und muss jeden Tag stärker werden.«

Sie schnieft, wischt sich mit gesenktem Blick über die Wangen. Als sie aufschaut, treffen sich unsere Blicke. Sie blinzelt und eine einzelne Träne kullert über ihre Wange, bevor sie Cara und Emmett anlächelt.

»Ich könnte mir keinen besseren für sie wünschen als einen Mann, der sie so heftig liebt wie du.« Sie hebt das Glas. »Ich weiß, dass ihr ein langes und glückliches Leben teilen werdet, einfach weil ihr euch bei den Hochzeitsvorbereitungen nicht gegenseitig umgebracht habt, und das allein ist schon beeindruckend, wenn man die Braut kennt. Ich liebe euch beide wahnsinnig.«

Ich sehe dabei zu, wie zwei meiner Lieblingsmenschen meinen absoluten Lieblingsmenschen umarmen, und dann tue ich eine Stunde lang so, als wäre ich nicht gelb vor Neid, weil Garrett und Adam und einer von Emmetts Brüdern Olivia endlos übers Parkett schieben.

Sie nippt gerade an einem Glas Sekt, als ich mich neben sie stelle.

»Du siehst so aus, als könntest du ein Bad brauchen.«

Eine dunkle Braue hebt sich. »Tue ich das? Ich habe nämlich gerade gedacht, dass ich in der letzten Woche zusammengerechnet gerade mal zwanzig Stunden Schlaf bekommen habe, also eigentlich nichts dringender müsste als nach oben gehen und ins Bett fallen.«

»Vorher brauchst du definitiv noch ein Bad.«

Sie versteckt ihr Lächeln hinter dem Glas, das sie noch leer trinkt, ehe sie es auf den Tisch stellt. Dann nehme ich ihre Hand, ziehe sie hinter mir her durch den Flur und direkt in den ersten Aufzug, der sich öffnet. Wir fahren schweigend und Olivia gibt sich große Mühe, sich das Grinsen zu verkneifen, während ich ihr über die verspiegelten Wände zuzwinkere.

»Woher kennst du meine Zimmernummer?«, fragt sie, als ich sie direkt vor die Tür bringe.

»Ich habe meine Quellen.«

»Heißt deine Quelle zufällig Cara?«

»Hmm …« Ich nehme ihr die Karte aus der Hand und öffne damit die Tür. »Kommt mir bekannt vor, der Name, kann also sein, aber sicher bin ich nicht.«

Wieder dieses Kichern. Ich schwöre, dafür lebe ich heute.

»Zieh dein Kleid aus«, sage ich und schiebe sie ins Zimmer, bevor ich ins Bad gehe. »Ich lasse dir derweil ein Carter-Beckett-Spezialbad ein. Extra entspannend und so.«

Ich drehe den Hahn auf und halte die Hand ins Wasser, bis sie darin fast verbrüht, denn so mag sie es, dann werfe ich ihre Lieblingsbadebombe hinein, die ich vielleicht extra vorher von einem Hotelangestellten habe hier deponieren lassen. Als ich fertig bin, finde ich Olivia im Türrahmen vor, noch immer komplett angezogen. Sie beobachtet mich.

»Böses Mädchen«, tadle ich sie und hocke mich vor sie. Dann ziehe ich ihr nacheinander die schwarzen Heels aus. Ich grinse still in mich hinein, als sie dadurch fast zehn Zentimeter schrumpft und sich an mir festhält, um das Gleichgewicht nicht zu verlieren. »Du weißt schon noch, was man mit bösen Mädchen macht, oder?«

»Sie werden bestraft.« Ein freches Grinsen tritt auf ihr Gesicht, in ihren Augen funkelt es. »Sie werden übers Knie gelegt oder müssen sich hinknien.«

Ich lache, dabei bin ich in Wahrheit überhaupt nicht in Bestrafungslaune. Olivia auch nicht, glaube ich, aber es macht Spaß, so zu tun. Einfach mal wieder wir selbst sein. Wenn ich das nächste Mal mit Olivia schlafe, lasse ich mir Zeit. Da werde ich ihr die ganze Nacht lang huldigen, sie lieben, und morgens, wenn sie kaum laufen können wird, bringe ich ihr Frühstück ans Bett.

Also drehe ich sie jetzt, um den kleinen Reißverschluss zu finden.

»Darf ich?«

Sie wird auf einmal ganz warm. »Ja.«

Der Reißverschluss gibt mit Leichtigkeit nach, der blaue Satin teilt sich und entblößt die milchige Haut, die ich schon mit Küssen übersät und mit Liebe markiert habe. Als er ihren prallen Hintern freigibt, atme ich scharf ein.

Eigentlich will ich ja gar nicht weitergehen, aber dann sehe ich den Knutschfleck, den ich beim letzten Mal auf ihr hinterlassen habe, direkt da, an der Hüfte. Sofort schiebe ich die Träger von ihren Schultern und schon rutscht ihr das Kleid über die Hüften und zu Boden.

Ich falle auf die Knie, schiebe die Finger unter den Spitzenslip und presse die Lippen auf den kleinen Fleck. Olivia keucht, eine Gänsehaut überzieht ihren Körper, während ihre Hände nach meinen tasten und sie festhalten, so gut sie kann.

»Lass los, Süße«, flüstere ich und sie lässt los, lässt mich den Slip an ihren Beinen hinunterziehen.

Am liebsten würde ich mich vor sie stellen und sie in mich aufsaugen, jeden Zentimeter dieses Körpers genießen, den ich so sehr liebe. Aber gerade geht es um so viel mehr und ich werde sie nicht drängen.

Also nehme ich ihre Hand und helfe ihr in die Wanne. Sie sinkt sofort in den Schaum und ich lasse sie allein. Wenige Minuten später kehre ich mit einer Tasse Tee zurück, stelle sie auf den Rand der Wanne und knie mich auf den weichen Vorleger.

»Ich wünschte, du könntest bleiben, Carter.«

»Ich auch.« Aber wir wissen beide, dass das nicht geht. Ich bin heute für den Bräutigam verantwortlich und Adam hat schon via Handy um Hilfe gebeten. Angehängt war ein Foto von Cara, die auf einem Stuhl steht, und Emmett sieht aus, als wäre er im Begriff, sie zu fangen.

Ich streiche ihr die Haare über die Schulter, berühre sie dabei bewusst, jede kleine Sommersprosse, die ihre Haut schmückt. Sie ist so wunderschön, meine perfekte Gefährtin. Als wären wir zeitgleich gemacht worden, zwei Hälften eines Ganzen, die sich finden und so wieder vereinen sollten.

Ich lasse den Kopf hängen, weil mich schon wieder der Schmerz zu überwältigen droht, der im Laufe der letzten Woche nur immer stärker geworden ist und mir tief in der Brust sitzt. Als ich erneut aufschaue, muss ich mich zusammenreißen, um nicht zu weinen. »Ich weiß jetzt, was es heißt, ohne dich leben zu müssen. Das ist eine Erfahrung, die ich nie machen wollte.«

Und ich werde alles tun, um zu verhindern, dass es jemals wieder dazu kommt.

»Carter«, flüstert Olivia. Ihre Hand streichelt über meine Wange, durch mein Haar. »Ich will nach Hause kommen.«

Mein Herz setzt aus. »Ja?«

Sie lächelt. »Ja.«

Dann beugt sie sich vor und drückt ihren Mund auf meinen. Anfangs zögerlich, als müsse sie erst mal die Lage checken, doch als meine Finger in ihre Haare tauchen, teilen sich ihre Lippen mit einem Wimmern.

Es kostet mich alles, mich von ihr zu lösen, ihr noch einen Kuss auf die Stirn zu geben und aufzustehen.

»Wir sehen uns am Altar«, sage ich lächelnd und mir platzt fast das Herz, weil sie so strahlt.

»Carter.« Olivias leiser, fast schüchterner Ruf lässt mich noch mal in der Tür innehalten. »Ich liebe dich.«

»Ich liebe dich auch, Ollie.«

ZWEIUNDFÜNFZIG

WAS MACHT ER DA?

OLIVIA

Ich hatte gehofft, den Hotelangestellten noch im Flur abzufangen, aus guten Gründen.

Der offensichtlichste ist die Art, wie Caras Kopf herumfährt, als angeklopft wird und sich die Tür öffnet. Der Angestellte steckt den Kopf herein und wirkt genauso panisch, wie wir alle den Großteil des Tages schon sind. Dabei ist gerade mal Mittag.

»*Was?*«, faucht Cara.

»Ich schätze, das ist für mich.« Mein Kichern ist definitiv *nicht* panisch. Außerdem ist das *definitiv* für mich, das kann ich riechen.

Ich nehme ihm das Tablett lächelnd ab, verschwinde damit geradewegs ins Bad und hebe die Glosche vom Teller.

Oh, Baby, ja. Immer her, direkt zu mir. Möglich, dass ich ein Wimmern ausstoße, ich beiße mir jedenfalls in die Fingerknöchel.

Kaum sinken meine Zähne in den Burger mit Käse, Bacon und Röstzwiebeln, explodieren meine Geschmacksnerven. Unwillkürlich schließe ich die Augen und stöhne praktisch mit dem ganzen Körper.

Und dann fliegt die Badezimmertür auf.

»Was zur Hölle, Liv?«

»Sorry, sorry, sorry.«

Die wunderschöne Braut verschränkt die Arme vor der Brust. »Es tut dir überhaupt kein bisschen leid!«

»Ich kann nicht nur von Grapefruitstücken und Wasser leben. Ich brauche was Gehaltvolleres!« Eine Zimtschnecke wäre auch toll und ein Mimosa.

Cara schleudert die Arme in die Luft und mir fast den Burger aus der Hand. »Aber *ich* muss mich gerade von Grapefruitstücken und Wasser ernähren, weil ich sonst nicht in mein Kleid passe! Du musst mich unterstützen! Solidarisch sein!«

»Ich unterstütze dich ja, aber das ist deine Hochzeit, nicht meine. Außerdem siehst du umwerfend aus und in dem Kleid ist noch Platz.« Das weiß ich, weil ich bei jeder Anprobe dabei war. Also halte ich ihr meinen Burger hin und hebe die Augenbrauen. Abgesehen von Genervtheit blitzt Interesse in ihren Augen auf. »Ich halte nicht bis zu den Cocktails durch, wenn ich nichts Richtiges esse.«

Cara lacht. Es klingt ein bisschen verzweifelt, als wolle sie mich einfach bei Laune halten, und das gefällt mir gar nicht. »Ach, liebe, süße, naive Olivia. Du meinst, du kriegst zu den Cocktails was zu essen? Nein, nein, nein. Dann wirst du fotografiert. Essen gibt es erst wieder heute Abend.«

Bei dieser erschütternden Nachricht fällt mir alles aus dem Gesicht, Cara hingegen macht einen Satz nach vorn, packt mein Handgelenk und beißt die Hälfte von meinem Burger ab.

»Oh. Fuck. *Ja*. So gut!«

»O nein! Euer Make-up!« Die Visagistin stürzt ins Bad, seufzt schwer, als sie mich sieht. »Dein Lippenstift ist total verschmiert.«

»*Sorry*«, sage ich mit vollem Mund, weil ich mir den Rest komplett reingestopft hab.

Cara stößt mich mit der Schulter an. »Du strahlst. Ich kaufe dir nicht ab, dass da letzte Nacht nichts gelaufen ist.«

»Ist es aber nicht«, sage ich zum fünfzehnten Mal.

Cara hat mich um Mitternacht geweckt, nur um zu fragen, ob ich auch ordentlich durchgeschwanzt worden sei. Ihre Wortwahl. Die Antwort lautete *kein Schwanz in Sicht*, aber fünfundzwanzig Minuten später öffnete sich die Tür, und ohne Licht zu machen, erschien Carter am Ende des Betts. Weder er noch ich sagten ein Wort, ich genoss es einfach nur, dass er sich von hinten an mich kuschelte und mir den Nacken küsste. Cara murmelte, dass wir bitte schön wenigstens leise sein sollten, wenn wir schon Sex hätten, damit sie ihren Schönheitsschlaf bekäme, aber ich war innerhalb weniger Sekunden eingeschlafen, und als ich heute Morgen wach wurde, war er schon weg.

Statt durchgeschwanzt zu werden, bekam ich also zum ersten Mal seit einer Woche eine ordentliche Mütze Schlaf. Ich fühle mich richtig erfrischt und bin voller Hoffnung, was einfach wahre Wunder bei einer Frau bewirkt.

Zwei Stunden später ist mein Lippenstift gerichtet und ich schimmere champagnerfarben. Außerdem bin ich mehrere Zentimeter höher über dem Boden, als mir lieb ist. Ich sehe, wie Caras Mutter den letzten Knopf an Caras Kleid schließt, dann einen Schritt zurück macht und sich heftig Luft zufächelt.

Ich falte die Hände unterm Kinn. »Du siehst absolut umwerfend aus, Cara.«

Sie strahlt nicht nur, sie leuchtet. Sie lässt die Finger über den feinen Satin gleiten und atmet zitternd ein. »Findest du?«

»Das ist keine Meinung, das ist Fakt.« Lächelnd drehe ich den Diamanten an ihrem Finger. »Ich freue mich so sehr für dich.«

»Ach, fuck.« Sie tupft sich die Augenwinkel. »Jetzt bin ich gerührt, Mann.« Sie schüttelt die Hände aus. »Und nervös. Ich bin nervös. Was stimmt nicht mit mir?«

Ich nehme ihre Hände in meine, drücke sie. »Du hast keinen Grund, nervös zu sein. Vergiss nicht, wen du heiratest. Es geht um Emmett und dich. Ihr plant diesen Tag buchstäblich seit Tag eins.«

»Und wenn er kalte Füße kriegt? Einen Rückzieher macht?« Ihre meeresblauen Augen schauen wild zwischen meinen hin und her. Weil ich sie so missbilligend ansehe, muss sie lachen und wedelt ihre Sorgen einfach weg. Ihre Hände gleiten an ihren Flanken entlang und sie schiebt eine Hüfte vor. »Nee, du hast recht. Wer würde das hier aufgeben?«

»Das klingt schon wieder mehr nach dir. Los, angeln wir uns einen Mann für dich.«

***

»*Au.*« Ich fahre herum und funkle Cara an. »Würdest du mal aufhören, mich zu schubsen?«

»Tut mir leid. Echt. Ich bin einfach so nervös. Was ist los? Wo bleiben die? Sind sie noch nicht fertig?« Sie reckt den Hals, will an mir vorbeischauen.

»Hör auf und beruhig dich! Sie stehen einfach da und reden. Emmett rechnet vermutlich damit, dass du eine halbe Stunde zu spät kommst wie sonst auch immer.«

Gerade biegt er sich vor Lachen vorn bei der ersten Bank, als hätte er keinerlei Sorgen. Das genaue Gegenteil seiner Braut also. Ich lasse den Blick wandern. Die Berge und Bäume sind die perfekte Kulisse an diesem herrlichen, wolkenlosen Tag. Adam und Garrett unterhalten sich mit ein paar Mannschaftskollegen, aber Carter kann ich nirgendwo entdecken. Nicht, dass ich nach ihm suchen würde oder so.

»Würdest du ihm vielleicht sagen, dass wir bereit sind?« Cara schiebt mich zur Glastür.

»Nur damit du aufhörst, mich zu schubsen.« Ich öffne die Tür und sie versetzt mir einen letzten Stoß. Ich stolpere in den Garten, gegen eine Mauer.

Nein, keine Mauer. Meinen Freund. Meinen … Carter.

»Oh. Mist. Sorry.« Ich klammere mich an seinen Oberarm,

während seine Hände sich ihren Weg zu meinen Hüften bahnen, damit ich wieder Halt finde in diesen lächerlich hohen Schuhen.

Carters Blick tanzt über mich, sein schiefes Grinsen voller Arroganz. »Bist du über Nacht gewachsen?«

Mir geben fast die Knie nach, als ich ihn betrachte. Schwarzer Anzug, seine sonst so wilden Haare gebändigt und brav zur Seite gekämmt, sein Gesicht frisch rasiert, dazu diese unfassbaren Grübchen.

»Dreizehneinhalb«, kommt es mir über die Lippen.

Seine Brauen zucken. »Bitte?«

»Äh, die … meine …« Ich ziehe das Kleid ein Stück hoch und drehe den Fuß. »Dreizehneinhalb. Absätze. Hoch.« *Okay, ich mach dann mal einen Abgang.*

Carter grinst von einem Ohr zum anderen. »Sie sehen atemberaubend aus, Miss Parker.«

»Danke schön. Danke. Sie auch.« *Was ist denn los mit mir?* »Dein Gesicht ist … deine Haare … Cara will, dass Emmett weiß, dass sie bereit ist.«

Er lacht und gibt mir einen Kuss auf die Wange. »Ich sag's ihm.«

Sofort packt Cara nach mir und reißt mich zurück. »Ich habe mehr mitbekommen, als mir lieb ist. Sag mal, hast du denn gar nichts von mir gelernt? Wie gibt man sich denn unbeteiligt? Das ist echt verlorene Liebesmüh mit dir.«

Ich kann nicht mal widersprechen, also reihe ich mich einfach bei den anderen Brautjungfern ein, als die Musik einsetzt. Dann bin ich dran und soll mir den Weg zum Altar bahnen. Ich fokussiere den Blick auf Carter.

Er grinst über mich, weil ich im Kopf die Schritte mitzähle – die Choreografin hat gesagt, ich gehe zu schnell, was ich echt paradox finde, schließlich bin ich doch so winzig. Carter strafft die Schultern und richtet sich auf. Sein Lächeln wird nur noch breiter. Als ich durch den Bogen trete und meinen Platz einnehme, zwinkert er mir zu. Dann wechselt die Musik und alle drehen sich um. Cara kommt mit ihrem Vater durch die Glastür.

Sie schwebt wie eine Königin zum Altar, strahlt von innen und kräuselt die Nase, um nicht weinen zu müssen. Emmett verliert den Kampf gegen die Tränen, sie rollen ihm einfach still über das schöne Gesicht, und Carter reicht ihm sein Einstecktuch.

Ich kann nicht mehr, als ich höre, wie innig sie sich versprechen, einander ewig zu lieben und zu unterstützen. Carter lässt mich nicht aus den Augen, während ich mir die Tränen wegwische.

Die fünfhundert versammelten Gäste springen auf und jubeln, als Cara und Emmett sich das erste Mal als Mann und Frau küssen. Dann springt sie ihm auf den Rücken und zusammen jagen sie durch die Menge und sind auf und davon.

Carter kommt zu mir und hält mir den Arm hin. »Wollen wir, Prinzessin?«

Ich hake mich grinsend bei ihm unter. »Wir wollen.«

***

»Isst du das noch?«

Ich schaue zu Carter, der mit der Messerspitze auf das deutet, was von meinem Rostbraten übrig ist, die Augen fragend aufgerissen. Kaum seufze ich, spießt er das Fleisch schon auf und zieht es auf seinen Teller.

»Allmählich frage ich mich, ob du nur so unbedingt neben mir sitzen wolltest, damit du mein Essen abgreifen kannst.«

»Nee, ich wollte so unbedingt neben dir sitzen, weil ich besessen bin von dir.« Seine Hand landet auf meinem Oberschenkel, wandert durch den Schlitz im Kleid, wärmt mich, lockt meinen Herzschlag tiefer und tiefer. Dann legt er mir zwei Finger ans

Kinn und presst seinen Mund auf meinen. »Und damit ich das machen kann, wann immer ich will.«

Er gibt mir einen Kuss auf den einen, dann den anderen Mundwinkel. Dann auf die Unterlippe, gefolgt vom Herzen der Oberlippe. Und als seine Lippen schließlich komplett mit meinen verschmelzen, öffne ich den Mund, weil ich ihn spüren und schmecken und ihm alles geben will, was er von mir verlangt.

Dieser Tag war von vorn bis hinten perfekt und ich bin leicht entsetzt, als ich vom Klo zurückkomme und Carter mit meinem Bruder in der Ecke des Tanzsaals stehen und reden sehe.

Und dann passiert das Seltsamste überhaupt. Jeremy lacht, sie schlagen ein und dann … umarmen sie sich.

WTF?

Alannah rennt quer durch den Saal und schlingt die Arme um Carter. Er drückt sie fest und geht dann geradewegs mit ihr zur Tanzfläche.

Jeremy kommt zu mir und zupft mich am Ohr. »Hast du gedacht, ich bring ihn um, oder was?«

Ich schlage seine Hand weg. »Die Befürchtung hatte ich, ja.«

»Ach, Quatsch. Carter ist ein toller Kerl.«

Sofort ziehe ich die Augenbrauen bis unter den Haaransatz. »Solche Worte! Aus deinem Mund!«

Er zuckt mit den Schultern. »Ich kann zugeben, wenn ich mich geirrt habe.«

»Also, wenn du eins nicht kannst, dann Fehler zugeben.«

»Ach, hör schon auf.«

Ein neues Lied fängt an und ich muss grinsen. Es ist das Lied, das Carter immer wieder singt, seit wir uns kennen. Er kommt zu mir geschlendert, ein schüchternes Grinsen auf dem Gesicht.

»Hast du dir diesen Song gewünscht?«, frage ich zum zweiten Mal in meinem Leben.

»Habe ich.« Er streckt die Hand aus. »Darf ich bitten?«

Ich halte Jeremy mein Weinglas hin und nehme Carters warme Hand, in der meine versinkt. Gekonnt dreht er mich zu sich. Er ist, wie ich ihn kenne. Sein Geruch, seine Berührung, seine Art, mich zu halten, sein Mund an meinem Ohr, während er die Lyrics seines Lieblingslieds mitsingt.

Ich erschaudere, als ich seinen Atem an meinem Hals spüre, Tausende Schmetterlinge flattern mir durch den Bauch, weil er mich zwischen den Textzeilen mit Abermillionen kleiner Küsse übersät.

»Carter.« Ich kneife die Augen zu. »Ich –«

»Ich liebe dich«, sagt er und kommt mir mit seinem Gesicht ganz nah. »Ich liebe dich, Olivia.«

Seine Lippen berühren meine, ganz sanft und weich, als die Musik langsam ausläuft. Seine Finger üben leichten Druck auf meinen unteren Rücken aus, er presst mich an sich. Dann wird sein Name gerufen und er lehnt seine Stirn gegen meine und grinst.

»Dann muss ich wohl jetzt meine Rede halten, mein Ollie-lein.« Er gibt mir noch einen Kuss, bevor er zum Podium geht. Allein dafür, dass er sich räuspert und gegen das Mikro klopft, wird er von seiner Mannschaft schon mit Jubel belohnt. Sein elektrisierendes Lächeln lässt den ganzen Saal erstrahlen. »Habt ihr alle Spaß?« Er lächelt, weil die Menge zustimmend brüllt. »Ich fühle mich sehr geehrt, dass die fünf Minuten, über die Cara an diesem Tag keine Kontrolle hat, mir zufallen. Sie hat natürlich versucht, mir reinzugrätschen. Ich habe eine Liste mit sehr konkreten Regeln bekommen, was ich sagen darf und was nicht. Leider habe ich diese Liste aber verloren.«

Cara verschränkt die Arme vor der Brust, die Liste hat es also hundertprozentig gegeben.

»Für alle, die mich nicht kennen: Ich bin Emmetts bester Freund und Mannschaftskollege Carter. Mir wurde die Ehre zuteil, heute sein Trauzeuge sein zu dürfen, was ein für alle Mal eins beweist: dass ich der wichtigste Mensch in seinem Leben bin.« Er macht eine Pause, damit alle lachen können. »Cara, du siehst heute Abend fucking überwältigend aus. Ein Muster an Perfektion, so wie immer. Emmett ist ein verdammter Glückspilz.«

»*Carter!*«, kreischt Cara und knallt mit der Faust auf den Tisch.

»Ach, stimmt ja. Ups.« Er lacht und wirkt leicht verlegen. »Ich soll nur maximal fünfmal fluchen. Dann ist wohl schon einer weg.«

Cara hält Zeige- und Mittelfinger hoch. »*Zwei!*«

Carters grüne Augen werden groß. Er fährt sich mit der Hand durch das makellos gestylte Haar und ruiniert seine Frisur. »*Zwei?* Fick, Mann. Oh, Scheiße. Nein, fuck. Ach, fuck. Cara, du weißt, dass ich das nicht kann!« Er setzt sein perfektes Grinsen auf und Cara lässt stöhnend den Kopf in die Hände sinken. »Ich kann ja nicht in allem der Beste sein. Aber genug dazu. Eigentlich wollte ich gerade sagen, wie viel Glück Emmett hat. Er wird diesen Saal heute mit der schönsten Frau verlassen, die nicht nur temperamentvoll und witzig ist, sondern außerdem ein riesiges Herz hat. Und Cara … du hast immerhin ein schönes neues Kleid.«

Cara steht auf und dreht sich einmal im Kreis.

»Das war ein sehr emotionaler Tag für uns alle.« Carter deutet zu der riesigen Hochzeitstorte. »Selbst die Torte ist gerührt.«

Ich schlage mir die Hand vor die Stirn, während im Saal großes Gelächter ausbricht. »Du lieber Gott.«

»Als ich Emmett kennengelernt habe, als wir von Vancouver verpflichtet wurden, da war ich gerade mal achtzehn. Und auch wenn das heute schwer vorstellbar ist, wir haben uns nicht gleich verstanden. Zwischen uns herrschte eine ziemliche Rivalität, weil wir beide der Beste sein wollten. Emmett war immer so ernst und superfokussiert, ich war albern und locker. Er war still und ehrgeizig, und ich war und bin außerordentlich attraktiv.

Emmett, ich habe mich langsam in dein Herz geschlichen, einen unangemessenen Witz nach dem anderen gerissen, bis du mir endlich gezeigt hast, was du im Grunde für ein riesiger Teddybär bist. Du hast mich immer inspiriert und dazu gebracht, noch mehr zu geben, wenn du wusstest, dass da noch mehr zu geben ist. Voller Stolz kann ich heute sagen, ich bin der Mann, der ich bin, weil ich dich zu meinen Freunden zählen kann.

Und Cara. Ich wusste es. Ich wusste sofort, als ich dich kennengelernt habe, dass du meinen besten Kumpel klauen wirst. Als du reinkamst, ist seine Kinnlade auf den Boden geknallt. Danach wollte er jede freie Minute mit dir verbringen und hat sich bei Auswärtsspielen lieber ins Hotel zurückgezogen, um mit dir zu telefonieren, statt mit uns noch durch die Bars zu ziehen. Ich habe nicht kapiert wieso, bis ich …« Sein Blick wandert, bis er mich entdeckt, dann lächelt er. »Bis ich sie kennengelernt habe. Dann ergab das plötzlich alles Sinn.«

Carter reibt sich mit der Hand über die Brust. »Es war eine unglaubliche Erfahrung, mitzubekommen, wie ihr beide ein gemeinsames Leben aufgebaut habt, und ich weiß, dass es sogar nur noch immer besser werden wird. Wie viel Glück ihr habt, euch gefunden zu haben. Nicht nur Partner, sondern beste Freunde für die Ewigkeit. Auf Braut und Bräutigam.« Er hebt das Glas, aber hält dann den Zeigefinger hoch. »Oh, eins noch. Cara, das geht an dich mit den besten Grüßen vom Team. Viel Glück mit Emmett. Bei uns hat er in den meisten Positionen underperformt, aber wir sind überzeugt, dass du seine Leistung später befriedigend finden wirst.«

Mir bleibt keine Gelegenheit, Carter zu sagen, wie großartig seine Rede war, selbst die Sache mit der gerührten Torte, weil der DJ verkündet, dass jetzt der Brautstrauß geworfen wird, und Jennie mich zu allen anderen Frauen mitten auf die Tanzfläche zerrt.

»Ich will nicht«, jammere ich.

»Niemand hat gefragt.« Jennie dehnt sich demonstrativ. »Wenn ich muss, musst du auch. Aber nur zur Info: Mach dich auf was gefasst. Wir Becketts sind sauehrgeizig.«

»Keine Sorge, ich werde nicht drum kämpfen. Diese Tradition ist doch total lächerlich.«

Cara fährt keuchend zu mir herum. »Ich gehe schwer davon aus, dass du es nicht gewagt hast, irgendwas auf meiner Hochzeit *lächerlich* zu nennen, Parker.«

Ich kneife den Mund zu und schüttle den Kopf.

»Das will ich hoffen. So, auf die Plätze!«

Seufzend stelle ich mich neben Jennie. Alannah hüpft vor uns auf und ab, und ich hoffe inständig, dass die beiden sich nicht in die Haare kriegen über diesen fucking Strauß. Ich lege den Kopf in den Nacken, schließe die Augen und warte einfach nur darauf, dass es vorbei ist. Die Menge zählt runter.

»*Fünf! Vier! Drei! Zwei! Eins!*«

Ich warte.

Und warte.

Irgendwann öffne ich doch die Augen. Mein Herz setzt aus, weil Cara mit Tränen in den Augen direkt vor mir steht. Sie strahlt übers ganze Gesicht und hält mir den Strauß hin.

Dann legt sie meine Finger um die Bänder aus Samt und Seide, die den Strauß zusammenhalten, und dreht mich um. Dort wartet schon Carter und lächelt mich an.

»Ich versichere dir, ich habe die volle Erlaubnis der wunderbaren Braut, das hier tun zu dürfen.«

Cara legt mir das Kinn auf die Schulter. »Lass uns später trotzdem über meine immense Selbstlosigkeit reden, okay?«

Volle Erlaubnis? Wofür? Selbstlosigkeit? Hä? Wieso ist mir auf einmal so warm und – noch viel wichtiger – wieso hat Emmett das Handy auf mich gerichtet?

»Habe ich dir heute schon gesagt, warum ich dich liebe?« Carter macht einen Schritt auf mich zu, dann noch einen. Sein

Lächeln wird mit jedem Zentimeter, den er sich nähert, größer. »Ich liebe dich, weil du witzig und sarkastisch bist, außerdem bissig wie sonst was, und weil du mir an dem Abend, als wir uns kennengelernt haben, gesagt hast, ich soll mich selbst ficken.« Er ignoriert, wie Cara seinen Namen kreischt. »Aber du bist auch lieb und sanft, sensibel und süß, die beste Tante der Welt und eine Lehrerin, für die ich in der Highschool alles gegeben hätte. Du bist nicht nur meine Partnerin, sondern meine größte Cheerleaderin und meine beste Freundin.«

Er nimmt mein Gesicht in beide Hände und wischt mit den Daumen die Tränen weg, die mir aus den Augen laufen. Ich weiß nicht mal, wo die herkommen.

»Wieso weinst du, Ollie? Das Beste kommt doch noch.«

»Ich habe keine Ahnung, was los ist. Aber hast du mich gerade deine beste Freundin genannt?«, schluchze ich und sinke an seine Brust, wo ich mich an seinem nun geöffneten Hemdkragen festhalte.

Er hebt mein Kinn an und lacht sanft an meinem Mund. Dann macht er einen Schritt zurück, steckt die Hand in die Jacketttasche, holt eine kleine Samtschatulle heraus und sinkt vor mir aufs Knie.

»Ich hoffe, ich kann dich noch ganz anders nennen, wenn ich getan habe, was ich vorhabe.«

DREIUNDFÜNZIG

METTERSCHLINGE

OLIVIA

»Ist dir das peinlich?«

Mein Nicken ist kaum merklich. Ich lasse den Blick durch den Saal schweifen, über all die Leute, die uns erbarmungslos anstarren, die Hände auf ihre Herzen gelegt haben. Bis er wieder auf dem Mann landet, der vor mir kniet. »Sehr peinlich.«

»Hab ich dir doch versprochen«, erinnert Carter mich. »Soll ich aufhören?«

»Bitte nicht«, flüstere ich.

»Eigentlich wollte ich das ja beim Stanley-Cup-Finale machen. Aber Cara hat gesagt, dass du innerlich sterben würdest – vor zwanzigtausend Leuten im Stadion und sieben Millionen am Fernseher. Mir hätte es nichts ausgemacht, wenn sie das alle gesehen hätten, aber ich wollte ja nur, dass es dir peinlich ist, nicht dass du innerlich stirbst. Deshalb hat Cara das hier vorgeschlagen.«

»Vielen Dank für deine Umsicht. Ich will den Tag selbst ja schließlich noch erleben.«

Carter lacht, steht auf und legt mir eine Hand an die Wange. »Wir hatten unsere Probleme. Diese Beziehung hat nicht so harmonisch angefangen wie die meisten. Wir mussten eine Menge lernen, aber ich persönlich finde, wir haben das bestens gemacht.«

Ich muss kichern und er lächelt.

»Bis ich dich kennengelernt habe, gab es für mich nur Hockey. Ich habe nicht gedacht, dass ich mehr will, dass ich jemanden lieben könnte …« Er spricht nicht weiter, schließt die Augen. Als er sie wieder öffnet, ist mir, als würde er nur mich sehen. Sein unbändiges Verlangen steht ihm überdeutlich ins Gesicht geschrieben und lässt seine Augen wie Smaragde funkeln.

»Meine Liebe für dich ist unerklärlich. Sie geht so viel tiefer, ich will nicht einfach nur bei dir sein, ich muss sogar. Ich brauche dich, denn ohne dich fehlt etwas, ganz so, als wäre etwas gerade so außer Reichweite. Weil mit dir alles besser ist, alles einen Sinn hat. Du bist mein Ein und Alles, immer. Wenn wir auf dem Sofa kuscheln, wenn wir uns im Bett leise unterhalten, wenn wir ausschlafen. Wenn ich dich beim Nachhausekommen sehe, habe ich das Gefühl, erst wirklich lebendig zu sein. Und dann springst du mir in die Arme und strahlst und hältst mich so fest, als würdest du mich so sehr brauchen wie ich dich.«

»Ich brauche dich auch«, sage ich leise. »Alles war plötzlich so klar, als ich zuließ, wonach mein Herz gebettelt hat. Ich liebe dich, Carter, auch wenn ich anfangs Angst hatte.«

»Bevor ich dich kannte, hat mir nichts mehr Angst gemacht als die Vorstellung, mich zu verlieben. Aber der Gedanke, dich zu verlieren, war tausendmal schlimmer. Du sagst immer, dass ich rumprahle und zur Schau stelle, was ich habe, dass ich alles mit Flair mache. Du hast natürlich recht. Aber wieso sollte ich das auch nicht tun? Ich bin stolz auf alles, was ich habe, und am stolzesten bin ich auf dich und deine Liebe.«

Er senkt den Blick zu der kleinen Schatulle, die er in der Hand hält. Als er mir wieder in die Augen sieht, liegt darin Gewissheit. Er sinkt erneut auf ein Knie und öffnet langsam den Deckel. »Ist dir das immer noch peinlich vor all diesen Leuten?«

»Welche Leute?«

»Das ist mein Mädchen.« Er lacht und nimmt meine linke Hand. »Fuck, ich liebe dich. So sehr, es macht mir echt Angst.«

Meine Hand zittert, weshalb er sie fester hält.

»Wenn wir nicht zusammen sind, zähle ich die Minuten, bis wir uns wiedersehen. Für mich gibt es keine Zukunft außer mit dir. Ich weiß, es ist früh, aber ich brauche nicht mehr Zeit, um mir sicher zu sein, dass die Ewigkeit mit dir nicht früh genug beginnen kann. Sei mein für immer. Ganz offiziell? Weil inoffiziell bist du es ja sowieso schon. Also … heirate mich, Ollie. Sag Ja.«

»Wo war die Frage? Klingt irgendwie mehr wie –«

»Eine Forderung? Weil es eine ist. Ich weigere mich nämlich, ohne dich zu sein. Weil wir zusammengehören. Du bist mein. Meine beste Freundin und meine Liebhaberin, mein Einziges für immer. Ich habe nicht vor, dich je wieder gehen zu lassen. Ich will dich bis an unser Lebensende gesetzlich an mich binden.«

»Wie romantisch.« Jetzt falle auch ich auf die Knie und schlinge ihm die Arme um den Hals, während er mir einen Arm um die Hüfte legt. Die Gäste werden unruhig. Das hier läuft jetzt schon eine ganze Weile, aber das ist mir egal. »Bist du sicher, dass du dich bis in alle Ewigkeit an mich binden willst?«

Da ist das Grinsen, das ich so sehr liebe, schief und triefend vor Arroganz. Ein Mann, der nie selbstsicherer war. »Für fucking immer, Ol. Schließ mich ein und wirf den Schlüssel weg. Ich gehöre dir, Baby. Schon immer, für immer. Und wenn wir erst zu Hause sind, werde ich dich mit Romantik überfluten.«

Ich kräusle die Nase, um die Tränen zu stoppen, die mir über die Wangen laufen. Ich betrachte sein Gesicht, das Feuer in seinen Augen, das nicht erlischt, die Hoffnung, das Versprechen. »Ich liebe dich so sehr, Carter.«

»Wieso warte ich dann immer noch auf eine Antwort?«

»Ich dachte, auf Forderungen muss man nicht antworten.« Ich fahre mit dem Daumen über das herzzerreißend schöne Lächeln auf seinen Lippen, das sein hübsches Gesicht ziert. »Ich liebe dich, Carter. Ich will nichts mehr, als den Rest meines Lebens mit dir zu verbringen.«

Sein Adamsapfel bebt, weil er so heftig schluckt, sein Blick verschwimmt im goldenen Schimmer des Ballsaals. Als er blinzelt, rollt eine einzelne Träne über seine rechte Wange.

»Wieso weinst du?«, frage ich und fange sie mit dem Mund auf.

Er antwortet nicht. Mir jedenfalls nicht.

»*Sie hat Ja gesagt!*« Er springt auf, drückt mich an seine Brust und wirbelt mich durch die Luft. »Sie wird meine Frau!«

Dann setzt er mich wieder ab und steckt mir den atemberaubendsten Diamanten an den Finger. Er verliert keine Sekunde, sondern gibt mir den wildesten, besitzergreifendsten, verzweifeltsten Kuss, den man sich vorstellen kann, in dem alles liegt, was wir in der letzten Woche versäumt haben.

Und ich zweifle kein bisschen daran, dass wir solche Küsse nie wieder missen müssen.

***

Carter meinte bierernst, dass er kein Nein akzeptiert hätte. Die Limo stand schon vorm Hotel, mein Gepäck bereits drin, und kaum waren Cara und Emmett aufgebrochen, waren auch wir unterwegs.

Er wirkt fast verlegen, aber auch unfassbar niedlich, als er an der Haustür den neuen Code eintippt: *1215.*

»Fünfzehnter Dezember«, sagt er und selbst seine Ohren werden pink. »Der Tag, an dem wir uns kennengelernt haben.«

Nach nur zwei Schritten ins Haus bleibe ich mit offenem Mund stehen. Mir fallen die Heels aus der Hand. Mit den Fingern fahre ich über die Bilderrahmen im Flur, überall Fotos von uns und all den tollen Menschen in unserem Leben. Ich drehe mich um zu diesem beeindruckenden Mann und sehe, dass er zu dem Wort schaut, das aus Holz gesägt über allen Fotos hängt: *Familie.*

»Wann hast du das gemacht?«

»Freitag.« Er nimmt meine Hand und zieht mich zur Treppe. »Komm mit, geht noch weiter.«

Er bringt mich in eins der Gästezimmer, das er zu einem Arbeitszimmer umfunktioniert hat. Es gibt einen Tisch und einen Lederstuhl, dazu ein kleines Sofa und eine Stehlampe, außerdem einen von diesen Kapselkaffeeautomaten und eine Dose mit Teebeuteln und Kapseln mit entkoffeiniertem Kaffee. Meine Arbeitstasche lehnt am Tisch, auf dem mein Laptop steht.

Carter reibt sich den Nacken. »Bisher hast du immer vorm Couchtisch gesessen und korrigiert und neue Pläne geschrieben, da dachte ich, du würdest dich vielleicht freu–«

Ich unterbreche ihn mit einem Kuss. »Freuen? Ich lieb's. Ich spare mir die Frage, wie du an all meine Sachen gekommen bist, aber ich schätze mal, Cara hatte was damit zu tun.«

Seine Brust schwillt vor Stolz. »Ich war in deinem Zimmer, als ihr gerade nach Whistler abgefahren seid.«

Das erklärt alles. Cara hat schon mit gepackten Taschen auf mich gewartet, als ich am Donnerstag aus der Schule kam, damit wir gleich losdüsen konnten, um Freitag in aller Herrgottsfrühe ins volle Wellnessprogramm zu starten. Klagen kamen von mir keine, schließlich hatte ich Augenringe aus der Hölle, auf die aufmerksam zu machen Cara nicht müde wurde.

Dann bringt Carter mich zum Schlafzimmer. Seine Hand umschließt meine fester, als er die Tür öffnet. Das Zimmer war schon immer wunderschön eingerichtet gewesen, aber jetzt …

Vorm Kamin, wo ich es mir in kalten Nächten so gern mit einem Buch gemütlich mache, liegen nun drei große Kissen. Außerdem gibt es einen Korb mit Decken und einen kleinen Tisch mit einem Stapel meiner Bücher. An der Wand, an der bislang nichts stand, ist nun eine Kommode, passend zu Carters, bloß niedriger und breiter, sodass ein riesiger antiker Spiegel darauf Platz hat. Darin sind meine Sachen.

Carter deutet zu einer herrlichen Vase mit Sonnenblumen, pinken Rosen und orangen Margeriten. »Der Florist hat das Gesteck ›Hallo Sonnenschein‹ genannt.« Er kratzt sich an der Schläfe, sein Blick wandert von den Blumen zu mir zum Boden.

»Du machst jetzt nicht echt einen auf schüchtern, oder? Nicht Carter Beckett. Unmöglich.«

Er grinst und zieht mich an sich. »Ich wollte einfach, dass du dich zu Hause fühlst.«

»Mit dir habe ich mich immer zu Hause gefühlt, Carter. Egal, wo wir sind und was wir haben.«

»Ich will dir alles geben.« Seine Worte sind leise und ernst, seine Hände wandern meinen Rücken hinauf und verharren über dem Reißverschluss. »Alles.«

»Mehr als dich habe ich nie gebraucht, das schwöre ich.«

Ihm stockt der Atem, als ich ihn sanft gegen die Wand drücke. Mit den Fingern mache ich mich an seinen Hemdknöpfen zu schaffen, während meine Zunge die seine findet. Ich fahre ihm mit den Händen über den Oberkörper, spüre, wie sich seine Muskeln anspannen, und dann weiter über seine Schultern, die Arme hinunter, bis sein Hemd zu Boden fällt.

Carter wirbelt mich herum, presst nun mich gegen die Wand und zieht langsam den Reißverschluss hinunter, sein warmer Atem an meinem Rücken spürbar. Starke Hände packen meine Taille, meine Hüften, während nun auch mein Kleid zu Boden fällt, dicht gefolgt von meinem Slip. Dann setzt er mich auf die Bettkante und ich öffne seine Gürtelschnalle, schiebe seine Hose und Boxershorts über die ausgeprägten Oberschenkel. Er kickt sie mit dem Fuß weg und kniet sich vor mich.

Sofort versenkt er sein Gesicht zwischen meinen Beinen und dann spüre ich kühle Tränen an der Innenseite meiner Schenkel. Mir bricht das Herz, als unsere Blicke sich treffen.

»Ich hatte solche Angst, Olivia. Richtig Panik. Als ich zugesehen habe, wie du gehst, weil ich nicht stark genug war, dich aufzuhalten, ehrlich zu dir zu sein, dich zu bitten, einfach ein bisschen Geduld mit mir zu haben, damit wir das irgendwie zusammen lösen können … Ich hatte das Gefühl, dass ich dich nicht verdiene. Dass du mehr verdienst. Und es tut mir so leid, dass ich nicht der sein konnte, den du gebraucht hast.« Er lässt den Kopf hängen, als hielte er sich noch immer für unwürdig, als würde er sich eine Situation nicht vergeben, für die er ja gar nicht wirklich was konnte.

Und das lasse ich so nicht zu.

Ich streichle seine Wange, hebe sein Kinn. »Ich liebe dich in allen perfekten Momenten, und davon gibt es unzählige, aber ich werde dich auch in allen Momenten lieben, die nicht perfekt sind.«

In seinen Augen funkeln Dank und tiefe Liebe. »Ich dachte, ich habe dich verloren … für immer … und ich … ich …« Angst raubt ihm die Stimme und dann schüttelt er leicht den Kopf. Er blinzelt und eine Träne rollt über seine Wange. »Ich möchte dich nie verlieren, Ollie. Du machst mich zu einem besseren Menschen. Besser als ich je war.«

Das glaube ich nicht, keine Sekunde lang. Der Mann, der da gerade vor mir kniet, war immer der Mann, wie ich ihn kenne, der Mann, den ich über alle Maßen liebe. Ich glaube, er war einfach nur vorsichtig und hat nicht alle seine Seiten mit jedem geteilt. Ich habe bloß riesiges Glück, dass ich diejenige bin, für die er sich entschieden hat, die ihn sehen darf, wie er ist.

»Ich war so verloren, bevor ich dich kannte, Ollie. Und das wäre ich wieder, wenn ich dich verlieren würde. Du bist meine beste Freundin.«

»Und du bist mein bester Freund.« Ich lege ihm die Hand in den Nacken und ziehe ihn zu mir hoch. »Und jetzt komm her und liebe mich, Mr Beckett.«

»Alles klar, Mrs Beckett. Eine Runde süßer Liebe, ganz wie geordert.«

»Nur eine?«

»Oh, Baby, du wirst nicht schlafen, bis die Sonne aufgeht.«

Ich rechne damit, dass es hart und rau wird, ein Symbol seines Verlangens, weil er das so wahnsinnig vermisst hat. Doch heute ist er zärtlich und sanft und genießt jede Sekunde, lässt seine Finger über jede Stelle meines Körpers tanzen. Seine Lippen bewegen sich mit liebevoller Präzision über meinen Hals, mein Schlüsselbein, über meinen Bauch, meine Hüfte, lassen meine Haut glühen und lösen ein Verlangen in mir aus, dass ich vor Lust nur so bebe.

Ich fasse ihm in die seidigen Haare und ziehe sein Gesicht aus meinem Schritt zu mir, wo er gefühlt seit Stunden aktiv ist, dabei leckt er gerade mal ein paar Minuten. Wunderbare, anregende Minuten.

Er fährt sich mit der Zunge über die Lippen, schmeckt mich, und ich wimmere meine nächsten Worte. »Ich brauche dich. Bitte. Jetzt sofort. Ich brauche dich, Carter.«

»Ich bin doch hier«, flüstert er und legt sich langsam mit vollem Gewicht auf mich.

Er schiebt sich zwischen meine Beine, legt sich eins um die Hüfte, während sein Schwanz sich gegen mich drängt. Ich klammere mich an ihn, meine Nägel bohren sich in seine Schultern. Carter legt seinen Mund auf meinen und versengt mich mit einem überwältigenden Kuss, dann verschluckt er mein Keuchen, als er langsam in mich eindringt.

»Ich liebe dich.« Er küsst die Tränen, die mir aus den Augen quellen. »Ich werde dich für den Rest meines Lebens lieben und danach auch noch.«

***

»Liv, Liv, Liv, Liv.«

Stups, stups, stups, stups.

»Ollie, Ollie, Ollie, Ollie.«

Stups, stups, stups, stups.

Ich gebe ein Brummen von mir und schlage nach dem Finger, der mir unermüdlich gegen die Wange stupst.

»Hey, mein verschlafenes Mädchen. Wach auf.«

»Ich bin gerade erst eingeschlafen«, murmle ich und öffne vorsichtig ein Auge, linse in die Sonne, die durch das Fenster hinter Carter hereinfällt. Er bewegt sich so, dass ich nur noch sein grinsendes Gesicht sehe.

»Du hast fast vier Stunden geschlafen.«

»Fast vier Stunden?« Ich rolle mich auf den Rücken, strecke die Arme aus. »Na, dann ist es definitiv Zeit aufzuwachen.«

Carters Kichern nach dem Aufwachen gehört zu meinen absoluten Lieblingsgeräuschen. Es ist tief und irgendwie grollend, noch rau vom Schlaf, und das, obwohl er offenbar schon länger wach ist als ich. Er ist erstaunlich munter.

Er legt sich auf mich und spreizt meine Beine, verteilt meine Feuchte dazwischen. Er summt genüsslich, versenkt seine Finger in mir, weshalb ich sofort stöhnend den Kopf ins Kissen presse. »Hmm. Scheint ja so, als hättest du nur darauf gewartet, dass ich dich wecke.«

Dann rollte er sich von mir runter und steht auf, zerrt mich ebenfalls auf die Beine. *Was zur Hölle?*

»Komm, los, los, hoch mit dir. Wir haben heute viel vor.«

Ich packe ein Kissen und pfeffere es ihm an den Kopf. »Es ist echt unverschämt, etwas anzufangen und dann nicht zu Ende zu bringen.«

»Oh, ich bringe das zu Ende. Noch ungefähr zehnmal. Dann wirst du erst recht schlafen müssen.« Er grinst diabolisch, aber dann zieht er noch mal an meiner Hand, zerrt mich mit auf den Balkon. »Ich will dir was zeigen.«

»Was denn? Und wieso müssen wir dazu auf den Balkon? Können wir nicht im Bett bleiben? Und wieso haben wir viel vor? Heute ist doch Feiertag.«

Carter schiebt mich auf eine der Liegen. Davor ist ein atemberaubendes Frühstücksbüfett aufgebaut, außerdem steht dort sein Laptop. Ich leiste keine Gegenwehr, denn erstens ist da auch Bacon und zweitens liebe ich ihn.

»Wir können nicht im Bett bleiben, weil das Essen auf dem Balkon ist. Unter anderem.« Sein Blick wandert voller Bewunderung über mich. »Denn auf diesem Balkon habe ich mich in dich verliebt. Ich habe mich verliebt, weil du so friedlich vor dem Feuer geschlafen hast. Ich habe mich verliebt, weil du so staunend in den Himmel geschaut, die Millionen von Sternen betrachtest hast. Ich habe mich verliebt, weil du dich mir geöffnet hast, weil du dich gezeigt hast und mich auch sehen wolltest. Ich habe mich verliebt, weil wir uns so nah waren, weil du so gut in meine Arme gepasst hast. Weil wir uns hier so oft geliebt haben und weil ich dich hier gefragt habe, ob du dieses Haus zu deinem Zuhause machen willst. Ich habe mich wieder und wieder in dich verliebt, und das werde ich auch immer wieder, genau hier.«

Mein Herz setzt aus, ich hebe seinen Arm und kuschle mich an ihn. »Okay, du hast mich überzeugt. Ich liebe diesen Balkon. Außerdem sind das exzellente Gründe, den ganzen Tag hierzubleiben und nirgendwo anders hinzugehen. Findest du nicht auch?«

Carter legt die Füße auf den niedrigen Tisch und stellt sich den Laptop auf den Schoß. Als ich den Bildschirm sehe, setze ich mich so schnell auf, dass ich das Teil herunterstoße. Sofort werfe ich mich über Carter, um das Gerät aufzufangen, bevor es zu Boden geht.

»Was hältst du von einer Hochzeit im Herbst?« Er nippt an seinem Kaffee, die Tatsache ignorierend, dass mir der Mund offen steht.

»Im Herbst? Du meinst, *diesen* Herbst?«

»Mhm, diesen Herbst.«

»Aber das ist so –«

»Früh?« Er hebt die Augenbrauen. »Ist das ein Problem?«

»Ich … ich … nein. Aber bist du sicher, dass du das willst? Dann läuft die Saison ja schon wieder, du hast viel zu tun. Außerdem müssen wir ja auch nichts überstürzen. Wenn du willst –«

»Will ich aber nicht. Ich will nicht warten, weil ich kein Leben ohne dich will. Meine Welt dreht sich so wunderbar, weil du mir das Herz geöffnet und mir geholfen hast, mich selbst wieder zu spüren. Ich habe mich nach dem Tod meines Vaters verloren. Alles, was mich ausgemacht hat, hing am Hockey – als Spieler und als Mannschaftskapitän. Das ist alles, was ich konnte. Bis du in mein Leben kamst und mir gezeigt hast, dass ich noch so viel mehr zu bieten habe. Fuck, ich würde dich am liebsten auf der Stelle heiraten, aber das ist ja nicht realistisch und wäre definitiv zu impulsiv – wir sollten ja vermutlich Familie und Freunde einladen –, und im November gibt es eine Woche, in der wir vier Tage lang nicht spielen, deshalb bietet sich der Herbst an, wenn du dir das auch vorstellen kannst.«

»Ich … ich …« *Oh, fuck.* »Klar kann ich mir das vorstellen. Wenn wir so kurzfristig einen Veranstaltungsort finden und alles andere regeln können.«

Er dreht den Bildschirm so, dass ich ihn sehen kann. »Wir haben heute vier Termine, um uns Locations anzusehen, die just an dem Wochenende noch frei sind.«

Mir klappt die Kinnlade runter. Noch mal. Wobei, war mein Mund seit seiner Frage überhaupt schon wieder zu? »Aber heute ist doch Canada Day? Feiertag?«

»Du weißt ja, dass ich ungern rumprahle«, er lässt mir kurz Zeit, über diese Aussage zu schnauben, »aber reich und berühmt zu sein, birgt halt gewisse Privilegien. Wie zum Beispiel mir an einem Feiertag Traulokale ansehen zu können.« Er tippt mir gegen die Wange. »Außerdem laufen Caras Vorbereitungen für unsere Hochzeit schon seit Mai im Hintergrund. Seit sie mir geholfen hat, deinen Ring zu entwerfen. Es gibt schon drei Termine zur Kleideranprobe für dich, noch bevor sie in die Flitterwochen aufbrechen.«

»Aber sie brechen schon am Samstag auf.«

Seine Miene verrät mir, dass es ihm total leidtut. Niemand möchte drei Tage lang mit Cara Kleider anprobieren. Das habe ich ja gerade erst hinter mir, allerdings hat es bei ihr anderthalb Monate lang gedauert, bis sie sich für eins entschieden hat, meine Wunden sind also noch frisch.

»Du, ich habe versucht, sie aufzuhalten, als das mit uns losging. Aber dann hab ich echt Schiss bekommen und ihr deshalb freie Hand gelassen.« Er deutet zum Computer. »Sie hat all diese Termine gemacht, wir müssen nur gucken, welches uns am besten gefällt. Dann sollen wir, und da kann ich sie zitieren, ›ihr einfach alles überlassen‹. Dazu hat sie gegackert und die Fingerspitzen so unheimlich aneinandergetippt.« Carter schüttelt sich, zuckt dann mit den Schultern. »Deshalb hab ich einfach nur zugestimmt und bin abgehauen.«

»Okay.« Ich kuschle mich an ihn und lege den Kopf auf seine Brust. »Dann zeig mir mal, wohin wir heute gehen.«

Er grinst so breit, es ist richtig ansteckend. »Ja?«

»Ja.«

Eine Location ist besser als die andere, aber am meisten liebe ich, wie strahlend er mir von jeder erzählt, was ihm am besten gefällt, was er glaubt, was mir am besten gefallen wird. Seine Hände bewegen sich wild, während er spricht. Als er fertig ist, klappt er den Laptop zu, legt ihn auf den Tisch und zieht mich zu sich.

»Der erste Termin ist in zwei Stunden«, summt er.

»Ah, dann können wir das ›Für immer‹ kurz für eine Runde Spaß auf Pause stellen?«

»Für immer ging doch los, als du vor so vielen Monaten an Mitternacht Ja gesagt hast, als meine Lippen zum ersten Mal auf deine getroffen sind. Ich habe vor, den Rest meines Lebens so zu verbringen, wie dieses Jahr losging: diese kleine, freche Person liebend. Alles beginnt und endet damit, wie du mein Herz wild schlagen und die Metterschlinge in meinem Bauch flattern lässt.«

»Metterschlinge?«

»Fucking Metterschlinge, Ol. Haufenweise.«

Carter drückt mich zurück und setzt sich rittlings auf mich. Er packt meine Handgelenke, hält die Arme über meinem Kopf zusammen, fährt mit der Nasenspitze an meinem Hals herauf, bis unsere Münder zusammenfinden.

»Ich glaube, heute kann ich es nicht langsam und behutsam, Ollie.«

»Ach nein?«, keuche ich, als er in die empfindliche Stelle unterhalb meines Ohrs beißt.

»Nein. Heute werde ich dich hart lieben und ich werde erst wissen, ob ich's richtig angestellt hab, wenn ich dich danach zum Auto tragen muss. Ist das okay für dich, Prinzessin?«

»Mir ist egal, wie du mich liebst. Es ist immer perfekt.«

Er lacht leise, bevor er in mich eindringt. »Das ist gut. Ich liebe dich nämlich auf tausend unterschiedliche Arten und ich kann's nicht erwarten, den Rest meines Lebens damit zu verbringen, sie dir alle zu zeigen.«

Ich streiche ihm die Haare aus dem Gesicht und gebe ihm einen zarten Kuss auf den Mund, um die sanfte Seite dieses Mannes noch ein bisschen länger zu genießen, bevor er sich in die Bestie verwandelt, die ich genauso liebe. »Ich liebe dich, Carter.«

Sofort grinst er schief, inklusive aller Grübchen, und bringt damit mein Innerstes zum Strahlen. Er zieht mich auf seinen Schoß, ohne unsere Verbindung zu lösen, dann sinken seine Hände in meine Haare, seine Zunge in meinen Mund.

»Danke, dass du dich für mich entschieden hast, Ollie. Ein besseres Leben kann ich mir nicht vorstellen.«

EPILOG

UPS

CARTER

NOVEMBER

»Bist du nervös?«

»Ja. Nein. Ja. Fuck. Nein. Keine Ahnung.« Was vermutlich Antwort genug ist. Ich richte zum sicher zwanzigsten Mal meine Krawatte. Draußen ist es nicht warm, aber hier drin … Warum ist es so heiß? »Das ist längst überfällig.«

Jemand lacht und ich starre finster zu den fünf Männern, die neben mir stehen. Hank, Emmett, Adam, Garrett, Jeremy – es könnte jeder von ihnen gewesen sein. Sind alles Arschlöcher.

Dublin winselt zu meinen Füßen. Der ist kein Arschloch, der ist ein artiger Junge, der in seinem Hundesmoking großartig aussieht.

»Ihr kennt euch gerade mal elf Monate und du redest von längst überfällig …« Garrett schüttelt den Kopf. »Fuck, ey. Wenn ich jemals so unter dem Pantoffel stehe wie du –«

Ich muss Adam nur einen Blick zuwerfen, schon rammt er Garrett den Ellbogen in die Seite. Ich unterdrücke mein Grinsen darüber, wie er zusammenklappt und seine Seite hält, da die Musik einsetzt und ich so was wie eine Panikattacke habe, weil nacheinander so viele wunderschöne Frauen auf den Altar, auf mich zukommen.

»Beruhig dich, du Idiot«, flüstert Jennie, als sie auf meiner Höhe ist, worüber Garrett viel lauter kichert, als nötig wäre, weshalb sowohl meine Schwester als auch ich ihn mit hochgezogener Braue betrachten. Er räuspert sich und dann deutet Jennie auf seinen Hals, guckt auch demonstrativ hin.

Was?, fragt er tonlos.

Sie richtet eine imaginäre Krawatte und glotzt mit aufgerissenen Augen zu seinem Hals.

Keine Ahnung, was du sagen willst, mimt er zurück und wedelt dabei mit den Händen, wohl um zu verdeutlichen, dass er wirklich keinen blassen Schimmer hat.

»Verdammt noch mal.« Jennie versteckt sich kurz hinter ihrem Strauß. »Deine Krawatte! Deine Krawatte ist schief!«

»Was? Oh.« Garrett schaut an sich hinunter, läuft knallrot an, als er seine Krawatte sieht.

Das geht ja fantastisch los, was meine Nervosität kein bisschen steigert. Immerhin bringe ich ein Lächeln darüber zustande, wie Alannah über den Teppich hüpft und arglosen Gästen Blütenblätter ins Gesicht schmeißt. Jem schafft die Hälfte des Wegs, bis er es attraktiver findet, sich hinzulegen und Blütenblätter zu futtern.

»Jemmy! Nein! Jemmy, steh auf!« Alannah versucht ihn mit mehr Blättern Richtung Altar zu locken. »Komm, Jemmy. Komm. Hier sind noch viel mehr Blätter für dich.«

Olivia hat genau das vorhergesagt. Sie hat sogar darauf gewettet. Jetzt schulde ich ihr eine Fußmassage und Brownies.

»Das Kind hat dieselbe Aufmerksamkeitsspanne wie seine Mutter«, flüstert Jeremy.

Ich pruste los, weil, klar. So, wie Kristin ihn gerade anfunkelt, scheint sie meiner Meinung zu sein.

Alannah nimmt ihren Bruder schlussendlich auf den Arm und schleppt ihn bis zum Altar. »Gib Onkel Carter die Ringe, Jemmy.«

Zu meinem großen Glück grinst mich der kleine Kerl an und reicht mir die kleine Schatulle.

»Danke dir«, sage ich und dann drücke ich ihm und Alannah einen Kuss auf die Wange. Ich schließe fest die Hand um die Schatulle und muss tief einatmen, als die Musik aufhört. »Fuuuuck«, keuche ich, als das nächste Lied anfängt.

Millionaire von Chris Stapleton. Olivia meint, ich habe das ausgesucht, weil ich Millionär bin, dabei habe ich es gewählt, weil ich mich, selbst wenn ich nur sie und ihre Liebe hätte, wie der reichste Mann der Welt fühlen würde.

Jedes bisschen Aufregung ist wie weggeblasen, als diese unfassbare Frau durch die Tür kommt, gehüllt in Spitze und Satin. Sofort ist der Sauerstoff knapp im Raum.

»Beschreib sie mir«, flüstert Hank.

»Sie … sie …« Ich blinzle für den Bruchteil einer Sekunde, weil ich nichts verpassen will. »Tut mir leid, ich kann nicht.« Mir fehlen die Worte. Sie ist … wie mit drei an Weihnachten wach werden und kapieren, worum es eigentlich geht. Sie ist der Moment, in dem der Regen aufhört und die Sonne wieder rauskommt, alles in Sonnenschein taucht und es sofort frisch und neu riecht. Sie ist die erste Runde, die man auf einem frisch zugefrorenen See dreht, inmitten schneebedeckter Berge und Kiefern und der klarsten Luft. Sie ist wie mitten in der Nacht aufwachen und sich an sie kuscheln, wenn alles einfach *stimmt*. »Sie ist … sie ist einfach …«

»Vollkommen«, sagt Hank leise.

Absolut fucking vollkommen, ja. *Und sie ist ganz mein.*

Das ist vermutlich auch der Grund, weshalb ich sie nur drei Viertel des Wegs gehen lasse, bevor ich ihr – zur Überraschung unserer Gäste – entgegenstürme.

Olivia hingegen? Sie wirkt nicht überrascht. Kein bisschen.

»Impulsiv und ungeduldig«, flüstert sie, als ihr Dad sie freigibt und ich sie in die Arme schließe, einmal drehe und dann an mich drücke, während ich sie mit allem küsse, was ich zu bieten habe.

»Genau deshalb heiratest du mich ja.«

»Mhm.« Sie legt den Kopf schief und kräuselt die Nase. »Unter anderem.«

»Du siehst fucking umwerfend aus.« Ich würde ihr so gern in die Haare fassen, doch dann werde ich sicher gemeuchelt. Aber ihre Frisur ist so großartig.

»*Hey!*« Cara schnipst beim Altar mit den Fingern. »Hört auf rumzuknutschen und schwingt eure Hintern her, um euch verheiraten zu lassen!«

Olivia giggelt und ich strecke die Hand aus. Ich bin sicher, dass ich noch nie so breit gegrinst habe wie in diesem Moment. »Bereit zu heiraten?«

Sie schiebt ihre Hand in meine, unsere Finger verbinden sich und dann schenkt sie mir dieses sanfte Lächeln, das ich so liebe. »Bereit.«

***

»Du siehst überwältigend aus heute Abend, Mrs Beckett.«

Ihr Kleid ist der Hammer. Feinste Spitze über Satin mit delikaten Perlen, die sich um ihren perfekten Hintern legen und den Blick auf ihren so perfekten milchig weißen Rücken freigeben. Die Farbe nennt sich *Blushing Maple,* aber das könnte mich nicht weniger kümmern. Meine Frau ist ein fucking Meisterwerk an diesem Abend.

Ich schiebe meine so fantastische Frau über die Tanzfläche, wie meine Schwester es uns beigebracht hat, die in der Ecke steht, die Hände halb vorm Gesicht, als hätte sie Angst, wir könnten es jederzeit vermasseln. Wenn ich das richtig sehe, zählt sie sogar die Schritte mit.

»Das sagst du jeden Abend.«

»Einfach, weil es stimmt. Nackt, zurechtgemacht, in Jogginghose oder nichts als einem meiner T-Shirts. Du bist immer das Schönste, was meine Augen je gesehen haben, aber heute …« Ich lasse die Hand an ihrer Flanke hinuntergleiten bis zur Hüfte.

»Mein Kleid ist zu eng.«

Ich lehne mich ein bisschen zurück, um ihren Flunsch zu sehen, dann grinse ich. »Ist es nicht.«

Das Kleid passt perfekt, da muss ich nicht mal nachsehen, schließlich starre ich sie schon den ganzen Abend lang an. Sie hat mich vor ein paar Wochen erwischt, als ich mich zum Schrank geschlichen habe, um mal einen ersten Blick darauf zu werfen. Dafür habe ich einen so harten Judoschlag von ihr geerntet, dass ich mir danach die Hand mit Eis gekühlt habe, einfach um ihr ein schlechtes Gewissen zu machen. Das hat sogar geklappt, bis sie mein Schmunzeln bemerkt hat. In der Nacht schlief sie mit Schlafanzug und sorgte dafür, dass meine Hände oberhalb der Gürtellinie blieben.

»Ich kann kaum atmen, Carter, und vorbeugen kann ich mich definitiv auch nicht.«

»O nein.« Beschwichtigungen sind gerade ein Erfolgsgarant. »Dann sollten wir dich so schnell wie möglich daraus befreien.« Ich sehe mich gespielt nach einem Ausgang oder einer Toilette um. Je länger ich so tue, desto weniger gespielt ist es. Ich würde mich sofort an ein stilles Örtchen mit ihr zurückziehen. »Gehen wir irgendwohin, wo ich es dir runterreißen kann.«

»Dieses Kleid hat unanständig viel Geld gekostet! Das reißt du mir nicht runter. Niemals.«

»Hmm.« Das werden wir noch sehen. Ich zahle auch dafür, dass es wieder zusammengeflickt wird. »Willst du es noch mal tragen?«

Sie grinst. »Ja, wenn ich meinen nächsten Mann heirate.«

»Böses Mädchen.« Ich lasse die Hand an ihrem Rücken hinuntergleiten bis zu ihrem Hintern, den ich leicht drücke.

»Ihnen ist schon bewusst, dass alle zweihundertfünfzig Gäste Ihre Hand da auf meinem Hintern gerade sehen können, Mr Beckett?«

»Mhm. Ist mir recht so, Mrs Beckett, dann wissen sie alle, dass du meine Frau bist.«

Olivia gibt mein absolutes Lieblingsgeräusch von sich, ein Kichern. »Meinst du nicht, dass ihnen das klar ist, seit wir uns gegenseitig ewige Treue versprochen haben?«

»Meine Hände auf deinem knackigen Körper sind besser. Visueller. Du kennst doch mein Motto: Gib alles oder lass es bleiben.«

Olivia lässt den Kopf in den Nacken fallen und schließt lachend die Augen. »Ich kann echt nicht fassen, wie sehr ich dich liebe«, sagt sie mit einem leisen Seufzen, bevor sie mich küsst.

»Ich kann mir nicht vorstellen, dass ich dich mehr lieben könnte als genau in diesem Moment. Und morgen wirst du mich wie jeden Tag aufs Neue überraschen, weil ich dann merke, dass es doch geht.«

Ich drücke sie fest an mich und singe die letzten Worte unseres Songs in ihr Ohr, dann fasse ich ihr noch mal an den Hintern, bevor wir unsere Plätze am Tischende einnehmen. Olivia tupft sich immer wieder Tränen aus den Augenwinkeln, während wir den Reden und Ansprachen von Freunden und Verwandten lauschen. Hank ist zur Hälfte durch mit seiner Rede, als bei ihr alle Schleusen aufgehen.

»Carter, mein Junge, der Tag, an dem wir uns kennengelernt haben … das war der wohl schlimmste Tag deines Lebens. Ich wünschte sehr, wir hätten uns unter anderen Umständen kennengelernt. Aber dich kennenzulernen, war mit das Beste, was mir je passieren konnte. Ich bin immer noch davon überzeugt, dass Ireland dafür gesorgt hat, dass wir uns treffen, und dein Dad genauso. Und dafür danke ich ihnen jeden Tag. Ireland und ich konnten keine Kinder bekommen und du bist ja erst in mein

Leben getreten, als ich schon fast zur Tür durch war, aber ich wusste von Anfang an, dass du was Besonderes bist. Du hast ein Loch in meinem Herzen gefüllt, das niemand sonst füllen konnte, und ich weiß, dass meine Ireland dich genauso geliebt hätte und dass dein Dad heute auf dich hinabsieht und stolzer nicht sein könnte auf den Mann, der aus dir geworden ist. Olivia … mein Gott. Ich bin froh, dass ich blind bin. Ich kann dich schluchzen hören, wenn ich das sehen müsste, es würde das Herz dieses alten Mannes brechen.«

Olivia kippt gurgelnd lachend nach vorn und ich lege ihr eine Hand auf den Rücken, streichle ihre warme, weiche Haut.

»Als ich gehört habe, dass Carter mit einer Frau in einer Bar getanzt hat, war mir klar, dass er die eine gefunden hat. Sofort. Diese beiden Augen funktionieren vielleicht nicht so, wie sie sollten, aber das dritte Auge«, er tippt sich zwischen die Brauen, »dafür umso besser. Dieser Kerl war vom ersten Moment an verzaubert, als du in sein Leben getreten bist. Ich kenne keine zwei Menschen, die besser füreinander geeignet sind als ihr beiden. Wie sehr ihr daran arbeitet, ein gutes Team zu sein, ist inspirierend. Ich muss euch gar nicht alles Glück der Erde wünschen, weil ich weiß, dass ihr das schon habt.« Hank hebt sein Glas. »Auf eine Liebe, die mit jedem Tag stärker wird und nie endet.«

Olivia ist längst bei Hank, als ich noch aufstehe. Sie wirft sich ihm mit solcher Wucht an den Hals, dass ich kurz Angst habe, sie könnten gleich zu Boden gehen. Aber ich bin schon da, halte sie beide und genieße jede Sekunde dieser Dreierumarmung.

Während die Teller abgeräumt werden und die Feier in vollem Gange ist, beuge ich mich zu meiner Frau. »Fast Zeit für unsere Rede. Wollen wir uns fünf Minuten zurückziehen?«

Sie hebt wissend die Augenbraue. »Meinst du fünf Minuten zurückziehen oder *zurückziehen*?«

»Zwei Stunden wären mir natürlich lieber, aber schnelle fünf Minuten reichen gerade auch.«

»Du bist nicht schnell und es dauert definitiv nie nur fünf Minuten.« Und doch steht sie auf, faltet ihre Serviette und nimmt meine Hand.

Kaum ist die Tür hinter uns abgeschlossen, presse ich sie schon gegen den Waschtisch. »Ich liebe es, wenn du weinst.«

»Was für eine sonderbare Aussage.«

»Du bist so fucking schön, wenn du weinst. Dein Blick ist dann so weich und in deinen Augen sind die schönsten grünen und goldenen Flecken.« Ich ziehe ihr Kleid so vorsichtig hoch, wie ich kann, dann schiebe ich den weißen Spitzenslip runter und wuchte sie auf den Waschtisch. »Außerdem bist du so ein riesiger Softie, das gefällt mir sehr. Das ist ein ziemlich extremer Kontrast, weil du sonst immer so tough tust.«

»Ich bin tough.« Sie legt den Kopf schief und fährt mit der Zunge über ihre Oberlippe, während sie dabei zusieht, wie ich meinen Schwanz aus der Hose hole und ihn dann durch ihre Pussy und über ihre Klit ziehe. Feucht, so feucht.

»So tough.« Ich drücke sie an mich, presse die Lippen auf ihr Schlüsselbein und dringe in sie ein. »Du hast dir einen ganzen Werbespot mit Sarah McLachlan angeschaut an dem Abend, als wir uns kennengelernt haben, nur um mir nicht in die Augen sehen zu müssen.«

»Das war Folter«, sagt sie stöhnend und reibt sich an mir. Dann rupft sie an meiner Krawatte, fummelt an den Hemdknöpfen. »Ausziehen. Sofort.«

»Mhmh«, mache ich. »Schnell«, erinnere ich sie. »Fünf Minuten.«

Mein Gott, niemand schmollt wie Olivia. Sie legt die Stirn in dermaßen tiefe Falten und schiebt dazu die Unterlippe vor, weiter geht es nicht mehr. Lachend küsse ich das alles weg.

»Es kostet mich gerade jegliche Beherrschung, dir nicht in die Haare zu fassen«, grunze ich und werde schneller. »Dabei würde ich nichts lieber tun, als all die Nadeln und Blumen herauszuziehen und … dich zu *ficken*. Ich will dich so lang und hart ficken, dass du nicht mehr weißt, wie es sich anfühlt ohne mich in dir. Ich will dich auf unser Bett legen, dir dieses fucking Kleid runterreißen und jeden Zentimeter dieses Körpers anbeten, bis du weißt, wie es sich anfühlt, dass alles an dir über alle Maßen geliebt wird.«

Olivia wimmert, krallt sich mit den Fäusten in mein Hemd, während ich über ihre Klit reibe. »Ich weiß … weiß doch schon, wie sich das anfühlt.«

»Ja?« Ich lehne die Stirn an ihre und sehe zu, wie sie langsam zum Höhepunkt kommt, ihr Körper zittert, und dann stoße ich noch einmal, zweimal zu und komme mit ihr.

Sie gibt mir einen zärtlichen Kuss. »Wenn ich bis an mein Lebensende nichts als deine Liebe hätte, wäre das mehr als genug.«

Die Antwort gefällt mir. Und als wir wieder einigermaßen präsentabel sind, kehren wir in den Ballsaal zurück.

Meine Schwester betrachtet uns voller Ekel. »Igitt, ihr hattet gerade so was von Sex.«

»Hatten wir nicht«, sagt Olivia, während ich verkünde: »Aber so was von.«

Jennie wendet sich würgend ab.

»Wir wären dann bereit fürs Anstoßen mit Champagner, Mr Beckett«, sagt unsere Hostess, als wir uns gerade wieder gesetzt haben. »Sollen wir den jetzt sofort verteilen oder nach dem Nachtisch?«

»Jetzt sofort ist perfekt. Vielen Dank.«

Kaum halten all unsere Gäste ein Glas Champagner und ich ein Mikro in der Hand – Olivia sagt ja, ich bräuchte gar keins, weil ich so laut spreche, aber pfft –, stellen wir uns vor unsere Freunde und Verwandten. Ein Kellner kommt mit einem letzten Tablett zu uns und hält Olivia ein Glas hin.

»O nein. Kein Alkohol für sie.« Ich lege eine schützende Hand auf ihren Bauch. »Nicht wahr, Mommy?«

»*Carter!*«, keucht Olivia. Die gefährlich schmalen Augen und die geschürzten kirschroten Lippen verraten mir, dass dieses Mädchen mich – Hochzeitsnacht oder nicht – auf der Stelle meucheln möchte.

»Was denn?«, frage ich so unschuldig wie möglich, weil ich nicht sterben will, aber offensichtlich einen riesigen Fehler gemacht habe, der mir nicht bewusst ist.

Ich betrachte ihr Gesicht, das nur verrät, dass ihre Empörung von Sekunde zu Sekunde wächst. Dann wandert mein Blick zu meiner Hand auf ihrem winzigen Bauchansatz, den man eigentlich nur wirklich sehen kann, wenn sie nackt ist, von dem ich aber trotzdem den Blick nicht lösen kann, wenn wir zu Hause sind, und dann weiter zu unseren Verwandten und Freunden, die schockiert, aber glücklich wirken.

Weil ich gerade all unseren zweihundertfünfzig Gästen gesagt habe, dass meine Frau keinen Alkohol trinken darf.

Irgendwie gelingt es meiner so entzückenden Frau, die Augen dermaßen zusammenzukneifen, dass ich mich frage, ob sie mich überhaupt noch sehen kann.

»*Eine Vorgabe*«, schimpft sie in diesem Ton, den nur Lehrer draufhaben, mit dem sie es aber schafft, dass selbst ich mit meinen eins neunzig den Kopf einziehe. »Du hattest nur eine Vorgabe für heute Abend.«

Das stimmt. Eine Vorgabe.

Niemandem von dem Baby erzählen, das ich meiner Frau diesen Sommer versehentlich gemacht habe.

Ich dachte auch, ich würde das hinkriegen. Wirklich.

Cara und Jennie bepissen sich vor Lachen, weil denen klar war, dass ich das nicht schaffe. Ich sehe, dass Adam stöhnt und sowohl Garrett als auch Emmett Geld rüberschiebt, die beide so selbstzufrieden aussehen wie sonst ich.

Tja, da hab ich wohl Mist gebaut.

Ich sammle mich, präsentiere das charmanteste Lächeln mit

all meinen Grübchen, das ich zustande bringe und das mich bekanntermaßen noch immer gerettet hat, und schon verschwindet sämtliche Wut von Olivias so wunderschönem Gesicht.

Ich zucke alles andere als unschuldig mit den Schultern.

»Ups.«

CONTENT NOTE

Explizite Sprache
Sexuelle Inhalte
Slut-Shaming
Drohungen und verbale Gewalt

DANKSAGUNG

Ich danke meinem Mann dafür, dass er so anstandslos den Platz direkt hinter Carter Beckett akzeptiert hat, weil Carter Beckett einfach nicht teilen kann. Danke für deine Liebe und deine Unterstützung.

Meiner Girl-Gang – Erin, Hannah und Ki – danke, dass ihr mich nicht nur auf Schritt und Tritt begleitet, sondern auch stets zum Lachen gebracht habt.

Paisley, es gibt in der englischen Sprache nicht genügend Wörter, um auszudrücken, wie dankbar ich dafür bin, dass du mich mit all deinem Können und deiner harten Arbeit dabei unterstützt hast, Carters und Olivias Geschichte zu erzählen. Wie konnte das passieren? Haben wir uns nicht gerade erst heimlich in der Sechsten Zettel geschrieben und beieinander übernachtet? Dich in meinem Leben zu wissen, ist das pure Glück.

Louise, danke, dass du bei diesem sehr spaßigen – aber auch beängstigenden – Prozess meine Hand gehalten hast, und danke für deine harte Arbeit und dein Engagement.

Anthea und Sarah, danke, dass ihr dasselbe in meiner kleinen Viper-Familie seht wie ich. Danke, dass ihr mir geholfen habt, so liebevoll auf sie aufmerksam zu machen. Ich schätze mich sehr glücklich, mit euch zusammenzuarbeiten.

Miss Bizzarro, danke, dass Sie zu den Lehrerinnen gehören, die ihre Schülerinnen und Schüler animieren, ihre Träume zu verwirklichen, die ihnen das Gefühl geben, zu allem imstande und fähig zu sein. Vor vielen Jahren haben Sie mir mal gesagt, ich könne das, also habe ich es getan.

Auch bei euch, meiner Leserschaft, möchte ich mich bedanken. Ich mache das alles sicherlich nicht perfekt, aber all mein Herzblut fließt in diese Geschichten, und ich hoffe, das spürt man. Mein Dank kommt aus tiefstem Herzen, danke, dass ihr hier seid.

Und zu guter Letzt danke ich meinem großen Bruder. Ich hoffe, du weißt, dass ich meinen Traum deinetwegen verfolgt habe. Ich liebe dich und du fehlst mir.

Aus dem Englischen von Franzi Berg
Lektorat: Larissa Bendl, Veronika Herzog
Umschlaggestaltung: ZERO Werbeagentur, München
Umschlagabbildungen: shutterstock.com / © fotofeast/ID 248043331 /
© Number1411/ID 279425729 / © fotofeast/ID 279425756 /
© jukaspring/ID 299903630 / © Venera Salman/ID 368494445
Satz: Pinkuin Satz und Datentechnik, Berlin
Produktionsmanagement: Gunta Lauck
Litho: Margit Dittes Media, Hamburg
ISBN 978-3-551-55947-0